Anthony Ryan

La Martyre

L'Alliance de Fer – tome 2

Traduit de l'anglais (Grande-Bretagne) par Olivier Debernard

Bragelonne

ISBN : 979-10-281-1388-9

Bragelonne
60-62, rue d'Hauteville – 75010 Paris

E-mail : info@bragelonne.fr
Site Internet : www.bragelonne.fr

Ce roman est dédié à feu Lloyd Alexander,
auteur des romans des Chroniques de Prydain.
Il fut le premier à ouvrir la porte et à m'inviter à entrer.

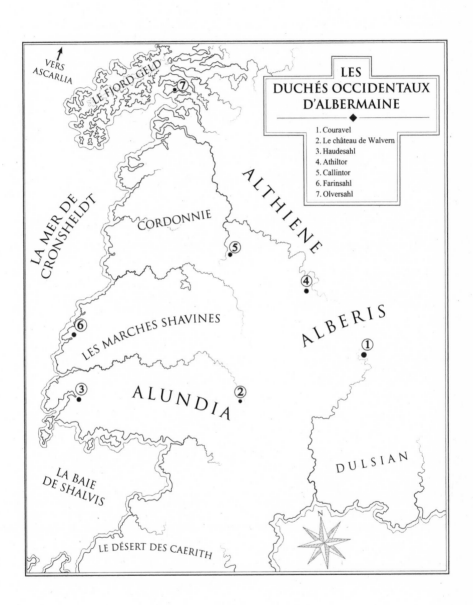

LES
DUCHÉS OCCIDENTAUX
D'ALBERMAINE
◆

1. Couravel
2. Le château de Walvern
3. Haudesahl
4. Athiltor
5. Callintor
6. Farinsahl
7. Olversahl

VERS
ASCARLIA

LE FJORD GELD

LA MER DE
CRONSHELDT

CORDONNIE

ALTHIENE

ALBERIS

LES MARCHES SHAVINES

ALUNDIA

DULSIAN

LA BAIE
DE SHALVIS

LE DÉSERT DES CAERITH

Dramatis personæ

Alwyn Scribe : Hors-la-loi, scribe, puis lame Suppliante au sein de la Compagnie de l'Alliance.

Evadine Courlain : Noble capitaine de la Compagnie de l'Alliance, Communiante, puis Aspirante au sein de l'Alliance des Martyrs.

Celynne Cohlsair : Duchesse d'Alundia, épouse du duc Oberharth et fille du duc Guhlton.

Oberharth Cohlsair : Duc d'Alundia.

Roulgarth Cohlsair : Chevalier Gardien d'Alundia, jeune frère du duc Oberharth.

Ducinda Cohlsair : Fille d'Oberharth et Celynne.

Merick Albrisend : Baron de Lumenstor, neveu par alliance d'Oberharth Cohlsair.

Guhlton Pendroke : Duc d'Althiene et père de la duchesse Celynne.

Erchel : Hors-la-loi et pervers.

Shilva Sahken : Chef d'une bande de hors-la-loi et amie de Deckin.

Roi Tomas Algathinet : Sixième du nom, roi d'Albermaine.

Princesse Leannor Algathinet-Keville : Sœur du roi Tomas.

Ehlbert Bauldry : Chevalier renommé pour ses talents martiaux, champion du roi Tomas.

Le chaînier : Caerith, trafiquant de prisonniers.

Altheric Courlain : Chevalier vétéran de haut rang. Père d'Evadine.

Luminant Durehl Vearist : Premier clerc du Conseil des Luminants, assemblée gouvernante du Couvent de l'Alliance des Martyrs.

Ascendant Arnabus : Clerc supérieur de l'Alliance des Martyrs et conseiller de la princesse Leannor.

Aspirant Viera : Clerc et haut bibliothécaire de la bibliothèque de l'Alliance à Athiltor.

Alfric Keville : Fils de la princesse Leannor et du feu seigneur Alferd Keville.

Sihlda Doisselle : Ancien haut membre du clergé de l'Alliance et prisonnière des mines de l'Enfer. Tutrice d'Alwyn.

Magnis Lochlain : Prétendant au trône d'Albermaine, également appelé le « Vrai Roi ».

Lorine Blousset (née d'Ambrille) : Duchesse des Marches shavines, ancienne amante du roi bandit Deckin et acolyte d'Alwyn.

Althus Levalle : Commandant chevalier de la Compagnie de la Couronne.

Albyrn Legueux : Sergent Suppliant de la Compagnie de l'Alliance.

Ofihla Barrow : Lame Suppliante de la Compagnie de l'Alliance.

Delric Cleymount : Suppliant et guérisseur de la Compagnie de l'Alliance.

La Sorcière au Sac : Envoûteuse et guérisseuse. On raconte qu'elle porte un masque en toile de jute pour cacher son visage hideux. Elle est appelée la *Doenlisch* en langue caerith.

Wilhum Dornmahl : Chevalier renégat déchu qui servit le Prétendant. Désormais soldat au sein de la Compagnie de l'Alliance. Ami d'enfance d'Evadine.

Eamond Astier : Ancien novice Suppliant qui s'est engagé dans la Garde Montée de la Compagnie de l'Alliance.

Ayin : Soldate de la Compagnie de l'Alliance et page de dame Evadine Courlain.

Juhlina (également connue sous le nom de la Veuve) : Ancien membre des pèlerins de la secte des Élus, désormais membre de la Compagnie de l'Alliance.

Flécheur : Ancien braconnier et soldat de la Compagnie de l'Alliance.

Paveur : Ancien bandit et soldat de la Compagnie de l'Alliance.

Aurent Vassier : Habile artisan et constructeur d'engins de siège au service de la princesse Leannor.

Liahm Labûche : Ancien roturier et membre de la Croisade des Gueux. Membre de la Compagnie de l'Alliance.

Elfons Raphine : Petit noble d'Alberis, commandant d'une compagnie de libres épées pendant la campagne alundienne et futur Protecteur royal d'Alundia.

Coupe-choux : Rebelle alundien et bandit sournois.

Uhlla : Chef d'un village caerith.

Kuhlin : Bûcheron caerith. Petit-fils d'Uhlla.

Lilat : Chasseuse caerith. Petite-nièce d'Uhlla.

L'*Eithlisch* : Caerith important possédant de mystérieux pouvoirs.

Estrik : Soldat de la Compagnie de l'Alliance, sergent-gouverneur du château de Walvern qui deviendra le Bras de la Martyre.

Desmena Lehville : Chevalière rebelle au service du Prétendant Magnis Lochlain.

Précédemment…

Lettre adressée au Conseil des Luminants de l'Alliance des Martyrs Réformée Orientale. Note de l'archiviste : document incomplet. La date et l'auteur demeurent inconnus.

Très chers Frères du Conseil,
C'est avec la plus grande allégresse que je vous apporte les nou-velles suivantes : j'ai en ma possession ce que je pense être un journal intime rédigé de la main du plus terrible personnage de notre histoire, Alwyn Scribe lui-même.
Bien entendu, je vous communiquerai une copie complète de ce document dès que j'aurai terminé mes examens, mais, ayant lu le manuscrit dans son infâme intégralité, je suis d'ores et déjà en mesure de vous fournir un résumé de son contenu. Je vous supplie de ne pas attribuer au pauvre érudit que je suis les mensonges du Scribe. Je ne fais que les répéter et je peux vous assurer que mon âme n'a nullement été souillée par ses propos hérétiques.
Vous ne serez en rien surpris d'apprendre qu'Alwyn Scribe a eu une enfance des plus difficiles. Né dans une maison de passe, il n'a jamais connu sa mère, et encore moins son père. Il affirme qu'il a été baptisé en l'honneur du porc préféré du maître maquereau. Chassé alors qu'il n'était encore qu'un enfant, il tomba bien entendu entre les griffes d'une bande de mécréants qui écumait la Forêt shavine, une région qui se trouvait dans un duché de la côte occidentale de ce qui était alors le royaume d'Albermaine.

Le chef de cette meute de malandrins était un certain Deckin Scarl qui s'était autoproclamé roi bandit. Je peux attester l'existence de cette personne dans la mesure où de nombreuses histoires et ballades locales relatent encore ses tristes exploits et ceux de sa compagne, la belle et fourbe Lorine d'Ambrille. À en croire le Scribe, Scarl était le fils illégitime du duc de la région, un noble décapité pour avoir trahi le roi Tomas Algathinet. Scarl apprit l'exécution de son père lorsqu'il rencontra un groupe d'exilés geldiens conduit par une jeune femme du nom de Berrine Jurest, sur laquelle je reviendrai plus tard. Doté d'une intelligence implacable et d'une ambition dévorante, Scarl ourdit un plan afin de prendre la place du duc nouvellement nommé. Malheureusement pour lui, sa bande fut trahie et attaquée par surprise par des soldats de la Couronne placés sous le commandement du redoutable Sir Ehlbert Baudry, le champion du roi. Comme toute vermine qui se respecte, Alwyn parvint à échapper au massacre qui s'ensuivit, n'hésitant pas à assassiner un de ses camarades au passage.

Animé par un curieux sentiment de loyauté comparable à l'amour qu'un chien battu continue de porter à son maître, Alwyn se rendit au château où Scarl avait été emprisonné et arriva juste à temps pour assister à son exécution. Incapable de résister à ses regrettables penchants, le jeune homme décida de noyer son chagrin dans l'alcool et fut arrêté par les soldats du roi. Après l'avoir rossé sans ménagement, les soldats entreprirent de le pendre, mais furent interrompus par l'arrivée d'un certain Sir Althus Levalle, commandant chevalier de la Compagnie de la Couronne. Sir Althus sauva Alwyn de la corde, mais il ne lui épargna pas le pilori et de longues heures de souffrances infligées par la populace locale. Lorsque le châtiment prit fin, Sir Althus lui expliqua qu'il l'avait sauvé parce qu'il était un ancien camarade de Deckin Scarl. Les deux hommes avaient servi dans l'armée ducale pendant les guerres du Duché. Alwyn survivrait, mais aussi longtemps qu'on peut survivre dans les épouvantables mines de l'Enfer, un endroit où les prisonniers travaillaient sans relâche et dont personne ne s'était jamais évadé.

La description du voyage vers les mines de l'Enfer révèle pleinement la facilité et les penchants d'Alwyn pour le mensonge.

Il affirme qu'il y fut conduit par un Caerith appelé le chaînier, un homme capable d'entendre la voix des morts. J'estime qu'il s'agit là d'une affabulation destinée à enjoliver son récit, mais sa crainte manifeste de ce mystique caerith semble bien réelle. Ce fut au cours de ce voyage qu'il fit la connaissance de Toria, une jeune voleuse avec qui il développerait une amitié houleuse qui durerait de longues années.

À peine arrivé dans les mines de l'Enfer, Alwyn eut la chance d'être remarqué par Sihlda Doisselle qui le prit sous son aile. L'Ascendante Sihlda, ainsi que vous le savez déjà, mes très chers frères, a été élevée au rang de Martyre par les branches mineures de l'Alliance. Nombreux sont ceux qui estiment qu'elle illustre à merveille l'importance d'adhérer à la vérité lorsqu'on est confronté à une autorité injuste. C'est d'ailleurs pour cette raison qu'elle fut envoyée aux mines de l'Enfer, condamnée sous un prétexte vraisemblablement fallacieux. Son emprisonnement ne sembla guère la déranger et elle rassembla autour d'elle une petite congrégation composée de détenus fidèles. La légende du Scribe fait souvent référence à l'enseignement qu'il reçut de l'Ascendante Sihlda et ses écrits ne laissent aucun doute sur le fait que, sans elle, il ne serait jamais devenu le Scribe. Son don pour la plume et ses talents d'érudit sont clairement le fruit de ces leçons et ce fut grâce à la tutelle éclairée de l'Ascendante Sihlda qu'il comprit que la bande de Deckin avait été trahie par Lorine d'Ambrille. Ce fut également Sihlda qui lui apprit un secret de la plus haute importance, secret qui sera révélé en temps voulu. Malgré la bienveillance de l'Ascendante à son égard, je suis intimement persuadé que, si elle avait imaginé la véritable nature de la créature qu'elle avait prise sous son aile, elle lui aurait planté une pioche dans le crâne le jour de leur rencontre.

C'est grâce aux habiles manœuvres de Sihlda et aux efforts des membres de la congrégation que fut percé le tunnel qui permit à Alwyn de s'enfuir après quatre longues années passées dans les mines de l'Enfer. Dans son journal intime, il raconte comment Sihlda provoqua l'effondrement du tunnel pour garantir son évasion, sacrifiant ainsi sa vie et celle des membres de sa congrégation à l'exception d'une brute dévouée nommée Brasseur et de la vulgaire mais loyale Toria.

15

Les trois rescapés réussirent à échapper aux gardes lancés à leurs trousses et à atteindre la ville sanctuaire de Callintor. Alwyn persuada l'Ascendant local de leur accorder l'asile en échange d'une copie du testament de l'Ascendante Sihlda — un document inestimable aux yeux de tout ecclésiastique digne de ce nom.

Alwyn avait reçu une solide éducation, mais il avait conservé l'âme d'un implacable bandit. Cela devint apparent lorsqu'il aperçut un de ses anciens camarades dénommé Erchel. Convaincu que cet Erchel — un individu répugnant animé d'appétits infâmes — avait aidé Lorine à trahir Deckin, Alwyn décida de le torturer pour en apprendre davantage. Il n'eut cependant pas le temps de mettre son projet à exécution, car, alors qu'il cherchait à satisfaire ses penchants pervers, Erchel fut promptement castré par une certaine Ayin, une douce adolescente dont l'ingénuité cachait des pulsions assassines envers les hommes dépravés et violents. Bien qu'innocent, Alwyn fut accusé du meurtre de son ancien camarade. Ce fut à ce moment qu'il eut la chance de faire la rencontre qui allait bouleverser sa vie.

Le parchemin de la Martyre Ressuscitée Evadine Courlain raconte qu'elle fit effectivement halte à Callintor à cette période. Ayant reçu pour mission de lever la première Compagnie de l'Alliance pour lutter contre la résurgence de la rébellion du Prétendant, la Martyre Evadine décida de chercher de nouvelles recrues parmi les brigands qui avaient trouvé refuge dans la cité sanctuaire. Alwyn et ses deux compagnons s'engagèrent sous la bannière de la Martyre. La candide Ayin — envers qui Alwyn avait développé une attitude très protectrice — fit de même. De nombreuses histoires attestent la bravoure de l'ancien bandit au cours de la bataille du Champ des Traîtres, mais, dans son journal, l'intéressé raconte que c'est contraint et forcé qu'il participa à cette bataille. Il confirme en revanche la croyance très répandue selon laquelle il sauva la vie de la Martyre Evadine à un certain moment.

La plus grande partie de la horde du Prétendant fut décimée au cours de la débâcle qui s'ensuivit, mais Evadine réussit à capturer Sir Wilhum Dornmahl, un ami d'enfance. Considéré comme un traître à la Couronne, Sir Wilhum fut déchu de son titre, mais il échappa à la pendaison en s'engageant dans la Compagnie de l'Alliance.

Ce fut après cette bataille qu'Alwyn souilla son âme en requérant l'aide d'une guérisseuse caerith appelée la Sorcière au Sac pour sauver Brasseur qui avait été mortellement blessé par une flèche empoisonnée. La Sorcière au Sac était surnommée ainsi parce qu'elle portait toujours un sac sur la tête, vraisemblablement pour dissimuler des traits hideux et ravagés. Avant de soigner Brasseur, elle exigea de passer un marché avec Alwyn : en échange de ses services, elle lui donnerait un petit livre très ancien rédigé dans un langage inconnu. Mystifié par l'ouvrage, Alwyn accepta et Brasseur fut sauvé. Aucune information n'est donnée quant à la nature de la guérison de la brute épaisse, mais Alwyn l'attribue aux pouvoirs surnaturels de la Sorcière au Sac.

À ce point du récit, les événements décrits sont conformes à ceux de l'histoire communément acceptée de la Martyre Evadine. La Compagnie de l'Alliance fit route vers le nord et gagna le port d'Olversahl dans le duché du Fjord Geld afin de mater une rébellion locale et de lutter contre l'invasion des païens ascarliens. À Olversahl, Alwyn retrouva Berrine Jurest, désormais employée à la célèbre bibliothèque du Roi Aeric. Le jeune homme la convainquit de traduire le livre que lui avait donné la Sorcière au Sac. Il découvrit ainsi qu'il était écrit dans une ancienne forme de caerith et qu'il décrivait avec une précision stupéfiante sa première rencontre avec Berrine dans la Forêt shavine. Il n'eut pas le temps d'en apprendre davantage, car Olversahl fut envahie par une horde d'Ascarliens assoiffés de sang. Au cours de la bataille, la Martyre Evadine fut gravement blessée par un individu appelé le Tiewald, mais elle fut sauvée par Alwyn et Wilhum. Les survivants de la Compagnie de l'Alliance s'enfuirent à bord de vaisseaux volés aux Ascarliens tandis que la célèbre bibliothèque de la ville était dévorée par les flammes païennes. Après avoir débarqué au port de Farinsahl, la Martyre Evadine oscilla entre la vie et la mort pendant plusieurs jours. Alwyn et le capitaine Legueux de la Compagnie de l'Alliance décidèrent alors de se damner pour la sauver.

Alwyn irait chercher la Sorcière au Sac et la supplierait de guérir leur chère commandante. Peu après son départ de Farinsahl, Alwyn fut capturé par le chaînier. Convaincu par des esprits imaginaires qu'Alwyn serait responsable de sa mort, le Caerith cherchait à le tuer depuis des années. Attaché à un arbre, Alwyn semblait condamné à endurer ses tourments en attendant la fin quand Lorine d'Ambrille – désormais duchesse des Marches shavines – fit son apparition. Elle lui révéla qu'elle lui avait tendu une embuscade avec l'aide du chaînier, puis affirma qu'elle n'avait rien à voir avec le massacre de la bande de Deckin Scarl, qu'il s'agissait de l'œuvre d'un dénommé Todman, un homme qu'elle avait tué depuis longtemps. Pour prouver sa bonne foi, elle sauva son ancien camarade en poignardant le chaînier, mais le punit de son impertinence en partant sans le détacher.

Alwyn fut sauvé d'une fin peu enviable par la Sorcière au Sac qui le libéra avant de récupérer le petit livre qu'elle lui avait donné. Avec les notes de Berrine qui permettaient de le déchiffrer. Elle lui montra également son visage qui n'avait rien de hideux, bien au contraire. Ils se rendirent alors à Farinsahl où – mon cœur de fidèle pleure à l'idée d'écrire ces mots – Alwyn Scribe prit part à un rite païen pour sauver la Martyre Evadine d'une mort certaine. D'après lui, ce fut à cause d'une fièvre délirante qu'elle crut voir un Séraphile la ramener à la vie. Et il va encore plus loin dans le blasphème en laissant entendre qu'il y eut une sorte d'attirance charnelle entre la Martyre Ressuscitée et lui. Mes bien chers frères, vous comprenez donc que ce document ne doit être lu que par les yeux particulièrement pieux.

Le récit d'Alwyn Scribe est étonnamment proche des textes sacrés en ce qui concerne la description du célèbre discours de la Martyre Evadine aux fidèles de Farinsahl. Et la sombre conspiration qui permit à d'infâmes serviteurs de la Couronne de l'enlever pour empêcher son message de se répandre. Alwyn donne quelques détails très éclairants à ce sujet, comme la mort de Brasseur, tué par un des ravisseurs de la Martyre. Il raconte également qu'il mit fin à son association avec Toria qui décida d'embarquer à bord d'un navire de contrebandiers pour fuir la crise imminente. Il affirme qu'il refusa de la suivre en raison d'un étrange lien qui l'unissait à la Martyre Ressuscitée, mais, compte tenu du personnage, je crois plutôt qu'il choisit de rester parce que son instinct de bandit lui soufflait qu'il y avait beaucoup d'argent à gagner.

Quels que soient ses véritables motifs, Alwyn accompagna la Compagnie de l'Alliance jusqu'au château d'Ambris où la Martyre Evadine subissait une parodie de procès conduite par un vague clerc dénommé Arnabus. Condamnée à mort sous les charges fallacieuses de trahison et de blasphème, la Martyre Ressuscitée était sur le point d'être pendue quand Alwyn—portant l'armure de plates que lui avait prêtée Wilhum—se fendit un chemin à travers la foule et revendiqua son droit à contester la condamnation par le jugement par les armes. L'histoire de la Martyre Evadine est attestée par de trop nombreuses sources pour être mise en doute : Alwyn Scribe affronta bel et bien le commandant chevalier Sir Althus Levalle ce jour-là. Et il acquit une grande renommée en résistant à un soldat expérimenté jouissant d'une enviable réputation. À cette époque, du moins. Ce fut au cours de ce duel qu'Alwyn révéla le secret que lui avait confié l'Ascendante Sihlda Doisselle, le secret qui l'avait conduite aux mines de l'Enfer : le roi Tomas d'Albermaine était en vérité un enfant illégitime de son champion et n'avait aucun droit au trône.

Dominé par un chevalier désormais fou furieux, Alwyn échappa de justesse au coup de grâce. La Martyre Ressuscitée sauta au pied de la potence et frappa Sir Althus avec une épée tandis qu'une vague de soldats de l'Alliance et de fervents manants chargeait les hommes de la Compagnie de la Couronne. Profitant du chaos, la Martyre Evadine et ses fidèles emportèrent Alwyn qui était à moitié mort et se réfugièrent dans les bois où celui-ci avait passé sa sordide jeunesse. La Martyre et le bandit étaient désormais unis dans une même rébellion, mais comment une telle association pouvait-elle durer ?

Première partie

Je vous ai entendu poser la question, ne serait-ce qu'à voix basse : « Ascendante, est-ce que le fléau a vraiment existé ? Est-ce que les Séraphiles ont vraiment apporté le feu et la destruction sur Terre afin de chasser les Malécites ? Est-il vrai que des milliers de personnes ont péri et que de grandes cités ont été rasées dans le tumulte de cette terrible purification ? »

Beaucoup me reprocheront ma réponse, mais celle-ci n'a jamais changé. « Quelle importance ? »

Extrait du *Testament de l'Ascendante Sihlda Doisselle*,
tel qu'il fut transcrit par Sir Alwyn Scribe

Chapitre premier

Erchel m'attendait dans mon rêve. De toutes les âmes défuntes qui encombraient ma mémoire, il fallait que ce soit la sienne. Pas celle de la douce Gerthe aux doigts habiles. Pas celle de Deckin, le roi bandit fou, terrifiant et, à l'occasion, pétri de sagesse. Pas celle du fervent et ennuyeux Valet que j'avais assassiné et abandonné au cours d'une nuit neigeuse trois ans plus tôt. Eh bien, non ! Ce fut Erchel qui m'accueillit avec un sourire mauvais. Ses dents noires dessinaient un trait sombre sur son visage livide. Du sang frais gouttait du vêtement déchiré et déchiqueté qui couvrait son bas-ventre. Il souriait, mais je savais qu'il n'était pas content de me voir. Il arrive que la mort par castration aigrisse les âmes les plus bienveillantes, et Erchel n'avait jamais été qu'un vil salopard au cours de son existence.

—T'es venu voir, hein, Alwyn ? demanda-t-il en baissant la tête et en la secouant au-dessus de son cou décharné.

Celui-ci s'allongeait et ondulait comme un serpent tandis qu'il parlait. Sa voix avait l'intensité désespérée d'un mendiant aux abois plutôt que d'un psychopathe rancunier amputé de ses bijoux de famille.

—T'es venu voir ce que t'as fait, hein ?

Ses mains, dont les doigts étaient plus longs et plus fins que dans mes souvenirs, griffèrent et tapotèrent un canon d'avant-bras de mon armure, laissant des traînées rougeâtres sur le métal.

—T'es un chevalier maintenant ? (Un sifflement amusé s'échappa de ses lèvres et sa tête se balança au bout de son cou trop long.) T'as pris du galon, on dirait. T'es monté plus haut que le pauvre Erchel ne l'a jamais fait. Assez haut pour refiler une petite pièce à ton vieil ami.

—Je ne suis pas chevalier, lui dis-je en libérant mon bras d'un geste sec. (Sa main me piquait à travers l'armure.) Et nous n'avons jamais été amis.

—Tu ne vas pas jouer les radins avec le pauvre vieux Erchel? (Il s'accroupit avec une expression renfrognée et ses longs doigts saisirent la masse sanguinolente de son entrejambe.) Il a perdu sa queue, tu te souviens? Tu as laissé cette petite salope la couper.

—Je ne l'ai rien laissée faire du tout, lui rappelai-je. Mais je reconnais que je n'ai rien fait pour l'arrêter.

Les mâchoires d'Erchel se contractèrent et il laissa échapper un son étrange, un grotesque mélange de rire et de sifflement furieux.

—Elle aura ce qu'elle mérite, affirma-t-il. (Ses dents claquaient comme si quelque chose de noir et humide se cachait dans l'anfractuosité sombre de sa bouche.) Tu y veilleras.

Une rage inattendue me saisit. Je posai la main sur la poignée de mon épée et dégainai… avant de m'apercevoir qu'Erchel était désormais hors de portée.

—Viens, viens, dit-il d'une voix engageante. Tu ne veux pas voir ce que tu as fait?

Un souffle de vent fit glisser une nappe de brume sur le sol herbeux et Erchel se transforma en ombre ramassée sur elle-même. Je m'élançai vers lui et la terre laissa échapper des bruits humides sous mes pieds. J'étais animé par la curiosité autant que par l'envie pressante de le couper en deux – un plaisir que je n'avais pas eu la chance d'assouvir dans le monde réel. Il était clair que nous nous trouvions dans un marais, mais j'étais incapable de dire lequel. La brume était épaisse et elle gommait tous les repères à l'exception des ombres tordues et irrégulières des masses rocheuses qui se dressaient ici et là. Je ne savais pas où j'étais, mais c'était un endroit où je n'avais jamais mis les pieds.

Je perdis Erchel de vue et passai un moment à errer sans but dans le marais. Puis le faible cri d'un animal invisible parvint à mes oreilles et m'attira comme un aimant attire le fer. Je n'avais jamais entendu un tel son, un mélange de sifflement rauque et de rugissement guttural. D'autres montèrent et se joignirent au premier en formant un chœur discordant. J'identifiai l'origine du premier lorsque le vent se leva et dissipa la brume. Un grand oiseau se tenait sur un corps à moitié englouti. Je n'en avais jamais vu de pareil. Il était de la taille d'un aigle, mais sans en avoir la majesté. Comme l'Erchel de mon rêve, sa tête se balançait au bout d'un cou démesuré. Ses yeux bulbeux et brillants me contemplaient avec une avidité inquiétante. Son bec ensanglanté ressemblait à une feuille de boucher. Il s'entrouvrit tandis que la créature poussait un autre cri repoussant. Un cri qui fut aussitôt repris. Encore et encore.

—Ça s'appelle des vautours à ce qu'il paraît, déclara Erchel.

Ses yeux étincelaient tandis qu'il savourait mon dégoût horrifié.

Je regardai autour de moi et vis d'autres oiseaux dont les silhouettes se détachaient dans les bancs de brume qui m'entouraient. Des centaines d'oiseaux. Des milliers, peut-être. Leurs grandes ailes frémissaient tandis qu'ils dodelinaient de la tête et entrouvraient leur bec pour se joindre au sinistre chœur. Ils avaient de bonnes raisons de se réjouir, car on leur avait offert un magnifique charnier. Ils étaient nombreux, certes, mais bien moins que les corps en partie submergés par les eaux boueuses du marécage. Des corps de soldats dont l'armure reflétait la lumière terne du soleil voilé. Des corps de roturiers, parmi lesquels des enfants et des vieillards. De temps en temps, j'apercevais la veste bigarrée d'un noble. Tous étaient morts d'une mort violente et les eaux du marais étaient rougies par le sang qui s'échappait de leurs innombrables blessures.

—Tu vois, Alwyn, dit Erchel avec un gloussement aigu. C'est à cause de toi…

Un cri monta de ma gorge et je m'élançai en brandissant mon épée pour le frapper. Mais, comme cela arrive souvent dans les rêves, mon action n'eut aucun résultat. Erchel se volatilisa et ma lame ne fendit que de l'air.

—Tu l'as sauvée, tu vois.

Je pivotai sur les talons. Il était derrière moi, accroupi. Son visage frissonna sous le coup de cette joie malsaine que lui procurait la torture d'un être vivant.

—Tu as sauvé la Martyre Ressuscitée, se moqua-t-il sur un ton chantant. Et tu as créé un monde peuplé de cadavres…

Je levai mon épée à hauteur de poitrine, tenant la poignée à deux mains, impatient de planter la lame dans l'œil de ce salaud pervers qui me regardait sans ciller. Il se volatilisa de nouveau alors que je frappais. Sa voix goguenarde retentit derrière moi.

—Qu'est-ce que tu crois avoir accompli? demanda-t-il sur un ton faussement curieux. (Il se tenait près du premier vautour qui était très occupé à becqueter le corps sur lequel il était posé.) Tu croyais vraiment que tu rendrais le monde meilleur en la gardant en vie?

— Ta gueule ! grondai-je en avançant vers lui.

— Tu n'as donc rien retenu des leçons de l'Ascendante Sihlda ?

Son long cou se redressa, soulevant sa tête à une hauteur incroyable, et ses sourcils se haussèrent sous le coup d'une curiosité désapprobatrice.

— Imagine sa honte si elle te voyait tel que tu es maintenant…

Un rugissement de colère s'échappa de ma gorge tandis que je chargeais en calculant l'angle qui me permettrait de trancher le serpent qui lui servait de cou… et je tombai dans l'eau. Le poids de mon armure m'entraîna aussitôt vers le fond et la panique s'empara de moi. Je me débattis, puis jetai mon arme et agitai des mains avides pour regagner la surface. L'air emplit mes poumons et je vis Erchel flotter devant moi, le vautour perché sur son épaule. Au-dessus de lui, le ciel s'assombrit tandis que les autres rapaces prenaient leur envol et se rassemblaient en une masse dense et tournoyante.

— Mes amis ne t'achèveront pas tout de suite, m'assura Erchel sur un ton ferme et grave. (Il esquissa un large sourire.) Ils me feront le plaisir de t'arracher les couilles avant. Je me demande si tu beugleras aussi fort que moi.

L'oiseau perché sur son épaule laissa échapper un cri aigu, puis déploya ses ailes et bondit en tendant les pattes vers moi. Ses serres se refermèrent sur mon avant-bras et il m'enfonça dans l'eau fangeuse sans lâcher prise. Son bec déchira un canon de mon armure comme une feuille de papier et plongea dans ma chair. Encore et encore.

— Alwyn !

Ma main se tendit pour saisir le bec qui me déchiquetait… et se referma sur la masse lisse d'un poignet. Un cri de surprise bannit le rêve et le tourbillon d'eau écarlate se dissipa pour laisser place au visage étonné d'Ayin. Je contemplai ses yeux déconcertés pendant un instant, puis sentis la caresse fraîche de l'hiver tandis que me parvenaient les odeurs et les sons familiers d'un campement au petit matin.

— Encore un rêve ? demanda la jeune fille en regardant ma main refermée sur son poignet.

— Désolé, dis-je en la lâchant enfin.

Je me retournai sur les fourrures et les bouts de tissu qui constituaient ma couche, puis m'assis et passai une main dans mes cheveux en bataille. Ma tête résonnait des palpitations douloureuses que j'avais ressenties lorsque j'avais repris connaissance deux semaines plus tôt, un cadeau de Sir Althus Levalle, commandant chevalier de la Compagnie de la Couronne, mort et nullement regretté. J'aurais pu dresser une longue liste de ses défauts, mais il fallait bien reconnaître que ses coups avaient été d'une puissance redoutable.

— Je ne rêve plus, déclara Ayin. Plus depuis que la capitaine m'a accordé sa bénédiction.

— C'est… bien, dis-je en cherchant des yeux la petite fiole verte que je gardais toujours à portée de main ces derniers temps.

— Tu devrais lui demander de te bénir, toi aussi, poursuivit Ayin. Comme ça, tu cesserais de rêver. Tu as rêvé de quoi ?

De l'homme à qui tu as coupé les couilles il n'y a pas si longtemps.

J'étouffai cette réponse avant qu'elle se présente à mes lèvres. Ayin pouvait se montrer agaçante, mais elle ne méritait pas qu'on lui rappelle la personne qu'elle avait été. Quoique… après ce que je l'avais vue faire à cet Ascendant après l'enlèvement d'Evadine à Farinsahl, je n'étais plus si sûr qu'elle soit vraiment guérie de ses pulsions meurtrières.

— Est-ce que tu sais ce que c'est qu'un vautour ? demandai-je.

— Non. (Elle cligna des paupières et haussa les épaules.) C'est quoi ?

— Un oiseau. Un oiseau grand et très moche qui se nourrit de cadavres. Apparemment.

Je poussai un petit soupir de soulagement en apercevant la fiole verte nichée sous la couverture roulée qui me servait d'oreiller. Elle contenait ce que le Suppliant Delric appelait son « élixir chimérique », car il faisait disparaître la douleur sans traiter ses causes. Chimérique ou pas, j'étais ravi de la rapidité avec laquelle le liquide amer et huileux éradiquait les palpitations lancinantes qui me vrillaient le crâne. Le visage de Delric avait été le premier que j'avais vu en émergeant du long sommeil dans lequel m'avaient plongé les coups de Sir Althus. Un visage qui exprimait un étonnement un peu déconcertant. Il avait alors passé de longues minutes à palper ma tête, lâchant parfois un grognement tandis que ses doigts habiles parcouraient diverses saillies et bosses. L'une d'entre elles avait semblé l'intéresser plus que les autres.

— Est-ce que ce fils de pute m'a fracturé le crâne ? avais-je demandé en sentant ses doigts s'attarder à un certain endroit.

— Oui, avait-il répondu avec une franchise brutale. Mais j'ai l'impression que c'est en voie de guérison.

Il m'avait alors donné la fiole verte et m'avait demandé de venir le voir une fois par jour afin qu'il puisse me palper. Je devais également le consulter sur-le-champ si j'étais victime d'un saignement de nez ou d'oreilles.

—Les leçons, dit Ayin en faisant glisser le sac qu'elle portait dans le dos pour le poser sur ses genoux. On m'a redonné de l'encre et des parchemins.

Je grimaçai et avalai une nouvelle gorgée d'élixir avant de reboucher la fiole. Delric m'avait averti que je ne devais pas en abuser sous peine de développer une accoutumance, mais j'avais le plus grand mal à résister à l'envie d'en boire jusqu'à ce que ma langue ne le supporte plus.

—Ils viennent d'où ? demandai-je en glissant la fiole sous la couverture roulée.

—Les types d'Ambriside ont encore apporté du ravitaillement ce matin. Et de nouvelles recrues. J'ai compté. (Elle plongea la main dans son sac et en tira un bout de parchemin sur lequel étaient tracés des bâtons maladroits.) Ça fait mille, et cent et quatre-vingt-deux.

Ce n'est pas encore une armée, songeai-je, *mais il n'est pas impossible que ça le devienne d'ici un mois ou deux.*

Cette idée soulevait de désagréables questions quant à la réaction inévitable du duc Elbyn et, plus important encore, du roi Tomas. Il était peu probable qu'ils sautent de joie en apprenant que tant de fidèles de la Martyre Ressuscitée se rassemblaient dans la Forêt shavine. En vérité, j'avais du mal à croire que nos éclaireurs n'aient pas encore repéré des patrouilles ducales ou royales dans les environs.

—Les leçons, dit Ayin en m'enfonçant un doigt dans l'épaule avec emphase et insistance.

Les jours passés à lui enseigner l'alphabet et le calcul m'avaient permis de découvrir que c'était une élève attentive. Un peu trop, même. La plupart des manants considéraient la lecture et l'écriture comme des sciences ésotériques réservées aux religieux et aux nobles les plus savants. Ayin avait réagi de la même manière dans un premier temps. Elle avait regardé les signes que je lui demandais de tracer avec un mélange d'étonnement et de méfiance, mais cela n'avait pas duré. Elle avait été saisie par un véritable émerveillement lorsqu'elle avait compris que ces symboles cabalistiques représentaient des sons qu'on pouvait assembler pour former des mots. Sa main manquait encore d'assurance et ses lettres étaient approximatives, mais elle lisait déjà presque couramment, sans les prolongements superflus de voyelles et les hésitations qui avaient marqué mes premières leçons.

—Nous n'avons pas terminé les premières révélations du Martyr Stevanos, me rappela-t-elle en tirant un rouleau de parchemin de son sac.

J'avais décidé de reprendre la méthode de l'Ascendante Sihlda et récitais donc les textes sacrés de l'Alliance avant de les lui faire écrire, corrigeant l'orthographe et la grammaire au fur et à mesure.

— On en était au moment où il résiste aux avances lubriques de Denisha, la catin malécite.

Ayin déroula le parchemin avec une expression qui trahissait sa joie et son impatience, ce qui m'amena à m'interroger sur l'assemblage hétéroclite de contradictions que formait son esprit. Sous bien des aspects, elle était toujours une enfant candide, innocente et dépourvue de méfiance qui n'avait pas d'autre choix que de naviguer entre les tourbillons de confusion de ce bas monde. Mais c'était aussi une meurtrière multirécidiviste qui n'éprouvait guère de regrets quant aux crimes qu'elle avait commis. Son dévouement envers Evadine, notre capitaine Consacrée et Martyre Ressuscitée, était plus intense que jamais et son intérêt pour les passages les plus macabres des textes de l'Alliance me dérangeait un peu. Surtout après le rêve que je venais de faire.

— Je crois que nous allons travailler sur autre chose aujourd'hui, dis-je en tendant la main vers mes bottes.

Nous sortîmes du renfoncement où je m'étais installé, entre deux anciens blocs de pierre. Le soleil brillait et le ciel était clair au-dessus des entrelacs de branches dénudées. On m'avait raconté que c'était moi qui avais guidé la compagnie jusque-là après son repli. J'avais sombré dans une fièvre délirante lorsque Evadine m'avait sauvé la vie au pied des murailles du château d'Ambris et je ne me souvenais plus de rien. Ces ruines antérieures au Fléau étaient un refuge idéal pour une bande de hors-la-loi, mais elles étaient déjà trop petites pour accueillir les fidèles de plus en plus nombreux de la Martyre Ressuscitée. On avait abattu des arbres afin de construire des huttes destinées à abriter les soldats de la compagnie et les nouvelles recrues — qui, en ce moment même, suaient sang et eau sous l'aimable commandement du sergent Legueux et des lames Suppliantes.

— Je t'ai dit de te tenir droit ! beugla Legueux à l'adresse d'un roturier dégingandé qui essayait vainement de rester à sa place au sein du premier rang de la pathétique cohorte. Tu ne sais pas ce que ça veut dire, misérable connard ? T'as de la merde à la place du cerveau ?

À en juger par les yeux écarquillés et la bouche béante du pauvre gars, j'étais à peu près certain qu'il ne comprenait rien à ce que le sergent lui disait.

—Que les Martyrs nous viennent en aide, marmonna Legueux en arrachant la pique des mains du roturier. Comme ça! (Il tint l'arme à l'horizontale.) Ça, c'est droit!

Il fit pivoter la hampe et frappa l'homme en pleine poitrine. Le roturier fut projeté en arrière et s'effondra contre la deuxième rangée en même temps que les recrues qui l'encadraient.

—Si t'es pas foutu de rester droit pendant une bataille, je te garantis que tu ne t'en sortiras pas juste avec le cul mouillé! Debout!

J'aperçus d'autres unités qui subissaient le même traitement dans les rares clairières qui parsemaient cette partie de la forêt. Les recrues étaient des jeunes sans aucune expérience militaire et des vétérans – enfin, des individus qui avaient déjà servi au sein des contingents de conscrits ducaux. Les paysans étaient bien plus nombreux que les citadins et ils étaient animés par un profond désir de suivre la Martyre Ressuscitée. Un désir qu'ils avaient cependant bien du mal à exprimer. Plusieurs clercs étaient venus se joindre à nous au cours des derniers jours, pour la plupart de jeunes novices qui n'avaient pas encore été ordonnés Suppliants. Le nombre de plus en plus élevé de roturiers suscitait des inquiétudes quant à la réaction inévitable du roi, et l'arrivée d'apostats ayant renié la foi orthodoxe n'allait sûrement pas arranger la situation. La hiérarchie de l'Alliance éprouvait un profond ressentiment à l'encontre d'Evadine et lui refusait toujours le titre de Martyre.

J'entraînai Ayin à l'écart des cris et des jurons des soldats à l'exercice. Nous nous éloignâmes des ruines et longeâmes une rivière parsemée de pierres tapissées de mousse. Le givre couvrait les berges et je serrai ma cape contre moi avant de me percher sur un rocher près d'un coude du cours d'eau. J'attendis en silence jusqu'à ce qu'Ayin me tire par la manche.

—Qu'est-ce que…?

—Chut! lui dis-je, les yeux fixés sur une grosse pierre au milieu de la rivière.

L'oiseau arriva peu après. Il battit des ailes pour ralentir, se posa sur la pierre et se mit à picorer la mousse en quête de larves ou d'insectes.

—Qu'est-ce que tu vois? demandai-je à la jeune fille.

—Un oiseau sur une pierre, répondit-elle en plissant les yeux d'un air perplexe.

—Quel genre d'oiseau?

—Un rouge-gorge. (Son visage se détendit un peu, car elle avait une véritable passion pour les animaux.) Il est mignon.

—Oui. (Je hochai le menton en direction de son sac.) Écris.

—Écris quoi ?

—Ce que tu vois. L'oiseau, la pierre, la rivière. Écris tout.

C'était une autre leçon apprise de Sihlda, une leçon qui m'avait demandé de gros efforts de mémoire, car, dans les mines de l'Enfer, rares étaient les scènes valant la peine d'être décrites.

Ayin plongea consciencieusement la main dans son sac pour en tirer une plume, un encrier, un parchemin et la petite planche qui lui servait d'écritoire. À la vue de cet objet rudimentaire, une image douloureuse me traversa l'esprit : le merveilleux bureau pliable que j'avais perdu au cours du pillage chaotique d'Olversahl par les Ascarliens.

Une lueur de doute éclairait encore les yeux de la jeune fille lorsqu'elle déboucha l'encrier.

—Ça va servir à quoi ?

—Juste à écrire des mots que rien d'autre ne t'apprendra vraiment à écrire, répondis-je. On ne peut pas faire tant qu'on ne comprend pas.

Elle plissa de nouveau les yeux, puis s'installa près de moi, disposa l'encrier de manière qu'il ne se renverse pas quand elle plongerait la plume à l'intérieur, puis se mit à écrire. Comme d'habitude, je corrigeai ses erreurs au fur et à mesure, parfois en guidant sa main pour tracer de nouveaux caractères. Ses lettres ressemblaient toujours à des gribouillis maladroits, mais au cours des derniers jours elles avaient acquis une certaine lisibilité. Ayin était cependant plus hésitante que d'habitude. Sa plume cherchait son chemin sur le parchemin, tout comme la mienne quand Sihlda m'avait demandé de faire la même chose. L'enseignement par répétition était toujours plus facile, mais, si la jeune fille voulait devenir une véritable scribe, elle devait apprendre à forger ses propres mots.

Elle travailla pendant quelques minutes, puis se redressa.

—Le rouge-gorge est posé sur le rocher, lut-elle en rayonnant de fierté.

Je la considérais toujours comme une enfant, mais en la voyant sourire je pris conscience qu'elle était déjà une jeune femme. Une très jolie jeune femme. Cette idée me déconcentra autant qu'elle me démoralisa.

—Bien, dis-je. Continue. Décris l'oiseau. Décris le rocher. Et ne te contente pas de ce que tu vois. Quel son produit la rivière ? Quelles odeurs flottent dans l'air ?

Je regardai sa plume s'agiter pendant un moment, mais le rêve que j'avais fait au cours de la nuit ne tarda pas à revenir me hanter. Je revis les charognards – dont je venais de découvrir l'existence – dévorer les corps et essayai de me convaincre qu'il s'agissait juste du produit d'un traumatisme récent. Qui connaissait les effets d'une fracture de la boîte crânienne sur le cerveau qui se trouvait à l'intérieur ? Pourtant, les vautours m'avaient semblé un peu trop réels et un peu trop détaillés pour de simples images conjurées par mon imagination. Et puis Erchel s'était exprimé avec une sincérité dérangeante qui n'avait rien à voir avec les absurdités des personnages que nous croisons habituellement au cours de nos escapades oniriques.

« Tu as sauvé la Martyre Ressuscitée. Et tu as créé un monde peuplé de cadavres… »

Je frissonnai, serrai la cape autour de moi et me rendis compte qu'Ayin fredonnait en écrivant. Lorsque cela lui arrivait, elle avait l'habitude de chantonner de brefs couplets. Sa voix était jolie et mélodieuse, mais elle assemblait des mots dans le seul dessein de les faire rimer et ses vers n'avaient généralement ni queue ni tête. Ce n'était pas le cas aujourd'hui.

— « Alors adieu, vous tous. Mes sœurs, mes frères. » (La mélodie était nouvelle et agréablement grave.) « Adieu à tous, mes camarades de fer… »

— Qu'est-ce que c'est que ça ? demandai-je.

Elle s'interrompit et leva les yeux de son parchemin.

— Juste une chanson, répondit-elle en haussant les épaules. J'aime bien chanter quand je travaille.

— C'est toi qui l'as inventée ?

— J'invente toutes mes chansons. Toutes. Depuis toute petite. Maman, elle aimait bien quand je chantais pour elle. (Son visage s'assombrit un peu.) Elle était un peu moins en colère, alors je chantais souvent.

Je fis un geste en direction du parchemin.

— Écris-la. Écris les paroles de ta chanson.

Elle fronça les sourcils d'un air embarrassé.

— Je ne sais pas toutes les lettres des mots.

— Je vais te les apprendre.

Elle se montra plus hésitante que d'habitude au début, mais sa main gagna en assurance et en efficacité tandis qu'une certaine excitation s'emparait d'elle. Elle chantait les paroles qu'elle écrivait.

—«Maintenant, nous sommes à la veille des hostilités. Et maintenant, je sais que mon destin est scellé...»

—Tu as fini? demandai-je lorsqu'elle eut couvert le parchemin de mots.

—Pour l'instant, oui.

—Quel titre lui as-tu donné? Une jolie chanson a besoin d'un joli titre.

—*Chanson de la Bataille.* Parce que j'ai commencé à la chanter après celle du Champ des Traîtres.

—Ça manque un peu d'originalité.

Je pris la plume et le parchemin, puis écrivis un titre au-dessus des vers. Et j'ajoutai quelques enluminures pour faire bonne mesure.

—*Le Destin de la Guerrière*, lut Ayin.

Elle esquissa une moue dubitative.

—C'est poétique, remarquai-je avec une pointe d'agacement dans la voix.

Ma réaction sembla l'amuser.

—Si tu le dis.

Elle esquissa un sourire malicieux et je fronçai les sourcils en mûrissant une réplique acerbe. Je n'eus pas le temps de la lancer, car une voix appela mon nom entre les arbres. Un jeune homme émergea de la forêt, le visage écarlate et le souffle court. Alors qu'il se précipitait vers nous, il trébucha sur une racine et faillit s'étaler de tout son long. Comme bon nombre d'anciens novices Suppliants qui avaient rejoint les rangs des fidèles d'Evadine, Eamond Astier était d'origine citadine et non paysanne. Ces jeunes gens brillants, mais élevés dans un cocon, n'étaient pas très à l'aise dans la forêt. C'était un monde qui leur était complètement étranger et ils y évoluaient avec une maladresse mâtinée de crainte.

—Maître Scribe, lâcha-t-il entre deux hoquets essoufflés.

J'étouffai un soupir las en le voyant s'incliner. Je n'avais aucun rang et aucun titre, mais les nouveaux venus insistaient pour me saluer ainsi et j'avais renoncé depuis belle lurette à leur dire d'arrêter.

—La Dame Consacrée vous demande, dit-il en se redressant.

Il y avait une pointe d'urgence dans sa voix, et un léger tremblement qui trahissait de la peur. Eamond n'avait qu'un ou deux ans de moins que moi, mais, en voyant son visage lisse et imberbe, j'eus l'impression qu'il était beaucoup plus jeune. Il clignait des yeux à toute vitesse, comme un conscrit sur le point de livrer sa première bataille.

—Un problème? demandai-je.

—Un groupe d'éclaireurs vient de rentrer d'une opération de reconnaissance à l'est.

Il jeta un rapide coup d'œil à Ayin avant de se reconcentrer sur moi. La peur ne l'empêchait pas de se laisser distraire par un joli minois et je dois reconnaître que cela m'impressionna. Mon amusement fut cependant de courte durée.

—Ils arrivent, maître Alwyn. Les soldats du roi.

—Tu es bien sûr que c'étaient des soldats du roi?

La servilité avec laquelle Flécheur hocha la tête me fit comprendre que c'était la première fois que la Dame Consacrée s'adressait directement à lui. C'était un homme trapu et expérimenté, un braconnier à en juger par son arc et ses vêtements simples, mais solides. Cela ne l'empêchait pas de se tortiller comme un enfant surpris en train de voler une pomme sous le regard de la Martyre Ressuscitée Evadine Courlain.

—Combien? demanda Legueux.

—J'en ai compté une centaine, sergent Suppliant, répondit Flécheur. Peut-être que c'est juste l'avant-garde, bien sûr. On a pensé qu'il valait mieux revenir faire notre rapport plutôt que les surveiller. Ils ont installé leur camp au Verger du Confesseur, à une petite quinzaine de kilomètres à l'est.

—Leur camp? répétai-je en fronçant les sourcils.

—Oui, maître Scribe, confirma le braconnier d'une voix moins respectueuse, mais plus détendue. (Les hors-la-loi avaient tendance à me reconnaître comme l'un des leurs.) Ça m'a étonné, moi aussi. Ils n'ont pas exploré les routes et les chemins. Ils n'ont même pas de chasseurs et de chiens. Il y a juste une centaine de cavaliers rassemblés sous trois bannières.

—Trois bannières, marmonna Evadine. (Elle parlait à voix basse, mais je perçus une pointe de mépris dans les paroles qui suivirent.) Décrivez-les, je vous prie.

—La plus grande est celle du roi, ma dame. Avec deux gros chats dorés. La deuxième, elle représente une rose noire sur fond blanc. La troisième, c'est juste des rayures rouges et bleues.

Je vis Evadine et Wilhum échanger un regard à la description de la deuxième bannière. Ils la connaissaient bien. Et je la connaissais également. Je l'avais aperçue après la bataille du Champ des Traîtres, le jour où la légende de la Dame Consacrée avait vraiment commencé.

Le jour où son ami d'enfance, le renégat Wilhum Dornmahl, lui avait été livré par un chevalier portant un bouclier blanc orné d'une rose noire.

—Une bannière rouge et bleu est employée pour demander une trêve, dit Evadine en s'adressant à Flécheur.

Elle sourit et tendit la main pour serrer la sienne. L'homme posa aussitôt un genou à terre.

—Ne vous donnez pas cette peine, mon bon. Seuls les princes exigent ce genre de formalités. Levez-vous et recevez mes remerciements pour ce que vous avez fait aujourd'hui. Levez-vous et allez vous reposer.

—Une trêve, hein, grommela Wilhum lorsque l'éclaireur fut parti – en s'inclinant bien bas, malgré les instructions d'Evadine. Le roi Tomas la joue fine en nous l'envoyant lui plutôt qu'un autre chevalier.

—En effet, opina Evadine. C'est très intelligent de sa part. (Un éclair agacé passa dans ses yeux.) Ou très cruel.

—Une centaine de soldats du roi, ça représente une force non négligeable, lâcha Legueux. Mais nous n'aurons guère de mal à les vaincre si le besoin s'en fait sentir.

—À supposer qu'il n'y en ait pas d'autres derrière, remarquai-je. (Je regardai Evadine avec attention.) Il est bien possible que ce soit un piège. L'appât est un peu trop tentant.

—Vous pensez que je vais sauter sur un cheval et me précipiter dans leur camp, maître Scribe ? demanda Evadine en haussant un sourcil.

—Je pense que le roi ou ses conseillers ont décidé d'envoyer le seul chevalier que vous n'attaquerez jamais. Mais s'ils sont venus sans chiens, c'est plutôt bon signe. Cela signifie qu'ils ont l'intention de parlementer.

—Nous avons massacré de nombreux soldats du roi au château d'Ambris, dit Wilhum. Et leur commandant chevalier a été tué en essayant de faire respecter les lois de la Couronne et de l'Alliance. C'est un fardeau qu'il n'est pas facile de porter.

—Pour un seigneur rebelle ou un vulgaire hors-la-loi, peut-être, répliquai-je sans quitter Evadine des yeux. Mais pas pour la Martyre Ressuscitée.

Evadine croisa les bras et baissa la tête. Elle portait un pantalon et une chemise en coton lorsqu'elle n'était pas en armure, avec une cape en peau d'ours sur les épaules pour se protéger du froid. Son visage était pâle, comme toujours, mais j'avais appris à distinguer les marques de fatigue :

les lèvres légèrement crispées et les sclères rosées symptomatiques d'un manque de sommeil ou, tout du moins, d'un sommeil agité. J'en vins à me demander si elle avait fait un cauchemar, elle aussi. Et si elle avait vu des vautours.

Ses lèvres se contractèrent et je compris qu'elle avait pris une décision – encore un signe que j'avais appris à déchiffrer. Notre vie – et notre mort – dépendait des choix qu'elle faisait.

— Rassemblez une centaine d'hommes, dit-elle à Legueux. Les meilleurs que nous avons. À midi, nous partirons à la rencontre de mon père.

Chapitre 2

Lorsque notre troupe émergea de la forêt, Sir Altheric Courlain se détacha de la ligne de soldats qui entourait le camp. L'endroit était bien choisi pour résister à une attaque. Le Verger du Confesseur—un domaine agricole abandonné depuis une éternité— rassemblait plusieurs bâtiments en ruine au sommet d'une modeste colline qui se dressait au centre d'une petite clairière. L'élévation confé- rait aux défenseurs un avantage renforcé par des vestiges de murs en pierre que devraient contourner d'éventuels assaillants. Le domaine offrait également une sécurité contre les visiteurs importuns. Les bandits évitaient l'endroit à cause des histoires à propos de l'Ombre du Confesseur, l'esprit malveillant du propriétaire qui avait assassiné tous les membres de sa famille des dizaines d'années auparavant. D'après la légende, il les avait étranglés sous le coup d'une crise de folie, puis les avait pendus à des pommiers dans l'espoir de les ramener à la vie. La tentative avait bien entendu échoué et il s'était alors donné la mort, écrasé par le poids de son crime. Son âme souillée n'avait pas franchi les Portails divins et il avait été condamné à hanter son domaine en proie à un éternel tourment. Plusieurs personnes affirmaient l'avoir vu depuis sa mort, mais je n'en faisais pas partie. Les arbres étaient toujours là. Privés d'entretien et de soins, ils n'étaient plus que les caricatures de ce qu'ils avaient été et, si des corps avaient un jour orné leurs branches, ils avaient disparu depuis longtemps.

Sir Altheric portait un justaucorps en guise d'armure et n'était armé que d'une épée accrochée à sa ceinture. Il avança en brandissant l'étendard aux rayures rouges et bleues, s'arrêta à une quinzaine de mètres et planta la hampe dans le sol. C'était un homme impressionnant, grand et puissant qui n'eut aucun mal à enfoncer la hampe assez profond pour qu'elle reste droite lorsqu'il la lâcha. Il recula ensuite d'un pas, puis défit sa ceinture d'un geste sec et la jeta à terre avec son épée.

— Tu ne devrais pas y aller seule, dit Wilhum alors qu'Evadine tirait son épée et la lui donnait. L'endroit qu'il a choisi est un peu trop près de leurs lignes à mon goût.

— J'ai une totale confiance dans le sens de l'honneur de mon père, répliqua-t-elle. Si un soldat du roi osait s'avancer pour me capturer, il le tuerait de ses mains. Je partage cependant ton avis sur un point : il serait préférable que quelqu'un m'accompagne pour entendre ce qu'il a à dire. (Elle leva la main lorsque Wilhum entreprit de défaire sa ceinture.) Loin de moi l'idée de te vexer, Wil, mais tu sais qu'il te déteste depuis le jour où nos fiançailles ont été rompues. Et il faut bien reconnaître que tu ne l'as jamais porté dans ton cœur, toi non plus. Je préfère choisir un témoin plus objectif.

Elle se tourna vers moi, sourcils haussés, et fit un geste en direction du chevalier qui attendait près de l'étendard.

— Si vous voulez bien me faire l'honneur, maître Alwyn.

Alors que nous entreprenions l'ascension de la pente, le sergent Legueux aboya une série d'ordres. Les quelque cent soldats de la Compagnie de l'Alliance qui nous accompagnaient étaient des vétérans qui avaient tous participé aux batailles du Champ des Traîtres et d'Olversahl. Ils se rangèrent en formation serrée à l'orée de la forêt, prêts à charger au pas de course si le besoin s'en faisait sentir. Sir Altheric avait adopté une pose exprimant la même assurance que celle de sa fille : bras croisés et yeux aux aguets, mais son visage était beaucoup plus dur. Comme il fallait s'y attendre, son regard se concentra sur Evadine, mais il daigna m'observer pendant une poignée de secondes quand nous nous arrêtâmes à trois ou quatre mètres de la bannière plantée dans le sol. Je n'avais jamais vu son visage, car, lorsque nous nous étions croisés sur le Champ des Traîtres, il portait une armure et un heaume. Ses traits étaient une copie masculine et plus âgée de ceux d'Evadine. Il avait de hautes pommettes et un teint pâle. Ses longues tresses noires parsemées de quelques cheveux argentés ondulaient au vent et sa barbe était plus fournie que celle de la plupart des chevaliers. Il scruta mon visage, puis tourna la tête vers Evadine.

— Père, dit la jeune femme en s'inclinant très bas.

Je l'imitai et posai un genou à terre comme un roturier était censé le faire en présence d'un noble.

Sir Altheric, lui, ne perdit pas de temps en politesses inutiles.

—Tu as maigri, dit-il tandis qu'Evadine se redressait. (Sa voix, comme son visage, était le pendant viril de celle de sa fille.) Tu ne te nourris pas convenablement, n'est-ce pas?

—N'ayez aucune crainte, père, je mange à ma faim, répondit Evadine. (Elle jeta un coup d'œil à son humble serviteur toujours plié en deux et un éclair agacé passa dans ses yeux tandis qu'elle me faisait signe de me redresser.) Puis-je vous présenter…?

Sir Altheric la coupa aussitôt.

—Le scribe qui a affronté le commandant chevalier. (Ses yeux explorèrent les traits cabossés de mon visage, produits d'une vie de hors-la-loi et, un peu plus tard, des charmantes attentions de Sir Althus Levalle.) On m'a raconté que le combat avait été épique. Les roturiers ne parlent que de cela d'ici à Couravel. Le bandit qui a failli vaincre un chevalier. Et pas n'importe quel chevalier, qui plus est: un des plus renommés du royaume. (Un vague sourire passa sur ses lèvres.) Mais qui a failli seulement.

Ces paroles étaient un test, une provocation destinée à me faire réagir avec colère ou baisser la tête et les yeux comme un manant terrifié. Je ne fis ni l'un, ni l'autre.

—En effet, seigneur, déclarai-je sur un ton affable. Je l'ai affronté et il m'aurait sans doute tué si votre fille n'avait pas planté son épée dans son crâne. (J'aurais dû m'arrêter là, mais j'ai toujours eu du mal à résister aux appâts qu'on agite sous mon nez.) Une fin bien plus clémente que celle qu'il aurait méritée.

Sir Altheric plissa les yeux, mais pour cacher son amusement plus que sa colère.

—Je ne vous contredirai pas sur ce point, grommela-t-il avant de se reconcentrer sur Evadine. Passons sur les formalités. (Il hocha le menton en direction de l'étendard qui flottait au-dessus de sa tête.) Tu sais ce que cela signifie, je suppose?

—Le roi vous a envoyé parlementer en son nom, répondit la jeune femme. Ce qui laisse supposer que vous avez des propositions à faire. Auriez-vous l'amabilité de me laisser deviner leur nature?

Le visage du chevalier s'assombrit et son amusement discret céda la place à une rigidité parsemée de spasmes trahissant une colère croissante. Sir Altheric ne semblait pas être un homme très patient et j'étais certain qu'il avait été maintes fois provoqué par sa fille.

—Si tu le souhaites, marmonna-t-il enfin.

—Je dois dissoudre ma compagnie. Toutes les personnes qui m'ont rejointe doivent déposer les armes et rentrer chez elles en échange d'une promesse de pardon. Je dois jurer fidélité au roi Tomas, puis me retirer dans un cloître où je passerai le reste de mes jours à supplier silencieusement les Martyrs de me pardonner. (Elle esquissa un vague sourire.) Est-ce que j'ai bien deviné, père ?

La colère de Sir Altheric s'évanouit presque tandis qu'une grimace contrite se peignait sur son visage. Je lus bien des choses dans ses yeux qui contemplaient sans ciller la fille la plus rebelle que de nobles parents aient jamais engendrée. L'amour qu'il lui portait avait été mis à rude épreuve, mais il avait toujours résisté.

—C'est juste et faux à la fois, répondit-il dans un soupir. (Il s'interrompit le temps de se redresser, puis reprit la parole d'une voix monocorde, comme s'il récitait un texte appris par cœur.) Le roi Tomas souhaite faire savoir que les regrettables événements qui ont eu lieu au château d'Ambris se sont déroulés à son insu et sans son consentement. Il n'a jamais délivré le moindre mandat d'arrêt à l'encontre de dame Evadine Courlain ni condamné ses actes. En conséquence, il a demandé au duc Elbyn des Marches shavines de répondre du fait d'usurpation de l'autorité royale et de l'enlèvement illicite de la Dame Consacrée, une guerrière appréciée qui a toujours servi les intérêts de la Couronne avec courage et loyauté. Les nobles de rangs inférieurs qui se sont rendus complices de ce crime seront également sanctionnés par l'autorité royale. Dame Evadine est cordialement invitée à se rendre à Couravel pour y rencontrer Sa Majesté et recevoir les honneurs qui lui sont dus après son intervention au Fjord Geld. Le roi est impatient d'obtenir confirmation de sa fidélité au trône et de l'entendre réfuter toute forme de trahison, en paroles ou en actes.

Ses yeux se posèrent sur moi tandis qu'il prononçait ces derniers mots. Je me demandai alors si les accusations que j'avais lancées à Sir Althus avaient été entendues par la foule malgré le tumulte et la férocité de notre duel. « Tomas Algathinet est un bâtard qui ne mérite pas plus que moi de s'asseoir sur le trône ! » Le secret de l'Ascendante Sihlda – révélé dans le testament qu'elle m'avait confié – avait déployé ses ailes. Jusqu'où avait-il volé ? Et parmi ceux qui avaient croisé son chemin, combien y croyaient ? Et le Roi, qu'en pensait-il ? Il était resté sur le trône, ce qui laissait entendre qu'il n'y accordait aucun crédit. Ou qu'il se contrefichait d'être le fils du champion du roi plutôt que du roi lui-même.

Je regardai Evadine analyser les paroles de son père en silence, le visage baissé et la mine sombre. Avant d'être enlevée à Farinsahl, elle ne songeait qu'à sa croisade imminente, exaltée par la vision de délivrance qu'elle avait reçue d'un Séraphile incarné. Sa guérison – quasi miraculeuse – n'avait été que le premier pas sur le chemin qui devait ramener les habitants de ce pays à la foi authentique de l'Alliance des Martyrs, une confirmation divine du bien-fondé de sa raison de vivre : empêcher le retour des Malécites et l'avènement d'un nouveau Fléau. Mais après le carnage du château d'Ambris et quelques semaines passées dans la forêt j'avais découvert une Evadine plus réfléchie et plus réservée. Elle avait prononcé peu de sermons malgré le flot ininterrompu des personnes qui venaient se joindre à nous. Elle passait ses journées à errer à la périphérie du camp, se contentant d'adresser quelques paroles sans intérêt aux fidèles stupéfaits et émerveillés qui la saluaient. Le peu de temps que j'avais passé en sa compagnie n'avait pas manqué d'éveiller mon inquiétude. Son visage était marqué par la fatigue et l'ombre du doute sapait l'assurance de son regard et la fermeté de sa voix.

Sir Altheric l'observa un moment avant d'approcher. Mes muscles se contractèrent aussitôt. J'avais moi aussi donné mon épée à Wilhum, mais, n'ayant qu'une confiance très modérée dans les règles et coutumes de la noblesse, j'avais pris la précaution de glisser un poignard dans ma botte. L'attitude du chevalier ne trahit cependant aucune agressivité lorsqu'il tendit le bras et saisit la main de sa fille. Il reprit la parole sans hausser le ton, d'une voix sincère et suppliante.

— On t'offre l'occasion de te tirer d'affaire, Evadine. Je t'en supplie, accepte.

La jeune femme ferma les yeux tandis que ses lèvres se crispaient et que ses mâchoires se contractaient. Je compris qu'elle n'avait pas senti la main de son père depuis bien longtemps, que ce soit dans un geste de tendresse ou de colère. Le peu que je savais à propos des sentiments de Sir Altheric pour sa fille, je l'avais appris en rédigeant les billets doux du prétendant d'Evadine, ce connard de feu Sir Eldurm Gulatte. Les apartés amers à propos du père de sa dulcinée laissaient entrevoir un homme très protecteur et bien décidé à l'empêcher de connaître l'amour. Quelle que fût la valeur de l'époux potentiel. Je savais également que le choix d'Evadine d'étudier les arts de la chevalerie et d'accepter un poste de clerc au sein de l'Alliance l'avait conduite à rompre tout lien avec sa famille, la déshéritant ainsi de fait. Sir Altheric était un noble de haut rang qui était très respecté et il n'avait pas dû être facile pour lui d'accepter une telle disgrâce et une telle humiliation, mais il avait obéi aux ordres du roi et était venu. Pour sauver sa fille ou pour sauver le royaume. Tomas n'était peut-être qu'un bâtard, mais il portait la couronne. Le Prétendant avait été vaincu – temporairement, du moins – et plus personne ne menaçait son autorité… à l'exception d'une Martyre Ressuscitée injustement jugée et condamnée en son nom.

Craignant que la sollicitude de son père fasse mouche, j'envisageai de conseiller à Evadine de se montrer prudente. Il convenait de réfléchir aux différents aspects de la proposition de Sir Altheric. Et de négocier. Si Tomas était prêt à condamner le duc Elbyn et le regretté Sir Althus, c'était parce qu'il avait besoin de résoudre cette crise au plus vite. Et, contrairement à Evadine, je compris tout de suite que cela ouvrait un certain nombre de perspectives. J'avais prêté beaucoup d'attention aux mots que Sir Altheric avait employés et j'avais senti que les phrases les plus banales dissimulaient quelque chose. Je n'eus cependant pas besoin de donner mon avis, car, quand Evadine ouvrit les yeux, la lassitude et le doute des jours précédents avaient cédé la place à une flamboyante colère.

— Dites-moi, père, pensez-vous toujours que je sois une menteuse ? ou comment disiez-vous ? que je sois victime de cette folie coutumière des femmes qui entrent dans l'âge adulte ? (Sir Altheric se raidit et lâcha la main de sa fille avant de reculer d'un pas.) Vous rappelez-vous la première fois que je vous ai parlé de mes visions ? Vous rappelez-vous combien j'ai pleuré en vous suppliant de les faire disparaître ?

Les traits du chevalier s'assombrirent et une lueur de honte passa dans ses yeux.

— Je sais que je ne suis pas un homme parfait, dans la paternité comme dans les autres domaines. Mais j'ai vraiment essayé de t'aider.

— Oui. (Un petit rire sans joie s'échappa des lèvres d'Evadine.) En faisant appel à des guérisseurs qui m'ont obligée à avaler des concoctions infâmes qui me faisaient vomir ou hurler de douleur. Et puis il y a eu la sorcière caerith qui traçait des sortilèges sur mon corps et m'enduisait de ces maudites potions tandis que je suppliais les Martyrs de protéger mon âme de ces aberrations païennes. Et quand tout cela s'est révélé inutile, il y a eu le Suppliant pervers qui voulait me guérir de ma folie à coups de fouet. Un homme qui aimait son métier, force m'est de le reconnaître. Torturer de la sorte une enfant de treize ans dont le seul crime était d'avoir dit la vérité à son père.

La jeune femme se tut et sa colère s'évanouit aussi vite qu'elle était apparue. Père et fille se toisèrent pendant un instant, puis Sir Altheric baissa les yeux. Pas Evadine.

—Maître Alwyn, dit-elle sans me regarder. À votre avis, quelle réponse convient-il de donner à l'offre généreuse du roi?

Je ne m'attendais pas à une question si directe, mais, si mon visage trahit une émotion, ce fut avant tout à cause des terribles maux de tête qui avaient décidé de se rappeler à mon bon souvenir. Mes sourcils ne se haussèrent pas sous le coup de la surprise, mais mes mâchoires se contractèrent et mes épaules se voûtèrent légèrement.

—Seigneur, dis-je en portant une main à mon front—ce qui ne calma en rien la douleur. Verriez-vous un inconvénient à ce que je me laisse aller à quelques suppositions?

Sir Altheric dut estimer que mon calme apparent indiquait que la Dame Consacrée m'accordait une certaine confiance. Il répondit dans un murmure qui, à ma grande surprise, n'exprimait aucun mépris.

—Faites ce que vous voulez, maître Scribe.

—Le roi affirme qu'il considère dame Evadine comme une fidèle guerrière. Il fait également référence à des trahisons, en actes et en paroles. Me tromperais-je si tout cela m'amenait à penser que nos soldats n'ont pas achevé leur travail de pacification sur le Champ des Traîtres?

Le chevalier hocha la tête avec réticence, puis se tourna vers sa fille.

—Le roi Tomas a besoin de tous ses fidèles sujets, dit-il. Surtout ceux qui ont prouvé leur valeur sur le champ de bataille.

—Une autre guerre à livrer, lâcha Evadine avec une expression de plus en plus sombre. Voilà donc le prix de mon pardon.

—Je ne sais pas ce que pense le roi, déclara Sir Altheric. Je peux simplement vous dire que la situation est instable dans le Sud. Les conditions de votre ralliement sont une affaire que vous devrez régler avec lui, pas avec moi.

—Je remarque que vous parlez énormément de lui, seigneur, dis-je. (J'en conclus que Sir Altheric ne nous dirait rien de plus à propos de cette nouvelle guerre.) Mais que vous ne parlez guère de l'Alliance. Puis-je me permettre de vous demander quel est l'avis des autorités religieuses sur cette affaire?

Sir Altheric tourna la tête et me toisa avec froideur.

—Le roi est en droit de promulguer des lois et de faire des offres comme il lui sied. Sans se soucier de l'opinion de l'Alliance.

—Dame Evadine est une Aspirante ordonnée de l'Alliance des Martyrs, dis-je. Et une Martyre Ressuscitée. Mais c'est pourtant un membre de l'Alliance, un certain Arnabus, qui a organisé la parodie de procès dont elle a été victime. Je peux vous assurer que nous estimons à leur juste valeur la générosité et la sagesse dont le roi Tomas fait preuve envers nous, mais la sécurité de dame Evadine est la première préoccupation de ceux qui la suivent. Et elle ne peut être garantie tant que la Couronne et l'Alliance n'ont pas trouvé un accord sur sa future place au sein du royaume.

Le chevalier secoua la tête d'un air agacé.

—Je ne peux pas parler au nom de l'Alliance.

—En effet, dis-je en opinant. Il faudra donc que ses responsables le fassent.

Je me tus et me tournai vers Evadine qui avait cessé de toiser son père avec colère. Elle haussa un sourcil en réaction à ma question silencieuse, puis hocha sèchement la tête en guise de réponse. Depuis que la Sorcière au Sac l'avait guérie, nous nous étions découvert une étrange facilité à communiquer sans parler. Elle venait de m'accorder l'autorisation de négocier en son nom.

Je me tournai de nouveau vers Sir Altheric.

—C'est pourquoi nous ne pouvons pas discuter de l'offre du roi Tomas ici, pas plus qu'à Couravel. Nous souhaitons le faire à Athiltor, la plus sainte des cités. C'est là que le Conseil des Luminants devra déclarer qu'il accepte les termes de cette proposition et qu'il reconnaît la Dame Consacrée comme Martyre Ressuscitée. Et pour que le conseil puisse mesurer l'estime dont dame Evadine jouit au sein de la population, nous nous y rendrons avec notre compagnie et tous ceux qui souhaiteront se joindre à nous.

—Vous voulez marcher sur Couravel à la tête d'une armée de manants? demanda Sir Altheric.

Sa voix trahit une pointe de stupéfaction et de consternation, mais il conserva un ton relativement respectueux. C'était un homme habitué aux joutes tactiques.

—Nous avons l'intention de nous plier aux désirs du roi et de régler cette sordide affaire de la manière la plus paisible qui soit, répliquai-je. Quand la Martyre Ressuscitée pénétrera dans le sanctuaire le plus saint d'Albermaine, acclamée par une foule en liesse et accueillie par le roi en personne, tout le monde comprendra qu'il la tient en haute estime. Et seul le dernier des imbéciles envisagera alors de s'attaquer à elle.

Sir Altheric soupira, puis se pencha et récupéra son épée sur l'herbe couverte de givre.

—Est-ce que cet homme parle en ton nom ? demanda-t-il à Evadine tandis qu'il bouclait sa ceinture.

—Il a toute ma confiance, répondit-elle. Il l'a méritée, père. Vous nous avez fait part des termes du roi et vous avez entendu les miens. Demain, vous quitterez cette forêt et vous les rapporterez au roi et au Conseil des Luminants. D'ici un mois, je me présenterai à Athiltor avec ma compagnie derrière moi.

Elle m'adressa un hochement de tête et nous nous tournâmes pour partir, mais elle ralentit lorsque Sir Altheric l'interpella.

—Ta mère aurait pleuré toutes les larmes de son corps en te voyant ainsi.

Evadine s'arrêta et je crus qu'elle allait éclater en sanglots. Elle pivota et répliqua d'une voix rauque, mais assez puissante pour que son père l'entende.

—Vous l'avez fait pleurer bien plus que je ne pourrai jamais le faire. Et maintenant, fichez le camp, seigneur.

Chapitre 3

— **A**lundia, lâcha Wilhum avec une grimace menaçante. C'est là que le roi veut que nous allions. Je parierais ma fortune là-dessus. Enfin, s'il m'en restait une.

Nous chevauchions une quinzaine de mètres en avant de la colonne, scrutant la chaussée et les bas-côtés en quête d'éventuels dangers. La Compagnie de l'Alliance avait quitté la Forêt shavine trois jours plus tôt et emprunté la route royale en direction de l'est. Depuis, près de deux cents fidèles nous avaient rejoints. La nouvelle de l'expédition de la Dame Consacrée s'était vite répandue dans les hameaux, puis dans les villages, puis dans les villes. L'arrivée de ces gens m'aurait ravi bien davantage si je n'avais pas découvert que seule une poignée d'entre eux avaient apporté des vivres pour le voyage. Ou des armes. J'ai souvent remarqué que l'excès de foi a la fâcheuse tendance à occulter toute trace de bon sens.

— Vous connaissez le coin ? demandai-je.

Je tirai sur mes rênes pour redresser la tête de ma monture qui s'intéressait d'un peu trop près à un buisson de genévrier. Jarik faisait partie des chevaux que nous avions volés à la Compagnie de la Couronne au château d'Ambris. Il était étonnamment calme pour un destrier, mais il avait tendance à penser avec son estomac. Je n'avais pas les talents de cavalier de Wilhum et je devais constamment garder les mains sur les rênes pour empêcher l'animal affamé de s'écarter de la route.

— Malheureusement, répondit Wilhum. (Il grimaça tandis qu'un souvenir désagréable lui revenait en mémoire.) Certains endroits sont très jolis, mais d'autres sont terriblement secs et poussiéreux. En revanche, leur eau-de-vie est absolument délicieuse. Contrairement aux habitants. Les Geldiens sont des gens maussades, mais je peux vous assurer que ce sont des boute-en-train comparés aux Alundiens. Il y a un vieux dicton qui dit : si vous voulez assister à une bagarre, enfermez un Alundien dans une pièce avec un miroir.

— Ils aiment se battre entre eux ?

— Et pas qu'un peu. Mais leur plus grand plaisir, c'est de chercher noise aux duchés voisins. La religion leur fournit généralement de bonnes excuses de le faire.

Je me rappelai ce que Toria m'avait dit à propos des croyances méridionales. À mes yeux, les différences avec la doctrine orthodoxe de l'Alliance étaient mineures, mais la jeune femme ne voyait pas les choses de cette façon. Je fus envahi par une pointe de nostalgie et un sentiment d'affection douloureux en imaginant la litanie de grossièretés qu'elle aurait débitée si elle avait été présente.

« Traverser le pays avec une bande de débiles hallucinés pour aller se faire trucider sur les marches du grand temple d'Albermaine ! Je suis sûre qu'un putain de peintre en fera un putain de tableau un jour ! Le Grand Massacre des Connards ! »

Le sourire qui se dessina sur mes lèvres s'évanouit lorsque je songeai que Toria ne nous aurait jamais accompagnés jusque-là. Même si, à Farinsahl, elle n'avait pas embarqué pour partir en quête d'un fabuleux trésor perdu. Jamais elle n'aurait accepté d'entreprendre ce voyage, je le savais. Surtout pour se rendre à Alundia.

— Il y aurait donc une nouvelle rébellion ? dis-je. J'aurais pourtant cru que même les plus indisciplinés finissent par se lasser des combats.

— Vraiment ? (Wilhum esquissa un sourire sardonique tandis qu'il tournait la tête et jetait un coup d'œil à la colonne qui serpentait derrière nous.) Vous trouvez que ces gens sont las ? Nous sommes désormais près de sept cents. Sept cents personnes prêtes à se battre et à mourir parce qu'elles sont convaincues qu'une femme est revenue d'entre les morts pour leur dire que les Séraphiles étaient mécontents d'eux.

Son ton amer et critique me fit grincer des dents, ou peut-être était-ce l'angoisse que ces mots éveillèrent en moi.

Je repris la parole à voix basse bien que personne d'autre que Wilhum ne puisse m'entendre.

— Vous ne lui avez toujours rien dit, hein ?

Wilhum avait une foi très modérée dans les préceptes de l'Alliance. C'était l'attachement à sa dernière amie qui le poussait à suivre Evadine. Un attachement qui rendait notre trahison et notre silence un peu plus difficiles à supporter chaque jour.

—Vous croyez qu'elle nous garderait au sein de la compagnie si je le lui disais? lâcha-t-il. (Il laissa échapper un petit ricanement méprisant.) La Martyre Ressuscitée découvre qu'elle n'est ni une martyre, ni une ressuscitée. Qu'elle a survécu à ses blessures grâce aux sombres pouvoirs d'une sorcière caerith. On aurait de la chance si elle ne décidait pas de nous pendre à l'arbre le plus proche!

Je doutais qu'Evadine se montrerait si violente, mais je n'étais pas pressé de voir comment elle réagirait à l'implacable vérité. Elle était de meilleure humeur depuis notre rencontre avec Sir Altheric. Elle avait recommencé à faire des sermons à la tombée de la nuit, comme elle l'avait fait lorsque notre jeune compagnie faisait route vers le Champ des Traîtres. Aujourd'hui, elle prêchait devant une audience encore plus captive. Elle était ravie d'être écoutée par une congrégation si attentive et je priais pour que rien ne vienne gâcher sa joie. Mais le chemin sur lequel elle nous avait engagés était chaotique et personne ne pouvait prédire sa réaction s'il nous conduisait à une catastrophe.

—On nous tend peut-être un piège, dis-je. Les rois n'aiment pas beaucoup qu'on leur force la main et je suis certain que l'Alliance préférerait que ses martyrs restent morts.

Wilhum esquissa un de ses sourires triomphants, mais teinté d'une pointe de cynisme.

—Vous êtes intelligent, mais vous négligez une loi fondamentale, mon cher scribouilleur.

Il se tourna sur sa selle et adressa un hochement de menton à la haute silhouette d'Evadine qui chevauchait en tête de la colonne. Elle portait toujours son armure quand nous nous déplacions, une armure qui brillait même quand le ciel était gris.

—Depuis son… rétablissement, c'est elle qui incarne vraiment l'Alliance. (Son sourire se transforma en froncement de sourcils lorsqu'il se tourna de nouveau pour regarder devant lui.) Quant à savoir si les vieux croûtons du conseil l'ont compris…

Lorsque la haute flèche du temple du Martyr Athil apparut au-dessus de l'horizon, nous étions près de cinq mille. Et nous aurions été plus nombreux encore si Evadine n'avait pas été obligée de refuser les nouveaux volontaires. Les villages et les villes que nous traversions se montraient généreux et nous offraient quantité de provisions pour nourrir les fidèles de la Dame Consacrée. Un peu trop généreux même, car certains n'hésitaient pas à puiser dans les réserves destinées à assurer leur survie pendant l'hiver. Il y a des choses qu'un esprit rationnel ne pourra jamais complètement embrasser. Enfin, le mien, du moins. J'étais incapable de comprendre comment des gens si pauvres pouvaient offrir le peu qu'ils possédaient à une noble de passage. Juste parce qu'ils étaient convaincus qu'elle était revenue d'entre les morts.

— La dévotion est un sentiment qui, par essence, n'a aucun sens, lança Wilhum lorsque je lui fis part de mon incompréhension.

Nous nous trouvions au sommet d'une colline qui surplombait un hameau perdu dans le paysage vallonné des frontières shavines méridionales. En contrebas, Evadine s'entretenait avec l'ancien du village. Nous ne les entendions pas, mais je savais qu'elle refusait poliment les sacs de grain et les diverses victuailles que lui offrait le vieil homme prosterné devant elle, front contre terre. J'étais convaincu que l'opinion de mon noble camarade était plus influencée par ses préjugés envers les roturiers que par la raison. Wilhum était intelligent sous bien des aspects, mais il n'aimait pas beaucoup réfléchir. Sihlda aurait sans doute trouvé que c'était un élève frustrant. Voire un cas désespéré.

— Les fidèles prient et croient. C'est dans leur nature, dit-il en étouffant un bâillement. Les Ascarliens prêtent serment à leurs dieux. Les Caerith agitent des amulettes et psalmodient des incantations. Les adeptes de l'Alliance se prosternent devant les Martyrs, morts ou vivants. Vous cherchez des explications là où il n'y en a pas.

— C'est un marché, dit Ayin.

Sa plume crissait sur le parchemin tandis qu'elle décrivait ce qui se passait au pied de la colline. Elle avait pris l'habitude de nous accompagner, tressautant sur la selle de son petit poney et sortant son écritoire à la moindre halte. Notre discussion à propos de sa chanson semblait avoir éveillé une irrépressible envie de rédiger des descriptions lyriques de tout ce qu'elle voyait. Au point qu'elle se retrouvait souvent à court de parchemins et qu'elle cherchait toujours à s'en procurer de nouveaux.

— Un marché ? répéta Wilhum sur un ton indulgent. Comment cela, ma chère ?

— Elle a donné, alors ils donnent à leur tour. (La langue de la jeune fille pointa entre ses dents tandis qu'elle continuait à écrire.)

Personne ne s'est jamais montré plus digne qu'elle de la grâce des Séraphiles. Sauf le Martyr Athil, peut-être. En lui donnant, ces gens obtiennent une partie de cette grâce.

—Oh! quelle merveille que la sagesse des enfants! soupira Wilhum avec une pointe de mépris.

J'estimai quant à moi que l'explication d'Ayin était plus sensée que la sienne.

Malgré les ordres d'Evadine, les volontaires étaient toujours plus nombreux. Ceux qui ne parvenaient pas à s'engager officiellement nous emboîtaient le pas et s'efforçaient de survivre grâce aux offrandes des villageois bien intentionnés, mais cette générosité ne suffisait pas à nourrir tout le monde. La marche de la Dame Consacrée vers Athiltor – un événement qui deviendrait une pièce maîtresse de sa légende – laissa de nombreux cadavres émaciés au bord des routes. Ces malheureuses victimes étaient avant tout les vieillards et les malades qui, faisant fi de tout bon sens, venaient dans l'espoir d'être soignés par la Martyre Ressuscitée. Leurs souffrances attristaient grandement Evadine et elle ordonna des haltes à de nombreuses reprises afin qu'on s'occupe des plus faibles, mais elle refusa toujours d'utiliser son prétendu don de guérisseuse.

—Ce n'est pas à moi de soigner les corps, déclarait-elle souvent au cours de ses sermons vespéraux. C'est à vos âmes que j'apporte le salut.

Le sergent Legueux et les lames Suppliantes continuaient à entraîner les recrues pendant la marche. Et la nuit, Wilhum continuait à m'enseigner les techniques de combat des chevaliers. Mon duel contre Sir Althus m'avait fait progresser autant qu'une année entière de leçons, mais j'étais encore loin de l'égaler. Surtout dans le combat à cheval. Lorsque notre voyage toucha à sa fin, je commençai à me sentir plus à l'aise dans mon armure. Wilhum avait récupéré la sienne bien sûr, celle que j'avais portée le jour du terrible affrontement au château d'Ambris, mais de nombreux soldats avaient péri au cours de la bataille et j'avais trouvé de quoi constituer un ensemble des plus hétéroclites. Le canon d'avant-bras droit était en émail noir décoré de motifs en bronze. Le gauche était un solide assemblage de métal cabossé et de cuir. La cuirasse était particulièrement laide, couverte de rayures et de brûlures qui résistaient aux polissages les plus féroces. Elle était si affreuse que je ne l'aurais jamais portée si Wilhum n'avait pas insisté.

—Elle ne paie pas de mine, je vous l'accorde, m'avait-il dit tandis qu'il plaquait les pièces articulées contre mon gambison. Mais il y a bien longtemps que je n'ai pas vu une cuirasse de cette qualité. Je suis sûr qu'elle arrêterait un carreau tiré par une arbalète à cranequin.

Mon casque, au moins, avait un certain panache. C'était un heaume qui ressemblait à un seau renversé avec une visière sur charnières qu'on pouvait lever ou baisser. C'était un dispositif très utile, car, pendant mes combats contre Wilhum, la chaleur devenait vite insupportable à l'intérieur. La structure en laiton était couverte de plaques d'acier laqué bleu nuit ornées de magnifiques filigranes en feuille d'or.

—Tu ressembles à chenapan déguisé en chevalier, avait déclaré Ayin, toujours ravie de donner son opinion sans fard. (Je l'avais foudroyée du regard et elle avait éclaté de rire–ce qui ne lui arrivait pas souvent.) Sir Alwyn Chenapan! C'est comme ça qu'on va t'appeler!

Mais mon premier affrontement contre Wilhum me fit tout de suite comprendre que, si l'armure était incongrue, elle n'en était pas moins efficace. Des coups qui m'avaient jadis coupé le souffle et contusionné ne semblaient désormais pas plus violents qu'une solide bourrade. Malgré son poids, cet étrange assemblage était très bien articulé, me permettant de me relever en quelques instants lorsque Wilhum m'envoyait le cul par terre.

—C'est parce que ça ne pèse pas que sur votre dos, m'expliqua-t-il. Le poids est réparti sur tout le corps. Et puis, une armure de qualité est toujours plus légère. Je peux vous garantir que celle-ci vous sera très utile, maître Scribe.

La caractéristique la plus remarquable du grand temple du Martyr Athil était sa flèche, une pointe de granit qui culminait à plus de trente mètres. Les nombreux contreforts qui la soutenaient lui conféraient un air irrégulier et vaguement sinistre qui s'étendait à la masse considérable du bâtiment principal. Quand on l'observait à deux kilomètres de distance, le temple faisait songer à la carcasse de quelque monstrueuse créature qui se serait effondrée au milieu d'un ensemble de constructions beaucoup moins imposantes. Une carcasse dont les flancs étaient noircis par d'innombrables couches de fumée crachée par une forêt de cheminées.

Comme la conurbation plus modeste de Callintor, la cité sanctuaire dans laquelle j'avais été contraint de m'engager dans la Compagnie de l'Alliance après la mort d'Erchel, Athiltor était placée sous l'autorité de l'Alliance des Martyrs. La liste des règles que les habitants devaient respecter était assez longue et assez sévère pour dissuader les plus ardents fidèles de s'y installer. Elle avait également la particularité de ne pas être protégée par des murailles et un château. Au cours de l'histoire mouvementée des duchés, seule Athiltor avait échappé aux affres de la guerre et des sièges, car il aurait fallu être le pire des hérétiques pour envisager de se battre à proximité du temple le plus sacré de l'Alliance.

—Bon, dit Wilhum. (Il hocha la tête en direction du grand campement qui s'étendait à l'est de la ville.) Il est venu.

Nous nous rassemblâmes autour d'Evadine au sommet d'une colline herbeuse qui offrait une vue dégagée sur la cité. La jeune femme porta une main à son front pour se protéger du soleil et plissa les yeux en observant le champ de tentes au centre duquel se dressait une grande bannière. Nous étions trop loin pour en distinguer les motifs, mais, à en juger par la taille du camp, aucun doute n'était possible : le roi Tomas était venu à Athiltor pour rencontrer la Martyre Ressuscitée.

—À ton avis, Scribe, ils sont combien ? me demanda le sergent Legueux.

Il ne me portait toujours pas dans son cœur, mais il daignait au moins reconnaître mon talent pour les nombres.

—Trois compagnies entières, je dirais, répondis-je. Plus les serviteurs et un détachement de ses plus fidèles chevaliers.

—Dans ce cas, nous avons l'avantage, remarqua Wilhum. Si le pire devait arriver.

—Cela n'arrivera pas, déclara Evadine.

Elle baissa la main et tourna la tête vers nous. En plus de Wilhum, Legueux et moi, Ayin et la lame Suppliante Ofihla étaient présentes. Les cinq personnes en qui la Martyre Ressuscitée avait le plus confiance.

—Quoi qu'il se passe, il n'y aura pas d'affrontement, poursuivit-elle. Si on m'arrête à mon arrivée en ville, vous ne ferez rien. Si on me conduit devant le roi et le conseil en chaînes, vous ne ferez rien. Si on me pend et qu'on profane mon corps en place publique... (Elle nous regarda dans les yeux l'un après l'autre.) Vous ne ferez rien. Ce royaume ne sombrera pas dans la guerre par ma faute. J'exige que vous me promettiez de ne pas intervenir.

—Nous promettrons tout ce que vous voudrez, ma dame, dis-je. (Je savais qu'en de telles circonstances aucun des quatre autres ne dirait la vérité, mais elle avait besoin de l'entendre.) En revanche, rien ni personne ne pourra arrêter ceux-là.

Je pointai le pouce par-dessus mon épaule pour montrer la foule des fidèles qui couvraient la vallée derrière nous. Le visage d'Evadine s'assombrit aussitôt et je me dépêchai de reprendre la parole.

—Cependant, je pense que le roi et sa cour le savent aussi bien que moi. Personne n'essaiera de vous arrêter et de vous juger. Le danger actuel, ce sont les mots et non pas les lames. Nous allons devoir réfléchir avec soin aux termes qui seront employés, car dans les mensonges se cachent les pièges et les chaînes à venir.

Evadine insista pour n'être accompagnée que par Wilhum et moi. Legueux prit le commandement de la compagnie qu'il déploya en colonnes impeccables sur la route qui longeait les faubourgs occidentaux d'Athiltor. Je l'avais soutenu quand il avait essayé de la convaincre d'accepter une escorte plus étoffée, mais elle n'avait rien voulu entendre.

—Je ne suis pas venue pour m'emparer de la ville, avait-elle déclaré. Et je ne donnerai pas d'arguments à ceux qui affirment le contraire.

L'impression de puissance et de discipline qui se dégageait de la Compagnie de l'Alliance m'apporta un peu de réconfort. Nos soldats étaient aussi nombreux que ceux de l'escorte du roi et Legueux les avait rassemblés de manière à montrer qu'ils étaient bien entraînés. Je savais que seuls les vétérans les plus aguerris étaient capables de rivaliser avec la Compagnie de l'Alliance au cours d'une bataille rangée, mais si nous devions en arriver à une telle extrémité personne ne battrait en retraite. Ni eux, ni nous. Je savais que, s'il arrivait quelque chose à Evadine, Legueux oublierait nos promesses et lancerait ses soldats au cœur de la sainte cité pour la sauver. Quel que dût en être le prix en termes de sang et de déshonneur.

La foule des fidèles inexpérimentés posait un problème très différent. Les sermons de la Martyre Ressuscitée ne les dissuaderaient pas de la suivre lorsqu'elle entrerait en ville. Leur nombre avait encore augmenté au cours de la nuit, alors que nous campions en vue d'Athiltor. J'avais proposé une halte pour que tout le monde se repose et Evadine avait accepté. Beaucoup de ces nouveaux venus étaient originaires des villages voisins, mais à ma grande surprise je m'étais rendu compte que la plus grande part d'entre eux étaient des habitants de la cité. Des adeptes laïques et des manants en loques soumis à la domination de l'Alliance couvraient la vallée qui s'étendait en contrebas de notre camp comme une mer agitée. Ils étaient silencieux, récitaient des textes sacrés à haute voix ou se rassemblaient pour chanter des hymnes en l'honneur des Martyrs. Chaque fois qu'Evadine émergeait de sa tente, tous se taisaient pour la regarder avec calme et révérence, mais le silence finissait toujours par être rompu par un cri fervent qui était aussi repris par les autres. Tandis que je les observais à la lumière du crépuscule, je sentis mes craintes refluer à propos de la rencontre à venir. Ces gens garantissaient la protection d'Evadine bien mieux que moi, Wilhum et le reste de la compagnie.

Le lendemain matin, il faisait froid et le ciel pâle était chargé. Des tourbillons de neige nous accompagnèrent lorsque nous parcourûmes le dernier kilomètre et laissâmes la compagnie derrière nous pour entrer en ville, mais cela ne tempéra en rien l'ardeur de la foule qui emboîta le pas à la Dame Consacrée. Pas plus que l'enthousiasme des nombreux habitants d'Athiltor qui se rassemblèrent le long des rues pour l'accueillir.

—Les Séraphiles vous tiennent en leur sainte garde, ma dame! lança une femme plantureuse depuis une fenêtre du dernier étage d'un bâtiment.

Ses joues étaient maculées de larmes et elle serrait un nourrisson hurlant contre son ample poitrine.

—Vous nous sauverez tous, Dame Consacrée! cria un homme maigre comme un clou qui portait une tenue d'adepte.

Il levait les bras et ses yeux étaient écarquillés sous le coup de la ferveur. Incapable de se retenir, il se précipita devant mon cheval dans l'espoir de poser la main sur le soleret d'Evadine. Alors qu'il tendait le bras, j'éperonnai Jarik, et le destrier l'envoya rouler en arrière. La foule criait, hurlait et s'agitait. Elle était si dense que Wilhum et moi n'eûmes pas d'autre choix que de nous placer de chaque côté de la monture d'Evadine pour poursuivre notre chemin.

Par chance, un spectacle moins chaotique nous attendait à proximité du temple. Des dizaines de gardiens portant la robe noire de l'Alliance étaient alignés de chaque côté de la rue, bras crochetés, pour nous permettre de poursuivre notre chemin sans encombre. J'aperçus des visages béats parmi ces servants de la foi, mais la plupart étaient figés, impénétrables. Et certains, renfrognés, exprimaient un mécontentement évident. La majorité des habitants d'Athiltor acclamait la Dame Consacrée avec ferveur, mais, de toute évidence, cette ferveur n'était pas universellement partagée par les proches serviteurs des gardiens de la foi. Cela n'augurait rien de bon quant à l'attitude des responsables de l'Alliance.

La grande place pavée de la cité s'étendait sur quatre mille mètres carrés devant les larges marches conduisant au temple du Martyr Athil. Elle était entourée de soldats du roi en armure qui repoussaient sans ménagement les enthousiastes essayant de franchir le cordon pour se précipiter vers la Martyre Ressuscitée. Mais ni les bourrades, ni les éventuels coups de hampe de hallebarde ne tempéraient l'ardeur de la foule. Je regardai sur ma droite et vis un homme âgé qui agitait les bras avec frénésie au bord de la place. Il arborait une expression extatique et ne semblait pas avoir remarqué qu'un filet de sang coulait d'une plaie à son front.

« La dévotion est un sentiment qui, par essence, n'a aucun sens. » Les échos des paroles de Wilhum me revinrent en mémoire tandis que je m'arrachais à la contemplation de la foule pour me concentrer sur le temple et le groupe bigarré de nobles qui attendait Evadine sur l'escalier. Il était clair que le comité d'accueil du roi Tomas avait été organisé avec le plus grand soin. Les courtisans et les dignitaires de haut rang étaient sur des marches inférieures. Puis venaient les chevaliers et les liges des Algathinet. Et enfin les membres de la famille royale, une poignée de personnes richement vêtues... à une exception de taille. Sir Ehlbert Baudry trônait au-dessus de ceux qui l'entouraient. Il portait un long manteau rouge qui ondulait au gré des bourrasques chargées de neige. Son armure brillait malgré l'absence de soleil. Je n'avais aperçu le champion du roi qu'à quelques reprises, et jamais d'assez près pour observer ses traits. Je découvris qu'ils étaient moins frappants que je l'avais imaginé – dépourvus de toute beauté héroïque, supposai-je. Son nez était crochu et les os de son visage se dessinaient sous sa peau parsemée de cicatrices avivées par le froid. Il était peut-être invincible, mais je fus surpris de découvrir que même le redoutable Sir Ehlbert n'était pas à l'abri d'une blessure.

À la droite du champion et tout près du roi se tenait une jeune femme portant une cape en velours mauve assortie aux longs cheveux lustrés qui cascadaient sur ses épaules. Une mince couronne dorée ceignait son front. C'était un symbole de son rang un peu discret compte tenu des règles de l'étiquette, mais il établissait clairement qu'elle était de sang royal. Je savais qu'il s'agissait de la princesse Leannor, sœur aînée du roi et mère du morose gamin de dix ans qui s'agitait à côté d'elle. Le visage renfrogné et agacé de l'enfant contrastait avec les traits impassibles de sa mère. Elle observait Evadine d'un air pénétré, sans mépris et sans ce masque de politesse factice qu'arboraient les autres membres de la délégation. Elle serrait fermement l'épaule de son fils d'une main ornée de plusieurs bagues.

Le roi se tenait bien entendu au-dessus des autres. Tomas avait choisi de ne pas porter d'armure, y préférant une cape aux reflets dorés et un pourpoint blanc frappé de deux léopards dressés sur les pattes postérieures, le symbole de sa maison. Aucune épée n'était accrochée à sa ceinture. Il regarda Evadine approcher avec une gravité et une majesté assez convaincantes. Lorsqu'il avait prononcé sa harangue presque inaudible avant la bataille du Champ des Traîtres, j'avais remarqué qu'il était à peine plus petit que son champion. Aujourd'hui, sa taille et les traits de son visage achevèrent de me convaincre qu'ils étaient bel et bien père et fils. Leur ressemblance était si frappante que c'en était presque drôle.

Un homme qui n'est pas un véritable roi s'apprête à rencontrer une femme qui n'est pas une véritable Martyre, songeai-je.

Je me demandai alors si les moments les plus importants de l'histoire n'étaient pas, en fait, qu'une grande pantomime mensongère. Cette idée m'arracha un sourire – que j'effaçai aussitôt, car, si cette farce était absurde, elle n'en aurait pas moins des conséquences tragiques.

Les Luminants de l'Alliance des Martyrs se tenaient au centre de la place couverte de pavés en granit qui s'étendait en contrebas de l'entrée monumentale du temple. Je remarquai tout de suite que tous les membres du conseil étaient présents, une dizaine d'hommes et de femmes d'âge mûr ou avancé portant de simples robes de coton gris. L'Alliance était une religion qui s'étendait bien au-delà des frontières d'Albermaine et seuls cinq membres du conseil étaient originaires des duchés du royaume. Les leçons de Sihlda m'avaient appris qu'ils ne se réunissaient qu'une fois tous les dix ans en raison du temps qu'il fallait pour se rendre dans un même endroit, mais ils étaient tous là. Cela signifiait que les Luminants des régions les plus reculées avaient entrepris leur voyage avant que cette rencontre soit organisée. L'arrivée de la Martyre Ressuscitée – qu'elle soit reconnue comme telle ou pas – avait fait comprendre aux hauts responsables de l'Alliance qu'ils avaient beaucoup de choses à discuter.

Evadine arrêta sa monture devant l'escalier et mit pied à terre. Wilhum et moi l'imitâmes. Un silence curieux et impatient saisit la foule des spectateurs lorsqu'elle me tendit les rênes de son cheval.

— Restez ici, nous dit-elle avec un petit sourire crispé. (Elle se tourna, attendit un instant et reprit la parole en posant le pied sur la première marche.) Et n'oubliez pas votre promesse.

Aucun des différents tableaux immortalisant ce moment n'est jamais parvenu à en capturer l'essence. Les couleurs sont trop vives ou les poses trop dramatiques. Certaines toiles figurent Tomas sous les traits d'un tyran hautain et soupçonneux qui n'a aucune envie d'être là, ou d'un homme jeune, séduisant et visiblement idiot. Les Luminants sont consternés ou stoïques. Et, bien sûr, Evadine est toujours l'incarnation même de la sainteté, de la perfection et de la beauté. Bon nombre de ces œuvres ont également un point commun qui a tendance à m'agacer : si la plupart des peintres n'ont pas hésité à représenter Wilhum, rares sont ceux qui ont jugé utile de me représenter moi. Alors que tous les documents dignes de foi attestent ma présence. Je conseille donc à l'étudiant en histoire consciencieux de chercher la vérité dans les écrits, car les artistes sont de fieffés menteurs. Et de sacrés ivrognes, croyez-en mon expérience.

Cela dit, le principal défaut des tableaux décrivant la rencontre entre la Martyre Ressuscitée et le roi Tomas Algathinet, c'est leur impuissance à restituer son atmosphère. Des milliers de personnes regardaient la jeune femme en armure gravir cet escalier et ceux qui possédaient une once de bon sens sentirent que le monde était à la croisée des chemins. Le destin d'une nation – voire d'une foi – rassemblant des millions d'âmes dépendait de ce qui allait suivre.

Evadine s'arrêta une marche en dessous de celle sur laquelle se trouvait le roi Tomas. Avec calme et lenteur, elle détacha son fourreau, posa un genou à terre et leva l'arme qu'elle tenait à deux mains au-dessus de sa tête baissée. Puis elle prit la parole de cette voix qui lui permettait d'être entendue par les spectateurs les plus éloignés sans crier. Une voix ferme et profondément sincère.

—Votre Majesté, mon épée est à vous.

Chapitre 4

L'humble soumission d'Evadine sur les marches de l'escalier du temple fut saluée par un rugissement assourdissant de la part des fidèles massés sur la place. Le roi eut le bon sens d'attendre quelques instants avant de tendre la main et la poser sur l'épée offerte de la jeune femme. Il esquissa un sourire empreint de gravité et d'assentiment, comme s'il n'avait pas remarqué la jubilation intense qui faisait vibrer l'air.

—Votre lame m'est aussi précieuse que votre âme, ma dame, déclara-t-il.

Le vacarme était tel que seules les personnes les plus proches purent l'entendre, mais la vue de la main royale sur le fourreau provoqua un élan de liesse encore plus retentissant que le précédent.

—Venez, poursuivit le roi. (Il recula dans un tourbillon de cape et fit un geste en direction de l'entrée du temple.) Joignez-vous à nous pour les supplications des Séraphiles et l'exemple des Martyrs.

Evadine ne nous avait pas fait signe de la suivre, mais Wilhum et moi nous dépêchâmes de gravir les marches et de la rejoindre lorsqu'elle pénétra dans le bâtiment plongé dans la pénombre. Un lourd parfum d'encens viciait l'air de l'immense salle zébrée par des flèches de lumière de différentes couleurs provenant des grands vitraux. Mes yeux scrutèrent les moindres recoins à la recherche d'une éventuelle embuscade, mais je ne vis que des Suppliants, des clercs et des laïques. Les Luminants n'avaient pas daigné nous souhaiter la bienvenue de manière officielle—pas plus qu'officieuse, d'ailleurs. Ils s'enfoncèrent dans l'obscurité épaisse et disparurent entre les piliers qui bordaient la chapelle centrale du temple tandis que le bruit de leurs pas décalés résonnait dans l'immense salle.

Le roi se tourna vers Evadine et la gratifia d'une gracieuse révérence.

—Avant le début des Supplications, dit-il, nous sommes invités à partager la sagesse des Luminants. Si vous voulez bien vous joindre à nous, ma dame. (Il approcha d'un pas avant de poursuivre d'une voix basse où perçait une pointe d'ironie.) Pour vous dire la vérité, je crains de ne pas avoir le courage d'endurer cette épreuve tout seul.

Les acclamations de la foule résonnaient encore dans la vaste salle haute de plafond où les Luminants s'étaient rassemblés pour tenir leur conseil. Ils étaient assis autour d'une table semi-circulaire, de part et d'autre du roi qui occupait la place centrale. Sa sœur, qui n'était pas autorisée à se joindre au conseil, se tenait en retrait. J'apprendrais plus tard que c'était la première fois qu'un roi — qu'il soit d'Albermaine ou d'un autre royaume — était convié à prendre place à cette table. Cet événement montrait de manière irréfutable que la Couronne et l'Alliance avaient décidé de faire front commun. En ce qui concernait l'imprévisible et dérangeante Martyre Ressuscitée du moins.

Un seul membre des Luminants s'adressa à nous ce jour-là, un homme qui, à ma grande surprise, ne m'était pas tout à fait inconnu. Je le connaissais de nom et de réputation. La dernière fois que j'avais entendu parler de Durehl Vearist, c'était de la bouche d'un conducteur de chariot devant les murailles du château d'Ambris des années plus tôt. Il n'était alors qu'Ascendant, mais c'était le clerc le plus ancien et le plus respecté des Marches shavines. C'était lui qui avait écouté le testament du duc Rouphon avant que Sir Ehlbert lui tranche la tête. Il avait fait un long chemin depuis. Et, à en juger par son ton et son attitude au cours de la réunion, ce n'était pas pour ses talents de diplomate qu'on l'avait élu au rang de Luminant.

—On ne compte plus les histoires concernant votre… martyre, Aspirante, dit-il à Evadine qui se tenait devant la pieuse assemblée.

Le Luminant Durehl était un homme robuste qui dégageait une grande énergie malgré son âge avancé. Il leva son visage quelconque vers la jeune femme et je vis que, contrairement à ceux de ses pairs, ses yeux n'exprimaient aucune peur et aucun respect.

—Peut-être pourriez-vous nous faire l'amabilité de nous résumer tout cela de manière détaillée et factuelle.

—Certainement, répondit Evadine d'une voix placide. J'ai été blessée lorsque les Ascarliens ont attaqué le port d'Olversahl. Mes très chers camarades... (Elle jeta un bref regard chargé de tendresse silencieuse en direction de Wilhum et de votre serviteur.) Mes très chers camarades se sont battus comme des lions pour me sauver et me conduire à Farinsahl. J'ai erré aux frontières de la mort pendant un certain temps, en proie à des crises de délire récurrentes. Tandis que je souffrais, j'ai senti mon cœur s'arrêter, et ce fut à ce moment que je reçus la visite d'un Séraphile qui guérit mes blessures.

Quand on racontait cette histoire devant une assemblée de fidèles fascinés – d'une manière un peu moins succincte et sur un ton un peu plus truculent –, elle ne manquait jamais de susciter une émotion intense entrecoupée de hoquets émerveillés. Ce jour-là, elle ne provoqua rien d'autre qu'un échange de regards réservés. Et une vague agitation trahissant un certain malaise.

—Il y a bien longtemps que l'on sait que les Séraphiles ne visitent pas ce bas monde, déclara Durehl. Ils communiquent leurs grâces par l'intermédiaire des Martyrs, ceux qui ont transcendé leurs préoccupations mortelles afin d'être remarqués et guidés par ces mêmes Séraphiles. C'est seulement à travers l'exemple des Martyrs qu'ils daignent nous faire part de leurs divins messages.

—Je tiens à faire remarquer, Luminant, que ces affirmations ne relèvent pas de la *certitude*, mais de la croyance. La distinction est subtile, mais importante. Si on a pensé pendant des siècles que les Séraphiles ne visitaient pas ce bas monde, c'est uniquement parce que cela n'était jamais arrivé. Et je peux déclarer sans crainte d'être contredite que nul passage des saintes écritures de l'Alliance n'affirme que cela est impossible.

Le visage de Durehl s'assombrit, mais le roi intervint avant qu'il ait le temps de reprendre la parole.

—Le Séraphile s'est-il adressé à vous, ma dame? demanda-t-il sur un ton qui exprimait une curiosité sincère plutôt que le doute à peine voilé du clerc assis à côté de lui.

—C'était une Séraphile, précisa Evadine avec un large sourire. Et elle m'a parlé, oui, Votre Majesté. Elle m'a dit des choses merveilleuses.

—*Une* Séraphile? la coupa Durehl. (Ses sourcils se froncèrent d'un air désapprobateur.) Les Séraphiles sont des êtres qui ont dépassé les futilités du genre.

—Encore un point qui relève de la croyance plutôt que du savoir, Luminant, répliqua Evadine. (Elle tourna la tête et regarda le roi avec insistance.) Votre Majesté, elle m'a parlé d'amour. L'amour des créatures divines pour les mortels. Un amour qui l'a poussée à me guérir et à me demander de porter ce message à tous ceux qui sont prêts à l'entendre. Elle m'a expliqué que nos querelles incessantes peinent les Séraphiles et que l'obscurité que nous laissons entrer dans nos cœurs met le monde en danger. Car, en cédant à nos jalousies et appétits insignifiants, nous venons en aide aux Malécites et précipitons l'arrivée du Second Fléau. Alors qu'il est déjà à nos portes.

—Quelqu'un d'autre a-t-il entendu ces divines révélations ? demanda Durehl. Un témoin a-t-il assisté à cette apparition ?

—Les paroles de la Séraphile n'étaient destinées qu'à moi. (Evadine se tourna et pointa le doigt vers moi.) Mais ce fidèle soldat était présent quand elle m'a guéri. Il peut attester l'authenticité du miracle.

—Vraiment ?

Durehl perdit le peu de retenue dont il avait fait preuve avec Evadine. Son regard furieux se posa sur moi et il reprit la parole d'une voix dure et sans concession.

—Je suppose que cette personne n'est autre que le scribe dont nous avons tant entendu parler.

Evadine hocha la tête. J'avançai d'un pas et m'inclinai vers le Luminant, mais ne posai un genou à terre qu'en me tournant vers le roi.

—Je suis Alwyn Scribe, Votre Majesté. Votre Luminance. À votre service.

—Redressez-vous ! aboya Durehl. Je tiens à voir le visage d'une personne quand je l'interroge. (Je me redressai et vis qu'un fantôme de sourire se dessinait sur les lèvres du Luminant.) Vous êtes un de ces prisonniers qui se sont échappés des mines de l'Enfer. Un bandit, un assassin qui faisait partie de la bande du tristement célèbre Deckin Scarl. C'est bien cela ?

—C'est bien cela, Votre Luminance.

Il n'était guère étonnant que les Luminants aient rassemblé autant d'informations que possible sur Evadine et ses compagnons. C'était oppressant de se retrouver au centre de l'attention de ces gens, mais un silence hostile ne m'avait jamais empêché de dire ce que j'avais à dire.

—Mes crimes sont nombreux et je ne contesterai aucun d'entre eux, déclarai-je. Pas plus que je ne contesterai la foi qui a germé en moi le jour où la Dame Consacrée s'est arrêtée à Callintor pour nous parler. Car ce fut le jour de ma rédemption.

—Tiens donc? (Les sourcils de Durehl frémirent sous le coup de l'amusement.) Ce ne sont donc pas les mines de l'Enfer qui furent le théâtre de votre rédemption? Je sais pourtant de source sûre que c'est là que vous avez appris à lire et à écrire. Sous la tutelle de la meurtrière condamnée Sihlda Doisselle.

—L'Ascendante Sihlda n'était pas une meurtrière.

Je réussis à ne pas crier, mais une ardente colère colora mes paroles. Je me ressaisis et ajoutai sur un ton plus respectueux :

—Votre Luminance. (Mes yeux se tournèrent vers le roi.) L'histoire de cet emprisonnement injuste est longue, mais je suis prêt à la raconter dans les moindres détails si vous le souhaitez.

Un froncement de sourcils perplexe plissa le visage du roi. Je remarquai que sa sœur s'agitait sur son siège et je compris que ma pique avait frappé tout près du but. La princesse Leannor toussota – un petit bruit discret, mais qui résonna sous le haut plafond voûté de la grande salle. Et nul doute que le roi Tomas l'entendit très clairement.

—Votre Luminance, dit-il en adressant un sourire à Durehl, nous devrions peut-être nous concentrer sur des affaires plus importantes.

Une grimace de frustration assombrit un peu plus le visage de Durehl et il reprit la parole sur un ton bourru.

—Vous avez assisté à la résurrection de cette femme? demanda-t-il.

—En effet, Votre Luminance.

—Dites-nous ce que vous avez vu. Dites-nous *tout* ce que vous avez vu.

Je laissai la tension monter d'un cran tandis qu'une expression empreinte de respect et de mysticisme se peignait sur mon visage.

—Mes camarades et moi nous relayions au chevet de notre capitaine, dame Evadine, qui gisait… à l'article de la mort sur son lit. Les guérisseurs de Farinsahl et celui de la compagnie, le Suppliant Delric, avaient fait tout ce qui était en leur pouvoir et nous savions tous qu'il ne s'écoulerait pas longtemps avant qu'elle franchisse les Portails divins. Nous ne voulions pas la laisser seule, vous comprenez, même si son esprit semblait déjà avoir quitté ce monde. C'est arrivé peu avant l'aube, alors que j'étais sur le point de céder au sommeil. Je me redressai et je vis que le visage de dame Evadine avait… changé. (Je fis semblant de chercher mes mots tandis que mes yeux se perdaient dans le lointain et que je secouai la tête avec une expression émerveillée.) La douleur implacable qui avait ravagé son corps au point de le transformer en caricature de ce qu'il avait été, cette douleur avait disparu et je contemplai désormais une femme guérie et en parfaite santé. Elle ouvrit alors les yeux. Des yeux incroyablement brillants, incroyablement… vivants. (Je laissai échapper un petit rire dans lequel se mêlaient dépit, crainte et respect.) J'ai honte de l'avouer, mais à cet instant j'ai perdu connaissance. Le choc était trop fort. Quand j'ai repris mes esprits, la Dame Consacrée était penchée sur moi. (Je ris de nouveau.) Je me souviens qu'elle m'a demandé si j'avais trop bu.

Le roi me fit la grâce de glousser, mais les Luminants continuèrent à me toiser, impassibles et silencieux.

— Mais vous, lâcha Durehl, vous n'avez pas vu le… la Séraphile de vos propres yeux ?

— La Séraphile ? Non, mais j'ai… j'ai senti sa présence. Je me rappelle avoir éprouvé une grande chaleur intérieure tandis que mon âme s'allégeait soudain, libérée des terribles images de la bataille d'Olversahl. C'est très vague et je ne peux pas l'expliquer, mais je sais que, cette nuit-là, quelque chose est entré dans la chambre de dame Evadine. Quelque chose que je suis incapable de décrire, sinon que c'était un être empreint d'une compassion infinie. Cela, je le sais.

Proférer de telles affabulations aurait dû me faire hésiter ou bafouiller à plusieurs reprises. D'autant qu'à l'exception de Wilhum et de moi-même il n'y avait que des personnes de haut rang dans cette salle. Et que nous nous trouvions au cœur du temple le plus sacré de l'Alliance. Mais ce ne fut pas le cas. Les mensonges coulaient de ma bouche avec la fluidité d'un cours d'eau. C'était sans doute lié à l'habitude. Je mentais depuis le jour où j'avais raconté au maître maquereau que ce n'était pas moi, mais son porc préféré qui avait mangé une certaine pomme. Ce mensonge-là ne m'avait pourtant pas épargné une solide fessée. Et j'étais à peu près certain que ceux que je venais de raconter n'avaient pas convaincu davantage le roi et les Luminants. Par chance, eux et moi savions fort bien qu'à ce moment ce qu'ils croyaient n'avait pas plus d'importance qu'une merde de chien. Ce qui importait, c'étaient les preuves. Rien ne démontrait la véracité de mes paroles, sinon celles d'Evadine, mais les clercs exaltés et dubitatifs n'avaient pas davantage la preuve que je mentais sans vergogne.

Cet état de fait tacite fut souligné par une nouvelle salve d'acclamations qui monta de la foule rassemblée au-delà des murs du temple.

Pendant quelques instants, on eut l'impression que toutes les voix de la cité s'unissaient en un long cri d'adoration. Le visage du Luminant Durehl tressaillit tandis qu'il s'efforçait de contenir un spasme de colère. Si cette foule de fidèles n'avait pas été massée aux portes du temple, le Conseil des Luminants aurait condamné dame Evadine pour mensonge et hérésie sans la moindre hésitation, j'en suis convaincu. Ils l'auraient fait pendre avec plaisir et soulagement sur la grande place. Avec l'incorrigible menteur que je suis pour lui tenir compagnie. Ils ne pouvaient pas faire une telle chose, bien entendu, mais le long silence qui s'ensuivit révéla combien ils le regrettaient. Le roi, lui, se montra bien moins réticent.

—Nous avons de la chance d'avoir pu entendre cette histoire, ma dame, déclara-t-il en baissant la tête avec humilité. Si les érudits à venir doivent écrire quelque chose à propos de mon règne, ce jour occupera sans nul doute une place de choix dans leurs chroniques. Venez. (Il se leva – à la surprise évidente des Luminants.) Cette honorable assemblée va avoir besoin d'un peu de temps pour rédiger l'édit confirmant que vous êtes bel et bien une Martyre Ressuscitée. (Il tendit la main à Evadine.) Nous allons les laisser à leur tâche. Me ferez-vous le plaisir de faire quelques pas en ma compagnie ? J'ai une grande envie de me promener dans les jardins du temple. Je ne les ai pas vus depuis mon enfance.

Le roi Tomas guida Evadine d'un massif de fleurs à un autre pendant ce qui me sembla être une éternité. Il parlait de choses sans importance avec une politesse exquise, mais je ne tardai pas à comprendre ses véritables intentions. La princesse Leannor nous accompagna au cours de cette errance à travers les vastes jardins du temple. Elle suivait le roi et Evadine d'un pas ample et régulier. Wilhum et moi fermions la marche à distance respectueuse, ainsi que le voulait l'étiquette. Je scrutais les environs avec vigilance, car je me méfiais toujours de nos hôtes, mais en dehors des jardiniers qui taillaient les rangées impeccables de buissons et de plantes à fleur, je ne remarquai rien d'autre que la haute silhouette de Sir Ehlbert Bauldry. Pour une raison qui m'échappait, il ne marchait pas aux côtés du roi, mais le surveillait depuis les ombres du cloître qui entourait le jardin. Sa simple présence garantissait l'absence d'assassins, car il était clair qu'il n'aurait guère de mal à se débarrasser de Wilhum et de moi si le besoin s'en faisait sentir. Au fil de la promenade, je vis la princesse jeter plusieurs coups d'œil en direction du champion, mais je fus incapable de dire s'ils exprimaient une réprimande ou une mise en garde.

—Maudite jambe, dit le roi en s'arrêtant près d'une haie formant un rectangle autour de rosiers dont les branches épineuses étaient encore dénudées par le froid de l'hiver.

Il se frotta le sommet de la cuisse et je me rendis alors compte qu'il boitillait depuis le début de la promenade.

—Un renégat du Prétendant m'a asséné un méchant coup de massue sur le Champ des Traîtres. La douleur est plus vive quand il fait froid.

—J'ai entendu de nombreux récits louant votre courage pendant la bataille, Votre Majesté, déclara Evadine.

—Ils sont pourtant moins nombreux que ceux qui louent le vôtre, dit Tomas avec un sourire à la fois triste et chaleureux. Vous avez croisé le fer avec le grand menteur en personne, n'est-ce pas?

—Brièvement, Votre Majesté. La bataille était en train de tourner et nous avons été séparés. Apparemment, il s'est enfui peu après.

—Oui, dit Tomas en se remettant en marche d'un pas lent sur le chemin gravillonné. Leannor a rassemblé des histoires particulièrement choquantes à propos de sa fuite. Il semblerait qu'à un moment il se soit caché dans le ventre d'une créature à moitié putréfiée pour échapper à mes chevaliers. (Il jeta un coup d'œil à sa sœur par-dessus son épaule.) Ne s'agissait-il pas d'un taureau, ma chère? J'ai oublié.

—Un cheval de trait, mon très cher frère, répondit la princesse.

C'était les premiers mots que je l'entendais prononcer et je les trouvais soigneusement fades. Elle avait les mains rentrées dans les manches évasées de sa robe émeraude et sa posture tendue me fit comprendre que cette promenade l'inquiétait autant que moi.

—Un cheval de trait, c'est cela, dit le roi. Je regrette qu'il ne soit pas resté prisonnier de ses entrailles et qu'elles ne l'aient pas étouffé. À en croire des sources dignes de confiance, il se terrerait désormais dans une caverne, quelque part dans les montagnes d'Althiene. Je harcèle ce pauvre duc Guhlton pour qu'il envoie des troupes extirper ce lâche de son trou, mais le territoire des clans n'est pas une région facile à fouiller. Cela dit, le Prétendant ne représente plus la moindre menace. Sa horde a été décimée et il ne lui reste plus qu'une poignée de fidèles. En vérité, il ne peut plus prétendre à quoi que ce soit et il ne fait plus partie de nos royales priorités. Nous avons des problèmes autrement plus importants à résoudre.

Au fil de la conversation, la voix du roi avait perdu sa désinvolture initiale et s'était faite plus grave. Son ton exigeait une réponse quand il en attendait une. Evadine s'en rendit compte et elle se dépêcha de remplir le silence.

—Aujourd'hui, j'ai prêté serment et mis mon épée à votre service, Majesté. Ordonnez et j'irai au-devant de tous les dangers qui peuvent menacer le royaume.

—Vous avez mis votre épée à mon service, oui, dit le roi. (Il hocha la tête et fit la moue.) Mais qu'en est-il de votre compagnie? À supposer que le terme « compagnie » puisse encore désigner un rassemblement de soldats si nombreux.

—Ma compagnie et mon épée ne font qu'une, Majesté. Je vous assure que vous n'avez pas le moindre doute à avoir à ce sujet.

Le roi jeta un nouveau coup d'œil à sa sœur, mais ne lui adressa pas un mot. Je crus distinguer une pointe de satisfaction hautaine dans ses sourcils haussés, puis il se reconcentra sur Evadine.

—Des doutes? (Il éclata de rire et posa une main sur la spalière de la jeune femme.) Je vous en prie, ma dame. Je n'ai jamais eu le moindre doute en ce qui concerne votre loyauté. Quelles qu'aient été les rumeurs calomnieuses qui ont pu courir à votre sujet. Vous l'avez peut-être oublié, mais nous avons joué ensemble quand nous étions enfants. Juste une fois. C'était par un beau jour d'été au palais de Couravel. Vous lanciez une balle. Vous étiez en compagnie d'un garçon solidement bâti et d'un autre qui lui arrivait à peine à l'épaule. Je crains de ne pas avoir retenu leurs noms, mais je me rappelle qu'il y a eu une dispute et que le plus robuste vous a poussée. Vous êtes tombée et vous vous êtes ouvert le genou. Je m'attendais à vous voir éclater en larmes, mais au lieu de cela vous avez ramassé une poignée de gravier et vous la lui avez jetée au visage. Avant de vous lever et de lui assener un bon coup de pied dans les parties sensibles.

Il laissa échapper un gloussement nostalgique qu'Evadine ne parvint pas à dupliquer. Elle se contenta d'un sourire douloureux.

—Il s'agissait de Sir Eldurm Gulatte, Votre Majesté.

La joie du roi se volatilisa tandis qu'il haussait les sourcils.

—Pardon?

—Le garçon solidement bâti. Il s'appelait Sir Eldurm Gulatte. Il était encore récemment Seigneur Gardien des Mines de l'Enfer de Votre Majesté. Il s'est noyé dans le fleuve alors qu'il poursuivait les troupes du Prétendant après la bataille du Champ des Traîtres.

—Ah! oui, bien sûr. (Le roi Tomas prit une mine contrite.) Je me souviens d'avoir entendu un rapport à son sujet. Une triste histoire, à n'en pas douter. Mais les tristes histoires sont monnaie courante en temps de guerre et j'estime qu'il est du devoir d'un roi de veiller à ce qu'il y en ait le moins possible. Et corrigez-moi si je me trompe, mais je pense que c'est également celui d'une Martyre Ressuscitée. Car enfin, la paix n'est-elle pas la promesse éternelle des grâces des Séraphiles?

Aujourd'hui, bon nombre de personnes vous diront que le roi Tomas Algathinet était un idiot et un naïf. Un poltron et un prétentieux qui occupait un poste dépassant largement ses compétences et qui, par conséquent, ne pouvait qu'échouer. Mais tandis que nous marchions à travers les jardins du temple, je compris que cet homme faisait partie des plus intelligents et des plus rusés que j'avais rencontrés au cours de ma vie. Il échoua, certes, mais, compte tenu des problèmes qu'il dut affronter, le fait qu'il ait survécu si longtemps peut être considéré comme une grande victoire. La peur et la loyauté ne suffisent pas à garder le pouvoir. Un roi doit savoir tisser des alliances et s'attacher des obligés. Ce jour-là, Tomas avait rendu un fier service à Evadine en reconnaissant son statut de Martyre Ressuscitée et en contraignant les vieux hypocrites du Conseil des Luminants à faire de même. Et il était temps d'aborder la question du remboursement de cette dette.

—La paix doit être chérie en toutes circonstances, Votre Majesté, déclara la jeune femme.

—En effet. (Tomas soupira.) Mais comment se fait-il qu'une chose si simple soit si difficile à obtenir? On pourrait croire que les personnes qui ont connu la guerre – comme la majorité des habitants de ce royaume, malheureusement – sont prêtes à tout pour protéger la paix, mais il y a toujours un nouveau conflit pour prendre le relais de celui qui s'achève. Aujourd'hui, c'est à Alundia.

Alors que je tournais la tête vers Wilhum, je découvris qu'il avait les sourcils froncés et qu'il serrait les lèvres pour contenir sa satisfaction.

—À Alundia, Votre Majesté? demanda Evadine.

—Je le crains.

Tomas croisa les mains dans son dos. Son visage avait perdu toute trace de la fausse amabilité qu'il affichait quelques instants plus tôt. Il était grave et sévère.

—Le duc Oberharth s'agite un peu plus chaque année. Il a passé une bonne partie de sa jeunesse à causer des soucis à mon grand-père. Et ce fut encore pire avec mon père. C'est moi qui ai organisé son mariage avec dame Celynne, la fille du duc Guhlton d'Althiene. Une jeune femme ravissante, charmante et pourvue d'une dot considérable. Il ne s'agissait pas seulement d'une manœuvre politique, car dame Celynne était amoureuse d'Oberharth depuis un certain temps. J'avais espéré que sa douceur tempérerait les ardeurs belliqueuses du duc et assouplirait ses positions sur les taxes et la présence de fidèles orthodoxes de l'Alliance dans son duché. Ce ne fut malheureusement pas le cas. On dit que l'âge bonifie les gens, mais il n'a fait qu'exacerber les rancœurs d'Oberharth. Il y a eu… des incidents récemment.

Evadine réfléchit et ses yeux se plissèrent tandis qu'elle prenait la parole avec la même sobriété que le roi.

—Des incidents, Votre Majesté?

—Des massacres, pour dire la vérité. (La princesse Leannor avait répondu avant que son frère ait le temps de le faire.) Des temples orthodoxes incendiés. Des membres de congrégations passés au fil de l'épée tandis qu'ils fuyaient les flammes. Il y a un mois, les rues de Haudesahl ont été colorées par le sang des véritables croyants. Ils ont été massacrés alors qu'ils s'étaient rassemblés pour fêter le jour du Martyr Ihlander. Nous n'avons appris ces atrocités que la semaine dernière. Les fidèles de l'Alliance se réfugient en Alberis et dans les Marches shavines, rapportant de terribles histoires de carnages et de persécutions.

—Le duc Oberharth a ordonné ces massacres? demanda Evadine.

—Il affirme que non, répondit le roi Tomas. Ses missives sont aussi laconiques que par le passé, mais il critique ces tueries avec fermeté. Cependant, les rois… (Tomas esquissa un sourire crispé et adressa un hochement de tête à sa sœur)… et les princesses ont de nombreuses sources d'informations et les nôtres laissent planer de sérieux doutes sur son innocence.

—Ces informations seraient-elles recevables par un tribunal?

—Pas vraiment, mais je les juge crédibles. Le duc d'Alundia n'est pas un modèle de tempérance, mais ce n'est pas un imbécile. Certaines histoires racontent que l'or ducal finance de manière occulte des actions répréhensibles et la dissémination de fausses rumeurs. Il serait quasiment impossible de prouver cela devant un tribunal. Et une mise en accusation officielle fournirait à Oberharth l'excuse qu'il attend pour faire sécession. Je crois que nous avons besoin d'une solution plus mesurée, mais plus démonstrative. (Le roi se tut et se redressa, avant de reprendre la parole d'une voix protocolaire.) Dame Evadine Courlain, vous avez juré fidélité à la Couronne et je vous donne donc cet ordre : conduisez votre compagnie au château de Walvern et occupez-le en mon nom.

Je vis Wilhum se raidir, puis grimacer pour mettre Evadine en garde au cas où elle se serait tournée vers lui. Je n'avais jamais entendu parler du château de Walvern, mais mon camarade semblait en savoir long sur le sujet. Malheureusement, Evadine ne quitta pas le roi des yeux et les efforts de Wilhum furent vains. Je me suis souvent demandé ce qui se serait passé si, l'espace d'un instant, elle avait tourné la tête et croisé le regard insistant de son ancien fiancé. Mais nous étions à un point crucial des événements. Cette mission était le moyen par lequel elle devait s'acquitter de sa dette envers le roi. Une dette qu'elle avait déjà décidé de payer pour éviter que le royaume sombre dans la guerre civile. De mon côté, je ne pouvais m'empêcher d'admirer la subtilité avec laquelle Tomas lui avait présenté cette tâche. Evadine Courlain était destinée à transformer l'Alliance des Martyrs, mais il ne faut pas oublier que son radicalisme ne se manifesta que pendant la période où elle pensait être une Martyre. En dehors de cela, ses croyances étaient aussi traditionnelles et orthodoxes que celles d'un vieux clerc borné.

Alors, au lieu de prendre le temps de réfléchir et de demander l'avis de ses fidèles camarades, Evadine posa un genou à terre et s'inclina pour la seconde fois de la journée.

—Il en sera fait ainsi, Votre Majesté.

—Parfait. (Le roi posa la main sur la tête de la jeune femme en signe de reconnaissance, puis recula d'un pas.) Levez-vous, ma dame. Et accomplissez la volonté du roi.

—Si je peux me permettre, Votre Majesté, dit Evadine. Une marche si longue nécessitera que la compagnie soit ravitaillée et réorganisée. Beaucoup de soldats n'ont pas d'armes et rares sont ceux qui ont reçu une formation…

Elle se tut en voyant la princesse Leannor avancer et lui tendre un rouleau de papier fermé par un ruban en soie dorée et un grand sceau.

—Un décret du roi, déclara la princesse. Il ordonne à tous les sujets du royaume de vous apporter l'aide dont vous aurez besoin pour remplir votre mission. Tout ce que vous demanderez devra vous être fourni gratuitement. Tout marchand ou vendeur refusant d'obtempérer sera condamné à mort. Quant à la réorganisation… (La princesse jeta un rapide coup d'œil à son frère.) Sa Majesté sera ravie de vous accorder une semaine afin que vous puissiez procéder aux préparatifs nécessaires.

En ce qui concerne la formation militaire, j'ai entendu dire qu'il était tout à fait possible d'entraîner des hommes au cours d'une marche. Ce n'est pas vrai?

—Si, Votre Majesté.

Evadine se força à sourire tandis qu'elle serrait le rouleau scellé dans ses mains. Je savais qu'elle connaissait sa valeur aussi bien que moi. Des mots sur du papier – même écrits de la main d'un roi – ne remplaceront jamais du bon argent sonnant et trébuchant. Evadine venait d'accepter de conduire sa compagnie à travers un duché hostile sans or, sans provisions et sans matériel. La dévotion de sa congrégation allait être mise à rude épreuve.

—Eh bien! tout est réglé, alors, déclara le roi. (Il se tourna et se remit en marche, vers le temple cette fois-ci.) Je peux vous assurer que vous aurez tous les soutiens nécessaires. Le château de Walvern est abandonné depuis longtemps et vous devriez donc vous en emparer sans effusion de sang. Une fois que vous vous y serez installée, je rassemblerai une armée. Constituée de soldats de métier, pas de manants ignares et pleutres recrutés de force. J'ai tiré les enseignements de la bataille contre le Prétendant. Une fois que cette armée sera prête, je me dirigerai vers la frontière nord-est du duché. Si j'en crois les expériences passées, cela devrait suffire à convaincre Oberharth de renouveler son serment de loyauté envers moi et de prendre des mesures pour faire cesser le chaos sur ses terres. Je doute qu'il soit assez idiot pour vous attaquer dans l'intervalle, mais c'est un individu retors, alors attendez-vous aux pires bassesses de sa part. Si les Séraphiles nous accordent leur grâce, la crise sera peut-être résolue sans combats. Ce serait un agréable changement, vous ne trouvez pas?

—En effet, Votre Majesté. Cependant, il me semble qu'éviter une crise ne fera qu'en précipiter une autre. Les terribles événements qui frappent Alundia ont tous la même origine: l'adoption d'une forme pervertie et hérétique des croyances de l'Alliance, une hérésie qu'on tolère depuis trop longtemps. Pour éradiquer le mal une fois pour toutes, je serais d'avis d'opter pour une solution plus définitive.

—Je vois.

Tomas et la princesse Leannor échangèrent un nouveau regard. Leurs traits restèrent impassibles, mais la raideur de la princesse exprimait une sévère mise en garde.

—Et quelle serait cette solution?

—Au lieu de me contenter de menacer la frontière alundienne, je la franchirais, répondit Evadine. Et je demanderais à des missionnaires de se joindre à mes soldats. L'hétérodoxie corrompue d'Alundia doit être annihilée. Pour qu'un arbre puisse croître, il faut couper les branches malades.

—Vous voulez que je me lance dans une croisade? demanda le roi. Avez-vous songé aux destructions et aux massacres que cela entraînerait?

—La croisade n'entraînera ni destructions, ni massacres. Pas si nous agissons au nom du salut divin. Dans leur grâce et leur bienveillance, les Séraphiles m'ont accordé une voix, une voix que ceux qui sont sourds aux vérités de l'Alliance entendront. Si on m'en donne l'autorisation, je me ferai entendre de tous les Alundiens, et quand j'aurai ouvert leur cœur ils rejetteront l'hérésie.

J'ai affirmé que le roi Tomas n'était pas un idiot, et j'en eus une nouvelle preuve en voyant l'expression mi-amusée, mi-inquiète qui se peignit sur son visage. Il était bien possible que jusqu'à cet instant le roi et sa sœur aient cru qu'Evadine était un personnage aussi cynique et calculateur qu'eux. Et voilà qu'ils se retrouvaient confrontés à l'inconfortable réalité de sa dévotion. Cette femme croyait en sa propre légende.

—Il est clair que nous avons tous les deux le même avis sur… le danger que représente l'hérésie alundienne, déclara Tomas. (Il souriait, mais s'exprimait sur un ton prudent.) Vous comprendrez cependant les réticences d'un roi à l'idée de faire la guerre à ses propres sujets. Et la guerre ne manquera pas d'éclater si je fais ce que vous me demandez de faire, ma dame. Ne vous méprenez pas : je ne doute nullement de vos talents, mais vous ne pouvez pas convertir tout un duché en un instant et ce serait le seul moyen d'empêcher ces destructions et ces massacres que nous redoutons tant, vous et moi. Non. (Il posa de nouveau la main sur son épaule couverte de métal, mais plus fermement que la fois précédente.) Vous vous rendrez au château de Walvern et, une fois là-bas, vous hisserez mes couleurs au-dessus de ses solides murailles. Et maintenant… (Il laissa la main sur la spalière de la jeune femme afin de l'orienter vers le temple.) Je pense que nous avons accordé assez de temps à nos amis du clergé pour qu'ils rédigent l'édit de confirmation. Je peux vous assurer qu'en ce qui me concerne c'est avec le plus grand plaisir que j'entendrai sa proclamation depuis les marches du temple. Avec vous à mes côtés.

Chapitre 5

— **C**et endroit est une vraie ruine, Evie !

Même lorsqu'il était de mauvaise humeur, Wilhum demeurait égal à lui-même, calme, indifférent et peu enclin à se mettre en colère. Mais ce soir-là, il bouillait de rage. Son beau visage était écarlate et ses lèvres esquissèrent un rictus amer quand il pointa le doigt sur la carte étalée sur la table devant laquelle nous étions rassemblés.

— Le roi a parlé de solides murailles, mais elles sont criblées de brèches. Le château de Walvern a été pris et repris plus souvent que la plus chaude catin des taudis de Couravel !

— Wil ! le réprimanda Evadine avec une petite grimace.

L'ancien chevalier soupira, puis recula, les bras croisés et la mine sombre.

Evadine avait convoqué Wilhum, Legueux et votre humble serviteur dans ses appartements, à l'extrémité du vaste domaine du temple du Martyr Athil. Il y avait là un ensemble de bâtiments quelconques parmi lesquels on trouvait des entrepôts ainsi que les dortoirs des jardiniers et domestiques. La plupart avaient été appelés sous les drapeaux au cours de la mobilisation frénétique qui avait été décrétée quand le roi Tomas avait traversé Athiltor pour aller combattre le Prétendant. Une bonne partie de ces pauvres hères ne rentreraient jamais au temple et leurs chambres étaient donc vides. Les bâtiments n'étaient certes pas luxueux, mais leurs murs de pierre, leurs fourneaux et leurs toits bien entretenus étaient mille fois préférables à des tentes plantées sur un sol gelé.

La masse des fidèles d'Evadine s'était installée dans un campement de fortune à l'extérieur de la cité. Les célébrations qui avaient suivi la proclamation de l'édit de confirmation des Luminants – récité d'une voix forte et monocorde par le Luminant Durehl – semblaient avoir rendu ces gens insensibles au froid et au mauvais temps. Avant de nous convoquer, Evadine leur avait rendu visite et avait fait un sermon étonnamment sobre et dépourvu de tout triomphalisme. Elle avait rendu hommage à leur dévotion avec une humble gratitude avant de l'attiser avec une série de références aux textes sacrés. Une salve d'acclamations jubilatoires avait salué ses paroles et, quand le silence était enfin revenu, la nouvelle Martyre Ressuscitée avait fait sa propre proclamation. Une proclamation que je l'avais aidée à rédiger avec des termes soigneusement choisis. Une proclamation qui demandait à tous ces gens de rentrer chez eux.

— Nous avons accompli bien des choses ensemble, avait-elle lancé en écartant les bras pour englober chacun d'entre eux. Et sachez que votre courage et votre abnégation ont permis de repousser l'avènement du Second Fléau. Mais maintenant, je dois vous demander une dernière chose. Je dois vous demander de regagner vos foyers, de retourner auprès de vos familles. Il nous faudra accomplir d'autres tâches, mais celle-ci est achevée. Je vous en supplie, mes chers amis, rentrez chez vous et attendez mon appel.

De nouvelles acclamations avaient salué cette déclaration, mais j'avais également entendu des murmures confus et tristes. Seuls les plus solides et les plus capables avaient été acceptés au sein de la compagnie et les exclus allaient devoir affronter l'avenir sans leur chère Dame Consacrée. J'ignorais si les paroles d'Evadine auraient l'effet désiré, mais j'étais convaincu qu'au petit matin la plus grande partie de ses fidèles seraient toujours là.

— Qu'est-ce que vous reprochez à cet endroit, exactement ? demandai-je à Wilhum en observant son visage maussade alors qu'il examinait la carte. En dehors de l'état des murailles, je veux dire.

La carte provenait des archives de l'Alliance et était donc censée être plus précise que les représentations fantaisistes des cartographes royaux. L'Alliance vérifiait avec soin les plans qu'elle enregistrait, ce qui n'avait rien de très étonnant dans la mesure où elle possédait plus de la moitié des terres du royaume. Cette carte indiquait les domaines de la Couronne, comme le château de Walvern, mais son objectif premier était de représenter les propriétés de l'Alliance dans la zone frontalière qui s'étendait entre Alundia, les Marches shavines et Alberis – toutes marquées et mesurées avec précision. Elle montrait également les principaux chemins de pèlerinage entre les temples, des chemins qui coïncidaient souvent avec les routes les mieux entretenues et des sentiers connus des seuls habitants de la région.

— C'est une forteresse qui n'aurait jamais dû être construite, lâcha Wilhum en pointant le doigt vers le symbole marquant l'emplacement du château de Walvern.

C'était un pictogramme en forme de tour fortifiée sous lequel un scribe consciencieux avait écrit : « Abandonné ». Il se trouvait au milieu d'un méandre du fleuve à une vingtaine de kilomètres au sud-ouest du point de jonction des trois duchés et était donc en territoire alundien.

— L'arrière-grand-père du roi Tomas avait besoin d'un château pour contrôler cette partie de la frontière, poursuivit Wilhum. Mais les architectes ont choisi le pire endroit imaginable. La colline sur laquelle il est construit et la Corbeaudine qui coule autour donnent une illusion de sécurité. (Son doigt glissa sur la carte pour montrer les éléments dont il parlait.) Mais ce n'est qu'une illusion, justement. La Corbeaudine n'a un débit substantiel que pendant un mois par an. Le reste du temps, on peut la traverser en de multiples endroits. Les collines qui se dressent au sud et à l'est sont assez hautes pour dissimuler l'approche d'une armée ennemie jusqu'à ce qu'elle arrive à portée de flèche des murailles. Et elles offrent une plate-forme idéale pour l'installation de machines de guerre. La dernière fois que le duc d'Alundia a attaqué le château, il ne s'est même pas donné la peine de le prendre. Il s'est contenté d'installer ses engins sur les hauteurs. Il a ouvert trois brèches dans les murs, puis a attendu que les défenseurs hissent le drapeau blanc – ce qu'ils ont eu la sagesse de faire peu après. C'était il y a une centaine d'années et, depuis, aucun souverain d'Albermaine n'a été assez idiot pour y envoyer une nouvelle garnison.

— Les brèches peuvent être comblées, remarqua Evadine. Et des cavaliers peuvent patrouiller pour prévenir une attaque-surprise.

— Des cavaliers ? (Wilhum laissa échapper un petit rire sans joie.) Scribe et moi mis à part, il y a à peine une dizaine d'hommes capables de monter à cheval au sein de la compagnie.

— Dans ce cas, trouves-en d'autres. Ou donne des leçons à ceux qui sont prêts à apprendre. Et profites-en pour leur enseigner les rudiments des techniques de combat, car je pense que nous aurons grand besoin d'une unité de cavalerie.

—Cela prendrait des mois, grogna Wilhum. (Il tourna la tête vers moi.) Celui-ci arrive à peine à se tenir en selle au galop.

—Dans ce cas, il pourra t'aider. Ne te méprends pas, Wil. (Evadine le toisa sans ciller.) On nous a demandé de tenir ce château et nous le tiendrons. Quoi qu'il arrive. (Elle soutint son regard jusqu'à ce qu'il consente à hocher la tête, les lèvres serrées.) Capitaine Suppliant Legueux! (Elle se tourna vers l'ancien sergent récemment promu.) Comment cela se passe-t-il avec les nouvelles recrues?

Legueux ne répondit pas tout de suite. Il leva une main et frotta son crâne duveteux et couvert de cicatrices en s'efforçant de ne pas regarder la carte trop longtemps. Cette mission lui déplaisait autant qu'à Wilhum, mais il s'exprimait toujours avec prudence quand il était en présence d'Evadine.

—Elles sont assidues, ma dame. Elles sont maladroites, stupides et à peine capables de se tenir en ligne, mais elles sont assidues.

—Vous ne disposez que d'une semaine avant notre départ, alors ne les ménagez pas, ordonna Evadine. Faites-les travailler plus dur que vous avez fait travailler maître Scribe et ses camarades de Callintor. Et faites-leur bien comprendre que ceux qui souhaitent partir peuvent le faire sans crainte de représailles et sans honte. Je crois qu'il est préférable de se débarrasser des âmes les moins vaillantes avant notre départ.

Elle baissa la tête vers la carte et la contempla pendant une poignée de secondes avant de me faire signe de la rouler.

—Gardez-la, dit-elle. Étudiez-la avec soin et prêtez une attention toute particulière aux routes de pèlerinage.

—Bien, ma dame, répondis-je en prenant la carte.

Elle soupira, passa une main dans ses cheveux et étouffa un bâillement.

—Je vais jeter un coup d'œil aux comptes et aux registres tant que j'ai la force de garder les yeux ouverts. Wil, capitaine, prenez un peu de repos. Demain matin, rassemblez la compagnie dans son intégralité pour inspection. Les individus les plus sales seront renvoyés dans leurs foyers. Autant commencer l'élagage tout de suite.

Wilhum et Legueux se frappèrent le front avec le poing et prirent congé. Evadine s'assit près du fourneau et glissa une cape sur ses épaules avant de faire un geste en direction de la chaise disposée en face de la sienne.

—Vous allez découvrir qu'Ayin a fait des progrès considérables, dis-je en lui présentant le registre de la compagnie, un épais volume en cuir. Ses lettres sont un peu plus élégantes chaque jour.

—Je ne me rappelai pas les choses ainsi, déclara la jeune femme sans prendre le livre. Je parle de l'histoire que vous avez racontée devant le conseil. Dans mes souvenirs, vous gisiez à terre, sans connaissance, quand je me suis réveillée après avoir été guérie par la Séraphile. Je ne me rappelle pas vous avoir vu vous évanouir.

—Une pincée de licence poétique pour enjoliver les choses. (Elle conserva son expression soupçonneuse et je haussai les épaules.) La salle était pleine de menteurs et je suis convaincu que j'étais le moins effronté de tous.

Evadine cligna des paupières et jeta un coup d'œil au registre que je lui tendais toujours.

—Je suis sûre que tout est en ordre, dit-elle avec un sourire. Vous savez très bien que je ne vous ai pas demandé de rester pour étudier des dates et des chiffres, Alwyn.

Je sentis mes traits se crisper. Je posai le livre sur mes cuisses et mes doigts pianotèrent sur la reliure tandis que je cherchais la meilleure façon de réagir. Cette situation se répétait régulièrement depuis que je m'étais réveillé dans la Forêt shavine. Lorsque nous nous retrouvions tous les deux, l'atmosphère formelle, sincère et professionnelle laissait soudain place à quelque chose d'autre.

—Dites-moi ce que vous pensez, dit-elle en remarquant mon hésitation. Si brutal et désagréable que cela puisse être.

—C'est un piège, répondis-je. Un traquenard royal, en fait. Je ne vois qu'une seule raison pour laquelle le roi vous enverrait occuper un château qui ne peut pas être défendu. Il espère qu'Oberharth — ou une des bandes d'hérétiques fanatiques qui écument son duché — se chargera de faire ce qu'il ne peut pas faire. Je pense également qu'il a réussi à convaincre les Luminants de proclamer l'édit de confirmation en leur promettant que la Martyre Ressuscitée ne le resterait pas très longtemps.

—Ils me détestent, souffla Evadine avec tristesse. Je le vois bien. C'est… décourageant. Comment des personnes qui ont consacré leur vie au service de l'Alliance peuvent-elles être si mesquines alors qu'on leur présente une preuve irréfutable de l'authenticité de leur foi?

Je ne pus retenir un ricanement amer.

—Depuis quand l'Alliance s'intéresse-t-elle à la foi? (Cette remarque me valut un froncement de sourcils réprobateur et je me dépêchai d'ajouter:) Vous avez demandé à connaître mes pensées, si brutales et désagréables soient-elles. Eh bien! les voici. Guidées par l'intuition sans faille de l'Ascendante Sihlda Doisselle qui fut probablement la dernière véritable croyante à occuper une position d'importance au sein du clergé. Sihlda m'a appris qu'à l'origine l'Alliance était sans doute un rassemblement de fidèles persécutés, mais qu'elle est devenue un bastion de l'argent et du pouvoir. (Je levai la carte qu'elle m'avait confiée.) Ceci ne représente qu'une fraction des terres qui lui appartiennent. Grâce à ses règles, ses propriétés foncières et son or, elle contrôle la vie de millions de personnes et contraint les rois à l'obéissance. Et tout cela a été construit sur la foi de l'exemple des Martyrs. Et le génie qui réside dans ce mot. Par définition, un martyr est mort. Ce sont des légendes, des figures héroïques et mythiques qui ne sont plus là pour critiquer les prêches que les clercs font en leur nom. L'Alliance sait très bien comment manipuler un Martyr mort, mais elle ne sait pas comment gérer un Martyr en vie. C'est pour cela que les Luminants ont peur. Et qu'ils vous détestent.

— Et que voudriez-vous que je fasse ? Que je refuse l'offre du roi ? Que je renie le serment de loyauté que je lui ai prêté ? Malgré les terribles conséquences que cela entraînerait ?

— Non. Le piège est trop bien pensé pour qu'on puisse lui échapper. Et je n'ai pas plus envie que vous de voir ce royaume déchiré par la guerre. Mais la route est longue jusqu'à Alundia et qui sait ce que nous trouverons à notre arrivée ? Je ne suis plus un bandit, mais j'en ai conservé l'instinct. Si ce duché a vraiment sombré dans le chaos, nous allons au-devant de terribles dangers… et de nouvelles perspectives. On vous a envoyée à Olversahl pour se débarrasser de vous une bonne fois pour toutes, vous vous souvenez ? Vous avez déjoué leurs plans et je suis sûr que vous les déjouerez de nouveau. Quant à ce château en ruine, vous avez promis de l'occuper au nom du roi. Mais personne n'a précisé les modalités de cette occupation. Dix soldats peuvent très bien constituer une garnison tant qu'ils hissent la bannière royale au sommet des remparts. Et pendant ce temps, la compagnie pourra se rendre où vous voulez.

— À condition de trouver du ravitaillement.

— Le décret du roi n'est peut-être qu'un bout de papier, mais il se révélera sûrement utile. Avec votre permission, ma dame, je me chargerai des problèmes de ravitaillement.

Evadine plissa légèrement les yeux. Elle n'avait pas oublié que j'avais été un bandit, et, malgré toute l'estime qu'elle me portait, elle hésitait à confier une charge si importante à un homme qui avait commis tant de crimes.

—Maître Scribe, dit-elle enfin. J'ose espérer que ce voyage ne vous servira pas d'excuse pour remplir votre bourse.

J'inclinai la tête avec un petit sourire triste.

—Si vous me connaissiez mieux, ma dame, vous n'auriez aucune crainte à ce sujet. Je n'ai jamais gardé une escarcelle assez longtemps pour la remplir.

—Très bien. Mais veillez à noter chaque transaction, et soyez assuré que je vérifierai les comptes avec le plus grand soin.

—Je n'en attends pas moins de votre part.

Je me levai et portai le poing à mon front. Evadine grimaça d'un air irrité, car elle n'aimait guère que je fasse montre d'un respect si formel à son égard.

—Avec votre permission, ma dame, dis-je en me dirigeant vers la porte.

—Ce n'est pas un piège, Alwyn, déclara-t-elle.

Ma main se figea sur la poignée.

—Non?

Je me tournai et vis qu'elle contemplait les flammes à l'intérieur du fourneau.

—Vous voyez cela comme un piège, je vois cela comme une porte, dit-elle. Un... portail, en fait. Un portail qui attirera tous ceux qui ont été privés de la vérité de l'Alliance. De gré ou de force. Le roi m'a fait un cadeau. Sans le savoir. Le plus beau des cadeaux, en fait.

Sa voix s'éteignit tandis qu'elle s'emmitouflait dans sa cape. Depuis sa guérison, j'avais remarqué qu'elle déployait une énergie considérable pendant la journée, mais qu'à la tombée de la nuit, quand la fatigue se faisait sentir, elle devenait très sensible au froid.

—Alundia, murmura-t-elle. C'est là que tout commence, Alwyn. La croisade qui nous sauvera tous.

Le lendemain, je passai la matinée à seconder Wilhum qui donnait des leçons aux recrues sélectionnées pour former la Garde Montée de la Dame Consacrée—un nom grandiloquent et bien mal choisi compte tenu des talents de ses membres. Ils étaient vingt, treize hommes et sept femmes. Ils n'avaient pas vingt étés, à deux exceptions notables. Briquetier, comme son nom le laissait entendre, avait été un artisan itinérant pendant de longues années et il avait acquis une certaine connaissance des chevaux au cours de ses voyages. Il était meilleur charretier que cavalier, mais il savait se tenir en selle et était très apprécié pour la douceur avec laquelle il traitait les animaux.

Estrik n'était pas très différent. Il était aussi impressionnant que Briquetier, mais loin d'être aussi calme. Il était devenu soldat très jeune et avait appris à monter alors qu'il servait un petit seigneur de Cordonnie. Comme on pouvait s'y attendre de la part d'une personne qui avait exercé le métier des armes pendant tant d'années, c'était un homme dur avec une voix sèche et des traits lourds zébrés de cicatrices. Son mélange de foi et de brutalité me rappelait Brasseur. À une différence près : mon regretté camarade n'avait jamais été un grand orateur, mais en privé il était capable de s'exprimer avec clarté. Estrik, lui, n'avait sans doute jamais ressenti le besoin de décrire sa foi à haute voix, ni même d'y réfléchir, mais cela ne l'empêchait pas d'être un fervent croyant. Il avait fait partie des premiers à nous rejoindre lorsque nous nous étions réfugiés dans les Marches shavines. Après avoir entendu l'histoire de la Martyre Ressuscitée, il avait parcouru près de deux cents kilomètres à pied et était tombé à genoux devant Evadine avant de lui proposer ses services d'une voix tendue et étouffée. Et il avait fondu en larmes lorsqu'elle les avait acceptés.

Mes modestes compétences de bretteur me permettaient d'enseigner les fondamentaux aux recrues les moins expérimentées, mais je savais que mes techniques plus… grossières étaient susceptibles de se révéler plus utiles.

— Il y a plusieurs veines qui, une fois tranchées, provoquent une hémorragie qui vide un homme de son sang en quelques instants, déclarai-je devant mes élèves rassemblés.

Je tenais le menton de l'ancien novice Eamond d'une main ferme. Je lui avais demandé de m'attaquer avec une dague non dégainée et il avait obtempéré avec une maladresse prévisible, ce qui m'avait permis de lui arracher son arme et de l'amener à genoux en un instant.

— Mais ce n'est pas facile de les trouver dans le feu de l'action, alors il faut toujours faire au plus simple. D'abord, un coup pour étourdir votre adversaire et le faire tenir tranquille pendant une seconde ou deux. (Je frappai la tempe d'Eamond avec le pommeau de la dague, plus doucement qu'au cours d'un véritable affrontement, mais assez fort pour le sonner.) Ensuite… (Je glissai la pointe du fourreau en cuir sous l'oreille gauche d'Eamond.) Ne coupez pas tout de suite. (Le malheureux novice hoqueta tandis que j'appuyai plus fort.) Enfoncez la lame jusqu'à ce que vous sentiez le sang couler sur vos doigts, puis tranchez. (Je fis glisser l'arme sur la gorge d'Eamond et la pointe du fourreau laissa une longue marque rouge dans son sillage.) Tirez la tête en arrière pour vérifier que ça coule bien, comptez lentement jusqu'à trois, et c'est terminé.

Je donnai un coup de genou dans le dos d'Eamond qui s'affala à plat ventre et poussa un grognement sourd lorsque ses joues entrèrent en contact avec le sol gelé. Je le laissai haleter pendant quelques secondes avant de lui tapoter les fesses avec la pointe de ma botte.

—Debout, soldat. On n'a pas terminé. J'ai encore six techniques à vous montrer avant le repas de midi.

Il fallait bien reconnaître qu'Eamond n'était pas une mauviette et qu'il s'entraînait sans se soucier des contusions et de la fatigue. Comme le reste des membres de la Garde Montée, l'ardeur de sa dévotion l'amenait à considérer la douleur comme le prix à payer pour servir la Dame Consacrée. C'était également un élève qui comprenait vite. Il écoutait les instructions avec soin et n'avait jamais besoin qu'on les lui répète. Cela dit, il avait vécu dans un univers protégé avant d'intégrer la compagnie. Il n'avait jamais eu à affronter la violence et le danger qui, selon moi, sont les meilleurs professeurs du monde pour former des soldats.

—Trop lent! lui dis-je.

J'évitai son coup d'estoc en faisant un pas de côté et je le frappai en haut de la cuisse gauche avec le plat de mon arme en bois. Après une heure d'entraînement, nous avions troqué les dagues pour des épées et le manque de formation militaire de mes élèves était devenu encore plus criant.

—Ce n'est pas ma lame qu'il faut viser! C'est moi!

Comme avec la dague, Eamond avait vite appris à tenir son épée correctement et à reproduire les frappes et les parades, mais en combat il ressemblait à un enfant s'emmêlant les jambes pendant une leçon de danse. Ses mouvements étaient maladroits et saccadés.

—Tu ne t'es jamais battu, n'est-ce pas? demandai-je.

Je bloquai un coup trop lent et trop haut avant de le repousser sans ménagement.

—En vérité, non, maître Scribe, répondit-il en essuyant le filet de sueur qui coulait sur sa tempe.

—Quand des gens essaient de te tuer avant que t'aies du poil aux couilles... (Je fis semblant de viser la tête et abattis mon arme en travers de ses tibias.) Ça te prépare à affronter toutes les misères de la vie, tu ne crois pas?

—Je suis sûr que votre remarque… (Il grimaça et recula de plusieurs pas.) Est très pertinente.

—Eh bien! dans ce cas, nous sommes d'accord.

Je restai immobile, puis jetai mon épée en frêne sur le côté et dégainai la dague accrochée à ma ceinture. Eamond écarquilla les yeux en me voyant approcher, mais il ne tourna pas les talons pour s'enfuir.

—Soit tu réussis à me toucher, soit je te fais pisser le sang.

—Maître Scri…

Il bondit en arrière en poussant un cri de douleur lorsque la lame de la dague siffla et qu'une petite zébrure écarlate apparut sous son œil.

—Ce n'était qu'une caresse, dis-je. (Je me penchai en avant et entamai un mouvement giratoire, l'arme pointée vers lui.) Je te garantis que le prochain coup sera autrement plus sérieux.

Je frappai d'estoc en visant le visage. Confronté à un véritable danger, Eamond réagit plus vite. Il se pencha sur le côté et leva son épée pour parer. Je fus impressionné. Par sa réaction et par le fait qu'il ne s'était pas encore enfui à toutes jambes.

—Touche-moi, grondai-je.

Je me baissai et frappai de taille à hauteur des côtes. Eamond recula précipitamment, mais pas assez vite. Ma lame fendit son justaucorps sur plusieurs centimètres. Il leva son épée et frappa à la tête avec force et précision, mais, une fois de plus, il ne fut pas assez rapide. Je me penchai sur le côté et contre-attaquai. Ma dague déchira sa manche en laine et laissa une estafilade sur son biceps. On ne sait jamais comment les gens vont réagir à la douleur. Beaucoup reculent en tremblant ou restent pétrifiés, mais certains, comme Eamond, sont envahis par une colère qui décuple leur force et leur rapidité.

L'épée en bois s'écrasa contre ma tempe avec un craquement sonore. Un champ d'étoiles apparut devant mes yeux et mon ancienne migraine se réveilla. Elle ne s'était pas manifestée au cours de la matinée, noyée sous les doses du merveilleux élixir de Delric, mais le coup d'Eamond lui ouvrit la porte et elle revint en force—avec une pointe de férocité supplémentaire pour me rappeler qu'il ne fallait jamais sous-estimer son adversaire.

—Maître Scribe?

Je clignai des paupières. Les étoiles se dissipèrent et Eamond apparut. Il me regardait d'un air inquiet… en restant hors de portée de ma dague, car c'était un garçon intelligent. Les autres recrues se tenaient derrière lui. Elles avaient interrompu leurs combats respectifs pour savourer mon embarras.

J'étouffai un grognement, résistai à l'envie de me masser le crâne et parvins à esquisser un sourire.

—C'est du bon travail, dis-je à Eamond en rengainant ma dague. (Puis j'élevai la voix en regardant les autres.) Ça suffit pour aujourd'hui. Rentrez manger quelque chose et présentez-vous au sergent Dornmahl pour votre leçon d'équitation. On va voir si vous êtes capables d'aller au trot sans vider les étriers et tomber sur le cul.

Tout le monde s'éloigna, à l'exception d'Eamond qui me regardait avec un mélange d'hésitation et d'inquiétude.

—Vous êtes sûr que vous allez bien ? me demanda-t-il.

Une réplique monta dans ma gorge, mais n'eut pas le temps de franchir la barrière de mes lèvres.

—Tu lui as collé un sacré coup sur la caboche, dit Ayin à Eamond.

Elle se tenait côté de moi, souriante et pétulante. Elle venait souvent assister à nos entraînements et sa plume griffait sans relâche le parchemin tandis qu'elle décrivait nos passes d'armes avec de plus en plus d'habileté. Elle esquissa une moue comique lorsque je la foudroyai du regard, puis éclata de rire et glissa un bras sous le mien.

—Viens. C'est l'heure de manger. Il y a une nouvelle cuisinière qui travaillait au temple. Elle n'est pas aussi bonne que moi, mais elle n'est pas mauvaise. Il paraît qu'il y a de la tarte.

—Vas-y sans moi, dis-je en clignant des paupières. (La douleur palpitait avec une telle force que je me demandai si le crâne d'un homme pouvait exploser de l'intérieur.) J'ai des trucs à faire.

—Bon, d'accord.

Elle me serra le bras et s'en alla en trottinant. Malgré ma migraine, je m'aperçus qu'Eamond la suivait des yeux et qu'il portait un peu trop d'attention à ses mollets qu'on apercevait chaque fois que sa robe se soulevait.

—Oh ! dis-je en claquant des doigts devant son visage.

—Je… Je vous assure que je n'ai aucune mauvaise intention, maître Scribe. Jamais je n'oserais…

—Tant mieux. Et veille à ce que ça continue comme ça. (Voyant à quel point il était gêné et contrit, je jetai un coup d'œil à son biceps et poursuivis d'une voix plus douce.) Pas besoin de recoudre. Nettoie avec un peu de vinaigre et colle un bout de coton propre dessus. Si ça s'infecte, va voir le Suppliant Delric. (Je lui assenai une claque sur l'épaule avant de m'éloigner.) Et reste à l'écart d'Ayin. C'est préférable pour ta santé. Il y a des belles choses qu'il vaut mieux ne pas toucher. Va manger un peu. Et si on me demande, dis que je suis à la bibliothèque.

Chapitre 6

J e bus le reste de l'élixir de Delric sur le chemin de la bibliothèque de l'Alliance. Le goût désagréable de la mixture et la perspective peu engageante de rendre visite au guérisseur pour en obtenir d'autres me firent grimacer. Je décidai de consulter un apothicaire avant de regagner le temple, au cas où Delric resterait sourd à mes arguments et à mes flatteries. L'idée d'aller me coucher sans avoir avalé un médicament qui apaisait ma migraine me fit frémir.

Sihlda m'avait appris que la bibliothèque de l'Alliance d'Athiltor abritait la plus grande collection de textes sacrés originaux et de thèses académiques d'Albermaine, une masse d'archives encore plus importante que celle qui avait été tragiquement perdue au cours de l'incendie de la bibliothèque du Roi Aeric à Olversahl. Je fus donc surpris de constater que le bâtiment en lui-même était beaucoup moins impressionnant que celui de son regretté cousin septentrional. Il était visiblement plus ancien que le temple. Ses murs n'étaient pas des remparts de blocs de granit taillés avec soin et soutenus par des arches harmonieuses, mais des assemblages irréguliers de pierres rondes et de mortier. En vérité, il ressemblait davantage à une immense étable qu'à une institution culturelle de renom, mais mon désenchantement se volatilisa à l'instant où je franchis les grandes portes de chêne et contemplai les trésors qu'il abritait.

Si l'extérieur du bâtiment manquait cruellement de majesté, il n'en allait pas de même de l'intérieur. Les rayonnages s'étendaient sur trois niveaux. Le plus bas s'enfonçait dans les profondeurs et était desservi par plusieurs escaliers de bois en colimaçon. Celui du milieu était constitué de plates-formes soutenues par des poutres épaisses et reliées par des passerelles. Le plus haut s'étendait à travers un entrelacs dense de chevrons. Des bibliothécaires en robe s'affairaient à chaque étage, répertoriant ou portant des piles de livres ou de rouleaux ici et là. Au premier niveau, j'aperçus des bureaux inclinés et le dos des copistes qui travaillaient dans le scriptorium. Pour un scribe, ou n'importe quelle personne amoureuse des mots, cet endroit était un paradis dans lequel on pouvait passer sa vie sans jamais craindre de manquer de livres.

— Le scribe qui s'est battu contre le chevalier, hein? demanda l'Aspirante Viera.

On m'avait conduit à elle lorsque je m'étais présenté aux gardiens, à l'entrée. Ceux-ci m'avaient toisé avec méfiance, mais ils n'avaient aucune envie de découvrir ce qui se passerait s'ils me refusaient l'accès à la bibliothèque. Ils s'étaient donc débarrassés de moi en me confiant à la bibliothécaire supérieure. Viera était une femme grande et fine. Elle n'était plus toute jeune, mais elle dégageait une telle vitalité qu'il était difficile de lui donner un âge. Je l'avais interrompue alors qu'elle était penchée au-dessus d'un ancien grimoire enluminé et qu'elle examinait une illustration criarde à travers des verres encadrés par une monture en bois. Lorsqu'elle baissa ses bésicles, leva la tête et me regarda avec ses yeux durs et pénétrants, je compris que l'âge n'avait en rien altéré ses facultés intellectuelles. Elle m'observa de la tête aux pieds avec rapidité et efficacité. Son regard s'attarda quelques instants sur mon visage avant de glisser vers l'épée accrochée à ma ceinture, mais ce furent surtout les rouleaux qui émergeaient du sac que je portais à l'épaule qui attirèrent son attention.

— Je suis censée être impressionnée? demanda-t-elle en haussant un sourcil.

— Surtout pas, dis-je en éprouvant aussitôt une vague de sympathie pour cette femme. Mais j'avais espéré que vous pourriez vous montrer reconnaissante.

Les coins de sa bouche remontèrent imperceptiblement, mais elle étouffa son sourire avant qu'il ait le temps de s'élargir.

— Et pour quelle raison, je vous prie?

— Les fruits de mon récent labeur. (J'avançai, posai mon sac sur son bureau et en tirai le premier rouleau qui me tombait sous la main.) Un compte-rendu du rôle de la Compagnie de l'Alliance pendant la bataille du Champ des Traîtres par une personne qui y a participé, dis-je en le lui tendant.

L'Aspirante Viera ne le prit pas tout de suite. Elle laissa échapper un grognement dubitatif, tendit la main vers sa tasse et but une gorgée de thé avant de daigner m'en débarrasser. Les dix pages de vélin du rouleau avaient été rédigées au cours des jours qui avaient suivi mon réveil dans la Forêt shavine. Mon écriture était donc moins élégante que d'habitude, mais, au risque de vous sembler prétentieux, j'estime que mes pires travaux sont bien meilleurs que la production moyenne des autres scribes. Les yeux de l'Aspirante s'écarquillèrent légèrement, mais elle se ressaisit aussitôt et feuilleta les pages d'un air impassible.

—Votre œuvre ? demanda-t-elle après un examen attentif et – j'en étais convaincu – plus long que nécessaire.

—En effet. Tout comme ceux-là. (Je posai les autres rouleaux à côté du premier en donnant leurs titres.) Un *Compte-rendu authentique de la prise d'Olversahl par les païens ascarliens*. Un *Recueil des sermons de la Martyre Ressuscitée Evadine Courlain*. Une transcription attestée du *Discours de la Dame Consacrée aux fidèles croyants de Farinsahl le Jour de sa Résurrection*. (Je souris en voyant le masque impassible de Viera se fendiller et s'effriter.) J'étais présent chaque fois, vous voyez.

Les mains de l'Aspirante – tachées d'encre, bien entendu – glissèrent sur les rouleaux avec une impatience mal contenue. Puis elle toussota et reprit la parole.

—Que voulez-vous ?

—Je veux ce que veulent tous les serviteurs de l'Alliance : promouvoir la foi de toutes les manières possibles. Acceptez ces rouleaux, ainsi que mes plus humbles remerciements pour envisager qu'ils sont dignes d'intégrer vos merveilleuses archives. Je me sentirais cependant honoré si vous m'accordiez l'aimable permission de passer quelques heures dans la bibliothèque. Avec l'assistance experte d'un de vos subordonnés peut-être.

Viera haussa de nouveau un sourcil.

—Vous cherchez quelque chose ?

—Juste à approfondir mon savoir afin d'apporter toute l'aide possible à la Dame Consacrée au cours de sa sainte mission.

—Je vois. Et quels sont les sujets que vous souhaitez approfondir ?

—Le duché d'Alundia, répondis-je. (Je me tus, puis repris la parole avec une désinvolture à laquelle – j'en mettrais ma main à couper – Viera ne crut pas un seul instant.) Et les Caerith. Notre mission nous amènera certainement à proximité du désert et il m'incombe donc d'en apprendre autant que possible à leur sujet.

L'Aspirante Viera décida que ce serait elle qui m'assisterait – sans doute pour s'assurer que je ne commettrais pas d'actes délictueux ou malveillants. Il était clair qu'elle savait beaucoup de choses à mon sujet et l'idée de laisser un voleur érudit errer dans son domaine éveillait une méfiance bien compréhensible. Les livres valaient de véritables fortunes, après tout. Elle se fit cependant moins hostile lorsqu'elle se rendit compte que mon intérêt n'était pas un prétexte cachant de sombres desseins.

— Le schisme entre les branches alundienne et orthodoxe de l'Alliance a eu lieu il y a trois siècles, m'expliqua-t-elle. Il fut provoqué par un clerc mineur du nom de Korbil. Sa carrière fut brève, mais elle eut de terribles conséquences. Il est considéré comme un Martyr par les Alundiens, mais pas par les fidèles de la véritable foi, bien entendu. Korbil fut le premier à promouvoir l'hérésie selon laquelle les rituels et les cérémonies de l'Alliance étaient devenus une barrière entre la grâce des Séraphiles et le monde des mortels. La seule existence des clercs était une abomination à ses yeux. Au point qu'il déchira sa robe de Suppliant et passa une année tout nu pour se racheter de l'avoir portée. Il aimait aussi se flageller devant les temples pendant les supplications, et il en profitait pour clamer que ces lieux étaient des sanctuaires du mal.

— Un fou, donc, dis-je en me rappelant le zèle maniaque de Valet.

— Il ne pensait pas être fou, mais en ce qui me concerne je crois qu'il l'était, oui. Cela dit, même un fou peut rassembler une communauté de fidèles. (Viera feuilleta un ouvrage ancien et épais avant de s'arrêter sur une illustration qui occupait une page entière.) Le Massacre des Fidèles.

Elle fit tourner le livre vers moi et me montra l'image. Elle avait été imprimée par xylographie et l'encre avait perdu de son éclat. Les traits étaient grossiers et les personnages étaient représentés de manière archaïque, mais le premier plan parsemé de cadavres et de corps mutilés donnait une idée très claire du massacre. Dans le fond, des flammes s'élevaient au-dessus d'une cité et des lignes torturées dessinaient le visage d'un homme furieux. Les mots « Le Faux Martyr Korbil Commit de Terribles Actes en ce Jour » étaient écrits en lettres inégales et mal espacées sur son front.

— Les fidèles de Korbil attaquèrent une congrégation rassemblée pour les supplications au temple de la Martyre Elliana. Le jour de sa sainte fête, qui plus est, déclara Viera. Ils tuèrent tout le monde. En utilisant une impressionnante variété de techniques aussi inventives que sadiques, à en croire certains récits, mais les études contemporaines contredisent ces affirmations. Ce qui est sûr, c'est qu'il se passa des choses horribles dans le principal temple de l'Alliance de la capitale d'Alundia. Et qu'après Korbil et ses fidèles incendièrent le bâtiment et la plus grande partie de la cité. Ce fut cet incendie qui fit le plus de victimes. Plus de mille personnes d'après certains documents. Le roi Arthin le Premier ne fut pas long à rassembler une armée et à marcher sur Alundia pour réclamer vengeance. Cette croisade fit bien plus de morts que la folie de Korbil, bien entendu. Lorsque Arthin le captura, il ordonna qu'on le torture pendant cinq jours avant de lui accorder la miséricorde d'une exécution. Si Korbil n'avait pas été fou avant, il l'aurait sans nul doute été quand la hache du bourreau s'est abattue sur sa nuque. Mais le roi ne s'est pas arrêté là. Le duc d'Alundia fut jugé pour avoir aidé les hérétiques. Il fut dépossédé de ses titres et exilé dans les montagnes du désert des Caerith. On ne le revit jamais. Ses héritiers furent réduits à la mendicité et ses terres furent confisquées par la Couronne. Arthin sillonna ensuite le duché pour châtier ceux qu'il estimait être des hérétiques. Sans l'ombre d'une preuve, en règle générale. De nombreux érudits s'accordent sur le fait qu'il cherchait avant tout à remplir ses coffres et qu'il exécutait les grands propriétaires terriens dans le seul dessein de les dépouiller. Il avait besoin d'argent pour financer ses guerres et rembourser les dettes qu'il avait contractées. Les Alundiens appellent cette époque la Grande Douleur et elle hante toujours leur mémoire. Votre Dame Consacrée n'aura pas droit à un accueil très chaleureux, je peux vous l'assurer, jeune homme.

— Le conseil a reconnu la Martyre Evadine, lui rappelai-je sur un ton désinvolte, mais insistant. Par conséquent, elle n'est pas seulement *ma* Dame Consacrée, mais également la vôtre. (Je souris en la voyant froncer les sourcils, puis je tendis la main vers un autre livre.) Est-ce là votre guide des chemins de pèlerinage du duché le plus récent ?

— Oui, répondit Viera avec un frisson dans la voix. (J'avais eu l'impression qu'elle commençait à m'apprécier et sa réaction me peina.) Il y a dix-huit temples le long de la frontière alundienne. Tous ont été détruits et reconstruits à de nombreuses reprises au fil des ans. Et ce vandalisme est toujours une source d'angoisse pour les clercs de la véritable foi qui y officient. Il faut être courageux pour entamer un pèlerinage sur les chemins d'Alundia. Les dissidents ne reconnaissent pas cet acte de foi, car, à leurs yeux, se prosterner devant une relique relève du rituel blasphématoire.

— Mais les chemins sont entretenus et praticables ?

— Lorsqu'ils longent les routes, je suppose. Ceux qui conduisent aux petits temples doivent être plus difficiles à trouver et à arpenter, mais ce guide devrait vous fournir toutes les indications nécessaires.

Je passai une main sur la couverture en cuir. C'était un livre épais, mais pas très lourd.

— Il n'en existe pas d'autres exemplaires ? demandai-je.

— Si. (Il lui fallut un moment, mais l'Aspirante Viera réussit à esquisser un sourire.) Prenez-le, et ayez l'obligeance de transmettre les compliments de la Bibliothèque de l'Alliance à la Dame Consacrée.

— Je n'y manquerai pas. (Je rangeai le livre dans mon sac et observai Viera.) Maintenant, les Caerith.

— Nous avons plusieurs ouvrages à leur sujet, mais je dois vous avertir : ils sont un peu fantaisistes. *Voyages à travers le désert*, d'Ulfin, est le plus lu, mais la plupart des érudits estiment qu'il est truffé d'invrai-semblances et d'absurdités.

— D'absurdités ?

— Oh ! (Viera laissa échapper un ricanement méprisant.) Des affirmations à propos des superstitions caerith, ce genre de choses. Des descriptions – souvent choquantes – de phénomènes impossibles. Ulfin était un scribe en disgrâce qui gagnait sa vie en écrivant des vers de mirliton pour des nobles sans éducation et de soi-disant érudits. On ne peut pas dire que ses œuvres soient dignes de confiance.

— Je vais quand même prendre un exemplaire de son livre, à supposer que vous puissiez m'en fournir un. Posséderiez-vous des ouvrages en langue caerith ? Je sais qu'il en existe, et quel meilleur endroit où en chercher qu'ici ?

Les yeux de Viera se plissèrent de nouveau, mais plus par per-plexité que par désapprobation.

— Nous en avons une petite collection, dit-elle sur un ton prudent. On les consulte rarement dans la mesure où personne ne sait les traduire. Et voilà que, dans la même journée, non pas un, mais deux serviteurs de l'Alliance demandent à les voir.

— Deux ? répétai-je, intrigué. Qui est l'autre ?

— Voyez par vous-même. (Elle recula et désigna un escalier en colimaçon.) Il est arrivé il y a plusieurs heures, mais il est toujours là.

L'Aspirante ne daigna pas m'accompagner dans les profondeurs de la bibliothèque, arguant qu'elle avait des affaires importantes à traiter dans les niveaux supérieurs, mais je la vis jeter un coup d'œil méfiant en direction du labyrinthe de rayonnages qui s'étendait en contrebas. Je compris alors que son refus n'était pas entièrement motivé par le simple fait que rester en ma compagnie la dérangeait.

—Vous trouverez les ouvrages caerith vers l'arrière du bâtiment, me dit-elle avant de s'éloigner. (À ma grande surprise, elle s'arrêta au bout de quelques pas, se tourna et reprit la parole d'une voix qui exprimait une estime réticente.) Si vous jugez nécessaire de rédiger un compte-rendu de vos aventures dans les terres du Sud, j'espère que vous penserez à nous à votre retour.

—Je n'y manquerai pas, Aspirante. (Je m'inclinai avec gravité pour exprimer un respect qui n'était pas feint.) À condition que j'en revienne, bien entendu.

Je descendis l'escalier et croisai une armée de clercs de rang inférieur qui accomplissaient la myriade de tâches indispensable à l'entretien d'une bibliothèque très fréquentée. Ces fonctionnaires industrieux se firent de plus en plus rares tandis que je m'enfonçais dans les sombres allées de ce niveau. Et je ne tardai pas à découvrir pourquoi.

Je l'entendis avant de le voir. Il psalmodiait des paroles que je ne comprenais pas d'une voix sinistre et familière.

— *Vearath uhla zeiten elthiela Caihr?*

Il parlait bas, mais ses mots portaient dans l'air sec et tranquille. Je ne les comprenais pas, mais je savais à quelle langue ils appartenaient. C'était du caerith. J'avais toujours su que j'entendrais de nouveau cette voix, mais je n'aurais jamais imaginé que ce jour serait si proche.

Je tournai à une intersection et je le vis. Il tenait un livre d'une main et une lanterne à huile de l'autre. Les flammes nues étaient interdites dans l'enceinte de la bibliothèque, bien entendu, et seules les petites lampes étaient autorisées. Le visage de l'Aspirant Arnabus était donc en grande partie caché par les ténèbres, mais cela ne m'empêcha pas de le reconnaître sur-le-champ. Et il n'eut aucun mal à identifier ma silhouette anonyme.

—Maître Alwyn Scribe, lança-t-il en esquissant un sourire qui semblait sincère. Quelle joie de vous revoir. Et de constater que vous êtes en bonne santé. (Je restai silencieux, mais tandis que je le regardais mes doigts se contractèrent sur la poignée de mon épée.) Je craignais que les derniers coups de Sir Althus ne se soient révélés fatals.

Il baissa son livre et approcha assez pour que sa lanterne éclaire mon visage. Il me scruta et esquissa une moue satisfaite.

—Je suis bien heureux de constater que mes craintes étaient infondées.

—Écartez-vous de moi, ordonnai-je dans un souffle rauque.

Il dut m'entendre, et comprendre la menace à peine voilée, car il inclina la tête et recula. C'était prudent de sa part, mais son attitude ne trahissait aucune peur. En tant que principal organisateur de la parodie de procès devant conduire à l'exécution d'Evadine, il devait bien se douter que je mourais d'envie de lui trancher la gorge, mais il se comportait comme si j'étais un ancien collègue rencontré par hasard.

—Vous êtes venu chercher des informations en vue de votre voyage vers le sud, n'est-ce pas? demanda-t-il avec affabilité, mais sans curiosité particulière. C'est très sage de votre part. Je dois cependant reconnaître que je suis surpris de vous trouver au milieu de ces rayonnages chargés de gribouillages païens. À votre place, je serais plutôt allé consulter les traités d'histoire alundienne.

Je fus tenté de garder le silence, de rester immobile et de le regarder jusqu'à ce qu'il tourne les talons et fiche le camp, mais les mots qu'il avait prononcés en caerith me poussèrent à prendre la parole.

—Qu'est-ce que c'est? demandai-je en pointant le doigt vers le livre qu'il tenait à la main.

—Oh! ça? (Il ferma l'ouvrage d'un coup sec, leva le bras et le glissa dans un espace vide sur le rayonnage qui se trouvait sur sa gauche.) Des pages et des pages d'inepties en langue païenne. Le simple fait de poser les yeux sur ces gribouillis souille mon âme, je le sais bien, mais je pense que les Martyrs me pardonneront ce petit écart né de la curiosité. Vous n'êtes pas de mon avis?

—Vous le lisiez à haute voix, dis-je en sentant la migraine poindre.

J'avais remarqué que cela arrivait souvent quand je me mettais en colère.

—Vraiment? (Le front d'Arnabus se plissa d'un air perplexe.) Je ne vois pas bien pourquoi je ferais une telle chose. Et comment je pourrais la faire.

—Vous le lisiez à haute voix, insistai-je. (Je fis un pas vers lui pour que sa lanterne éclaire ma sombre détermination.) Qu'est-ce que ça raconte?

—Je serais bien incapable de vous le dire, répondit-il. (Son visage n'exprimait toujours aucune peur et il sourit de nouveau.) Vous avez dû mal entendre.

L'ancien Alwyn aurait sans doute écrasé la tête d'Arnabus contre le bord en chêne de la bibliothèque la plus proche avant d'obliger l'Aspirant à s'agenouiller et de glisser une dague contre sa gorge. Puis nous aurions eu une petite conversation à sens unique sur l'excellence de mon ouïe. Mais maître Alwyn Scribe, fidèle serviteur de la Dame Consacrée, était bien entendu incapable d'une telle violence et d'une telle vulgarité. Pour le moment.

—J'ai l'intention de vous tuer, déclarai-je. (La migraine transforma ma tentative de sourire en grimace crispée.) Je tiens à vous le dire. À cause de ce que vous avez fait au château d'Ambris et… (J'esquissai un rictus qui dévoila mes dents en sachant fort bien que cela me donnerait l'air d'un fou furieux dans l'obscurité et l'isolement de cette allée.) Parce qu'il y a quelque chose en vous qui attise ma haine, mon bon monsieur. Parce que vous mentez trop facilement et que je vois à quel point vos mensonges vous réjouissent. Parce que vous êtes cruel. On peut tirer du plaisir de la cruauté, bien sûr, mais c'est un plaisir que les âmes honnêtes ont la décence de combattre. Vous, je suis persuadé que vous êtes incapable de renoncer au moindre sadisme. C'est votre drogue. Je préfère ne pas laisser des individus tels que vous en vie lorsque je peux l'éviter.

—Oh! (Un froncement de sourcils vaguement peiné rida le visage étroit d'Arnabus, un demi-masque doré à la lueur de la lanterne.) Tout cela est fort regrettable, je suppose. J'avais espéré que nous pourrions repartir sur des bases plus amicales.

—J'ai du mal à imaginer qu'il existe des bases sur lesquelles nous puissions repartir.

—Ah! mais c'est ce que nous sommes en train de faire, mon jeune ami. C'est ce que nous faisons depuis un certain temps, d'ailleurs. Même si je reconnais que je n'en avais pas conscience avant de vous voir fendre la foule au château d'Ambris. Ah! quelle surprise! (Il esquissa un sourire affectueux et secoua la tête.) Les plaisirs de cet ordre sont chose rare!

—Vos réflexions absconses ont-elles un but? Ou espérez-vous simplement que cette aura de mystère me poussera à vous épargner?

—Oh! je sais que mes paroles ne vous feront pas changer d'avis sur ce point, mais à votre place je me méfierais des certitudes réconfortantes. Certaines trajectoires sont inévitables, c'est vrai. Mais d'autres sont aussi éphémères qu'un nuage de poussière. Elles se fondent dans le néant à la moindre erreur de calcul, ou sous le coup du hasard. Prenez le fait que vous soyez encore en vie, par exemple. J'étais certain que Sir Althus vous tuerait – et sans traîner. Mais les choses ne se sont pas passées comme elles auraient dû se passer et vous êtes là, bien vivant, alors que le commandant chevalier repose six pieds sous terre. Tant pis. (Il soupira, inclina la tête comme s'il attendait quelque chose et tendit sa main libre vers moi.) Je suis devant vous, Alwyn Scribe. Je ne porte pas d'arme – et si j'en portais une, je serais incapable de m'en servir après l'avoir dégainée. Tirez votre épée et tuez-moi si tel est votre souhait.

— Vous savez très bien que le meurtre d'un Aspirant dans un tel lieu me conduirait droit à la potence, quelles que soient mes relations avec la Dame Consacrée. (J'avançai et me penchai si près que nos visages se touchèrent presque.) Un bandit sage est un bandit patient. J'ai survécu à deux guerres et soyez assuré que je survivrai à la suivante, et que je veillerai à ce que la Martyre Ressuscitée remporte une grande victoire par la même occasion. Imaginez sa gloire quand elle rentrera d'Alundia. Imaginez son pouvoir. Je crois que vous l'avez déjà fait, tout comme le roi et sa sœur. Soyez rassuré, Aspirant, je suis capable d'ourdir des machinations aussi retorses que les vôtres. Mais ne vous gênez pas pour poursuivre les vôtres, car, ce faisant, vous me fournirez les preuves dont j'aurai besoin pour vous faire pendre.

Les lèvres d'Arnabus se pincèrent et ses sourcils se rapprochèrent tandis qu'il opinait doucement – la tête d'un homme qui s'efforce de faire plaisir à un simple d'esprit, pour résumer. Son visage ne trahissait toujours pas la moindre peur et cela décupla la force de ma migraine. Mais ce furent les paroles qu'il prononça ensuite qui m'enragèrent au point de me faire perdre tout contrôle.

— Où est passée notre sagesse ?

— Quoi ? demandai-je, les dents serrées sous le coup de la douleur et de la colère.

— *Vearath uhla zeiten elthiela Caihr ?* Le passage en caerith que vous m'avez entendu lire. C'est ce qu'il signifie. Enfin, c'est une traduction acceptable. C'est un extrait d'un court poème. « Où est passée notre sagesse ? notre vie ? notre beauté ? Oh, tout ce que la Chute nous a dérobé. » C'est tragiquement beau, vous ne trouvez pas ? Mais le caerith est une langue tragique. Prenez ce mot, par exemple : *Doenlisch*.

Toute trace d'amusement et de duplicité disparut de ses yeux. Ils brillaient d'une clairvoyance avide à la lueur de la lanterne.

— Avez-vous déjà entendu ce mot, maître Scribe ? Voulez-vous savoir ce qu'il signifie ?

Doenlisch. Oui, j'avais déjà entendu ce mot. D'abord sur la route des mines de l'Enfer. Quand le chaînier avait tué Raith, l'envoûteur caerith dont les supposés pouvoirs n'étaient pas parvenus à prévenir le destin funeste de Deckin – et qui, par conséquent, m'avait conduit dans cette cage roulante. Le chaînier – un Caerith qui était maudit et qui entendait la voix des morts – avait prononcé quelques phrases dans sa langue avant de tuer mon camarade et j'avais retenu un mot qui semblait avoir plus d'importance que les autres. *Doenlisch*. Ce mot, il me l'avait répété des années plus tard, juste avant de mourir dans une forêt proche de Farinsahl. Avec une voix et un visage qui exprimaient un curieux mélange de terreur et de mépris. Je savais donc qui était la *Doenlisch*, mais j'ignorais ce que signifiait ce titre porté par la femme plus connue sous le nom de Sorcière au Sac.

—Dites-moi, ordonnai-je d'une voix rauque.

Je saisis Arnabus à la gorge et le plaquai contre un rayonnage. Il poussa un grognement tandis que mes doigts serraient plus fort, mais toujours sans exprimer la moindre peur. À en juger par la manière dont il rougit et se dandina, j'eus même l'intime conviction qu'il prenait du plaisir à être rudoyé de la sorte.

—Avec joie, dit-il d'une voix étranglée, mais toujours aimable. Je dois cependant vous avertir que le sens change selon l'accentuation…

Il s'interrompit alors que je serrai encore plus fort, poussé à bout par une nouvelle vague d'élancements douloureux qui me vrillaient le crâne.

—J'en ai assez de vos putains de digressions. Répondez.

—« Prédestiné », hoqueta Arnabus. Enfin, « celui qui est prédestiné », si on veut être précis. Cependant, certaines personnes préfèrent le traduire par « maudit », ou « condamné » selon le contexte.

—Comment se fait-il que vous sachiez tout ça ?

Il sourit. Et continua à sourire tandis que je serrais sa gorge encore plus fort.

—Je ne connais qu'une seule personne capable de lire le caerith, grondai-je sans relâcher mon étreinte, bien au contraire. Et cette personne se trouve très, très loin…

—Est-ce que je vous dérange ?

Je tournai la tête vers l'endroit d'où venait la voix, une voix qui exprimait une pointe d'amusement et une sévère mise en garde. La princesse Leannor se tenait dans un trait de lumière au-delà des rayonnages, les mains cachées dans les manches évasées de sa robe en satin. Une robe écarlate, et non pas émeraude comme celle qu'elle avait portée la veille. Les broderies au fil d'or qui parsemaient le corsage et les manches reflétèrent la lumière tandis qu'elle se penchait en avant.

—Dois-je revenir plus tard? demanda-t-elle en retenant un éclat de rire. Lorsque vous en aurez… terminé, peut-être?

Ma migraine était si violente que, même si j'avais essayé d'ignorer sa présence, je n'aurais pas eu la force de tenir Arnabus plus longtemps. J'étouffai un grognement, lâchai l'Aspirant et pivotai avant de mettre un genou à terre.

—Votre Majesté.

La princesse m'adressa un hochement de tête avant de tourner les yeux vers Arnabus.

—Nous discutions linguistique, Votre Majesté, déclara l'Aspirant avant de poser lui aussi un genou à terre. Il semblerait que maître Scribe et moi partagions de nombreux centres d'intérêt.

Je sentis un certain agacement dans le regard sévère de la princesse, et un certain dégoût dans la moue qui lui tordit les lèvres. Elle aurait peut-être exprimé son mécontentement de vive voix si elle n'avait pas été interrompue.

—Je l'ai trouvé, mère!

Un petit garçon surgit de nulle part et se précipita vers elle. Il s'accrocha à sa robe d'une main et brandit un livre de l'autre.

—Et il y a des images. L'Aspirante a dit que je pouvais le garder.

—L'Aspirante est trop gentille, dit la princesse. (Elle prit le livre et examina le dos.) Les *Fables d'Auriel*. (Elle jeta un coup d'œil aux deux hommes agenouillés devant elle.) L'exemplaire que nous avons au palais est vieux et incomplet. Et… (Elle rendit le livre à l'enfant avec un sourire indulgent.) Il n'a pas d'images.

Elle se redressa, puis toisa Arnabus avec une posture et une voix royales.

—Je ne voudrais pas vous retenir plus longtemps, Ascendant.

Encore une promotion accordée à un individu qui ne la mérite pas, me dis-je.

Je remarquai alors que la robe d'Arnabus était bien celle d'un Ascendant, et non pas d'un Aspirant. J'étouffai un grognement agacé en songeant que cela le rendrait plus difficile à tuer.

Arnabus se leva, puis me regarda avec une expression qui était l'incarnation même de l'amabilité et du calme.

—J'ai hâte de reprendre notre conversation, maître Scribe. En attendant, veuillez accepter ma bénédiction pour votre mission à Alundia.

Il s'inclina devant la princesse et la contourna, très droit, avant de disparaître derrière une bibliothèque.

—Maître Alwyn, dit Leannor en me faisant signe de me lever. Cela vous dérangerait-il de nous escorter, mon fils et moi, jusqu'au campement du roi? J'ai des gardes à mon service, bien entendu, mais leur conversation est à mourir d'ennui.

La migraine reflua légèrement, mais continua à me marteler le crâne avec acharnement. Je n'avais aucune envie de supporter la présence de cette femme une seconde de plus, mais je savais reconnaître un esprit affûté et calculateur quand j'en croisais un. Jouer à ce genre de petit jeu avec la tête prise dans un étau n'était pas très enthousiasmant, mais c'était une princesse et je n'étais guère plus qu'un manant. Même si je servais une personne importante.

—Ce sera avec le plus grand plaisir, Votre Majesté, répondis-je en portant le poing à mon front.

—Quelle horrible petite fouine n'est-ce pas?

La neige tombée au cours des derniers jours avait fondu. Il n'y avait pas un nuage dans le ciel et le soleil étincelant empira ma migraine et mon état de confusion. Je regardai la princesse en plissant les yeux, perplexe et distrait par son fils qui courait sans cesse tandis que nous remontions la rue principale d'Athiltor. Le camp du roi se trouvait à l'extérieur de la cité, mais l'agglomération n'était pas très grande et le trajet assez court pour qu'un membre de la famille royale le parcoure à pied plutôt qu'à cheval.

—Je parle de l'Ascendant Arnabus, ajouta-t-elle en réponse à mon regard intrigué.

—Je ne sais que peu de chose à propos de l'Ascendant Arnabus, Votre Majesté, dis-je en choisissant de ne pas m'impliquer.

—Vraiment? J'ai pourtant cru comprendre que c'était devant lui que vous aviez lancé votre défi afin de sauver la Dame Consacrée de la potence. Et l'échange que j'ai interrompu m'a donné l'impression que vous étiez… étonnamment proches.

Un nouvel élancement me fit oublier ma prudence.

—«Fouine» est un terme trop aimable pour un tel misérable, lâchai-je en me massant le front.

La princesse éclata d'un rire qui me surprit par la gaieté qu'elle ne chercha pas à dissimuler.

— Nous sommes d'accord sur ce point, dit-elle. (Elle poursuivit sur un ton plus sérieux.) Mais même les misérables peuvent se révéler utiles. Et malheureusement, Arnabus sait se montrer assez utile pour bénéficier de la protection du roi. J'espère que vous l'avez compris.

Ma prudence était toujours étouffée par la migraine qui me fendait le crâne et je lâchai des mots qu'il aurait mieux valu garder en cage.

— Orchestrer des assassinats au nom du roi fait partie de ses talents ?

La princesse ne rit pas cette fois-ci. Elle se contenta de plisser les yeux d'un air rusé.

— Vous ne me croirez sans doute pas, mais ni mon frère, ni moi n'avons quoi que ce soit à voir avec les événements du château d'Ambris. Je dois cependant reconnaître que ce que vous dites est vrai. Feu le commandant chevalier Althus et d'autres individus ont ourdi cette stupide machination sans instructions, ni ordres de la Couronne. Vous avez fait ma connaissance et celle du roi, maître Scribe. Et, comme vous êtes un homme intelligent, vous avez compris que nous ne sommes pas du genre à agir si bêtement et maladroitement.

Je ne trouvai rien à répondre à cela. Le roi n'était pas un imbécile et, malgré le peu de temps que j'avais passé en sa compagnie, j'avais pu apprécier l'esprit aiguisé et brillant de sa sœur.

— D'autres individus, dis-je en reprenant ses mots. (Je serrai les dents pour résister à la douleur tandis que je cherchais le meilleur moyen d'obtenir des informations.) Le duc Ehlbert et l'Ascendant Arnabus, vous voulez dire. Le commandant chevalier a payé son crime de sa vie, mais le duc et le clerc n'ont pas été punis. Si la justice est exercée, ne devrait-elle pas être la même pour tout le monde ?

— Et où cela s'arrêterait-il ? demanda la princesse. Le duc Ehlbert et Arnabus n'étaient pas les seuls qui se tenaient sur l'estrade le jour où ils ont proclamé l'exécution de la Dame Consacrée. Il y avait également des clercs de haut rang et de puissants nobles des Marches shavines. Avez-vous une idée de ce qui se serait passé si nous les avions tous fait exécuter ?

— Je le crois, Votre Majesté. Et j'ai également une idée assez claire de ce qui se passerait si la Martyre Ressuscitée venait à découvrir que l'accord qu'elle a conclu avec votre frère est… regrettable.

Je m'attendais à une réaction de colère, mais la princesse rit de nouveau. Un rire beaucoup moins sincère que le premier. Une sorte de gloussement exprimant une curiosité satisfaite.

—Votre voix manque encore de finesse, mais vos paroles font mouche. Le résultat de l'enseignement de l'Ascendante Sihlda, je suppose. (Je tournai aussitôt la tête vers elle et la regardai en plissant les yeux.) Oui, je suis au courant. Un bandit envoyé aux mines de l'Enfer qui réapparaît des années plus tard sous les traits d'un scribe, transformé par les leçons d'une clerc condamnée pour meurtre.

—C'est la vérité, Votre Majesté, affirmai-je avec un sourire insipide. L'Ascendante Sihlda m'a appris *beaucoup* de choses.

La princesse Leannor s'arrêta—m'obligeant à faire de même— et se tourna vers moi.

—Je pense que nous avons badiné assez longtemps, déclarat-elle. Vous avez traité mon frère de bâtard, maître Scribe, et devant de nombreux témoins, dont la Dame Consacrée. Une telle insulte relève de la trahison.

—Pas si c'est la vérité, répliquai-je. La vérité est condamnable seulement sous le règne d'un tyran, vous n'êtes pas de mon avis ?

Je voulus sourire, mais la migraine choisit ce moment inopportun pour atteindre son paroxysme. Je vacillai légèrement et la nausée me tordit le ventre. Je fus incapable de retenir un gémissement et la douleur me priva de mes derniers garde-fous.

—Cela dit, une trahison est une trahison. Ordonnez donc à vos soldats de m'arrêter et d'aller chercher une corde si cela vous fait plaisir. Je suis même prêt à renoncer à un procès.

Les yeux acérés de la princesse scrutèrent mon visage crispé et frémissant.

—Vous souffrez.

—Sir Althus avait un bras puissant, sifflai-je entre mes dents serrées. Si mon état continue à empirer, vous n'aurez peut-être pas besoin de corde.

Elle secoua la tête.

—Ce n'est pas acceptable, maître Scribe. La mission de dame Evadine en Alundia est de la plus haute importance. Elle ne doit pas échouer et je suis convaincue que ses chances de succès seront plus élevées si vous êtes à ses côtés. J'enverrai le médecin du roi vous examiner ce soir.

—Malgré ma trahison ?

—Arnabus bénéficie de notre protection parce qu'il sait se montrer utile. Il en va de même pour vous. Mais sachez que mon frère n'est pas aussi tolérant que moi dans ce domaine. J'ai entendu dire que l'Ascendante Sihlda vous avait confié son testament avant sa mort?

—En effet. J'ai fait faire des copies.

—Tout le monde peut gribouiller sur une page, maître Scribe. Mais, dans votre intérêt, je vous conseille de brûler ces copies. Leur existence ne prolongera pas votre vie. Elle risque même de l'écourter singulièrement.

Alors que nous nous toisions, son fils arriva en trottinant et tira sur la manche de sa mère avec insistance.

—Mère, j'ai faim. Et je veux lire mon livre.

Il cessa ses jérémiades lorsque la princesse tourna la tête et le regarda d'un air sévère.

—Que vous ai-je dit à propos de vos manières, Alfric?

L'enfant esquissa une moue renfrognée et se dandina, mal à l'aise.

—Je ne dois pas interrompre mère quand elle parle à quelqu'un, grommela-t-il sur un ton monocorde. Quel que soit le rang de la personne à qui elle s'adresse.

—C'est cela. Et que font les impolis lorsqu'on leur fait remarquer leur impolitesse?

Le seigneur Alfric me jeta un coup d'œil et je fus surpris de constater qu'il n'y avait aucune trace de ressentiment dans son regard. Il semblait vraiment embarrassé, et même un peu coupable.

—Je vous présente mes excuses, mon bon seigneur.

Ce fut peut-être à cause de la sincérité de cet enfant, ou d'un infime soubresaut dans mon cerveau, mais la migraine s'interrompit brusquement. La douleur et la colère se changèrent en un vague mal de tête et je m'inclinai très bas devant le petit noble.

—Ce n'est rien, seigneur. (Je me redressai et hochai le menton en direction du livre qu'il tenait à la main.) Les *Fables d'Auriel* sont un excellent ouvrage, mais un garçon de votre âge devrait jeter un coup d'œil à l'*Épopée de Sir Maltern Legille*. On y trouve des lions volants et des serpents cracheurs de feu. Ainsi que d'innombrables quêtes et batailles.

Le visage du seigneur Alfric s'illumina tandis qu'il se tournait vers la princesse.

—Est-ce que nous l'avons à la maison, mère?

—Je suis sûre qu'elle traîne quelque part dans la bibliothèque du palais, répondit-elle en me regardant d'un air réprobateur. Avec toutes ses histoires sanglantes. Je me souviens d'avoir fait des cauchemars après l'avoir lue quand j'avais votre âge.

— Je ne ferai pas de cauchemars, promit l'enfant en tirant une fois encore sur la manche de la princesse. S'il vous plaît, mère!

— Nous verrons. (Elle glissa une main indulgente dans les cheveux du garçon.) Maintenant, dites au revoir à maître Scribe. Je suis sûre que votre oncle nous attend à sa table.

L'enfant me salua et s'éloigna en courant. La princesse s'attarda pour recevoir ma révérence d'adieu.

— Le médecin se présentera au temple à la tombée de la nuit, me dit-elle. Je vous prie de bien vouloir suivre ses instructions à la lettre.

— Je le ferai, Votre Majesté. Merci mille fois.

Elle se tourna et lissa sa jupe.

— Soyez prudent lorsque vous serez en Alundia, dit-elle en se redressant et en s'éloignant d'un pas élégant. Il est bien possible que vous en veniez à regretter les mines de l'Enfer.

Chapitre 7

J'avais étudié de nombreuses cartes, mais ce fut seulement après avoir quitté Athiltor que je mesurai l'étendue du royaume et la relative petitesse du duché où j'avais vu le jour. Les Marches shavines étaient parsemées de forêts qui m'avaient semblé infinies quand j'étais enfant et voilà que je découvrais que ce n'était qu'une modeste partie d'un territoire bien plus vaste. Les régions centrale et méridionale du duché d'Alberis se caractérisaient par de grandes surfaces de terres arables, une mosaïque de champs bordés de haies qui couvrait les plaines et s'étendait à perte de vue. Mais, alors que la Compagnie de l'Alliance longeait des acres et des acres de glèbes blanchies par le givre hivernal, je compris enfin pourquoi ce duché était considéré comme le plus important du royaume. C'étaient ces champs qui généraient la véritable richesse. Un seigneur pouvait monter sur le trône grâce à son armée, mais sans argent il ne pouvait pas espérer le conserver. Le roi Tomas était roi, mais il était aussi duc d'Alberis et, par conséquent, seule l'Alliance pouvait se prévaloir de posséder plus de terres que lui. Je songeai alors à la folie de la rébellion du Prétendant. Comment l'usurpateur avait-il pu espérer renverser un roi disposant de telles richesses ?

— T'es encore tout pensif, remarqua Ayin sur la selle de son poney.

Nous avancions en tête de la colonne, comme d'habitude. La Garde Montée s'était déployée pour former une avant-garde chargée de prévenir d'éventuels dangers. Nous n'étions pas inquiets, car nous nous trouvions au cœur du domaine royal, mais cela permettait de s'entraîner. Chaque jour apportait son lot d'imbéciles illuminés qui venaient se jeter aux pieds de la Dame Consacrée et nous faisions de notre mieux pour les arrêter avant qu'ils aient le temps de l'importuner. Les moins délirants étaient autorisés à rester jusqu'à la tombée de la nuit pour écouter son sermon. Certains avaient même l'honneur de passer un bref moment en sa compagnie. Mais au petit matin ils devaient repartir, car Evadine avait établi une règle très stricte interdisant de recruter de nouveaux soldats.

—Ça faisait un moment que je ne t'avais pas vu comme ça, ajouta Ayin en plissant les yeux d'un air intrigué. Ta tête va mieux?

—On peut dire ça.

La potion médicinale que m'avait donnée le médecin royal – un type avec un visage plus acide qu'un jus de citron – s'était révélée plus efficace que l'élixir de Delric.

—Deux gouttes dans un verre d'eau bouillie. Chaque matin, m'avait-il dit en me fourrant une fiole dans la main. Et deux avant le coucher. Ne buvez pas d'alcool après ou vous risquez de ne jamais vous réveiller.

À en juger par son expression méprisante et hautaine, il devait considérer que soigner un manant était une insulte à son honneur et le fait qu'il se soit déplacé était donc révélateur de l'autorité de la princesse Leannor. Il fallait cependant reconnaître qu'il connaissait son métier. Il avait passé un long moment à examiner les bosses qui déformaient mon crâne et avait posé une série de questions brèves, mais précises, à propos de mes symptômes.

—Le crâne a été fracturé par un ou deux coups puissants, il n'y a aucun doute sur ce point, avait-il ensuite déclaré. C'est une blessure courante parmi les chevaliers et les soldats. Les os se sont ressoudés, mais, ce faisant, ils ont créé une protubérance à l'intérieur et à l'extérieur du crâne. C'est la source de vos migraines. Elles persisteront jusqu'à la fin de vos jours. Au fil des ans, la douleur empirera et finira peut-être par vous tuer. C'est une des raisons pour lesquelles il n'y a pas beaucoup de chevaliers âgés.

Il parlait sur un ton neutre, factuel et dépourvu de compassion. Cela aurait dû me mettre en colère, mais je lui avais été reconnaissant de cette sincérité sans fard.

—Dans ce cas, cela ne suffira pas, avais-je dit en agitant la fiole.

—Vous en aurez d'autres. (Il m'avait tendu un petit parchemin plié.) Voici la liste des ingrédients. Ils peuvent être mélangés par n'importe quel médecin ou apothicaire tant soit peu compétent.

—Quelqu'un pourrait-il… procéder à une opération? avais-je demandé alors qu'il rangeait son attirail. J'ai lu des articles à ce sujet.

—Les chirurgiens sont des bouchers et des charlatans, avait-il répliqué avec raideur. Dans votre cas, je vous recommande de les éviter. À moins que vous souhaitiez passer les années qu'il vous reste à vivre en bafouillant et en étant incapable d'aligner deux pensées cohérentes. Le cerveau n'aime pas beaucoup qu'on le tripote et qu'on le découpe. Je vous conseille de vous faire une raison et de vivre du mieux possible dans cet état. (Il avait soulevé sa sacoche, s'était dirigé vers la porte de ma chambre et s'était arrêté avant d'ajouter d'une voix bourrue:) Si la douleur devient insupportable, cinq gouttes de cette préparation vous assureront une fin indolore. Bien le bonsoir.

Le soir venu, nous établîmes notre camp sur une éminence qui se dressait au milieu d'une forêt—la première que je voyais depuis des jours. Elle ne couvrait que quelques acres, mais en apercevant les arbres j'éprouvai une pointe de nostalgie inattendue envers la Forêt shavine. Un élan qui se transforma en profonde mélancolie lorsque je vis ce qu'il y avait au-delà. Les champs étaient moins réguliers et les haies moins nombreuses dans cette région, si bien que le paysage se résumait à de grandes plaines monotones.

—Je vous conseille de vous y habituer, me dit Wilhum en observant le panorama d'un air las et maussade. Les terres du Sud sont couvertes de broussailles quand elles ne sont pas hérissées de montagnes, ou fendues par des vallées rocheuses. Et estimez-vous heureux que nous ne soyons pas en été, sinon nous aurions avalé de la poussière pendant des jours et des jours.

Après avoir aidé mon camarade à entraîner les gardes montés et surveillé Ayin qui rédigeait le compte-rendu de la journée dans le registre de la compagnie, je m'assis près d'un feu de camp pour continuer ma lecture des *Voyages à travers le désert* d'Ulfin. L'ancien scribe avait un style qui manquait d'élégance, mais qui n'était pas désagréable. Ses descriptions avaient le bon goût d'être brèves et sans prétention. Il faisait montre d'une honnêteté rafraîchissante, surtout en ce qui concernait ses propres faiblesses. Le compte-rendu de sa disgrâce et de son bannissement de Couravel était parsemé d'allusions à ses penchants pour les catins, les dés et les boissons alcooliques—penchants qu'il semblait accepter sans honte ni culpabilité. On se rendait cependant vite compte que l'ouvrage était l'œuvre d'un écrivain âgé, car le ton était celui d'un homme rempli de regrets. Ulfin ne ratait jamais une occasion d'évoquer les innombrables souffrances – financières ou morales – qui avaient ponctué les dernières années de sa vie. Je fus cependant étonné d'apprendre que ce qu'il regrettait le plus, c'était de ne pas être retourné dans le désert des Caerith.

« On y trouve une telle beauté, avait-il écrit. Tout ce qu'on m'avait raconté à propos des Caerith s'est révélé un tissu de mensonges et le portrait sincère que j'ai essayé de brosser d'eux a été accueilli par le mépris ou l'indifférence. Nous appelons leur pays "désert", et ce n'est pas tout à fait sans raison, car, s'il fut jadis un phare, il y a bien longtemps qu'il est tombé en ruine. Mais, à la place, les Caerith ont bâti quelque chose de nouveau, quelque chose de meilleur, un royaume de cœur et d'esprit plutôt que de brique et de pierre. »

— C'est quoi? demanda Ayin en émergeant de l'obscurité avec Eamond à ses côtés.

L'ancien novice baissa la tête lorsque je le foudroyai des yeux, puis se dépêcha de gagner l'endroit où il avait posé son sac de couchage et entreprit de nettoyer son matériel. Ayin s'assit en tailleur et regarda le dos du livre.

— C'est qui, cet Ulfin? insista-t-elle.

— Un homme doté d'une grande perspicacité, répondis-je. À laquelle on n'a pas assez prêté attention.

— Tu me le prêteras quand t'auras fini?

La lecture était devenue un exercice naturel pour Ayin et son appétit de livres s'était développé au fil de ses progrès. Au point de se transformer en passion aussi intense que celle qu'elle avait pour le chant. Le soir, il lui arrivait souvent d'arpenter le camp pour trouver des ouvrages qu'elle échangeait contre quelques pièces ou colifichets. Sans grand succès, car il y avait peu de lecteurs au sein de notre armée. Contrainte et forcée, elle s'était donc rabattue sur les livres de comptes et les registres de rapports de la compagnie. Et elle prenait un malin plaisir à dénicher mes rares erreurs de calcul.

— Si tu veux, répondis-je.

La migraine avait commencé sa séance de torture nocturne. Mon front se plissa et les mots de la page que je lisais se fondirent dans le brouillard. Je poussai un soupir, posai le livre et tendis la main vers la fiole qui contenait mon médicament.

— Tu prends trop de ce truc, dit Ayin avec une grimace réprobatrice. Wilhum l'a dit à la dame.

Mes yeux glissèrent vers l'endroit où Wilhum était assis. Il continua à polir son épée avec un chiffon en évitant soigneusement mon regard.

— Tiens donc ?

— Oui. (Ayin leva la tête et me toisa le long de son nez – sans doute dans l'espoir de prendre l'expression autoritaire d'Evadine.) Tu ferais mieux de t'en débarrasser et de suivre l'exemple des Martyrs. Ils connaissaient la valeur de la souffrance.

— Eh bien ! moi, je connais la valeur d'une bonne nuit de sommeil.

J'avalai une gorgée de remède d'un air bravache, refermai la fiole et la glissai dans une poche de mon pantalon. Lorsque Ayin avait une idée en tête, il était difficile de l'en faire sortir et elle aurait bien été capable de chaparder le précieux médicament pendant mon sommeil.

— Elle a parlé de souffrance ce soir, continua la jeune fille. (Elle prit un ton insistant tandis que je m'allongeais et lui tournais le dos avant de tirer la couverture sur ma tête.) Tu le saurais si tu étais venu l'écouter.

L'envie de lui ordonner de se taire monta lentement en moi, puis s'évanouit. Un effet du médicament, sans doute, car son pouvoir antalgique apaisait toujours ma colère.

— Qu'est-ce qu'elle a dit ? demandai-je.

Un bref silence me fit comprendre qu'Ayin boudait. Je me rappelai alors que j'avais affaire à une jeune fille qui, sous bien des aspects, était restée une enfant.

— Elle a dit que c'était inévitable, marmonna-t-elle enfin. Qu'une vie ne peut pas être vécue sans souffrance et que nous devrions donc la considérer comme un professeur.

— De sages et profondes paroles, comme toujours.

Ma voix n'était plus qu'un murmure pâteux, car le sommeil ne se faisait jamais attendre lorsque j'avais avalé une gorgée de potion. Je sombrai, bercé par les chuchotements de la jeune fille.

— Ma mère était mon professeur. Elle m'a appris plein de choses…

La potion du médecin du roi empêchait également les rêves de me tourmenter pendant mon sommeil. Enfin, la plupart du temps. Mais ce soir-là il ne remplit pas son rôle et, aujourd'hui encore, je ne saurais dire si je dois m'en féliciter ou pas. Et, bien entendu, ce fut Erchel qui vint me rendre visite.

—Comment vas-tu? lui demandai-je sur un ton qui manquait singulièrement d'enthousiasme.

Il était accroupi au bord d'un puits dans une sorte de crypte. Il me fallut un moment pour m'apercevoir que cet endroit ne m'était pas inconnu.

—Tu te souviens, marmonna Erchel en jetant une pierre dans le puits. T'as pourtant jamais eu les couilles d'approcher autant, hein?

—Toi non plus, répliquai-je. (Une pique puérile provoquée par le souvenir de cet endroit où nous nous rendions souvent quand nous étions adolescents.) J'avais promis de te filer un shek, mais tu n'as jamais voulu regarder au fond.

Je scrutai les recoins ténébreux de la crypte. Elle n'était pas tout à fait comme dans mes souvenirs. Le plafond était plus bas et le puits était plus large. Ses profondeurs étaient cachées par un voile de ténèbres impénétrables.

—Les fantômes du donjon d'Effroi n'aiment pas être dérangés, dit Erchel avec un sourire mauvais. C'est ce qu'on nous racontait, tu te rappelles? Mais ça ne nous empêchait pas d'y aller, pas vrai? Les enfants sont des créatures bien perverses.

Le donjon d'Effroi était une curiosité locale qui se trouvait au nord-est de la Forêt shavine. Il avait été détruit à la suite d'une querelle entre nobles des années plus tôt et ce n'était plus qu'un amas de ruines. Lorsque la bande de Deckin était dans la région, les plus jeunes ne résistaient pas à l'envie d'aller y faire un tour dans l'espoir d'apercevoir un des fantômes qui hantaient les lieux. La crypte au puits était l'endroit le plus effrayant et, par conséquent, le plus visité. Je n'avais pas menti. Erchel avait eu trop peur pour regarder au fond quand je l'avais mis au défi de le faire, mais dans mon rêve il tendit la main vers le trou obscur sans hésitation.

—Ils ont de la compagnie maintenant, déclara-t-il en plongeant la main dans les ténèbres. Ces vieux fantômes.

Il grogna et sortit un os – un fémur à en juger par sa taille. Puis il l'examina comme s'il avait le pouvoir d'identifier feu son propriétaire à partir des cartilages et des tendons qui pendouillaient en dessous.

—La cousine Rachil, lâcha-t-il. Je ne l'aimais pas beaucoup. J'étais son souffre-douleur quand on était gamins. Un jour, je lui ai montré ma bite et elle a éclaté de rire. À partir de ce jour, elle ne m'a jamais plus appelé que Courtequeue. (Il jeta l'os dans le puits.) C'est moi qui aurais dû la tuer, cette pute.

Il se tourna vers moi et je fus frappé de voir combien il avait changé. Son visage m'était toujours apparu déformé et distendu, mais, maintenant, il était plus humain – bien qu'incontestablement mort. Sa peau était flasque et elle avait pris une teinte grise qui virait au noir autour des yeux. Et puis il n'y avait pas de sourire sur ses lèvres, juste le rictus crispé d'un homme qui endure la compagnie d'un importun.

—Lorine a fait jeter les corps ici, dit-il en faisant un geste en direction du puits. (Je remarquai alors que ses ongles vert-jaune ressemblaient à de petites pointes inégales jaillissant de la chair de plus en plus rare de ses doigts.) Il se trouve à un jet de pierre de cette crypte, Alwyn. L'endroit où elle a massacré tous les membres de mon clan.

—Ou qu'elle leur a infligé le châtiment qu'ils méritaient depuis longtemps. (Je souris tandis qu'il me foudroyait du regard.) Tout dépend de la façon dont on envisage les choses.

—Elle n'a pas fait de détail, tu sais. Elle a ordonné aux bâtards de soldats de son mari de tuer tous ceux qu'ils trouvaient. Même ceux qui n'avaient rien à voir avec ce qui s'est passé à Moulin des Mousses.

—Tout le monde, mais pas toi.

La colère s'effaça de ses traits cadavéreux et son regard se posa de nouveau sur le puits.

—J'ai eu le bon sens de me jeter par terre et de faire le mort. Et puis des cousins ont eu la gentillesse de s'effondrer sur moi quand on les a tués. Et je suis resté là pendant le massacre. J'avais le goût de leur sang dans la bouche, Alwyn. Le sang des membres de ma famille…

Il sombra dans un silence misérable, les yeux rivés sur le néant qui habitait les profondeurs du puits.

J'en profitai pour regarder autour de moi et m'aperçus qu'entre les piliers de la crypte les ombres étaient plus noires qu'elles auraient dû l'être. Elles semblaient former une barrière entre nous et un néant infini.

—Il n'y a rien au-delà de cet endroit, déclara Erchel dans un grognement triste. Ça change de temps en temps. On voit des choses du passé, des choses de l'avenir, mais c'est toujours une scène de mort à laquelle je ne peux pas échapper. C'est mon monde, maintenant. Voilà où elle m'a enfermé.

—Elle?

Je voulus me tourner vers lui, mais je m'interrompis en sentant une odeur pestilentielle émerger du puits.

Les yeux d'Erchel glissèrent vers moi et un sourire complice se dessina sur ses lèvres.

—Le chaînier n'était pas le seul maudit à entendre la voix des morts. (Son sourire se transforma en gloussement lorsqu'il vit la peur et la stupéfaction se peindre sur mon visage.) Tu crois vraiment que je suis un rêve, Alwyn ?

Ma peur empira, alimentée par une prise de conscience progressive qui me tordait les tripes. J'avais toujours trouvé que ces visites nocturnes étaient trop réelles, trop détaillées. Et Erchel mort était bien plus sagace qu'il ne l'avait été de son vivant.

—Qui es-tu ? demandai-je en faisant un pas vers lui. Et qui est cette *elle* dont tu as parlé tout à l'heure ?

Le rire d'Erchel se transforma en soupir méprisant.

—Tu sais qui elle est. (Il secoua la tête.) Quant à moi, eh bien ! un idiot doit avoir un chien de garde s'il veut survivre à sa bêtise.

Je franchis le dernier mètre qui nous séparait et tendis la main vers sa gorge… sans rencontrer autre chose que le vide, bien sûr. Tandis que mes doigts le traversaient, un frisson glacé remonta le long de mon bras. Le froid était si intense qu'il tétanisa mes muscles sur-le-champ et m'arrêta net.

—Réveille-toi, pauvre connard ! ordonna Erchel. On vient te tuer !

La sensation de froid perdura après mon réveil en sursaut. Mon souffle dessinait des volutes blanches dans l'air. Ma main glissa vers la poignée de l'épée posée à côté de moi. Je me redressai et adoptai une garde très basse. Le cœur battant, je scrutais les ténèbres environnantes en quête de danger. Je ne vis qu'Ayin recroquevillée dans un sommeil satisfait un mètre sur ma droite. Wilhum dormait paisiblement de l'autre côté du feu de camp éteint.

Ce n'était qu'un mensonge dans un rêve, pensai-je.

Je gardai cependant mon épée à la main tandis que je cherchais à calmer les battements de mon cœur dans ma poitrine et continuais à surveiller le camp. Mes yeux se posèrent sur Eamond caché sous sa couverture, puis sur un autre membre de la Garde Montée avant de s'arrêter sur le seul qui n'était pas allongé. Briquetier avait tiré le deuxième quart et il était assis une épaule appuyée contre le tronc noueux d'un vieux chêne. La main posée sur la poignée de son épée se détachait de sa silhouette enveloppée dans une cape. Normalement, il aurait dû se tenir debout, mais rares étaient les sentinelles qui ne s'asseyaient pas pendant quelques minutes entre deux rondes autour du camp. Je m'apprêtais à tourner la tête quand quelque chose attira mon attention. Mon front se plissa. Aucun nuage de buée ne s'échappait de sa bouche et de son nez. Pas le moindre.

Je jetai un rapide coup d'œil de chaque côté, mais ne remarquai rien de particulier. Entre les arbres, les ombres étaient aussi ternes et anonymes que d'habitude.

Je ne sais pas qui c'est, mais ce n'est pas un débutant, songeai-je avec une admiration réticente mêlée d'inquiétude. *Voilà qui n'augure rien de bon.*

Je m'extirpai de mon sac de couchage et rampai jusqu'à Ayin. Je n'étais pas assez idiot pour poser la main sur elle et lui tapotai l'épaule avec la pointe de mon fourreau. Doucement, tout d'abord, puis plus fort quand je vis qu'elle ne bougeait pas. Comme je m'y attendais, son couteau jaillit à l'instant où elle se réveilla, les yeux écarquillés et le visage inexpressif.

—C'est moi ! sifflai-je.

Je la dévisageais jusqu'à ce que son regard retrouve un semblant de raison.

—Qu'est-ce que… ? commença-t-elle tandis que son visage se chiffonnait en une grimace ensommeillée.

—Chut !

Je haussai le menton en direction de la silhouette de Briquetier.

—Des ennuis. Réveille Wilhum et Eamond. Ne te redresse pas et ne fais pas de bruit.

Les yeux d'Ayin se posèrent sur Briquetier, puis revinrent vers moi. Sa grimace se dissipa et elle hocha la tête. Elle émergea de son sac de couchage et rampa vers Wilhum. Je me dirigeai vers l'arbre le plus proche en restant aussi bas que possible et en scrutant les ténèbres. Je savais que le danger était là, mais je ne le voyais pas. Je mourais d'envie de me rapprocher de Briquetier pour vérifier qu'il était mort, mais mon instinct de bandit me souffla que c'était une mauvaise idée. Au cours de ma jeunesse, j'avais vu des gardes se faire trancher la gorge alors qu'ils allaient porter secours à un camarade à terre. Je continuai donc à observer les alentours dans l'espoir de repérer quelque chose d'anormal, mais je ne vis rien d'autre que des soldats endormis et de minces volutes de fumée montant des cendres des feux de camp.

À ce moment, Ayin secoua Eamond qui se redressa en poussant un jappement de surprise. Un cri qui faillit nous coûter cher. Par chance, la jeune fille se dépêcha de le bâillonner de la main, et j'entendis une branche grincer au-dessus de ma tête. Toutes les branches grincent sous la poussée du vent, mais celles du vénérable if sous lequel j'étais accroupi étaient si épaisses qu'il aurait fallu une puissante bourrasque pour les faire ployer. Une puissante bourrasque ou quelque chose de lourd.

Alors que je m'écartai du tronc, quelque chose frôla ma tête en sifflant. Guidé par l'instinct et d'innombrables heures d'entraînement, je levai mon épée et frappai au-dessus de moi. Ma lame fendit la sombre forme qui se laissait tomber de l'arbre et je sentis un liquide chaud couler sur mes mains et mes avant-bras. Le corps heurta le sol avec un bruit sourd. La fine silhouette vêtue de noir se tortilla, une main crispée sur un long couteau. Des yeux rendus brillants par la peur et la douleur me regardèrent à travers les fentes d'un masque en bois. Dans ce genre de circonstances, il est facile de se laisser hypnotiser par le spectacle de la mort. Et cette sombre fascination peut distraire les hommes les plus expérimentés et les conduire à un destin funeste.

Je détournai donc les yeux et m'accroupis tandis qu'un frelon furieux vrombissait au-dessus de ma tête. Le carreau d'arbalète se planta dans le tronc du vénérable if avec un claquement sec. Je pivotai et aperçus le tireur en partie caché derrière un pin étroit. Ses mains s'agitaient avec rapidité et précision pour recharger. Son arme était plus petite que les arbalètes traditionnelles. On pouvait la tenir d'une main et la réarmer beaucoup plus vite. Je m'élançai vers lui en hurlant — la discrétion n'était plus vraiment nécessaire désormais. Je franchis la distance qui nous séparait en quelques instants, poussé par la peur qui a toujours été le plus puissant des stimulants. Mais l'arbalétrier réarma et glissa un nouveau carreau dans la rainure avant que je l'atteigne. Par chance, il n'avait pas vu Ayin qui s'était faufilée derrière lui pendant que j'attaquais de front.

La jeune fille se jeta sur l'assassin en poussant un hurlement félin. Son couteau se leva et s'abattit à de multiples reprises tandis que des gerbes de sang jaillissaient de la gorge et de l'épaule de l'arbalétrier. Celui-ci s'effondra presque aussitôt. Un des premiers coups avait sans doute tranché une veine majeure. Ayin ne s'arrêta pas pour autant. Elle continua à frapper le corps immobile avec frénésie. Et je me gardai bien d'intervenir.

— Compagnie, debout ! hurlai-je à pleins poumons. (Ma voix résonna entre les arbres.) On nous attaque ! Protégez la dame !

Les sentinelles furent les premières à réagir. Elles reprirent mon cri en secouant leurs camarades endormis et, quelques secondes plus tard, toute la compagnie était debout. Quelque chose bougea sur ma droite. Je tournai la tête et vis Wilhum parer l'attaque d'un assassin armé d'une sorte de fauchon à lame courte. Mon camarade écarta l'arme de son adversaire d'un coup sec et profita de l'ouverture pour frapper de taille à la poitrine. Son épée trancha la chair et les côtes flottantes. L'homme tomba à genoux, respira deux ou trois fois dans un sifflement douloureux et mourut en crachant des postillons écarlates.

Un peu plus loin, Eamond se jeta à terre pour éviter l'attaque d'un autre assassin. Il se battait avec force et courage, mais son adversaire était bien meilleur que lui. L'homme en noir lui assena un coup de tête sur le nez, le plaqua au sol en le tenant à la gorge et leva sa dague pour l'achever. L'épée de Wilhum siffla de nouveau. La dague et la main qui la tenait s'envolèrent et se perdirent dans les ténèbres en tourbillonnant. L'assassin roula par terre en se tordant de douleur tandis qu'un flot de sang jaillissait de son poignet tranché.

— Vivant ! hurlai-je en me précipitant vers lui. Je veux ce fils de pute vivant ! (Wilhum abattit aussitôt son pied sur le poignet de son adversaire pour l'empêcher de bouger et pour réduire l'hémorragie.) Attrape l'autre bras ! lançai-je à Eamond.

Le novice me regarda, bouche bée, pendant un instant, puis se dépêcha d'obéir. Trop tard. L'assassin tira une autre dague de sa ceinture et la planta dans sa propre gorge. La lame devait être empoisonnée, car il était mort quand je m'arrêtai près de lui.

— Merde ! crachai-je.

J'assenai un puissant coup de pied dans les côtes du cadavre pour soulager ma frustration – un geste que je regrettai aussitôt, car je n'avais pas eu le temps d'enfiler mes bottes. Mes orteils s'écrasèrent contre quelque chose de dur et je passai un moment à sautiller sur un pied en proférant une interminable litanie d'injures.

Wilhum fouilla le corps et se redressa en tenant une bourse. Il l'ouvrit et un petit sourire éclaira son visage.

— Des souverains, dit-il en vidant l'escarcelle sur la poitrine de son ancien propriétaire.

J'aperçus des pièces d'argent et des bourres de coton destinées à les empêcher de tinter. Wilhum pointa le doigt vers les pièces.

— Des souverains *frappés par le roi* ! ajouta-t-il avec emphase.

Je regardai autour de moi. Dans tout le camp, on avait allumé des torches et des lueurs se balançaient entre les arbres tandis que des soldats couraient dans tous les sens en criant. La lumière des flammes se reflétait sur les lames dénudées, mais je n'entendis pas de bruits de combat.

—Allez vérifier qu'elle va bien, grognai-je à Wilhum avant de me diriger vers mon sac de couchage en boitillant. Je vous rejoindrai dès que j'aurai enfilé mes putains de bottes.

—Est-ce que quelqu'un reconnaît une de ces ordures?

Legueux s'adressait à tous les soldats présents, mais c'était sur moi que ses yeux se posaient sans cesse. Les corps des assassins étaient alignés devant nous. On avait enlevé leurs masques et fouillé leurs vêtements avec soin. Une femme et trois hommes, chacun avec une bourse remplie de souverains d'argent frappés par le roi. Le soleil levant colorait d'un reflet doré les branches couvertes de givre, mais pas les traits flasques, inexpressifs et grisâtres des cadavres.

—Je ne connais pas tous les assassins d'Albermaine! lançai-je à Legueux.

J'avais observé les visages avec la plus grande attention dans l'espoir de réveiller un souvenir, en vain. En examinant les corps, j'avais trouvé de nombreuses cicatrices et deux tatouages laissant deviner un passé de marins, mais aucun indice quant à leurs noms, leurs origines et l'identité de leurs commanditaires. En plus du malheureux Briquetier, ils avaient assassiné trois sentinelles avant que mon réveil fortuit vienne interrompre le massacre.

Fortuit? demanda une petite voix moqueuse dans ma tête. (Je revis le visage amolli et réprobateur d'Erchel.) *« Réveille-toi, pauvre connard! On vient te tuer! »*

—Je pense que celle-ci vient de Dulsian, déclara Legueux en poussant le corps de la femme du bout du pied. De la côte dulsienne, à en juger par sa peau mate et la manière dont ses cheveux sont tressés. Et c'est le seul duché où j'aie vu un engin de ce genre.

Il tendit la main vers l'arbalète que tenait Ayin... et s'arrêta net lorsqu'elle recula en serrant l'arme contre sa poitrine.

—C'est à moi! gronda la jeune fille. Je l'ai gagnée!

—Prise de guerre, capitaine, dis-je à Legueux qui eut la sagesse de ne pas insister. (Je me tournai vers Evadine.) Quatre assassins anonymes envoyés pour vous tuer. Et rémunérés en souverains royaux. C'est tout ce que nous savons pour le moment.

Evadine regarda les corps avec une expression studieuse, les mains croisées dans le dos comme elle avait l'habitude de le faire quand elle était plongée dans ses pensées. Puis elle se tourna vers moi et haussa un sourcil.

—Une tentative maladroite, dis-je en sachant que c'était sans doute la conclusion à laquelle elle était arrivée. Pas du tout le genre du roi et de sa sœur.

—Les souverains seraient donc un leurre, dit Wilhum. Une fausse piste pour nous égarer.

—Pourquoi les auraient-ils eus sur eux, sinon? demandai-je. Aucun assassin digne de ce nom ne part en mission avec sa bourse, sauf si on le lui ordonne.

—Ils s'attendaient donc à échouer.

—À perdre au moins un de leurs camarades en tout cas. (Je haussai les épaules.) Mais nous ferions mieux de partir du principe qu'ils étaient décidés à accomplir leur mission et que cet argent n'était qu'une assurance en cas d'échec. Quelqu'un ne veut pas que la Dame Consacrée conduise cette compagnie en Alundia. Et je dirais que la liste des suspects est longue.

—Le duc d'Oberharth arrive en tête, dit Wilhum. Il doit savoir que nous sommes en route maintenant. Et je n'ai jamais entendu quelqu'un l'accuser d'être trop intelligent. (Il haussa le menton en direction des cadavres.) Ça, c'est le genre d'opération montée par un imbécile bouffi d'orgueil et persuadé d'être plus malin que tout le monde.

Evadine resta songeuse quelques instants de plus, puis regarda Legueux.

—Les soldats que nous avons perdus, est-ce qu'ils avaient de la famille?

—Je vais me renseigner, ma dame.

—La femme de Briquetier est morte il y a des années, intervint Wilhum. Mais il a une fille qui vit dans le nord de l'Alberis. Ça ne sera pas facile de la trouver.

—La moitié des souverains récupérés lui seront envoyés, à elle et aux parents des victimes que nous parviendrons à identifier. L'argent sera conservé jusqu'à ce que nous les trouvions. L'autre moitié sera versée au trésor de la compagnie. Ce sera agréable de pouvoir payer nos provisions pendant quelque temps. Enterrez les morts. Je prononcerai une oraison avant de nous remettre en marche. (Elle regarda chacun de nous avec intensité.) Je n'ai jamais été assez bête pour croire que tous nos ennemis avaient été vaincus et nous savons désormais que nous devons faire attention. Nous devons nous montrer prudents et vigilants. J'insiste donc pour que cette affaire ne s'ébruite pas. Assurez-vous que vos subordonnés l'ont compris. C'est un ordre de la Dame Consacrée : il ne s'est rien passé cette nuit.

Chapitre 8

— **C**e n'est pas vraiment une armée, dit Wilhum. (Le soleil hivernal était bas et il leva la main afin de pouvoir observer les forces rassemblées sur l'autre rive du fleuve.) Mais ce n'était pas vraiment autre chose non plus. Je ne suis pas sûr d'être très clair.

— Vous ne l'êtes pas, le rassurai-je.

La Compagnie de l'Alliance était arrivée au gué qui permettait de franchir la Corbeaudine au cours de la matinée de notre dix-huitième jour de marche. De l'autre côté du cours d'eau peu profond, mais tumultueux, se trouvait une troupe qui devait rassembler deux cents chevaliers et cavaliers accompagnés par un millier de fantassins. À en juger par les reflets de soleil qui parsemaient leurs rangs, les fantassins étaient en armure et bien armés. Des soldats de métier plutôt que de simples manants appelés à servir leur seigneur. Sans doute épaulés par un bon nombre d'arbalétriers. Bref! le genre de rencontre que personne n'a envie de faire lorsqu'il s'apprête à franchir un gué.

— Je ne pense pas qu'ils auraient planté une si jolie tente s'ils avaient eu l'intention de combattre, remarqua Evadine en pointant le doigt vers l'imposante structure en toile qui se dressait au milieu de leurs rangs.

Une bannière flottait au sommet du grand mât central qui émergeait du toit conique. Elle représentait un ours noir dressé sur les pattes postérieures sur un fond bleu ciel.

— La bannière du duc d'Alundia, déclara Wilhum. Et pas de drapeau de parlementaire à côté.

— On demande une trêve quand on est en guerre, remarqua Evadine. (Elle serra ses rênes un peu plus fort et Ulstan, son grand destrier brun-roux, frissonna d'impatience.) Et nous ne sommes pas en guerre. Voyons un peu ce que ce comité d'accueil a à nous dire. Maître Scribe, vous m'accompagnerez. Sergent Dornmahl, rassemblez la Garde Montée en une formation aussi impressionnante que possible, mais ne bougez pas. Dites au capitaine Legueux de disposer la compagnie en ordre de parade, pas en formation de combat.

Wilhum regarda les Alundiens sans chercher à dissimuler sa réticence.

— Le duc n'a pas la réputation d'être particulièrement accueillant, Evie. Laisse-moi au moins traverser le fleuve avec nos cava…

— Il n'y aura pas d'affrontement, Wil, le coupa Evadine. (Elle donna un coup de talons dans les flancs de son destrier pour lui ordonner d'avancer.) Cette journée est trop belle pour faire couler le sang.

Elle lui adressa un sourire rassurant avant de s'éloigner au trot et les sabots d'Ulstan plongèrent dans l'eau dans un bouillonnement d'écume blanche. Evadine traversa le fleuve comme un personnage de légende, le dos droit et ses cheveux noirs flottant au vent tandis que les gerbes de gouttelettes peignaient un arc-en-ciel qui se reflétait sur son armure. J'offrais une image beaucoup moins impressionnante, bien entendu, car guider un cheval à travers un cours d'eau tumultueux ne faisait pas partie des techniques que Wilhum m'avait enseignées. Sans compter que Jarik ne possédait ni l'élégance innée, ni la foulée assurée d'Ulstan. Il avançait avec peine, renâclant et manquant plusieurs fois de me projeter dans le courant. Lorsque j'atteignis enfin l'autre rive, Evadine conversait avec un chevalier à pied.

— … de chose est courante dans notre contrée, ma dame, disait l'Alundien lorsque j'arrêtai Jarik à quelques pas d'Ulstan. Les nobles visiteurs se présentent au duc ou à la duchesse. Il n'y a pas d'exception.

Le chevalier s'exprimait d'une voix dure et hachée qui indiquait qu'il s'efforçait d'être poli, mais qu'il n'en pensait pas moins. C'était un homme solidement bâti qui portait une armure de qualité. La cuirasse et les spalières étaient incrustées de lignes en argent qui dessinaient un ours identique à celui de la bannière. Il tenait son casque sur le côté, sans doute pour avoir l'air plus accueillant, mais le regard furieux qui assombrissait son visage encadré par une barbe noire racontait une tout autre histoire. Il m'observa sans s'interrompre et me toisa avec un mépris calculé avant de se reconcentrer sur Evadine.

—Par chance, poursuivit-il en désignant la belle tente dressée derrière lui, la duchesse Celynne – qui est la prévenance même – a daigné se déplacer afin de vous épargner le voyage à Haudesahl.

Evadine inclina la tête.

—C'est fort aimable de sa part, en effet, seigneur Roulgarth, déclara-t-elle sans se départir de son affabilité. Je suppose que le duc est occupé ailleurs ?

—Mon frère a de nombreuses affaires à régler. Je suis sûr que vous comprenez.

Le sourire du seigneur Roulgarth s'élargit tandis que ses yeux se faisaient plus durs. Il fit un nouveau geste en direction de la tente, avec plus d'insistance cette fois-ci.

—Si vous voulez bien me permettre de vous escorter jusqu'à la duchesse, ma dame.

—Bien sûr, seigneur. (Evadine mit pied à terre et me demanda de faire de même d'un hochement de tête.) Puis-je vous présenter maître Alwyn Scribe ? Il est porteur des messages royaux concernant notre mission.

Les yeux du chevalier se posèrent de nouveau sur moi. Juste un instant.

—Oui, j'ai entendu parler de lui, lâcha-t-il avant de s'écarter d'un pas et de s'incliner. Si vous voulez bien me suivre.

L'intérieur de la tente était couvert de tapis en velours et d'innombrables coussins. Un brasero rempli de charbons ardents réchauffait l'air. Cinq jeunes enfants et le double de chiots jouaient et cabriolaient dans un concert ininterrompu de rires et de jappements. Une mince femme blonde vêtue d'une robe en soie bleu et blanc se tenait au milieu de ce sympathique champ de bataille. Elle avança en tendant les bras et esquissa un large sourire en voyant Evadine approcher, un sourire qui semblait aussi sincère qu'éclatant.

—Ma dame, dit-elle.

Elle serra les mains de son invitée avant de l'enlacer. Elle était plutôt petite et ses bras étaient trop courts pour faire le tour de la cuirasse d'Evadine.

—Je suis ravie de vous revoir.

J'observai son visage joyeux et arrivai à la conclusion que, si elle jouait la comédie, cette femme était capable d'en remontrer à Lorine.

—Duchesse, dit Evadine en posant un genou à terre.

La femme blonde lui fit aussitôt signe de se lever.

—Oubliez toutes ces bêtises, dit-elle. Et appelez-moi Celynne, comme vous le faisiez lorsque nous étions à la cour. Vous n'avez tout de même pas oublié votre ancienne camarade de jeu, n'est-ce pas?

—Bien sûr que non. (Un sourire chaleureux se peignit sur les lèvres d'Evadine, mais ses yeux conservèrent une prudence de bon aloi.) Nous apportons des lettres royales…

Elle fit un geste vers moi.

—Bien sûr, bien sûr. (La duchesse leva les yeux comme si cela n'avait aucune importance.) Mais cela peut attendre. Venez! (Elle prit la main d'Evadine et l'entraîna au milieu du maelstrom d'enfants et de chiens.) Il est grand temps que vous fassiez la connaissance de mes petits chéris.

J'avais entendu dire que la duchesse était encline aux naissances multiples. Les garçons étaient des triplés et les deux aînées des jumelles. Tous avaient hérité des boucles dorées et des yeux bleus de leur mère. Ils se rassemblèrent autour de l'invitée en une masse tourbillonnante et la duchesse insista pour qu'ils l'appellent « tantine. » Les filles, surtout, étaient émerveillées par les cheveux d'Evadine et caressaient les longues tresses avec leurs petites mains tandis que les triplés s'accrochaient à son armure et effleuraient les différentes pièces avec une expression fascinée.

—Ce n'est pas de l'or, remarqua l'un d'eux. Celle de père a des bouts en or dessus. Celle de mon oncle, des bouts en argent.

Il s'interrompit et tourna la tête pour tirer la langue au seigneur Roulgarth. Le chevalier réagit en penchant la tête sur le côté et en esquissant une grimace faussement furieuse qui provoqua un cri de terreur ravi. Roulgarth et moi nous efforcions de ne pas bouger, mais notre immobilité stoïque était malmenée par la curiosité des membres – humains et canins – de la jeune et joyeuse troupe.

—Ça suffit, Lutcher, dit une fillette en tirant sur le collier d'un lévrier qui levait la patte contre ma jambe. Vilain Lutcher! (Elle se redressa et me regarda d'un air grave.) Il est à moi. Mère a dit que je pouvais choisir son nom et prendre soin de lui. Vous avez des chiens dans votre château?

—Je n'ai pas de château, ma dame, répondis-je en m'accroupissant pour la regarder en face. Pas plus que de chiens à y loger. Mais il m'est arrivé d'en avoir à mes trousses à plusieurs reprises. (Je caressai Lutcher d'une main et l'animal réagit en me mordillant les doigts avec ses petites dents.) Il deviendra grand.

La fillette fronça les sourcils d'un air intrigué.

— Pourquoi est-ce qu'ils étaient à vos trousses ?

— Parce que c'est un bandit, Ducinda, répondit le seigneur Roulgarth. (Il tapota la tête de l'enfant avec son gantelet, mais ses yeux restèrent rivés sur moi.) Un homme coupable de nombreux crimes, tous plus terribles les uns que les autres à ce qu'on raconte. Va, maintenant.

La fillette décampa et je me redressai en m'efforçant de ne pas céder à la provocation de Roulgarth. Et, comme d'habitude, j'échouai.

— Mes compliments à votre armurier, seigneur, dis-je en hochant la tête en direction de sa cuirasse. J'ai rarement vu une telle œuvre d'art. Et je constate qu'elle est entretenue avec le plus grand soin. Il n'y a pas la moindre éraflure. Je suppose que vous l'avez fait polir après la bataille du Champ des Traîtres. Oh... (Je laissai échapper un petit rire contrit.) Pardonnez ma pauvre mémoire. Vous n'avez pas participé à la bataille, il me semble ?

À ma grande contrariété, ma pique n'eut pas le moindre effet et le seigneur ricana sourdement.

— Non, dit-il. J'ai préféré aller à la chasse au sanglier. J'ai estimé que c'était un moyen plus agréable de passer le temps. En vérité, je n'ai pas mis les pieds dans le Nord depuis un bon moment. La dernière fois, c'était pour le grand tournoi organisé en l'honneur du vingt-deuxième anniversaire du roi Tomas. Il se trouve que j'ai été opposé à Sir Althus Levalle dans le combat à l'épée. Je l'ai battu. Sans trop de mal, si mes souvenirs sont exacts. (Il esquissa un sourire qui dévoila ses dents avant de poursuivre d'une voix basse et claire.) Et sans qu'on ait besoin de m'aider.

— Ainsi donc, vous êtes porteur de lettres à mon intention, maître Scribe, déclara la duchesse, me fournissant ainsi l'occasion de m'arracher aux dangereuses envies que la présence du seigneur Roulgarth faisait germer dans ma tête.

— Ma dame, dis-je.

Je franchis la barrière mouvante d'enfants et de chiens pour poser un genou à terre devant elle. Les lettres cachetées par le sceau royal étaient adressées à son époux, mais, dans la mesure où Evadine avait accepté de la rencontrer, j'en conclus qu'il était inutile de se montrer trop pointilleux.

La duchesse et Evadine s'étaient installées sur une pile de coussins. Un domestique avait apporté des tasses ainsi qu'une théière en argent. La duchesse savourait le breuvage avec une telle grâce et une telle délicatesse qu'à côté d'elle Evadine était presque comique avec sa lourde armure et la petite Ducinda perchée sur ses genoux.

—Le château de Walvern? dit la duchesse après avoir lu la première missive avec attention. (Une lueur d'amusement passa dans son regard tandis qu'elle échangeait un rapide coup d'œil avec son beau-frère.) C'est là que Tomas vous envoie?

—En effet, ma dame, confirma Evadine.

—Dans ce cas, j'espère que vous êtes venus avec une compagnie de maçons. C'est un endroit plein de courants d'air, surtout en hiver.

Elle étouffa un petit rire avant de décacheter la seconde lettre. Son amusement s'évanouit aussitôt. Elle tourna de nouveau la tête vers Roulgarth, mais cette fois-ci ce fut pour lui adresser un regard grave et soutenu.

—Avez-vous connaissance du contenu de cette missive, dame Evadine? demanda-t-elle.

—Je ne suis pas habilitée à lire la correspondance royale, ma dame.

La duchesse ne bougea pas, mais, à l'intérieur de la tente, l'atmosphère se tendit brusquement. Ducinda se tortilla sur les genoux d'Evadine et les autres enfants se turent avec une soudaineté qui me fit comprendre qu'ils étaient habitués aux changements d'humeur de leur mère.

—Il est l'heure de votre leçon, mes chéris, déclara la duchesse en frappant dans ses mains.

Un serviteur apparut et les enfants sortirent avec les chiots qui jappaient. Avant de les rejoindre, Ducinda se tourna et se plaqua contre la cuirasse d'Evadine.

—Au revoir, tantine, dit-elle. (Elle agita la main tandis que le serviteur l'entraînait hors de la tente.) Au revoir, maître Bandit.

—Le roi nous envoie une liste de noms, seigneur, dit Celynne en se levant de la pile de coussins et en tendant la missive à Roulgarth. Une liste de noms d'Alundiens qu'il nous ordonne d'arrêter et de conduire au château de Walvern pour qu'ils y soient jugés par la Dame Consacrée.

Dans le Nord, nobles et roturiers avaient à peu près autant de chances de faire l'objet de ce genre d'édit royal. Il ne semblait pas en aller de même en Alundia, car le chevalier parcourut la lettre avec une colère croissante.

—Il y a plus de cent noms! lâcha-t-il. La plupart sont des nobles de bonne réputation ou qui occupent de hautes fonctions au sein du royaume. Le roi Tomas lance de répugnantes accusations à leur encontre, mais je suis convaincu que ces personnes n'ont jamais levé la main contre quiconque.

Ce fut au tour d'Evadine et de votre serviteur d'échanger un regard grave. Telles étaient donc les mâchoires du piège de Tomas. C'était habile de sa part. Ordonner à la Compagnie de l'Alliance de franchir la frontière et d'occuper un château en ruine ne suffisait pas. Il avait donc chargé Evadine d'une mission qui ne pouvait pas manquer d'enrager les personnes les plus puissantes du duché et de les pousser à la révolte. J'aurais dû penser à lire les missives royales. Après tout, il n'était pas difficile de refaire un sceau, pas plus que de brûler une lettre et d'en réécrire une autre. Plus diplomatique. Mais le plan royal était si simple que je ne l'avais même pas envisagé. « Tu prends trop de ce truc », m'avait dit Ayin à propos de mon médicament. Elle avait peut-être bien raison.

J'entraperçus la grimace de consternation qui chiffonna le visage d'Evadine pendant un instant. Puis elle se leva et prit la parole avec une assurance qui m'impressionna.

— J'ai juré fidélité au roi, déclara-t-elle. Et je suis honorée par la confiance qu'il daigne m'accorder. J'ai un devoir à accomplir, duchesse. Tout comme votre époux a le sien. Aujourd'hui, nous avons parlé de choses agréables, d'enfants et de la joie qu'ils apportent. De thé, des vignes du Sud qui produisent cette délicieuse eau-de-vie. Nous n'avons pas parlé de meurtres, de massacres ou des viles persécutions que subissent les adeptes de la vraie foi. Ce sont cependant les sujets qui inquiètent la Couronne et l'Alliance au plus haut point. Ce sont les sujets qui m'amènent dans votre duché.

— La Martyre Ressuscitée parle, lâcha Roulgarth d'une voix à peine plus forte qu'un grondement sourd. N'imaginez pas un seul instant que vos billevesées vous permettront de convertir qui que ce soit ici ! En Alundia, les morts ne ressuscitent pas…

— Mon frère ! aboya la duchesse d'une voix dure.

Les mâchoires de Roulgarth se contractèrent tandis qu'il ravalait le reste de ses paroles et je vis que ses doigts s'étaient crispés sur la poignée de son épée.

Celynne poursuivit avec un calme qui n'avait rien à envier à celui d'Evadine.

— Les requêtes du roi demandent analyse et réflexion. Et il n'appartient pas à une simple duchesse de les accepter ou de les refuser. Ce rôle revient à mon époux. Je lui porterai cette lettre dans les plus brefs délais. Je vous permets de gagner le château de Walvern et d'y attendre sa réponse.

Evadine aurait été en droit de lui faire remarquer qu'elle n'avait nul besoin de sa permission dans la mesure où elle obéissait à un commandement royal, mais, heureusement, son pragmatisme lui enjoignit de s'incliner.

—Je suis impatiente de recevoir le message qui m'apprendra que le duc est prêt à se plier à cet édit royal, ma dame. Je peux vous assurer que les personnes qui se présenteront devant moi seront jugées de manière équitable et qu'aucun innocent ne sera injustement condamné. Je vous en donne ma parole en tant qu'Ascendante de l'Alliance des Martyrs et que Martyre Ressuscitée.

Ma main glissa vers la poignée de mon épée tandis que Roulgarth frissonnait et serrait les dents pour contenir la tirade qui lui brûlait la gorge – tirade au sein de laquelle le mot « hérésie » devait figurer en bonne place. Par chance, la main apaisante de sa belle-sœur se posa sur son gantelet et cela suffit à calmer son indignation.

—Evadine… (La duchesse poussa un soupir plein de regrets.) Ce pays n'est pas le Nord. (Elle fit une courte pause empreinte de tristesse.) L'Alliance telle que vous la connaissez n'est pas majoritaire ici. Vous ne pouvez pas obliger les gens à croire, quoi que vous fassiez. Vous pensez être ici pour protéger les croyants ? Non, vous êtes ici parce que le roi a doublé nos taxes de l'année dernière afin de s'acquitter des dettes qu'il a contractées pendant la guerre contre le Prétendant. Mon époux a refusé et, maintenant, Tomas vous envoie pour nous tourmenter. Et il sait très bien que, ce faisant, il vous place en grand péril. Pourquoi servez-vous ceux qui ont essayé de vous tuer – et qui n'hésiteront pas à retenter leur chance si l'occasion se présente ? Je vous en supplie, en tant qu'amie. Regagnez le Nord, car c'est là que votre véritable ennemi se trouve.

—Les persécuteurs de l'Alliance sont mes véritables ennemis, répliqua Evadine. Où qu'ils soient. (Elle s'inclina de nouveau.) Avec votre permission, duchesse.

—Qu'est-ce que vous avez pensé du seigneur Roulgarth ?

Nos chevaux – qui avançaient d'un pas régulier – venaient d'atteindre le milieu du gué lorsque Evadine me posa cette question. Elle préférait entendre mon opinion hors de portée des oreilles de Wilhum et de Legueux.

—Un homme arrogant, il n'y a pas de doute là-dessus, répondis-je. Il s'est vanté d'avoir vaincu Sir Althus au cours d'un tournoi il y a quelques années.

—Il ne s'est pas vanté. J'ai assisté à l'affrontement – qui fut rondement mené. (Je sentis son regard se poser sur moi tandis que je fronçais les sourcils.) Je souhaiterais que vous renonciez à tout projet téméraire en ce qui concerne cet homme, Alwyn. Vous avez fait des progrès, c'est certain, mais il est d'une tout autre trempe que vous. Ce n'est pas son épée que je veux vous voir égaler, mais sa ruse. D'après ce que j'ai pu apprendre de dame Celynne, le duc Oberharth confie toutes les affaires militaires à son frère. Et je ne pense pas que ce soit un imbécile. Si nous devons nous battre dans ce duché, ce sera le capitaine que nous devrons affronter.

—Nous avons survécu à plusieurs rencontres avec des capitaines rusés. Le bâtard ascarlien Gruinskard, pour commencer.

—Survivre est une chose, remporter la victoire en est une autre. Et ici, la Dame Consacrée ne veut rien d'autre que la victoire. (Il n'y avait aucune prétention dans sa voix, elle ne faisait qu'une évaluation objective de sa mission.) Nous devons gagner, Alwyn. Quoi que nos ennemis nous réservent. Je sais conduire une bataille, mais j'en ai vu assez pour savoir que la plupart d'entre elles se remportent avant le premier coup d'épée. Pour vaincre en Alundia, nous avons besoin d'un plan, et c'est pour cela que vous êtes là.

—Legueux est meilleur soldat que je le serai jamais. Il n'y a pas si longtemps, je n'étais qu'un bandit de basse extraction échappé des mines de l'Enfer.

—Le capitaine Legueux est un des meilleurs soldats qu'on puisse rencontrer. Et un redoutable tacticien. Mais – que les Martyrs le bénissent – il lui manque un certain… recul. Et cette rencontre m'a convaincue que ce n'est pas le cas du seigneur Roulgarth. C'est un homme intelligent et plein de ressources.

Je me rappelai l'indignation de Roulgarth lorsque Evadine avait mentionné son titre de Martyre Ressuscitée et je compris alors qu'elle l'avait fait pour tester le noble.

—L'intelligence peut être obscurcie par le fanatisme, dis-je. Ou, du moins, vous conduire à porter un peu trop d'importance à la foi. (Je songeai à mes recherches à la bibliothèque de l'Alliance.) La doctrine hétérodoxe affirme que l'Alliance a atteint la perfection avec la mort de l'homme que ses adeptes appellent le Martyr Korbil. Ils estiment donc qu'il ne peut pas y avoir de nouveaux Martyrs, ressuscités ou non. Le seigneur Roulgarth et ses semblables vous considèrent sans doute comme une insulte à leurs croyances. Mais je pense que vous le saviez déjà, n'est-ce pas, ma dame?

Evadine répondit à mon haussement de sourcils par un petit sourire.

— Je ne le savais pas, mais je m'en doutais. Il n'est guère étonnant que le seigneur Roulgarth soit un adepte des enseignements de Korbil, mais je ne m'attendais pas à ce que sa foi soit si intense. Nous pourrons peut-être utiliser cela à notre avantage, vous ne croyez pas?

— Peut-être. Mais en fin de compte notre victoire dépendra de l'état de notre forteresse.

Chapitre 9

— P ar les mille trous du cul des Martyrs! s'exclama Wilhum
en poussant un soupir désespéré. C'est une putain de
ruine!

Au premier regard, il fallait bien reconnaître que le château de
Walvern ne payait pas de mine. Je ne connaissais pas grand-chose aux
forteresses, mais je partageais l'avis de Wilhum: celle-ci était une vraie
ruine. Une enceinte zigzagante formait un rectangle approximatif
autour d'un ensemble de bâtiments délabrés et d'une haute muraille
intérieure entourant une colline conique et herbeuse. Au sommet de la
colline se dressait un donjon trapu et carré qui mesurait une vingtaine
de mètres. Nous nous trouvions sur une crête distante de cinq cents
mètres, mais cela ne nous empêchait nullement de distinguer les brèches
dans l'enceinte extérieure. Curieusement, il n'y avait pas de villages à
proximité de la place forte. La campagne environnante était déserte en
dehors des chariots chargés de marchandises qui remontaient et descendaient la route vers la frontière nord. Après avoir franchi le gué de la
Corbeaudine, nous avions traversé plusieurs hameaux sous le regard peu
aimable de leurs habitants—dont certains ne s'étaient pas gênés pour
cracher par terre tandis que nous passions devant eux. La région devait
être prospère, car tous étaient bien nourris et heureux de vivre—enfin,
quand ils n'avaient pas affaire à des étrangers venus du nord.

—Il n'y a pas de roturiers en Alundia, m'avait expliqué Wilhum
lorsque j'avais fait remarquer qu'ils semblaient tous en bonne santé. Pas
au sens où nous l'entendons, du moins. Les gens du peuple paient des
taxes à leurs seigneurs, mais ils ne sont pas liés à lui. Ils sont libres de

déménager et d'aller s'installer ailleurs si cela leur chante. Et, une fois qu'ils se sont acquittés de la dîme, ils peuvent vendre le reste de leur récolte. Un fermier exploite bien mieux ses terres s'il sait qu'il peut en tirer un profit.

Comment une région réputée pour son aridité pouvait-elle être couverte de champs ? Nous avions traversé un paysage vallonné parsemé de terrasses sur lesquelles poussaient de la vigne et des arbres fruitiers. Leurs branches étaient encore dénudées par l'hiver, mais nul doute qu'elles se couvriraient de fleurs au printemps. Cette fertilité avait cependant laissé place à des collines aux pentes raides et rocailleuses tandis que nous approchions du château de Walvern.

— On l'a construit dans un coin où on ne peut rien faire pousser pour nourrir la garnison, lâcha Wilhum sur un ton qui suintait le mépris. (Il s'enroula dans sa cape en observant le château d'un air mélancolique.) Une autre raison qui explique son triste destin.

— Grâce à maître Scribe, intervint Evadine, nous avons assez de provisions pour nourrir la compagnie jusqu'à la fin de l'hiver.

Nous avions pénétré en Alundia avec une longue colonne de chariots chargés de grain, de viande salée et de nourriture en conserve. Ce trésor avait été acquis auprès des marchands que nous avions rencontrés au cours de notre voyage vers le sud. J'avais veillé à ne m'adresser qu'à ceux qui avaient la réputation d'être d'honnêtes adeptes de l'Alliance, des dévots qui avaient été ravis de contribuer gratuitement à la noble mission de la Dame Consacrée. Pour cela, il avait fallu convaincre Evadine d'accorder quelques sermons privés et de bénir un certain nombre de maisons, de fermes et de moulins — une tâche qu'elle avait accomplie avec une abnégation admirable. Mais la foi a ses limites et un marchand, si pieux soit-il, n'aime pas se séparer de ses biens sans contrepartie sonnante et trébuchante. Pour rassembler assez de provisions pour tenir plusieurs mois, nous avions donc utilisé le décret royal à maintes reprises en contrebalançant judicieusement la colère qu'il suscitait par des ponctions dans les caisses de la compagnie — en partie renflouées par les souverains récupérés sur les assassins. Et la Dame Consacrée avait promis que toutes les dettes seraient réglées au printemps. Malgré nos chariots bien remplis, la perspective de m'installer dans ce château qui ne pouvait être ravitaillé qu'au prix d'un long et difficile chemin ne m'enchantait guère. En cas de crise, les provisions risquaient de se faire attendre. Et les renforts également.

—Les gens du coin doivent venir récupérer des pierres taillées dès qu'ils en ont l'occasion, déclara Estrik, le vétéran cordonnien.

Il n'était pas très loquace, mais il semblait avoir une certaine expérience en matière de châteaux. Celui-là se révéla encore moins impressionnant de près que de loin. Les brèches dans le mur extérieur étaient larges et les débris – qui auraient pu servir à les combler sans trop de difficultés – avaient disparu.

—Si on avait observé les maisons des derniers villages que nous avons traversés, on aurait sans doute vu que leurs murs étaient faits de pierres beaucoup plus grosses que la normale, grommela Estrik. Comme il n'y a pas le moindre débris qui traîne par terre, je suppose que les villageois ont chargé tout ce qui était récupérable sur des chariots il y a belle lurette.

—Tu as aussi été maçon, soldat Estrik ? demanda Wilhum.

—Un peu, seigneur.

Estrik leva le poing pour se frapper le front dans un réflexe servile, mais s'interrompit. Il était difficile de se défaire de certaines habitudes après une vie de soldat.

—Je veux dire : sergent. (Il toussota avant de poursuivre.) Mon père était maçon. Il a participé à la construction de châteaux en Cordonnie et en Althiene. Il m'aurait sans doute appris le métier s'il n'avait pas été tué pendant les guerres du Duché.

—Est-ce qu'on peut réparer ça ? demandai-je en faisant un geste en direction des brèches.

—On peut reconstruire tout ce qui se casse la figure, maître Scribe. (Estrik examina la muraille avec une moue dubitative.) À condition d'avoir des pierres et des bras pour les bouger. Les pierres, je peux vous garantir que c'est pas ce qui manque dans ces collines, mais l'extraction et le transport, ça sera plus compliqué. Je vous proposerais bien de boucher les trous avec du bois, mais les arbres sont plutôt rares dans les environs. (Il réfléchit en caressant son menton couvert de cicatrices avec ses doigts boudinés.) On pourrait essayer de faire de la récupération, je suppose.

—De la récupération ? répéta Wilhum.

—De prendre les pierres du haut et de s'en servir pour boucher les trous. Le mur extérieur serait plus vulnérable, mais mieux vaut un mur pas terrible que pas de mur du tout. Croyez-en l'expérience d'un type qui a survécu à deux ou trois sièges.

À la différence des murailles, le profond fossé défensif qui entourait les remparts extérieurs impressionna Estrik.

Nous nous dirigeâmes vers la grande arche de l'entrée principale et fîmes halte devant le pont-levis à moitié pourri qui enjambait le fossé.

— Futé, marmonna-t-il. Il rajoute quatre mètres à la hauteur qu'un assaillant doit grimper pour atteindre le sommet des remparts et il est trop large pour être franchi par un pont d'échelles ou une tour de siège.

— Il y avait au moins une personne qui savait ce qu'elle faisait, soupira Wilhum avant de se tourner vers Evadine. Ma dame, il semblerait que nous ayons un architecte très compétent en la personne du soldat Estrik. Je propose de le nommer sergent gouverneur et de lui confier les travaux de réfection de la forteresse.

— Excellente suggestion, dit Evadine. (Elle regarda Estrik et sourit.) Toutes mes félicitations, sergent gouverneur.

Comme souvent quand il se retrouvait au centre de l'attention, Estrik – qu'on aurait pu facilement confondre avec un bouledogue géant – se transforma en gamin timide et empoté, et je me demandai s'il n'était pas devenu idiot à force de recevoir des coups sur la tête. Il resta assis sur sa selle, les yeux baissés et le visage marbré de plaques roses. Puis il osa lever la tête et regarder Evadine.

— Jamais…, bafouilla-t-il. Jamais on ne m'a conféré un grade aussi élevé que sergent, ma dame. Jamais un capitaine ne m'a jugé digne de telles responsabilités.

— Je me contrefiche de la bêtise de vos anciens capitaines, sergent. (Evadine hocha la tête en direction des murailles lézardées et brisées qui se dressaient devant nous.) Votre première tâche consistera à inspecter le château et à me présenter un plan des travaux à prévoir. J'entendrai votre rapport préliminaire après le sermon de ce soir. Mais avant tout… (Elle jeta un coup d'œil méfiant aux planches fendues et hérissées d'échardes du pont-levis.) Je vous demande de trouver un moyen de pénétrer dans ce château sans risquer de se rompre le cou.

Par chance, j'avais acquis deux chariots de planches de qualité convenable au cours de notre voyage. À la demande pressante du capitaine Legueux.

— Ça nous permettra de construire des bâtiments, ou de faire du feu, avait-il dit.

J'avais également deviné que nous aurions besoin d'outils – des pioches, des haches, des marteaux et je ne sais quoi encore – et je disposai donc de tout le matériel nécessaire à la fabrication d'un nouveau pont-levis.

Estrik se révéla un contremaître efficace. Il ne lui fallut que quelques heures pour rassembler un petit groupe de soldats qui avaient été charpentiers et les mettre au travail. En attendant qu'ils aient terminé leur tâche, la compagnie camperait devant les murs et Evadine ordonna qu'on poste des sentinelles sur les collines avoisinantes avant d'envoyer Wilhum et la Garde Montée patrouiller jusqu'à la tombée de la nuit. Comme il restait quelques heures de soleil, elle décida de prendre le risque de franchir le pont-levis branlant pour inspecter le château. Ayin et moi l'accompagnâmes.

La cour principale était envahie par les herbes folles qui poussaient au milieu d'un entrelacs anarchique de bouts de bois, de tuiles brisées et de fragments de muraille. Comme Estrik l'avait deviné, il ne restait plus que des pierres en mauvais état qui ne pouvaient pas servir à grand-chose.

—On pourra toujours les utiliser comme projectiles, déclara Evadine quand je lui fis part de mes remarques. Même modeste, une pierre peut fendre le crâne d'un assaillant si on la lâche d'une hauteur suffisante. Nous les ramasserons et les hisserons sur le chemin de ronde.

—Je suppose qu'il s'agissait du dortoir de la garnison, dis-je en donnant un coup de pied dans une vénérable poutre qui gisait sur un tapis de tuiles et de briques parsemé d'herbes. Je ne suis pas maçon, mais je doute qu'on puisse le reconstruire.

—Nous avons des tentes, dit Evadine. Elles nous permettront de tenir jusqu'à ce que nous trouvions d'autres matériaux. (Elle leva la tête vers le donjon qui se dressait en haut de la colline herbeuse au-delà de l'enceinte intérieure.) On dirait que cette tour est en assez bon état.

Nous découvrîmes que c'était le cas lorsque nous gravîmes l'escalier sinueux et escarpé qui menait au donjon. L'épaisse porte bardée de fer n'était plus qu'un amas de rouille, mais les murs étaient en bien meilleur état que le reste du château. Deux bastions encadraient l'entrée principale. Ils se dressaient jusqu'à mi-hauteur de la tour et étaient parsemés de meurtrières. Le rez-de-chaussée se composait d'une large salle circulaire avec une estrade au centre. Contre le mur du fond, il y avait plusieurs petites pièces dans lesquelles se trouvaient des âtres, ce qui laissait entendre qu'elles avaient servi de chambres. Près de l'estrade, une grande trappe—intacte malgré son âge—permettait d'accéder à un escalier. Nous n'avions pas de torches pour entamer l'exploration des cryptes obscures, mais le petit caillou que je jetai en bas des marches produisit un écho interminable.

—C'était sans doute là qu'on entreposait le matériel et les provisions, déclara Evadine.

131

—N'oubliez pas les prisonniers, ajoutai-je. Je n'ai jamais vu un château sans cachots. (Je fermai la trappe et me dirigeai vers l'estrade.) Je suppose que le seigneur des lieux s'installait là.

À mon grand regret, je ne vis pas trace d'un somptueux siège à haut dossier sur lequel m'asseoir. Une épaisse couche de poussière couvrait les planches.

—À en croire les chroniques que j'ai lues, le dernier noble des terres du Nord à avoir vécu ici n'a même pas eu le temps de rassembler sa cour avant que les Alundiens viennent casser ses murs.

—Il fait vachement froid, gémit Ayin en serrant les bras autour de sa mince silhouette. Voulez-vous que j'allume un feu, ma dame?

—Oui, merci, Ayin. (Evadine montra les pièces du fond.) Choisis-en une pour moi, et une autre pour toi. Et n'oublie pas de vérifier que les cheminées ne sont pas obstruées avant de faire du feu! ajouta-t-elle tandis que la jeune fille s'éloignait en courant.

Je me rendis au pied de l'escalier, un colimaçon poussiéreux qui s'enfonçait dans l'obscurité des étages supérieurs. Le plafond de la salle du bas se dressait à six ou sept mètres de haut et la lumière était mauvaise, mais je fis une découverte surprenante en levant les yeux.

—Des Martyrs, dis-je en pointant le doigt.

Evadine leva la tête à son tour et poussa un petit cri ravi en apercevant la fresque qui couvrait l'intégralité du plafond. Il s'agissait d'un cercle de portraits disposés autour d'un soleil éclatant. Chaque œuvre représentait un Martyr avec une clarté et une intensité bien supérieures à celles des enluminures des manuscrits. Et chaque personnage semblait avoir été peint alors qu'il était en pleine action. La figure du Martyr Stevanos était particulièrement frappante: une silhouette vive et élancée avec une barbe et de longs cheveux gris. La scène était célèbre. Elle était décrite au début de son parchemin. Le premier Martyr était figé alors qu'il s'interposait entre un soldat ennemi captif et la foule qui voulait le lapider jusqu'à ce que mort s'ensuive.

—Vous avez déjà vu une telle œuvre? demandai-je à Evadine.

—Certaines peintures murales de Couravel sont aussi détaillées, répondit-elle, mais je n'en ai jamais vu de si…

—Vivantes? proposai-je en la voyant chercher le mot adéquat.

—Vivantes, oui. De si réalistes. Je ne reconnais pas le style, mais un artiste capable de peindre une telle fresque a forcément laissé son nom dans l'histoire.

—Il doit y avoir une signature quelque part. (Je plissai les yeux, passant d'un Martyr plongé dans l'obscurité à un autre.) Je regarderai plus attentivement quand nous aurons un peu de lumière. Il faudra se montrer prudents si nous voulons préserver cette fresque. La suie et les fumées grasses risquent de provoquer des taches et d'assombrir les couleurs. Je pense que, si elle a si bien résisté au temps, c'est parce que la tour est abandonnée depuis des années.

—C'est un signe, Alwyn, souffla Evadine d'une voix révérencieuse. (Elle se tourna vers moi et je vis que ses yeux brillaient de la même certitude déconcertante qu'à Farinsahl.) C'est ici que nous sommes censés être. C'est ici que notre tâche va véritablement commencer.

Je me contentai de lui adresser un hochement de tête et me dépêchai de monter les marches de l'escalier. En général, mes conversations avec Evadine étaient aussi fluides qu'une rivière, mais, quand son fanatisme prenait le dessus, ma langue se figeait sous le poids du doute et des mensonges que nous lui avions racontés.

—J'espère qu'il ne va pas s'écrouler, dis-je dans l'espoir de lui changer les idées.

Sans succès.

—Je n'en ai encore rien dit aux autres, mais les Séraphiles m'ont fait la grâce de m'accorder une nouvelle vision, déclara Evadine alors que je poursuivais mon ascension.

J'hésitai avant de répondre. Je n'aimais pas parler de ses visions. Cela m'était encore plus désagréable que de l'entendre se lancer dans ses diatribes fanatiques – ce qui ne lui arrivait heureusement pas très souvent.

—Une vision, répétai-je lorsque le silence devint un peu trop pesant.

Nous montâmes au premier étage, qui n'avait rien de particulier en dehors des meurtrières le long des murs. Leur vue me rappela de faire un inventaire complet des carreaux d'arbalète de la compagnie. Legueux m'avait expliqué que nous en manquerions rapidement si le château était assiégé, et ce ne serait pas facile de s'en procurer de nouveaux dans un endroit si isolé.

—Oui, dit Evadine avec une conviction et une ardeur consternantes. C'est arrivé la nuit après l'horrible attaque de ces assassins. Cela ne peut pas être une coïncidence. Si les Séraphiles me l'ont envoyée à ce moment, c'est parce qu'ils voulaient me faire comprendre que nous étions sur le bon chemin.

—Je ne vois pas d'autre explication, marmonnai-je.

—Ils m'ont dévoilé des choses merveilleuses, Alwyn, poursuivit Evadine, sourde à mon ton amer. Comme vous le savez, la grande majorité de mes visions me montre des choses horribles. Comme l'avènement du Second Fléau… Mais celle-là…

Elle se tut et l'écho de ses pas s'interrompit. Je me tournai et vis qu'elle me contemplait. Ses yeux déterminés reflétaient la faible lumière qui s'infiltrait par les meurtrières, mais la plus grande partie de son visage était cachée par l'obscurité.

—Ils m'ont montré un monde en paix. Un monde dans lequel nos luttes étaient terminées. Un monde dans lequel…

Elle ne finit pas sa phrase. Sa main se tendit vers moi, puis recula en tremblant.

—Je crois que les Séraphiles m'ont fait la grâce de me montrer notre récompense. (Elle s'exprimait dans un murmure, maintenant.) Pas le paradis qui nous attend au-delà des Portails divins, non, mais dans cette vie. Une récompense grandiose ! Et pour l'obtenir il nous suffit de vaincre en Alundia.

Rien que ça ?

La question, caustique et empreinte de doute, s'arrêta à la frontière de mes lèvres, mais j'eus la terrible et implacable envie de tout lui raconter, de lui révéler la vérité brutale de son impossible résurrection. Aujourd'hui encore, je suis incapable de dire si ses visions étaient des messages divins ou le produit d'un esprit fracturé. Dans ce monde, j'avais vu des choses qui pouvaient me porter à croire l'un comme l'autre, mais mon instinct se rebellait contre cet aspect de sa personnalité, contre cette inébranlable foi en sa propre perspicacité.

Malgré le froid, mon front se couvrit de sueur tandis que le besoin de dire la vérité faisait battre mon cœur à toute vitesse dans ma poitrine. Quelle que soit sa réaction, je mettrais au moins un terme à son délire inextinguible. Je pourrais peut-être même la guider sur le chemin d'une éventuelle guérison… à condition qu'elle ne me tue pas avant. Je serrai les dents, rassemblai mon courage contre la tentation de l'honnêteté et me tournai pour reprendre mon ascension.

—Dans ce cas, espérons que le toit de cette tour est à peu près intact, dis-je en priant pour qu'elle ne remarque pas la tension dans ma voix. Ou nous ne triompherons de rien.

Par chance, le toit en terrasse était en aussi bon état que le reste du bâtiment. Il mesurait une petite dizaine de mètres de large, était entouré de grands et solides merlons et pouvait accueillir toute une unité d'arbalétriers. Il avait également la curieuse particularité d'être équipé d'un socle circulaire d'un mètre de haut.

—Je suppose que c'était à cet endroit qu'on allumait un feu pour transmettre des messages, dis-je. (Je bondis sur le socle et me tournai vers la Corbeaudine qui dessinait un grand arc gris sous le ciel chargé.) Au cours de mes recherches, j'ai lu quelque chose à propos d'un petit avant-poste sur l'autre berge du fleuve. On devait allumer le feu quand le château était assiégé. La garnison de l'avant-poste allumait alors le sien. Il y avait des relais jusqu'à Couravel et le roi pouvait être informé de l'attaque en moins d'une journée.

—Ce n'est plus le cas, déclara Evadine en me rejoignant sur le socle. Mais quand le roi Tomas franchira la frontière à la tête de sa nouvelle armée, il ne devrait pas être trop difficile à trouver si le besoin s'en fait sentir.

—Encore faudra-t-il qu'il rassemble une armée et franchisse la frontière.

—Vous doutez donc de votre roi, Alwyn ?

Evadine avait parlé avec une rare note de sarcasme dans la voix et je compris qu'elle ne faisait pas plus confiance à Tomas que moi.

—Cette pu… (Je m'interrompis pour étouffer une obscénité.) Cette lettre. D'après ce que j'ai pu apprendre à propos de ce duché, je n'imagine pas meilleur moyen pour pousser les nobles à prendre les armes. Je suis convaincu que nous avons été envoyés ici pour faire la guerre. Ce que j'ai un peu de mal à deviner, c'est si le roi a l'intention de la finir avant qu'elle *nous* finisse. (Je baissai les yeux vers la berge lointaine et observai la colline basse où avait dû se dresser l'avant-poste destiné à relayer le signal lumineux.) Je propose de mettre toutes les chances de notre côté.

Evadine haussa un sourcil d'un air dubitatif.

—Vous avez l'intention de restaurer l'ensemble des relais de communication ? Même si nous avions la possibilité d'accomplir cette tâche herculéenne, je ne vois pas l'utilité de solliciter l'aide du roi s'il a prévu de nous laisser mourir ici.

—Pas solliciter son aide, et pas tous les relais. Juste celui qui se trouvait sur l'autre berge. Je pense que cela suffira le moment venu.

Chapitre 10

Au cours des semaines suivantes, j'explorai les collines avoisinantes avec Wilhum et la Garde Montée pendant qu'Evadine supervisait les restaurations. Chaque jour, les bruits des outils et les cris des personnes qui travaillaient d'arrache-pied résonnaient autour des remparts. Le nouveau sergent Estrik était très efficace, mais Evadine préféra rester au château afin d'encourager les soldats à redoubler leurs efforts. Personne ne pouvait dire combien de temps il s'écoulerait avant que le seigneur Roulgarth se décide à nous rendre son inévitable visite et il était donc urgent que les travaux soient achevés au plus tôt. Lorsque je revenais des missions de reconnaissance, j'observais les brèches et évaluais les progrès. Les murailles rapetissaient tandis que les trous étaient comblés par des ouvrages de maçonnerie inélégants, mais solides.

Nos missions de reconnaissance avaient un double objectif : prévenir les actes d'espionnage et de sabotage, puis trouver les chemins de pèlerins les plus anciens et les tracer sur ma carte personnelle. Un plan détaillé de ces vieilles pistes pourrait se révéler très utile en cas de danger. Malheureusement, la plupart de celles que nous découvrîmes étaient abandonnées depuis si longtemps qu'elles étaient aussi praticables qu'un pan de colline pierreux. Le chemin du temple du Martyr Lowanthel se révéla une des rares exceptions à la règle.

Il sillonnait les collines situées à l'est du château et traversait une vingtaine de kilomètres de ravines et de pentes, mais demeurait praticable jusqu'au bout. Il était assez large pour faire passer un troupeau et on pouvait donc l'emprunter avec un train de mules ou de chevaux.

Lorsque nos ennemis arriveraient, ils couperaient aussitôt la route menant à la frontière et ce chemin nous permettrait de recevoir du ravitaillement et des renforts. Trois soldats de la compagnie avaient été envoyés sur la rive septentrionale de la Corbeaudine pour guetter nos éventuels signaux lumineux. Ces hommes avaient été choisis pour leurs compétences de cavaliers et – surtout – pour l'ardeur de leur foi en la Dame Consacrée, car ils auraient peut-être à se montrer convaincants. J'avais envisagé de leur adjoindre Eamond, mais il était trop timide et tenait à peine en selle. Sans compter que, ces derniers temps, il avait pris l'horripilante habitude de me fournir des informations dont je me contrefichais.

— Saviez-vous, maître Scribe, commença-t-il alors que nous engagions nos montures sur un tronçon de piste étroite, que le Martyr Lowanthel est le seul personnage de l'histoire de l'Alliance qui a été tué par les Caerith ?

Je ne le savais pas, je devais bien le reconnaître, et j'aurais sans doute répondu par un grognement maussade s'il n'avait pas été question de Caerith.

— Je suppose qu'ils n'ont pas trouvé ses sermons très intéressants, dis-je. Tous les cœurs ne sont pas réceptifs à la grâce des Séraphiles.

— L'histoire raconte que ce n'est pas son sermon qui leur a déplu, poursuivit Eamond, le souffle un peu court tandis que nous gravissions la pente orientale d'un ravin. Mais ses chapardages.

— Ses chapardages ? Un Martyr ? (Je ris tout bas, soudain intéressé.) Raconte-moi ça.

— Eh bien ! d'après ce qu'on dit, Lowanthel s'était aventuré dans le désert des Caerith pour prêcher l'exemple des Martyrs, mais personne ne lui prêtait la moindre attention. Il a raconté une partie de son histoire avant sa fin tragique. Il y décrit une sorte de rite païen nécessitant l'usage de certains artefacts, dont un os qu'il trouvait très intéressant. Un objet difforme ayant censément appartenu à une créature aujourd'hui disparue.

— Un os ? Il a volé un os ?

— C'est ce que dit l'histoire. Lowanthel affirma qu'il s'en était emparé dans le seul dessein d'empêcher certains rites de se perpétuer. Des rites qui, d'après lui, permettaient d'invoquer des êtres répugnants venant d'un autre monde. C'était peut-être vrai, car il garda cet os au cours des dix années qui suivirent. Mais les Caerith semblent avoir une excellente mémoire et une nature peu encline au pardon. Les personnes qui découvrirent le corps de Lowanthel racontèrent que sa mort avait dû être lente et douloureuse. Ils ne trouvèrent pas trace de l'os, bien entendu. Les Alundiens ont un dicton qui dit : « Tue les Caerith, mais ne leur vole jamais rien. »

Je ris de nouveau… et m'interrompis lorsqu'un coup de vent apporta une odeur familière à mes narines. Une odeur de fumée. Je vis Flécheur lever la main pour ordonner une halte et observer le bas de la crête en récupérant l'arc qu'il portait dans le dos. L'ancien braconnier ne faisait pas partie de la Garde Montée, car il détestait l'équitation, mais ses talents de pisteur le rendaient indispensable au cours de nos patrouilles. Un peu plus loin, Wilhum tendit les rênes de sa monture à un soldat, ferma le poing pour nous ordonner de garder le silence et me regarda en inclinant la tête.

—Enfin quelque chose à voir, dis-je en gravissant la pente.

L'ancien braconnier observait une lointaine colonne de fumée qui s'élevait du sommet d'une crête basse au nord-est. Son regard s'était assombri.

—Un feu de forêt ? demanda Wilhum.

Flécheur secoua la tête avec assurance.

—Pas en hiver, seigneur.

Comme bon nombre de membres de la compagnie, Flécheur avait cessé de se reprendre quand il s'adressait à Wilhum en utilisant son titre plutôt que son grade. Certaines habitudes ont la peau dure.

—Et puis il y a une odeur d'huile dans la fumée. Il doit s'agir d'un grand feu, sinon le vent ne l'aurait pas portée jusqu'ici.

—Une ferme, proposa Wilhum. Un village, peut-être ?

—Le temple, dis-je en tirant un parchemin plié de mon justaucorps. (C'était le produit de ma plume, une copie de la grande carte de la bibliothèque de l'Alliance.) Je crois qu'il se trouve à l'endroit d'où monte la fumée. (Je montrai un point sur la carte.) À huit ou neuf kilomètres de distance, à peu près.

—Je dirais plutôt six, maître Scribe, rectifia Flécheur en portant le poing à son front. Avec votre permission.

—Tu veux bien cesser de faire ça ? lui demandai-je avant de me tourner vers Wilhum. Les temples ne s'enflamment pas spontanément au milieu de l'hiver. Des hérétiques sont en train de commettre un crime. Et nous n'avons aucun moyen de savoir combien ils sont.

—Évaluer l'effectif de l'ennemi fait partie de notre mission. (Wilhum se redressa et scruta le paysage entre notre colline et la crête.)

Le terrain n'est pas trop accidenté et nous devrions pouvoir nous déplacer à une bonne allure. (Il adressa un sourire à Flécheur.) On dirait que vous nous avez déniché un gibier de choix, aujourd'hui, mon ami.

— C'est la première fois que je débusque de l'hérétique, seigneur. (Flécheur sourit à son tour et leva son arc.) Mais je suppose qu'il n'y a pas beaucoup de différences avec les autres bestiaux.

Le temple était encore en feu lorsque nous arrivâmes et tirâmes sur les rênes de nos montures. Mon regard se posa aussitôt sur la dizaine de corps qui gisait au milieu de la fumée et des tentes déchirées qui se trouvaient à proximité. Le temple était un bâtiment ancien et les poutres séchées par les ans brûlaient avec une rapidité étonnante. Je compris tout de suite qu'il serait impossible de le sauver. Les flammes avaient déjà dévoré la flèche et la plus grande partie de la nef. Wilhum lança des ordres. Une moitié de nos hommes pénétrèrent à l'intérieur du périmètre du site tandis que Flécheur cherchait des traces sur le sol. Je mis pied à terre et rejoignis mon camarade qui examinait déjà les corps. Nous en comptâmes dix-huit. Une majorité de personnes d'âge moyen et quelques jeunes. Tous portaient une tenue de pèlerin.

— Les histoires de persécutions étaient vraies, au moins, marmonnai-je en regardant le cadavre d'un homme avec une barbe poivre et sel.

Le sommet dégarni de son crâne avait été fendu, sans doute par de multiples coups de hache. Le sang était pâteux, mais pas encore sec.

— La plupart ont été tués rapidement, déclara Wilhum d'une voix saccadée.

Il avait le visage sombre, et pas seulement à cause de la fumée âcre qui montait du bûcher funéraire et se répandait autour.

— On dirait qu'ils ont pris leur temps avec certains d'entre eux.

Il hocha la tête en direction du corps d'une jeune femme. Elle était presque nue et gisait par terre comme une poupée désarticulée, maculée de sang et couverte de lambeaux de robe. Wilhum affichait une expression que je l'avais déjà vu prendre au Fjord Geld. La terrible envie de représailles qui l'avait saisi quand nous avions découvert le cadavre mutilé d'un marchand de laine. Je compris que cela nous empêcherait de regagner le château avant l'heure du dîner, mais je ne cherchais pas à lui faire entendre raison. J'avais vu de nombreux vols et de nombreux assassinats au cours de ma vie – il n'était pas rare que les uns conduisent aux autres –, mais ici la mort et la douleur avaient été les seuls objectifs des assaillants. Même dans la forêt infestée de bandits où j'avais passé mon enfance, on n'agissait pas ainsi sans une bonne raison.

Nous découvrîmes Flécheur qui examinait une portion de terre retournée sur la pente méridionale de la colline.

—Je dirais que ces fils de pute sont entre trente et quarante, seigneur, dit-il à Wilhum. Un panaché. Certains sont à cheval, d'autres à pied. Et puis… (Il passa la semelle de sa botte sur un sillon dans le sol.) Un prisonnier ou deux, si je ne me trompe pas. Ces marques indiquent qu'on les a traînés.

—Ce ne pourrait pas être des blessés à eux? demandai-je.

—Ils n'ont pas eu de blessés, lâcha Wilhum en hochant le menton en direction des ruines. Ces malheureux n'étaient pas armés. (Il se tourna vers Flécheur.) Dans quelle direction sont-ils partis?

L'ancien braconnier pointa l'extrémité de son arc vers une ligne de collines qui s'étendaient au nord-ouest.

—Ils ne vont pas vite, dit-il.

Ses yeux brillaient, les yeux d'un chasseur impatient de mettre la main sur sa proie.

—Il y a des vignes par là-bas, dis-je. Et dans la région, le seul village digne de ce nom se trouve à deux jours de marche. (Je regardai Wilhum avec un petit sourire crispé.) Ils vont devoir s'arrêter pour la nuit. Et, à en juger par leur allure d'escargot, ils se croient en sécurité.

L'insouciance de nos proies nous sauta aux yeux lorsque nous aperçûmes leur campement près d'un cours d'eau qui serpentait à travers une vallée peu profonde à moins de vingt kilomètres du temple. Plusieurs feux éclairaient leurs tentes et il n'y avait pas la moindre sentinelle en vue sur les collines avoisinantes. Depuis notre poste d'observation, au sommet d'un tertre distant d'une centaine de mètres, nous entendîmes des voix discordantes—et peut-être alcoolisées—se mettre à chanter.

Je me tournai vers Wilhum et haussai un sourcil.

—Je ne sais pas qui ils sont, mais ce ne sont pas des soldats, dis-je.

Les muscles de Wilhum étaient tendus et son visage crispé. Je n'aimais pas ça. Il ressemblait à un chien de combat tirant sur sa laisse.

—Mieux vaut attendre la nuit, ajoutai-je. Je vais prendre nos plus fins couteaux pour éliminer ceux qui sont à la périphérie du camp, puis nous incendierons les ten…

—Nous n'avons pas besoin de toutes ces subtilités, maître Scribe, m'interrompit Wilhum. Il y a bien assez de lumière pour charger et le terrain est raisonnablement plat. Il serait cependant prudent de leur couper toute retraite. Prenez maître Flécheur et quatre hommes. Ceux qui tirent le mieux à l'arbalète. Puis contournez le camp vers le nord. Ils chercheront sans doute à s'enfuir dans la direction opposée au fleuve. (Il se leva et descendit le bord sous le vent du tertre.) Si vous parvenez à l'identifier, épargnez leur chef. Sinon, je ne vois aucune raison de faire preuve de miséricorde.

Une heure plus tard, j'étais accroupi avec Flécheur et trois autres soldats au nord du camp. Nous avions laissé nos chevaux près du tertre, décrit un grand arc de cercle autour de la bande d'imbéciles qui chantaient à tue-tête et pris position dans une dépression peu profonde. Eamond serrait son arbalète en tremblant. Depuis que nous avions trouvé le temple, il avait le visage blême et les yeux écarquillés. C'était un bon tireur, mais sans plus. Je l'avais choisi pour le dispenser de l'attaque du camp. J'étais convaincu qu'il aurait chargé sans hésiter avec ses petits camarades, mais de sombres pensées m'avaient envahi quand j'avais évalué ses chances de survie au milieu du chaos qui ne manquerait pas de s'ensuivre. Comme la plupart des gens ayant une image glorieuse de la guerre, Eamond avait du mal à accepter sa dure réalité.

— Vise bas, lui rappelai-je, une règle maintes fois répétée pendant les entraînements. L'extrémité de l'arme va se redresser légèrement quand tu presseras la queue de détente.

Il hocha la tête. Son visage pâle était couvert de sueur malgré la fraîcheur de la soirée. Il trouva la force d'esquisser un sourire lorsque j'abattis ma main sur son épaule.

— Tout sera terminé en quelques instants, poursuivis-je sur un ton rassurant. C'est un ramassis de lâches et d'ivrognes qu'on a en face de nous.

Je jetai un coup d'œil à Flécheur et le vis encocher une flèche à large pointe. Il en avait deux autres glissées dans un bandeau à son bras. Avant de quitter le château, je l'avais vu passer les pointes à la fumée d'un feu pour les empêcher de briller et je savais donc qu'il n'avait pas besoin de conseils.

— Tu faisais équipe avec qui ? lui demandai-je à voix basse.

— Je n'aimais pas trop faire équipe. J'préférais être seul, répondit-il. Sauf quand je n'avais pas le choix, bien sûr. Et quand la paie était bonne. J'ai bossé sous les ordres de Shilva Sahken à plusieurs reprises.

Je vis ses lèvres se serrer. Ses anciens employeurs ne l'engageaient sûrement pas pour traquer le cerf.

Je fus assez sage pour ne pas insister sur ce sujet délicat.

—Elle est toujours en vie? demandai-je.

—Elle l'était aux dernières nouvelles. Mais elle évite de traîner dans les bois, maintenant. Depuis quelques années, elle gagne sa vie en faisant de la contrebande. D'après ce que j'ai cru comprendre, les personnes qui géraient les réseaux avant son arrivée ont eu de malheureux accidents.

Il parlait sur le ton désinvolte et secret qu'affectionnent les bandits quand ils racontent des histoires de trahisons et de meurtres.

—Je ne l'ai pas vue et je n'ai pas entendu parler d'elle depuis les événements de Moulin des Mousses, dis-je.

Je songeai que Deckin aurait été content de savoir qu'elle s'en était tirée.

—Une vilaine affaire, grogna Flécheur. (Ses yeux glissèrent sur moi et me dévisagèrent.) J'ai entendu dire que c'était le massacre de Moulin des Mousses qui vous a mis sur le chemin de la foi, maître Scribe.

Je retins un ricanement caustique.

—Tu as entendu des bêtises. Le massacre de Moulin des Mousses m'a mis sur le chemin des mines de l'Enfer.

—C'est donc vrai? (La lueur d'intérêt brilla un peu plus fort dans ses yeux.) Vous vous êtes évadé des mines de l'Enfer?

—Moi et deux autres. Enfin, il y en avait un quatrième, mais il n'en a pas profité longtemps.

Je n'aimais pas beaucoup parler de ces événements. Cela me rappelait toujours le sacrifice de Sihlda, la mort de Brasseur qui était enterré à Farinsahl et ma séparation d'avec Toria… qui était je ne sais où. Je me suis souvent fait la réflexion que le pire inconvénient d'avoir de véritables amis, c'est qu'on ne peut pas s'empêcher de les regretter quand ils ne sont plus là.

—On a filé jusqu'à Callintor, repris-je sur un ton bas, mais plus vif. C'est là que j'ai rencontré la Dame Consacrée, qu'on appelait seulement capitaine à cette époque.

—Ses sermons vous ont retourné le cœur, hein?

—On peut dire ça.

Je préférai ne pas dire à Flécheur que je m'étais engagé dans la Compagnie de l'Alliance dans le seul dessein d'échapper à la corde qu'un certain Ascendant rêvait de me passer au cou. Les âmes dévouées ont un faible pour les histoires simples, expurgées des difficultés et des nuances qui caractérisent les histoires vraies.

—J'étais là, vous savez. (Flécheur se rapprocha.) Au château d'Ambris. Quand vous êtes sorti de la foule pour prendre la défense de la Dame Consacrée. Voir une personne de notre condition faire une telle chose… (Il secoua la tête et la ferveur qui illuminait ses yeux exacerba mon malaise.) C'est à ce moment que j'ai compris qu'elle devait dire la vérité vraie. Une vérité qui pouvait changer un bandit en chevalier.

—Je ne suis pas un chevalier, protestai-je avec un nouveau sourire crispé. (Je me dépêchai de détourner les yeux pour échapper à son regard.) Et le chevalier que j'ai affronté a bien failli me tuer.

—Mais vous l'avez affronté, insista Flécheur. Et vous vous êtes bien battu. J'ai vu sa peur. Nous l'avons tous vue. C'est ce jour-là que les manants ont découvert que les nobles saignaient, eux aussi. Ça m'a bien plu de le voir saigner, maître Scribe. Et, le temps venu, j'espère qu'on en verra d'autres. J'espère que les Martyrs nous feront la grâce de nous permettre de saigner d'autres de ces porcs.

Je toussotai, puis regardai en direction du camp dans l'espoir d'entendre les chants d'ivrognes se transformer en cris d'alarme.

—Tu n'aimes pas les nobles, hein ?

—Ils ont pendu mon fils et mon frère. (La voix de Flécheur n'était plus qu'un sifflement, mais j'entendais sa haine aussi bien que s'il avait hurlé.) Les soldats du duc les ont surpris en train d'écorcher un cerf qu'ils avaient tué pour nourrir la famille qui crevait de faim. Ils les ont pendus et ils ont fait durer le plaisir. Ils ont allumé un feu sous leurs pieds pour les voir se tortiller dans tous les sens. Ça les faisait rigoler. (Flécheur serra son arc si fort que j'entendis le bois grincer.) J'ai longtemps cherché ces enfoirés. Ceux qui avaient survécu à la guerre et à la maladie. Ça m'a pris des années, mais je les ai trouvés et je me suis vengé avec cet arc. Je voulais aussi m'occuper du duc, mais ce connard a été condamné pour trahison et a fini la tête sur le billot. J'étais là quand il a été décapité. J'espérais que ça… m'apaiserait, me donnerait la force de passer à autre chose, mais il ne s'est rien passé du tout. Quand la tête a roulé par terre, mon cœur était vide. Alors j'ai erré dans les bois. Je chassais lorsque j'avais faim, je tuais lorsque j'avais besoin d'argent. Mon cœur était toujours vide. Jusqu'au jour où je vous ai vu sortir de la foule.

Le soleil couchant cachait son visage dans l'ombre de son chapeau en feutre, mais je savais qu'il souriait.

—On va s'occuper de ces enfoirés d'assassins, dit-il. Et de tous les hérétiques de ce putain de duché. Mais je crois qu'on sait tous les deux que la véritable bataille aura lieu au nord. Là où se trouvent les nobles et leurs lèche-culs de serviteurs. Il y a plus de foi dans un de mes étrons que dans toutes leurs âmes réunies.

Par chance, un hurlement monta du campement, m'épargnant ainsi d'entendre la suite du macabre programme de Flécheur. Les chants s'interrompirent net et cédèrent la place à un concert de cris d'alarme et d'affolement qui couvrit le grondement sourd des chevaux lancés au galop. Un nuage de poussière se mêla à la fumée des feux, m'empêchant de voir la plus grande partie de la suite des événements. J'aperçus des chevaux qui se tournaient tandis que les cris se transformaient en hurlements entrecoupés de claquements métalliques. Très vite, les premiers s'intensifièrent et les seconds faiblirent. Les premiers fuyards apparurent quelques instants plus tard sur le sol couvert de givre. Comme Wilhum l'avait prévu, ils s'éloignaient du fleuve et se dirigeaient vers nous. J'en comptais une bonne dizaine. C'était consternant, mais je me réjouis de leur couardise. Des hommes qui filaient dès le début du combat étaient des hommes qui n'avaient aucune envie de se battre.

—Choisissez vos cibles, dis-je en me préparant à viser. (Comme les autres membres de la Garde Montée, j'étais armé d'une arbalète à étrier qui pouvait être rechargée rapidement.) Tirez quand ils seront à moins de dix mètres.

Je pointai mon arme sur un type qui se trouvait au centre du groupe des fuyards qui approchaient en courant et j'attendis que sa silhouette grandisse au-delà du crochet en fer fixé à l'avant de l'arbalète. Eamond tira un peu trop vite, mais pas assez pour que cela constitue un manquement aux ordres. Je résistai à l'envie de suivre la trajectoire de son trait et restai concentré sur ma cible. Je pressai la queue de détente et l'arme tressauta tandis que le carreau filait dans la nuit. L'homme qui courait s'effondra une fraction de seconde plus tard.

L'arc en frêne de Flécheur vrombit tandis que je réarmais. L'ancien braconnier tirait vite et bien. Fort bien même, ainsi que je le découvris lorsque je levai la tête pour chercher une nouvelle cible. Il n'y avait plus que cinq fuyards devant nous. Flécheur décocha et l'un d'eux tournoya en arrière avant de s'effondrer, un trait planté dans la gorge. Ses camarades comprirent qu'ils étaient tombés dans une embuscade et se dispersèrent. À l'exception de l'un d'eux qui continua à courir droit vers nous en poussant un rugissement assourdissant. Avec ses larges épaules et ses traits de brute déformés par un rictus féroce, il faisait songer à un taureau furieux. Je constatai avec une certaine inquiétude qu'il avait déjà un carreau d'arbalète planté dans la poitrine et une flèche dans la cuisse, mais cela ne semblait pas le ralentir le moins du monde. Et la hache de bûcheron qu'il tenait d'une main n'avait rien de très rassurant.

Je poussai un juron, glissai un carreau dans la rainure de mon arbalète et tirai en visant la tête du géant enragé. J'avais espéré lui percer l'œil ou, au moins, lui infliger une blessure assez douloureuse pour qu'il interrompe sa charge.

Malheureusement, il se baissa au moment où je pressai la queue de détente et le trait ne fit qu'érafler sa joue et déchiqueter son oreille avant de se perdre dans la nuit. La brute poussa un hurlement de douleur et de rage avant de brandir sa hache. Elle n'était plus qu'à quelques mètres et je lâchai mon arbalète pour dégainer mon épée. Je reculai et fis un pas de côté pour éviter la hache qui s'abattit et se planta dans le sol givré à une trentaine de centimètres de mon pied. Je frappai et ma lame s'enfonça profondément dans sa gorge, mais sans trancher la carotide. L'Alundien libéra sa hache et repartit à l'attaque avec une énergie incroyable. Je me penchai en arrière et sa lame siffla tout près de mon nez. Puis je frappai d'estoc à la poitrine en tenant la poignée de mon épée à deux mains et en poussant de tout mon poids.

La brute ouvrit la bouche tandis que je croisais ses yeux écarquillés et figés par le choc. Elle me regarda et cracha un mélange de salive et de sang pour m'aveugler. Je poussai un juron dégoûté et bondis en arrière en abandonnant mon épée dans sa poitrine. Alors que j'essuyai mon visage, j'entendis les cordes des arbalètes de mes camarades et celle de l'arc de Flécheur vrombir en même temps. Je levai la tête et vis que le colosse qui se tenait devant moi était toujours debout. Plusieurs carreaux lui transperçaient la poitrine de part en part et la flèche de l'ancien braconnier était plantée dans sa gorge, mais il était toujours debout. Son visage n'affichait plus la grimace féroce et provocatrice qu'il avait arborée quelques instants plus tôt. Ses traits lourds s'étaient détendus et n'exprimaient plus que de l'incompréhension. Ses lèvres épaisses et ensanglantées se tordirent en un rictus écarlate tandis qu'il essayait de parler. Il réussit à proférer un ensemble de sons inarticulés, mais je parvins à saisir quelques mots.

—Hérétiques… racaille…

—Pas nous, enculé d'assassin, répliqua Flécheur.

L'ancien braconnier se dirigea vers lui, tira le long couteau de chasse qu'il portait à la ceinture et lui trancha la gorge dans une impressionnante gerbe de sang. L'Alundien consentit enfin à s'effondrer.

—C'est toi l'hérétique, ajouta Flécheur. (Il cracha sur le corps agité de spasmes.) Puissent les Séraphiles maudirent ton âme répugnante !

—C'est leur chef ? demandai-je.

Je jetai un coup d'œil dubitatif à la silhouette agenouillée et ligotée qui tremblait devant les sabots du destrier de Wilhum. Le prisonnier n'avait pas grand-chose du colosse fanatique avec le cadavre duquel j'avais bataillé plusieurs minutes pour récupérer mon épée. C'était un homme petit avec des membres grêles. Il était replié sur lui-même et ses yeux figés exprimaient une terreur intense.

—C'est lui qui était à la tête de cette bande d'assassins, affirma une femme portant une tenue de paysanne déchirée.

Elle toisait l'homme avec colère et détermination. Son visage était sale et constellé de taches de sang séché, mais elle semblait être jeune et en bonne santé malgré les nombreux hématomes que j'aperçus à travers ses vêtements en lambeaux.

—C'est lui qui a donné tous les ordres pendant l'attaque du temple, poursuivit-elle.

Elle s'exprimait avec un accent cordonnien. Elle approcha du prisonnier attaché et le dévisagea.

—C'est lui qui leur a dit d'égorger ma fille, et de m'obliger à regarder pendant que son sang coulait.

Elle n'était pas armée, mais l'homme frémit et se recroquevilla un peu plus. Comme si elle brandissait un énorme poignard. À en juger par la manière dont elle ouvrait et fermait les mains, il avait plus à craindre de ses ongles. Les bras de la femme étaient rouges jusqu'aux coudes et j'en conclus qu'on l'avait laissée s'expliquer avec certains Alundiens blessés.

Le camp avait été pillé et ce n'était plus qu'un capharnaüm jonché de cadavres. Certains assassins s'étaient battus, d'autres avaient cherché à fuir, mais la plupart s'étaient juste rassemblés, tétanisés par la peur, en attendant la mort. Après la bataille, Wilhum avait trouvé cette femme qui abattait une poêle en fonte sur le crâne fendu d'un Alundien. Le petit homme avait été découvert alors qu'il se cachait sous une tente effondrée. La terreur semblait l'avoir privé de la parole.

—Il sera jugé par la Dame Consacrée, maîtresse Juhlina, déclara Wilhum en tournant la tête vers la Cordonnienne. Je vous en donne ma parole.

Je ne m'attendais pas à trouver d'Alundiens en vie après l'attaque, mais la victoire semblait avoir apaisé la rage vengeresse de Wilhum. Cinq autres hommes étaient attachés en position assise un peu plus loin. Quatre d'entre eux conservaient un silence prudent, mais le dernier sanglotait pitoyablement. Un bandage ensanglanté lui cachait les yeux. Je jetai un nouveau coup d'œil à maîtresse Juhlina, la seule survivante de l'attaque du temple. À ses bras maculés de sang et à ses mains qui se fermaient et s'ouvraient sans cesse. Il était clair que *ses* pulsions assassines étaient loin d'être assouvies. D'après ce que j'avais cru comprendre, on l'avait obligée à assister au meurtre de son mari, de son jeune frère, de sa fille et des autres pèlerins originaires de sa paroisse en Cordonnie. L'autre prisonnière, une jeune fille qui ne devait pas avoir quatorze ans, n'avait pas survécu à la marche qui avait suivi l'attaque du temple.

—La Dame Consacrée?

Pendant un instant, son masque de colère se dissipa. Elle se tourna vers Wilhum et poursuivit dans un murmure empreint de respect.

—*Elle* est ici?

—Elle est ici. Elle a pris possession du château de Walvern et cette charge l'autorise à rendre justice.

—T'as entendu ça, ordure? (Maîtresse Juhlina se pencha vers le prisonnier et le toisa avec un regard de prédateur furieux.) Je comptai t'arracher les yeux comme je l'ai fait à ton copain, mais maintenant, je crois que je vais te laisser à la Martyre Ressuscitée.

La mention de la Martyre Ressuscitée tira enfin l'homme fluet de son mutisme. Il essaya de reculer et un grognement exprimant un mélange de dégoût et de désespoir s'échappa de sa gorge.

—C'est ça, se moqua Juhlina en se penchant un peu plus près. Elle t'arrachera ton âme avant de balancer ta carcasse sur un bûcher…

—Vous êtes blessée, dis-je en me dirigeant vers la Cordonnienne. (Je m'interposai avec calme, mais fermeté, entre elle et le prisonnier, puis tendis le doigt vers la plaie qui zébrait son front.) Maître Flécheur, là-bas, sera ravi de recoudre ça avant que nous nous remettions en marche.

Elle me regarda en clignant des paupières. La douceur de ma voix semblait l'angoisser plus que la rassurer. Le fardeau des épreuves qu'elle venait d'affronter s'abattit alors sur elle et elle se voûta avant—enfin—de laisser échapper un sanglot.

—Ne vous inquiétez pas, dis-je en faisant signe à Flécheur de la prendre en charge. Il va s'occuper de vous. Je ne connais personne de plus habile que lui avec une aiguille. (Tandis que la Cordonnienne assoiffée de vengeance reculait, je m'accroupis près du chef des assassins et lui adressai un petit sourire.) Ne te méprends pas, fils de pute. Tu es déjà mort. Et si on me demande mon avis je peux te garantir que ton exécution sera longue et douloureuse. Mais c'est la Dame Consacrée qui décidera des modalités. Malheureusement pour toi, nous sommes à plusieurs kilomètres du château… (Je jetai un coup d'œil entendu à maîtresse Juhlina qui pleurait tandis que Flécheur la conduisait à l'écart.) Je pense qu'elle ne renoncera pas facilement à ses sombres projets de vengeance, alors si tu as l'intention d'admirer les Portails divins avec des yeux intacts, je te conseille vivement de répondre à mes questions. C'est compris? (Il me regarda, bouche bée, pendant un instant, puis déglutit et hocha la tête avec lenteur.) Bien. (Je haussai le menton en direction des autres prisonniers.) Toi et ces types, vous venez d'où?

L'homme déglutit de nouveau et sa pomme d'Adam s'agita sur sa gorge décharnée.

— Luhlstor, répondit-il dans un croassement rauque.

— Luhlstor, répétai-je. (Je fronçai les sourcils en fouillant dans ma mémoire.) C'est quoi? à une cinquantaine de kilomètres d'ici? Vous avez fait une sacrée trotte pour jouer les assassins, hein?

Il se plia en deux, frissonna et fut secoué par un haut-le-cœur. Je crus qu'il allait vomir — cela arrive souvent aux pleutres confrontés à une mort inévitable —, mais il essayait seulement de se forcer à répondre.

— On n'a… assassiné… personne, réussit-il à articuler en levant la tête et en me regardant avec une lueur de défi dans les yeux. Pu… Purifié.

— Purifié, hein? (Je fis la moue et me penchai un peu plus près.) Ainsi donc, votre mission consiste à purifier cette terre des maudits adorateurs de la vraie foi?

— Pas… la vraie foi. (Il frissonna de nouveau.) Mensonges. Hérésie qui profane cette terre. Qui nous éloigne des Séraphiles. Ça fait… trop longtemps que le duc laisse ces pèlerins nous souiller avec leurs faux temples.

— En voilà de belles paroles! Laisse-moi deviner: elles ne sont pas de toi. Où les as-tu entendues? (Il baissa la tête et ses lèvres se contractèrent en une ligne dure qui ne se desserra pas lorsque je lui assenai une claque sur le crâne.) Qui t'a raconté ce ramassis de conneries? (Pas de réponse et nouvelle claque.) Le duc Roulgarth? C'est lui qui a organisé cette petite expédition nocturne?

L'homme redressa légèrement la tête et j'aperçus un sourire méprisant sur ses lèvres.

—Roulgarth Cohlsair et le reste de sa famille ne sont rien d'autre que des chiens! siffla-t-il. Des laquais des Algathinet! Notre duc se couvre de honte en partageant la couche d'une catin du Nord et s'humilie devant votre fausse Alliance!

Je poussai un soupir, me redressai et tournai la tête vers Wilhum.

—Des conneries de fanatiques, à n'en pas douter, dis-je. Pas de quoi déclencher une guerre.

Wilhum grimaça et tira la corde pour obliger le prisonnier à se lever.

—La guerre a déjà commencé, hérétiques! gronda l'Alundien tandis qu'il titubait sous la traction de la corde. Cette nuit n'était que la première braise d'un feu qui vous consumera tous!

—Peut-être, lui dis-je avec un sourire aimable. Mais toi, tu ne seras plus là pour assister au spectacle.

Chapitre 11

À notre retour au château, Evadine interdit qu'on malmène les prisonniers davantage et ordonna qu'on les enferme dans les caves du donjon. Comme c'était la coutume, elle envoya la Garde Montée faire le tour des villages pour annoncer le procès des Alundiens accusés de meurtres et de profanation d'un lieu saint appartenant à l'Alliance. Wilhum et moi lui fîmes part de notre réserve quant à cette décision, arguant que cela risquait fort d'exacerber la colère des habitants de la région, voire de les pousser à des actes de violence. Et tout le duché saurait bientôt que la Martyre Ressuscitée venue du nord avait l'intention de pendre des Alundiens. Une telle décision ne ferait qu'attiser les flammes sous une marmite qui bouillait déjà.

—Vous avez raison, concéda-t-elle en fronçant les sourcils d'un air pensif. Et c'est justement ce que j'espère.

Curieusement, elle ordonna qu'on traite les prisonniers avec le plus grand soin, qu'on panse leurs blessures et qu'on leur apporte de quoi manger à leur faim. Puis elle prit l'habitude de leur rendre visite et de passer de longs moments à communier avec eux. Au départ, elle leur parlait individuellement, mais, tandis que les jours se transformaient en semaines, elle demanda qu'on ouvre la porte de leurs cellules afin qu'ils se rassemblent. Ma curiosité me poussa bien entendu à m'intéresser à ces réunions et je passai plusieurs soirées dans l'escalier, tendant l'oreille pour entendre ce qui se disait en contrebas. À ma grande surprise, Evadine ne prononçait jamais de sermons, pas plus que de reproches ou d'accusations à propos des crimes commis lors de l'attaque du temple. En revanche, elle posait beaucoup de questions, sans les interroger au sens militaire du terme. Elle leur demandait de parler de leur foi avec un intérêt sincère et sans la moindre trace de mépris. Et je fus tout aussi surpris de découvrir que les prisonniers lui répondaient avec le même respect.

—C'est avec Korbil que la perfection a été atteinte, ma dame, dit leur gringalet de chef. (J'avais découvert qu'il s'agissait d'un tanneur qui avait abandonné son atelier pour s'engager dans cette funeste croisade.) Il a vu la corruption qui règne au sein de l'Alliance, les mensonges qui cachent une grande vérité.

—Et quelle est cette grande vérité, Ethrich ? demanda Evadine.

—L'exemple des Martyrs est la porte ouvrant sur la grâce des Séraphiles, mais cette porte est ouverte depuis des siècles. Il n'y a plus besoin de sang pour la maintenir ouverte. Il n'y a plus besoin de clercs pour la garder. Ces gens ne sont que des parasites qui prélèvent leur dîme pour quelque chose qui nous appartient déjà de droit.

—Mais le Martyr Stevanos lui-même n'a-t-il pas déclaré que franchir les Portails divins nécessite un travail de plusieurs vies ?

—Un travail, oui, mais pas de sang. L'Alliance orthodoxe est devenue un culte de mort.

J'étais loin d'être dévot, mais l'hypocrisie de cet homme me fit suffoquer de colère. Comment pouvait-il proférer de telles accusations ? Je fus saisi par la soudaine envie de descendre et de lui assener un puissant coup de pied dans la figure avant de lui demander : « Et toi, tu n'appartiens pas à un culte de mort peut-être ? » Je me calmai en songeant qu'Evadine n'apprécierait sûrement pas ce genre d'intervention. Au cours des jours suivants, l'ambiance et le ton de ces réunions changèrent. Evadine parla davantage et les prisonniers l'écoutèrent avec une fascination grandissante. Je savais qu'elle pouvait envoûter le cœur des gens avec de simples mots, mais d'habitude elle le faisait au cours de ses sermons. Dans la cave du donjon, elle procéda de manière plus subtile. Peut-être par calcul, ou parce qu'elle était guidée par l'instinct des gens qui possèdent de tels pouvoirs.

—Je ne vous mentirai pas, mes frères, l'entendis-je déclarer au cours de la dernière réunion.

Ces paroles furent accueillies par l'habituel frémissement d'anticipation. Les prisonniers silencieux étaient suspendus à ses lèvres comme les membres les plus pieux de sa congrégation.

—Par bien des aspects, votre mépris de l'Alliance fait écho au mien, même si je me tiens devant vous en tant qu'Aspirante confirmée.

Croyez-vous que je sois aveugle à la corruption qui gangrène le clergé ? Croyez-vous que je n'aie pas croisé le regard de ces clercs vénaux qui sont assis au Conseil des Luminants ? que je n'aie pas vu la bassesse et l'avidité de ceux qui ne cherchent rien d'autre que l'or et le pouvoir ? Bien sûr que je les ai vues. Et mes mains ne sont pas plus propres que les vôtres, car je me suis battue pour une cause dont je mesure aujourd'hui l'absurdité. Je ne peux pas vous juger, car cette tâche revient aux Séraphiles.

Depuis l'escalier, j'entendis des sanglots, puis les frottements de pied des prisonniers qui se tortillaient, mal à l'aise. Ethrich prit la parole d'une voix faible et chevrotante.

—Est-ce qu'ils…? Est-ce qu'ils nous laisseront franchir les Portails, ma dame ? Ou nos âmes sont-elles trop noires ?

—Aucune âme n'est assez noire pour résister à la purification des Séraphiles, répondit Evadine. Mais cette purification ne peut être administrée qu'à ceux qui se repentent avec sincérité. Quand vous vous tiendrez devant eux, vous devrez chasser toute trace de mensonge de votre cœur, toute justification indulgente de vos péchés. Je vous demande d'être forts, mes frères. Quand le moment viendra, et il viendra bientôt, vous devrez dire la vérité et rien d'autre que la vérité. Ceux qui entendront votre voix doivent sentir que vous êtes sincères. Pensez-vous en être capables ?

J'entendis un nouveau sanglot, puis d'autres. Une main glacée me saisit alors les entrailles et je me levai pour remonter les marches. J'avais l'épouvantable impression d'avoir assisté à quelque chose de mal. Ces hommes ne méritaient aucune pitié, j'en étais convaincu, mais la manière dont Evadine les avait manipulés pour qu'ils acceptent leur destin sans broncher me déplaisait au plus haut point. C'était peut-être à cause de mon vécu de bandit, de la peur et de la haine innées que suscitaient l'idée de capture et le sort qui attendait les condamnés. Mais je savais que c'était bien plus profond que cela. Evadine parlait des mensonges de l'Alliance, mais la toile qu'elle avait tissée autour de ces pauvres types ne valait pas mieux, même si elle ne s'en rendait pas compte.

—Nous le ferons, ma dame ! s'exclama Ethrich avec une intensité douloureuse tandis que je grimpais l'escalier, impatient d'échapper aux échos de ses sanglots plaintifs. Puissent les Séraphiles entendre ma promesse et m'accorder leur miséricorde…

J'émergeai à la lumière du jour et j'inspirai un grand coup. Ma migraine – qui persistait, mais qui était sous contrôle grâce aux doses quotidiennes de l'élixir du médecin royal—empira du fait de mon rythme cardiaque trop élevé. Il fallait que je pense à autre chose. Je me tournai vers la muraille extérieure qui se dressait en contrebas de la colline et me laissai envahir par une douce satisfaction. Le nouveau pont-levis avait été installé et la plupart des brèches avaient été comblées. Les soldats de la compagnie dormaient toujours dans des tentes plantées dans la cour du château, mais nous possédions désormais assez de bois pour entamer la construction d'un dortoir et d'une écurie. Les remparts extérieurs dessinaient une ligne irrégulière, maintenant. Les mâts de charge, les cordes, les poulies et le chemin de ronde encombré donnaient l'impression que la forteresse était en piètre état, mais ce n'était plus la ruine que nous avions trouvée à notre arrivée quelques semaines plus tôt. Le sergent gouverneur Estrik affichait une mine renfrognée, mais je savais qu'il était satisfait de l'avancement des travaux. En revanche, j'étais très intrigué par les rides qui fronçaient parfois le front marqué de cicatrices de Legueux.

Je l'aperçus alors qu'il conduisait l'entraînement d'un groupe de soldats sur le chemin de ronde. Défendre une muraille était un exercice très différent des manœuvres en formation sur trois rangs utilisées sur un champ de bataille classique et le capitaine avait tout de suite entrepris de l'enseigner à ses hommes. Ceux-ci consacraient donc le plus clair de leurs journées à travailler sans relâche à la restauration du château, puis à s'entraîner. Le tout entrecoupé de quelques patrouilles dans les environs. Sans doute pour maintenir le moral des troupes, car la Garde Montée se chargeait de prévenir une éventuelle attaque.

—Baissez la tête! aboya Legueux de sa voix rauque. (Il frappa le casque d'un hallebardier accroupi derrière un merlon avec l'extrémité du manche de sa massue.) Les carreaux, ça monte aussi bien que ça descend! Toi!

Il se tourna vers un membre du détachement de piquiers de la lame Suppliante Ofihla. Les piquiers—qui étaient généralement plus grands que les autres soldats—n'étaient pas très utiles dès lors qu'il s'agissait de défendre un château, alors on leur avait donné des haches et des massues.

—Qu'est-ce que tu fais quand tu vois une échelle se poser contre les créneaux?

—Je laisse le premier type passer pour que les nettoyeurs armés de dagues lui règlent son compte, répondit l'homme avec un sage empressement. Ses camarades vont grimper à toute vitesse pour le rejoindre et, quand l'échelle sera bien chargée, je leur balance l'huile et je jette une torche.

—Et s'il n'y a plus d'huile ?

—Je tue le deuxième et je balance son corps sur ceux qui suivent. Puis je pousse l'échelle quand il n'y a plus de danger.

Legueux lâcha un grognement satisfait.

—Excellent. Suppliante Ofihla, faites-leur grimper l'escalier deux fois de plus. Ensuite, ils pourront aller manger.

Ofihla aboya un ordre et les soldats descendirent dans la cour. Ils se déplaçaient avec une rapidité et une discipline qui me firent songer avec honte aux manœuvres maladroites – voire franchement ridicules – de mon unité après notre départ de Callintor. Il y avait cependant une exception à la règle. Les mouvements de maîtresse Juhlina manquaient de naturel et de précision, mais son visage exprimait une détermination farouche. Une hachette et deux dagues étaient accrochées à sa ceinture et, malgré la distance, je voyais bien qu'elle mourait d'impatience de s'en servir. Le visage lavé, les plaies suturées et les hématomes résorbés, elle était plutôt avenante, mais son expression sauvage étouffait tout désir charnel. Ses camarades l'avaient baptisée « la Veuve », un surnom qu'elle avait accepté sans se plaindre.

—Elle s'est tout de suite portée volontaire, me dit Legueux en suivant mon regard. Dame Evadine a proposé de lui fournir une escorte pour la raccompagner à la frontière, mais elle n'a pas voulu en entendre parler. (Il esquissa un mince sourire – ce qui, de sa part, était déjà un exploit.) Normalement, je n'aime pas trop les soldats remplis de haine. Ils foutent le bordel. Mais mon expérience me dit qu'on aura besoin de la haine de cette femme avant longtemps.

Il était inutile de se montrer trop subtil avec Legueux, alors je posai la question qui me brûlait les lèvres sans prendre de gants.

—Est-ce qu'on peut défendre cet endroit ?

Le capitaine répondit sans en prendre davantage.

—Ça dépend du nombre d'adversaires. (Une lueur satisfaite passa dans ses yeux quand il remarqua mon agacement, mais elle disparut dès qu'il tourna la tête vers la plus haute des collines qui se dressaient au sud.) Et de la puissance de leurs machines de guerre, ajouta-t-il sur un ton beaucoup plus inquiétant.

C'était sur cette colline qu'on avait installé le redoutable trébuchet qui avait percé les murailles du château lors du précédent conflit. Elle se dressait à deux cents mètres de nos murs, au-delà de la portée de nos arbalètes, et j'étais convaincu que le seigneur Roulgarth remarquerait tout de suite son intérêt stratégique.

— On ne peut rien faire ? demandai-je. Quelque chose qui pourrait empêcher…

La grimace mauvaise de Legueux m'interrompit net.

— Nous n'avons pas le matériel et la main-d'œuvre nécessaires pour niveler cette colline, maître Scribe. Pas plus que pour la fortifier. (Il inspira un grand coup, se redressa et chassa le doute qui lui ridait le visage.) Nous devons croire en dame Evadine et nous rappeler que le temps est notre allié. Que les Alundiens viennent avec ou sans machines de guerre, il leur faudra un moment pour s'emparer de ce château. Nous avons des provisions et il arrive que les assiégeurs souffrent plus que les assiégés. Surtout en hiver. (Il se tut et regarda en direction du donjon.) Est-ce qu'elle est… encore en train d'interroger les prisonniers ?

— C'est comme ça que vous appelez ça ?

Je retins un sourire quand je vis son visage se contracter. Il était gêné. J'avais fini par m'apercevoir que sa dévotion envers Evadine était comparable à l'attachement d'un chien pour son maître adoré. Il lui obéissait sans discuter, mais il ne la comprendrait jamais. Et je ne la comprenais pas davantage.

— Vous pensez qu'elle aurait déjà dû utiliser ce truc ? demandai-je en haussant le menton en direction de la structure en bois qui se dressait sur le mur d'enceinte de l'autre côté de la cour.

C'était un assemblage simple, mais solide, de deux poutres perpendiculaires. Evadine avait demandé sa construction le jour où nous étions revenus avec les prisonniers, mais le nœud coulant qui se balançait à l'extrémité de la poutre horizontale était toujours vide.

— Je suis sûr qu'elle a de bonnes raisons, lâcha Legueux d'une voix sèche. (Il toussota.) Vous n'avez pas d'écriture à faire ?

Je laissai un sourire se dessiner sur mes lèvres et portai le poing à mon front.

— Avec votre permission, capitaine.

L'alarme retentit alors que je venais de poser le pied sur les pavés de la cour, un cri puissant de la sentinelle postée au-dessus de la porterie. Elle se tourna vers Legueux et leva les mains à sa bouche en guise de porte-voix.

— La patrouille est de retour ! Au triple galop !

— Allez chercher dame Evadine ! me cria Legueux.

Je n'avais pas attendu qu'il me le dise et courais déjà vers la tour.

Legueux lança des ordres et, autour de moi, les soldats lâchèrent leurs outils et tirèrent leurs armes avant de se précipiter à leurs postes. Si la Garde Montée rentrait au galop, ce n'était pas sans raison. Le seigneur Roulgarth daignait enfin nous rendre visite.

—Combien sont-ils ? demanda Evadine alors que nous arrivions au sommet de la porterie.

Les soldats étaient en position derrière les merlons. Des marmites d'huile bouillante, des tonneaux pleins de carreaux d'arbalète et des caisses de gravats étaient disposés le long du chemin de ronde.

—J'ai compté un millier de cavaliers et trois fois plus de fantassins dans l'avant-garde, répondit Wilhum. Des hommes entraînés et bien armés apparemment. Et il y en a au moins deux fois plus derrière. Ceux-là sont tous à pied et sont moins bien équipés, mais ils manœuvrent correctement.

—Il s'agit sans doute des Compagnies du Serment, dis-je. En Alundia, tous les hommes en âge de se battre doivent jurer fidélité au duc. Il est le seul à pouvoir ordonner aux gens du peuple de prendre les armes. Les chevaliers possèdent la terre, mais les habitants ne répondent qu'au duc. On les rassemble deux ou trois fois par an pour les entraîner et ils se sont toujours battus convenablement au cours des guerres qui ont secoué la région.

—En résumé, pas loin de dix mille hommes, dit Evadine sur un ton pensif. (Elle regarda le chemin de gravier couvert de givre qui s'étendait sur les quelques centaines de mètres séparant le château des collines orientales.) C'est curieux. (Ses sourcils se haussèrent sous le coup de la surprise.) Parce que, moi, je n'en vois qu'un.

Le cavalier émergea d'une étroite ravine. Il n'était pas accompagné d'une escorte et ne brandissait aucune bannière. Son destrier continua à avancer à un pas régulier et, lorsqu'il arriva à portée de flèche des remparts, je reconnus les traits du seigneur Roulgarth. Il tira sur les rênes de sa monture à une trentaine de mètres du pont-levis, le regarda, puis observa les murailles qui avaient été réparées avant de lever les yeux vers dame Evadine.

—Votre hospitalité laisse à désirer, ma dame ! lança-t-il en tendant la main vers le pont-levis. Vous n'avez donc pas l'intention d'accueillir un voyageur fatigué ?

—Vous êtes le bienvenu, seigneur, répliqua la jeune femme. Votre armée, en revanche, ne l'est pas.

Roulgarth écarta les bras et inclina la tête en direction de la plaine déserte derrière lui.

—Je suis venu sans intentions hostiles, comme vous pouvez le voir.

—Une lame cachée n'en reste pas moins une lame. (La voix d'Evadine se fit plus dure.) Dites-nous ce que vous voulez ou faites demi-tour, seigneur. Je n'ai jamais été très friande de conversations inutiles.

Roulgarth serra les poings dans ses gantelets de fer tandis qu'il baissait les bras et reprenait la parole sur un ton aussi dur que celui de la jeune femme.

—On m'a rapporté que des habitants de ce duché sont actuellement emprisonnés ici. Des témoins dignes de foi ont également déclaré que ces personnes avaient été arrêtées après un massacre injustifié perpétré par des soldats de votre compagnie.

—La première affirmation est correcte. La seconde est un mensonge. Les prisonniers sous ma garde se sont rendus coupables de meurtres, de viols et de sacrilèges gratuits.

—Je suis le connétable de ce duché, ma dame.

Le visage du chevalier s'assombrit sous le coup de la colère – une colère qui n'était pas feinte, mais bien réelle. Il était clair que le seigneur Roulgarth n'était pas venu pour débiter de vaines paroles afin de sauver sa fierté.

—C'est à moi de décider de la culpabilité des sujets de mon frère et de les condamner, pas à vous.

—Je suis porteuse d'un édit royal qui affirme le contraire.

L'armure d'Evadine cliqueta tandis qu'elle haussait les épaules. Son visage exprimait un vague ennui – dans l'espoir d'attiser la colère de l'Alundien, j'en étais convaincu.

—Si vous avez du temps à perdre, vous feriez mieux d'écrire une lettre au roi afin de le remercier de vous épargner ce travail ingrat.

Roulgarth baissa la tête et ses épaules se voûtèrent comme s'il cherchait à contenir sa colère.

—Je ne suis pas ici pour disserter sur le droit judiciaire, déclara-t-il. (Il s'efforçait de parler d'une voix posée, mais un rictus furieux dévoilait ses dents.) Des Alundiens se trouvent dans vos geôles et j'exige qu'ils me soient livrés. Si vous refusez d'accéder à ma requête, vous et votre compagnie en subirez les conséquences. Et je peux vous assurer qu'elles seront terribles.

Je m'attendais à ce qu'Evadine continue à attiser sa colère, mais elle prit un air pensif, fit la moue et finit par hocher la tête.

—Comme vous voudrez, seigneur. Capitaine Legueux, allez chercher les prisonniers. Et demandez à maîtresse Juhlina de nous rejoindre.

La dernière fois que j'avais vu Ethrich, c'était un homme hostile, mais vaincu, qui avait le plus grand mal à cacher sa peur quand il parlait. L'homme que je vis gravir les marches de la potence avait le dos droit et le pas assuré. Il était toujours aussi maigre, mais on voyait qu'il avait été convenablement nourri. Sa barbe était taillée et il portait des vêtements propres. Les autres prisonniers marchaient avec la même assurance et, comme leur chef, ils regardaient Evadine plutôt que le noble qui était venu exiger leur libération.

—Ethrich Tanneur, dit Roulgarth d'une voix qui suintait le mépris. Je me doutais bien qu'il s'agissait de toi. Je t'aurais pendu depuis longtemps si tes voisins n'avaient pas menti pour te protéger.

Ethrich lui jeta un coup d'œil indifférent avant de se reconcentrer sur dame Evadine.

—Est-ce… ? (Il déglutit tandis qu'il arrachait les mots de sa gorge.) Est-ce que le moment est venu, ma dame ?

Curieusement, il n'y avait pas la moindre trace de peur dans sa voix. Celle-ci exprimait même une impatience qui frôlait le désespoir.

—Le moment est venu, mon frère, répondit Evadine. (Elle sourit et tendit la main pour lui serrer l'épaule.) Je regrette que nous n'ayons pas pu parler davantage, car j'ai beaucoup appris de vous. Mais c'est égoïste de ma part.

—Dame Evadine ! appela Roulgarth. (Sa voix exprimait un curieux mélange d'impatience et de soulagement réticent.) Livrez-moi cette canaille et ses compagnons. En reconnaissance du rôle que vous avez joué dans leur arrestation, je vous accorderai le droit de témoigner à leur procès.

Evadine ne lui prêta pas plus d'attention qu'Ethrich. Elle serra l'épaule du prisonnier une fois de plus, puis recula et adressa un signe de menton à Juhlina.

—Comme je vous l'ai promis, maîtresse, dit-elle.

La Veuve hocha la tête d'un air grave, puis se dirigea vers la potence et déroula la corde accrochée à la poutre horizontale avec un visage impassible.

—Dame Evadine ! cria le seigneur Roulgarth.

La jeune femme daigna enfin le regarder.

—Maître Ethrich Tanneur de Luhlstor, déclara-t-elle pendant que Juhlina glissait et serrait la corde autour du cou du condamné. Vous êtes accusé de meurtres, de viols et de la profanation du temple du Martyr Lowanthel. Après enquête, je vous déclare coupable et je vous condamne à mort en vertu des pouvoirs qui m'ont été conférés par le bon roi Tomas Algathinet et des lois de l'Alliance des Martyrs.

Elle s'interrompit, laissant à Ethrich le temps de frissonner pour chasser les derniers fragments de peur et se ressaisir. La Veuve contemplait sa nuque sans ciller, impassible.

—Souhaitez-vous laisser un testament avant que la sentence soit exécutée ? demanda Evadine lorsque les tremblements d'Ethrich se calmèrent.

—Oui, ma dame. (La corde passée autour de son cou ondula lorsqu'il déglutit et tourna les yeux vers le seigneur Roulgarth.) Je ne chercherai aucune défense, aucune excuse. Grâce à la perspicacité divine de la Dame Consacrée, je sais désormais que mes crimes sont le résultat des mensonges qui m'ont été racontés par des hérétiques. J'ai renié la vraie foi et vécu en apostat, mais je mourrai en fidèle croyant et je m'en remets à la compassion infinie des Séraphiles qui décideront si je mérite ou non de franchir les Portails divins. Si tel n'est pas le cas, j'accepterai leur jugement, car mes crimes sont nombreux et… (Il s'interrompit, déglutit de nouveau et tourna la tête vers la Veuve qui se tenait derrière lui.) Je ne priverai pas ceux que j'ai lésés de leur juste vengeance.

Je le regardai à peine tandis qu'il parlait. J'observai le seigneur Roulgarth. Les traits du chevalier trahissaient un mélange de stupéfaction et de colère grandissantes. Surtout de colère, d'ailleurs. Il m'était arrivé à plusieurs reprises d'afficher une telle expression. L'expression d'une personne confrontée à un phénomène inexplicable, mais bien réel. En l'espace de quelques semaines, Evadine était parvenue à convertir des hérétiques fanatiques en fervents serviteurs de l'Alliance, au point que l'un d'eux était prêt à mourir au nom de sa nouvelle foi. L'avenir était incertain, mais le seigneur Roulgarth savait désormais qu'il était face à un adversaire comme il n'en avait jamais connu.

Ethrich se tut et je vis un spasme d'émotion passer sur le visage d'Evadine, une contraction des sourcils et un regard baissé qui indiquaient un chagrin sincère. Cela ne dura qu'une fraction de seconde et j'étais probablement le seul à la connaître assez bien pour interpréter cette réaction.

— Puissent les Séraphiles voir au fond de votre cœur, mon frère, déclara-t-elle.

Elle adressa un hochement de tête à la Veuve.

Maîtresse Juhlina n'éprouva aucune compassion, elle, et son visage impassible se transforma en grimace sauvage quand elle posa les mains dans le dos d'Ethrich et le poussa dans le vide. Tandis qu'il tombait le long du mur, l'Alundien laissa échapper un hoquet sonore qui fut aussitôt couvert par le craquement sec de ses vertèbres. Un lourd silence s'abattit, à peine troublé par les grincements de la corde au bout de laquelle feu Ethrich se balançait. Le corps finit par s'immobiliser et Evadine daigna enfin tourner la tête vers le seigneur Roulgarth.

— Je crois me rappeler vous avoir confié une liste il y a quelque temps, seigneur, déclara-t-elle en le toisant depuis le chemin de ronde. Auriez-vous l'obligeance de bien vouloir me dire où vous en êtes à ce propos ?

— Votre liste a été brûlée à l'instant où vous avez quitté la tente ! explosa Roulgarth. Je considère le simple fait de l'avoir touchée comme une souillure !

— C'est très regrettable. (Evadine soupira, puis fit un geste pour demander aux soldats alignés de part et d'autre de la potence de remonter le corps d'Ethrich.) Il semblerait que vous ne me laissiez pas d'autre choix que d'exécuter moi-même les ordres du roi. Lorsque j'en aurai terminé ici, je me rendrai donc à Haudesahl pour arrêter les mécréants. Vous êtes libre de me servir d'escorte si vous le souhaitez.

Roulgarth éclata d'un rire qui exprimait autant de mépris que de désespoir.

— Vous ne vous rendez nulle part, ma dame. Je peux vous l'assurer.

— Envisageriez-vous de prendre les armes contre une représentante de la Couronne, seigneur ? (Evadine posa une main sur sa cuirasse dans une mimique choquée.) Oseriez-vous parler de trahison devant moi ?

— J'ai juré de protéger ce duché contre tous ses ennemis, quels que soient les bouts de parchemin qu'ils puissent brandir.

Roulgarth était livide, mais une détermination sans faille brillait dans ses yeux. Il avait le visage d'un homme qui vient de faire le premier pas sur une route dangereuse et qui sait qu'il ne peut plus revenir en arrière.

— Et aujourd'hui, vous êtes devenue son ennemie, dame Evadine. N'oubliez pas que je suis venu ici en paix.

—Et j'espère que vous repartirez de même. (Evadine lui accorda un semblant de salut avant de se tourner vers les soldats qui encadraient les prisonniers.) Faites-les avancer et remettons-nous au travail.

—Cette femme est folle ! explosa Roulgarth dans un cri de rage. (Il leva la tête vers le sommet des remparts et les soldats alignés qui le toisaient avec indifférence.) Vous ne le voyez donc pas ? Elle vous conduit à la mort !

S'il s'était adressé à des mercenaires ou des manants recrutés de force, ses paroles auraient peut-être ébranlé les âmes inquiètes qu'on avait envoyées loin de chez elles pour livrer une guerre à laquelle elles ne comprenaient rien… mais il s'adressait à des soldats de la Compagnie de l'Alliance et tous réagirent de la même manière. Un grondement furieux se répandit le long des créneaux, rapidement suivi de cris de défi. Evadine leva la main pour les faire taire.

—Je partirai bientôt pour Haudesahl, seigneur, déclara-t-elle en se dirigeant vers un prisonnier. (L'homme sourit, heureux de voir le visage de la Dame Consacrée avant que la Veuve lui passe la corde au cou.) Dans votre intérêt, je vous conseille de ne pas chercher à perturber mon voyage.

Le seigneur Roulgarth ne prononça pas un mot de plus ce jour-là. Certains récits racontent pourtant le contraire. Les érudits alundiens le gratifient d'un long discours aussi héroïque qu'éloquent pour créer un effet dramatique destiné à ravir le lecteur. Ceux originaires d'autres duchés le décrivent comme un vantard écumant de rage qui fit aller et venir son cheval devant le pont-levis du château pendant plus d'une heure en proférant des menaces parsemées de jurons. En vérité, le seigneur Roulgarth d'Alundia lança un dernier coup d'œil à Evadine avant de concentrer son regard sur moi. Je vis qu'il souriait. J'aurais pu considérer ce sourire comme un défi, l'expression d'une sombre satisfaction à l'idée de me voir bientôt mort. Ce ne fut pas le cas. J'y vis quelque chose de bien pire : de la pitié. Le seigneur Roulgarth était convaincu qu'il me tuerait d'ici peu et cette perspective ne l'enthousiasmait même pas. Il tira sur les rênes pour faire tourner son destrier, puis l'éperonna et s'en alla au triple galop. Sans daigner assister à l'exécution de ses compatriotes. À la tombée de la nuit, bien après que la Veuve eut laissé tomber le dernier prisonnier du haut des remparts, une longue ligne de feux de camp se dessina sur les collines avoisinantes. Elle formait un croissant lumineux entre les deux extrémités de la boucle du fleuve au centre de laquelle le château de Walvern se trouvait. Nous étions assiégés.

Chapitre 12

La vie en état de siège était assez curieuse, et ce en grande partie parce qu'il ne se passait rien de très intéressant. Pendant les quatre premiers jours, les Alundiens établirent leurs campements au sommet des collines – si bien qu'on les distinguait très clairement au lever et au coucher du soleil. Quelques cavaliers traversaient parfois la plaine à la mi-journée, mais toujours hors de portée de nos arbalétriers. Le seigneur Roulgarth n'avait pas daigné réapparaître et il n'avait pas envoyé d'émissaires pour demander notre reddition. Legueux déclara que c'était encourageant et inquiétant à la fois lorsque nous nous réunîmes sur le toit-terrasse du donjon le matin du cinquième jour.

— Il avait le choix entre une offensive rapide la première nuit et un siège qui va durer, dit le capitaine. Il a choisi la seconde solution alors que, moi, j'aurais choisi la première. Mieux vaut écraser un ennemi retranché dans une place forte aussi vite que possible. Surtout quand on s'attend à avoir des ennuis ailleurs.

— Si Roulgarth est prêt à prendre son temps, c'est parce qu'il estime que les frontières du duché ne sont pas menacées, dis-je.

Je m'adressais à Legueux, mais je regardais Evadine.

— C'est possible, reconnut le capitaine. Ou alors, il a eu le temps de jauger les travaux que nous avons effectués et il a estimé qu'il avait peu de chances de remporter une victoire rapide. Ou, du moins, il a compris qu'il ne pourrait pas s'emparer du château sans payer le prix fort.

— Donc, soit il va essayer de nous affamer, soit...

Je m'interrompis et jetai un coup d'œil insistant en direction de la colline la plus proche. Les Alundiens s'étaient contentés de déployer une compagnie d'infanterie au sommet et, pour l'instant, on n'apercevait pas le moindre échafaudage ou treuil laissant penser qu'ils avaient entamé la construction de machines de guerre.

—Il faut du temps pour fabriquer des engins de siège, remarqua Wilhum. Et de la main-d'œuvre qualifiée. Peut-être que le seigneur connétable n'en a pas assez pour le moment.

—Nous devons partir du principe que cela ne durera pas, intervins-je. (Je scrutai le visage d'Evadine dans l'espoir de lire ses pensées, mais je ne vis qu'un reflet de l'obscurité qui avait assombri ses traits pendant les pendaisons.) Ma dame, nous devrions allumer le feu au sommet de ce donjon pour demander de l'aide.

Le front de la Dame Consacrée se plissa et elle me regarda d'un air perplexe.

—Pourquoi ferions-nous une telle chose, maître Scribe?

—Parce que nous sommes assiégés.

Je m'efforçai de garder mon calme. Nous nous comprenions de mieux en mieux depuis sa guérison, mais j'avais toujours le plus grand mal à supporter ses remarques énigmatiques quand on lui faisait une proposition sensée.

—Notre ennemi ne bouge pas, mais il finira bien par passer à l'attaque. Il n'y a pas de honte à demander de l'aide lorsque c'est nécessaire.

—C'est vrai, dit-elle en hochant la tête. Et je n'aurai pas honte de le faire quand le moment viendra. Mais en attendant, mes bons seigneurs… (Elle nous adressa un large sourire avant de se tourner vers l'escalier.) Continuez de vaquer à vos tâches respectives et veillez à conserver un niveau d'alerte approprié.

Une semaine passa sans événements notables, puis deux, puis trois. Les jours se succédaient dans une routine d'exercices, de repas et d'observation des positions ennemies. La tension — assez vive au départ — s'apaisa et laissa place à la monotonie. Je consacrai la plus grande partie de mon temps à entraîner les membres de la Garde Montée au maniement de la dague et de l'épée, à donner des leçons à Ayin et à terminer la lecture des *Voyages* d'Ulfin. Le scribe, mort depuis bien longtemps, avait été un homme doté d'une imagination fertile et d'une franchise estimable, mais son style verbeux se révélait parfois agaçant. Un tiers seulement était consacré à ses voyages dans le désert des Caerith. Le reste n'était qu'une liste des infortunes financières et romantiques qui avaient conduit l'auteur sur ce triste chemin.

« Car enfin, ce fut la trahison de cette catin qui marqua le point culminant de mon désespoir. Ah ! douce Effiah ! ton visage et ton corps de déesse cachaient l'horrible avidité de ton cœur ! Comment as-tu pu laisser un pauvre scribe qui ne t'avait témoigné que de la tendresse le cœur froid et la bourse vide ? Je consacrai mes derniers sheks à noyer mon chagrin dans la bière et ce fut dans une taverne que je rencontrai un joyeux compère qui me révéla que le désert des Caerith regorgeait de richesses. »

Le joyeux compère en question recrutait Ulfin et une bande d'individus aussi désespérés que lui pour traverser les montagnes et aller chercher un trésor en terre caerith. L'ancien scribe restait très vague quant à la nature du prétendu trésor – sans doute pour cacher son embarras après avoir découvert qu'il n'existait pas, ou pour éviter que quelqu'un le trouve avant lui. Quoi qu'il en soit, il décrivait en détail le cuisant échec de l'expédition. Leur pétulant chef mourut de froid dans la montagne moins d'un mois après leur départ. La plupart des autres membres renoncèrent peu après et ils ne furent que trois à poursuivre la quête. Ulfin ne livrait guère de détails sur ce qu'il advint de ses deux compagnons, se contentant d'une frustrante allusion aux « actes horribles que peuvent commettre les hommes en proie à la famine ». Ce qui est sûr, c'est qu'il fut le seul à franchir les montagnes et à atteindre les portes du désert des Caerith, presque mort de faim.

« Et lorsque mes jambes me trahirent enfin, je chus, certain que la mort ne tarderait pas à me prendre. Je découvris que le sable qui m'enveloppait était plus doux que la plus douce des couvertures et je sombrai dans un sommeil plus profond que le plus profond des gouffres. Mais, grâce à la providence et au bienveillant instinct de la jeunesse, ce sommeil fut de courte durée. Mon réveil fut brutal, ponctué de cris et de gifles… assenées par un enfant ! »

Ce fut un Caerith d'une dizaine d'années qui tira le mystérieux étranger du sable et qui le traîna jusqu'à un village tout proche. À partir de ce moment, le récit devenait confus, en grande partie parce que l'ancien scribe souffrit de fièvre délirante pendant un certain temps. Quand il guérit enfin, il découvrit qu'il était entouré de gens qui parlaient une langue qu'il ne comprenait pas et qui le traitaient avec indifférence, mépris ou franche hostilité.

« À maintes reprises, leur robuste chef chercha à me fendre le crâne avec sa hache munie d'un fer de forme étrange. Mais chaque fois l'enfant qui m'avait sauvé du sable l'en dissuada. *"Espetha!"* s'écriait-il en s'interposant entre la méchante brute et la malheureuse victime. *"Espetha!"* Béni soit ce mot et béni soit son sens, car je suis convaincu qu'il me sauva la vie. »

D'après Ulfin, *Espetha* faisait référence à la manière dont les Caerith étaient censés traiter les étrangers. Il passa plusieurs mois en compagnie de ces gens et, bien qu'il ne soit jamais parvenu à maîtriser leur langue, il réussit à deviner le sens approximatif de ce mot. *Espetha* n'a pas d'équivalent en albermainish et Ulfin le traduit par : « avec la main ouverte ». D'après une ancienne tradition, ceux qui entrent sur les terres caerith avec « la main ouverte » – c'est-à-dire sans arme et sans mauvaises intentions – ne doivent pas être maltraités.

— *Espetha*, soufflai-je en posant le livre sur ma poitrine.

Je fouillai dans ma mémoire, mais ne me souvenais pas d'avoir entendu le chaînier, Raith ou la Sorcière au Sac utiliser ce mot, et sa prononciation restait donc un mystère. Comme tout ce qui avait trait aux Caerith.

Mes réflexions furent interrompues par le claquement sonore d'une porte et des bruits de pas précipités dans l'escalier. Ayin, Wilhum et moi avions élu domicile au premier étage du donjon alors que les membres de la Garde Montée occupaient la grande salle pour assurer la protection d'Evadine. Wilhum s'agita et se tourna sur sa couche tandis que les bruits de pas gagnaient en intensité. Je fermai mon livre et lâchai un juron en songeant que l'ennemi s'était enfin décidé à attaquer, mais quand Eamond apparut au sommet de l'escalier, le visage pâle et les yeux brillants, ce fut pour annoncer une nouvelle surprenante.

— Maître Scribe ! Seigneur ! lança-t-il. La dame… Il faut que vous veniez !

— Qu'est-ce qui se passe ? demanda Wilhum dans un grognement.

Il fit glisser ses jambes hors du lit et tendit la main vers son épée. La brume du sommeil s'effaça de son visage dès qu'il entendit la suite.

— Elle se prépare à partir à cheval. (Nous le regardâmes avec des yeux écarquillés et il se dépêcha d'ajouter :) Maintenant !

Wilhum dévala l'escalier quatre à quatre et se précipita dans la cour.

Evadine avait enfourché Ulstan. Elle portait son armure. Devant elle, le pont-levis s'abaissait dans le cliquetis des chaînes.

— Mais qu'est-ce que tu fabriques, Evie ? demanda Wilhum en oubliant toute bienséance.

— Je respecte ma promesse, Wil, répondit-elle. J'ai dit au seigneur Roulgarth que je me rendrais à Haudesahl et voilà des semaines que je reste terrée derrière ces murs. Cette oisiveté me fait honte.

— Par la grâce des Martyrs !

Wilhum tendit la main pour saisir l'encolure d'Ulstan, mais Evadine avait déjà éperonné sa monture.

— Reste ici ! lança-t-elle par-dessus son épaule tandis qu'elle franchissait le pont-levis. Et ne t'inquiète pas pour moi !

— Garde Montée ! À cheval ! cria Wilhum en se précipitant vers l'écurie. Alwyn !

J'avais les yeux rivés sur la silhouette d'Evadine qui s'éloignait. La lumière des torches accrochées aux murs se refléta un instant sur son armure, puis les ténèbres l'engloutirent avec son destrier. Seuls les claquements des sabots d'Ulstan indiquaient encore sa présence.

— Elle veut du sang, murmurai-je.

Je me tournai en sentant la main de Wilhum s'abattre sur mon épaule.

— Nous devons la rattraper, dit-il.

— Non, répondis-je. Elle sera bientôt de retour. Nous devons masser tous les hommes disponibles sur les murs.

Wilhum plissa les yeux et me regarda avec exaspération et perplexité. Puis il se pencha vers moi et poursuivit d'une voix beaucoup plus basse.

— Est-ce que vous êtes devenu aussi fou qu'elle ?

Il y avait un moment que je soupçonnais mon camarade d'avoir des doutes quant aux supposés pouvoirs d'Evadine, mais à cet instant je compris qu'il ne s'agissait pas seulement de doutes. Il l'aimait autant qu'un frère peut aimer une sœur, c'était certain, mais c'était un amour désespéré envers une personne qu'il considérait comme détachée de ce monde. Il ne la suivait pas par dévotion, mais dans le seul dessein de la protéger.

— Roulgarth n'est pas pressé, dis-je d'une voix aussi basse que la sienne. Il sait que Tomas ne viendra pas nous aider. Le seigneur connétable a donc l'intention de rester ici jusqu'à la fin de l'hiver, jusqu'à ce que nos provisions soient épuisées. Il croit qu'il peut régler cette affaire en limitant les pertes à une poignée de fanatiques. Il croit qu'Evadine finira par déposer les armes et par rentrer chez elle. Il croit qu'il peut obtenir une victoire sans verser de sang et sans entrer en conflit direct avec la Couronne. Le sang. C'est ce dont elle a besoin pour transformer cette comédie en véritable guerre. Elle rentrera dès qu'elle en aura obtenu.

Je me libérai de sa main et me tournai vers les soldats qui manœuvraient le treuil du pont-levis.

— Soyez prêts à le rabaisser aussi vite que possible quand la Dame Consacrée reviendra! lançai-je avant de partir à la recherche du capitaine Legueux.

Je le trouvai au sommet de la porterie. Son visage exprimait la même perplexité que celui de Wilhum.

— Capitaine! aboyai-je pour attirer son attention. Nous devons nous préparer à un affrontement! Doublez les arbalétriers sur le chemin de ronde oriental!

Il cligna des paupières et son visage retrouva son autorité habituelle tandis qu'il lançait une série d'ordres auxquels les sergents et les soldats se dépêchèrent d'obéir. Je tournai la tête vers Wilhum.

— Il faut nous préparer tant que nous en avons le temps. Rassemblez la garde dans la cour. (Je m'élançai vers le donjon.) Elle doit se tenir prête à renforcer les points les plus menacés des remparts.

— Je ne me rappelle pas avoir entendu la Dame Consacrée vous confier le commandement de la compagnie en son absence, maître Scribe, haleta-t-il en gravissant les marches du donjon derrière moi.

Je lâchai un rire creux alors que nous arrivions au premier étage.

— Si vous voulez ma place, je vous la cède bien volontiers, seigneur.

— Qu'est-ce qui se passe? demanda Ayin en bâillant.

— Les Alundiens arrivent, répondis-je.

Je ne lui donnai pas plus de détails. Je ne réussirais jamais à la dissuader de partir à la recherche de dame Evadine si elle apprenait qu'elle avait quitté le château. Elle ne prendrait même pas le temps d'enfiler un pantalon.

— Habille-toi, récupère ton arbalète et rends-toi à l'infirmerie. Tu aideras le Suppliant Delric du mieux possible. (Je plaquai ma cuirasse contre ma poitrine.) Mais commence donc par m'aider à enfiler ce truc.

— Répandre du sable sur du sang et de la merde jusqu'au petit matin, grommela la jeune fille. On me refile toujours les meilleurs boulots.

Avec son aide, j'étais parvenu à enfiler la plus grande partie de mon armure quand une clameur monta de l'entrée du château.

168

—Dame Evadine est de retour!

Je suivis Wilhum – qui était déjà en armure – et laçai mon canon d'avant-bras droit tandis que nous sortions du donjon et descendions la colline. Mon camarade rejoignit les membres de la Garde Montée qui s'étaient rassemblés au centre de la cour et je retrouvai Legueux au sommet de la porterie. Evadine était déjà en vue. Elle se dirigeait vers l'entrée du château au petit galop, sans hâte particulière. Elle tenait son épée à la main et, alors qu'elle approchait, je vis que la lame était maculée de traces sombres à la lumière des torches. Et puis j'entendis le grondement sourd qui montait derrière elle. Des bruits de bottes. Beaucoup de bottes. Et leurs propriétaires ne devaient pas être très contents à en juger par les cris et les jurons qui poursuivirent la Dame Consacrée jusqu'au pied du château.

Comme demandé, les soldats remontèrent le pont-levis dès que les sabots d'Ulstan claquèrent sur les pavés de la cour. Evadine débarrassa son épée du sang qui la tachait d'un geste sec et descendit de cheval. Quand elle leva la tête et croisa mon regard, je ne lus aucun triomphe dans ses yeux, juste une sombre satisfaction.

—La route était bloquée, se contenta-t-elle de dire.

—Arbalétriers, en joue! ordonna Legueux.

Je me tournai et vis les premiers Alundiens jaillir des ténèbres. Quelques dizaines d'hommes qui se précipitaient vers le château, tout d'abord. Ils n'avaient ni échelles, ni grappins, juste des armes. Des épées, des haches qui brillaient par intermittence tandis qu'ils approchaient.

—Faites demi-tour! leur criai-je en utilisant mes mains comme porte-voix. Vous allez vous faire tuer! Faites…

Le reste fut couvert par la voix de Legueux qui ordonna à ses hommes de tirer, puis par les claquements des cordes et les cliquetis des cranequins. Le capitaine avait suivi mes ordres avec sa rigueur habituelle et posté une vingtaine d'arbalétriers sur les remparts orientaux. Plus qu'assez pour faucher les assaillants en vue d'une seule volée. Mais d'autres soldats surgirent tandis que nos hommes réarmaient. Avec son arc en frêne, Flécheur fit deux nouvelles victimes avant que les Alundiens atteignent le fossé entourant le château.

À la guerre, il faut veiller à ne pas se laisser aveugler par la rage et cette règle d'or était parfaitement illustrée par la masse grouillante qui se rassemblait devant les remparts. Les Alundiens hurlaient et gesticulaient, incapables d'escalader les murs et d'éviter la pluie de gravats et d'huile bouillante qui s'abattait sur eux. Les cris de colère se transformèrent bientôt en cris de souffrance ponctués par les claquements des arbalètes et les vrombissements des carreaux qui les fauchaient en masse. Comme on leur avait appris à le faire, les arbalétriers s'étaient rassemblés par groupes de trois afin de maintenir une cadence de tir régulière. Le premier se penchait pour tirer sur les assaillants impuissants pendant que les deux autres réarmaient.

La boucherie dura de longues minutes avant qu'un chœur de trompettes retentisse dans les ténèbres qui s'étendaient au-delà de la lumière de nos torches. Le flot de nouveaux candidats à la mort ralentit, puis se tarit. Les silhouettes qui se précipitaient vers le château s'arrêtèrent, puis firent demi-tour et se fondirent dans la nuit après un moment d'hésitation teinté de colère. En contrebas des murailles, les cris s'estompèrent tandis que le nombre de victimes augmentait. Cela permit aux survivants d'entendre les trompettes qui leur ordonnaient de mettre un terme à cet assaut suicidaire. La plupart d'entre eux firent demi-tour et se replièrent en courant. Quelques-uns s'attardèrent afin de connaître une mort aussi stupide qu'inutile. Ils furent transpercés par des carreaux, écrasés par des gravats ou dévorés par de l'huile bouillante tandis qu'ils essayaient vainement d'escalader les remparts. L'un d'eux — un colosse — abattait sa hache contre la muraille avec une rage frénétique malgré les carreaux plantés dans ses épaules. Il continua jusqu'à ce que Flécheur lui décoche un trait dans la gorge. L'Alundien fit quelques pas en titubant, puis la hache glissa de ses doigts et il leva la tête pour adresser un ultime regard chargé de haine aux gens du Nord qui l'observaient depuis le chemin de ronde. Il consentit enfin à s'effondrer et sa mort fournit l'excuse dont les derniers assaillants avaient besoin pour se replier.

— Ne gaspillez pas vos carreaux ! ordonna Legueux alors que les arbalétriers pointaient leurs armes en direction de la trentaine de fuyards qui s'extirpait du fossé défensif et se précipitait dans les ténèbres. On en aura besoin avant longtemps.

Je me penchai au-dessus d'un créneau et jetai un coup d'œil au carnage. Une vingtaine de cadavres gisaient au fond du fossé. De la fumée montait de l'huile qui brûlait encore, apportant une odeur âcre et désagréable de vêtements calcinés et de chair rôtie. Certains corps étaient agités de spasmes et j'aperçus deux hommes qui essayaient de grimper le bord du fossé. Leurs sanglots pathétiques et désespérés se mêlaient aux gémissements étouffés de ceux qui agonisaient. Je savais qu'on n'abaisserait pas le pont-levis pour leur porter secours et il était donc peu probable qu'ils soient encore en vie quand le soleil se lèverait. Evadine avait eu son sang et la comédie était terminée. Désormais, nous étions vraiment en guerre.

Il n'y eut pas d'autre assaut au cours de la nuit. Le seigneur Roulgarth avait dû reprendre le contrôle de ses troupes et il n'avait aucune envie de perdre de nouveaux soldats dans des attaques inutiles et meurtrières. Evadine avait ordonné à la moitié de nos hommes d'aller se reposer lorsque l'aube s'était levée, puis elle s'était retirée dans le donjon après avoir chargé votre humble serviteur et le sergent gouverneur Estrik de superviser les opérations de la matinée. Après le lever du soleil, un chevalier alundien brandissant un étendard parlementaire se présenta devant les murailles pour demander l'autorisation de rassembler les cadavres et les blessés qui jonchaient le fossé. C'était un jeune noble insolent qui portait une élégante armure et qui, à en juger par son visage pincé, estimait que cette mission était indigne de son rang.

—Le seigneur Roulgarth n'a pas eu les couilles de venir en personne? Il vous a envoyé nous supplier à sa place? demandai-je sur un ton amusé.

Je voulais juste l'asticoter. Et je ne fus pas déçu.

—Ferme ton putain de clapet, manant! cracha-t-il, le visage cramoisi. Je ne suis pas venu pour échanger des insultes avec des roturiers suintant la vulgarité, mais pour demander qu'on traite les morts avec la dignité qui leur est due. Mais peut-être que votre fausse martyre se délecte de la souffrance autant que du mensonge?

—Tu devrais surveiller tes paroles, mon petit seigneur, lâcha Estrik dans un grondement qui fut aussitôt repris par les soldats qui nous entouraient.

Des arbalètes se pointèrent sur le chevalier, qui—il faut bien le reconnaître—eut le courage de ne pas bouger.

—On se calme, dis-je. (Je fis signe aux arbalétriers de baisser leurs armes.) Vous avez entendu les ordres de la dame. On ne tire pas sur les émissaires qui portent un étendard parlementaire. (Je tournai la tête vers le chevalier et haussai les sourcils comme si je me demandais pourquoi les présentations se faisaient attendre.) Bien! et maintenant, seigneur… Seigneur…?

—Merick Albrisend, dit-il d'une voix qui laissait entendre qu'il me donnait son nom contraint et forcé. Baron de Lumenstor. Et vous êtes…?

—Alwyn Scribe. (Je m'inclinai.) Baron de nulle part. À votre service.

Le chevalier plissa les yeux et je compris qu'il avait déjà entendu parler de moi. Je me déconnectai un instant de la réalité et songeai que je n'aurais jamais imaginé que ma réputation dépasserait un jour les lisières de la Forêt shavine.

—Votre demande est acceptée, dis-je. La Martyre Ressuscitée vous donne jusqu'à midi pour récupérer vos camarades. Je vous prie de demander à vos hommes de venir sans armes. Et je me permets de leur conseiller de travailler en silence. Aucune insulte ne sera tolérée. Surtout si elle vise notre dame.

Le seigneur Merick esquissa un bref hochement de tête pour signifier qu'il avait compris avant de me défier une dernière fois du regard.

—Je vous trouverai le jour où nous franchirons ces murailles, me promit-il avant de faire tourner sa monture et de s'éloigner au galop.

Comme convenu, les morts et les blessés alundiens furent emportés sur des chariots avant que le soleil atteigne son zénith. La plaine se vida, à l'exception des derniers véhicules qui se dirigeaient vers les colonnes de fumée qui montaient des feux de camp au sommet des collines.

—Ma dame, dit Legueux, je dois avouer que j'étais certain qu'ils lanceraient une nouvelle attaque dès que possible. Des soldats furieux, c'est précieux. C'est un avantage qu'on ne laisse pas passer.

—Le seigneur Roulgarth a décidé d'attendre, déclara Evadine sur un ton pensif. (Son front se rida tandis qu'elle observait les collines avec une moue agacée.) Mais je suis bien incapable de dire ce qu'il attend.

—Je ne le sais pas davantage, mais je suis sûr que ce ne sera pas une bonne surprise, déclarai-je.

Je lançai un regard insistant en direction du donjon au sommet duquel une pile de bois sec protégée par une bâche était prête à être enflammée.

—Bonne ou mauvaise, nous attendons aussi, dit Evadine. Tout comme lui.

La nuit suivante, je crus que le seigneur Roulgarth avait enfin décidé de passer à l'action. Dès que l'obscurité envahit le ciel et alors qu'un vent chargé de neige traversait le fleuve pour nous glacer jusqu'aux os, une volée de flèches enflammées décrivit une grande parabole au-dessus des murailles méridionales. La plupart s'écrasèrent sur les pavés de la cour et furent rapidement éteintes avec de la neige et des seaux d'eau, mais l'une d'elles tomba sur une meule de paille près de notre écurie de fortune. Les chevaux s'affolèrent et un soldat eut la jambe brisée par un coup de sabot avant que l'incendie soit maîtrisé. Il n'y eut pas de seconde volée et personne ne se précipita vers les remparts.

— Un accès de mauvaise humeur ? demandai-je à Legueux tandis que nous scrutions la plaine accroupis derrière les merlons.

— Peut-être, répondit le capitaine. (Son crâne couturé se plissa tandis que des cris montaient des murailles faisant face au fleuve.) Mais je crois plutôt qu'il s'agit d'une diversion.

Nous traversâmes la cour au pas de course et gravirent les marches menant au chemin de ronde. Deux hommes d'Ofihla avaient été tués par des traits qui les avaient frappés à la gorge. Trois autres avaient été blessés au visage ou aux épaules. Des arbalétriers crachèrent une litanie de jurons et tirèrent dans les ténèbres qui s'étalaient en contrebas.

— Vous voyez quelque chose ? demandai-je à l'un d'eux qui levait son arme.

Il me regarda pendant un instant, puis secoua la tête. Son front était couvert de sueur malgré le froid.

— Dans ce cas, cessez de gaspiller vos carreaux, lui dis-je avant de répéter la consigne à ses camarades.

— Des bodkin, grommela Flécheur en examinant le trait ensanglanté qu'il venait d'arracher de la gorge d'un cadavre. (La pointe était fine, de section carrée et hérissée de petits ardillons sur toute sa longueur.) Elles sont utilisées pour la guerre, pas pour la chasse. Un tir d'une trentaine de mètres. Dans le noir complet. (Il me regarda avec calme.) Il y a des types qui connaissent leur affaire dans le camp d'en face, maître Scribe. C'est du travail de professionnel.

— Est-ce que les Alundiens ont la réputation d'être de bons archers ? demandai-je à Legueux.

— Pas plus que les autres, répondit le capitaine. C'est surtout les duchés du Nord qui ont un faible pour les arbalétriers quand ils font la guerre. (Il haussa le menton en direction du trait que tenait Flécheur.) S'il y a des maîtres archers dans leurs rangs, je dirais qu'il s'agit de mercenaires. Vous vous rappelez la volée de flèches qu'on a prise sur la figure sur le Champ des Traîtres ? On raconte qu'elle a été tirée par deux mille Vergundiens des plaines. Il est bien possible qu'ils se soient mis en quête d'un autre patron quand ils ont eu compris que le Prétendant était foutu.

Je m'efforçai de contenir une grimace de crainte d'inquiéter les soldats présents. Je ne me souvenais que trop bien de la pluie d'acier qui s'était abattue sur ce maudit champ et je n'avais aucune envie d'en affronter une autre.

—Des Vergundiens, hein? dit Flécheur. (Il fit la moue sans cesser d'examiner la pointe.) J'en ai entendu parler, mais je n'en ai jamais vu. D'après ce qu'on raconte, ils utilisent des arcs en corne à double courbure.

Il ne savait pas grand-chose à propos des Vergundiens, mais il en savait tout de même plus que moi. Les leçons de Sihlda sur le monde qui s'étendait au-delà des frontières d'Albermaine avaient été magistrales, mais elles n'avaient guère concerné que les Martyrs. Elle n'avait jamais abordé le sujet des divers clans qui peuplaient les plaines de Vergundia, car ceux-ci ne s'étaient jamais convertis et n'intéressaient donc pas l'Ascendante. Je me rappelai cependant une allusion à des « païens belliqueux qui passaient leur temps à se battre entre eux quand ils ne louaient pas leurs services à des maîtres étrangers ».

—Il y aurait deux mille de ces enfoirés dans le camp d'en face? demandai-je à Legueux.

Le capitaine haussa les épaules.

—Ils ont sûrement perdu des hommes pendant la bataille du Champ des Traîtres et pendant la débâcle qui a suivi. Personne ne peut dire combien ont décidé de se vendre au seigneur connétable.

—Est-ce que ça pourrait être ça qu'il attendait?

—J'en doute. Des archers ne suffisent pas à s'emparer d'un château. (Legueux grinça des dents et soupira tandis que de nouveaux cris montaient des murailles septentrionales.) Mais ils peuvent pourrir la vie des défenseurs.

Les archers nous tirèrent dessus toute la nuit, tuant huit soldats et en blessant une dizaine. Legueux ordonna aux sentinelles de rester à couvert et de jeter un coup d'œil par-dessus les créneaux de temps en temps. Malheureusement, nos adversaires étaient rusés. Ils n'avaient aucun mal à esquiver les traits tirés sur des ombres furtives glissant dans l'obscurité et attendaient patiemment qu'une occasion se présente. Je fus vite convaincu que nous avions bel et bien affaire à des Vergundiens. Ces redoutables païens nous harcelèrent trois nuits d'affilée en employant cette tactique, mais ils firent moins de victimes que lors de la première attaque. Leurs traits manquaient leurs cibles plus souvent qu'ils ne les touchaient, mais le danger était omniprésent et les sentinelles étaient soumises à une peur contre laquelle même les âmes les plus ardentes ne pouvaient lutter. Ce n'est pas difficile d'enflammer un dévot avec de belles paroles avant la bataille, mais entretenir le courage d'hommes qui risquent à tout moment d'être frappés par une flèche jaillissant des ténèbres, c'est une autre paire de manches.

Prudente, Evadine décida de ne pas prendre de contre-mesures pour lutter contre ce harcèlement qui relevait davantage de la gêne que du danger. Son attitude changea cependant au cours de la quatrième nuit, quand une jeune recrue – un ancien apprenti potier d'Alberis – perdit la raison après qu'une flèche avait failli lui transpercer un œil. Au lieu de remercier les Séraphiles de l'avoir sauvé et de se promettre qu'il veillerait dorénavant à garder la tête baissée, le jeune homme bondit sur un créneau et contempla les ténèbres d'un air de défi.

— Saloperie de bâtards païens ! hurla-t-il en se frappant la poitrine. Vous croyez que vous pouvez me tuer ? Je suis sous la protection de la Dame Consacrée…

Comme il fallait s'y attendre, il fut aussitôt contredit par trois flèches qui le frappèrent simultanément au ventre, à la poitrine et à la gorge.

— Cela ne peut plus durer, déclara Evadine d'un air sombre. (Elle passa la paume sur le visage du malheureux pour lui fermer les yeux à jamais, puis se redressa et se tourna vers Wilhum avant de poursuivre d'une voix sèche.) Sergent Dornmahl. Demain soir, vous rassemblerez la Garde Montée. Il est temps de faire une sortie.

Chapitre 13

Bien entendu, personne ne put convaincre Evadine de confier le commandement de la sortie à Wilhum. Quand Legueux fit cette proposition d'une voix hésitante, elle le regarda en plissant les yeux d'un air sévère et le capitaine se tut. Personne ne protesta davantage lorsqu'elle enfourcha son destrier et prit la tête de la Garde Montée. Wilhum se tenait à sa droite tandis que je protégeais ses arrières. Ma monture s'agita, car elle était très sensible et avait compris que la bataille était imminente. Je tenais les rênes de la main droite – sans les serrer, comme j'avais appris à le faire au cours des innombrables leçons de Wilhum – et une corde attachée à un faisceau de branchages enduits d'huile et de poix de la gauche. Tous les membres de la garde avaient un fagot semblable et je songeai que cette nuit allait mettre mes récentes aptitudes de cavalier à l'épreuve. Nos montures étaient des destriers, mais elles craignaient les flammes et il ne serait pas facile de les contrôler quand l'opération commencerait.

Nous étions encadrés par deux compagnies de fantassins placées sous le commandement de Legueux et disposées en formation classique sur trois rangs. Leur discipline irréprochable en disait long sur leur motivation. J'avais des doutes quant à l'efficacité des cavaliers de la Garde Montée, mais ces soldats étaient des vétérans et, cette nuit, ils ne céderaient ni à la peur, ni à l'affolement.

Evadine tourna la tête vers Wilhum alors que nous attendions.

— Il doit être près de minuit, tu ne crois pas?

Un lourd silence régnait dans la cour du château. La Dame Consacrée avait donné des ordres très stricts pour que tout se passe comme d'habitude. Il ne fallait pas mettre la puce à l'oreille de l'ennemi.

—Près ou pas, cela ne change pas grand-chose, répondit Wilhum.

Il leva les yeux vers le ciel parsemé d'étoiles. Les averses de neige des derniers jours avaient eu la bonne idée de cesser et une demi-lune brillait au cœur d'un tapis de constellations étincelantes. Comme avant chaque bataille, j'étais au bord de la nausée et j'avais donc du mal à admirer le spectacle céleste. Beaucoup de gens croient qu'on finit par s'habituer à ce genre de moments, à cette angoisse qui vous noue le ventre, mais ce n'est pas vrai. Je m'étais même rendu compte que c'était le contraire : plus je participai à des batailles, plus la peur était intense. Mes camarades moins expérimentés devaient penser que mes traits livides étaient le masque d'indifférence d'un vétéran endurci, mais ce n'était que le masque soigneusement composé d'un homme incapable de ne pas imaginer les détails de la boucherie imminente.

—Ça ne devrait plus être long, poursuivit Wilhum.

Les Vergundiens décochaient leurs premiers traits lorsque les ténèbres étaient à leur apogée, mais ce soir, ils étaient en retard. Les minutes continuèrent à passer et je me surpris à espérer que ces bâtards avaient décidé de s'accorder une nuit de repos—pour célébrer une fête païenne ou quelque chose dans ce genre, peut-être. Le sifflement et le choc d'une pointe contre un merlon—des bruits devenus habituels— mirent malheureusement un terme à ce rêve.

—N'oubliez pas, dit Evadine en se redressant sur sa selle. Deux tours complets des remparts. Le premier serré, le second un peu plus large. Frappez fort et n'épargnez personne ou l'opération ne servira à rien.

Elle jeta un coup d'œil par-dessus son épaule, croisa mon regard et m'adressa un sourire d'encouragement. Elle avait proposé que je reste au château pour superviser la défense des murailles, mais à ce stade des événements—et malgré ma peur—j'aurais préféré me planter une dague dans le ventre plutôt que de ne pas participer à cette opération.

—Les torches ! lança Evadine.

Elle souleva son fagot enduit d'huile et de poix et tous les membres de la Garde Montée l'imitèrent.

Une dizaine de soldats remontèrent l'étroite colonne de cavaliers en embrasant les fagots avec leurs torches. Comme je l'avais prévu, Jarik devint beaucoup plus nerveux lorsque les flammes crépitèrent. Il agita la tête et me regarda d'un air inquiet.

— Du calme, lui dis-je en tenant le faisceau enflammé à bout de bras. Ce ne sera pas long, mon vieux.

Lorsque tous les fagots furent allumés, Evadine ordonna qu'on abaisse le pont-levis. Afin de profiter au maximum de l'effet de surprise, les hommes ne perdirent pas de temps à actionner le treuil. Ils se contentèrent d'ôter les lourdes goupilles qui bloquaient les chaînes. Le pont s'abattit au-dessus du fossé défensif en soulevant un nuage de poussière de neige. Evadine éperonna Ulstan et partit au galop. Elle franchit la porte du château suivie de près par le reste de la Garde Montée.

Afin d'affoler l'ennemi autant que possible, nous nous séparâmes en deux groupes après avoir traversé le pont-levis. Wilhum prit la tête du premier détachement et partit sur la droite tandis qu'Evadine prenait le commandement du second et partait sur la gauche en compagnie de votre humble serviteur. Elle fit tournoyer son fagot enflammé et le lança dans les airs. Il monta dans la nuit en laissant une traînée de flammèches dans son sillage avant de retomber comme une comète. Par pure chance, il s'écrasa tout près d'un archer vergundien qui apparut soudain dans la lumière des flammes. Une cible de choix pour les arbalétriers alignés sur le chemin de ronde. Avant qu'il s'effondre, percé par une salve de carreaux, je distinguai sa silhouette massive couverte de fourrures et couronnée d'un casque à pointes. L'arme qui glissa de ses mains correspondait à la description qu'en avait faite Flécheur, un arc à double courbure très différent des arcs classiques utilisés en Albermaine.

J'attendis que nous ayons contourné l'aile nord du château avant de lancer mon fagot. Nous avions reçu l'ordre de le faire à intervalles réguliers afin d'éclairer une zone aussi large que possible autour des murailles. Je décidai de m'accorder un instant de distraction et regardai la boule enflammée s'abattre et rouler sur le sol couvert de neige… avant de me coucher précipitamment sur ma selle tandis que quelque chose passait en sifflant au-dessus de ma tête. J'aperçus des pointes étincelantes qui filaient entre le destrier galopant d'Evadine et moi. Dans le ciel, flèches et carreaux se croisaient en vrombissant tandis que les défenseurs du château et les archers vergundiens révélés par nos flambeaux de fortune se livraient un duel sans merci. Sur ma droite, une silhouette couverte de fourrures tituba et s'effondra sur un fagot de branches enflammées dans un nuage d'étincelles. Une autre surgit des ténèbres juste devant Jarik et j'eus à peine le temps d'apercevoir son visage pâle et affolé avant que le destrier le renverse et le piétine.

Je suivis Evadine qui longea les murailles occidentales, puis contourna l'extrémité méridionale pour s'enfoncer dans la plaine qui s'étendait à l'est. Nos fagots n'éclairaient pas si loin et elle fonçait désormais dans les ténèbres. Comme nous l'avions prévu, les archers s'étaient repliés dans l'obscurité et hors de portée de nos arbalétriers, mais ils ne pouvaient pas échapper à nos lames. Notre sortie les avait pris par surprise et ils étaient complètement affolés. S'ils s'étaient donné la peine de réfléchir, ils se seraient rendu compte du danger qui les menaçait et ils se seraient dépêchés de regagner les lignes alundiennes au lieu de s'attarder sur un terrain plat et dépourvu d'abris. Devant moi, l'épée d'Evadine étincela dans la nuit et dessina une courbe dorée à la lointaine lueur des flammes. Un cri d'agonie retentit. J'aperçus un archer sur ma gauche. Il était à moitié dans l'ombre. Il bandait son arc et visait Evadine qui s'éloignait. Je dégainai mon épée et l'abattis tandis que je passai à côté de lui. La lame fracassa son casque et il s'effondra, mort ou assommé.

J'éperonnai ma monture et jetai un coup d'œil en direction du château. Les deux détachements de fantassins sous le commandement de Legueux avaient formé un demi-cercle autour du pont-levis baissé. Leur rôle consistait à nous protéger quand nous terminerions notre second tour du château, mais tout dépendrait du nombre de soldats que les Alundiens auraient le temps de rassembler pour contre-attaquer. Les vrombissements des traits étaient de plus en plus intenses. Un certain nombre de Vergundiens avaient compris qu'ils étaient en difficulté, mais d'autres continuaient à surgir devant moi. Je tuai l'un d'eux et Jarik en percuta un autre dans le dos, l'envoyant tournoyer dans les ténèbres. Je jetai un nouveau coup d'œil en direction du château pour évaluer ma position. Je me trouvai désormais bien au-delà des remparts orientaux et je tirai sur mes rênes pour changer de direction. J'aperçus les silhouettes de plusieurs cavaliers passant près des fagots qui brûlaient toujours, mais à première vue Evadine n'était pas parmi eux.

La plus grande partie du retour vers le château se déroula sans incident. Les Vergundiens avaient pris la sage décision de se replier hors de portée de nos arbalétriers, mais des dizaines de corps gisaient dans les îlots de lumière des fagots — et il devait y en avoir bien d'autres dans les ténèbres. J'ignorais si cela suffirait à les dissuader de poursuivre leurs petites visites nocturnes, mais j'estimai que c'était un résultat plus que satisfaisant compte tenu de la brièveté de l'opération. Pendant une guerre, il vaut mieux éviter de céder à l'illusion de la victoire, surtout quand la mission n'est pas terminée, et cette règle se confirma lorsque je contournai le flanc méridional du château.

Le pont-levis n'était plus qu'à une centaine de mètres et nos troupes ne semblaient pas avoir été attaquées. J'étais sur le point de pousser un soupir de soulagement quand j'entendis un bruit sourd derrière moi. Un bruit sourd aussitôt suivi du fracas d'un cheval au galop qui s'effondre. Je me tournai sur ma selle et vis un garde qui essayait de s'extirper de sous sa monture secouée de spasmes violents. L'animal avait deux traits plantés dans la gorge et un flot d'écume jaillissait de sa bouche tandis qu'il hennissait de peur et de douleur. Son cavalier aurait dû s'élancer tout de suite vers le pont-levis, mais il s'attarda pour récupérer son épée. Je reconnus Eamond à la lumière d'un fagot. Je le vis se baisser alors qu'une flèche sifflait au-dessus de sa tête, puis se mettre en garde tandis que deux Vergundiens armés de fauchons jaillissaient des ténèbres. Leurs yeux exprimaient la colère et la rage de ceux qui réclament vengeance.

Comme je l'avais appris à mes dépens, le soldat confronté à l'urgence du combat se découvre l'irrésistible besoin de porter secours à ses camarades. Besoin qui a la fâcheuse tendance de lui faire oublier son instinct de conservation. Je grommelai un chapelet d'injures particulièrement senties, tirai sur les rênes de ma monture pour lui faire faire demi-tour et filai vers la scène du massacre à venir. Eamond avait retenu les leçons des jours précédents et il survécut à la première attaque, esquivant un coup de fauchon avant d'en parer un second. Sa riposte, en revanche, fut maladroite: une frappe de taille portée à deux mains qui ne fendit rien d'autre que l'air. Par chance, cela empêcha les deux Vergundiens assoiffés de vengeance de remarquer mon approche, et j'assenai un coup d'épée dans le dos du plus grand. Ces archers préféraient les justaucorps matelassés aux armures et ma lame fendit la chair sans rencontrer de résistance.

Le plus petit regarda son compagnon tomber à genoux, puis s'effondrer en poussant un gargouillis inarticulé tandis que je libérai ma lame d'un coup sec. Il recula, les yeux écarquillés et ses traits adolescents déformés par la terreur. Peut-être était-ce la première fois qu'il assistait à la mort d'un camarade. D'un frère, peut-être? Ou d'un père? Je ne le saurais jamais, car Eamond profita de sa stupeur pour le tailler en pièces avec un enchaînement qui annonçait déjà le comportement qu'il adopterait bientôt sur les champs de bataille. Féroce et maladroit.

—Ça suffit! aboyai-je tandis qu'il s'acharnait sur le cadavre du jeune Vergundien.

Il se redressa, le souffle court. Les nuages de buée saccadés qui s'échappaient de sa bouche illustraient l'épuisement qui gagne souvent les soldats après la furie du combat. Je rengainai mon arme, approchai au petit trot et tendis la main en haussant le menton vers la croupe de Jarik.

—Monte!

Ce fut au moment où Eamond saisissait ma main avec empressement que le chevalier alundien surgit des ténèbres. Son destrier était lancé au triple galop et sa lance était résolument pointée vers ma poitrine. Sans le fagot qui achevait de se consumer un peu plus loin, je ne l'aurais pas remarqué avant qu'il transperce ma cuirasse. J'eus à peine le temps de tirer sur les rênes de Jarik pour lui faire faire un pas de côté maladroit. La pointe de la lance ricocha contre ma spalière et sa monture percuta la mienne avec violence un instant plus tard. Eamond poussa un cri tandis qu'il était arraché à la croupe de Jarik et projeté dans les airs. Affolé, Jarik se cabra, et je réagis avec une agressivité instinctive. Je dégainai mon épée et frappai de haut en bas en mettant toute ma force dans le coup. Je visai le heaume, mais le chevalier était rapide. Il se pencha en arrière et je manquai ma cible. Mais pas son cheval. Un flot de sang chaud éclaboussa mon visage tandis que ma lame s'enfonçait dans la nuque du pauvre animal. Celui-ci poussa un hennissement de douleur et s'écarta en titubant. Le chevalier sauta à terre avant que sa monture s'effondre et je lui aurais porté un coup fatal si Jarik n'avait pas choisi ce moment pour se cabrer de nouveau. Sa réaction fut si soudaine que je n'eus pas le temps de m'accrocher à la selle. Je glissai, tombai et heurtai le sol gelé avant d'être traîné sur plusieurs mètres. Mon armure protesta et gémit jusqu'à ce que j'aie la bonne idée de lâcher les rênes.

—Enfoiré! grognai-je en regardant Jarik disparaître dans les ténèbres au triple galop.

J'entendis des grincements métalliques et tournai aussitôt la tête. Le chevalier alundien se redressait tant bien que mal une dizaine de mètres plus loin.

Je remplis mes poumons d'air, plantai la pointe de mon épée dans le sol gelé et poussai dessus pour me lever. Je réussis à poser un genou à terre avant que l'Alundien se rue sur moi. Il se déplaçait avec une rapidité surprenante et brandissait à deux mains une massue hérissée de pointes. C'était une attaque téméraire qui était plus inspirée par l'impatience de la jeunesse que par l'expérience d'un vétéran et je n'eus guère de mal à l'esquiver. Au dernier moment, je roulai sur le côté pour éviter la massue qui s'abattait, puis je saisis mon épée comme un bâton de combat – une main sur la poignée, une main sur la lame – et frappai le heaume avec le pommeau. J'avais réussi à porter un coup semblable au cours de mon duel contre Sir Althus, mais l'exploit ne se répéta pas. Le chevalier inclina la tête sur le côté avant que le pommeau frappe la charnière de la visière, mais la force de l'impact le sonna assez longtemps pour que j'avance d'un pas et lui crochète la cheville avec le pied.

L'homme tomba à genoux, mais il était déterminé et continua à faire siffler sa massue avec frénésie. Ses coups manquaient de précision, mais leur rapidité m'inclina à la prudence. J'esquivai une attaque et lui saisis le bras. Puis je posai un pied sur sa cuirasse et tirai jusqu'à ce que j'entende le craquement étouffé d'un os s'arrachant à son point d'articulation. J'enchaînai en frappant le heaume du plat de l'épée et il s'effondra.

Je restai planté devant lui pendant un moment, le souffle court, les yeux scrutant les ténèbres autour de moi. Je ne vis pas d'autres ennemis, mais mes oreilles me mirent en garde. Des claquements de bottes rythmés et les ordres aboyés par des officiers indiquaient clairement que les Alundiens se préparaient à la bataille. Il était grand temps de ficher le camp et je l'aurais fait sans plus attendre si mon regard ne s'était pas posé sur les filigranes dorés qui ornaient le heaume du chevalier alundien. La pièce d'armure avait été forgée avec soin et était à peine bossuée malgré les coups qu'elle avait reçus. Elle était bien plus élégante et solide que mon misérable casque. J'avais renoncé à ma carrière de voleur, mais certaines habitudes vous marquent au fer rouge et je sacrifiai donc de précieuses secondes à soulager le chevalier de son heaume.

—Scélérat, hoqueta le jeune homme lorsqu'il fut tête nue.

Il avait les lèvres en sang et me regardait avec un mélange de lassitude et de rage. Je remarquai alors que sa voix ne m'était pas inconnue.

—Infâme pillard ! Vous n'avez aucun honneur, Scribe.

—C'est la guerre, mon bon seigneur, répondis-je. Pas un tournoi. Et vous me devez un cheval. (Je me levai en tenant son heaume.) Je me contenterai de ceci en guise de dédommagement.

Le seigneur Merick Albrisend, baron de Lumenstor, me regardait avec l'expression d'un homme qui s'attend à être tué, mais qui refuse de s'abaisser à demander grâce. Cette attitude éveilla une pointe d'envie et d'admiration en moi. À son âge, j'aurais supplié sans vergogne, pleuré à chaudes larmes et proféré mille promesses. Bon, d'accord! j'aurais dégainé ma dague pour égorger mon adversaire si celui-ci avait été assez idiot pour me tourner le dos après m'avoir épargné. Mais j'aurais supplié.

—Hérétique! cracha Eamond en émergeant de la nuit, son épée levée.

Il ramena la lame en arrière et frappa, mais je déviai le coup d'un revers de mon arme. L'ancien novice tourna la tête vers moi. Son visage était parsemé d'hématomes et une lueur de folie brillait dans ses yeux. Je le toisai avec autorité.

—Ça suffit pour cette nuit, dis-je en hochant le menton en direction du château.

—La dame a dit qu'il ne fallait épargner personne, gronda Eamond.

Ce refus d'obéir me fit comprendre à quel point il était furieux.

—Et je répondrai de mes actes devant elle, comme tu réponds des tiens devant moi.

Je soutins son regard jusqu'à ce qu'il grimace de frustration, pivote sur les talons et s'éloigne à grands pas en direction du pont-levis. Je tournai alors la tête vers le seigneur Merick dont le visage sévère n'exprimait pas la moindre trace de gratitude. Je soupirai et lui lançai son heaume en songeant qu'en fin de compte j'aurais l'air ridicule si je portais cette œuvre d'art avec mon armure de bric et de broc.

—Ayez l'obligeance de présenter mes hommages les plus respectueux au seigneur Roulgarth, déclarai-je avant de filer vers le pont-levis.

J'ordonnai à Eamond de presser le pas et nous aperçûmes bientôt le cordon de soldats qui protégeait l'entrée du château. Un arbalétrier du premier rang crut que nous étions des Alundiens et il s'en fallut de peu pour qu'il nous accueille avec un carreau entre les yeux.

—On se calme, lança Ofihla en écartant l'arbalète sur le côté.

Alors que je me rapprochais, je vis que la propriétaire de l'arme n'était autre que la Veuve. Son visage était aussi dur et avide que jamais. De toute évidence, la pendaison d'Ethrich Tanneur et des autres fanatiques n'avait pas étanché sa soif de vengeance.

—Combien vous en avez tués? demanda-t-elle avec passion lorsque Eamond et moi arrivâmes à sa hauteur.

J'envisageai d'abord d'ignorer sa question, mais le néant de son regard et la grimace compatissante d'Ofihla me rappelèrent que nous avions une autre folle dans nos rangs. Et il vaut mieux ne pas s'attirer les foudres de ce genre de personnes.

—Ne vous inquiétez pas, maîtresse, lui dis-je avec un sourire crispé. Il en reste bien assez. (Je me tournai vers Ofihla.) Quelles nouvelles de la dame et du seigneur?

—Ils sont déjà rentrés, me répondit la lame Suppliante. (Elle fronça les sourcils en entendant un martèlement sourd, le bruit de soldats en formation serrée qui approchaient à grands pas.) Et nous ferions bien de les imiter.

Je n'avais pas besoin qu'on me le dise deux fois. Je poussai Eamond en avant et nous franchîmes le pont-levis. Les Alundiens chargèrent quelques minutes plus tard. Un assaut maladroit et désorganisé lancé à la va-vite lorsque l'officier responsable s'était rendu compte que ses proies étaient sur le point de lui échapper. Plusieurs dizaines d'Alundiens – des conscrits plutôt que des soldats de métier à en juger par leurs armures légères et leurs armes hétéroclites – surgirent des ténèbres dans l'espoir insensé de franchir le pont-levis. La plus grande partie d'entre eux fut décimée par des volées de carreaux tirées depuis la porterie avant même d'arriver au contact des défenseurs qui se repliaient. Au cours du bref combat à sens unique qui s'ensuivit, les conscrits ne firent pas forte impression face aux soldats de l'Alliance. Plus de la moitié d'entre eux s'empalèrent sur les piques avant d'arriver assez près pour porter un coup.

La bataille se calma et Legueux ordonna aux soldats de former deux colonnes impeccables et de regagner le château au petit pas. Quand tout le monde fut rentré, plusieurs hommes se précipitèrent vers le treuil et entreprirent de remonter le pont-levis sans ménager leurs efforts. Trois chevaliers alundiens aussi courageux que stupides chargèrent à bride abattue dans l'espoir de pénétrer dans le château. Deux furent abattus par des arbalétriers. Le troisième, blessé par plusieurs carreaux, éperonna sa monture qui réussit à sauter sur le pont qui était déjà dangereusement incliné.

Le cavalier et son destrier glissèrent jusqu'à l'entrée de la cour et le pont-levis se ferma derrière eux. L'Alundien consacra les derniers instants de sa vie à essayer de frapper les soldats les plus proches, en vain. Ayant remarqué le sang qui coulait sur les flancs de sa monture et la dizaine de carreaux plantée dans son armure, j'ordonnai qu'on ne l'approche pas et, à ma grande surprise, les soldats obéirent. Ils se replièrent et formèrent un cercle autour du chevalier à moitié mort. Celui-ci continua à agiter son épée jusqu'à ce que les hémorragies aient raison de lui. Il tomba de sa selle et s'effondra sur les pavés. Il hoqueta et toussa pendant quelques instants, puis poussa son dernier souffle. Je m'aperçus alors que son heaume était moins élégant que celui du seigneur Merick, mais qu'il était d'aussi bonne qualité et que sa visière conique offrait une excellente protection. Je remarquai également que son destrier ne semblait pas blessé.

—Laissez-le, dis-je alors que des soldats se rassemblaient autour du corps. Le heaume et le cheval sont pour moi. Vous autres, vous pouvez vous partager le reste.

Trois membres de la Garde Montée n'étaient pas rentrés de l'opération nocturne, et deux avaient reçu de telles blessures qu'on les confia aux bons soins du Suppliant Delric. Notre sortie avait dû ébranler nos persécuteurs vergundiens, car, s'ils ne cessèrent pas de nous harceler, leurs visites se firent plus rares. Ils prirent également l'habitude de décocher leurs flèches d'aussi loin que leurs arcs en corne le leur permettaient, ce qui nuisait beaucoup à la précision de leurs tirs. Je m'étais plus ou moins attendu à ce que notre opération attise la colère des Alundiens et les pousse à l'offensive, mais les feux de camp continuèrent à parsemer les coteaux et les jours passèrent sans qu'on aperçoive de formations traversant la plaine en portant des échelles. Plus surprenant encore : il n'y avait toujours aucune trace de machines de guerre sur la colline au sommet aplati un peu trop proche à mon goût.

Je repris mes habitudes : les leçons d'Ayin, la mise à jour des registres de la compagnie, les entraînements avec Eamond et les autres cavaliers. Dès que j'en avais l'occasion, j'allais rendre visite à ma nouvelle monture. C'était un animal bien plus impressionnant que cet enfoiré de Jarik. Sa robe était entièrement blanche à l'exception des boulets gris sombre. Je décidai donc de l'appeler Sombresabot, mais, lorsque j'appris à le connaître, je me rendis compte que j'aurais mieux fait de l'appeler Péteux, car il était d'une arrogance sans borne. Certains d'entre vous penseront peut-être qu'il est idiot de prêter des préjugés humains à un cheval, mais je reste convaincu que Sombresabot cultivait un mépris inné pour les personnes d'origine modeste.

Un matin, je tendis une poignée d'orge devant sa bouche. La carne renâcla comme si je lui avais proposé du chiendent, haussa la tête d'un air méprisant et me toisa avec un franc dégoût. Ce fut seulement lorsque je posai un sac de grain par terre et que je reculai qu'il consentit à manger. Mes soupçons se confirmèrent plus tard, quand je le vis grignoter avec enthousiasme une noix que Wilhum lui tendait dans le creux de la main. Sombresabot acceptait cependant que je le selle, que je le monte et que je lui fasse faire le tour de la cour au trot une ou deux fois par semaine. Restait à savoir s'il se montrerait si conciliant pendant une bataille.

—Allez, marmonnai-je le matin du sixième jour qui avait suivi la sortie nocturne.

Je tenais une carotte à quelques centimètres de ses lèvres. Rares sont les chevaux qui sont capables de résister à une carotte, mais Sombresabot semblait bien décidé à faire partie des exceptions qui confirment la règle.

—Mange, maudite carne! T'as vraiment un balai dans le cul!

J'essayai de pousser la carotte dans sa bouche, en vain.

Je décidai donc de la manger moi-même et la croquai en faisant autant de bruit que possible tandis que le destrier détournait les yeux avec une indifférence soigneusement étudiée. À cet instant, un cri d'alarme retentit à l'extérieur de l'écurie. La compagnie préférait les tambours aux trompettes et un roulement à deux temps pressant ordonna aux soldats de former les rangs.

—Oh! et puis fais ce que tu veux! dis-je à Sombresabot en jetant la carotte dans sa stalle. De toute manière, tu auras bientôt un nouveau cavalier.

Je vis qu'on hissait la bannière de la compagnie sous l'étendard royal qui flottait au sommet du donjon et je me dépêchai de gravir la colline. Evadine, Wilhum et Legueux étaient déjà au sommet de la tour lorsque j'arrivai. Ils regardaient en direction de la plaine qui s'étendait à l'est.

—Eh bien! nous savons désormais ce que le seigneur Roulgarth attendait, déclara Evadine.

Il me suffit d'un coup d'œil pour voir que l'armée qui se déployait était bien plus importante que celle avec laquelle le seigneur connétable était arrivé. Ce n'est pas facile d'estimer avec précision le nombre d'ennemis sur le terrain, car la pression et l'angoisse vous poussent à l'exagération. J'avais devant moi un échiquier d'une puissance militaire considérable: des soldats en formations impeccables, des conscrits sous serment un peu moins bien alignés, des groupes informes d'archers et de chevaliers sur les flancs. Et, au centre, un petit contingent de nobles à cheval rassemblés sous une bannière qui claquait au vent. Une bannière figurant un ours noir. La bannière du duc d'Alundia en personne.

—Dix mille hommes? proposa Wilhum.

—Davantage, grogna Legueux. (Il poursuivit avec une pointe d'amertume qu'il ne parvint pas vraiment à cacher.) Faut croire qu'ils n'ont rien d'autre à foutre ailleurs.

Son analyse était sans faille. Le seigneur Roulgarth n'avait pas lancé d'assaut contre nos murs ni construit de machines de guerre pour la simple et bonne raison que c'était inutile. Son frère arrivait avec la puissante armée alundienne. Et si le duc avait pu rassembler une telle force et venir jusqu'ici pour forcer notre porte, cela signifiait qu'aucune troupe royale ne menaçait les frontières du duché. La Compagnie de l'Alliance devrait affronter l'ennemi seule.

—Qu'est-ce que c'est que ce truc? demandai-je.

Je crus d'abord que c'était un convoi de ravitaillement qui suivait l'armée alundienne, puis je m'aperçus qu'il s'agissait d'un unique chariot. Un ingénieux véhicule monté sur d'innombrables roues et tiré par douze chevaux solidement bâtis. Il transportait quelque chose de long et de massif dissimulé sous des bâches, mais Wilhum ne tarda pas à deviner de quoi il s'agissait.

—Nous allons bien affronter des machines de guerre en fin de compte, dit-il avec un humour forcé. Mais pas du genre auquel nous nous attendions.

Les soldats s'écartèrent afin de laisser passer l'interminable véhicule qui se dirigea vers le centre du rassemblement. Les conducteurs ordonnèrent aux chevaux de s'arrêter à proximité de l'étendard ducal. Des hommes se dépêchèrent d'ôter les bâches et nous découvrîmes le tronc long et épais d'un vénérable pin fraîchement abattu et suspendu à un châssis en bois par des chaînes. Une masse métallique représentant un bélier avec de gigantesques cornes était fixée à une extrémité. Notre pont-levis était solide, mais je doutais qu'il résisterait à un seul coup de cet engin. Et nos murailles n'y résisteraient pas davantage.

Une fois le bélier dévoilé, un homme en armure étincelante saisit la bannière ducale et avança au trot. Les soldats poussèrent des acclamations lorsqu'il tira sur ses rênes et s'arrêta devant le premier rang, puis un lourd silence s'abattit tandis qu'il levait une main et contemplait son armée. Il ne fit aucun discours. Il ne prononça aucun mot pour encourager ou galvaniser ses troupes. Il leva la bannière trois fois et, chaque fois, les soldats crièrent à l'unisson:

—Pour la liberté! Pour la foi! Pour Alundia!

188

L'attaque commença dès qu'Oberharth Cohlsair, duc d'Alundia, baissa la bannière et fit tourner son cheval vers le château. La visière de son heaume était levée, mais il était trop loin pour que je distingue ses traits. Et l'imposante vague de soldats qui se précipitait vers nos murs ne portait guère à la concentration. Je crus apercevoir un visage barbu et sévère pendant qu'il toisait avec défi la tour où se trouvait la Dame Consacrée. Il resta immobile tandis que ses soldats passaient en courant autour de lui, tenant des échelles au-dessus de leurs têtes et criant leur devise d'une voix stridente.

— Pour la liberté ! Pour la foi ! Pour Alundia !

— Ma dame, dis-je en me tournant vers Evadine.

Je fus agacé de découvrir que son visage était impénétrable, qu'il n'exprimait aucune crainte, aucune inquiétude. Je serrai les dents pour retenir un juron malavisé et m'obligeai à poursuivre d'une voix polie, quoique hachée.

— Si vous n'y voyez aucun inconvénient, je souhaiterais obtenir l'autorisation d'allumer enfin le bûcher pour demander de l'aide.

Chapitre 14

Une des plus curieuses conclusions auxquelles on arrive quand on a eu une vie riche en expériences guerrières, c'est que, confronté à l'imminence de leur propre mort, les gens disent souvent les choses les plus banales.

—Et merde! furent les dernières paroles qui s'échappèrent des lèvres d'un conscrit sous serment grimpant à une échelle quand mon épée lui fendit le crâne.

Pas de diatribe empreinte de défi. Pas de déclaration à la personne aimée ou de supplications destinées à attendrir les Séraphiles qui jugeraient son âme. Les dernières paroles que le malheureux emporterait dans le Royaume éternel seraient: «Et merde!» L'expression qui précéda son passage de vie à trépas manqua tout autant de dignité: un léger haussement de sourcils et une vague moue dépitée. L'expression d'un homme qui vient de perdre un pari sans importance plutôt que son avenir. Mais ce pari, il l'avait perdu, et mon bras ne trembla pas lorsqu'il porta le coup fatal. La guerre est un exercice de survie plus qu'un moyen d'obtenir la gloire, et le désir de rester en vie vous ôte toute hésitation quand vient le moment de tuer.

Ma victime sans envergure littéraire glissa le long de son échelle comme un ballot de tissu et tomba dans le fossé du château en entraînant deux de ses camarades dans sa chute. Le premier se dépêcha d'en sortir et alla s'abriter derrière un des nombreux pavois que les Alundiens avaient disposés devant les murailles pour se protéger des carreaux d'arbalète. Le second eut moins de chance. Un trait le frappa dans le dos et il rejoignit l'homme au crâne fendu sur le tapis de cadavres de plus en plus épais qui couvrait le fond du fossé.

—Attention, Scribe! me lança Legueux.

Il me saisit par une spalière et me tira derrière un merlon. Une flèche vergundienne passa en sifflant à l'endroit où se trouvait ma tête une fraction de seconde plus tôt.

Je le remerciai d'un hochement de menton et m'appuyai contre la pièce de maçonnerie. Mes muscles douloureux et le poids de mon armure commençaient à se faire sentir. J'avais découvert que défendre un château assiégé ressemblait plus à un travail routinier qu'à une bataille rangée – plus court, mais plus intense. Des affrontements brefs et répétés éclataient chaque fois que les Alundiens parvenaient à dresser quatre ou cinq échelles contre nos murailles pour franchir le fossé et atteindre le chemin de ronde. Les archers vergundiens et les arbalétriers alundiens sortaient alors de derrière leurs pavois pour viser les défenseurs tandis que leurs camarades – uniquement des conscrits sous serment – s'efforçaient de grimper jusqu'aux créneaux.

Les assauts duraient une heure, ou davantage. Les Alundiens attaquaient des sections de muraille très éloignées en même temps. Malgré une journée entière de combats, aucun d'entre eux n'était parvenu à faire plus d'un ou deux pas sur le chemin de ronde avant de succomber aux tactiques meurtrières de Legueux. Leurs échelles étaient systématiquement repoussées ou incendiées, si bien que l'attaque tournait court et que les survivants se repliaient dans divers états de panique ou de rage. J'avais l'impression d'assister à un spectacle aussi sanglant qu'inutile. Surtout que leur commandant en chef disposait d'un bélier prêt à être utilisé. Mais les yeux plus aguerris de Legueux distinguaient une subtile tactique là où les miens ne voyaient que de la bêtise.

—Il nous use et attise la colère de ses soldats en même temps, lâcha-t-il au cours d'un moment de répit, en fin de journée. (Il essuya la sueur mêlée de crasse qui couvrait son front et prit le risque de jeter un coup d'œil entre deux merlons.) Il a assez d'hommes pour ça. On a perdu vingt des nôtres aujourd'hui, et on a cinq ou six blessés. Il a dû en perdre une centaine, mais il peut se permettre de payer la note du boucher. Nous pas. Plus il nous affaiblit, plus nous aurons de mal à les empêcher de s'infiltrer dans les brèches quand il enverra sa saloperie de jouet fracasser nos murs. À condition qu'il ait trouvé un moyen de franchir le fossé. Et je suis sûr que c'est chose faite.

—Implacable et intelligent, remarquai-je. (Je pris mon outre et bus une grande gorgée d'eau.) Ce n'est jamais une bonne combinaison.

Mon regard glissa sur le sommet du donjon d'où une colonne de fumée montait vers le ciel de plus en plus sombre. Ayin avait été chargée d'entretenir le feu, de l'alimenter avec un stock de bûches. Quand il n'y en aurait plus, il s'éteindrait et il nous faudrait compter sur le groupe d'hommes qui se trouvait de l'autre côté du fleuve pour relayer le message. Je n'avais aucune envie de me livrer à de sinistres calculs, mais mon esprit adorait cela. Après avoir comparé le nombre de jours pendant lesquels nous pourrions tenir le château au temps nécessaire pour que nos messagers aillent chercher des renforts, j'arrivai à une conclusion aussi lugubre qu'inévitable.

Alors que de nouvelles salves de roulements de tambour et de cris montaient des murailles occidentales, je me rendis compte que les dernières paroles de l'homme à qui j'avais fendu le crâne n'étaient pas dépourvues d'une certaine sagesse.

—Et merde ! soupirai-je.

Le duc Oberharth ne nous offrit pas le moindre répit au cours de la nuit. Il lança trois nouveaux assauts tandis que ses archers profitaient de la proximité des murailles pour reprendre leur harcèlement avec zèle. Exposer la moindre partie de son corps à l'ennemi était une entreprise risquée, mais certains de nos soldats s'amusaient à agiter des casques vides au-dessus des merlons pour pousser les Vergundiens à utiliser leur stock de flèches. Et ceux-ci semblaient ravis de participer à ce petit jeu. Ils lançaient des torrents d'insultes dans leur étrange langue gutturale en tirant sans discontinuer. J'éprouvais une vague satisfaction à l'idée que nous récupérions une bonne partie de leurs traits. Seuls Flécheur et notre poignée d'archers pouvaient les utiliser ainsi, mais nous pouvions les raccourcir et les transformer en carreaux pour nos arbalétriers. D'un autre côté, si nos ennemis étaient prêts à nous offrir toutes ces flèches, c'était signe qu'ils n'en manquaient pas.

Au petit matin, des émissaires portant un étendard parlementaire se présentèrent à l'entrée du château et je compris que ces visites faisaient partie du rituel de la guerre de siège. Cette fois-ci, ce n'était pas un jeune noble, mais un groupe de cinq conscrits sous serment qui arriva à pied pour demander la permission de récupérer les corps de leurs camarades.

—La tradition exige que les pourparlers se tiennent entre nobles de rangs égaux ou similaires, leur lança Wilhum depuis le chemin de ronde de la porterie. Les entamer avec vous serait indigne de notre dame. Regagnez votre camp et allez chercher un noble.

Les hommes s'agitèrent, visiblement inquiets, mais ne bougèrent pas.

— Nos nobles ne viendront pas, déclara le soldat trapu qui tenait la hampe de l'étendard. Ils ont dit que parlementer avec votre dame souillerait leur honneur, ou un truc dans ce genre. Il a fallu qu'on supplie le duc pour qu'il nous donne l'autorisation de venir nous-mêmes.

— Dans ce cas, ce sera sa faute si vous devez vous battre dans la puanteur des corps en décomposition de vos camarades. (Wilhum agita la main comme s'il donnait congé à un domestique.) Maintenant, fichez le camp. Si vous vous attardez dans les parages, vous risquez fort de vous transformer en porcs-épics.

Quatre hommes reculèrent aussitôt, la mine inquiète, mais les pieds du porte-étendard restèrent plantés dans la terre.

— Mon frère est dans ce fossé, maudit bâtard! cria-t-il en pointant le doigt vers le pied de la muraille. Est-ce que vous allez refuser à un homme le droit d'enterrer un membre de sa famille? Votre putain païenne est donc si cruelle?

En entendant ces paroles malavisées, tous les arbalétriers présents sur le chemin de ronde levèrent leurs armes, et le porte-étendard aurait été criblé de traits si Evadine n'était pas intervenue.

— Que se passe-t-il? demanda-t-elle en arrivant au sommet de la porterie.

Elle avait combattu tout au long de la journée précédente et pendant une bonne partie de la nuit, mais il avait fallu que je la harcèle sans pitié pour qu'elle aille prendre un peu de repos dans le donjon – et elle n'avait accepté qu'à contrecœur. Son front plissé trahissait une certaine inquiétude et, à en juger par ses cernes, elle n'avait pas dû dormir du tout.

Ou alors, songeai-je avec un mélange de soupçon et d'angoisse, *elle a eu une nouvelle vision.*

— Des roturiers mal élevés sont venus nous demander l'autorisation de récupérer leurs morts, répondit Wilhum. Il n'y a pas le moindre noble dans leur groupe.

Evadine lui lança un regard terne avant de se diriger vers les créneaux pour observer les émissaires. Ceux-ci se raidirent en la voyant apparaître. Nul doute qu'ils l'avaient aperçue au cours de la bataille. Quand elle se battait, Evadine offrait un spectacle aussi troublant que fascinant, et la veille elle avait affronté les envahisseurs avec une énergie hors du commun, courant sans cesse d'un point menacé à un autre. En règle générale, sa simple présence galvanisait les défenseurs qui se rassemblaient et repoussaient les assauts ennemis sans lui laisser le temps de lever son épée.

Les Alundiens la contemplèrent tandis qu'elle les regardait dans un silence impatient. Puis l'homme trapu se racla la gorge.

—Nous ne demandons rien d'autre qu'un peu de décence. Le respect des traditions de la guerre.

—Un peu de décence ? répéta Evadine. Quelle décence offrez-vous aux pèlerins innocents qui sont persécutés dans ce duché ?

L'homme échangea un regard inquiet avec ses compagnons, puis une certaine réticence se peignit sur ses traits durs.

—Nous n'avons rien à voir avec tout cela. Nous sommes de simples soldats. Nous avons été mobilisés en conformité avec le serment que nous avons librement prêté.

—Un serment prêté à des menteurs sans foi et indignes des titres qu'ils portent n'a pas la moindre valeur !

La voix d'Evadine était aussi tranchante qu'une lame. Elle était en colère. Ses lèvres étaient contractées et ses joues – habituellement si pâles – rosissaient à vue d'œil. Sa bouche frémit tandis qu'elle s'efforçait de contenir de nouvelles paroles derrière ses dents serrées. Je ne savais pas ce qu'elle allait dire, mais je n'aurais pas été surpris de l'entendre ordonner qu'on jette de l'huile sur les cadavres et qu'on y mette le feu.

—Je suis venue dans ce duché pour rendre justice, pas pour faire la guerre ! lança-t-elle aux soldats alundiens en se détendant légèrement. Sachez qu'à mes yeux et à ceux des Séraphiles vos vies ne sont pas moins précieuses que celles des autres. Il m'est pénible de les voir sacrifiées au service de maîtres si vils. Je vous accorde deux heures pour récupérer les corps de vos camarades. Et, quand vous les enterrerez, je vous implore de réfléchir à mes paroles, de vous demander si un duc qui n'ose pas m'affronter en armes ou en mots est digne d'un tel sacrifice. Si vous avez l'occasion de lui parler, dites-lui que je suis prête à résoudre ce conflit au cours d'un duel. Je serai ravie de mourir si cela permet de sauver des centaines de vies. En va-t-il de même pour lui ?

La réponse du duc Oberharth arriva dès que le dernier cadavre alundien fut emporté, et ce ne fut pas sous la forme d'un émissaire venu annoncer qu'il acceptait le duel. Au lieu de lancer de multiples assauts dispersés comme il avait fait la veille, il envoya trois compagnies de conscrits sous serment contre les remparts méridionaux. C'était un excellent choix stratégique, car cette portion des murailles était la plus courte et nous ne pouvions y aligner qu'un nombre limité d'hommes pour arrêter plus de quinze cents soldats ennemis. Des dizaines d'échelles se dressèrent contre les murs tandis que les unités d'archers et d'arbalétriers tiraient une pluie de flèches et de carreaux pour couvrir les assaillants.

Dans un premier temps, la tactique de Legueux se révéla aussi efficace que la veille. On laissait passer les premiers Alundiens, puis on leur réglait leur compte et on les jetait du haut des remparts pendant qu'on bombardait ceux qui attendaient en bas de gravats et d'huile enflammée. Malheureusement, les Vergundiens aux yeux acérés utilisaient leurs arcs en corne avec une habileté diabolique et ils abattirent bon nombre de défenseurs qui ne pouvaient bien entendu pas repousser l'ennemi en restant à couvert. Les Alundiens qui réussissaient à prendre pied sur le chemin de ronde se battaient avec furie avant de succomber et je compris très vite qu'ils avaient été choisis pour leur taille et leur férocité – que certains avaient aiguisée en absorbant de grandes quantités d'alcool ou de drogue.

— Pourriture orthodoxe ! rugit une brute borgne en se hissant entre deux merlons.

Il brandit un marteau d'armes à manche court sans se soucier des carreaux d'arbalète plantés dans son épaule et dans sa jambe, hurlant un flot de paroles aussi violentes qu'incohérentes. Il broya le casque d'un hallebardier et brisa la dague d'un soldat avant que Legueux lui explose le crâne d'un coup de massue et répande sa cervelle dérangée sur les dalles du chemin de ronde. Malheureusement, la frénésie de la brute avait permis à plusieurs de ses camarades d'atteindre le sommet des remparts. Legueux leur fit face et sa massue s'abattit sans relâche en projetant des gerbes de sang mêlées de fragments d'os, mais c'était comme vouloir garder des anguilles dans un tonneau fendu. Les Alundiens étaient de plus en plus nombreux et ils obligèrent le capitaine et ses hommes à reculer de plusieurs pas.

J'aurais sans doute amélioré mon image et ma réputation si j'étais allé leur prêter main-forte, mais je savais que cela n'aurait servi à rien. Je jetai un coup d'œil désespéré autour de moi et aperçus un tonneau d'huile.

— Vous ! Venez me filer un coup de main ! aboyai-je à l'intention de deux arbalétriers qui s'abritaient derrière un merlon.

Nous nous accroupîmes et tirâmes le tonneau vers la mêlée furieuse. Legueux était sur le point d'être submergé, mais il abattait toujours sa massue sur les Alundiens qui se ruaient vers lui.

Il était cerné et l'hésitation me saisit. Si je me précipitais à son aide, je devais renoncer à mon plan. Si j'appliquais mon plan, je le condamnais certainement à mort. Par chance, je n'eus pas à faire ce terrible choix. Une silhouette en armure légère surgit près de moi et se précipita sur les soldats ennemis en abattant sa hachette sur les doigts et les visages. L'étau se desserra autour de Legueux qui gisait désormais face contre terre. Les Alundiens reculèrent, mais l'un d'entre eux saisit le poignet de l'assaillant au moment où celui-ci s'apprêtait à lui fendre le crâne. Il leva sa dague pour frapper à la gorge, mais son adversaire se tortilla avec rage et se pencha en arrière. J'aperçus alors le visage grimaçant de la Veuve, la bouche déformée par un rictus sauvage qui dévoilait ses dents. Elle se redressa et mordit le soldat à la joue avant de secouer la tête comme un fauve s'acharnant sur sa proie. L'homme poussa un hurlement et recula sous la férocité de l'attaque. Il frappa à plusieurs reprises, mais sa dague ne réussit pas à traverser la cotte de mailles de la Veuve.

— Balancez l'huile dès que je les aurais tirés de là, dis-je aux deux arbalétriers. (J'orientai le tonneau dans la bonne direction et dégainai mon épée.) Et préparez une torche.

Pendant que la Veuve s'efforçait de déchiqueter la joue de l'Alundien, un autre soldat se fendit en visant sa tête. Je le frappai au visage avant que sa lame atteigne son but et la force du coup le projeta contre ses camarades. Je saisis mon épée à deux mains et la fis virevolter dans tous les sens pour les obliger à reculer. Puis je me penchai et tirai la Veuve à l'écart de sa malheureuse victime. Elle n'avait pas lâché prise et elle arracha un morceau de chair tandis que je la traînais en arrière. Je pivotai et la poussai derrière moi avant d'attraper Legueux par une botte. Le capitaine ne réagit pas. Du sang coulait de son nez et de ses yeux mi-clos. Sa tête tressauta sur les dalles du chemin de ronde tandis que je le traînais à reculons.

— Maintenant ! criai-je. Maintenant !

Les deux arbalétriers soulevèrent le lourd tonneau avec une énergie louable, aspergèrent les Alundiens d'huile épaisse et jetèrent une torche. L'huile s'embrasa sur-le-champ. Les flammes enveloppèrent les soldats dans un sifflement sourd. Un nuage de fumée empestant la chair et les cheveux brûlés se répandit. Les torches humaines hurlèrent en s'agitant dans tous les sens. Certaines se roulèrent par terre dans l'espoir d'éteindre les flammes. D'autres basculèrent et s'écrasèrent au pied des murailles ou dans la cour du château.

— Faites-les reculer ! criai-je aux quatre hallebardiers que j'aperçus de l'autre côté du nuage de fumée de plus en plus dense.

Et, joignant le geste à la parole, je fis siffler mon épée pour repousser les soldats en feu contre les créneaux. Les hallebardiers vinrent me prêter main-forte et il ne nous fallut pas longtemps pour envoyer les derniers Alundiens sur la tête de leurs camarades massés en contrebas. Quelques-uns survécurent à la chute dans le fossé jonché de cadavres et se tordirent en hurlant de douleur devant leurs frères d'armes pétrifiés d'horreur. L'échelle qui avait permis à ces malheureux d'atteindre le chemin de ronde était intacte, à l'exception de quelques flammes, mais aucun assaillant ne s'en approcha. Ni de celle-ci, ni des autres qui se dressaient contre les remparts.

— Lâches ! cracha un hallebardier du haut des murailles. Vous êtes comme votre duc qui a la trouille d'affronter notre dame ! Lâches !

L'insulte fut vite reprise par tous les soldats qui se tenaient sur les murailles méridionales.

— Lâches ! Lâches ! Lâches ! crièrent-ils avec un mélange d'amusement, de cruauté et de juste colère.

À travers le nuage de fumée qui empestait la chair grillée, j'aperçus des archers qui approchaient en courant et je compris que le répit ne durerait pas.

— Repoussez les échelles ! criai-je. (Je remontai le chemin de ronde pour rappeler ces imbéciles à la réalité.) Et dépêchez-vous de vous mettre à couvert si vous ne voulez pas prendre une flèche dans l'œil !

Une fois de plus, je fus surpris par mon autorité. Tous les soldats en vue se turent et obéirent sur-le-champ. Je remerciai les deux arbalétriers de la rapidité de leur intervention, puis leur ordonnai d'éteindre les dernières flammes et de jeter les corps des assaillants dans le fossé. Legueux était assis contre un merlon. Ses yeux n'avaient pas encore retrouvé leur éclat habituel. À côté de lui, la Veuve surveillait l'ennemi d'un air morne. Son visage n'exprimait aucune émotion et sa mâchoire remuait comme si elle mâchait quelque chose.

— Crachez ça ! ordonnai-je en comprenant de quoi il s'agissait. (La Veuve ouvrit la bouche, toujours impassible, et un morceau de chair mâchonnée s'écrasa sur les dalles.) Et venez m'aider.

Je poussai un grognement en glissant un bras de Legueux sur mon épaule et en m'efforçant de le soulever. Sa tête roula sur sa poitrine et des mots incompréhensibles s'échappèrent de sa bouche. Il avait sans doute reçu un bon coup sur le crâne. Et sur le nez, car il était cassé.

—Besoin de moi ici…, marmonna le capitaine qui tenait à peine debout.

—C'est à l'infirmerie qu'on a besoin de vous, répliquai-je. (Je me tournai vers la Veuve et plissai les yeux en examinant la plaie profonde qui zébrait son front.) Et il en va de même pour vous. Conduisez le capitaine auprès du Suppliant Delric. (Je lâchai le bras de Legueux et haussai le menton vers le front de la Veuve.) Et profitez-en pour faire recoudre ça.

Elle hocha la tête sans prononcer un mot et aida Legueux à se diriger vers l'escalier. Je remarquai alors le bout de bois qui pendait au bout d'une dragonne passée à son poignet. Elle avait frappé l'Alundien avec une telle violence que la tête de sa hachette s'était détachée et que le manche s'était fendu.

—Un instant, dis-je. (Je me penchai et tirai le marteau d'armes des doigts sans vie de la brute à qui Legueux avait fait exploser le crâne.) Servez-vous de ça maintenant. Ça m'a l'air solide. Ça devrait tenir un moment.

Le visage de la Veuve retrouva un semblant d'animation lorsqu'elle prit l'arme, l'examina sous toutes les coutures et admira l'éclat du bec avec des yeux brillants.

Les fous sont parfois utiles, me rappelai-je en chassant une pointe de culpabilité.

La Veuve survivrait peut-être au siège, mais elle avait déjà quitté le monde des vivants. Seul le désir impérieux d'infliger la douleur lui donnait encore un semblant de vie.

Je la regardai descendre l'escalier en boitillant.

—Et reposez-vous un peu avant de revenir, ajoutai-je avec une bienveillance hypocrite.

Il n'y eut pas d'autre assaut contre la muraille méridionale. Les Alundiens se replièrent au crépuscule et les archers vergundiens reprirent leur harcèlement dès la tombée de la nuit. Tous les défenseurs du château avaient fini par développer une certaine admiration pour l'habileté de leurs persécuteurs nocturnes et ils se déplaçaient désormais avec une telle prudence qu'il n'y avait pas eu de nouvelles victimes depuis plusieurs jours. Les Vergundiens étaient donc revenus à leur ancienne stratégie : tirer des volées de flèches enflammées au hasard dans l'espoir que l'une d'elles toucherait quelque chose d'important. Malheureusement pour eux, Wilhum avait ordonné à ses hommes de remplir des seaux d'eau et de se tenir prêts à intervenir, si bien que les incendies étaient rapidement maîtrisés.

Mon quart de garde se termina et je regagnai le donjon pour me réfugier au fond de mon sac de couchage et dormir jusqu'à ce que le duc Oberharth se décide à lancer une nouvelle offensive. Evadine m'attendait dans la grande salle, près de la cheminée. Elle était assise sur une chaise à haut dossier qu'un de nos charpentiers avait fabriquée avec du bois qui lui restait. Elle me fit signe d'approcher et je n'eus pas d'autre choix que de poser mes fesses lasses sur le fragile tabouret disposé devant elle. Evadine m'annonça la nouvelle et les pieds du tabouret raclèrent les dalles tandis que je sursautai de surprise.

— Vous êtes désormais capitaine, Alwyn. (Elle m'adressa un petit sourire compatissant.) Toutes mes félicitations.

Je la regardai, bouche bée, et mon ventre se noua sous le coup de la peur très particulière qui vous saisit quand on vous confie des responsabilités que vous n'avez aucune envie d'assumer.

— Est-ce que Legueux… ?

Elle m'interrompit aussitôt.

— Il est vivant, mais le Suppliant Delric m'a informée que son état nécessite de le garder sous analgésique et alité pendant un certain temps.

— Mais Wilhum, et la Suppliante Ofihla…

— Wilhum commande la Garde Montée, la tâche qui lui convient le mieux. Et il n'inspire pas la même confiance que vous aux hommes de troupe. La lame Suppliante Ofihla est une soldate d'une bravoure et d'une efficacité sans faille, mais son… sens tactique laisse à désirer. Ce n'est pas le cas du vôtre. Nous en avons eu la preuve aujourd'hui.

Je me préparai à formuler une longue liste d'arguments destinés à mettre en valeur mes innombrables défauts en tant que soldat et qu'être humain, mais le sourire crispé et déterminé d'Evadine me fit comprendre que mes efforts seraient vains. Elle était plus franche et directe avec moi qu'avec tous les autres membres de la compagnie – y compris Wilhum qui était pourtant un ami d'enfance –, mais cela ne signifiait pas pour autant que nous étions égaux. D'ailleurs, qui pouvait prétendre être l'égal d'une telle femme ? Elle avait décidé de me nommer capitaine et ce n'était pas un honneur que je pouvais me permettre de refuser.

Je poussai un soupir avant de m'abîmer dans la contemplation du feu dans la cheminée. J'envisageai un instant de m'enfuir, de glisser le long des murailles et de me perdre dans les terres sauvages d'Alundia. Je gagnerais la côte et embarquerais à bord d'un navire. Puis je me lancerais à la recherche de Toria et lui réclamerais ma part du trésor de Lachlan – à supposer qu'elle ait réussi à mettre la main dessus. Ce n'étaient que des idées en l'air, bien sûr. Il n'y avait aucun moyen de quitter ce château et, malgré les pensées absurdes qui venaient de me traverser la tête, je serais resté même s'il y en avait eu un. Mon destin était irrémédiablement lié à celui d'Evadine depuis le jour où la Sorcière au Sac avait volé un fragment de ma vie pour la guérir. Rien ne pouvait nous séparer.

—Ma dame, dis-je en lui tournant le dos. En tant que capitaine, je veux que la Veuve Juhlina se charge de votre protection rapprochée. Je vous demande également de vous tenir à l'écart des combats tant que le contraire n'est pas absolument nécessaire. Si vous êtes tuée, ce château tombera et tous ceux qui se trouvent à l'intérieur vous rejoindront dans la tombe.

—Je ne mourrai pas ici, Alwyn. Je pense que vous le savez. Mais… (Elle inclina la tête pour opiner.) Il serait malvenu de critiquer les ordres d'un de mes capitaines. Je m'efforcerai donc de ne pas participer aux combats tant que nos adversaires n'auront pas franchi les remparts. Autre chose ?

L'évocation de la prise de nos murs m'amena à une conclusion aussi regrettable qu'inévitable, une conclusion qu'on ne pouvait pas ignorer.

—À moins que le duc Oberharth soit assez idiot pour accepter votre défi, il n'est pas difficile de deviner ce qu'il a l'intention de faire : il va utiliser son monstrueux bélier pour briser nos murailles. D'après ce que m'a dit le sergent gouverneur Estrik, l'ouverture d'une brèche prendra du temps et coûtera la vie à bon nombre de soldats ennemis, mais nous ne pourrons pas les arrêter. Nous devons donc nous préparer à nous replier dans le donjon. Je propose que nous gardions la moitié de nos arbalétriers sur les remparts avec ordre d'économiser leurs carreaux. L'autre moitié prendra position dans le donjon afin de couvrir notre repli. Il faudra également renforcer les remparts intérieurs qui entourent la colline. Et transporter les provisions et le matériel entreposés dans la cour dans les cryptes.

—Voilà qui est parlé en vrai capitaine.

Le sourire d'Evadine s'élargit, mais je crus distinguer une ombre persistante dans ses yeux, une ombre identique à celle que j'avais aperçue dans le regard des soldats sous serment qui étaient venus demander l'autorisation d'emporter leurs morts. Je pouvais lire les pensées de cette femme avec une certaine facilité et j'eus soudain l'impression que notre situation ô combien précaire n'était qu'un problème sans importance pour elle. Un détail comparé à ce qui comptait vraiment.

—Vous avez eu une autre vision, dis-je. N'est-ce pas?

Son sourire s'effaça et ce fut son tour de contempler le feu.

—Oui, murmura-t-elle. (Une grimace triste plissa son visage pendant un instant.) Après la vision précédente, j'avais... je m'étais convaincue que les Séraphiles ne m'infligeraient plus les horribles images du Second Fléau. Et de la route que je dois emprunter pour l'éviter. Mais, bien que leur compassion soit infinie, j'ai découvert que les tâches attendues de leurs élus sont nombreuses. Et ardues. (Elle tourna la tête vers moi et ses yeux se durcirent tandis qu'une assurance familière se peignait sur son visage.) Vous devez comprendre, Alwyn, que ce qui se passe ici doit arriver. Le sang que nous répandons et la douleur que nous endurons aujourd'hui sont des sacrifices exigés par les Séraphiles sur le chemin du salut.

Elle tendit la main et je la pris. Ses doigts se crispèrent autour des miens.

—Je suis heureuse, mon ami, de vous avoir à mes côtés, car ce chemin est long et parsemé d'épreuves. (Je vis sa gorge se contracter et des larmes briller dans ses yeux avant qu'elle ne lâche ma main.) Allez vous reposer, capitaine. (Elle se laissa aller contre le dossier de sa chaise et tira sa cape sur sa poitrine.) Il vous faudra être en forme demain. Les jours heureux sont désormais derrière nous, mais je sais qu'ils finiront par revenir.

Chapitre 15

À l'intérieur du château, l'impact de l'énorme tête de bélier en fer résonna comme un coup de tonnerre, le rugissement d'un monstre invisible qui martelait nos murs. La roche pulvérisée siffla. Les blocs de pierre empilés tremblèrent et grincèrent, mais la brèche comblée par nos soins résista au premier choc.

—Vous êtes la crème des bâtisseurs, sergent, dis-je au sergent gouverneur Estrik.

Et je lui assenai une claque sur l'épaule lorsque le deuxième coup n'eut pas plus d'effet que le premier. Quand la cible du bélier que la compagnie avait baptisé « Vieille Tête en Fer » n'avait plus fait de doute, Estrik avait proposé de raser nos quelques bâtiments de fortune et de consolider le comblement de la brèche avec du bois. L'assemblage de planches et de rocs résista à un troisième coup et je me félicitai d'avoir écouté ses conseils. Le soulagement que je lus sur son visage, en revanche, m'inquiéta un peu. De toute évidence, Estrik n'aurait pas été surpris si son œuvre avait volé en éclats au premier coup de bélier.

Deux détachements en formation sur trois rangs étaient déployés en croissant devant la portion de mur attaquée. La Garde Montée se tenait en retrait, prête à intervenir et à renforcer une position menacée si besoin. Une barricade hérissée de pointes fabriquée avec le peu de bois qu'il nous restait et les armes récupérées sur les corps ennemis avait été érigée entre nos troupes et la muraille. Si une brèche était percée, les Alundiens devraient la franchir sous une pluie de traits tirée par les arbalétriers qui se trouvaient de part et d'autre du chemin de ronde.

J'étais assez fier de mon piège, mais, comme Estrik, j'étais soulagé qu'il n'ait pas encore eu à fonctionner.

Il avait fallu cinq jours au duc Oberharth pour approcher son bélier de nos murs. Le premier jour, la plus grande partie de ses troupes s'était déployée devant les murailles orientales à gauche de la porterie. C'était la portion qui avait demandé le plus de travaux et les brèches colmatées formaient des masses inesthétiques, mais très solides le long des remparts. Une dizaine de pavois avaient été installés afin de protéger les conscrits sous serment qui se relayaient pour jeter des rochers dans le fossé. Cet empilement semblait bien ridicule au départ, et puis il prit de l'importance et son but devint clair.

— Ces enfoirés essaient de construire un pont, capitaine ! m'avait lancé Estrik. (Il s'était baissé tandis qu'une flèche passait en sifflant au-dessus de sa tête.) Un pont qu'on ne pourra pas brûler.

— Mais on peut brûler les constructeurs, avais-je remarqué.

Le lendemain, un déluge d'huile et de traits enflammés s'était abattu sur les conscrits sous serment qui accomplissaient leur périlleuse tâche. Une dizaine d'entre eux avaient péri de manière spectaculaire et très désagréable. Les travaux s'étaient poursuivis par intermittence. De petits groupes jaillissaient de derrière les pavois et se dépêchaient d'aller jeter leurs pierres dans le fossé tandis que les archers vergundiens nous obligeaient à garder la tête baissée. Le duc Oberharth, ou le noble alundien chargé des travaux, n'avaient pas dû apprécier cet excès de prudence, car ordre avait été donné d'avancer les pavois pour les planter à quelques mètres seulement du bord du fossé.

Le troisième jour, nous avions pris un macabre plaisir à incendier les pavois et à tuer de nouveaux ennemis par la même occasion. Malheureusement, nos adversaires semblaient disposer d'un stock de bois illimité et ils remplaçaient leurs grands boucliers avec une rapidité agaçante. Nos réserves d'huile baissaient à vue d'œil et je n'avais pas eu d'autre choix que d'ordonner de conserver le peu qu'il nous restait. Pour couronner le tout, un puissant vent d'est s'était levé et la neige s'était mise à tomber en abondance. Nos arbalétriers avaient alors dû viser leurs cibles à travers des rafales chargées de particules de glace et les Alundiens en avaient profité pour reprendre leurs travaux. Lorsque la tempête s'était apaisée, le château de Walvern était recouvert d'un manteau blanc et nos ennemis avaient terminé leur pont ininflammable.

Avant de rejoindre les soldats postés dans la cour, j'avais observé l'approche pesante, mais inéluctable de Vieille Tête en Fer en compagnie d'Evadine depuis le sommet du donjon. Le bélier avait été poussé plutôt que tiré en direction des murs. Une masse de soldats alundiens était pressée contre l'arrière de l'interminable véhicule qui le transportait. La plus grande partie de l'engin était couverte par une structure en bois tapissée de peaux de mouton. Grâce à Estrik – qui avait prévu ce qui allait se passer –, je savais que ces peaux étaient gorgées d'eau afin de protéger le bélier des flammes.

— L'eau n'éteindra pas l'huile, capitaine, avait dit le sergent gouverneur, mais elle l'empêchera de se répandre.

— Nous pourrions faire une sortie, avait proposé Evadine tandis que le bélier approchait du fossé. Charger et incendier les roues du chariot.

Elle avait esquissé un petit sourire pour nous faire comprendre que cette solution suicidaire ne devait pas être prise au sérieux. Notre situation dramatique n'avait entamé ni son humour, ni son calme, et je m'étais interrogé sur sa dernière vision. Je savais que c'était quelque chose de terrible, mais l'issue de ce siège ne semblait pas faire partie des mystérieuses calamités auxquelles nous étions promis.

À supposer que ses visions soient de véritables visions, me rappelai-je.

Il fallut une dizaine de coups supplémentaires pour que Vieille Tête en Fer parvienne à entamer nos murailles de manière notable. Les premiers blocs se descellèrent et un flot de plus en plus dense de poussière minérale se mit à couler entre les pierres disjointes. Après une nouvelle dizaine de coups, les poutres qui soutenaient la maçonnerie plièrent, puis se fendirent. Mais ce fut seulement quand la partie restaurée de la muraille commença à s'effondrer que les roulements de tambours montèrent au coin sud-ouest des remparts. Je me tournai et vis Ofihla lever le bras, puis pointer le doigt en direction de la plaine qui s'étendait au-delà des murs. Le message était clair, et prévisible. Les Alundiens allaient certainement lancer une diversion pendant que d'autres unités partaient à l'assaut de la brèche. J'avais confié la défense des remparts à la lame Suppliante et toute la compagnie était sous son commandement à l'exception des troupes que j'avais rassemblées pour empêcher l'ennemi de s'introduire dans le château en passant par la brèche. Avec deux détachements de fantassins, la Garde Montée et les arbalétriers, je disposais de presque trois cents soldats. Ce n'était pas grand-chose en comparaison de l'armée alundienne, mais je faisais confiance à Estrik qui m'avait fait part de son analyse de la situation.

—Les Alundiens sont impatients, capitaine, avait déclaré le sergent gouverneur. Ils vont lancer une offensive après avoir ouvert une brèche, alors qu'il aurait été prudent d'en ouvrir au moins deux autres. Ils ont l'avantage du nombre, c'est sûr, mais ça ne veut pas dire grand-chose quand on doit attaquer en empruntant un passage où on ne tient qu'à cinq de front. Je ne voudrais pas être à la place des pauvres connards qui se sont portés volontaires pour le sacrifice des idiots.

J'appris que le défi des idiots était une expression courante pendant les sièges. Elle faisait référence aux soldats qui, motivés par la quête de gloire ou les promesses de récompense, se portaient volontaires pour être les premiers à s'engouffrer dans une brèche. La suite des événements m'apprit que l'expression était particulièrement bien choisie.

Une autre déflagration retentit, une explosion de poussière qui accompagna la rupture des poutres. Le colmatage s'effondra et la brèche restaurée redevint une brèche tout court. Vieille Tête en Fer apparut l'espace d'un instant, masse métallique bossuée, balafrée et déformée au milieu d'un nuage de poussière minérale. Puis elle se retira en laissant un profond silence dans son sillage.

—Formez le toit ! criai-je.

Les trois rangs de soldats qui entouraient la brèche réagirent sur-le-champ et adoptèrent la position défensive classique avec rapidité et efficacité. Les piquiers se placèrent un pas en avant et abaissèrent leurs longues piques. Les hallebardiers qui se trouvaient derrière se préparèrent. Les soldats du dernier rang tirèrent leurs hachettes et leurs poignards en rentrant la tête dans les épaules, signe qu'ils savaient à quoi s'attendre. Je les avais choisis en raison de leur expérience. C'étaient des vétérans qui avaient accompagné la Dame Consacrée à travers de nombreuses épreuves. Chacun d'entre eux se ferait tailler en pièces plutôt que de reculer sans en avoir reçu l'ordre.

Je regardai le nuage de poussière se dissiper tandis que le silence s'éternisait. Il dura si longtemps que je finis par me demander si cette attaque n'était pas une diversion et si l'ennemi n'avait pas, en fait, prévu de s'emparer des remparts méridionaux. Mes craintes s'amplifièrent quand j'entendis Ofihla aboyer des ordres au loin. Des ordres qui furent bientôt noyés par la clameur familière de l'ennemi partant à l'assaut de nos murs.

J'aperçus deux ou trois hommes du dernier rang qui jetaient un coup d'œil par-dessus leur épaule et je chassai mes doutes en aboyant un ordre d'une voix sèche.

—On regarde droit devant!

J'essayai ensuite de me rassurer.

Ils ne se seraient pas donné la peine de faire un trou dans nos murs s'ils n'avaient pas eu l'intention de s'en servir.

Je n'attendis pas longtemps pour en avoir la confirmation. Une confirmation qui prit la forme d'une pluie de flèches qui monta au-dessus des remparts et s'abattit dans la cour.

—Tenez-vous prêts! ordonnai-je tandis que les traits tombaient dru.

Les soldats postés à proximité de la brèche étaient tous équipés d'une armure de plates et de mailles ainsi que d'un solide casque. La tempête de flèches, si agaçante fût-elle, ne fit donc pas beaucoup de victimes. Un trait à pointe bodkin tiré de près pouvait traverser une cotte de mailles, voire une armure de bonne qualité. Mais, tiré de loin et au-dessus d'une muraille, il aurait fallu un coup de chance extraordinaire pour qu'il tue un homme bien protégé. Les soldats de la compagnie tressaillirent lorsque les pointes de fer se fracassèrent sur leurs casques et leurs armures, mais il n'y eut que trois blessés. Un piquier fut touché au poignet et deux hommes du dernier rang se dirigèrent vers l'infirmerie en clopinant, une flèche plantée dans la tige d'une de leurs bottes. Les premiers Alundiens qui franchirent la brèche eurent donc la désagréable surprise de se retrouver face à une formation de vétérans impeccablement alignés sur trois rangs. Leur déception fut cependant de courte durée, car nos arbalétriers les abattirent en quelques instants.

Les volontaires du défi des idiots étaient une cinquantaine, mélange de soldats ducaux et de conscrits sous serment qui chargèrent en hurlant. Les premiers étaient sur le point d'atteindre notre barrière d'obstacles hérissée de pointes quand les arbalétriers entamèrent leur sinistre besogne. Tirés presque à la verticale par des arbalètes à crane-quin, les carreaux transpercèrent sans difficulté les gambisons et les brigandines des conscrits, mais aussi les armures plus résistantes des soldats. La première volée faucha l'avant-garde et ceux qui arrivaient derrière n'eurent pas d'autre choix que de ralentir, formant ainsi des cibles encore plus faciles. Nos arbalétriers travaillaient avec l'efficacité que confère une longue expérience. Il étaient rassemblés par groupes de trois; le premier tirait pendant que ses deux camarades rechargeaient. Les volontaires du défi des idiots furent décimés en moins de cinq minutes. Les morts et les blessés s'entassèrent dans la brèche. Pas un seul n'était parvenu à poser le pied sur les pavés de la cour du château.

Le deuxième assaut fut lancé quelques instants plus tard et les arbalétriers postés sur les murs ne purent donc pas répéter le massacre perpétré un peu plus tôt, mais ils firent des ravages avant que les premiers Alundiens réussissent à traverser la brèche.

—Tenez-vous prêts! criai-je alors que nos soldats frémissaient d'impatience. Tenez vos positions et attendez mes ordres!

J'attendis que les assaillants s'entassent devant notre barricade de fortune. Les premiers essayèrent d'escalader l'obstacle, mais la plupart furent fauchés par des carreaux d'arbalète. Certains parvinrent à mi-hauteur avant que la poussée de leurs camarades de plus en plus nombreux leur fasse perdre l'équilibre. Je vis au moins trois hommes s'empaler sur les piques d'acier de la barricade. Ils moururent tandis que leur visage virait au pourpre sous le coup du désespoir ou d'une rage mêlée de douleur. Et puis les poutres les plus épaisses de notre rempart de fortune commencèrent à racler les pavés sous la pression des assaillants. Ce fut à ce moment que je lançai mon ordre.

—En avant! aboyai-je.

La formation en croissant obéit avec rapidité et discipline dans un bruit de bottes régulier qui contrastait avec le vacarme chaotique des assaillants. Les cris de frustration et d'encouragements des Alundiens se transformèrent en hurlements lorsque les soldats du premier rang approchèrent en levant leurs piques à hauteur d'épaule. Obéissant aux ordres préalablement donnés, ils s'arrêtèrent à deux mètres de la barricade et glissèrent leurs armes à travers pour frapper la vague grouillante de nos ennemis en toute sécurité. En quelques instants, une dizaine d'Alundiens s'effondrèrent sur ou entre les pointes de la barrière. Les blessés furent ballottés et emportés par la masse de leurs camarades, blêmes et incrédules, incapables de lever la main pour contenir le sang qui s'échappait de leurs plaies.

Pendant que les piquiers frappaient avec l'enthousiasme des soldats saisis par la folie de la bataille, les arbalétriers continuaient à tirer sur les Alundiens bloqués dans la brèche. Lorsque les carreaux commencèrent à manquer, ils posèrent leurs armes et apportèrent de lourdes marmites remplies de poix. J'avais appris que l'huile était une arme polyvalente pour défendre une place forte, car on pouvait la verser sur des assaillants à température normale avant de l'enflammer avec une torche ou une flèche. La poix était moins pratique dans la mesure où il fallait la chauffer pendant une heure pour la transformer en arme adéquate. Nos réserves étant limitées, Legueux s'était abstenu de l'utiliser jusqu'à présent et, en découvrant ses effets, je fus assailli par des émotions paradoxales : le regret de ne pas en avoir davantage et le profond désir de ne plus jamais y avoir recours.

Ce n'était pas la première fois que j'entendais les hurlements d'hommes en feu, mais l'intonation particulièrement aiguë et affolée des cris qui retentirent lorsque la coulée noire et fumante entra en contact avec la masse des soldats alundiens était… insupportable. La poix brûlante collait à la chair, se frayait un chemin à travers la peau et les muscles, dévorait les mains qui essayaient de la chasser. Et puis elle produisait une chaleur assez forte pour cuire un homme dans son armure même quand elle ne parvenait pas à la pénétrer.

Confrontée à l'implacable rempart de piques assassines et à la cataracte noire et mortelle, l'attaque alundienne tourna court. Les soldats de l'arrière-garde battirent en retraite et s'enfuirent sur la plaine, couverts de poix et hurlant de douleur. Ceux qui continuèrent à avancer furent contraints de ralentir, puis de s'arrêter. Ceux qui avaient traversé la brèche et atteint la barricade s'efforcèrent de résister, abattant vainement leurs épées et leurs hallebardes sur les piques qui les transperçaient. Un type maigre comme un clou – un conscrit sous serment ne portant qu'une cotte de mailles trop grande pour lui en guise d'armure – réussit à se faufiler sous la barricade et à franchir le rempart de piques. Il se jeta en avant en hurlant et frappa à tour de bras avec son fauchon, mais un hallebardier du deuxième rang abattit son arme et lui fendit le crâne. Ce fut le seul Alundien qui parvint à pénétrer dans la cour du château ce jour-là.

— Formation classique ! lançai-je lorsque je vis que les derniers soldats à avoir franchi la brèche avaient été embrochés et que les autres s'étaient repliés.

Les piquiers levèrent aussitôt leurs armes à la verticale et les trois rangs reculèrent pour reprendre leur position initiale. En dehors des trois hommes qui avaient été touchés par les flèches vergundiennes, nous n'avions pas un seul blessé. Le bilan était beaucoup moins brillant sur les remparts sud-ouest. La lame Suppliante Ofihla avait été obligée de déployer jusqu'à son dernier homme pour empêcher les Alundiens de prendre possession du chemin de ronde et, lorsqu'on fit l'appel, le soir venu, Ayin raya cinquante-deux noms de la liste des effectifs de la compagnie. Mais nous avions tenu nos positions et les Alundiens avaient été vaincus. Comme cela arrive souvent en de telles circonstances, les soldats célébrèrent leur victoire et le château résonna bientôt de hurlements de triomphe et de joie, une cacophonie discordante qui finit par s'harmoniser en un mot familier scandé à d'innombrables reprises.

—Lâches! (Le cri résonnait à l'intérieur des murs, encore et encore.) Lâches! Lâches! Lâches!

Le chant s'enrichit d'un certain nombre d'insultes et de défis dont la plupart étaient adressés à une seule et même personne.

—Dites à votre duc de venir affronter notre dame! cria un arbalétrier aux derniers Alundiens qui s'enfuyaient. (Il évita une flèche et éclata de rire.) Envoyez-le ici pour qu'il se fasse tuer à votre place, pauvres connards de conscrits!

Je laissai les hommes se défouler jusqu'à ce que les cris baissent d'intensité. Je savais que cela fortifierait la compagnie bien mieux qu'un repas. Le joyeux tumulte s'apaisa et fut remplacé par les gémissements et les rares hurlements des Alundiens qui gisaient dans le fossé. À travers les langues de fumée qui flottaient encore dans l'air, j'aperçus des corps qui s'agitaient. Certains essayaient d'escalader la bordure extérieure, mais la plupart étaient juste secoués par des spasmes qui annonçaient leur fin imminente.

—Je vais faire hisser l'étendard pour demander une trêve, dit Wilhum en se dirigeant vers le coin de la cour où nos bannières et autres drapeaux étaient entreposés. Qu'ils viennent et se dépêchent de nettoyer ce bordel.

—Non, dis-je d'une voix douce, mais ferme.

Il s'arrêta, se tourna et me regarda d'un air surpris.

—La tradition militaire veut que…

Il esquissa une grimace irritée lorsque je l'interrompis.

—La tradition ne les empêchera pas de massacrer tous les gens qui se trouvent dans ce château s'ils parviennent à le prendre. Un cadavre obstrue une brèche aussi bien qu'un rocher et les Alundiens seront peut-être un peu moins pressés de charger quand ils verront les corps de leurs frères d'armes. Qu'ils restent où ils sont, sergent. Il n'y aura plus de trêves.

Je n'aurais su dire si Wilhum passa de l'agacement à la colère à cause du dégoût que ma décision lui inspirait ou parce que j'avais froissé son honneur. Sa bouche se contracta en une mince ligne et son visage se transforma en un masque de pierre tandis qu'il portait le poing à son front.

—À vos ordres, *capitaine*, lâcha-t-il avec acidité.

Je croisai son regard et me rappelai comment les chefs que j'avais connus traitaient les subordonnés indisciplinés. Selon son humeur, Deckin aurait battu Wilhum jusqu'au sang ou lui aurait brisé le cou. Sihlda l'aurait laissé mariner pendant un certain temps avant de panser ses plaies intérieures avec quelques aphorismes soufflés à voix basse. Legueux lui aurait hurlé de fermer sa gueule et l'aurait fait fouetter s'il n'avait pas obtempéré sur-le-champ. Quelle que fût la solution que je choisirais, je savais que la principale leçon à tirer de cet accrochage était la suivante : les relations avaient changé entre cet homme et moi. Evadine avait eu de bonnes raisons de me promouvoir moi plutôt que lui, mais il n'en demeurait pas moins vrai qu'un roturier – un ancien brigand de surcroît – avait été préféré à un noble. Un noble déshérité et déchu, certes, mais un noble tout de même. L'amitié qui s'était formée dans l'ombre de la Dame Consacrée survivrait peut-être à cette affaire, mais la blessure était profonde.

Je clignai des paupières et tournai brusquement la tête vers les murailles sud-ouest où les soldats se réorganisaient après le chaotique affrontement sur le chemin de ronde.

— Prenez la garde et aidez-les à conduire les blessés au Suppliant Delric. Je doute que le duc s'amusera à lancer un nouvel assaut aujourd'hui, mais soyez prêt à reprendre vos positions.

Le visage de Wilhum se détendit et il hocha la tête. Il pivota sans porter le poing à son front et aboya une série d'ordres. Je me tournai vers les soldats qui étaient toujours alignés dans la cour en m'efforçant d'ignorer les cris plaintifs qui montaient du fossé.

— Troisième rang, rompez ! lançai-je. Ramassez les flèches et allez manger quelque chose. Les autres, vous irez manger quand ils reviendront. En attendant, vous pouvez vous asseoir si vous voulez, mais restez en formation.

Comme je l'avais prévu, il n'y eut pas de nouvel assaut au cours de la journée. Une délégation de conscrits sous serment portant un étendard parlementaire fut éconduite par quelques traits que Flécheur décocha avec une redoutable précision. Craignant que le duc lance une attaque au cours de la nuit, j'ordonnai aux hommes de la compagnie de manger et de dormir par groupes successifs. L'horrible chœur des Alundiens blessés continua à gémir pendant de longues heures, ne faiblissant qu'au coucher du soleil. Vers minuit, je rassemblai tout le monde, mais les troupes du duc ne daignèrent pas nous rendre visite. La nuit ne fut pas calme pour autant. Des bruits de bottes et des grincements de roues de chariot résonnèrent dans les ténèbres pendant des heures. Le bon duc avait visiblement décidé de réorganiser ses forces et il nous faudrait attendre le petit matin pour découvrir sa nouvelle stratégie.

Je passai la nuit au sommet du donjon après avoir dormi – mal et trop peu – dans la grande salle. Je savais que j'avais été harcelé par de mauvais rêves, mais j'avais tout oublié à mon réveil.

Peut-être qu'Erchel est venu me donner un autre avertissement, songeai-je en me massant les tempes pour soulager la migraine qui pointait. Elle s'était faite discrète au cours des derniers jours, ou peut-être que mes nouvelles tâches de capitaine m'avaient trop accaparé pour que je la remarque. Mais maintenant elle serrait mon crâne de ses doigts de fer et le broyait avec un plaisir sadique. J'avais prévu de rationner mon stock d'élixir, mais la douleur était si forte que j'avalai une dangereuse rasade avant de monter sur le toit du donjon.

Le soleil se leva sur un ciel dégagé et projeta ses rayons sur une mosaïque de régiments alundiens formant un vaste cercle autour du château. Ils semblaient disposés de manière équilibrée et je fus incapable de deviner où le duc comptait concentrer son attaque. Je remarquai cependant que les soldats de métier étaient rassemblés en face de la brèche. J'avais espéré que le duc s'abstiendrait d'attaquer afin de repositionner Vieille Tête en Fer devant une autre partie du mur d'enceinte. Une seconde brèche nous aurait empêchés de défendre les fortifications extérieures, mais sa réalisation nous aurait fait gagner un temps précieux. Pour des raisons qui n'appartenaient qu'à lui, Oberharth ne semblait pas avoir l'intention de consacrer un jour de plus que nécessaire à cette entreprise. Il allait lancer l'intégralité de son armée contre nos murailles et envoyer ses meilleures troupes se frayer un chemin à travers la brèche existante.

— Nous allons perdre le mur d'enceinte aujourd'hui, annonçai-je à Evadine. (J'avais envoyé Ayin la chercher.) Je ne vois aucun moyen de l'empêcher. Je vais demander à Delric d'installer les blessés dans les cryptes du donjon avec les quelques provisions qu'il nous reste.

Elle esquissa un vague hochement de tête et je remarquai qu'elle n'observait pas l'armée qui nous encerclait, mais la berge opposée de la Corbeaudine. J'avais passé de longues heures à regarder dans cette direction sans rien voir d'autre qu'un paysage désespérément désert, mais cette fois-ci j'aperçus quelque chose qui me fit tressaillir et cligner des paupières.

—Est-ce que c'est… ?

Je me penchai sur la balustrade qui entourait le sommet du donjon et plissai les yeux en regardant la vague tache orangée qui s'étalait sur la rive nord du fleuve.

—C'est un signal, dit Evadine. Nous avons une réponse, Alwyn.

—Qu'est-ce que ça signifie ?

Je plissai un peu plus les yeux dans l'espoir d'apercevoir autre chose. Un drapeau qu'on agiterait, par exemple. Ou mieux encore : une armée en marche. Mais je ne vis rien d'autre que le feu solitaire qui brûlait dans la brume matinale.

—Est-ce qu'on nous informe qu'on nous envoie de l'aide ou que nous allons devoir nous débrouiller tout seuls ?

Evadine esquissa un large sourire avant de se diriger vers l'escalier.

—Je ferais bien d'aller enfiler mon armure, dit-elle. Je crois qu'aujourd'hui il va falloir que je mette mon épée au service de notre défense. À moins que vous y voyiez une objection, mon bon capitaine.

Chapitre 16

Le duc Roulgarth n'attendit guère plus qu'une heure après le lever du soleil pour lancer son attaque. Une unique note de trompette monta de l'endroit où se dressait la bannière ducale avant d'être aussitôt reprise par d'autres instruments. Le son strident résonna bientôt tout autour du château de Walvern et les cohortes de l'armée qui nous assiégeait s'élancèrent au pas de course.

Observant l'assaut depuis le sommet de la porterie, j'aperçus plusieurs dizaines de chevaliers en armure parmi les roturiers qui portaient les échelles, signe que les nobles n'avaient pas reçu de dispense pour cette bataille. Dans un premier temps, l'opération ne se passa pas très bien. Les Alundiens avaient abandonné leurs grands pavois et chargeaient droit vers nos murs. En conséquence, bon nombre d'entre eux furent fauchés par le blizzard de carreaux et de flèches récupérés après la bataille de la veille avant de pouvoir descendre leurs échelles dans le fossé. Et, quand ils les dressèrent contre les remparts, nous appliquâmes notre tactique habituelle : tuer le premier, puis jeter son corps sur ses camarades. De nombreux cadavres s'abattirent tandis que les échelles étaient repoussées les unes après les autres et les soldats qui se pressaient dans le fossé furent criblés de projectiles. L'affrontement dura près d'une heure et aucun ennemi ne réussit à poser le pied au sommet de nos murailles. Nous fûmes durement éprouvés, car nous devions être partout à la fois, mais il en allait de même pour les Alundiens et ils ne pouvaient grimper aux échelles qu'un par un.

Malgré nos victoires et les terribles pertes que nous infligeâmes à l'ennemi, je ne me faisais aucune illusion. Les attaques répétées contre nos murs étaient repoussées, mais le duc Oberharth n'avait pas encore envoyé l'élite de ses troupes à l'assaut de la brèche. Contraint de déployer nos hommes sur l'intégralité des remparts extérieurs, je n'avais laissé qu'un modeste détachement d'arbalétriers sur cette portion des murailles. Ils n'étaient pas nombreux, mais ils disposaient de nos dernières réserves de poix et d'une grande quantité de gravats et de carreaux. Cela leur permettrait de faire des ravages dans les rangs ennemis, mais ce ne serait pas le carnage de la veille.

Je restai au sommet de la porterie pendant la plus grande partie de la bataille, osant parfois jeter un rapide coup d'œil en direction des soldats ducaux qui attendaient en formation devant la brèche. Les archers vergundiens et les arbalétriers alundiens étaient dispersés, mais ils n'avaient rien perdu de leur habileté et je dus m'abriter derrière un merlon à plusieurs reprises. Ma surveillance intermittente me permit de remarquer que la bannière du duc flottait à l'arrière de la formation de soldats, signe qu'il avait décidé de prendre les mêmes risques qu'eux aujourd'hui. Les insultes et les défis lancés par nos hommes avaient dû atteindre ses oreilles et froisser sa fierté. Il ne voulait pas s'abaisser à affronter Evadine en combat singulier, mais il était prêt à risquer sa vie en participant à une charge périlleuse. C'était un acte courageux, un acte digne de mon admiration, mais pas de ma pitié.

Je longeai les créneaux en restant baissé pour me rendre auprès du sergent qui commandait le détachement d'arbalétriers défendant la brèche.

— Le duc en personne va participer à la charge, lui dis-je. Un type grand et costaud qui porte une belle armure. Ne manquez pas ce fils de pute.

Le sergent, un ancien demandeur d'asile de Callintor, s'appelait Prader. C'était un homme laid avec un visage étroit, de petits yeux et des dents pointues qui apparurent lorsqu'il esquissa un demi-sourire.

— On aura une récompense si on plante votre seigneur, capitaine ? demanda-t-il.

— La bénédiction de la dame, répondis-je. (Je me penchai un peu plus près et poursuivis dans un murmure.) Et un souverain d'argent de ma poche pour celui qui m'apportera sa tête. (À cet instant, des trompettes sonnèrent devant les remparts, et je serrai l'épaule de Prader à travers sa cotte de mailles.) Si ce noble trou-du-cul se fait tuer, la bataille s'arrêtera. N'oubliez pas ça.

Le sourire du sergent s'élargit et il se frappa le front du poing tandis que je pivotais sur les talons et me dirigeais vers l'escalier.

—Garde à vous! lançai-je en posant le pied dans la cour. (Les deux détachements postés devant moi obéirent aussitôt.) Ils arrivent. Et ils viennent avec leur cher duc. Je compte sur vous pour lui réserver un accueil chaleureux, d'accord?

Je les laissai s'esclaffer pendant un instant avant de leur faire prendre la même formation en croissant que la veille. Puis je me dirigeai vers Wilhum.

—Ça ne va pas se passer comme hier, lui dis-je. (Je dus presque crier pour couvrir les échos de la bataille.) Nous tiendrons la position un moment, nous ferons autant de dégâts que possible, mais nous devrons nous replier vers le donjon tôt ou tard. Et plus tôt que tard.

J'adressai un signe à Evadine qui se tenait près de l'enclos de barrières de cordes qui faisait office d'écurie. La Veuve était à côté d'elle.

—Quand l'ordre de repli viendra, ce sera à la garde de la conduire dans le donjon. Par la force s'il le faut.

Wilhum jeta un coup d'œil en direction d'Evadine, se prépara à hocher la tête et se figea, yeux écarquillés.

—Elle ne va pas recommencer…, souffla-t-il.

Je me tournai et vis Evadine qui sortait Ulstan de l'enclos. Le destrier était sellé et portait un épais caparaçon clouté qui le couvrait de l'encolure à la croupe. Avant que Wilhum et moi puissions réagir, Evadine l'enfourcha et le guida vers le pont-levis.

—Ma dame…, commençai-je en me jetant devant sa monture.

—Ne vous inquiétez pas, capitaine, me coupa-t-elle en serrant la sangle de son casque. Je peux vous assurer que je sais ce que je fais.

—Le duc…

Je bafouillai. Une peur et une confusion grandissantes m'empêchaient de faire des phrases cohérentes.

—La brèche…

—Alwyn, dit Evadine en me toisant avec une impatience agacée. Vous m'avez fait suffisamment confiance pour me suivre jusqu'ici. Alors, faites-moi confiance quand je vous dis que je vais me contenter de faire une petite sortie et de châtier le duc d'Alundia comme il le mérite. (Elle redressa son casque et prit les rênes de sa monture avant de nous adresser un large sourire.) Je serais honorée de vous avoir à mes côtés.

Elle tourna la tête vers les hommes chargés d'actionner le treuil et lança un ordre strident.

—Abaissez le pont-levis!

—Attendez! cria Wilhum en tendant la main vers les soldats. Evie, c'est de la folie…

Il continua à vitupérer, mais elle l'ignora. Ses yeux étaient rivés sur les hommes qui entouraient le treuil. Ne sachant que faire, les malheureux se tournèrent vers moi.

—Capitaine? demanda le chef de poste, un solide gaillard.

Sa voix était empreinte d'une peur qui se reflétait sur le visage de tous les soldats qui assistaient à la scène. Tous se posaient la même question que moi: la Dame Consacrée avait-elle décidé d'endurer un second martyre? Mais ce fut l'assurance sereine qui se lisait sur les traits d'Evadine qui me frappa. L'assurance qu'elle avait affichée avant la bataille du Champ des Traîtres, pas la gravité de mauvais augure qui avait précédé la catastrophe d'Olversahl. Elle n'avait pas l'intention de mourir aujourd'hui.

—Vous avez entendu l'ordre de la dame! aboyai-je en m'écartant du chemin d'Ulstan. Abaissez le pont-levis!

Les protestations sonores de Wilhum furent noyées par le cliquetis des chaînes et le choc sourd du pont-levis frappant le sol. Evadine prit le temps de m'adresser un sourire chaleureux, puis éperonnera sa monture et s'élança au galop. Ulstan franchit la porte du château et fit trembler les planches du pont-levis avant de s'engager sur la plaine. Evadine le fit tourner sur la gauche et disparut derrière les remparts. La Veuve la suivit sans un instant d'hésitation, me laissant seul avec Wilhum qui s'efforçait à grand-peine de contenir sa rage et sa stupéfaction. Il était tellement furieux que je fus surpris quand, au lieu de me frapper, il se composa un masque sévère, puis s'élança vers sa monture en ordonnant aux gardes de l'imiter.

—En ligne de marche! lançai-je en retournant auprès des troupes stationnées dans la cour. Cinq de front! Les hallebardiers devant! Les piquiers derrière et les nettoyeurs au troisième rang! Bougez-vous le cul!

J'assenai un coup de pied à un piquier hésitant pour l'inviter à se presser. Il n'était pas le seul à être confus. La plupart de ses camarades étaient figés, bouche ouverte, mais mon geste suffit à les rappeler à la réalité et une étroite colonne se forma devant la brèche. J'en pris la tête, puis je dégainai mon épée et me redressai pour jeter un coup d'œil par-dessus l'impressionnante pile de cadavres qui se dressait à l'entrée du passage. Les Alundiens changeaient de formation pour affronter une menace que je ne voyais pas, mais qu'il n'était pas très difficile d'imaginer. Je jetai un coup d'œil en direction des portes du château et vis Wilhum franchir le pont-levis à la tête de la Garde Montée. Ils chevauchaient au triple galop et il ne leur faudrait pas plus d'une minute pour arriver au contact et se lancer dans la bataille qui avait éclaté sur le flanc de la formation alundienne.

—Dès qu'on sera dehors, les hallebardiers me suivront en direction de la bannière ducale! criai-je à mes troupes. Les piquiers et les nettoyeurs se scinderont en deux groupes, un qui ira vers la gauche, l'autre vers la droite pour attaquer leurs flancs.

Je n'aimais pas beaucoup faire des discours pour motiver les gens. Je trouvais cela embarrassant, même dans la situation présente, mais je n'avais pas le choix. Aujourd'hui encore, je serais bien incapable de dire d'où vinrent les paroles que je prononçai ensuite. Elles jaillirent de mes lèvres sans que j'aie le temps d'y réfléchir. Si j'avais imaginé combien de fois je les entendrais par la suite, et dans quelles circonstances, je les aurais sans doute gardées pour moi.

—Nous vivons pour la dame! criai-je en pointant mon épée vers le ciel. Nous nous battons pour la dame! Nous mourons pour la dame!

La réponse des soldats fut immédiate. Ils reprirent mes mots d'une seule voix, comme s'ils avaient répété pendant des jours d'affilée.

—Nous vivons pour la dame! Nous nous battons pour la dame! Nous mourons pour la dame!

Je me tournai et m'élançai dans la brèche en escaladant le monceau de cadavres alundiens. J'adressai des remerciements silencieux aux Séraphiles, car le vacarme de la bataille étouffa les craquements des os et les bruits humides de la chair lorsque mes solerets s'enfoncèrent dans ce tapis pestilentiel. J'émergeai de la brèche, franchis avec prudence le pont fait des rochers que les Alundiens avaient jetés dans le fossé et arrivai au contact d'une dizaine de soldats ennemis. Ils me prêtèrent à peine attention, car ils observaient avec fascination le spectacle qui se déroulait derrière eux. Je ne vis pas grand-chose à travers la forêt de lances ondulantes, mais j'entraperçus la silhouette d'Evadine sur son destrier. Ulstan se cabrait et frappait avec ses sabots tandis que sa cavalière abattait son épée sur un rempart de soldats en armure. La Garde Montée chargea à ce moment-là et le fracas de la bataille retentit encore plus fort. Une trompette cracha une note stridente pour ordonner un ralliement autour de la bannière ducale qui se dressait au centre des troupes alundiennes. Les soldats qui se trouvaient devant moi levèrent leurs hallebardes et se dépêchèrent de répondre à l'appel. Ils auraient mieux fait de regarder derrière eux.

Le premier s'effondra sans comprendre ce qui lui arrivait – une mort enviable, à mon humble avis. La pointe de mon épée plongea entre la base de son casque et le sommet de sa cuirasse et s'enfonça assez profond pour sectionner la colonne vertébrale avant que je la libère d'un geste sec. Son camarade le plus proche eut le temps de tourner la tête et ma lame s'écrasa contre son visage qui n'était pas protégé par une visière. J'en tuai un troisième avant que les hallebardiers de la compagnie me rejoignent et s'enfoncent dans les rangs désorganisés des Alundiens en semant la mort et la confusion.

— Vers la bannière ! hurlai-je en pointant mon arme vers l'ours noir qui claquait au-dessus du pandémonium de la bataille. En avant !

Je regardai sur les côtés pour m'assurer que les piquiers et les nettoyeurs suivaient mes ordres et poussai un grognement de satisfaction en les voyant se déployer et partir à l'attaque des flancs alundiens. Puis le flot de la bataille m'entraîna au cœur de la mêlée et il n'y eut plus rien d'autre que le chaos. Comme sur le Champ des Traîtres, le temps se transforma en substance malléable. Des scènes insoutenables – le fer d'une hallebarde s'enfonçant dans la bouche d'un soldat alundien, une lame transperçant la nuque d'un autre – s'enchaînaient en une fraction de seconde alors que d'autres semblaient durer une éternité. La mort d'un chevalier contraint, comme ses pairs, de combattre aux côtés de roturiers fut particulièrement atroce. Il eut à peine le temps de donner un coup de massue avant que quatre hallebardiers – à qui on avait montré les points faibles des armures – l'embrochent. Derrière lui, les autres chevaliers resserrèrent les rangs, créant un rempart qui l'empêcha de tomber lorsque les hallebardiers avancèrent. Il ne mourut pas tout de suite. Il fut soulevé au-dessus de la mêlée tandis qu'un lent flot de sang coulait de sa visière.

J'eus l'impression que je me battais depuis plus d'une heure, mais Prader, qui observait les combats depuis les remparts, me raconta plus tard que la bataille n'avait pas excédé dix minutes. Lorsque nous réussîmes à ouvrir une brèche dans les rangs ennemis, je reculai pour assister aux derniers instants du duc. Je vis Evadine se frayer un chemin à travers l'arrière-garde de l'armée alundienne en abattant son épée sans relâche et en piétinant les cadavres. Je vis le duc et sa garde rapprochée monter à cheval et charger en direction de la Dame Consacrée au lieu d'emprunter la large trouée qui leur aurait permis de s'échapper.

Tout fut réglé en un instant. Le duc et la dame se précipitèrent l'un vers l'autre et, lorsqu'ils se rencontrèrent, elle le tua d'un seul coup. Je fus peut-être victime de mon imagination débridée, mais je crus entendre la lame frapper le casque dans un son de cloche. La tête d'Oberharth s'inclina brusquement sur le côté et je compris qu'il était mort avant même qu'il glisse de selle.

La nouvelle se propagea à travers les rangs alundiens avec cette rapidité propre aux champs de bataille. Pour un soldat affrontant d'autres soldats, sentir un brusque revers de fortune peut faire la différence entre la vie et la mort. De nombreux Alundiens tournèrent la tête et découvrirent que la bannière ducale ne flottait plus au vent. Le moral de ceux qui essayaient de s'emparer de la brèche vacilla et des cris de désespoir retentirent. Voyant une dizaine d'entre eux hésiter et faire un premier pas en arrière, je lançai de nouvelles exhortations en contractant les muscles de mes bras et en frappant tous les ennemis qui passaient à ma portée.

En général, les déroutes sont comparables à des avalanches. L'instinct de survie est prompt à balayer l'artifice du courage et la soif de gloire quand la défaite devient inéluctable. Et cette journée ne fit pas exception à la règle. Il n'y eut pas de sonnerie de trompette pour commander la retraite, mais tous les Alundiens tournèrent les talons au même moment. Le soldat que j'essayai de faire tomber par terre lâcha sa hallebarde, pivota et se fraya un chemin vers l'arrière. Ses camarades l'imitèrent et les rangs ennemis se désagrégèrent en quelques instants. Quelques entêtés refusèrent de bouger et furent taillés en pièces par les hommes de notre compagnie qui poursuivaient leur progression. Devant la brèche du mur oriental, la plaine se vida tandis que les Alundiens s'enfuyaient vers les collines en laissant derrière eux un tapis de cadavres… et une poignée de chevaliers. Ils étaient six. Ils avaient mis pied à terre et formé un cercle approximatif. Ils pointaient leurs armes vers Evadine et les gardes qui approchaient. Une large silhouette gisait au centre de leur groupe et je sus tout de suite de qui il s'agissait.

—Halte! criai-je en voyant plusieurs de mes hommes s'élancer à la poursuite des fuyards. Reformez les rangs! Formation classique!

Ils se rassemblèrent et je leur ordonnai d'encercler les chevaliers avec les membres de la Garde Montée.

—Attendez! lança Evadine.

Elle fit trotter Ulstan vers les nobles, l'épée rengainée et les mains levées. La cavalière et sa monture semblaient avoir traversé une mare de boue et de sang, mais une compassion sincère illuminait le visage de la jeune femme malgré son masque crasseux.

—Il y a eu assez de morts pour aujourd'hui, déclara-t-elle. Je vous en conjure, rendez-vous et vivez en paix.

—Arrière, catin hérétique! répliqua un chevalier trapu. (Il ne portait pas de heaume et son visage lourd et barbu exprimait un curieux mélange de colère et d'angoisse.) Épargnez-nous vos mensonges avilissants! Nous savons bien que votre cœur est plein de ténèbres!

Je m'étais attendu à trouver le seigneur Roulgarth parmi ces irréductibles, mais on lui avait sans doute confié le commandement des troupes qui avaient attaqué les remparts. Je tournai la tête et vis que des combats faiblissaient sur les chemins de ronde. Les Alundiens massés au pied de leurs échelles regardaient tous dans notre direction. Je savais qu'il ne s'écoulerait que quelques instants avant que les officiers interviennent et leur ordonnent de repartir à l'attaque. Or le pont-levis était abaissé et il n'y avait plus que les arbalétriers pour défendre la brèche.

—Nous devons nous dépêcher, dis-je en approchant d'Evadine. (Elle continua à regarder les nobles récalcitrants et j'ajoutai d'une voix dure:) Ma dame!

La brute barbue avait compris et laissa échapper un ricanement de joie impatiente.

—Regardez donc, catin! beugla-t-il en pointant le doigt vers la horde alundienne qui se reformait déjà. Regardez le funeste destin que vous avez conjuré par ce vil assassinat!

—Votre duc a été tué au cours d'un combat loyal sur le champ de bataille, rectifia Evadine.

Mais ses paroles furent étouffées par les nobles qui crachèrent un torrent d'injures et de cris de défi inarticulés en agitant leurs armes pour nous inviter à approcher. Le comportement d'hommes qui n'attendaient rien d'autre que la mort.

Je fis un pas en avant et posai la main sur le gantelet d'Evadine.

—Tuez-les ou épargnez-les, sifflai-je. Mais décidez-vous maintenant.

Elle baissa la tête et me regarda d'un air triste.

—J'aurais voulu que cela se passe autrement, Alwyn, souffla-t-elle. Parfois, je peux changer le cours des événements. Parfois, des gens le changent à ma place. Comme vous l'avez fait à Olversahl.

Elle soupira et tourna la tête. Pas pour regarder les chevaliers, mais la plaine au-delà.

—Mais aujourd'hui, j'ai l'impression que rien ni personne ne peut le changer.

Je suivis son regard. Je ne distinguai d'abord qu'une étendue herbeuse couverte de givre et encadrée par de lointaines collines. Puis j'aperçus un éclat coloré entre deux éminences. Et puis d'autres.

Des bannières.

Et je compris tout de suite à qui elles appartenaient. Toute la puissance militaire d'Alundia était déjà rassemblée autour du château de Walvern pour écraser l'étrangère hérétique qui affirmait être une Martyre Ressuscitée, et ce n'étaient donc pas des renforts qui approchaient.

Le fracas de chevaux lancés au galop fit trembler le sol tandis que de nouvelles bannières se dressaient au loin. Les premiers chevaliers apparurent quelques secondes plus tard. Une avant-garde d'au moins cinq cents hommes conduite par une silhouette familière qui chevauchait sous un étendard frappé d'une flamme rouge.

—Rendez-vous! cria Evadine aux chevaliers alundiens d'une voix implorante. Je vous en prie. Je vous en supplie.

Mais il était impossible de sauver des nobles à ce point possédés par la notion d'honneur. Ils n'avaient pas pu protéger leur seigneur de la lame d'une fausse martyre et ils étaient incapables de supporter une telle humiliation. La brute barbue – dont je n'ai jamais réussi à découvrir le nom malgré des années de recherches – leva son épée, poussa un cri guttural et s'élança vers Evadine. Ses compagnons l'imitèrent aussitôt et le petit groupe parcourut une dizaine de mètres avant que Wilhum lance un ordre aux membres de la Garde Montée. Le massacre fut bref, mais total. Wilhum tua le chevalier barbu d'un seul coup d'épée. Les autres connurent le même sort ou furent piétinés par des chevaux.

Je détournai les yeux, car j'avais vu bien assez de cadavres depuis le début de la matinée. Et la journée était loin d'être terminée. Sur notre droite, l'avant-garde menée par Sir Ehlbert Bauldry chargea en direction des murailles méridionales pour semer la mort dans les rangs désorganisés des Alundiens. Un détachement plus important brandissant la bannière de la Compagnie de la Couronne fila vers les murs septentrionaux pour faire de même. Je jetai un coup d'œil en direction de la plaine et vis une interminable ligne de fantassins qui avançait en formation. Sur leur droite, une masse humaine désorganisée s'élança au pas de course et, tandis qu'elle se rapprochait, je m'aperçus qu'il s'agissait de civils armés de haches, de fourches ou de longues branches dont l'extrémité avait été taillée en pointe. Il y avait autant d'hommes que de femmes et ils étaient de tous âges, mais les anciens étaient particulièrement nombreux. Ils étaient conduits par les deux membres de la Garde Montée que nous avions postés sur l'autre rive du fleuve pour recevoir les signaux lumineux envoyés depuis le sommet du donjon. Compte tenu du nombre de manants qui avaient répondu à l'appel de la Dame Consacrée, on pouvait considérer que leur mission était un succès.

Ils passèrent autour de nous comme les eaux d'un torrent furieux, hurlant leur enthousiasme et leur dévotion ou poussant les cris inarticulés de ceux qui ont succombé à la folie de la bataille. J'estimai leur nombre à plus de huit mille. À en juger par leur maigreur et par leurs vêtements sales, je compris qu'ils appartenaient aux classes les plus basses de la société. Des déplacés, des mendiants, des orphelins… Tels étaient ceux qui étaient venus sauver la Dame Consacrée. Les nombreuses histoires qui ont été écrites à propos de la Croisade des Gueux, ainsi qu'on la baptisa plus tard, ne mentionnent pas le fait qu'elle aurait sans doute été anéantie si elle avait attaqué l'armée alundienne sans l'appui des troupes royales. Les promoteurs de la légende de la Martyre Ressuscitée cherchent à faire croire que les roturiers triomphèrent des Alundiens sans aucune aide, obligeant le seigneur Roulgarth à s'enfuir avec quelques centaines de cavaliers.

En vérité, ces pieux manants souffrirent terriblement ce jour-là. Des dizaines d'entre eux furent fauchés par les flèches vergundiennes avant même d'atteindre les rangs des conscrits sous serment qui se reformaient. Et qui en tuèrent bien plus encore. Il faut cependant reconnaître que la Croisade des Gueux concentra l'attention des Alundiens et permit ainsi aux fantassins de la Couronne d'approcher. Confrontés à une vague furieuse de fanatiques, les conscrits furent incapables de manœuvrer pour faire face à la charge de la Compagnie de la Couronne qui enfonça leur flanc et leurs arrières. Les soldats ducaux arrivèrent peu après et scellèrent définitivement le sort de la bataille.

Moins d'une heure après la mort du duc Oberharth, ses soldats jonchaient la plaine ou s'enfuyaient à toutes jambes vers les collines orientales. Les manants qui n'avaient pas été tués ou mutilés se mirent alors en quête de l'objet de leur dévotion. Evadine m'avait ordonné de rassembler la compagnie et d'attaquer ce qu'il restait de l'aile droite de l'armée alundienne. La ligne ennemie se désintégra avant même que nous arrivions au contact et nous nous retrouvâmes au milieu des débris, des cadavres et des blessés qui parsemaient la plaine. Le Champ des Traîtres ne m'avait pas immunisé contre ce genre de spectacle et la nausée m'envahit tandis que ma migraine se réveillait. Mon malaise empira lorsque j'observai la foule de plus en plus nombreuse des manants. Bon nombre d'entre eux plaquaient une main sur une plaie ou avaient le visage maculé de sang. Certains se traînaient vers la Dame Consacrée alors qu'ils étaient horriblement blessés.

Evadine les accueillit avec la douceur et la chaleur qui caractérisaient ses sermons. Droite sur sa selle, elle leva les bras tandis que la foule se rassemblait autour d'elle en une masse compacte. Tous tombèrent à genoux lorsqu'elle ouvrit la bouche pour parler.

—Aujourd'hui, vous m'avez bénie, déclara-t-elle. Aujourd'hui, vous avez bu sans retenue la grâce des Séraphiles, car jamais il n'y a eu exemple plus éclatant du courage des Martyrs!

Je m'éclipsai, ordonnai qu'on s'occupe des blessés et me dirigeai vers le château avec la ferme intention d'avaler autant d'élixir antimigraineux que j'en serais capable. Avec un peu de chance, cela me permettrait de sombrer dans un délicieux néant pendant plusieurs heures. Un homme en armure se trouvait sur mon chemin et j'essayai d'écarter l'importun avec un grognement agacé. En vain. C'était comme vouloir pousser une falaise de granit, une falaise qui gloussa avec bonne humeur tandis que je serrai le poing dans mon gantelet en me préparant à le frapper.

—Vous ne vous êtes pas assez battu au cours de la journée? demanda une voix grave et bien timbrée.

Mon regard glissa sur la flamme en bronze qui ornait sa cuirasse, puis remonta vers un visage que je n'avais jamais aperçu que de loin. Sir Ehlbert Bauldry avait des cheveux noirs coupés court sur les tempes et la nuque—ce qui n'avait rien d'étonnant pour un chevalier. Son visage rasé de près ne présentait aucune cicatrice, mais était un peu trop massif pour qu'on le qualifie d'élégant. Il semblait être fait de marbre clair plutôt que de chair et d'os, mais son sourire lumineux était—pour autant que je pus en juger—chaleureux et sincère. Je réalisai alors que cet homme était un être humain. Un être humain qui me dépassait d'une tête et qui était bien plus costaud que moi.

Le bon sens aurait voulu que je marmonne des excuses et que je m'incline avant de poursuivre mon chemin, mais ce jour-là—entre autres—le bon sens me fit défaut. Je me tenais à un pas d'un des plus redoutables guerriers du royaume, mais je ne ressentis aucune peur. Pire encore: ma migraine invoqua d'horribles souvenirs de Moulin des Mousses, des corps ensanglantés et martyrisés de mes anciens compagnons. Ce massacre avait été perpétré sous le commandement de cet homme et, si certaines victimes avaient bien mérité leur sort, ce n'était pas le cas de toutes. Et surtout pas des enfants.

Je regardai donc Sir Ehlbert dans les yeux, partagé entre une terrible fatigue et les élancements insistants de la migraine.

—Dégagez.

Une ride d'amusement et de surprise plissa le front de Sir Ehlbert pendant une fraction de seconde, puis il éclata de rire. Son gantelet s'abattit sur ma spalière et il me secoua avec bonne humeur.

—On m'avait bien dit que le scribe de la Compagnie de l'Alliance était mal embouché !

Des éclats de rire montèrent de la dizaine de soldats de la Couronne qui se tenait derrière lui et je sentis à quel point j'étais vulnérable. Les relations entre la Compagnie de l'Alliance et celle de la Couronne étaient loin d'être amicales. Des soldats du roi avaient essayé de me pendre et je n'avais aucun camarade dans les environs.

—Je suis capitaine maintenant, dis-je au champion du roi.

J'avais parlé avec une certaine autorité, mais je doutais que cela dissuade le chevalier et ses camarades de me faire passer un mauvais quart d'heure si l'envie leur en prenait. Cela valait quand même la peine d'essayer.

—Vraiment ? (Sir Ehlbert haussa les sourcils.) Eh bien ! dans ce cas, veuillez accepter mes félicitations, mon bon seigneur. Et permettez-moi également de vous féliciter pour votre brillante manœuvre. (Il hocha la tête en direction du tapis des cadavres qui entouraient celui du duc Oberharth.) Il n'a pas dû être facile de l'appliquer.

—C'est l'œuvre de ma dame. (Je me forçai à esquisser un sombre sourire.) Les Séraphiles lui ont envoyé une vision, voyez-vous.

Cette déclaration doucha la bonne humeur du chevalier et son sourire se crispa légèrement. Il se tourna en gardant la main sur mon épaule, m'obligeant ainsi à l'imiter.

—Capitaine, dit-il. (Il fit un geste en direction d'un groupe de cavaliers qui se tenait une trentaine de mètres plus loin.) Si vous voulez bien me faire l'amabilité.

Je n'avais pas le choix. Je ne pouvais pas refuser d'aller saluer la princesse et je le suivis donc en essayant de réfléchir entre deux élancements migraineux.

Où est le roi ? me demandai-je. *Et d'où sort son armée ?*

226

Sihlda m'avait jadis expliqué qu'il était facile de se poser des questions, mais difficile d'y répondre et, à cet instant, entre la migraine qui martelait mon crâne et les horreurs auxquelles je venais d'assister, je ne trouvais aucune réponse.

Lorsque nous nous présentâmes devant elle, la princesse avait mis pied à terre non loin de l'endroit où le duc Oberharth avait été tué. Ses gardes et ses courtisans la suivaient à distance respectueuse tandis qu'elle cheminait entre les cadavres dont certains avaient déjà été détroussés par des soldats et des manants avides de butin. Elle s'arrêta devant le corps du duc et le contempla un moment. Son casque avait disparu. Il se trouvait sans doute dans la besace d'un homme de troupe avec sa cuirasse et ses armes.

—Quel horrible gâchis, lâcha-t-elle.

Elle m'accorda un bref regard tandis que j'approchai et posai un genou à terre. Elle portait un étrange mélange de beaux habits et de pièces d'armure : une cuirasse parsemée de filigranes topaze et ornée d'une gravure dorée reproduisant le blason des Algathinet, une épée d'apparat qui se balançait à sa ceinture et une robe aux reflets sombres taillée dans une soie pourpre brodée de fil de cuivre. Cet attirail était aussi clinquant qu'inutile, mais son prix aurait sans doute suffi à nourrir la compagnie pendant un mois. Voire davantage. Une simple dague pourrait transpercer sa cuirasse et j'étais prêt à parier que la princesse n'avait jamais tiré l'épée de son fourreau.

Elle me fit signe de me lever et se tourna vers Oberharth. Il n'y avait pas la moindre trace de sang sur son corps, mais l'angle de sa tête indiquait clairement la cause de son trépas : le coup d'épée d'Evadine lui avait brisé la nuque. Son cœur avait sans doute cessé de battre lorsqu'il était tombé de cheval. Comme souvent, la mort avait privé son visage de toute expression, de tout ce qui avait fait de lui un chef capable de mobiliser des milliers de personnes. Ses traits étaient flasques, son teint pâle et ses yeux vitreux.

—Il nous aurait été plus utile vivant, poursuivit Leannor. En le prenant comme otage, nous aurions pu nous assurer la loyauté de sa famille et des autres nobles. Mais je sais depuis longtemps qu'il est impossible de contrôler l'issue d'une guerre. C'est comme une tempête : vous affrontez tant bien que mal sa furie et vous vous satisfaites de ce qu'il reste quand le calme revient. (Elle inclina la tête et observa son visage inexpressif.) Et dire qu'il vous suffisait de payer vos impôts, Oberharth. Regardez où vous a conduit la conjugaison de votre fierté déplacée et de votre attachement à une conception illusoire de l'honneur.

(Elle soupira, secoua la tête et se tourna vers moi.) Une combinaison ô combien toxique, maître Scribe, vous ne pensez pas?

—Il convient désormais de l'appeler capitaine Scribe, Votre Majesté, intervint Sir Ehlbert.

—Vraiment? (Leannor inclina légèrement la tête.) Félicitations. Avez-vous tué l'ancien capitaine afin d'obtenir cette promotion?

C'était une pique désinvolte, mais elle me permit d'apprendre quelque chose d'important.

Cette femme pense me connaître, mais elle se trompe.

—Le capitaine Legueux est à l'infirmerie du château. Il a été blessé pendant les combats, Votre Majesté, expliquai-je. Je lui rendrai sa charge dès qu'il sera sur pied, car je la trouve bien pesante.

—Pesante ou non, je suis convaincue qu'une bonne partie de cette victoire vous est due. (La princesse leva les mains pour englober la plaine jonchée de cadavres et une petite grimace de dégoût déforma son visage.) Ou bien est-ce là l'œuvre de la Dame Consacrée?

—Tout ce que fait la Compagnie de l'Alliance, elle le fait en son nom et sur son ordre.

—Quelle dévotion! (La princesse approcha et ses yeux se plissèrent tandis qu'elle m'examinait.) Je ne vois pourtant que de la souffrance sur votre visage. Rien de comparable avec celui de ces fous que nous avons rencontrés en chemin, n'est-ce pas, Sir Ehlbert? Ces milliers de personnes qui marchaient vers Alundia par pieuse conviction. Malheureusement, beaucoup se sont laissé aveugler par leur foi et ont répondu à l'appel de la Dame Consacrée en oubliant d'emporter vivres et vêtements chauds. Nous avons fait de notre mieux pour les aider, mais nous n'avions pas prévu qu'il nous faudrait nourrir tant de bouches supplémentaires au cours de notre marche. La marche que mon frère vous a solennellement promis d'entreprendre, comme vous vous en souvenez. La route vers la frontière alundienne est désormais bordée de centaines de cadavres. Et il y en a bien davantage ici, j'imagine.

Je ne répondis pas tout de suite. Je pris le temps de regarder ostensiblement sur ma gauche, puis sur ma droite.

—Le roi n'est pas parmi nous, Votre Majesté? Je suis sûr que ma dame est impatiente de le saluer.

—Le roi est là où il doit être, répondit la princesse sans aucune amertume. À la cour, pour gouverner le royaume. Je suis honorée qu'il m'ait jugée digne de mener cette campagne. (Elle s'éloigna du corps du duc et se dirigea vers son cheval.) Je suppose que vous n'êtes pas parvenu à capturer le seigneur Roulgarth? Nous ne l'avons pas trouvé.

—Je pense qu'il s'est enfui. À supposer qu'il ait une once de bon sens.

—Tant pis.

Leannor enfourcha sa superbe jument tandis qu'un courtisan tenait les rênes. Contrairement à Sombresabot, c'était un animal d'un blanc d'albâtre de la pointe du museau à l'extrémité de la queue. Son poil luisait au soleil et ma migraine empira lorsque je le regardai en plissant les yeux.

—C'est sans importance, reprit la princesse en s'asseyant sur sa selle. Je suis sûre que nous le trouverons à Haudesahl. En compagnie de la bonne duchesse et de sa marmaille. Le roi a l'intention de lui permettre de garder le duché et de la laisser gouverner jusqu'à ce que l'aîné de ses fils soit en âge de la remplacer. Le père de dame Celynne ne verrait pas d'un très bon œil qu'on la dépose et le roi lui conserve une certaine affection.

—Et si elle refuse de se soumettre? demandai-je. (Ma question arracha un froncement de sourcils à la princesse.) J'ai entendu dire que Haudesahl était pratiquement imprenable.

—Aucune cité n'est imprenable, capitaine Scribe. Surtout quand on dispose de personnes compétentes.

Elle tourna la tête et désigna un membre de sa suite, un homme filiforme avec des cheveux gris qui montait un poney trapu. Avec son justaucorps en cuir et ses vêtements grossiers, il ne semblait pas vraiment à sa place au milieu des courtisans. Et ce fut encore pire quand il prit la parole.

—Votre Majesté, dit-il avec un accent alundien à couper au couteau.

Il inclina la tête avec une servilité qui contrastait avec ses traits durs et figés.

—Capitaine, puis-je vous présenter maître Aurent Vassier? dit Leannor. L'ingénieur le plus brillant de tout le royaume. Il a bâti des ponts, des maisons, des grues et toutes sortes de choses merveilleuses et nouvelles. N'est-ce pas, maître Vassier?

L'homme aux cheveux gris s'inclina de nouveau et son visage tressaillit tandis qu'il s'efforçait de cacher ses émotions.

—Ma réputation est très exagérée, Votre Majesté. Mais il est vrai que je suis un bâtisseur.

—Oh! au diable votre modestie, Vassier. (Leannor rit, puis me regarda en haussant un sourcil.) Vassier est un génie. C'est le seul Alundien en mesure de construire des machines de guerre capables d'abattre les murailles de cette… (elle esquissa un sourire méprisant en tournant la tête vers le château de Walvern)… redoutable forteresse. Vous pensiez vraiment que ce sort vous avait été épargné par un coup de chance? (Elle fit approcher sa jument et se pencha vers moi avant de poursuivre à voix basse.) Maître Vassier a beaucoup d'ambition. En ce qui concerne son fils, du moins. L'hiver dernier, il l'a envoyé à Couravel afin qu'il reçoive une bonne éducation. Et récemment le roi s'est fait un plaisir de lui trouver les meilleurs précepteurs de la cité. Le bâtisseur s'est montré si reconnaissant qu'il a proposé de servir la Couronne plutôt que le duc.

Un rapide coup d'œil au visage granitique et sévère de Vassier m'apprit que sa présence ici n'avait rien à voir avec la gratitude.

—Une sage décision, déclarai-je. Au cours de ma vie de bandit, j'ai suivi un homme qui aurait sans nul doute approuvé ce choix. Cela dit, j'ai un peu de mal à croire qu'il n'y avait qu'une seule personne capable de construire des machines de guerre dans ce duché.

La princesse haussa ses fines épaules et se redressa sur sa selle.

—Il y en a *eu* d'autres. Rares sont les guerres qui se gagnent uniquement sur le champ de bataille.

Elle n'en dit pas davantage à ce sujet. Ce n'était d'ailleurs pas nécessaire.

Elle parle d'espions et d'assassins, songeai-je. *Et je suppose que son frère les a placés sous son autorité.*

Cette pensée m'amena bien entendu à me poser une question. Une question à laquelle je pensais déjà connaître la réponse.

—Je crois qu'il me faut signaler un petit problème que nous avons rencontré au cours de notre marche vers Alundia, Votre Majesté.

La princesse haussa un sourcil et me regarda avec une vague curiosité.

—Vraiment? Dites-moi, je vous en prie.

—Un groupe d'assassins a essayé de tuer dame Evadine. Ils ont échoué, bien entendu. (Je me penchai pour glisser une main dans la poche sous la grève gauche de mon armure.) Nous avons trouvé un certain nombre de ces choses en fouillant leurs corps.

Le souverain scintilla tandis que je le lançais à Leannor. Elle l'attrapa, l'examina en plissant les sourcils, puis me regarda avec un mépris cinglant.

— J'avais espéré que vous aviez une idée plus juste de la personne que je suis, capitaine.

Je savais que cette femme était une redoutable menteuse, mais il aurait également fallu qu'elle soit une excellente actrice pour feindre cette grimace offensée. Faire assassiner Evadine avant son arrivée au château de Walvern n'avait jamais fait partie de ses plans. Wilhum avait deviné juste en affirmant que cet endroit était un piège, mais ce piège n'avait pas été tendu à notre intention. Nous n'avions été que l'appât. Et le duc Oberharth, cet imbécile bouffi d'orgueil, était venu pour nous avaler tout crus. Le signal lumineux et la croisade des manants en haillons n'avaient pas été nécessaires. Leannor avait gardé son armée bien au nord de la frontière alundienne en attendant que ses espions viennent lui apprendre que le duc avait mobilisé l'intégralité de ses forces pour écraser la Dame Consacrée. Elle avait sans doute espéré qu'il nous vaincrait et tuerait Evadine avant son arrivée. Ce scénario aurait fourni une fin honorable à la Martyre Ressuscitée et conforté la légende des Algathinet en racontant comment ils avaient infligé un juste châtiment aux païens alundiens. La menace qu'Evadine représentait aux yeux de la Couronne aurait disparu et Alundia aurait été mis au pas après cette brillante campagne militaire. Cette journée n'était qu'une victoire partielle pour Leannor, mais une victoire tout de même.

— Je vous en prie, gardez-le, Votre Majesté, dis-je alors que la princesse s'apprêtait à me rendre le souverain.

— Je n'ai aucun besoin d'argent, répliqua-t-elle.

— Considérez-le comme un gage. (Je m'inclinai avec déférence, constatai que la migraine s'était apaisée et me demandai si agacer les gens n'avait pas des vertus thérapeutiques.) Un gage de ma profonde estime.

Un infime sourire passa sur les lèvres de la princesse tandis qu'elle faisait tourner la pièce entre ses doigts.

— Je suis prête à parier que l'ancien propriétaire de ce souverain est une personne riche en or, mais bien pauvre en malice, déclara-t-elle. Une personne qui connaît mal les coutumes en vigueur dans les franges les plus sombres de la société. Je pense également que cette tentative d'assassinat était un acte désespéré, mais… (Elle s'interrompit et rangea la pièce dans une poche.) Je suis certaine qu'un esprit aussi brillant que le vôtre est déjà arrivé à ces conclusions, n'est-ce pas ?

— Je n'avais fait que de simples hypothèses, Votre Majesté. Mais je vous remercie de les avoir confirmées.

La princesse renifla d'un air hautain et prit les rênes de sa jument.

—Ayez l'amabilité d'informer dame Evadine que le roi Tomas n'a plus besoin de ce château, lâcha-t-elle d'une voix autoritaire et hachée. Elle rassemblera donc sa compagnie et marchera avec nous vers Haudesahl où elle assistera à la reddition de dame Celynne Cohlsair en tant que représentante de l'Alliance. En reconnaissance du rôle joué par la Compagnie de l'Alliance dans la prompte résolution de cette crise, le roi Tomas décrète que toutes les pratiques hérétiques et non orthodoxes sont désormais prohibées sous peine de mort, dans ce duché comme dans tout le reste du royaume. (La princesse éperonna sa monture, qui partit au petit trot.) J'espère vous revoir à Haudesahl, capitaine. J'ai entendu dire que la ville abrite une superbe bibliothèque.

Deuxième partie

Nous autres, qui nous prétendons croyants, devons toujours nous méfier de la terrible folie qui nous pousse à accroître l'influence de l'Alliance par l'usage de la force. Un infidèle qui gît, mort, sur un champ de bataille ne peut pas s'ouvrir à l'exemple des Martyrs et aux grâces des Séraphiles. Et celui qui a levé l'épée pour le faire passer de vie à trépas aura bien du mal à franchir les Portails divins, car le meurtre souille l'âme pour l'éternité.

Extrait du *Testament du Prétendant Magnis Lochlain*, tel qu'il fut transcrit par Sir Alwyn Scribe

Chapitre 17

Les poutres de la machine grincèrent et les entrecroises métalliques gémirent tandis que la vingtaine de servants tirait sur les cordes pour ramener le grand bras en arrière. Comme chaque fois qu'un engin de guerre se préparait à lancer sa charge, plusieurs dizaines de flèches partirent des remparts de Haudesahl dans l'espoir illusoire de perturber la manœuvre. Elles s'écrasèrent sur le toit de l'abri en bois qui avait été érigé pour protéger les hommes qui s'occupaient de l'imposante machine. La distance était trop grande, mais les archers de la cité – parmi lesquels devaient se trouver un certain nombre de Vergundiens – ne manquaient jamais de tenter leur chance. Il arrivait que leurs traits frappent un de nos soldats, mais en règle générale les douze machines alignées devant les remparts orientaux de Haudesahl tiraient leurs projectiles en toute impunité.

Maître Vassier les avait disposées en deux groupes de six qui bombardaient deux segments très éloignés des murailles de chaque côté des portes principales de la cité. Depuis trois semaines, les engins tiraient sans discontinuer, sauf quand il neigeait ou que le vent soufflait trop fort. Leurs projectiles provenaient des nombreuses carrières de granit de la côte alundienne. Ils montaient avec une lenteur trompeuse sur deux cents mètres, atteignaient une hauteur inimaginable, puis entamaient leur descente et s'abattaient avec fracas sur les brèches de plus en plus profondes.

— Trop long ! lança maître Vassier depuis son poste d'observation dans l'abri de protection. Allégez le contrepoids d'un dixième.

Le groupe de paysans qui s'occupait de la machine se dépêcha d'ôter une partie des cailloux et des sacs de sable contenus dans le panier sur charnières fixé à l'extrémité basse du bras. Ils avaient acquis une certaine expérience et étaient désormais capables d'évaluer la charge qu'il fallait ajouter ou retirer. Une fois que ce fut chose faite, ils entreprirent de hisser un nouveau bloc de granit dans la fronde en cuir épais qui était attachée à la partie haute du bras.

Je m'approchai de Vassier et jetai un coup d'œil à travers la fente qui permettait d'observer les remparts de la cité. La vue était en partie occultée par des vestiges de brume matinale et la brèche qui se trouvait à droite des portes de la ville. Elle avait été formée quelques minutes plus tôt et un épais nuage de poussière l'entourait. Ce que je vis ne m'apprit pas grand-chose, mais Vassier avait plus d'expérience que moi dans ce domaine.

— Il est tombé à un pied de la base, grogna-t-il d'un air satisfait.

J'assurais la protection des machines depuis plusieurs semaines et j'avais remarqué qu'il accomplissait son devoir sans enthousiasme, mais il lui arrivait parfois de manifester une pointe de fierté professionnelle. La plaie suturée sur son front était presque cicatrisée, souvenir d'une visite nocturne qu'un groupe de soldats alundiens nous avait rendue un mois plus tôt.

Les machines étaient alors surveillées par une compagnie de Cordonniens, des ivrognes indisciplinés qui payaient régulièrement le prix de leur négligence. Certains se retrouvaient avec la gorge tranchée. Au cours de cette nuit-là, c'était des paysans qui nous avaient sauvé la mise, des hommes et des femmes qui, pour la plupart, avaient fait partie de la Croisade des Gueux et qui avaient décidé de participer à la campagne de la Dame Consacrée. Ils avaient sorti les outils qui leur servaient d'armes et avaient attaqué les Alundiens avant que ceux-ci aient le temps d'endommager trop gravement les machines. Une quinzaine de Cordonniens, plusieurs charpentiers spécialisés et une poignée de roturiers avaient été tués pendant les combats. Maître Vassier avait été une des cibles principales des assaillants, bien entendu. Un Alundien avait enfilé l'uniforme d'un Cordonnien qu'il avait égorgé et était parti à la recherche de la tente de l'ingénieur en profitant du chaos. Par chance, Vassier était aussi habile avec un fauchon qu'avec un fil à plomb et il avait résisté jusqu'à ce qu'un groupe de soldats de la Couronne arrive et taille l'assassin en pièces. Après ce regrettable incident, la princesse Leannor avait chargé la Compagnie de l'Alliance d'assurer la protection des machines. Puis elle avait fouetté le capitaine des Cordonniens avant de le démettre de ses fonctions et de le chasser honteusement.

—Encore combien de temps ? demandai-je à Vassier en le voyant tourner la tête et observer l'autre brèche.

—Trois jours pour celle de droite, quatre pour celle de gauche, répondit-il après avoir pris le temps de réfléchir. Mais… (Il haussa le menton d'un air entendu vers l'entrelacs chaotique de tranchées couvertes qui zébrait la plaine entre les machines et les remparts.) Les sapeurs m'ont dit qu'il leur faudrait encore trois semaines avant de pouvoir poser les charges.

—Les deux brèches ne suffiront pas ?

—Une cité n'est pas un château, capitaine. Vous ne vous emparerez pas de Haudesahl avec deux brèches seulement. Il faut détruire la porterie fortifiée et seuls les sapeurs sont en mesure de faire cela. (Ses yeux glissèrent vers moi.) Dites-le à la princesse.

—Vous surestimez mon importance, mon bon seigneur.

Il renifla d'un air méprisant et haussa la tête en direction des rouleaux de corde neuve disposés avec soin autour de la machine de siège.

—C'est vous qui nous avez obtenu ça, non ?

Ces cordes étaient, il faut bien le reconnaître, le fruit de mon intervention auprès de la princesse Leannor. Après avoir pris mes nouvelles fonctions, j'avais tout de suite remarqué que celles utilisées par les servants avaient été récupérées sur des navires de pêche. Elles empestaient après avoir trempé dans le sel et la tripaille de poisson pendant de longues années et elles étaient dangereusement usées. Elles se rompaient souvent à cause des tensions exercées et avaient déjà provoqué plusieurs accidents au cours desquels des rochers avaient glissé des frondes à un moment inopportun. Des hommes avaient eu des membres écrasés et il y avait même eu quelques morts. Au cours de notre marche vers le château de Walvern, j'avais fait la connaissance d'un marchand qui avait des entrepôts remplis de cordes qu'il ne parvenait pas à vendre à cause de la crise provoquée par la chute d'Olversahl l'année précédente. J'avais informé la princesse que cet homme était prêt à nous céder son stock à un prix très bas si elle lui promettait de lui prêter une oreille attentive le jour où il aurait besoin d'un service. Comme beaucoup de gens riches possédant une certaine expérience du monde qui s'étendait au-delà de la bulle privilégiée dans laquelle ils avaient grandi, la princesse était très… économe et toujours encline à marchander. J'avais proposé de me charger de l'affaire, mais elle avait préféré confier cette tâche à son clerc personnel.

— Nous avons besoin de votre épée ici, capitaine, m'avait-elle dit avec un sourire. Je serais une piètre générale si je laissais un de mes capitaines aller négocier des achats sur un coup de tête, vous ne croyez pas?

La résistance de Haudesahl assombrissait son humeur un peu plus chaque jour et ses piques manquaient cruellement de venin ces derniers temps. La Compagnie de l'Alliance avait quitté le château de Walvern, mais était encore en chemin quand la Compagnie de la Couronne était arrivée. Je n'avais donc pas assisté à la rencontre entre la princesse Leannor et la duchesse Celynne, mais de nombreuses rumeurs couraient à ce sujet.

La duchesse — désormais veuve — avait accueilli Leannor sous l'arche des portes principales de la cité en compagnie de ses capitaines et des notables de la ville. Puis elle avait écouté le page de la princesse lire la proclamation du roi — sans faire le moindre commentaire, au dire de tous. Elle avait écouté, le visage dur et impénétrable, la liste des amendements au traité entre Alundia et le royaume d'Albermaine. L'annonce de l'augmentation des taxes sur les importations de marchandises et de vin n'avait pas provoqué de réactions notables, pas plus que celle de la confiscation de la moitié des terres de la noblesse alundienne. Mais quand le page avait entamé la lecture de l'édit interdisant toute pratique non orthodoxe de la foi de l'Alliance, les compagnons de la duchesse n'avaient pas pu s'empêcher de réagir. Plusieurs nobles avaient porté la main à la poignée de leur épée tandis qu'un rugissement de colère montait de leurs gorges. La duchesse l'avait interrompu net et le silence était retombé. Le page avait lu les dernières conditions dont la plus importante était:

— « Dans son infinie compassion et magnanimité, le roi Tomas autorise dame Celynne Cohlsair à gouverner le duché d'Alundia en lieu et place de son fils jusqu'à ce que celui-ci atteigne sa majorité. »

Cet étonnant geste de générosité n'avait guère suscité plus qu'un haussement de sourcils de la part de la duchesse qui, dès que le page s'était tu, s'était avancée et avait pris la proclamation qu'il venait de lire. Elle l'avait parcourue pendant un moment, puis avait fait signe à un domestique portant une torche d'approcher et avait enflammé le document avant de se tourner et de regagner la cité. Sans un salut ni un mot pour la princesse Leannor. Le premier assaut contre Haudesahl avait été lancé le soir même.

Partant de l'hypothèse que la duchesse Celynne ne disposait pas de beaucoup de soldats, le seigneur Ehlbert avait attaqué la porterie fortifiée à la tête d'une Compagnie de la Couronne. Il était revenu après quinze minutes d'affrontement en ayant perdu la moitié de ses hommes. Cette défaite n'avait en rien terni la légende du seigneur Ehlbert, car il avait réussi à prendre pied sur les créneaux et à tuer, selon les différents comptes-rendus de la bataille, dix, vingt ou trente soldats ennemis. Au cours du rapport qu'il avait fait à la princesse Leannor, il avait déclaré que la cité était défendue par une garnison puissante, mais que son principal atout était sa population. Apparemment, tous les Alundiens et Alundiennes en âge de se battre avaient pris les armes pour repousser l'envahisseur. Et, après un mois de siège, ils ne semblaient pas plus enclins à se rendre qu'au premier jour. Et ce malgré les brèches que les engins de maître Vassier avaient pratiquées dans leurs murs.

—Nous devrions déplacer les trébuchets lorsque ces brèches seront assez larges, déclara Vassier. Et en ouvrir deux ou trois autres dans les murailles septentrionales et méridionales pendant que les sapeurs terminent leur travail.

—Je doute que nous ayons assez de troupes pour lancer des assauts sur quatre brèches en même temps, remarquai-je.

L'armée de la Couronne était importante, certes, mais ses effectifs baissaient depuis le début de l'hiver. Les fièvres et la dysenterie tuaient des soldats chaque semaine et les conscrits ducaux étaient prompts à déserter. En outre, le duc Roulgarth et son unité—pompeusement baptisée les Loups gris d'Alundia—harcelaient nos lignes de ravitaillement, ajoutant ainsi la famine à la longue liste de nos malheurs.

—La duchesse ne le sait pas, remarqua Vassier. S'il y a quatre brèches, elle devra diviser ses troupes pour les défendre. C'est souvent comme ça qu'on prend une ville assiégée, capitaine. C'est tout aussi efficace que les diversions et la force brute.

—Vous êtes impatient d'en finir, n'est-ce pas, maître Vassier ?

—Je suis surtout impatient de revoir ma famille. Et cela n'arrivera pas tant que cette ville ne sera pas tombée.

Il avait prononcé ces paroles avec une pointe caustique qui indiquait clairement que cette tâche lui déplaisait au plus haut point. Il s'efforçait de cacher son mécontentement avec soin, mais, pour une raison connue de lui seul, le maître ingénieur laissait parfois son masque glisser en ma présence. J'éprouvais une certaine compassion à son égard, d'autant que les Alundiens assiégés avaient appris qu'il s'était rangé dans le camp de la Couronne et qu'on avait essayé de l'assassiner au cours de l'attaque nocturne. Depuis, il n'était pas rare d'entendre les défenseurs postés sur le chemin de ronde lancer des insultes et des menaces à l'encontre du « traître d'ingénieur. »

—Je suppose que ce n'est pas facile de faire la guerre contre son propre peuple, avançai-je.

Il laissa échapper un bref ricanement et reprit la parole d'une voix encore plus amère.

—La plupart de mes compatriotes m'ont ignoré, moi et ma famille, pendant des années. Sauf quand ils avaient besoin de mes services, bien entendu. Ma femme s'est convertie à la foi orthodoxe, voyez-vous. Et en ce qui me concerne, je n'ai jamais prié de quelque manière que ce soit. Sauf quand les convenances exigeaient que je fasse preuve de bondieuseries. (Une grimace triste déforma son visage maigre.) Mais je n'ai jamais été très doué pour jouer la comédie. La princesse n'a pas menti quand elle a dit que j'avais envoyé mon fils étudier dans une école de Couravel, mais je ne l'ai pas fait pour son éducation. Je l'ai fait pour lui épargner la discrimination que le reste de la famille endure depuis des années. C'est un garçon intelligent et il mérite de réussir sa vie. Cela dit... (Il tourna le dos à la cité tandis qu'un projectile s'abattait en sifflant pour pulvériser une nouvelle section de muraille.) Il y a autant de gens convenables que méchants de l'autre côté de ces remparts. La duchesse n'est pas une folle furieuse comme la princesse voudrait nous le faire croire et je doute que tous les habitants soient prêts à mourir pour défendre la ville. J'ai vu ce qui se passe quand une cité tombe, capitaine, et je peux vous assurer que ce n'est pas joli.

—Mais Haudesahl tombera. Vous devez le savoir.

Son visage se fit méfiant et il reprit la parole d'une voix neutre.

—Je sais juste que mon roi m'a confié une tâche.

J'observai son visage désormais impassible et, au bout d'un moment, il soupira et pointa le doigt en direction de la mer grise qu'on apercevait au-delà des falaises au sud de la ville.

—Regardez, dit-il. Qu'est-ce que vous voyez?

—Une mer vide, répondis-je en haussant les épaules.

—Oui. Vide de navires en ce moment, à cause de la marée. Mais quand elle montera vous en verrez qui arriveront et qui partiront. C'est toujours comme ça dans une ville portuaire. Puis la marée redescendra et la mer se videra de nouveau.

Je vis un reflet de l'expression de Sihlda sur son visage quand il se tourna vers moi et me regarda. L'expression d'un maître donnant une leçon à un élève.

—Il n'y a pas de navires de la Couronne, dis-je après un instant de réflexion. Il n'y a rien pour arrêter les échanges commerciaux.

—Exactement. Le roi, pour des raisons qui lui appartiennent, a choisi de ne pas faire le blocus du port. Par conséquent, les habitants de Haudesahl ne mourront pas de faim tant que leur duchesse aura de quoi acheter de la nourriture. Je suis sûr que les entrepôts ducaux se videront en même temps que les coffres du trésor, mais cela prendra des mois.

—Nous ne pouvons donc pas les affamer, conclus-je en comprenant la leçon. Soit nous nous emparons de la cité par la force, soit la campagne de la princesse Leannor se soldera par un échec.

—Regardez autour de vous. (Vassier jeta un coup d'œil par-dessus son épaule en direction du camp, un océan de tentes qui s'étendait derrière nos lignes.) À votre avis, à combien de batailles ont déjà participé ces hommes ?

Je restai silencieux. La réponse était évidente. Les Compagnies de l'Alliance et de la Couronne se battraient aussi longtemps qu'il le faudrait, mais elles ne représentaient qu'un quart de nos effectifs. Les épidémies et les affres de l'hiver n'épargnaient que le moral des soldats les plus endurcis et j'étais certain que cette armée se déliterait si le siège s'éternisait. Nous n'avions qu'une seule chance de prendre Haudesahl et, si maître Vassier l'avait compris, la princesse Leannor l'avait sans doute compris également.

—Je vais le lui dire, déclarai-je en me dirigeant vers le chemin boueux qui menait au camp. Je vais lui dire qu'il faut pratiquer de nouvelles brèches.

Estimant que la voix d'Evadine renforcerait la mienne et augmenterait mes chances de convaincre la princesse, je me mis en quête de la Dame Consacrée. Sa tente était la plus grande de notre cantonnement, qui se distinguait par son ordre et sa discipline. J'avais choisi un endroit à l'extrémité du flanc sud afin de maintenir un certain espace entre nous et les campements crasseux et chaotiques des autres compagnies. Les soldats ne sont pas des êtres à part : leur instinct les pousse à se rassembler pour avoir plus chaud quand il fait froid, mais cette proximité entraîne inévitablement des épidémies de fièvres et mille autres problèmes qui sont le lot des armées en campagne. Les tentes dressées trop près des feux étaient également sources de danger et il ne se passait pas une nuit sans qu'il faille éteindre un incendie ou deux. J'avais décidé d'épargner ces ennuis à la compagnie en faisant respecter les règles élémentaires de sécurité qui préconisaient de planter les tentes à intervalles réguliers et à une distance minimale des feux. Je veillais également à ce que nos soldats conservent une certaine hygiène. Ceux des autres compagnies étaient d'une saleté repoussante, à l'exception notable des membres de la Compagnie de la Couronne. Il faut dire que Sir Ehlbert faisait fouetter ses hommes pour une simple tache de rouille sur une cuirasse. Je n'allais pas jusque-là. Mes punitions se limitaient à des travaux et des entraînements supplémentaires, mais cette mansuétude n'améliora pas ma popularité pour autant.

Cela dit, j'étais toujours surpris par l'obéissance et la discipline sans faille de nos soldats. On me regardait avec hostilité, mais personne ne me manquait de respect et personne ne critiquait mes ordres. Les vétérans louaient même mon application stricte des règles martiales du quotidien.

—La vie sous la tente pendant l'hiver, ça vous grignote l'âme, m'avait dit Ofihla un soir que j'avais surpris un piquier de garde en train de dormir. (J'avais ordonné au coupable de se déshabiller et de courir – nu – autour du camp pendant une heure.) C'est dans des moments comme ça qu'il faut rappeler aux soldats qu'ils sont des soldats, capitaine. Sinon, ils redeviennent… eh bien ! ils redeviennent des civils. (Elle avait esquissé une grimace de dégoût.) Et ça, on ne peut pas se le permettre.

Comme toujours, la Veuve montait la garde à l'entrée de la tente d'Evadine. Elle était assise près d'un petit feu et faisait rouler un caillou avec la pointe du bec de son marteau d'armes à manche court. Elle s'interrompit et me dévisagea avec cet air soupçonneux qui semblait désormais gravé sur son visage. Comme beaucoup de soldats de la compagnie, elle portait une cotte de mailles et une armure faite de pièces récupérées ici et là – à la demande insistante d'Evadine, car elle ne se souciait absolument pas de sa propre sécurité.

Son expression s'adoucit un peu lorsqu'elle me reconnut et sa sévérité se transforma en amabilité mesurée. Au sein de la compagnie, elle n'obéissait à personne d'autre qu'Evadine et moi. Le fait qu'elle m'accorde un peu plus qu'un regard torve exprimait sans doute une forme de remerciements pour l'arme que je lui avais donnée et dont elle ne se séparait plus. Après la victoire sur les Alundiens, elle avait sillonné le champ de bataille en écrasant la tête des blessés ennemis qui refusaient de mourir et il avait fallu un ordre tranchant d'Evadine pour qu'elle daigne mettre fin à cette tuerie.

—Maîtresse Juhlina, la saluai-je.

Je ne m'attendais pas à ce qu'elle réponde dans la mesure où elle parlait aussi peu que possible, mais ce jour-là elle me prit au dépourvu.

—Elle a de la visite, dit-elle en hochant la tête en direction de la grande tente. Mais elle a dit que vous, vous pouviez entrer si vous passiez par là.

—Mille mercis. (Elle me surprit de nouveau en reprenant la parole alors que je me préparais à écarter le pan de cuir faisant office de porte.) Je veux en être.

—Je vous demande pardon ?

Je m'arrêtai. Si un autre soldat m'avait parlé de la sorte, je l'aurais aussitôt remis à sa place, mais avec la Veuve c'était du temps perdu.

—L'attaque, poursuivit-elle. Quand les murs s'effondreront. Je veux en être. Je veux être en première ligne. Avec vous et elle.

Une des caractéristiques les plus déconcertantes de cette femme, c'était son refus d'utiliser le moindre terme honorifique quand elle parlait d'Evadine. Elle n'employait qu'« elle », jamais « la dame » ou un des titres de plus en plus alambiqués que la jeune femme accumulait au fur et à mesure que sa légende grandissait. Maîtresse Juhlina se contre-fichait également des pratiques et des services religieux. Elle restait figée et silencieuse pendant les sermons d'Evadine et je ne l'avais jamais entendue mentionner les Martyrs ou les Séraphiles. Je ne savais pas ce qui la poussait à suivre la Dame Consacrée, mais une chose était sûre : ce n'était pas la foi.

—Nous serons tous là, la rassurai-je. (Je me penchai vers elle et ajoutai dans un murmure :) La princesse Leannor n'a pas assez d'épées pour se permettre de se passer des nôtres au cours de la bataille à venir.

Ma remarque dut la satisfaire, car elle lâcha un petit grognement et se remit à pousser la pierre avec le bec de son arme. Peu enclin à poursuivre cette conversation – les échanges avec la Veuve ne m'enthousiasmaient pas franchement –, j'écartai le rideau en cuir et entrai dans la tente. Le spectacle qui m'attendait à l'intérieur m'arracha un sourire fugace.

—Capitaine Legueux ! m'exclamai-je en riant.

J'envisageai un instant de lancer une plaisanterie à propos de la joie que me procurait la vue de l'officier… et arrivai à la conclusion que ce n'était pas une très bonne idée.

Legueux avait maigri et son front balafré s'ornait d'une grande tache décolorée, mais il se tenait aussi droit que par le passé. Il me rendit mon salut en hochant la tête.

—Capitaine Scribe, dit-il d'une voix presque paisible.

—Ex-capitaine Scribe, puisque vous êtes de retour parmi nous.

Je me tournai vers Evadine avec un large sourire… et sentis mon ventre se nouer en voyant son visage de marbre.

—Le capitaine Legueux a récupéré de sa blessure, déclara-t-elle.

Je décelai une vague réticence dans son regard, mais son ton était ferme et assuré. Elle n'aimait pas annoncer les mauvaises nouvelles, mais elle le faisait sans hésitation quand c'était nécessaire.

—Il va reprendre le commandement de la Compagnie de l'Alliance, poursuivit-elle. (Un nouvel espoir me réchauffa le cœur lorsque j'entendis ces mots… et s'éteignit lorsque j'entendis les suivants.) Qui va devenir la Première Compagnie. Vous, capitaine Scribe, avez désormais pour tâche de rassembler et de prendre le commandement de la Seconde.

—La Seconde ? (Je n'avais pas pu cacher ma consternation, mais il fallait bien reconnaître que je n'avais pas fait beaucoup d'efforts.) La création d'une compagnie ne requiert-elle pas une autorisation du Conseil des Luminants ? ou de la Couronne ?

—Le conseil est trop loin pour qu'on lui demande son avis, *capitaine*. (L'emphase qu'elle plaça sur ce titre dont je ne voulais pas était difficile à ignorer et cela ne fit qu'empirer mon angoisse.) Quant à la Couronne… J'ai récemment évoqué la question avec la princesse Leannor et elle a affirmé que c'était une excellente idée. Les courageux volontaires qui ont répondu à notre appel pendant le siège du château de Walvern ont besoin qu'on leur enseigne la discipline et le maniement des armes si on veut qu'ils soient utiles. Et notre armée a besoin de soldats, tout le monde est d'accord sur ce point.

—Parce que ces feignasses alcooliques de conscrits ducaux désertent par dizaines, lâchai-je d'une voix rendue plate par la frustration et l'impuissance.) Enfin, ceux qui ne crèvent pas des fièvres ou de la dysenterie.

—En effet, dit Evadine avec un sourire pincé. (Elle se tourna vers Legueux.) Vous pouvez disposer, capitaine. Et, s'il vous plaît, informez-moi dès que la Garde Montée sera rentrée de sa mission de reconnaissance.

—Très bien, ma dame.

Legueux nous adressa un hochement de menton, puis sortit. Un lourd silence s'installa dans la tente.

—Est-ce que vous avez l'intention de me faire la tête, Alwyn? demanda Evadine au bout d'un long moment. (Elle se laissa tomber sur un tabouret pendant que j'évitais soigneusement son regard.) Je vous croyais au-dessus de cela.

—Eh bien, ma dame! c'est que vous ne me connaissez pas aussi bien que vous le pensez!

Je consentis enfin à la regarder et regrettai mes paroles en voyant combien elles l'avaient blessée. Je me rappelai alors qu'en dépit du nombre de personnes qui la suivaient cette femme n'avait qu'une poignée d'amis. Et qu'un seul de ces amis pouvait s'estimer responsable de sa présence dans le monde des vivants. J'ai souvent médité sur l'étrange paradoxe qui se crée quand on sauve une vie : curieusement, le sauveur doit assumer plus d'obligations morales que le sauvé.

—Je vais avoir besoin de sergents, dis-je en poussant un soupir de soumission résignée. Et d'Ayin pour tenir les registres de la compagnie.

—Ayin est un excellent scribe. J'avais espéré la garder à mon service.

—Maîtresse Juhlina lit et écrit convenablement. Chargez-la de cette tâche. Ça lui donnera quelque chose à faire en dehors d'aiguiser ses armes et de terroriser tout le monde avec sa mine de démon furieux.

Evadine opina.

—Très bien. Et les sergents?

—Je veux Ofihla comme première lame Suppliante. Elle choisira les autres parmi les vétérans – ceux que le capitaine Legueux voudra bien me céder, bien entendu. Et je prends Eamond comme page. Il est assez intelligent pour se rappeler un message et je serai content d'avoir quelqu'un pour surveiller mes arrières quand il faudra se battre.

—Vous êtes sûr? Ce n'est pas vraiment le guerrier le plus habile.

—Dans ce cas, Wilhum ne verra aucun inconvénient à ce que je l'en débarrasse. Et puis Eamond sait se montrer courageux quand il le faut. Je veux une personne en qui j'aie confiance, une personne qui ne filera pas ventre à terre quand j'aurai besoin d'elle.

—Soit. Demandez à Ayin de noter les changements et faites en sorte que tout soit réglé à la fin de la journée.

Elle se tut et je sentis le poids de son regard impatient. Elle devait vouloir un peu plus de soumission que d'habitude aujourd'hui.

—Qu'est-ce qui vous agace à ce point, Alwyn? demanda-t-elle quand elle comprit que je n'avais pas l'intention de meubler le silence. Je sens bien qu'il ne s'agit pas de ces responsabilités dont vous auriez préféré vous passer, et encore moins de réticence inspirée par votre modestie.

Elle laissa échapper un petit rire qui s'évanouit lorsque je posai mes fesses sur le tabouret qui se trouvait en face du sien. La lassitude qui pesait sur mes épaules depuis plusieurs jours se fit plus lourde encore, mais par chance la migraine continua à se faire discrète. Cela ne dut pas égayer ma mine sombre, car Evadine tendit le bras et serra ma main.

—Dites-moi. Je voudrais connaître le fond de votre cœur.

—Je n'ai jamais eu l'étoffe d'un soldat, dis-je en haussant les épaules avec sincérité. D'un voleur, oui. D'un scribe, certainement. Mais d'un soldat? (Un ricanement creux s'échappa de ma gorge.) Je n'ai jamais envisagé une telle carrière. Pas plus que les personnes qui m'ont enseigné les grandes leçons de la vie. Deckin voulait un fils qui puisse perpétuer sa légende, porter son manteau de roi bandit ou le titre de duc qu'il convoitait tant. Sihlda voulait un émissaire, une personne qui prêcherait son testament et qui ramènerait l'Alliance dans le droit chemin. Un chemin qui ne menait jamais à la guerre.

—Et vous? Que vouliez-vous?

—La vengeance. Mais, quand je suis enfin parvenu à m'enfuir des mines de l'Enfer, la plupart des gens à qui j'avais prévu de rendre visite étaient déjà morts. Ou, comme je l'ai découvert plus tard, indignes de ma colère. Aujourd'hui, je me retrouve ici, avec vous, à livrer une guerre que Sihlda aurait condamnée avec la plus grande fermeté. Ça m'aurait fait mal qu'elle voie l'homme que je suis devenu. Un meurtrier qui a oublié son testament depuis bien longtemps.

—Vous vous trompez, dit Evadine en me serrant la main un peu plus fort. Vous devez comprendre que cette guerre n'est qu'une étape sur une route qui mène à quelque chose de meilleur, quelque chose que l'Ascendante Sihlda aurait été ravie de voir. Le jour viendra où son testament sera lu dans tout le royaume et au-delà. Mais pour que ce jour arrive, nous devons d'abord traverser les ténèbres.

Ses doigts se crispèrent sur ma main tandis qu'elle me regardait avec une intensité qu'elle n'avait pas manifestée depuis sa guérison. Il y avait de l'envie dans ses yeux. Ou de la passion, plutôt. Une passion qui me contaminait et qui renforçait le lien mystérieux qui nous unissait.

—Ensemble, Alwyn, souffla-t-elle dans un murmure rauque. Nous devons faire ce chemin ensemble. J'en suis convaincue.

Je m'aperçus alors que l'espace qui nous séparait avait fondu comme neige au soleil, qu'elle s'était levée et qu'elle était tout près de moi, si près que je sentais la chaleur de son souffle sur mes lèvres. Il y a des moments cruciaux dans la vie de chacun, des moments au cours desquels votre destin change en fonction d'événements insignifiants. En l'occurrence, l'intervention fort importune de la Veuve.

—La garde est de retour, dit-elle après avoir glissé la tête à l'intérieur de la tente.

Le regard d'Evadine se braqua sur elle avec une rapidité de prédateur et ses yeux lancèrent un ordre péremptoire. Maîtresse Juhlina ne sembla pas vraiment impressionnée et elle esquissa une moue vaguement amusée avant de disparaître.

—Après réflexion, dit Evadine en me lâchant et en se redressant, je crois que vous feriez mieux de la prendre également. Je trouverai un autre scribe au sein de la Première Compagnie. Et maintenant… (Elle tendit la main pour prendre sa cape et l'accrocha sur ses épaules.) Allons voir quelles informations Wilhum nous apporte par cette belle journée.

—Environ soixante bâtards !

Wilhum se mettait rarement en colère, car c'était un homme très calme, mais ce jour-là il s'exprimait dans un feulement rauque et hargneux entrecoupé de frémissements de douleur. Il pressait un chiffon ensanglanté contre la plaie qui longeait une partie de sa mâchoire et je me demandai si sa rage n'était pas le fruit d'une fierté imbécile : comment avait-on osé abîmer son ravissant minois et lui infliger une blessure qui, malgré les bons soins du Suppliant Delric, ne manquerait pas de laisser une cicatrice ?

—Rien que des cavaliers ! poursuivit-il. (Il étouffa un grognement lorsque Evadine approcha et écarta le chiffon pour examiner la plaie.) On a eu de la chance de s'en tirer à si bon compte, ajouta-t-il en serrant les dents.

—Où ? demanda Evadine.

Elle esquissa une grimace de compassion et le laissa remettre le chiffon en place.

—À moins de quinze kilomètres au sud. Près du croisement.

—La région des collines, dis-je en me rappelant notre marche vers Haudesahl. Et dans la partie boisée, qui plus est. Un excellent endroit pour tendre une embuscade.

—Ce n'était pas une embuscade, insista Wilhum. J'ai l'impression qu'ils sont tombés sur nous par hasard.

—Ou que vous êtes tombés sur eux par hasard, avançai-je.

Le visage agacé de mon camarade se contracta un peu plus. Il se tourna vers Evadine.

—Quoi qu'il en soit, poursuivit-il avec le peu de patience qui lui restait, je pense qu'une force importante se rassemble dans ces collines. Et il ne s'agit pas de simples pillards qui comptent harceler nos lignes de ravitaillement. (Il adressa un hochement de menton à Flécheur.) Dites-leur.

—J'ai trouvé pas mal de traces récentes avant l'accrochage, ma dame, déclara l'ancien braconnier. Des traces de pas et de sabots. Venant de différentes directions. Et je pense que certains avaient fait un long trajet. Les empreintes d'une personne fatiguée sont particulièrement profondes, vous voyez.

—Ainsi donc, déclara Evadine sur un ton pensif, les Loups gris rassemblent leurs meutes, mais pourquoi ?

—Parce que le seigneur Roulgarth le leur a demandé, je suppose, avançai-je. (Je jetai un coup d'œil en direction de la ville.) Leur objectif n'est pas très difficile à deviner.

—Ils savent qu'ils n'ont aucune chance de nous vaincre, lâcha Wilhum sur un ton méprisant. La plupart de leurs soldats de métier ont été tués devant le château de Walvern.

—Ce duché est très peuplé, remarquai-je. Et ceux qui ne sont pas soldats peuvent décider de prendre les armes. Surtout s'il s'agit de défendre leurs terres et leur foi. (Je regardai la bannière des Algathinet qui flottait au-dessus d'une mer d'étendards au centre du camp.) Il faut l'informer, ajoutai-je avec réticence.

Je connaissais l'épreuve qui nous attendait sous cette bannière.

—C'est mon devoir, dit Evadine. Vous, vous avez une nouvelle compagnie à rassembler.

—J'ai des rapports de maître Vassier à lui communiquer. (Je fis un pas sans enthousiasme en direction de la tente de la princesse Leannor avant de jeter un coup d'œil à Wilhum.) Je vous conseille de faire suturer votre blessure au plus vite. Ne vous inquiétez pas. Si ça laisse une cicatrice, je suis sûr qu'elle ne fera qu'ajouter à votre charme canaille.

Chapitre 18

Lorsqu'on nous donna l'autorisation d'entrer dans la tente, Evadine et moi trouvâmes la princesse Leannor en compagnie du seigneur Ehlbert. Elle était assise derrière un imposant bureau en bois de rose orné de gravures qui avait été apporté par chariot du palais royal de Couravel. C'était un meuble dont elle ne pouvait pas se passer et une armée de serviteurs était chargée de veiller à ce qu'il la suive où qu'elle aille. La princesse était concentrée sur un parchemin qu'elle tenait entre les mains. Le seigneur Ehlbert était immobile, très droit. Comme le voulait l'étiquette, Evadine et moi posâmes un genou à terre et nous inclinâmes. Leannor ne daigna même pas lever la tête du document qu'elle étudiait.

— Il y a moins de noms que la semaine dernière, observa-t-elle en plissant les yeux. Et ils n'ont reçu que six coups de fouet chacun. Il me semblait avoir décrété qu'il ne devait pas y en avoir moins de dix. Même pour les infractions les plus triviales.

— S'il y a moins de noms, cela signifie que les règles sont mieux respectées, Votre Majesté, déclara le seigneur Ehlbert. Et j'ai pensé que, si on leur infligeait des châtiments moins sévères, les hommes comprendraient mieux les bénéfices qu'ils peuvent tirer d'un bon comportement.

— Tiens donc ? (La princesse nous fit signe de nous redresser d'un geste impatient, mais ne daigna pas nous saluer.) Eh bien ! ce n'est pas mon avis. (Elle posa le parchemin sur le bureau, prit une plume et griffonna quelques mots avant de signer et de tendre le document au chevalier qui attendait.) Dix coups de fouet par personne, seigneur. Et soyez assuré que je vérifierai que mes ordres ont bien été suivis.

—Bien sûr, Votre Majesté.

Il n'y avait aucune émotion particulière dans la voix et le comportement du seigneur Ehlbert lorsqu'il s'inclina et se tourna pour prendre congé, mais ses traits figés en disaient long. Je l'avais vu à plusieurs reprises et je ne lui connaissais que deux expressions : joviale quand tout allait bien, glacée et mortelle quand il était sur le champ de bataille. Et, comme il ne semblait pas particulièrement de bonne humeur, j'en conclus qu'il s'efforçait de contrôler sa colère.

—Veuillez m'excuser, Votre Majesté, dit Evadine alors que le chevalier se penchait pour sortir de la tente, mais je pense que le seigneur Ehlbert devrait entendre les informations que je vous apporte.

—Très bien, dit Leannor.

D'un geste, elle rappela Sir Ehlbert et lui demanda de se poster à côté d'elle. Puis elle soupira et se laissa aller contre le dossier de sa haute chaise. Son expression montrait qu'elle était tendue, fatiguée et confrontée à d'innombrables problèmes.

—Quelles nouvelles – délicieuses, à n'en pas douter – m'apportez-vous donc, ma dame?

—Mes éclaireurs signalent que les Alundiens se rassemblent en masse dans les collines, au sud, déclara Evadine. Nous n'avons pas une estimation précise de leur nombre, mais il semble clair qu'ils ont l'intention de nous attaquer. Sans doute dans l'espoir de briser le siège de la ville ou, tout du moins, de retarder notre assaut.

Leannor digéra l'information sans manifester de réaction particulière, mais elle semblait plus agacée qu'inquiète.

—Notre assaut, oui. (Elle tourna la tête vers moi.) Ce qui nous amène à la question des progrès de notre ingénieur renégat.

—Maître Vassier estime que les brèches seront assez larges dans trois jours, dis-je. Cependant, il faudra trois semaines pour que les sapeurs minent les fondations de la porterie. En attendant qu'ils terminent leur travail, maître Vassier propose que les machines de guerre soient déplacées et utilisées contre les murs méridionaux et septentrionaux. La création de nouvelles brèches obligerait la duchesse à diviser ses troupes au moment de l'assaut. Je pense que c'est un bon plan.

Leannor haussa un sourcil interrogateur en regardant Ehlbert, qui hocha aussitôt la tête.

—Diviser les forces de l'ennemi est un principe cardinal.

Il m'adressa un de ses sourires spéciaux, chaleureux et éclatants. Comme d'habitude, je me gardai bien de le lui rendre et, comme d'habitude, cela ne sembla pas déranger le champion du roi le moins du monde.

—Il est toujours préférable de disposer de plusieurs lignes d'attaque, ajouta-t-il.

—Préférable ou pas, je refuse, déclara Leannor. Et trois semaines pour terminer les sapes, c'est beaucoup trop long. (Elle tendit la main vers une pile de papiers et en tira un parchemin orné d'un sceau imposant.) Le roi Tomas a eu la bonté de me faire parvenir une lettre envoyée par le duc d'Althiene. Comme vous pouvez le voir... (elle agita la feuille devant nous)... elle n'est pas très longue, mais son contenu est très clair. Le duc Guhlton souhaite que la sécurité de sa fille soit garantie par un décret royal. Il veut également que la duchesse et ses enfants lui soient remis dans les plus brefs délais. Nos informateurs à Althiene nous ont appris que les nobles du duché avaient décrété la conscription générale et qu'ils engageaient de nombreux mercenaires. Il semblerait que le vieil homme soit très inquiet pour sa fille.

—Assez inquiet pour partir en guerre ? demanda Evadine.

La princesse la foudroya du regard.

—Un parent digne de ce nom est prêt à tout pour sauver ses enfants, ma dame, dit-elle. C'est une loi que vous découvrirez si vous avez la chance que votre matrice accueille la bénédiction de la vie. (Elle jeta la lettre du duc sur le bureau.) Ne vous méprenez pas : cette affaire doit être réglée au plus vite. Nous n'avons pas le temps de déplacer les machines de guerre et de tolérer la paresse de nos sapeurs grassement rémunérés.

—La détermination de nos ennemis faiblirait sûrement si nous organisions le blocus du port, Votre Majesté, intervins-je. La duchesse peut importer autant de nourriture qu'elle le souhaite tant qu'elle a de quoi payer. On devient moins courageux quand on a le ventre vide.

La princesse me lança un regard suintant de mépris.

—Avez-vous une idée de ce que coûterait la mobilisation d'une flotte et la mise en place d'un blocus, capitaine ? Des vaisseaux réquisitionnés pour servir la Couronne, ce sont des vaisseaux qui ne peuvent plus livrer de marchandises dans nos ports, ce qui entraîne une baisse des recettes destinées au trésor royal et une disette généralisée. Et puis laisser les voies maritimes ouvertes montre que nous n'avons pas de mauvaises intentions. Nous ne sommes pas venus pour conquérir, mais pour faire respecter la justice du roi. Quel dommage que Celynne ne le comprenne pas.

Leannor se tut et ses doigts pianotèrent sur le bureau tandis que son front se plissait sous le coup d'une intense concentration. Je me demandai si, comme moi, cette femme avait été initiée à l'art des calculs politiques ou si ses diverses tactiques n'étaient que le fruit de son esprit rusé. J'avais appris à respecter son intelligence, mais je savais qu'elle n'était pas parfaite, loin de là. C'était une redoutable stratège, il n'y avait aucun doute sur ce point, mais elle n'avait qu'une compréhension parcellaire des détails qui permettent de remporter une bataille.

—Sept jours, dit-elle. (Ses doigts se figèrent.) Ils ont sept jours pour terminer les sapes. Je veux que tout le monde se mette au travail, et ceux qui ne seront pas contents seront fouettés. *Dix* coups chacun. (Elle jeta un coup d'œil appuyé à Sir Ehlbert.) Dès que les brèches seront achevées, maître Vassier déplacera ses machines de guerre en veillant à ce que les défenseurs de la cité le voient. Il les positionnera au nord et au sud de Haudesahl, mais nous n'étendrons pas nos lignes pour les protéger. Nous n'avons pas assez d'hommes pour cela. Seigneur Ehlbert, demain, vous rassemblerez tous les chevaliers et les cavaliers de cette armée, puis vous ferez route vers le sud. Trouvez les pouilleux que le seigneur Roulgarth est parvenu à mobiliser et écrasez-les. J'offrirai cinq souverains d'argent de la Couronne à celui qui tuera Roulgarth et dix si on le capture vivant. Faites vite, seigneur, car nous aurons besoin de votre épée quand nous lancerons l'assaut contre la ville. (Elle regarda Evadine et ses lèvres esquissèrent un sourire mince, mais satisfait.) Ne vous inquiétez pas, dame Evadine. Je vous épargnerai l'embarras de me supplier de conduire la première attaque. Je vous assure que pour rien au monde je ne la confierais à quelqu'un d'autre que vous.

—Je suis honorée par la confiance que vous m'accordez, dit Evadine en s'inclinant respectueusement.

Le vague sourire de Leannor disparut et un pli agacé rida son front pendant une fraction de seconde. Puis elle se ressaisit et s'obligea à reprendre une expression placide. Il était clair qu'elle se trompait autant sur le caractère d'Evadine que sur le mien. Elle me considérait comme un opportuniste amoral et elle jugeait Evadine avec le même cynisme.

Elle croit que la Dame Consacrée est un charlatan, songeai-je. Que sa foi n'est qu'un leurre, un outil dont elle se sert pour acquérir du pouvoir.

La princesse était de noble origine, mais j'avais rencontré pléthore de gens comme elle. Des gens tellement aveuglés par leurs mensonges et leurs ambitions qu'ils ne pouvaient pas se défaire de l'idée que les autres étaient faits du même bois qu'eux. L'étroitesse d'esprit et la flagrante erreur de jugement de Leannor ne m'amusèrent cependant pas longtemps, car je savais qu'à bien des égards je regrettais qu'elle n'ait pas raison. Il ne faisait aucun doute que ma vie et celle de bien d'autres personnes auraient été beaucoup plus simples – et dans bien des cas, beaucoup plus longues – si Evadine avait été une menteuse.

— Il ne doit rien arriver à la duchesse et à sa progéniture, poursuivit Leannor. Dès que les murailles seront sous notre contrôle, vous vous rendrez au palais et vous la placerez en état d'arrestation. Si elle cherche à gagner le port, vous ne ferez rien pour empêcher sa fuite. Il serait d'ailleurs préférable qu'elle parvienne à embarquer sur un navire et qu'elle se réfugie entre les bras aimants de son père. Je serais même prête à lui offrir un coffre plein d'or pour qu'elle le fasse. Son entêtement est absurde et ridicule.

— Elle aimait son époux, dit Evadine. Le chagrin pousse le cœur à commettre des actes irrationnels. Elle aime également les habitants de ce duché et elle n'a pas l'intention de les abandonner. Je doute qu'elle s'enfuira quand les murs tomberont, Votre Majesté.

— Dans ce cas, ce sera à vous de veiller à ce qu'elle arrive devant nous saine et sauve, ma dame. Quand sa fille sera notre prisonnière, je suis sûre que le duc Guhlton reviendra à de meilleurs sentiments. Et maintenant… (Elle reprit sa plume et tendit la main vers le sommet d'une pile de parchemins.) Si vous voulez bien m'excuser, je souhaite écrire une lettre à mon fils. J'ai entendu dire qu'il ne se montrait pas très assidu pendant ses leçons et je pense qu'il est urgent de lui rappeler ses devoirs.

Il faut bien que tu comprennes, cher lecteur, que sept jours, c'est un peu court pour transformer une bande de bouseux puants et sous-alimentés en soldats. Les trois cents personnes qui s'étaient portées volontaires pour intégrer la Seconde Compagnie de l'Alliance étaient si pathétiques que je me sentis obligé de présenter des excuses à la lame Suppliante Ofihla.

— Je me suis dit que ceux-là avaient une chance de survivre aux combats, dis-je avec une grimace contrite. Pendant un certain temps, du moins.

Les traits lourds d'Ofihla restèrent soigneusement impassibles tandis qu'elle observait les recrues mal alignées. Bon nombre d'entre elles serraient leurs couvertures autour de leurs épaules voûtées et frissonnaient sous les rafales chargées de neige fondue qui saluaient l'arrivée de l'aube. Je n'avais pas imaginé que les volontaires issus de la Croisade des Gueux seraient si nombreux compte tenu de leur délabrement physique, mais, quand j'avais lu la proclamation de la Dame Consacrée depuis le plateau d'un chariot, la réaction de ces malheureux avait été enthousiaste et immédiate. J'aurais pu recruter trois fois plus de personnes que celles qui se tenaient devant moi, mais l'idée de conduire une armée de fanatiques affaiblis à une mort quasi certaine n'avait rien de très exaltant. Je m'étais donc assis derrière un tonneau faisant office de bureau et je les avais fait mettre en ligne avant de m'entretenir avec chacun d'entre eux. Pendant que nous parlions, Ayin notait leur nom et leurs compétences militaires — qui, chez la plupart, étaient inexistantes.

— Liahm Labûche, seigneur, répondit un homme lorsque je lui demandai de décliner son identité.

Il avait dû être trapu, mais le froid et les rations militaires dont il devait se contenter depuis des semaines avaient creusé ses joues et voûté son dos, mais une dévotion aussi intense que celle de ses camarades brillait dans ses yeux.

— Capitaine, le corrigeai-je. Labûche, qu'est-ce que tu fais pour gagner ta vie ?

— Compris, seigneur. Je coupe du bois depuis l'enfance, comme vous pouvez le voir.

Il me montra ses bras aux muscles noueux. Des bras impressionnants malgré la malnutrition.

— Tu as déjà été soldat ? demandai-je. Avant de te joindre à la croisade, je veux dire.

— Pas vraiment, mon capitaine. Mon village était sur les terres de la Couronne, vous voyez. On avait des permis spéciaux qui disaient qu'on n'était pas obligés d'aller à la guerre parce qu'on avait besoin de nous pour couper du bois. Et puis on a eu une épidémie de dysenterie il y a quelques hivers et, quand ça a été terminé, il n'y avait plus de village pour ainsi dire. Les gardes forestiers sont arrivés et ont dit aux survivants de foutre le camp parce qu'il fallait que la forêt repousse. Soi-disant que le roi voulait chasser le cerf ou un truc dans ce genre. (Une pointe de colère perça dans sa voix, mais il remarqua ma réaction et se ressaisit aussitôt.) Je ne voudrais surtout pas manquer de respect à la Couronne, seigneur. (Sa tête s'abaissa de plusieurs centimètres.) C'est des choses qui arrivent, je suppose.

—Pas aux personnes qui combattent aux côtés de la Dame Consacrée, dis-je avant de me tourner vers Ayin. Note le nom de maître Liahm dans le registre de la compagnie. Comme hallebardier.

Beaucoup de volontaires n'avaient pas l'étoffe d'un soldat et je refusai leur candidature, ce qui provoqua quelques algarades, mais rien de plus grave. La plupart de ces gens étaient trop sous-alimentés pour se mettre en colère et la présence d'Ofihla tempérait l'ardeur des plus agressifs.

Une fois les recrues choisies, la Suppliante entreprit d'en faire des soldats et de leur montrer leur place au sein de la formation sur trois rangs qui était la pierre angulaire des manœuvres de la compagnie. Après avoir dépouillé méthodiquement les cadavres qui jonchaient la plaine de Walvern, nous avions constitué un stock assez impressionnant de hallebardes, de haches, de dagues et d'épées. Les piques manquaient et la plupart des soldats du premier rang durent s'entraîner avec des branches taillées en pointe, mais j'espérais que les armuriers de la Couronne seraient vite en mesure de nous fournir des armes dignes de ce nom. L'armée royale se déplaçait toujours avec ses artisans et une forge mobile. Celle-ci était placée sous la responsabilité d'un forgeron militaire particulièrement massif qui fit claquer sa langue avec un certain mépris lorsque je lui demandai de fabriquer des piques.

—J'ai beaucoup de travaux urgents, dit-il avec un sourire contrit parfaitement hypocrite. Les ordres de Sa Majesté ont la priorité, vous comprenez? Elle a demandé des fers pour les destriers de ses chevaliers. Des pointes pour les carreaux que ses arbalétriers tirent comme si ça poussait sur les arbres. Et vos machines de guerre ont besoin d'une quantité de clous astronomique.

Il devint beaucoup plus coopératif lorsqu'il aperçut le souverain d'argent que je faisais tourner entre mes doigts.

—Vous êtes sûr qu'il n'y a aucun moyen de fabriquer ces armes, maître forgeron? demandai-je en savourant la lueur avide qui venait d'apparaître dans ses yeux.

Au bout du compte, il fallut deux souverains – dont un d'avance – pour obtenir la promesse que les piques seraient prêtes dans une semaine. C'était tout ce qu'il nous restait de l'argent que nous avions récupéré sur les cadavres des assassins et les coffres de la compagnie étaient presque vides. On ne pouvait rien y faire et le forgeron eut la bonté de nous offrir une dizaine de fauchons, de lames et de pièces d'armure qu'il venait de fabriquer.

— Ils ne tiendront même pas une minute, capitaine, estima Eamond.

Le jeune homme se tenait à côté de moi et il observait les recrues qui se déplaçaient en une parodie pathétique de formation militaire sur le champ. Je fis un effort pour résister à l'envie pressante de lui rappeler son propre manque d'expérience. Ses cicatrices – discrètes, mais visibles – et son regard dur contrastaient cependant avec le souvenir du novice au visage juvénile que j'avais rencontré dans la Forêt shavine. Il se redressa en sentant mon reproche silencieux et ses lèvres se contractèrent. Ayin, elle, n'hésita pas à donner son opinion.

— Il a raison, dit-elle en levant les yeux du parchemin sur lequel elle gribouillait avec une pointe de charbon. Même moi, je le vois. Vous avez tué des tas de types dans la brèche du château de Walvern. Ils n'ont même pas réussi à poser un pied dans la cour. Qu'est-ce qui empêche les hérétiques de faire pareil ? Sans compter que tes soldats, ils ne sont pas foutus de marcher au pas dans la même direction.

Sa franchise brutale m'irrita.

— Il n'y a pas si longtemps, répliquai-je sur un ton fielleux, tes principales occupations consistaient à caresser toutes les jolies bestioles qui passaient à portée de ta main et à couper les couilles des violeurs. Quant à toi… (je tournai la tête et foudroyai Eamond du regard)… tu ne savais même pas par quel bout on tenait une épée. Ne vous inquiétez pas, quand j'aurai besoin d'un avis éclairé sur des questions militaires, je ne manquerai pas de faire appel à votre grande sagesse.

En réponse à ma tirade, Eamond se raidit un peu plus tandis que le visage d'Ayin se plissait d'un air douloureux. Je chassai le sentiment de honte qui montait en moi en me répétant qu'un chef devait parfois faire preuve d'un peu de sévérité. Un bon capitaine ne se comporte pas en ami avec ses soldats, mais je savais que, si j'étais en colère contre mes deux compagnons, c'était avant tout parce qu'ils avaient raison : attaquer une brèche avec cette nouvelle compagnie relevait du suicide. Personne n'en réchapperait.

Réfléchis, songeai-je.

Je me massai les tempes en sentant un bref élancement migraineux, mais j'ignorai la douleur pour me concentrer sur l'aphorisme préféré de Sihlda : « En vérité, un problème insoluble n'est pas un problème. C'est un obstacle et il convient donc de l'éviter ou de le contourner. Un esprit adepte des vertus de la logique trouvera toujours le moyen de résoudre un problème. »

—Va faire un tour dans les tranchées, dis-je à Ayin. Je veux un rapport aussi précis que possible sur la largeur et la hauteur des deux brèches. (Je tournai la tête vers Eamond.) Tu l'accompagnes. Les conscrits ducaux ont la main un peu trop baladeuse et je préférerais qu'on ne marche pas sur un tapis de couilles si les soldats se montrent un peu trop entreprenants.

Ayin leva le menton, évita soigneusement mon regard et rangea ses affaires dans sa sacoche avant de s'éloigner à grands pas. Eamond lui emboîta le pas.

—Tu… Tu as vraiment fait ça ? demanda l'ancien novice à la jeune fille.

J'entendis la réponse avant qu'ils disparaissent dans le labyrinthe de tranchées.

—Juste deux ou trois fois. (Et elle ajouta d'une voix plus forte :) Le connard avec un balai dans le cul qui nous sert de capitaine a une fâcheuse tendance à l'exagération !

Je me reprochai en silence d'avoir développé le champ lexical de la jeune fille, puis me concentrai sur la compagnie. Ofihla avait interrompu la marche au pas pour distribuer deux claques retentissantes sur les joues d'un piquier. L'agacement des sergents qui entraînaient les autres sections se sentait dans leurs cris émaillés de jurons qu'on entendait rarement au sein de la Compagnie de l'Alliance.

Ils ne parcourront même pas la moitié du chemin qui les sépare de la muraille, songeai-je avec une certitude déprimante.

Je revis alors les volontaires du défi des idiots s'engouffrer dans la brèche du château de Walvern. Je les revis fauchés par les volées de carreaux et ébouillantés par des cascades de poix brûlante. Le spectacle avait été horrible, mais je le gardai toujours présent à mon esprit afin de me rappeler la calme logique qui m'avait permis de concevoir cette tactique.

Les carreaux et la poix ont été la cause de leur échec. S'ils étaient parvenus à passer, ils auraient pu engager le combat. La plupart auraient quand même été tués, mais nos hommes auraient dû les affronter et les soldats de métier du duc Roulgarth en auraient profité pour traverser la brèche à leur tour. Franchir la brèche sans se faire tuer. C'est la clé du problème.

J'observai les rangs approximatifs de mes nouveaux subordonnés. Je remarquai que les armures étaient incomplètes et que bon nombre d'entre eux étaient déjà épuisés. Ils ne s'entraînaient que depuis quelques minutes, mais ils étaient voûtés et respiraient en haletant. Ils n'avaient cependant rien perdu de leur détermination. Leurs yeux brillaient d'une dévotion qui n'avait rien à envier à celle de Labûche et ils supportaient la colère des sergents avec patience et stoïcisme. Ce spectacle fit naître une pointe d'optimisme en moi, mais cela ne dura pas. Un carreau, une flèche ou une coulée de poix ne pouvaient pas être déviés par le courage seul. Pour survivre à ces dangers, il fallait de bonnes armures ou de solides boucliers, et nous n'avions ni les unes, ni les autres.

De solides boucliers, me répétai-je en sentant quelque chose émerger du bouillonnement de mes réflexions. Des images de projectiles en fin de course me firent songer au bruit de flèches frappant les palissades disposées devant les trébuchets de Vassier, celles de l'huile enflammée au grand bélier alundien et à sa carapace recouverte de peaux imbibées d'eau.

Qu'avait dit la princesse à propos de Vassier et de ses machines de guerre ?

« Il les positionnera au nord et au sud de Haudesahl, mais nous n'étendrons pas nos lignes pour les protéger. »

Comme cela arrivait souvent quand je découvrais une solution possible, un flot de nouvelles idées déferla dans ma tête et je me rendis à peine compte que je me dirigeais vers la ligne de front. Lorsque j'aperçus Vassier – très occupé à réparer la roue d'une de ses machines –, le plan était presque complet dans mon esprit. L'ingénieur l'écouta avec une mine sceptique, mais quand je me tus son visage n'exprimait plus qu'une vague hésitation.

— Capitaine, il y a probablement une raison si personne n'a jamais essayé cela, me dit-il. (Les nombreuses rides de son front se creusèrent tandis qu'il réfléchissait, puis il haussa les épaules.) Mais si vous tenez absolument à tenter le coup, je serai ravi de vous construire quelque chose de nouveau.

Chapitre 19

Les murailles de Haudesahl étaient encore plus sinistres vues de près que de loin, et elles semblaient de plus en plus hautes tandis que je guidais la Seconde Compagnie à travers les tranchées menant à la brèche. Celle qui se trouvait au nord de la porterie avait été allouée à Evadine, celle qui était au sud au seigneur Ehlbert qui, toujours en quête d'une mort glorieuse, avait supplié qu'on lui accorde l'honneur de mener les troupes royales au combat. Quand le champion était rentré au camp deux jours plus tôt, il avait rapporté qu'il avait vaincu la bande de rebelles de plus en plus nombreuse du seigneur Roulgarth. Wilhum, qui avait participé à l'expédition avec la Garde Montée, avait décrit l'affrontement ainsi :

—Ce fut un gros accrochage, en fait. Nous avons fauché une vingtaine d'entre eux avant qu'ils se dispersent et s'enfuient dans les collines. Nous avons trouvé leur camp et leurs caches de nourriture. Nous avons brûlé ce que nous ne pouvions pas emporter. Les Loups de Roulgarth ne devraient plus nous poser de problèmes pendant un bon moment.

Nos lignes de ravitaillement étant désormais sécurisées, la princesse Leannor avait décidé qu'il était temps de lancer ce qu'elle avait appelé « l'ultime bataille d'une campagne menée de main de maître ». Son plan était le suivant : pendant que les Compagnies de l'Alliance et de la Couronne attaqueraient les brèches, les troupes ducales et les libres épées qui composaient la plus grande partie de l'armée royale attendraient l'explosion des charges placées sous la porterie. Une fois que celle-ci serait tombée et que l'entrée principale de la cité serait ouverte, le destin de Haudesahl serait scellé. Enfin, c'était ce que Leannor espérait. Maître Vassier, qui avait étudié avec soin les sapes creusées par le contingent d'ingénieurs épuisés, en était moins sûr.

Je l'avais accompagné au cours de sa dernière inspection malgré les terribles souvenirs de mon trop long séjour dans le ventre des mines de l'Enfer, quand je devais ramper sur des dizaines de mètres pour atteindre l'extrémité de la galerie.

—J'aurais préféré qu'on les creuse deux mètres plus profond, grogna Vassier en glissant une main sur un des étais en frêne qui se dressaient à intervalles réguliers pour supporter le poids des fondations de la porterie.

Dans mes tranchées, nous étions passés devant une longue colonne de sapeurs éreintés qui étaient assis, le dos voûté. Ils avaient accompli un véritable exploit, mais Vassier estimait que ce n'était pas suffisant.

—La porterie ne va pas s'effondrer? demandai-je.

—Oh, si! répondit-il. (Il plissa les yeux tandis qu'il faisait danser la lumière de sa lanterne sur la paroi du fond.) Mais pas aussi rapidement qu'il le faudrait. (Il se tourna vers moi et esquissa une grimace compatissante.) Je ne voudrais pas être chargé de la tâche qui vous attend, capitaine. Si vous voulez mon avis, les brèches seront prises bien avant que la porterie tombe. (Et il poursuivit dans un murmure prudent.) À supposer qu'on parvienne à les prendre.

—Nous pouvons compter sur vos merveilleux talents d'ingénieur, dis-je en grimaçant à mon tour. Comment pourrions-nous échouer?

Son rire bref résonna dans le néant souterrain, puis nous fîmes demi-tour.

—Commencez à entasser le bois! aboya-t-il aux hommes qui attendaient ses instructions. Et ne mégotez pas sur la graisse. Je veux que chaque centimètre carré des étais en soit enduit.

À la tombée de la nuit, les sapes avaient été remplies de graisse de porc et de fagots de branches sèches. Vassier était censé attendre l'ordre de Leannor avant d'y mettre le feu, mais à ma demande il descendit dans la galerie et y jeta une torche dès que les mineurs eurent terminé leur travail.

—Si elle vous interroge, répondez que c'était un accident, lui dis-je.

Par chance, la princesse n'eut pas le temps de s'intéresser à des détails si insignifiants, car elle était très occupée à prononcer un discours devant les troupes rassemblées lorsque le soleil se coucha sur le camp. Elle portait une cuirasse d'apparat et était assise sur la selle de sa belle jument blanche, encadrée par des chevaliers de la Compagnie de la Couronne brandissant des torches. Elle s'efforçait de marquer les esprits dans l'espoir de passer à la postérité et j'éprouve toujours une certaine jubilation quand je pense qu'il n'existe qu'un seul tableau représentant cette scène : une toile médiocre et guindée qui illustre à merveille le discours de la princesse.

C'était une femme qui possédait de nombreux talents, certes, mais des talents qui ne servaient qu'à manipuler les autres, des talents qu'on employait en privé plutôt qu'en public. Sa voix n'avait pas l'autorité naturelle de celle d'Evadine. Elle était trop haut perchée et avait tendance à devenir grinçante quand elle parlait trop fort. Lorsqu'elle entama le discours destiné à exalter le courage des troupes et à les exhorter à se dépasser au nom du roi Tomas, j'eus l'impression d'entendre le gémissement nocturne d'un chat de gouttière.

—Aux armes ! cria-t-elle en brandissant son épée courte – une arme aussi inutile que sa cuirasse. À la bataille ! À la gloire !

Les soldats de la Compagnie de la Couronne lancèrent des acclamations – probablement sur ordre du seigneur Ehlbert – dont le niveau sonore permit de masquer la réaction modérée, voire atone, du reste des troupes. Quelques minutes plus tard, Evadine s'adressa à la Compagnie de l'Alliance et à une foule qui rassemblait de nombreux conscrits ducaux et paysans. Et le spectacle fut très différent.

—Êtes-vous venus en quête de butin ? demanda-t-elle du haut d'un empilement de troncs.

Elle enchaîna sans laisser aux soldats le temps de répondre, mais une voix avec un lourd accent shavin arriva jusqu'à mes oreilles.

—Ben, évidemment ! qu'est-ce que je foutrais là sinon ?

—Êtes-vous venus en quête de massacre ? poursuivit la jeune femme depuis son estrade de fortune. (Sa question résonna le long des lignes de siège.) Êtes-vous venus en quête de vengeance ? Si tel est le cas, je vous demande au nom des Séraphiles de quitter cette armée, car votre présence déshonore notre sainte croisade. Je suis venue ici l'épée à la main, mais pour une tout autre raison. Je suis venue sauver l'Alliance des Martyrs de la destruction. Écoutez-moi et sachez que je ne dis rien d'autre que la vérité, car j'ai vu le fruit de nos échecs et je peux vous assurer, mes amis, que c'est un fruit bien amer. Il est infâme et il marque la fin de tout.

Elle fit une pause et je n'entendis pas le moindre murmure monter de la foule. Une fois de plus, elle était parvenue à captiver son audience avec une poignée de mots. Des mots qu'elle n'avait pas préparés et qui avaient coulé de ses lèvres avec aisance et sincérité. Elle pointa le doigt vers Haudesahl.

—Les habitants de cette ville ne sont pas nos ennemis. On les a trompés et ils se sont détournés de la véritable foi. On les pousse à s'adonner à des pratiques qui souillent leur âme depuis l'enfance. Nous sommes venus les sauver et, en les sauvant, nous nous sauverons nous-mêmes.

Elle tira son épée et la leva vers le ciel. La lame étincela et tout le monde vit qu'elle n'avait rien à voir avec le jouet ridicule de la princesse.

—Nous sommes ici pour le salut de tous! poursuivit-elle. Pour le salut de tous!

Elle ne parlait pas d'une voix très forte, mais j'étais certain que tout le monde l'entendait. Son cri fut aussitôt adopté et repris par la foule.

—Pour le salut de tous! scandèrent les soldats de la compagnie armés de dagues, d'épées et de hallebardes.

Les conscrits ducaux et les roturiers se joignirent à eux et le cri gagna en intensité à chaque répétition.

—Pour le salut de tous! POUR LE SALUT DE TOUS!

Ce fut au moment où les acclamations atteignaient leur apogée qu'un craquement sourd monta des profondeurs des sapes. Le feu avait brûlé toute la nuit et l'entrée de la galerie vomissait une fumée huileuse dont l'odeur était presque appétissante – ce qui n'avait rien de très étonnant dans la mesure où les flammes étaient alimentées par de la graisse animale. Le nuage s'épaissit et un nouveau craquement retentit – un étai qui venait de se rompre, supposai-je. Malheureusement, la porterie ne bougea pas. Des roturiers déclarèrent que la base des murs tremblait, mais c'était sans doute le fruit de leur imagination ou d'un excès d'optimisme. Pour l'audience captive d'Evadine, en revanche, ce bruit fut un signal qui rassembla les deux compagnies de l'Alliance sans qu'il soit besoin de lancer un ordre. J'observai les rangs de nos troupes et vis que leurs yeux brillants exprimaient un mélange d'impatience et d'avidité. Pendant la bataille, un certain nombre d'entre eux se conduiraient en lâches, bien sûr, mais à cet instant j'eus la conviction que tous me suivraient dans la brèche le moment venu.

—Je ne suis toujours pas satisfaite de la configuration de l'attaque, dit Evadine.

Elle s'arrêta près de moi pendant que les sergents faisaient le tour des troupes afin d'imposer une dernière touche de discipline. Il m'avait fallu un temps considérable pour la convaincre de l'efficacité de mon plan. Elle était certaine que Haudesahl tomberait, mais, si les Séraphiles lui avaient révélé les détails de la chute, elle ne m'en fit pas part. Je me rappelai ses paroles après la mort du duc Oberharth.

« Parfois, je peux changer le cours des événements. Parfois, des gens le changent à ma place. Comme vous l'avez fait à Olversahl. »

Je me demandai quels changements découleraient de la vision qu'elle avait eue au cours de cette nuit. Et s'ils incluaient le trépas de son plus fidèle confident.

—Il nous faut procéder ainsi si nous voulons réussir. (Je me dépêchai d'ajouter une formule de politesse en remarquant que plusieurs recrues tournaient la tête vers moi et me regardaient d'un air éberlué.) Ma dame.

Evadine esquissa un petit sourire crispé avant de jeter un coup d'œil en direction d'Eamond et de la Veuve qui m'encadraient.

—Protégez-le bien, dit-elle.

Eamond jura qu'il ne faillirait pas à son devoir et la Veuve hocha le menton. Evadine pivota sur les talons et rejoignit les rangs de la Première Compagnie.

—Elle tient beaucoup à vous, remarqua la Veuve à voix basse. (Elle glissa la dragonne de son marteau d'armes à son poignet.) Ça doit être chouette de profiter de la protection des Séraphiles.

Je la foudroyai du regard, mais mon agacement glissa sur le masque inexpressif dont elle ne se départait jamais. Un masque qui contrastait étrangement avec l'amertume de ces derniers mots.

—Cette nuit, les Séraphiles étendront leur protection à chacun d'entre nous! lâchai-je avant de me tourner et de m'adresser aux hommes de la compagnie rangés derrière nous. Pour qui vous battez-vous?

—Nous nous battons pour la dame! rugirent-ils d'une voix unique et puissante, fruit d'un long entraînement. Nous vivons pour la dame! Nous mourons pour la dame!

Un nouveau craquement monta des sapes et, tandis que ses échos s'évanouissaient, j'entendis un grand fracas à proximité de la brèche méridionale. Je ne voyais pas grand-chose à travers le nuage de fumée que vomissait l'entrée de la galerie souterraine, mais aucun doute n'était possible. Les cris et les sonneries de trompette, les claquements précipités des bottes… Le seigneur Ehlbert voulait être le premier à partir à l'assaut de la ville. Au château de Walvern, les combats incessants avaient fini par m'immuniser contre les innombrables peurs qui vous envahissent avant la bataille, mais je continuais à préférer la survie au sacrifice. Le stratagème que j'allais employer au cours de la nuit avait un double objectif : apporter la victoire à la Dame Consacrée et améliorer mes chances d'assister au prochain lever de soleil. Je ne voyais donc aucun inconvénient à ce que le seigneur Ehlbert verse le premier sang.

—Levez ! ordonnai-je en prenant l'étrange ustensile qui se trouvait devant moi.

C'était une solide hampe d'un mètre cinquante supportant un panneau en bois d'un mètre carré sur lequel était clouée une peau de mouton qui était restée dans l'eau pendant une journée entière. Juhlina, Eamond et moi levâmes nos étranges boucliers et nous rapprochâmes de manière que les panneaux forment un toit au-dessus de nos têtes. Derrière nous, tous les soldats de la compagnie nous imitèrent dans un concert de claquements et de grognements essoufflés.

Au cours des trois derniers jours, j'avais entraîné mes hommes à cette manœuvre. J'avais expliqué mon plan à tous les soldats et je le leur avais fait répéter. Ils avaient mangé à leur faim pendant une semaine, mais je trouvais que certains étaient encore trop faibles. Je n'étais pas sûr qu'ils seraient capables de marcher en ligne en tenant leur bouclier au-dessus de la tête et en supportant les chocs des projectiles que lanceraient les défenseurs de la cité. En revanche, je n'avais aucun doute quant à la solidité de nos petits toits portatifs, car ils avaient été fabriqués avec les palissades protégeant les machines de guerre. Comme l'avait ordonné Leannor, celles-ci avaient été redéployées au nord et au sud de la ville. Elles devaient tirer des ballots enflammés par-dessus les remparts à la tombée de la nuit dans l'espoir – illusoire – d'attirer les Alundiens le plus loin possible des points d'attaque. Lorsque les engins avaient été déplacés, je n'avais pas eu beaucoup de mal à convaincre maître Vassier que les palissades pouvaient être utilisées de manière plus efficace.

—À mon commandement ! lançai-je. En avant, marche !

Les arbalétriers et les archers postés sur les murailles devaient être bien entraînés, car ils ne tirèrent pas tout de suite. Ce fut seulement quand nos hommes montèrent la rampe émergeant des tranchées et s'engagèrent sur le terrain large d'une vingtaine de mètres qui les séparait de la brèche qu'ils se mirent à tirer.

—On reste calme! ordonnai-je lorsque les premiers traits se plantèrent dans notre toit mobile. (Mon cri rassurant fut repris par Ofihla et les autres sergents.) On garde le rythme!

Les carreaux s'abattaient désormais en une grêle drue et le souffle des traits enflammés se joignit à leurs crépitements. Les Alundiens comprirent vite que leurs projectiles incendiaires n'étaient d'aucune utilité contre notre toit recouvert de peaux humides et ils se mirent à viser la terre gelée le long de nos flancs. Certains traits ricochaient et pénétraient notre formation, mais sans faire beaucoup de dégâts, car ils perdaient la plus grande partie de leur vélocité en frappant le sol. Ils enflammèrent quelques bottes et quelques pantalons, mais le feu fut vite étouffé par des tapes et par l'eau qui ruisselait des peaux couvrant nos boucliers.

Alors que nous franchissions les derniers mètres nous séparant de l'entrée de la brèche, des rochers se mirent à tomber et des chocs sourds s'ajoutèrent au crépitement des flèches.

—Resserrez les rangs! cria Ofihla au centre de la colonne. (Elle poursuivit d'une voix qui m'apprit que nous venions de subir notre première perte.) Laissez-le! Il est mort! Serrez les rangs! Gardez le rythme!

Je contractai les muscles de mes bras, car les chocs répétés des rochers faisaient vibrer la hampe et j'avais du mal à la tenir. Eamond, qui marchait à côté de moi, cracha un juron tandis que quelque chose de lourd s'écrasait sur son bouclier. Celui-ci heurta son casque et une pierre faisant deux fois la taille de sa tête roula sur le côté. Le jeune homme poussa un grognement sourd et redressa l'épais panneau de bois. Derrière nous, des cris ordonnant de resserrer les rangs nous apprirent que tout le monde n'avait pas eu autant de chance que lui. Pourtant, la Seconde Compagnie poursuivit son avance en formation et s'engagea dans la brèche ouverte par les trébuchets d'un pas déterminé. Les parois déchiquetées se dressèrent autour de nous et j'éprouvai un certain soulagement en songeant que le passage ne mesurait qu'une dizaine de mètres de long. Il était parsemé de débris qui nous obligèrent à ralentir, mais j'estimai pouvoir le franchir en moins d'une minute. Malheureusement, nos ennemis nous démontrèrent une fois de plus la rigueur de leur discipline. Ils attendirent que notre avant-garde s'enfonce dans la brèche avant d'utiliser leur arme la plus terrible.

Tandis que les rochers continuaient à pleuvoir sur nos têtes, j'entraperçus un rideau de liquide visqueux qui coulait du bord avant de mon bouclier. Puis je vis des gerbes du même liquide s'écraser et se répandre sur le sol parsemé de débris. Une dizaine de torches tombèrent et, brusquement, l'intérieur de la brèche se transforma en enfer. Une vague de chaleur frappa mon visage non protégé. La fumée qui se répandit instantanément me fit tousser et larmoyer. Je ressentis alors une peur identique à celle qui s'était emparée de moi sur le Champ des Traîtres. Je résistai à l'envie de rabattre la visière de mon heaume, car cela m'aurait obligé à baisser mon bouclier. Si notre formation se désagrégeait, nous rôtirions jusqu'au dernier. Et puis il fallait que j'aie la bouche dégagée pour donner des ordres.

—En avant! Au pas de course! Serrez les rangs!

C'était la deuxième partie de mon plan, mais, malgré les longues heures passées à courir en formation, je savais que cette phase était aussi cruciale que périlleuse. Tandis que la Seconde Compagnie s'élançait au pas de course, des failles apparurent inévitablement dans notre toit et les défenseurs aux aguets en profitèrent pour décocher de nouveaux traits et nous lancer de l'huile. Les cris des sergents qui s'efforçaient de maintenir la cohésion de la formation furent en partie étouffés par les hurlements de ceux qui avaient été blessés ou brûlés. Malgré le chaos et la douleur, je gardai les yeux rivés sur mon objectif. Encadré par Eamond et la Veuve, je ne m'arrêtai pas avant d'avoir franchi la brèche. J'étais convaincu que les Alundiens nous avaient préparé un comité d'accueil et je ne fus pas déçu.

Une quinzaine de mètres devant nous, pas moins de cinq rangs de fantassins étaient déployés en une formation serrée hérissée de piques et j'aperçus de nombreux civils massés derrière cette forêt de hampes et de fers. Il s'agissait probablement d'habitants de Haudesahl qui avaient pris les armes pour défendre la ville et ils étaient prêts à tenir leur position si le rempart de soldats venait à s'effondrer.

—En croissant! criai-je. (Mon ordre fut repris par les sergents.) Arbalétriers en position!

C'était la partie la plus délicate de l'opération et Ofihla avait estimé que même les vétérans les plus aguerris de la compagnie auraient du mal à la mener à bien. Mais la Suppliante n'était pas du genre à fuir ses responsabilités et elle avait fait répéter la manœuvre à ses troupes pendant des heures en les abreuvant d'injures et de claques. Jusqu'à ce qu'elle vienne me trouver et m'annonce en grognant qu'en fin de compte ce n'était peut-être pas impossible.

Pendant que la Seconde Compagnie adoptait une nouvelle formation, je jetai un rapide coup d'œil par-dessus mon épaule et je découvris avec surprise que les deux tiers de nos hommes étaient toujours là.

J'avais prévu que nous en aurions déjà perdu la moitié à ce stade des événements. Les soldats se déployèrent en arc de cercle et sur trois rangs avec une rapidité louable, mais pas avec la rigueur impeccable de la Première Compagnie. Les piquiers se rassemblèrent au premier rang en levant leurs boucliers. Les hallebardiers – privés de leurs armes habituelles – lâchèrent les leurs et dégainèrent des fauchons et des épées avant de se ranger derrière leurs camarades. Les nettoyeurs armés de dagues et de hachettes formèrent le troisième rang. Comme les piquiers, ils levèrent leurs boucliers et se tournèrent pour protéger le quatrième groupe. Avec l'accord d'Evadine, j'avais rassemblé tous les arbalétriers de la compagnie et invité ceux des unités de conscrits ducaux à nous rejoindre. Flécheur et son arc en frêne se trouvaient parmi eux. Je lui avais proposé de rester aux côtés de notre dame, mais il avait pris cela comme une insulte. Cela représentait une centaine d'hommes expérimentés avec des carquois bien remplis et un grand choix de cibles au sommet des remparts qui se dressaient désormais derrière nous.

— Feu à volonté! hurlai-je.

Un ordre tout à fait inutile, car les carreaux sifflaient déjà. Une dizaine d'Alundiens tombèrent du chemin de ronde, fauchés par la première volée.

— Tenez vos positions!

Dans un premier temps, les fantassins déployés devant nous ne bougèrent pas. Un des grands principes de la guerre veut que ce soit en perturbant les attentes de l'adversaire qu'on se crée des occasions favorables. Ces soldats avaient cru que nous nous jetterions contre leurs lignes impeccables et que nous nous empalerions par dizaines sur leurs piques. Ils ne s'attendaient pas à ce qu'un groupe d'archers surgisse de nos rangs et entreprenne de décimer les défenseurs des murailles. Ce n'était pas du tout ainsi que la bataille était censée se dérouler et ils restèrent pétrifiés pendant que leurs camarades criblés de flèches s'écrasaient au pied des remparts.

Il s'écoula de longues secondes avant qu'un capitaine alundien invisible ait la présence d'esprit de donner l'ordre d'attaquer, mais dans un premier temps seul le flanc gauche se mit en mouvement. Nos hommes réagirent comme on les avait entraînés à le faire. Ils baissèrent leurs boucliers montés sur hampe alors que l'ennemi approchait, puis les levèrent lorsque les pointes des piques frappèrent en hauteur. L'assaut se transforma en cacophonie chaotique quand les piques se redressèrent et que leurs propriétaires se retrouvèrent coincés. L'opération se répéta le long de notre ligne défensive tandis que les retardataires alundiens chargeaient à leur tour. Une fois encore, la rigidité de pensée des soldats professionnels joua à notre avantage. Les officiers ennemis n'avaient pas prévu une telle manœuvre de notre part et ils n'avaient donc pas expliqué à leurs troupes comment y faire face. Les Alundiens perdirent un temps précieux à se débattre au sein de la mêlée. Ils étaient incapables de baisser leurs piques et bon nombre d'entre eux finirent par les lâcher. Ils poussèrent alors de toutes leurs forces contre notre rempart incurvé de boucliers, mais celui-ci ne céda pas.

—Tenez le coup! criai-je à plusieurs reprises en plantant mes pieds dans le sol et en serrant la hampe de mon bouclier pour contenir la masse grouillante des Alundiens en armure.

Si incroyable que cela puisse paraître, aucun soldat ne réussit à porter le moindre coup au cours de cette mêlée confuse. Ni d'un côté, ni de l'autre.

Je jetai un nouveau coup d'œil par-dessus mon épaule et poussai un grognement de soulagement en apercevant l'avant-garde de la Première Compagnie qui se frayait un chemin à travers la brèche au pas de course. Evadine était en première ligne, tête nue. Aucune flèche ni aucune coulée d'huile ne vinrent entraver leur charge, car les défenseurs des murailles avaient été abattus ou s'étaient repliés pour échapper aux volées de carreaux meurtrières de nos arbalétriers. Un commandant alundien qui se tenait en retrait comprit le danger et exhorta ses hommes à redoubler leurs efforts.

—Tenez le coup! hurlai-je tandis qu'une lame frappait une armure quelque part sur ma droite.

Une cacophonie de claquements métalliques et chocs sourds m'enveloppa. Les Alundiens lâchèrent leurs piques et la pression contre nos boucliers faiblit pendant qu'ils dégainaient leurs épées et récupéraient leurs haches. Puis ils repartirent à l'attaque et des éclats de bois volèrent dans tous les sens tandis qu'ils s'acharnaient sur nos boucliers. Des cris retentirent aux endroits où leurs armes frappaient la chair à la place du bois.

—Deuxième rang! lançai-je pour inviter les hallebardiers à participer à la défense de notre rempart.

Mon bouclier s'écrasa contre ma joue pendant que je m'arc-boutais pour ne pas reculer. Un puissant hallebardier se glissa près de moi et pressa une épaule contre le lourd panneau en bois. Ce faisant, il leva la tête un peu trop haut, et une lame zébra aussitôt son front.

—C'est juste une égratignure, capitaine, me dit-il.

Il esquissa un sourire tandis qu'une rigole écarlate coulait le long de son nez. Je reconnus Liahm sous le masque de terre et de sang qui maculait son visage. Je lui rendis son sourire avec une assurance et un calme que j'étais loin d'éprouver. De nouveaux cris et hurlements retentirent, ponctués par les coups répétés des Alundiens contre nos boucliers. Je compris alors que nous avions atteint le moment le plus dangereux de l'opération. Nos ennemis faisaient des efforts frénétiques pour briser notre ligne, mais une fois de plus leur incapacité à affronter une situation inattendue les amena à commettre une erreur.

La logique militaire aurait voulu que la Première Compagnie franchisse la brèche et vienne nous soutenir, qu'elle nous prête sa force pour résister à la poussée de l'ennemi. De ce côté des remparts, les défenseurs avaient un net avantage, car nos hommes ne pouvaient s'engager dans la brèche qu'à quatre ou cinq de front. Mais aucun Alundien n'avait imaginé qu'au lieu de franchir cette brèche la deuxième vague escaladerait ses parois.

Je tendis le cou et eus le plaisir de voir des échelles qu'on dressait contre le pan septentrional. J'entraperçus Evadine qui grimpait vers le sommet de la muraille avant qu'une nouvelle poussée m'oblige à me concentrer sur des affaires plus urgentes.

—Arbalétriers, vers l'avant!

J'avais crié à pleins poumons, mais, dans ce vacarme chaotique où tout le monde s'efforçait de se massacrer avec ardeur, personne n'y prêta attention et je dus le répéter à plusieurs reprises avant qu'un sergent l'entende et le relaie. Flécheur fut le premier à se frayer un chemin du troisième au premier rang. Il me salua d'un rapide hochement de tête avant de décocher un trait à pointe bodkin dans le visage d'un Alundien. Les arbalétriers arrivèrent quelques instants plus tard et tirèrent presque à bout portant. Pendant un moment trop bref, la pression contre nos boucliers diminua du fait des premières pertes ennemies, mais les officiers alundiens encouragèrent leurs hommes qui repartirent à l'attaque avec une rage décuplée.

La lutte s'éternisa pendant de longues et épuisantes minutes. Le premier rang résistait tant bien que mal et les arbalétriers abattaient méthodiquement ceux qui essayaient de renverser notre rempart de boucliers. Plusieurs coups d'œil en direction de la brèche m'apprirent que les soldats de la Première Compagnie avaient pris pied sur le chemin de ronde et ne rencontraient qu'une faible résistance. La bataille se résumait désormais à une course de vitesse. Les Alundiens devaient repousser notre tête de pont avant que les soldats de la Première Compagnie redescendent des remparts, les contournent et les prennent à revers.

Les Alundiens supérieurs en nombre finirent bien entendu par nous faire reculer. Mes bottes glissaient et raclaient les pavés couverts de sang. Les soldats ennemis s'effondraient sous une pluie de carreaux, mais ils chargeaient avec le courage de ceux qui savent qu'ils n'ont pas d'autre choix que la victoire ou la mort. Un homme armé d'une hache escalada un bouclier sans prêter attention au trait planté dans sa pommette. Il roula de notre côté de la barrière et frappa les jambes d'un arbalétrier alors qu'il était allongé sur le dos. Flécheur tira son couteau de chasse et le tua avant qu'il ait le temps de faire d'autres blessés.

De nouvelles exhortations retentirent dans les rangs ennemis et nous dûmes reculer une fois de plus. Je regardai au-dessus de mon bouclier et vis que la plupart des Alundiens déchaînés qui se pressaient contre nous n'avaient pas de casque. Certains ne portaient même pas d'armure, juste une épée ou une hachette. Les officiers avaient compris qu'ils faisaient face à un terrible danger et ils avaient appelé les habitants de la ville à la rescousse. Ceux-ci, sans doute terrifiés à l'idée de ce qui arriverait à leurs parents et à leurs amis en cas de défaite, chargeaient avec la même détermination que les soldats. Leur courage était impressionnant, mais il ne servait pas à grand-chose, car leurs chefs étaient tombés dans notre piège.

Sur la droite, les Alundiens faiblirent et reculèrent avec une telle rapidité que notre rempart de boucliers s'incurva soudain vers l'avant, ouvrant un certain nombre de brèches dans notre ligne. Nos ennemis en auraient sans doute profité pour nous infliger de terribles pertes si un puissant rugissement ne les avait pas poussés à se tourner pour affronter un nouvel adversaire. Au-dessus de la masse grouillante, j'aperçus une forêt ondulante de piques qui approchait et je reconnus la formation classique de la Compagnie de l'Alliance. Les piques ne tardèrent pas à s'abaisser à l'horizontale et les défenseurs alundiens – soldats et civils – se retrouvèrent coincés entre nos boucliers et les pointes acérées de la Première Compagnie. Certains réagirent avec courage et se jetèrent contre nous ou contre la rangée de piques. D'autres hésitèrent ou s'enfuirent. Tout allait se jouer maintenant. J'enfonçai mon bouclier dans la masse affolée des défenseurs avant de lâcher sa hampe et de dégainer mon épée.

—À moi! hurlai-je en brandissant mon arme au-dessus de ma tête. Ralliez-vous à moi! Formation en pointe!

Je rabattis ma visière alors que mes hommes répondaient à mon appel. Il serait exagéré de qualifier l'attroupement désordonné qui se rassembla derrière moi de formation, mais cela s'en approcha suffisamment pour charger. Je m'élançai au pas de course et frappai un soldat qui levait sa hallebarde pour nous barrer le chemin. Il réussit à parer mon coup à la gorge avec la hampe de son arme, mais la Veuve pulvérisa son casque d'un revers de marteau d'armes. Un civil grimaçant se rua vers moi en tenant un pieu et en poussant un hurlement assourdissant. Malheureusement pour lui, ses talents de combattant étaient loin d'égaler sa bravoure et sa détermination. Je détournai son arme et lui plantai mon épée dans l'épaule d'un geste rapide. Autour de moi, la bataille se transforma en cette mêlée confuse qui précède souvent les choix déterminants, ce chaos sans nom au sein duquel le temps devient élastique. Parmi les personnes que je tuai, certaines semblaient mourir au ralenti. Elles s'écartaient de ma lame écarlate en pirouettant avec lenteur et en poussant des cris que je n'entendais pas. D'autres s'effondraient sur-le-champ dans des craquements d'os et des gargouillis sanglants.

Bien entendu, je reçus plusieurs coups au cours de la bataille, portés par des adversaires que je ne pouvais pas voir, car la fente de ma visière limitait considérablement mon champ de vision. Je ne fus pas blessé, mais ma migraine se réveilla et je sentis un filet de sang couler de mon nez. Tandis que la résistance et la férocité des Alundiens faiblissaient, une volée de carreaux et de flèches jaillit d'une rue bondée. Je découvris alors que Wilhum ne s'était pas trompé à propos de mon armure, car lorsqu'un trait frappa ma cuirasse il ricocha en y laissant une simple rayure. Plusieurs de mes nouvelles recrues n'eurent pas cette chance et j'ordonnai aux autres de récupérer leurs boucliers.

—Il faudra se battre jusqu'à ce soir! criai-je en les rassemblant en une formation approximative.

La bataille s'était calmée, mais le réveil de la migraine m'avait mis de mauvaise humeur et la vue des dizaines de morts qui jonchaient les pavés me priva du plaisir de la victoire.

—Est-ce que vous êtes blessé? demanda Evadine.

Sa haute silhouette venait d'émerger d'un nuage de fumée. Un incendie faisait rage dans les quartiers nord de la ville, sans doute allumé par un ballot enflammé tiré par une machine de guerre. Le brasier projetait une lumière vacillante et déconcertante sur un décor cauchemardesque et des nappes de fumée âcre ajoutaient à la confusion.

Evadine s'arrêta et examina mon visage. J'avais levé ma visière et elle vit que du sang coulait de mon nez.

—Ce n'est rien, dis-je en m'essuyant d'un revers de manche.

Elle me regarda avec inquiétude, puis haussa les sourcils d'un air étonné. Je me demandai alors si sa dernière vision n'avait pas prophétisé mon regrettable trépas.

Je jetai un coup d'œil en direction de la brèche et découvris avec consternation qu'aucun renfort n'était en vue.

—Nous devons consolider notre tête de pont avant de poursuivre notre progression, dis-je.

—La princesse doit encore attendre la chute de la porterie, déclara Evadine.

Je tournai la tête et vis que la porterie se dressait toujours au-dessus de l'entrée de la ville, enveloppée de fumée, mais intacte. J'en conclus que Leannor n'était pas près d'arriver. Des bruits de bataille résonnaient un peu plus au sud, signe que le seigneur Ehlbert n'était pas encore parvenu à franchir la deuxième brèche avec la Compagnie de la Couronne.

—On dirait que le champion du roi a besoin d'aide, dit Evadine. Je vais prendre la Première Compagnie. Tenez cette position avec la Seconde et envoyez un message pour informer la princesse de notre succès. Il est bien possible qu'elle ne l'ait pas remarqué au milieu de toute cette pagaille.

—La duchesse, lui rappelai-je alors qu'elle s'éloignait. Nous sommes censés la capturer.

—Nous ne pouvons pas nous frayer un chemin à travers la cité sans renforts, Alwyn. Et puis… (Un petit sourire se dessina sur ses lèvres tandis qu'elle adressait un signe à Legueux, un sourire qui exprimait un mépris très inhabituel.) Voir la tête de Sir Ehlbert quand je lui sauverai la mise vaut bien un petit détour.

—Je préférerais que vous laissiez ce bâtard crever, marmonnai-je.

Evadine me toisa d'un air réprobateur, puis s'en alla pour ordonner à la Première Compagnie de se rassembler en pointe.

—Eamond! appelai-je en scrutant les cadavres et les silhouettes titubantes.

Il n'était pas rare que les combattants souffrent de nausée et de confusion après une bataille.

—Il est là, me dit la Veuve.

Elle était à quelques mètres de moi et essuyait le sang qui maculait son marteau d'armes avec un bout de tissu. Elle hocha la tête en direction d'un petit groupe de soldats.

—Eamond, répétai-je en me dirigeant vers eux.

Alors que j'approchais, je vis qu'ils entouraient un officier à genoux, un Alundien à en juger par son armure. Des traînées de sang et de suie en maculaient les plates et plusieurs blessures zébraient son visage, mais il était encore assez vigoureux pour menacer les hommes qui l'encerclaient avec sa hallebarde. Les survivants d'une bataille avaient tendance à se montrer cruels et les soldats l'abreuvèrent de moqueries grivoises en le piquant avec leurs fers et en lui assenant des coups de hampe.

—Qu'est-ce qui se passe, enfoiré d'hérétique ? demanda l'un d'eux.

Il fit un pas de côté pour éviter la hallebarde et abattit son fauchon, arrachant l'arme des mains de l'Alundien. Une pluie de coups s'ensuivit et l'homme s'effondra sans connaissance.

—Allez chercher de l'huile, dit un soldat. On va la faire cramer, cette ordure.

—Ça suffit, ordonnai-je en attrapant le tortionnaire en puissance par l'épaule et en le faisant pivoter vers moi.

Le visage d'Eamond était tellement déformé par la haine et la méchanceté qu'il me fallut quelques instants pour le reconnaître. Ce fut également la première fois que je vis une lueur de défi dans son regard.

Comme Erchel quand on le privait de sa proie, me rappelai-je.

Eamond réussit à refouler sa colère.

—Je vous présente mes excuses, capitaine, lâcha-t-il enfin d'une voix rauque.

Il recula en baissant la tête, mais l'homme au fauchon se montra plus téméraire.

—Mes excuses, mon cul ! cracha-t-il. (Il avança vers moi et me lança un regard assassin.) Cet enculé a tué mon cousin. Je réclame justice, et allez vous faire foutre si ça ne vous plaît pas, capitaine !

Une vie de soldat malgré moi m'avait appris qu'il existe de nombreux chemins pour se faire obéir et respecter par ses troupes. En règle générale, un mot aimable ou un compliment bien choisi suffisent à s'attirer les bonnes grâces des querelleurs et des déprimés, mais quand on fait face à une mutinerie, rien ne vaut un solide coup de poing en plein visage. Surtout si vous portez un gantelet.

Je frappai et le justicier cracha une gerbe de sang mêlée de fragments de dents tandis que son fauchon tombait sur les pavés avec un claquement sec. L'homme tituba, écarquilla les yeux avec perplexité et porta les mains à son visage cabossé avant de s'effondrer. Je me tournai et ses camarades se dépêchèrent d'adopter l'expression contrite d'Eamond.

— Ramassez-moi ce tas de merde, dis-je en pointant mon épée vers l'homme sans connaissance. Et quand il se réveillera, vous lui annoncerez qu'il est chassé de la Compagnie de l'Alliance pour insubordination. Et que si je recroise son chemin je le ferai fouetter jusqu'à ce que mort s'ensuive. Les autres, foutez-moi le camp et trouvez votre sergent. Toi… (je concentrai tout le poids de mon regard assassin sur Eamond)… traverse la brèche et trouve la princesse Leannor. Dis-lui que cette position est sécurisée et que le capitaine Scribe lui suggère humblement d'envoyer ses troupes nous rejoindre.

Je regardai l'ancien novice détaler, puis me tournai et observai l'Alundien blessé qui hoquetait avec peine.

— S'il vous plaît… (Un coup d'œil à son visage blême maculé de sang et de fumée me fit comprendre qu'il n'en avait pas pour longtemps.) Ma femme… (Il toussota et un spasme le traversa de part en part.) Mes enfants… ils sont dans la forteresse ducale… Vous devez… les empêcher… (Il rassembla ses dernières forces pour lever la tête et me regarder avec des yeux suppliants.) Vous devez… l'arrêter… Vous êtes… un homme bon… n'est-ce pas?

Pas spécialement, non.

Je gardai cette réflexion pour moi, car il aurait été cruel de l'adresser à un homme à l'agonie et j'avais des choses autrement plus importantes à faire. Pourtant, la supplique du malheureux piqua ma curiosité.

— Je dois empêcher qui de faire quoi? demandai-je en m'accroupissant près de lui.

— La duchesse…, lâcha-t-il d'une voix de plus en plus rauque. (Il avait du mal à parler et il se convulsa tandis qu'un sang sombre s'échappait de sa bouche et coulait sur son menton.) Elle est… déterminée… ils sont tous… déterminés… même ma femme… C'est de la folie.

Un nouveau spasme le traversa, mais il trouva la force de lever la main vers moi. Elle atterrit mollement sur mon canon d'avant-bras et serait vite retombée par terre si je ne l'avais pas saisie.

274

— Vous devez… les arrêter. (Il me regarda en me suppliant de comprendre tandis que la mort voilait déjà ses yeux.) Vous êtes… un… homme… bon…

Ces mots franchirent ses lèvres dans un sifflement qui se transforma en soupir, puis en gargouillis familier indiquant qu'il poussait son dernier souffle.

Je lâchai sa main et me redressai. Avec son efficacité habituelle, Ofihla rassemblait déjà nos soldats. La moitié de la compagnie avait survécu, ce qui, après l'opération que nous avions menée, était bien plus que ce que j'avais espéré. Pourtant, mon cœur se serra pendant que je contemplais les cadavres qui jonchaient le sol autour de la brèche. Je ne pouvais pas affirmer que je les avais connus, mais j'avais été leur capitaine.

Des flèches et des carreaux étaient parfois tirés des toits et des fenêtres, mais c'était plus agaçant que dangereux. C'était insignifiant en comparaison de l'incendie qui ravageait les quartiers nord, éclairant le ventre des nuages et projetant une pluie ininterrompue de flammèches. Ce spectacle me rappela Olversahl et plus particulièrement l'incendie qui avait rasé la grande bibliothèque. Entre ma migraine et les sinistres images qui me traversaient la tête, j'éprouvai la soudaine envie de ficher le camp. Je ne voulais pas assister à la mort d'une nouvelle cité.

« *La duchesse… Elle est… déterminée.* »

Je serrai les dents tandis que les paroles du soldat alundien se frayaient un chemin entre les élancements qui me déchiraient le crâne. Je ne savais pas ce qu'il avait voulu dire, mais son désespoir m'avait convaincu que quelque chose de terrible se préparait. Leannor avait sûrement eu raison de nous demander de laisser la duchesse Celynne s'échapper.

« *Mes enfants… Vous êtes un homme bon.* »

Je marmonnai une courte litanie de jurons bien sentis, puis me penchai et tirai la fiole de la poche cachée sous ma grève droite.

— Lame Suppliante Ofihla ! appelai-je avant d'avaler une grande gorgée d'élixir.

— Capitaine, dit-elle en approchant et en se mettant au garde-à-vous.

Je poussai un grognement tandis que l'élixir cheminait vers mon estomac.

— On n'aurait pas fait quelques prisonniers, par hasard ?

Chapitre 20

Les renforts franchirent enfin la brèche, ne laissant plus le moindre doute quant à la chute imminente de la cité. Je confiai alors le commandement de la Seconde Compagnie à Ofihla et rassemblai la Veuve, Liahm Labûche et Flécheur pour me servir d'escorte. Les chevaliers de l'armée de la Couronne furent le premier détachement à partir à l'assaut de la cité proprement dite. Ils lancèrent leurs destriers au galop – une allure qui n'était pas très prudente en milieu urbain. Ils durent s'arrêter en catastrophe lorsque les rues se transformèrent en ruelles, et des archers alundiens en profitèrent pour abattre une poignée d'entre eux. Ils décidèrent alors de descendre de cheval et de continuer à pied. Pendant ce temps, les conscrits ducaux franchissaient la brèche en masse, menés par les compagnies cordonniennes qui entreprirent aussitôt de piller les maisons les plus proches. La plupart des habitations situées près des murailles avaient été abandonnées au cours des semaines précédentes et n'abritaient plus que des personnes qui n'avaient pas pu évacuer parce qu'elles étaient trop âgées, trop malades ou trop stupides. La manière dont on les traita réveilla de nouveaux souvenirs d'Olversahl et des exactions commises par les Ascarliens victorieux.

— La Compagnie de l'Alliance ne tolérera pas que son honneur soit souillé par de tels crimes, dis-je à Ofihla avant de partir à la recherche de la forteresse ducale. Conduisez nos hommes sur les remparts et veillez à ce qu'ils y restent. Tout soldat qui partira sans autorisation sera fouetté et chassé.

J'avais espéré que notre unique prisonnier alundien nous conduirait à la forteresse, mais je me rendis tout de suite compte que l'homme grêle et terrifié n'était pas en état de faire quoi que ce soit même de force. Il réussit à indiquer en bafouillant le chemin à prendre après quelques gorgées d'eau-de-vie revigorantes et j'ordonnai à Ofihla de le laisser partir quand l'occasion se présenterait. Remonter les rues chaotiques et enfumées de Haudesahl se révéla une épreuve épuisante et frustrante. Au début, les allées pavées et tortueuses étaient à peu près désertes, mais elles se remplirent de civils affolés dès que les hauts mâts des navires ancrés dans le port apparurent au-dessus des toits. Des gens rassemblés par famille qui portaient leurs maigres biens dans des sacs ou des coffres. Leurs visages blêmes et leurs regards égarés exprimaient le choc et la stupeur de ceux qui se retrouvent pris dans une catastrophe. La plupart d'entre eux crurent que nous étions des soldats alundiens et ne nous prêtèrent pas attention, mais ceux qui nous remarquèrent malgré leur affolement se sentirent obligés de nous insulter et de maudire notre lâcheté. Une femme portant de beaux habits s'arrêta et nous foudroya du regard.

—Tout ça, c'est à cause de votre loyauté insensée envers la duchesse! Fuyez! Fuyez, misérables pleutres! (Elle leva un bras potelé et agita le poing tandis que nous tournions à une intersection.) Fuyez et laissez les chiens orthodoxes nous massacrer! Ça ne vous dérange pas plus que ça, hein?

—Elle n'a pas tout à fait tort, remarqua Flécheur. (Il tenait son arc avec une flèche encochée et scrutait inlassablement les toits et les ruelles en quête d'un éventuel danger.) À mon avis, la plus grande part des habitants de cette ville n'avaient aucune envie d'être impliqués dans cette guerre.

—Dans ce cas, ils n'avaient qu'à ouvrir les portes! répliqua la Veuve sur un ton défensif qui ne lui était pas coutumier.

Je m'aperçus alors que son front se fronçait un peu plus à chaque maison en flammes et à chaque groupe de malheureux que nous croisions. J'avais cru qu'elle était devenue insensible à l'horreur après la violence qu'elle avait subie, puis infligée, mais le désastre qui se déroulait autour de nous avait fini par l'ébranler.

Même les fous ont des limites, songeai-je.

La forteresse du duc se dressait sur un promontoire rocheux qui s'avançait dans les eaux du port au nord de la baie formée par les quais. Elle était plus grande et plus solide que le château de Walvern. Elle comportait plusieurs tours élancées et était entourée de murailles trop hautes pour qu'on puisse les franchir avec des échelles. Le pont bas et pavé qui reliait l'entrée au port était large d'une dizaine de mètres et long d'une centaine. C'était un passage dangereux pour d'éventuels assaillants, mais nous arrivâmes au poste de garde sans rencontrer ni apercevoir personne.

—Ils ont envoyé tous leurs hommes défendre les brèches et les murailles, je suppose, lâcha Labûche.

—Y a quelqu'un, là, dit Flécheur en donnant un coup de pied dans une paire de bottes qui émergeait du porche du poste de garde à l'entrée du pont. Debout, connard. (Il leva son arc vers l'homme allongé, puis le baissa tandis qu'une expression déconcertée glissait sur son visage.) Bordel de merde! Ce trou-du-cul est déjà mort, capitaine.

Un rapide examen me permit de découvrir qu'il avait raison. Le soldat allongé portait une armure propre et en bon état. Sa hallebarde était posée en travers de sa poitrine. Il n'y avait aucune trace de sang sur la lame. Il n'y en avait pas davantage sur l'homme, mais ses traits étaient flasques et sa bouche ouverte était maculée de vomissures.

—Du poison, lâchai-je en me redressant. Du genre rapide, on dirait.

Je me tournai vers la forteresse et sentis mon ventre se contracter. Des torches brûlaient sur les remparts et de la lumière brillait derrière les meurtrières, mais je ne vis personne sur le chemin de ronde. Les portes auraient dû être barricadées, mais elles étaient grandes ouvertes. La herse était levée.

—Capitaine, me lança Flécheur alors que je m'engageais sur le pont pavé. Même un archer aveugle ne pourra pas vous rater à cette distance.

—Ne t'inquiète pas, dis-je en poursuivant ma route. J'ai l'impression qu'il n'y a plus personne à l'intérieur. Aveugle ou pas.

Mes fidèles subordonnés attendirent que j'aie franchi la moitié du chemin sans être criblé de flèches avant de consentir à me suivre. Les tours jumelles qui encadraient la porterie étaient désertes à l'exception de deux autres cadavres. Empoisonnés, eux aussi. Ils portaient leurs armes et reposaient l'un contre l'autre dans un recoin. Leurs fronts se touchaient et je me demandai s'il s'agissait de deux amants ayant décidé de partager un dernier moment d'intimité. Flécheur et Liahm se tournèrent avec nervosité et scrutèrent les tours, les escaliers et les chemins de ronde déserts. Il était clair qu'ils avaient peur. Bien plus que pendant la bataille contre les défenseurs déterminés de la cité.

— Il se passe un truc de pas normal, capitaine, dit Labûche dans un murmure haché.

Flécheur et lui s'étaient arrêtés au bord de la cour extérieure. Leurs pieds étaient solidement ancrés sur les pavés et ils ne semblaient pas avoir la moindre intention de faire un pas de plus. Je connaissais l'angoisse qui se lisait sur leurs visages, une caresse glacée qui poussait les hommes les plus incrédules à solliciter la protection des Martyrs à voix basse. Une atmosphère malsaine imprégnait cette forteresse, invisible, mais plus dense qu'un banc de brume. Ces deux hommes avaient vu des choses horribles au cours de la nuit, mais leur instinct les mettait en garde : ce qui les attendait entre ces murs était encore pire.

— Restez ici, dis-je avec plus de lassitude que de colère. (Un coup de poing dans la figure peut être un encouragement très efficace, mais cela n'aurait pas servi à grand-chose dans les circonstances présentes.) Gardez l'entrée. Si des types arrivent pour piller la forteresse, je vous donne l'autorisation de leur tirer des flèches dans le cul. (Je regardai la Veuve en haussant un sourcil.) Vous vous sentez capable de protéger les arrières de votre capitaine pendant qu'il s'aventure dans la tanière de l'ennemi ?

Elle ne répondit pas, se contentant d'un bref hochement de tête. On ne lisait pas que de la peur sur son visage. Les muscles de sa mâchoire roulaient sous son masque de terre et de sang. Son front et ses lèvres étaient contactés. Pour une raison que j'ignorais, elle avait pourtant décidé de m'accompagner pour découvrir ce qui s'était passé entre ces murs.

Nous aperçûmes une dizaine de corps tandis que nous nous enfoncions dans les entrailles de la forteresse ducale. Les premiers étaient des soldats étendus près des portes et des escaliers qu'ils avaient sans doute gardés. Puis nous découvrîmes des domestiques. Ils étaient étendus par groupes de trois ou quatre dans les jardins et les petites cours. J'eus la confirmation de la cause de leur mort en apercevant des gobelets près d'un trio de soubrettes. Je m'arrêtai pour en ramasser un. Il contenait encore quelques gouttes de vin qui dégageaient une odeur curieuse et inconnue.

— Je ne le connais pas, celui-là, marmonnai-je en tendant le gobelet à la Veuve. Auriez-vous quelque expérience en matière de poisons, maîtresse Juhlina ?

Elle contempla l'objet que je lui tendais, puis secoua la tête sans y toucher. Je sentis que sa peur grignotait sa détermination et je n'aurais pas été surpris de la voir tourner les talons pour s'enfuir en courant lorsque nous traversâmes la cour centrale et montâmes un escalier un peu trop raide à mon goût. Elle resta cependant avec moi et, quand nous atteignîmes le palier, nous entrâmes dans une grande pièce ovale. Je compris qu'il s'agissait de la chambre de réception ducale en apercevant la chaise très particulière qui se dressait au centre. C'était un meuble en chêne avec un haut dossier décoré de gravures et d'ornements divers. La salle était pavée de marbre alors que le reste du bâtiment était couvert de dalles élégantes, mais rustiques. Des tentures en soie représentant l'ours dressé de la famille Cohlsair étaient accrochées au plafond voûté et très haut. Ce cadre grandiose était cependant déprécié par les cadavres qui jonchaient le sol, dont celui de la duchesse Celynne qui était recroquevillé aux pieds de la chaise. J'avançai avec réticence et éprouvai une profonde consternation en découvrant que les corps qui l'entouraient étaient beaucoup plus petits que les autres.

— La pute! cracha la Veuve dans un souffle rauque et tendu.

Je me tournai et vis qu'elle contemplait l'horrible tableau avec des yeux humides. Une rougeur inhabituelle colorait ses joues crispées.

— Il fallait qu'elle les emporte avec elle! La pute égoïste!

Elle s'étrangla, ferma les paupières et baissa la tête. Elle refusa de me suivre tandis que je m'enfonçais au milieu des corps disposés en un vague cercle.

À en juger par leurs vêtements, ces gens étaient les courtisans très proches de la duchesse et des hauts fonctionnaires. Des gobelets et des verres jonchaient le sol entre les cadavres et l'odeur du poison flottait dans l'air. Comme il fallait s'y attendre, la duchesse Celynne était beaucoup moins jolie morte que vivante. Ses yeux aveugles contemplaient les arches du plafond qui s'imbriquaient les unes dans les autres. Ses lèvres molles étaient retroussées sur ses dents qui brillaient d'un éclat surnaturel. Ses fils étaient à ses côtés. Par chance, leurs visages étaient cachés par les pans de la robe de leur mère. J'essayai de ressentir un soupçon de la colère de la Veuve, mais je n'éprouvai rien d'autre que de la stupéfaction. J'imaginai sans mal ce qui s'était passé dans cette salle avant que les gobelets de vin empoisonné soient levés: les serments de loyauté indéfectible et les promesses de sacrifice au nom de la véritable foi. Mais je ne pouvais pas comprendre comment une mère – ou quelque personne ayant une once de logique et de compassion, d'ailleurs – pouvait en arriver à commettre un tel crime.

—Est-ce que vous les avez aidés? demandai-je au cadavre aveugle de Celynne. Est-ce que vous avez coupé le vin pour qu'ils le boivent plus facilement? Est-ce que vous leur avez dit qu'ils allaient revoir leur père?

—Elle a dit qu'il nous attendait.

Un cri d'alarme s'échappa de mes lèvres et je brandis mon épée en pivotant vers l'endroit d'où provenait la voix. Une petite silhouette émergea des plis de la cape de la duchesse. La fillette au visage ensommeillé cligna des paupières d'un air triste, puis une ride perplexe barra son front.

—J'ai juste bu une gorgée.

Elle me regarda avec attention et son expression fit remonter une image à la surface de ma mémoire.

La fillette dans la tente sur la berge de la Corbeaudine.

—Ce n'était pas bon, alors j'ai fait semblant. (Dame Ducinda bâilla et poussa sur la jambe de sa mère avec ses petites mains.) Et maintenant, ils sont tous en train de dormir et ils ne veulent pas se réveiller.

Elle toussa—un son humide et assez horrible pour que je m'agenouille devant elle et l'aide à se lever.

—Juste une gorgée? demandai-je.

Sa tête roula sur ses épaules et je la secouai avec énergie.

—Mmm…

Son front glissa contre ma cuirasse.

—Réveillez-vous! (Je la secouai de plus belle, la soulevai et me dirigeai vers l'escalier à grands pas.) Ne vous endormez pas!

—Vous faites trop de bruit, grogna l'enfant. Comme mon oncle. Il crie tout le temps. (Elle regarda les murs avec des yeux troubles tandis que je descendais les marches et traversais les cours successives, la Veuve sur les talons.) Est-ce que c'est lui qu'on va voir?

—Plus tard. Peut-être. D'abord, on va rendre visite à un de mes amis. Il va vous soigner et ça ira mieux ensuite.

Après m'être frayé un chemin à travers le labyrinthe de la forteresse, j'atteignis enfin la porterie. Liahm et Flécheur se redressèrent en m'entendant crier.

—Un cheval! Trouvez-moi un putain de cheval!

Le lendemain, la duchesse Celynne Cohlsair fut enterrée en compagnie de ses enfants dans le mausolée ducal qui se trouvait sous la forteresse. Les rites funéraires furent conduits selon la doctrine orthodoxe de l'Alliance. C'était un choix mûrement réfléchi et une ultime insulte à la mémoire de la duchesse, mais je n'éprouvai aucune compassion pour cette femme qui avait entraîné ses enfants dans la mort – sans parler de ses soldats et de ses serviteurs.

« C'est de la folie », avait dit l'officier alundien avant de mourir.

Il n'avait pas menti. J'avais entretenu le maigre espoir qu'on trouverait les membres de sa famille en vie quand la compagnie avait entrepris de fouiller la forteresse, mais le miracle n'avait pas eu lieu. On n'avait pas découvert le moindre survivant en dehors de dame Ducinda. Les enfants de la duchesse n'avaient pas été les seules victimes de la tragédie : de nombreuses familles – nobles ou roturières – s'étaient rassemblées pour se donner la mort. Même inspirée par la foi, la folie reste de la folie.

L'incendie qui ravageait le nord de Haudesahl avait été éteint par une chute de neige providentielle au lever du soleil. Le vent froid avait également permis de limiter les rapines habituelles des soldats après la prise d'une ville. Plusieurs quartiers avaient été pillés pendant la nuit et des Alundiens qui cherchaient à s'enfuir avaient été massacrés sans discrimination et avec une joie aveugle avant que la neige mette un terme au carnage. Le temps s'était calmé au cours de la journée et plusieurs bandes de soldats ducaux qui écumaient les rues en quête de butin avaient croisé le chemin de Sir Ehlbert et de la Compagnie de la Couronne. La brutale efficacité du champion du roi avait tendance à s'évanouir une fois la bataille terminée, mais pas cette fois-ci. Il avait perdu la moitié de ses hommes au cours de l'assaut contre la brèche la plus au sud et cette expérience l'avait mis de fort mauvaise humeur. À en croire certaines rumeurs, il avait le plus grand mal à accepter que son attaque se serait soldée par une cuisante défaite si la Première Compagnie d'Evadine n'avait pas pris les Alundiens à revers. Quoi qu'il en soit, le seigneur Ehlbert fit pendre six pillards à des potences érigées à la hâte à l'entrée de la ville et les tentations chapardeuses des soldats de la Couronne s'évanouirent comme par magie.

J'estimai que les deux tiers des habitants de Haudesahl avaient abandonné la cité lorsqu'on put affirmer que l'ordre était revenu. Beaucoup d'entre eux avaient fui à bord de navires marchands – ceux qui avaient les moyens de verser de grosses sommes d'argent aux capitaines cupides, du moins. Ceux qui ne pouvaient pas payer étaient passés par des portes secondaires au nord ou au sud. La plupart regagneraient la ville petit à petit au cours des jours à venir, incapables d'affronter les dures conditions de vie extérieures en plein hiver. Ils rentreraient en groupes misérables, nerveux et craintifs sous le regard des étrangers du Nord qui s'étaient emparés de leur cité. La princesse Leannor avait ordonné qu'on verse une aumône à chacun et interdit qu'on malmène des Alundiens sans son autorisation expresse. Ses messagers avaient sillonné les rues en lisant des proclamations vantant la générosité du bon roi Tomas et assurant qu'il protégerait tous les habitants du duché.

Et quand la princesse convoqua ses principaux capitaines cinq jours après la prise de la ville, la modestie et l'humilité ne l'étouffèrent pas.

—Notre messager a dû annoncer notre victoire au roi à l'heure qu'il est, pérora-t-elle.

Elle était assise sur le grand et magnifique siège du regretté duc d'Alundia. La salle de réception avait été aérée pour chasser les effluves du poison et les dalles maculées de vin avaient été récurées. Le sol brillait à la lumière du soleil qui entrait par les fenêtres aux volets ouverts.

—Ne vous inquiétez pas, mes bons seigneurs et mes bonnes dames. J'ai raconté avec moult détails les actes de bravoure qui nous ont permis de prendre la ville et je suis sûre que vous serez largement récompensés le moment venu.

—Il ne fait aucun doute que vous êtes la plus méritante d'entre nous, osa un capitaine.

C'était un petit noble aux traits élégants qui venait du sud d'Alberis et qui commandait une compagnie de libres épées qu'il payait de sa poche. Un ramassis d'égorgeurs et d'ivrognes qui avaient été les derniers à franchir la brèche et parmi les premiers à se livrer au pillage avant que Sir Ehlbert intervienne.

—Car, enfin, poursuivit le noble, n'est-ce pas grâce à votre commandement éclairé que cette cité est revenue dans le giron de la Couronne? (Il jeta un regard insistant aux autres capitaines.) Nous sommes honorés d'avoir servi sous vos ordres… (Il posa un genou à terre et s'inclina avec gravité, tête baissée.) Mon épée est à vous jusqu'à la fin des temps, estimée princesse.

Son obséquiosité se répandit comme une tache d'huile et tous les officiers se dépêchèrent d'imiter le flagorneur. À trois exceptions près : Evadine, moi et – à ma grande surprise – Sir Ehlbert.

—Vous exagérez, seigneur Elfons, gloussa Leannor en agitant les deux mains vers le noble. Assez, assez. Levez-vous, mes bons seigneurs, car nous avons des sujets importants à aborder. Maintenant que la guerre est gagnée, nous devons nous concentrer sur les impératifs de la paix.

Je fis de mon mieux pour étouffer un ricanement sarcastique. La fille chérie du duc d'Althiene était morte – de sa propre main, mais quand même – et les habitants d'Alundia étaient déterminés à résister à l'autorité royale. Le royaume allait devoir attendre un bon moment avant de connaître la paix.

Leannor s'interrompit et prit un air songeur qu'elle avait dû travailler pendant de longues heures.

— La perspective de gérer une terre insoumise a toujours présenté de nombreux défis. Nous devons nous demander quel est le meilleur moyen de gouverner des gens qui n'ont aucune envie d'être gouvernés.

— Avec de l'acier, déclara le verbeux seigneur Elfons. (Il serra la poignée de son épée avec emphase pour souligner ses paroles.) Ceux qui osent se rebeller contre un roi juste ne méritent pas mieux.

— Non, seigneur, dit Leannor. (Elle secoua la tête, puis inclina le menton avec une grâce royale.) J'ai affirmé à maintes reprises que nous n'étions pas venus ici en conquérants et je n'ai aucune envie de me parjurer. Non, mes réflexions sur le problème m'ont conduite à une seule et unique conclusion…

Nous dûmes patienter avant de savourer les fruits de ses sages cogitations, car un puissant grondement résonna au-delà des murs de la salle et le sol trembla légèrement sous nos pieds.

L'expression de Leannor passa de la gravité posée à la surprise inquiète tandis qu'elle se levait d'un bond.

— Par le cul des Martyrs! s'exclama-t-elle. Qu'est-ce que c'est que ça?

— Le bastion de la porterie, Votre Majesté, répondis-je. Maître Vassier a annoncé qu'il risquait de s'effondrer aujourd'hui.

La princesse Leannor laissa échapper un soupir amer.

— Eh bien! on dirait qu'il est meilleur devin qu'ingénieur.

Les capitaines éclatèrent de rire. La porterie avait refusé de s'effondrer pendant cinq jours malgré le feu qui couvait sous ses fondations et c'était devenu un sujet de plaisanterie récurrent au sein de l'armée royale. De nombreux soldats avaient parié sur le moment précis auquel le bâtiment s'écroulerait enfin. La princesse Leannor, elle, avait bien compris que cela n'avait rien de très réjouissant. La destruction de la porterie avait été un objectif de première importance quand la cité était aux mains de l'ennemi. Aujourd'hui, elle laissait un énorme trou dans nos défenses alors que les Loups gris du seigneur Roulgarth écumaient la région en quête de sang et de vengeance. Une caravane de ravitaillement venant d'Alberis était tombée dans une embuscade deux jours plus tôt. Les charretiers et les soldats de l'escorte avaient été massacrés au cours de l'attaque et le chargement volé ou incendié. Leannor affirmait que nous avions remporté la victoire, mais en vérité nous nous étions seulement emparés d'une ville. Les habitants du duché n'avaient rien perdu de leur hostilité envers la Couronne et ils avaient désormais une raison de plus de nous haïr.

La princesse se força à sourire, mais ses traits se contractèrent quand ses yeux aperçurent quelque chose aux pieds de la chaise qu'elle s'était appropriée. Une tache de matière brune qui accrocha la lumière lorsqu'elle se leva et que le meuble glissa légèrement en arrière. Mais elle la vit et cela la fit réagir sur-le-champ.

—J'ai ordonné qu'on nettoie le sol ! dit-elle d'une voix essoufflée. (Ses yeux enflammés se tournèrent aussitôt vers le chambellan Falk, un homme grave qui portait des vêtements simples.) Qu'on efface toutes les taches ! (Elle serra le revers de sa cape en hermine et les articulations de ses doigts blêmirent tandis qu'elle s'efforçait vainement de contrôler le tremblement de ses mains.) Mes ordres étaient clairs, il me semble !

—Je vous présente mes plus profondes excuses, déclara le chambellan Falk d'une voix aussi blanche que ses habits. (Il s'inclina très bas.) Je veillerai à ce que les responsables soient châtiés avec la plus grande…

—Contentez-vous de nettoyer cette salle convenablement ! le coupa Leannor.

Elle baissa les yeux, contempla la tache, puis leva la tête et déglutit avec peine. Elle lâcha le revers de sa cape et plia les doigts avant de lisser sa jupe.

—Seigneur Ehlbert, dame Evadine et capitaine Scribe, veuillez rester ici. Les autres peuvent partir.

Alors que les capitaines s'inclinaient et sortaient, j'aperçus une lueur de ressentiment dans le regard du seigneur Elfons. Le flagorneur invétéré avait visiblement du mal à comprendre comment on pouvait l'exclure au profit d'un ancien hors-la-loi. Ce fut donc avec grand plaisir que je lui adressai une élégante révérence et un large sourire avant de le suivre des yeux jusqu'à la porte.

—Capitaine Scribe, dit Leannor. (Sa voix sèche avait perdu toute trace de suffisance.) Vous allez ordonner à maître Vassier d'entreprendre la reconstruction de la porterie sur-le-champ.

—Maître Vassier attend avec impatience qu'on l'autorise à partir, Votre Majesté, remarquai-je. Son rôle consistait à nous aider à nous emparer de la cité et, de toute évidence, il l'a rempli.

—Son rôle consiste à faire ce que je lui demande de faire, gronda Leannor d'une voix rauque et impatiente. Il ferait bien de ne pas l'oublier s'il souhaite revoir son fils. Seigneur Ehlbert… (Elle se tourna vers le champion du roi sans me laisser le temps d'ajouter un mot.) Qu'avez-vous appris de vos patrouilles ?

—Les Loups gris sont insaisissables, répondit Ehlbert. Ils se séparent après chaque attaque, se terrent pendant un certain temps, puis reforment leurs meutes quand une occasion se présente. Alundia est grand et ce ne sont pas les endroits où se cacher qui manquent quand on connaît la région.

J'avais remarqué qu'en comité restreint il parlait à la princesse de manière beaucoup moins formelle – et que, curieusement, cela ne semblait pas la déranger le moins du monde. De son côté, Leannor s'adressait à Ehlbert avec un naturel et une spontanéité qui n'avaient rien à voir avec le ton qu'elle employait avec les autres. Sachant ce que je savais à propos de leurs liens, il était logique que le chevalier et le roi soient proches, mais pourquoi cette intimité s'étendait-elle à la princesse ?

Je tournai les yeux vers Sir Ehlbert.

Se pourrait-il que le champion du roi ait enfanté plusieurs bâtards ?

—Ces hommes ne sont pas des soldats, déclara Leannor. Ils refusent de reconnaître la juste autorité du roi sur ces terres et, par conséquent, ils doivent être considérés comme des rebelles. Par chance… (Elle tourna la tête vers moi.) Nous avons parmi nous un expert en matière de brigands. Dites-nous, capitaine Scribe, où devons-nous chercher ces Loups répugnants ?

Je fus tenté de ne pas répondre, d'affirmer que je ne connaissais pas ce duché et sa géographie, mais il y avait un certain bon sens derrière la question de la reine. Nobles ou pas, Roulgarth et ses rebelles étaient désormais des proscrits. Ils ne pouvaient pas se réfugier dans leurs châteaux, car ils n'avaient plus assez de soldats pour les défendre. Ils n'étaient guère plus que des vagabonds et n'avaient donc d'autre choix que d'adopter le dur mode de vie des bandits.

—Fouiller les montagnes et les forêts ne servirait pas à grand-chose, déclarai-je. Nous pourrions y passer des années sans trouver un seul d'entre eux, car ils connaissent le terrain mieux que nous.

—Dans ce cas, ayez donc l'obligeance de nous dire où chercher, capitaine, dit Ehlbert en m'adressant un sourire intrigué, mais toujours aimable.

—Là où ils doivent être, pas là où ils voudraient être. Les hors-la-loi peuvent chasser pour se nourrir, mais le gibier se fait vite rare. Et ils ne peuvent pas rester assez longtemps au même endroit pour cultiver des champs. S'il veut poursuivre la lutte, le seigneur Roulgarth aura besoin de ravitaillement et il ne pourra l'obtenir qu'auprès des habitants du duché. C'est là que vous les trouverez. Parmi les simples gens.

—Des gens qui nous détestent, remarqua Evadine avec une grimace triste. Des gens qui s'accrochent à leurs visions perverties de l'Alliance. Des gens qui ne trahiront sûrement pas leurs compatriotes.

—Il y a des traîtres partout, dis-je. Tous les hors-la-loi le découvrent un jour ou l'autre. (Je laissai un masque amer glisser sur mon visage avant de me tourner vers le seigneur Ehlbert.) Ce n'est pas Sa Seigneurie qui me contredira, puisque c'est un traître qui l'a conduit à Moulin des Mousses et qui lui a permis de capturer Deckin Scarl. N'est-ce pas, seigneur?

—Je ne suis pas sûr que la duchesse Lorine partage votre opinion, répondit Ehlbert avec un sourire affable. Mais je suis assez d'accord avec vous.

Ce n'est pas Lorine qui nous a trahis, c'est Todman, pauvre connard, pensai-je.

Mon ventre se noua pendant que je m'efforçai de garder ces mots en cage. Je me dépêchai de me tourner vers la princesse et repris la parole d'une voix froide et hachée.

—Deckin avait l'habitude de dire: il y a toujours quelqu'un qui est prêt à vous vendre. Plus vous êtes célèbre, plus la prime pour votre capture est élevée, et quand elle devient assez importante pour permettre à un homme de vivre confortablement jusqu'à la fin de ses jours, l'appât du gain finit par grignoter la peur.

Leannor fit la moue et réfléchit quelques instants.

—Cinq souverains en or pour la tête ou la capture du seigneur Roulgarth? proposa-t-elle.

—Dix seraient plus tentants, dis-je. Mais tout dépend des lascars à qui parviendra l'information. Il sera difficile de la propager dans tout le pays dans la mesure où nos soldats doivent se déplacer par compagnies entières s'ils ne veulent pas tomber dans des embuscades et être massacrés. Mais les nouvelles vont vite. Surtout dans le petit monde des hors-la-loi.

— Mes hommes ont trouvé plusieurs dizaines de marauds qui se languissaient dans les prisons militaires, déclara Ehlbert. Il y a parmi eux quelques individus particulièrement répugnants que je comptais faire pendre quand j'aurais un moment.

— Eh bien, seigneur! dit Leannor. Nous allons vous épargner cette corvée. Capitaine Scribe, je suis sûre que vous êtes le mieux à même de vous adresser à ces individus. Veuillez donc leur rendre visite et leur expliquer que la princesse Leannor Algathinet, dans sa grâce, a estimé bon de les faire bénéficier de sa clémence et de leur accorder la liberté. Accompagnez-les jusqu'aux portes de la ville et donnez-leur assez d'argent pour qu'ils puissent manger pendant quelques jours. Et veillez à ce que tout le monde entende parler de notre générosité.

Je m'inclinai avec respect, subjugué une fois encore par la ruse de cette femme.

— Bien, Votre Majesté.

La princesse nous donna congé après avoir écouté divers rapports sur la situation militaire, mais j'avais l'impression d'avoir gagné une certaine bienveillance et je m'attardai un moment.

— Votre Majesté, avec votre permission, puis-je vous demander des nouvelles de dame Ducinda?

Le visage de Leannor se crispa, car la mention de l'unique héritière directe des Cohlsair nous ramenait à un sujet qui lui déplaisait au plus haut point. Elle avait été terriblement ébranlée en apprenant le suicide de la duchesse Celynne et la mort de ses autres enfants. Je savais que c'était une femme rusée et calculatrice, mais, contrairement à la grande majorité des individus de cette espèce, ses décisions n'étaient pas influencées par le ressentiment, et la violence ne lui procurait aucun plaisir. L'anéantissement de la famille Cohlsair n'avait jamais fait partie de ses plans et elle avait créé plus de problèmes qu'elle n'en avait résolus. La survie de dame Ducinda était donc un événement de la plus haute importance et Leannor avait ordonné qu'on la surveille nuit et jour. Personne ne pouvait l'approcher, pas même celui qui avait sauvé la vie de cet inestimable trésor.

Lorsque j'étais sorti de la forteresse avec Ducinda dans les bras, la Veuve était partie en quête d'une monture. Elle avait trouvé un cavalier, un sergent cordonnien d'une vulgarité affligeante, mais il avait refusé de lui céder son cheval et elle l'avait descendu de selle d'un bon coup de marteau d'armes. Après une chevauchée frénétique à travers les rues plongées dans le chaos, j'avais franchi la brèche et gagné le campement de la compagnie avant de m'arrêter devant la tente du Suppliant Delric. Celui-ci était très occupé à soigner les blessés qui arrivaient du champ de bataille dans un flot ininterrompu, mais il avait confié cette tâche à ses assistants dès qu'il avait aperçu l'enfant que je tenais dans les bras. Pour la sauver du poison, il lui avait fait avaler un purgatif qui avait fait vomir la malheureuse pendant la plus grande partie de la nuit. J'étais resté près d'elle pendant cette douloureuse épreuve, puis je l'avais regardée dormir en ruminant de sombres pensées à propos de son avenir. J'avais brièvement envisagé de la faire évacuer dans le plus grand secret, pour la confier à son oncle peut-être. Mais l'élaboration de ce projet stupide avait été interrompue par l'arrivée de Leannor et de sa redoutable escorte. La rapidité avec laquelle elle avait appris que la fillette avait survécu — alors que j'avais ordonné qu'on n'en parle à personne — m'avait fait comprendre qu'elle disposait au moins d'un espion dans nos rangs. Son royal visage avait blêmi tandis que je lui racontais la terrible scène que j'avais découverte dans la forteresse ducale, puis elle avait pris l'enfant endormie dans ses bras et était partie sans un mot. Je n'avais pas vu Ducinda depuis.

—Elle est entièrement guérie, déclara Leannor. Et ravie de ses conditions de vie actuelles.

J'aurais voulu en savoir plus, mais je savais que j'avais déjà atteint les limites de sa patience. Par chance, Evadine — qui devinait toujours mes pensées avec une facilité déconcertante — prit le relais.

—Que comptez-vous faire d'elle ? demanda-t-elle avec une insistance tranquille.

Les joues de la princesse s'empourprèrent pendant une fraction de seconde. Malgré les flagorneries de ses capitaines, elle savait fort bien que la chute de Haudesahl était un nouveau triomphe qui venait s'ajouter à la légende de la Dame Consacrée. C'étaient nos hommes qui avaient franchi la première brèche et qui étaient allés au secours du seigneur Ehlbert, scellant ainsi le destin de la cité. Leannor était peut-être la générale en chef, mais quand on raconterait l'histoire de la chute de Haudesahl ce ne serait pas son nom qu'on citerait en premier.

La princesse prit le temps de réfléchir avant de répondre. Elle se laissa aller contre le dossier de sa chaise et adopta une pose d'une élégance royale.

—Je trouve la compagnie de cette jeune dame tout à fait charmante et je serais fort triste de m'en séparer, mais les impératifs du royaume passent avant tout. Un navire l'emmènera bientôt vers le nord, puis elle sera conduite à Couravel où elle bénéficiera de la protection du roi. J'espère de tout cœur que, quand les circonstances le permettront, elle sera confiée aux bons soins de son grand-père. Je suis certaine que la présence de cette charmante enfant apaisera grandement la douleur du duc d'Althiene.

—Et quand les circonstances le permettront-elles? demanda Evadine.

Elle avait parlé d'une voix plate, mais son visage exprimait un sombre jugement.

—L'avenir de dame Ducinda relève désormais de ma responsabilité, répliqua Leannor. Et c'est une tâche que je suis déterminée à accomplir avec le plus grand soin. Avant d'être conduite en Althiene, elle sera promise à mon fils, le seigneur Alfric. Cette alliance permettra de calmer la regrettable rancœur qui a pu se développer entre la Couronne et le duc d'Althiene.

Et le sang des Algathinet sera à jamais lié au duché d'Alundia, pensai-je.

Malgré le fardeau de tristesse qui s'abattit sur moi, je ne pus m'empêcher d'admirer la finesse de cette manœuvre politique. J'avais sauvé une enfant pour la voir marier de force à un rejeton de la famille qui était responsable de la mort de ses parents. La vie d'un noble était aussi difficile et dangereuse que celle d'un roturier.

Je sentis qu'Evadine s'apprêtait à prononcer des paroles qui risquaient fort d'offenser la princesse et je me dépêchai de poser un genou à terre.

—Sachez que nous apprécions votre générosité et votre sagesse à ce sujet, Votre Majesté, déclarai-je en m'inclinant.

Leannor toisa Evadine d'un air impatient. Un lourd silence s'installa, puis la Dame Consacrée consentit enfin à m'imiter.

—Merci, capitaine Scribe, déclara la princesse en croisant les mains sur ses cuisses et en m'adressant un sourire serein. Maintenant, allez et traquez-moi ces Loups. Je veux qu'on les éradique avant la fin du printemps.

Chapitre 21

L'Alundien avait un accent à couper au couteau et employait des expressions argotiques dont le sens m'échappait complètement, mais j'avais l'impression de le connaître depuis ma plus tendre enfance. Les bandits, il en existe de toutes formes et de toutes tailles, mais la plupart d'entre eux ont un point commun : ce sont la malchance ou des choix peu judicieux qui les ont entraînés sur le chemin du crime. La plupart, mais pas tous. Certains – tel ce gredin maigre comme un clou et couturé de cicatrices qui arborait une barbe et une moustache… insolites – sont nés avec la malhonnêteté dans le sang. Curieusement, ceux-là sont plus enclins à la trahison que le reste de leurs semblables, comme si l'appât du gain faisait partie intégrante de leur âme et qu'il écrasât toutes autres considérations quand une bonne occasion se présentait. Pour un homme comme lui, dix souverains en or étaient une tentation irrésistible, mais une petite lueur coupable passa dans ses yeux injectés de sang quand il s'agita sur son siège et entreprit de raconter son histoire. Son regard oscillait sans cesse entre le seigneur Ehlbert et moi.

— La vieille tour près de la passe d'Uhlpin, m'seigneurs, dit-il en hochant la tête à chaque mot. Mais y a des guetteurs sur l'chemin. Et pis des colleteurs.

Sa gorge se contracta comme si elle possédait une volonté propre et sa voix s'évanouit. Un toussotement sec et rauque émergea de ses lèvres craquelées. Au-dessus de sa moustache, ses joues portaient les stigmates qu'on trouve usuellement chez un homme qui a vécu sans abri pendant des semaines et qui a affronté des températures assez basses pour lui laisser des cicatrices indélébiles sur la peau. Il était enveloppé dans des fourrures puantes, mais il frissonnait sans cesse.

J'observai ses yeux et me rendis compte qu'ils exprimaient plus de peur que de honte.

Il chie dans son froc, pensai-je.

— Bois, mon ami, dit le seigneur Ehlbert en poussant une chope remplie à ras bord vers lui.

Nous étions seuls dans cette hutte de pierre que les gens du coin appelaient « auberge ». Elle se trouvait au centre d'une minuscule agglomération composée de constructions semblables au pied des contreforts des montagnes qui dominaient la frontière méridionale d'Alundia. Pour atteindre ce modeste village, nous avions fait un long et difficile voyage de huit jours depuis la région vinicole qui s'étendait à l'est. Nous avions passé des semaines à traquer le seigneur Roulgarth dans un paysage de vignes gelées – en pure perte – quand un cavalier était arrivé de Haudesahl avec un message de Leannor. Elle nous ordonnait de nous rendre dans un hameau du Sud où, à en croire les informations d'une source non identifiée qui devait être un des innombrables espions de la princesse, nous trouverions un homme avec une histoire très intéressante à raconter. À notre arrivée, nous avions découvert que cet individu frissonnant de froid était le seul client de l'auberge. La plupart des habitants du village étaient partis à cause du manque de nourriture provoqué par la guerre. L'aubergiste avait été banni de son établissement pour la soirée et un étroit cordon de soldats de la Couronne veillait à ce qu'aucune oreille indiscrète ne soit tentée d'écouter notre conversation.

— Des colleteurs ? répétai-je lorsque l'Alundien eut avalé une grande gorgée de bière.

— Ouais. Des surineurs et des crève-panse, dit l'Alundien avec de la mousse accrochée à sa moustache en bataille. Les types qui s'occupent du nettoyage quand il faut.

— Des bandits, donc. Comme vous. De bien curieux camarades pour un noble de haute naissance.

— L'seigneur Roulgarth, il est pas du genre à juger un homme sur son passé.

Une nouvelle lueur de honte traversa ses yeux et il leva sa chope pour avaler une gorgée de bière. Plus longue que la précédente.

— Ne buvez pas trop, dis-je en tendant la main par-dessus la table pour l'arrêter.

Le bandit blêmit et recula précipitamment avant de se ramasser sur lui-même comme s'il se préparait à s'élancer vers la porte. Il n'irait pas bien loin, mais s'il avait quelque chose d'intéressant à dire je préférais l'entendre de la bouche d'un homme qui ne tremblait pas de peur.

—Comment on t'appelle ? dis-je en repliant mon bras.

Je savais qu'il était inutile de lui demander son véritable nom, un nom qu'il n'avait sans doute pas utilisé depuis des années.

—Coupe-choux, répondit-il avec un sourire forcé qui dévoila ses dents jaunies. (Il passa ses doigts sales dans sa moustache hirsute.) C'est un surnom qu'on m'a donné parce que je la taille tous les matins, vous voyez ? Pas parce que je tranche les gorges à tour de bras ou un truc comme ça. Mais les types de ce genre, c'est pas ce qui manque dans la bande de Sa Seigneurie, pour sûr.

—Vous me semblez être un homme tout à fait paisible, dit Ehlbert.

Le bandit esquissa un large sourire de soulagement. Je sentis qu'il avait plus peur de moi que du chevalier. Il avait compris que nous étions confrères, car il n'est pas facile de se débarrasser du manteau de bandit et c'est un vêtement que les membres de la profession reconnaissent au premier coup d'œil. Il devait penser qu'Ehlbert était un noble balourd et joyeux qu'on pouvait aisément manipuler. Coupe-choux était avide, mais pas très perspicace.

Quelques semaines plus tôt, nous nous étions rendus dans un village encore plus misérable que celui-ci, à l'est, dans l'espoir d'obtenir des informations crédibles à propos de Roulgarth. Ehlbert avait écouté le mouchard avec patience et bonne humeur avant de lui poser une question pertinente.

—De quelle couleur sont les yeux du seigneur Roulgarth ?

Notre interlocuteur avait répondu correctement—bleus–, mais nous nous étions tout de suite rendu compte que c'était un coup de chance. La plaisanterie lui avait coûté cher : il avait été flagellé avant d'être condamné à trimer dans les mines de l'Enfer jusqu'à la fin de sa vie.

Coupe-choux, lui, ne répondit pas au hasard.

—Certains disent qu'ils sont bleus, dit-il quand Sir Ehlbert lui posa la même question. Mais moi, je trouve qu'ils sont plutôt gris. Comme la mer par temps couvert, seigneur.

Il laissa échapper un interminable rot, puis contempla sa chope presque vide d'un air abattu.

—Dis-nous la vérité et nous te donnerons assez d'argent pour acheter un navire, déclara Ehlbert. (Il prit la chope et alla la remplir au tonneau en perce qui se trouvait à côté.) On t'appellera capitaine Coupe-choux. (Il revint, posa la chope et glissa une main sur l'épaule du bandit.) Ça ne te plairait pas?

—Un peu que ça me plairait, répondit Coupe-choux en s'emparant de la chope.

Ses mains tremblaient un peu trop.

—Ce bâtard nous raconte des craques, grondai-je.

Je me levai et ma dague jaillit de son fourreau en sifflant. Coupe-choux voulut se lever à son tour, mais la lourde main d'Ehlbert l'en empêcha. Je ricanai d'un air moqueur.

—Pourquoi Roulgarth Cohlsair, le Loup d'Alundia, s'abaisserait-il à respirer le même air que des pourritures telles que toi? (Je me penchai au-dessus de la table et saisit Coupe-choux par une des peaux de mouton crasseuses et humides qui lui servaient de manteau.) Tu me prends pour un abruti de trou-du-cul de noble?

—Du calme, du calme, intervint Ehlbert sur un ton apaisant. (Le bandit resta pétrifié tandis que ma dague approchait d'un de ses yeux.) Je suis sûr que le capitaine Coupe-choux est en mesure de prouver qu'il dit la vérité. (Il lui assena une bourrade amicale dans le dos.) N'est-ce pas, capitaine?

—Vous… Vous êtes le scribe, hein? bafouilla le bandit. (Il voulut reculer pour s'éloigner de moi, mais se heurta au rempart infranchissable de Sir Ehlbert.) Celui qui a tenu le château de Walvern?

—Et alors? demandai-je.

La pointe de ma lame s'arrêta à un cheveu de la pupille de son œil frémissant.

—Sa Seigneurie a dit qu'elle aurait mieux fait de vous tuer sur la berge du fleuve. Elle a dit que, si elle avait su, elle aurait coloré la Corbeaudine en rouge avec votre sang. Et celui de votre putain de Martyre.

Je résistai à l'envie de le balafrer pour lui faire payer cette insulte. Ces mots avaient coulé de sa bouche avec fluidité et je doutai qu'il soit assez intelligent pour les avoir inventés.

—Et c'est à toi qu'il a dit ça, hein? ricanai-je. Menteur! Je suis sûr qu'il ne t'a jamais adressé la parole.

—Pas à moi, non. À son neveu, le seigneur Merick. Il leur arrivait de parler la nuit, vous voyez? Et moi, j'approchais discrètement et je trouvais un coin d'où je pouvais les entendre.

—Et de quoi parlaient-ils?

—De stratégie, d'embuscades, d'attaques-surprises et de meurtres. (Le regard de Coupe-choux se tourna vers Sir Ehlbert avant de revenir se poser sur moi.) De vous deux. Il crève d'envie de vous tuer tous les deux et il est vachement énervé parce qu'il peut pas le faire. Pas tant que l'hiver tient la montagne entre ses griffes.

Je me détendis un peu en écoutant le flot de paroles qui jaillissait de sa bouche. Il avait l'accent de la vérité.

—Il a l'intention de rester là-bas jusqu'au printemps, vous voyez? En fait, il peut pas aller ailleurs. Dans le Sud, des seigneurs et des dames ont proposé de l'accueillir, mais il a peur de voyager jusque-là. Le terrain est trop dégagé et il a plus grand-chose à manger. Il va rester où il est jusqu'à la fin de l'hiver, mes seigneurs. Je vous le promets. Je suis prêt à le jurer sur tous les Martyrs que vous voulez.

—Comme si tu te souciais des Martyrs, grommelai-je.

J'éprouvai cependant une certaine satisfaction. Je n'avais pas entendu de mensonge flagrant dans sa bouche, mais sa peur m'intriguait. Elle assombrissait toujours son regard enfiévré et je compris qu'elle trouvait son origine dans quelque chose de plus terrifiant que ma dague.

—Il y a autre chose, dis-je en lâchant la peau de mouton pour le saisir au col. (Je l'immobilisai et agitai la pointe de la dague tout près de son œil.) Tu connais les types comme moi et je connais les types comme toi. Je ne veux plus de mensonges ou de secrets. Crache le morceau ou je t'arrache ton œil et je te le fais bouffer.

L'air jaillissait de sa bouche en souffles aigres et hachés. Sa poitrine maigre se soulevait et s'abaissait sur un rythme rapide. Des rigoles de sueur coulaient aux coins de ses yeux qui clignaient sans cesse. Il reprit la parole dans un murmure et sur le ton incrédule de l'homme qui confesse un péché qu'il n'avait pas prévu de confesser.

—Mon frère…

Je serrai son col un peu plus fort.

—Eh bien! quoi, ton frère?

—Je l'ai tué.

Il se tut dans un hoquet et je vis sa gorge se nouer tandis qu'il déglutissait. La suite jaillit dans un torrent larmoyant.

—J'ai tué mon frère. On était de guet et je lui ai dit: «Allons toucher ces putains de souverains avant d'avoir les couilles gelées.» Mais il a pas voulu. Il a dit qu'on était redevables à Sa Seigneurie parce qu'elle nous avait pas fait pendre le jour où on avait volé ces chèvres. Il a dit que j'étais un moins-que-rien, un putain de lâche et qu'il comprenait mieux pourquoi m'man m'avait jamais aimé. Et je l'ai tué…

Des larmes envahirent ses yeux et il contracta les paupières pour les retenir. Puis il se libéra d'un mouvement sec et des sanglots secouèrent sa maigre carcasse.

— Je l'ai planté dans la gorge… J'ai tué mon frère.

Je le laissai pleurer quelques instants et adressai un hochement de tête à Sir Ehlbert pour qu'il éclipse son encombrante présence. Il recula jusqu'au tabouret qui se trouvait près du tonneau de bière pendant que Coupe-choux s'efforçait de se ressaisir. Cela lui prit une éternité, mais je résistai à l'envie de le secouer pour accélérer les choses. Le sentiment de culpabilité est un étrange poison qui peut fortifier ou affaiblir. Cet homme avait emprunté une route sur laquelle on ne pouvait pas faire demi-tour et il avait scellé cette décision avec le sang de son frère. En avouant son crime, son âme de bandit ne lui laisserait pas d'autre choix que d'aller jusqu'au bout de sa trahison. Je me rassis donc et attendis que cette fouine avide se purge de son chagrin et retrouve un semblant de calme.

— Qu'est-ce que tu as fait du corps ? demandai-je sur un ton plat et professionnel, de bandit à bandit.

— Je l'ai balancé du haut d'une falaise. (Il inspira un grand coup pour refouler de nouvelles larmes et essuya la morve qui coulait de son nez d'un revers de main.) Une falaise vachement haute. Et à bonne distance de la tour. Ils le trouveront pas.

— Mais ils remarqueront que tu n'es plus là.

— La bande de Sa Seigneurie perd toujours du monde. Surtout dans la montagne. Il y a ceux qui en ont ras le bol et qui rentrent chez eux. Il y a ceux qui tombent dans des précipices. On devait pas être loin de quatre cents quand on s'est mis en marche vers le sud. Quand je suis… parti, on n'était plus qu'une cinquantaine.

— En dehors de ton frère, tu as dit à quelqu'un que tu avais l'intention de vendre le duc ?

— Putain, non ! (Il hoqueta de rire tant ma question était stupide.) Le dernier type que Sa Seigneurie a soupçonné de trahison, il l'a fait attacher à un arbre pour qu'on lui arrache la langue. On l'a laissé là pour que le sang s'accumule et gèle dans sa bouche.

Tout cela sonnait vrai. Compte tenu des températures et du manque de nourriture, le duc devait avoir du mal à conserver la loyauté de ses soldats les plus fidèles. Surtout après la chute de Haudesahl et la terrible mort de la duchesse Celynne. Roulgarth devait être au plus bas. Il devait passer ses journées dans sa tour, imaginant des assassinats qu'il ne réussirait sans doute jamais à perpétrer.

Peut-être a-t-il sombré dans la folie. (Cette idée n'avait rien de réconfortant.) *La folie pourrait le rendre plus dangereux. Un loup acculé est encore plus féroce qu'un loup enragé.*

—Est-ce qu'il y a un moyen d'approcher de cette tour sans se faire remarquer? demanda le seigneur Ehlbert.

Coupe-choux hocha la tête.

—Il y a une sorte de rigole pour évacuer la merde sur le versant sud. Elle descend jusque dans la vallée. Ce n'est pas une grimpette facile, et ça doit pas être agréable non plus, mais un homme doit pouvoir la remonter par une nuit sans lune. Un seul, sinon vous êtes sûr de vous faire repérer. Je peux dessiner un plan, si Sa Seigneurie le désire…

—Pas de plan, capitaine Coupe-choux. (Sir Ehlbert sourit, se leva et posa une chope pleine devant le bandit.) Tu nous montreras le chemin. Enfin, si tu veux toucher la récompense.

Coupe-choux se voûta tandis que la main du chevalier se posait sur son épaule. Un pli maussade rida le front du bandit, puis il hocha la tête.

—Excellent! (Coupe-choux faillit renverser la chope lorsque Sir Ehlbert lui assena une puissante claque dans le dos avant de se diriger vers la porte.) Nous partirons demain à l'aube. Capitaine Scribe, pourriez-vous m'accorder un moment, je vous prie?

Sir Ehlbert tenait une pipe entre ses dents serrées et les minces tourbillons de fumée ajoutaient une pointe douce et piquante à l'air de la montagne.

—Quand le roi m'a envoyé traquer Deckin Scarl, j'ai entendu dire que, dans sa bande, il y avait un gamin avec une oreille si fine qu'il était capable de déceler les mensonges.

Ses yeux scintillèrent tandis qu'il regardait mon visage inexpressif et tirait une bouffée sur sa pipe. L'image et l'odeur me rappelèrent de désagréables souvenirs. Les souvenirs d'un autre chevalier qui avait un faible pour ce vice.

Sir Ehlbert était adossé à un mur extérieur de la hutte en pierre, les traits à demi éclairés par la lueur qui filtrait entre les lames des volets clos. Il était tard et le froid nocturne de la montagne me glaçait jusqu'aux os. Une chanson entonnée en chœur montait du camp de la

Compagnie de la Couronne installé en contrebas du village. Les voix stridentes des chevaliers et des soldats contrastaient avec le silence du camp de la Compagnie de l'Alliance installé plus haut. Après la prise de Haudesahl, la Garde Montée de la Compagnie de l'Alliance avait été placée sous le commandement séparé de Wilhum. Il était désormais le capitaine Dornmahl de la cavalerie de l'Alliance. Le nombre de cavaliers avait doublé grâce au recrutement sélectif de libres épées qui s'étaient retrouvées sans emploi après la défaite alundienne. J'avais été obligé de laisser le commandement de la Seconde Compagnie à Ofihla pour accompagner Evadine dans la traque des Loups, car ma présence avait été exigée par la princesse Leannor en personne.

—Il y a un mystère sur lequel je me suis souvent interrogé, poursuivit Sir Ehlbert en voyant que je ne réagissais pas. Pourquoi ce garçon n'a-t-il pas décelé la présence d'un traître et empêché la bande de tomber dans une embuscade?

—Un mensonge doit m'être adressé pour que je puisse l'identifier, lâchai-je d'une voix plate. Et la personne qui a trahi Deckin n'avait pas l'habitude de dire grand-chose en ma présence. En dehors de quelques insultes.

—La duchesse Lorine ne vous aimait guère, hein? (Il approcha de moi et, lorsque je me tournai vers lui, je vis un pli interrogateur et rusé sur son front.) J'ai entendu dire qu'elle avait été une mère pour vous. Et Deckin un père.

—On peut dire ça. Mais c'est surtout l'Ascendante Sihlda Doiselle qui a été une mère pour moi.

Ma remarque le frappa comme une gifle. Son regard se durcit, puis fut envahi par une lueur de regret. Il baissa la tête et tira sur sa pipe plusieurs fois avant de reprendre la parole à voix basse.

—Je n'ai joué aucun rôle dans ce qui lui est arrivé. Si j'avais su ce qu'Althus préparait, je l'aurais arrêté.

—Et qu'est-ce qui vous a empêché d'aller la sortir des mines de l'Enfer quand vous avez appris ce qui s'était passé?

—Rien. (Les volutes de fumée se déployèrent et ses sourcils s'arquèrent tandis qu'il plongeait dans ses souvenirs.) Quand j'ai appris ce qu'Althus avait fait, je me suis rendu aux mines avec une escorte de chevaliers, bien décidé à n'accepter aucune excuse du seigneur qui les dirigeait. (Une grimace dégoûtée déforma ses traits.) Un individu aussi désagréable que méchant, si ma mémoire est bonne. Un lâche qui fit remonter l'Ascendante des profondeurs des mines dès qu'il entendit ma requête. (Le visage d'Ehlbert se fit perplexe, comme s'il réfléchissait à ce mystère depuis des années.) Elle a refusé de me suivre. Quand je lui ai demandé pourquoi, elle m'a répondu que sa libération entraînerait le royaume sur le chemin de la guerre, car Althus chercherait aussitôt à la tuer et que je chercherais donc à tuer Althus. Et que, dans le chaos qui s'ensuivrait, le… secret auquel elle tenait tant finirait par s'éventer. Elle m'a dit qu'elle ne supportait pas l'idée d'être à l'origine d'une guerre. Et qu'elle avait une congrégation dont elle devait s'occuper dans les mines. En vérité, elle donnait l'impression d'attendre quelque chose, une promesse qui n'avait pas encore été remplie. Quoi qu'il en soit, elle m'a dit de partir et de ne jamais revenir. Je n'ai pas discuté. J'ai estimé que ce n'était pas à moi de le faire. (Son regard interrogateur et rusé se posa sur moi.) Peut-être pourriez-vous me dire de quoi il s'agissait, capitaine. Que lui avait-on promis ? Je suis sûr que vous l'avez connue bien mieux que moi.

Tant d'années, songeai-je. (Le visage de Sihlda envahit mon esprit, le visage infiniment patient avec lequel elle m'enseignait ses leçons.) *Elle a passé tant d'années dans les mines alors qu'elle aurait pu en sortir.*

—Elle n'attendait rien et elle ne voulait rien, répondis-je. Elle travaillait. C'est elle qui avait quelque chose à offrir. Un jour, le testament de la Martyre Sihlda sera le texte le plus important de l'Alliance.

—Le plus important ?

J'entendis une pointe moqueuse dans sa voix lorsqu'il tourna la tête vers le camp de la Compagnie de l'Alliance.

Je m'apprêtais à dire que la Dame Consacrée et moi partagions le même avis quant à l'importance du testament de Sihlda, mais je me retins *in extremis*, car le champion du roi avait l'oreille presque aussi sensible que la mienne en matière de mensonges. Je me contentai donc de me calmer avant de reprendre la parole.

—Elle vous a berné, vous savez ?

—Sihlda ? Comment cela ?

—Non, je parle de Lorine. Ce n'est pas elle qui a trahi Deckin. C'était un certain Todman. Elle venait juste de le tuer quand elle s'est présentée à vous cette nuit-là.

Sir Ehlbert étouffa un petit rire et esquissa une moue admirative.

—Elle s'est pourtant montrée très convaincante.

—Lorine a joué bien des rôles au cours de sa vie. Celui de duchesse n'est que le dernier.

Sir Ehlbert rit de nouveau, puis inclina la tête en direction de l'auberge.

— Il ne faut jamais faire confiance à un bandit, hein ?

— Il ne ment pas, dis-je. Mais il n'est pas digne de confiance non plus. Et je ne crois pas que Roulgarth soit assez idiot pour ne pas remarquer la disparition de deux sentinelles, deux frères enclins à la malhonnêteté.

— Vous pensez qu'il sait que nous allons venir ?

— Je pense qu'il s'en doute, du moins.

— Dans ce cas, il a plutôt mal choisi son repaire. Il y a quelques années, j'ai aperçu la tour qui se dresse près de la passe d'Uhlpin. Elle était déjà en ruine à l'époque. Un ancien duc alundien l'avait construite pour se protéger des incursions des Caerith. Ce qui est complètement idiot, car ceux-ci n'ont jamais essayé de franchir nos frontières. Elle est abandonnée depuis une éternité et je doute qu'elle soit en mesure de résister à un assaut digne de ce nom. Roulgarth ne dispose pas de beaucoup d'hommes et il n'aura pas d'autres choix que d'essayer de se faufiler entre nos lignes ou de franchir la passe pour s'enfoncer dans le désert des Caerith. Je préférerais qu'il choisisse la seconde solution, comme ça nous n'entendrions plus jamais parler de lui.

— Il a une troisième solution, remarquai-je.

— Une mort glorieuse l'épée à la main ? (Ehlbert haussa les épaules, ôta la pipe de sa bouche et tapota le fourneau contre sa paume pour en déloger les fragments de feuilles presque éteints.) Je serais ravi de lui rendre ce service si c'est ce qu'il souhaite. Peut-être qu'il me défiera en combat singulier. Ou peut-être qu'il vous défiera vous ?

Je répondis à son sourire narquois par un regard vide, puis tirai un shek de mon escarcelle.

— Couronne ou avers ? demandai-je en serrant le poing et en posant la pièce sur l'ongle de mon pouce.

— Que parions-nous ? dit Ehlbert d'un air amusé.

— Lequel de nous deux choisira le pauvre type qui remontera la rigole à merde, car je peux vous garantir que ce ne sera pas moi. (Je détendis le pouce et la pièce tourbillonna en l'air.) Dépêchez-vous, seigneur, ou les règles du jeu vous désigneront comme perdant quel que soit le résultat.

Chapitre 22

— Il n'y a pas âme qui vive ici !

Le visage souillé de Flécheur était l'incarnation même du désarroi et de la douleur lorsque je tirai sur les rênes de mon destrier et m'arrêtai en contrebas de la porte de la tour à moitié en ruine. J'avais perdu à couronne ou avers et j'avais donc choisi l'ancien braconnier pour accomplir la tâche peu enviable de remonter le long de la rigole d'évacuation des déchets. Il avait accepté sans sourciller, mais j'étais convaincu qu'il le regrettait amèrement maintenant. La tour se dressait à l'extrémité d'un chemin qui serpentait entre une vallée étroite et la passe d'Uhlpin. Même de loin, c'était une structure banale qui émergeait d'un amas de ruines, car les deux tiers des murailles s'étaient effondrées sous les assauts du temps et des intempéries.

—Ça ne fait pas longtemps qu'ils ont foutu le camp, ajouta Flécheur en essuyant une substance brune et collante qui maculait un de ses sourcils. Les cendres sont encore chaudes et ils ont laissé pas mal de ravitaillement derrière eux. Il y a de la viande salée suspendue à des crochets. De la viande de cheval. Je suis prêt à parier que c'est à pied qu'ils sont partis.

Evadine et Wilhum s'arrêtèrent près de moi tandis que les cavaliers de l'Alliance mettaient pied à terre et se précipitaient à l'intérieur de la vieille tour en ruine. Je jetai un coup d'œil au-delà des murs dentelés de l'édifice et observai les pentes majestueuses couvertes de neige qui bordaient la passe d'Uhlpin. C'était un chemin évident pour s'enfuir, mais rares étaient les habitants d'Albermaine qui avaient osé franchir la frontière et s'enfoncer dans le désert des Caerith. Et ceux qui l'avaient fait n'en étaient jamais revenus.

—Même Roulgarth n'est pas assez idiot pour faire ça, déclara Wilhum en devinant mes pensées. S'il avait décidé d'aller vers l'est, nous l'aurions aperçu en chemin. (Il leva la tête et scruta les montagnes dont les pics disparaissaient dans les nuages bas et sombres qui cachaient la lune.) Peut-être qu'il connaît une piste dont nous n'avons pas entendu parler.

Je me tournai et m'adressai à un des soldats de la Couronne qui formaient le deuxième rang de notre peloton d'assaut.

—Dites à Sir Ehlbert que le Loup nous a glissé entre les doigts, ordonnai-je. Et ramenez-moi le bandit à moustache.

Quelques minutes plus tard, Coupe-choux arriva sous bonne escorte. Je le saisis par le col et le plaquai contre un mur de la tour.

—Pas de Loup, pas d'or, l'informai-je. Tu ne toucheras pas un shek tant qu'il n'aura pas la corde autour du cou. Alors, où est-ce qu'il est passé ?

—Et comment le saurais-je ? gémit le bandit en se recroquevillant sous ses peaux de mouton. C'est pas ma faute s'il a foutu le camp avant votre arrivée.

—Peut-être, marmonna Wilhum. (Il se pencha en avant pour effrayer le bandit un peu plus.) Mais ça m'amène à me poser une question : comment savait-il que nous allions arriver ?

—Des éclaireurs ont dû l'avertir, couina Coupe-choux, les yeux écarquillés au-dessus de son impressionnante moustache. Comment j'aurais pu le faire, moi ?

—Messieurs les capitaines, s'il vous plaît, intervint Evadine en posant une main sur l'épaule de Wilhum et une autre sur la mienne. Laissez à ce pauvre homme le temps de se ressaisir.

Si elle espérait que son intervention allait rassurer le bandit alundien, elle fut cruellement déçue. Ainsi que nous l'avions découvert au cours de nos tristes pérégrinations, la majorité des habitants du duché était convaincue que la Dame Consacrée était une hérétique doublée d'une sorcière possédant de terribles pouvoirs. À l'entrée de chaque village et de chaque ville, nous autres, soldats, étions copieusement abreuvés d'injures, mais à l'apparition d'Evadine, la horde des mécontents blêmissait et un lourd silence s'abattait aussitôt – à peine troublé par quelques « sorcière malécite » marmonnés à voix basse. Ceux qui étaient assez idiots pour proférer l'insulte blasphématoire à portée d'oreille d'un cavalier de l'Alliance étaient durement châtiés, mais Evadine veillait à ce que la situation ne dégénère pas en bain de sang.

Les yeux exorbités et la bouche béante, Coupe-choux laissa la jeune femme l'entraîner jusqu'à un feu de camp allumé à la hâte. Il frissonna au contact de sa main, mais consentit à s'asseoir et à écouter tandis qu'elle posait des questions d'une voix calme. J'étais prêt à parier qu'il se serait enfui en hurlant s'il n'avait pas été paralysé par une sourde terreur.

— Vous connaissez bien ces montagnes, mon ami? (Des gouttes de glace fondue tombèrent de la moustache du bandit tandis qu'il secouait la tête.) Mais le seigneur Roulgarth les connaît bien, lui, n'est-ce pas? (Coupe-choux hocha la tête tandis qu'il la regardait sans songer à cligner des paupières.) Et le seigneur Roulgarth n'est pas du genre à se réfugier dans un endroit d'où il ne pourrait pas s'échapper. Je ne peux pas croire qu'un homme aussi vigilant et intelligent que vous ne l'ait pas entendu évoquer ses plans.

Coupe-choux frissonna de nouveau, comme s'il essayait de résister à une pression invisible. Il était convaincu d'être la cible de forces maléfiques, d'un sortilège tissé par la sorcière malécite. Ce n'était que le fruit de son imagination limitée, mais cela suffit à lui arracher une information cruciale.

— La sente des Porteurs d'Eau-de-vie, dit-il d'une voix à peine audible.

— Qu'est-ce donc que cela? demanda Evadine en le regardant dans les yeux, un sourire aimable sur les lèvres.

Se rendait-elle compte qu'elle terrorisait cet homme? Le croyait-elle subjugué par la grâce des Séraphiles? Ou croyait-elle qu'elle convertissait un énième païen par le seul pouvoir de sa voix?

— Une piste, souffla Coupe-choux, les yeux toujours écarquillés et le visage terne. Une piste empruntée par les contrebandiers à l'époque où il y avait tellement de taxes ducales sur l'eau-de-vie que seuls les riches pouvaient en boire. Ils transportaient les tonneaux à dos de mule et traversaient la montagne en direction des ports du Sud. Ça fait longtemps que plus personne passe par là, et aucun contrebandier l'a jamais empruntée en hiver, mais… (il hocha la tête vers la forte pente qui se trouvait derrière la partie sud de la tour)… elle longe cette crête. J'ai entendu Sa Seigneurie en parler, mais juste une fois.

— Et elle mène aux ports du Sud? demanda Evadine. (Le bandit hocha la tête avec énergie.) Mille mercis. (Elle leva le bras pour serrer les mains gantées de Coupe-choux, mais celui-ci frissonna avec tant de violence qu'il faillit basculer en arrière.) N'ayez crainte. L'Alliance veillera à ce que vous soyez récompensé comme vous le méritez. Même si le roi refuse de vous verser l'argent promis.

Elle l'abandonna près du feu et se dirigea vers Wilhum et moi qui observions les hauteurs sombres et brumeuses au sud.

—Si Roulgarth atteint la côte, il pourra embarquer sur un navire et aller où bon lui semble, déclara Wilhum.

—Ça nous rendrait bien service, remarquai-je en haussant les épaules. Qu'il fiche le camp et se réfugie de l'autre côté de la mer si ça lui chante. Il ne menacera plus la Couronne s'il quitte ce duché.

—Un exilé peut rentrer chez lui, dit Evadine. Et un héros vivant est plus dangereux qu'un héros mort, car il peut conduire des armées alors qu'un cadavre se contente d'attendre patiemment la fin des temps.

Elle croisa mon regard et inclina la tête en direction de Coupe-choux qui contemplait les flammes avec fascination, aussi immobile qu'une statue.

Je me dirigeai vers lui, l'attrapai par le col et l'obligeai à se lever.

—Très bien, Pue-la-sueur. C'est l'heure de bouger ton cul et de nous montrer cette sente des Porteurs d'Eau-de-vie.

—Mais elle est couverte de neige, gémit l'homme tandis que je le poussais vers l'âne qui lui servait de monture. Et je ne l'ai jamais prise de nuit.

—Le soleil ne va pas tarder à se lever.

Je l'obligeai à monter sur son âne. L'animal devait partager mon mépris pour le bandit, car il poussa un braiment furieux avant de tourner la tête et de mordre son cavalier au pied. Coupe-choux cracha un chapelet de jurons, mais se tut dès qu'Evadine enfourcha Ulstan et approcha.

—C'est par là, marmonna-t-il en se recroquevillant sur sa selle et en pointant le doigt vers un sentier qui partait de l'arrière de la tour et serpentait en direction de la passe.

Notre guide n'avait pas menti et nous eûmes le plus grand mal à trouver la sente des Porteurs d'Eau-de-vie. Nous explorâmes les vallons en vain pendant des heures, jusqu'à ce que le soleil effleure la crête orientale. Coupe-choux se redressa alors sur son âne et pointa le doigt vers un sillon rocailleux qui montait vers le sommet d'une côte au sud de la passe.

—Aucun cheval ne peut grimper un truc pareil, déclara Wilhum en examinant la piste qui ressemblait à une cicatrice aux bords déchiquetés.

—Eh bien! nous irons à pied, dit Evadine en descendant de son destrier. Je suis sûre que maître Coupe-choux sera ravi de nous prêter sa solide monture pour transporter nos affaires.

À ma grande surprise, le bandit mit aussitôt pied à terre et me tendit les rênes sans protester. Il était resté raide et silencieux tout au long de nos recherches, sans doute parce qu'il était horrifié à l'idée de s'être acoquiné avec la sorcière malécite. Les hors-la-loi sont superstitieux et celui-là ne faisait pas exception à la règle.

—Plus tôt nous trouverons Roulgarth, plus tôt tu toucheras tes souverains, lui soufflai-je en hissant une outre d'eau sur le dos de l'âne. Ensuite, tu pourras foutre le camp et tu ne reverras jamais la Dame Consacrée.

Il hocha la tête, mais il regarda Evadine avant d'entamer l'ascension du passage rocailleux. Il grimpa jusqu'au sommet avec une énergie et une détermination surprenantes. Il était sans doute pressé d'en finir avec cette histoire, d'entamer une nouvelle vie et d'oublier sa trahison – ce que je comprenais fort bien. Cette expédition m'avait plongé dans une profonde lassitude et j'étais impatient de quitter ce maudit duché. La traque du seigneur Roulgarth avait confirmé mes craintes quant aux conséquences de notre intervention militaire. Tout au long de notre route, nous avions croisé des personnes qui avaient tout perdu et qui avaient le plus grand mal à survivre aux dures conditions hivernales. Leurs réserves de grain avaient été réquisitionnées par les fermiers généraux de Leannor et la récolte suivante pourrirait sans doute sur pied faute de bras pour moissonner. Sihlda aurait été triste et furieuse d'apprendre le rôle que j'avais joué dans cette affaire et cette idée résonnait dans ma tête avec les élancements de plus en plus fréquents de la migraine. Une fois Roulgarth capturé, nous n'aurions plus aucune raison de rester en Alundia et, une fois de retour dans le Nord, Evadine et moi pourrions enfin préparer la diffusion du testament de l'Ascendante.

« Pour obtenir la paix, il faut commencer par verser le sang. »

C'était une phrase de Mathis le Troisième, dernier roi Algathinet du premier trirègne. Sihlda l'avait citée pour me donner un exemple de raisonnement fallacieux. Elle avait affirmé qu'elle illustrait à la perfection les contradictions absurdes qui permettaient aux tyrans de justifier leurs crimes.

Tu vois, Alwyn, m'avait-elle dit dans la minuscule alcôve qui lui servait de chambre et où j'avais tant appris, *le sang ne conduit qu'à verser plus de sang.*

Le seigneur Ehlbert choisit de nous accompagner avec une vingtaine de ses plus fidèles soldats. Le reste de la Compagnie de la Couronne reçut l'ordre de contourner les montagnes et de gagner la vallée où – d'après Coupe-choux – aboutissait la sente des Porteurs d'Eau-de-vie. Evadine ne choisit que Flécheur et moi pour accomplir ce voyage à travers les cimes. Elle demanda à Wilhum de suivre les soldats de la Couronne.

—Jusqu'à ce que vous ayez franchi les montagnes. Ensuite, devance-les si tu estimes que c'est une bonne idée. Notre proie a une certaine avance. Si elle a déjà atteint les terres méridionales, essaie de trouver sa trace. Ne m'attends pas. Suis-la et capture-la si tu le peux.

—Tu sais bien qu'il ne se laissera pas capturer, dit Wilhum.

—Oui. (Evadine soupira.) Mais je te serais reconnaissante d'essayer. Roulgarth a commis de terribles crimes au nom d'une hérésie, mais c'était un homme bon jadis. Il mérite un procès.

Nous dûmes attendre l'aube avant de nous mettre en marche, car grimper de nuit était trop risqué. Et cela se révéla être une épreuve aussi épuisante que dangereuse de jour. La forte déclivité demandait des efforts considérables et le sol était parsemé de cailloux gelés ou prêts à rouler sous nos pieds. Bon nombre d'entre nous chutèrent et un soldat de la Couronne malchanceux se cassa la cheville lorsque sa botte glissa sur une plaque de glace. Le seigneur Ehlbert se laissa aller à un rare accès de colère et tança le malheureux, car celui-ci ne pouvait pas regagner la tour sans quelqu'un pour l'aider.

—Je devrais abandonner ton misérable cul à geler sur cette putain de montagne! gronda le champion du roi.

À en juger par le visage livide et le mouvement de recul du soldat, je devinai que les colères d'Ehlbert étaient peut-être rares, mais qu'elles étaient terribles.

Nous franchîmes la crête aux alentours de midi et découvrîmes une dépression peu profonde nichée entre deux pics. Le sillon qui zébrait le manteau de neige immaculée nous apprit que nos efforts n'avaient pas été prodigués en vain.

Flécheur s'accroupit et ramassa une petite crotte d'âne.

—Ça date d'hier au plus tard, déclara-t-il. (Il renifla la crotte avant de la jeter.) Les animaux crèvent de faim. Je crois qu'ils ne tiendront pas longtemps.

Nous nous reposâmes quelques minutes pour récupérer de l'ascension, puis nous nous remîmes en marche et pressâmes le pas en surveillant les rochers qui se dressaient de chaque côté du chemin. Craignant que Roulgarth ait décidé de nous tendre une embuscade, Ehlbert nous ordonna de nous scinder en quatre groupes. Le premier – composé de Flécheur, d'un Coupe-choux silencieux comme la mort et de votre humble serviteur – prit la tête de l'expédition. La plupart de nos camarades nous suivaient à une cinquantaine de pas de distance tandis que les arbalétriers se déplaçaient sur les flancs. Par chance, la piste laissée par nos proies traçait une ligne droite dans la neige et nous parcourûmes plusieurs kilomètres sans rencontrer de difficultés particulières. Puis la nuit s'abattit avec cette soudaineté propre à la montagne. La respiration devint douloureuse à cause du froid et le ciel se transforma en toile piquetée d'étoiles avant que nous ayons le temps de nous arrêter et de songer à établir le camp.

— Ça va se rétrécir dans deux kilomètres, marmonna Coupe-choux. (Il ne s'exprimait plus que d'une voix basse et morne.) La piste serpente autour du Sermont. On peut pas la suivre quand il fait nuit.

— Le Sermont ? répétai-je.

Je grimaçai en sentant l'air froid s'engouffrer dans ma gorge et la brûler.

Coupe-choux pointa le doigt vers le pic qui se dressait au sud, un monolithe abrupt et bien plus haut que ses voisins.

— C'est la plus haute de ces montagnes. On raconte que personne a jamais réussi à atteindre le sommet.

— Pourquoi quelqu'un voudrait-il grimper au sommet d'une montagne ? se demanda Flécheur. Surtout que c'est tout plat par là.

Evadine et Ehlbert insistèrent pour poursuivre notre chemin dans l'obscurité de plus en plus dense, mais, après une nouvelle heure de marche, ils acceptèrent de dresser le camp au bord d'un à-pic. À cet endroit, la sente des Porteurs d'Eau-de-vie se rétrécissait pour ne mesurer qu'une soixantaine de centimètres de large. Elle filait vers le Sermont et serpentait autour de son flanc sud. On se demanda s'il était prudent d'allumer des feux, mais le froid eut tôt fait de clore le débat. Nous aurions du mal à poursuivre la traque si nous mourions gelés au cours de la nuit. Les soldats de la Couronne transportaient des fagots de bois qui furent vite rassemblés et enflammés. Nous nous massâmes autour de ces îlots de chaleur et la crainte de révéler notre présence disparut lorsque Flécheur, toujours à l'affût, aperçut quelque chose de curieux.

—Il se moque de nous? demandai-je à Evadine tandis que nous observions la lueur jaune-orange qui oscillait sur le flanc de la montagne à plusieurs kilomètres de distance. Peut-être qu'il cherche à nous attirer dans cette direction.

—Peut-être qu'il ne cherche même plus à se cacher, dit Sir Ehlbert en approchant.

Il était enveloppé dans une peau d'ours et serrait sa pipe entre ses dents bien qu'il fasse trop froid pour embraser les feuilles dans le fourneau. Il regardait le lointain feu de camp avec une sombre détermination.

—Je crois que la traque ne durera plus très longtemps. (Son souffle se matérialisa sous la forme d'un nuage blanc tandis qu'il soupirait et se détournait.) Il cherchera à en finir dès demain. Nous allons bientôt savoir lequel de nous deux il a le plus envie de tuer, capitaine Scribe.

Le voyage du lendemain reste un des souvenirs les plus épouvantables d'une vie pourtant riche en événements de ce genre. La piste, étroite de bout en bout, se réduisait souvent à une corniche de moins d'un mètre de large. Je n'ai jamais beaucoup aimé les hauteurs et je vivais un cauchemar où se mêlaient angoisse et terreur à l'état pur. À plusieurs reprises, je dus plaquer mon dos à la paroi rocheuse et progresser centimètre par centimètre tandis que le vent soufflait par rafales. Flécheur ouvrait la marche. Il était originaire d'une forêt des basses terres, mais il s'était découvert des talents de montagnard hors pair. Coupe-choux avait le pied tout aussi sûr, mais il était de plus en plus taciturne. La veille, il n'avait guère manifesté d'émotions en dehors de sa crainte d'Evadine, mais aujourd'hui il semblait en proie à un mélange d'abattement et de détermination qui, je dois bien l'avouer, m'inquiétait un peu. Alors que je m'apprêtais à le menacer pour le secouer un peu, je remarquai ses traits flasques et compris qu'il avait dépassé les limites de la peur. C'était sans importance. Notre proie était toute proche et nous n'avions plus besoin de lui.

Alors que nous cheminions sur l'étroit passage à flanc de montagne, un soldat de la Couronne perdit l'équilibre et tomba dans le vide. Ses hurlements suraigus résonnèrent si longtemps que nous eûmes l'impression que le Sermont en personne lui répondait. Je poussai donc un profond soupir de soulagement quand, en fin de matinée, je quittai la corniche rocheuse pour rejoindre Flécheur qui scrutait le chemin devant nous. Nous comprîmes que nous étions sur la bonne route en apercevant un sillon sur une pente neigeuse distante de quelques centaines de mètres. Et deux silhouettes au sommet de ladite pente.

— Tu restes ici, dis-je à Coupe-choux.

Le bandit sembla à peine m'entendre. Il regardait les deux hommes avec une étrange fascination, les yeux écarquillés.

— Tiens-toi prêt à tirer, dis-je à Flécheur qui récupérait déjà l'arc en frêne accroché dans son dos.

J'attendis qu'il l'encorde, puis posai mon sac dans la neige et partis à l'assaut de la pente. Flécheur m'emboîta le pas tandis que Coupe-choux contemplait son ancien chef, pétrifié. J'aurais dû attendre qu'Evadine et Ehlbert me rejoignent, mais je pensais avoir deviné les intentions de Roulgarth et il était préférable pour tout le monde qu'il n'arrive pas à ses fins.

Nous traversâmes la pente particulièrement raide sur le flanc occidental de la montagne et Roulgarth se tourna vers nous alors que nous n'étions plus qu'à une vingtaine de mètres de lui.

— Arrêtez-vous! Vous êtes assez près comme ça, Scribe! cria l'Alundien.

Je jetai un coup d'œil sur ma droite et vis que la pente disparaissait une centaine de mètres plus loin, sans doute parce qu'elle donnait sur un à-pic. Je n'avais aucune envie de me battre sur un tel terrain, mais, comme j'allais bientôt le découvrir, ce n'était pas ce que Roulgarth avait en tête.

— Où est-elle? demanda-t-il lorsque je m'arrêtai.

Je pouvais désormais distinguer son visage. Ses joues étaient creuses sous sa barbe couverte de givre et ses mains tremblèrent lorsqu'il serra la poignée de son épée. Le manque de nourriture et le froid perpétuel sapaient l'énergie des hommes les plus résistants, mais ses yeux étincelaient toujours. À côté de lui, les corps de deux ânes étaient en partie couverts de neige. Leur mort avait sans doute été une sorte de révélation pour Roulgarth, une ultime infortune qui l'avait poussé à faire ce qu'Ehlbert avait prévu qu'il ferait : affronter son destin.

— Où est cette pute de Martyre? cracha l'Alundien. La catin malécite? Allez la chercher!

J'entendis la neige crisser en guise de réponse à ces blasphèmes. Je tournai la tête et foudroyai Flécheur des yeux avant de me reconcentrer sur Roulgarth. Je l'observai un instant, puis mon regard glissa vers son compagnon.

—On dirait que la folie a fait oublier les règles de la bienséance à votre seigneur, lançai-je à Merick Albrisend, baron de Lumenstor.

Ses traits étaient aussi émaciés et rongés par la faim que ceux de Roulgarth, mais son regard était bien moins farouche. Son bras n'était plus en écharpe et j'en conclus qu'il s'était remis de notre affrontement au château de Walvern. S'il nourrissait du ressentiment à mon égard, je n'en vis pas trace sur son visage. Ses yeux se posèrent sur son oncle, sur moi, puis sur les soldats de la Couronne qui arrivaient par la corniche rocheuse derrière moi. Les deux Alundiens, eux, étaient seuls. Le dernier membre de la famille Cohlsair avait perdu tous ses alliés.

—C'est à moi que vous parlerez, Scribe! gronda Roulgarth en se plaçant devant son neveu. Et sachez qu'aujourd'hui je n'ai pas l'intention de respecter d'autres règles que celles du combat. Allez chercher la sorcière que vous suivez comme un chien et dites-lui que notre destin est de nous affronter sur cette montagne. Dites-lui que c'est ici que commencera l'éternel châtiment qui lui est dû.

—Je regrette, seigneur, dis-je en m'inclinant, mais je n'ai pas la moindre intention de vous obéir. Ayez donc l'amabilité de poser votre épée et de vous rendre au champion du roi, Sir Ehlbert Bauldry. En conformité avec les lois de la Couronne, vous serez conduit dans un endroit sûr en attendant votre procès pour trahison, meurtre, rapine et propagation de mensonges hérétiques à l'encontre de la Martyre Ressuscitée Evadine Courlain.

—Mon procès? (Un rire dur et guttural s'échappa de la gorge de Roulgarth tandis que ses lèvres se retroussaient en une grimace animale.) Je suis en droit de demander un duel judiciaire. Allez! (Il pointa le doigt vers le bas de la crête où la haute silhouette d'Evadine venait d'apparaître.) Dites-lui de m'affronter. À moins que sa malfaisance n'ait d'égale que sa lâcheté.

—Je ne le ferai pas, dis-je. (Je dégainai mon épée—avec un peu de mal, car le froid avait soudé la garde au fourreau.) Si vous voulez vous battre, c'est moi que vous affronterez.

—Vous n'êtes pas digne de croiser l'acier d'un chevalier, Scribe. (Le visage de Roulgarth vira au cramoisi sous le coup de la colère et il pointa de nouveau le doigt vers le bas de la crête.) Allez me la chercher!

—Digne ou pas… (Je levai mon arme devant moi et l'abaissai, le salut traditionnel et officiel des combattants avant un duel.) Vous n'aurez rien d'autre que moi aujourd'hui. Vous devriez être content. Coupe-choux, là-bas, m'a dit que vous rêviez de me tuer.

Roulgarth cligna des yeux et tourna la tête vers l'homme qui l'avait trahi. Coupe-choux avait gravi un quart de la pente. Il semblait pétrifié. Il contemplait son ancien maître avec un visage vide de couleurs et d'émotions. Je m'attendais à ce que Roulgarth l'agonisse d'injures et le voue aux gémonies, mais il se contenta de pousser un grognement.

— Nous avons trouvé le corps de ton frère! lui lança-t-il. Nous l'avons enterré aussi décemment que possible. Quand tu le reverras, je te prie de le remercier de ses loyaux services.

Coupe-choux ne répondit pas, mais les paroles de Roulgarth le bouleversèrent tellement qu'il tomba à genoux et se mit à sangloter. Je le toisai avec une grimace dégoûtée avant de me tourner vers Flécheur. Je vis avec satisfaction qu'il avait déjà encoché une flèche à son arc.

— Dès que tu auras une ligne de tir dégagée, lui soufflai-je.

Il hocha la tête. Il n'y avait aucune trace de colère dans son regard. Malgré sa dévotion, il avait gardé une âme de bandit et les notions chevaleresques de combat loyal lui semblaient aussi ridicules qu'à moi. Roulgarth était dans une position difficile, mais je n'avais pas oublié qu'il avait vaincu l'homme qui m'avait brisé le crâne. Ehlbert n'allait pas aimer ce que je m'apprêtais à faire. Et Evadine encore moins, mais mon rôle était de la protéger.

— Et le gamin? demanda Flécheur en jetant un rapide coup d'œil au seigneur Merick.

— Seulement s'il intervient. La princesse Leannor sera très déçue si nous ne lui ramenons aucun prisonnier.

Je me tournai et repris mon ascension d'un pas déterminé en maintenant une ligne dégagée entre Flécheur et l'Alundien.

— Eh bien, seigneur! lançai-je. Que diriez-vous de commencer?

Roulgarth me regarda gravir la pente sans manifester d'inquiétude, sans même dégainer son épée. Ce fut seulement quand j'arrivai à quatre ou cinq mètres qu'il réagit. Il inclina la tête et fronça les sourcils en regardant derrière moi. Craignant une ruse, je résistai à l'envie de jeter un coup d'œil par-dessus mon épaule, et puis j'entendis le cri de douleur et de surprise de Flécheur. Je pivotai sur les talons et vis l'archer chanceler tandis qu'un flot écarlate jaillissait de sa gorge et souillait la neige devant lui. Coupe-choux se tenait derrière lui, un petit couteau maculé de sang à la main. Je ne saurais jamais comment il était parvenu à nous le cacher.

Flécheur fit quelques pas en titubant, puis s'effondra avant d'être secoué par des spasmes annonçant sa mort imminente. Un torrent de rage me submergea et j'oubliai jusqu'à l'existence de Roulgarth. Je crachai une litanie de jurons et entrepris de redescendre la pente enneigée avec la ferme intention de tuer le traître. Coupe-choux ne me prêta aucune attention. Il ne chercha pas à fuir. Il tourna la tête vers l'imposante masse du Sermont qui se dressait devant lui, puis ouvrit la bouche et cria. Ce ne fut d'abord qu'un hurlement rauque, mais il se transforma en rugissement d'une puissance étonnante de la part d'un homme si frêle.

—C'est le problème avec les traîtres, Scribe, lâcha Roulgarth derrière moi.

Je m'arrêtai net et me tournai vers lui, l'épée levée, prêt à frapper. Il n'avait pas bougé et son arme était toujours dans son fourreau. Son expression, en revanche, avait radicalement changé. Le désir impatient de se battre avait laissé place à une résignation lasse, mais amusée. Il sourit et reprit la parole pendant que Coupe-choux continuait à hurler sa tristesse et sa folie au visage de la montagne.

—Ils ont ça dans le sang, poursuivit Roulgarth. Ils ne peuvent pas s'arrêter, quelle que soit la somme qu'on leur verse.

Un terrible grondement fit trembler l'air et je rentrai la tête dans les épaules en me demandant si ce n'était pas le Sermont qui répondait au rugissement du bandit. C'était le cas, d'une certaine manière. Je levai les yeux vers la paroi granitique et vis que le vent poussait un large nuage vers le bas de la pente. Je remarquai alors que le nuage s'épaississait au fil de la descente. Puis je compris que je me trompais. Coupe-choux criait toujours, mais sa voix n'était plus qu'un gémissement rauque qui fut rapidement avalé par le grondement monstrueux du tsunami blanc qui déferlait vers nous.

Je m'étais balancé au bout d'une corde en étant persuadé que j'allais mourir et j'avais passé une journée entière au pilori. Je connaissais donc bien le sentiment de rage impuissante qui s'empare de vous dans ce genre de situations. Je savais qu'il était inutile de courir. Je savais que l'avalanche se précipitait vers nous à la vitesse d'un cheval au galop, mais je dois avouer – à ma grande honte – que je ne consacrai pas mes derniers instants à regretter les innombrables méfaits que j'avais commis au cours de ma vie. Éternel esclave de mon esprit de vengeance, je m'élançai vers Coupe-choux dans le vain espoir de le tuer. C'était stupide, car nous allions mourir tous les deux, mais je voulais avoir la satisfaction de le voir franchir les Portails divins avant moi. Je ne sais pas comment les Séraphiles auraient jugé cet ultime crime, mais c'était sans importance puisque la vague de neige et de glace m'emporta avant que je puisse embrocher le bâtard moustachu.

Chapitre 23

Cher lecteur, je suis sûr qu'à ce stade des événements tu serais d'autant plus impressionné par mon érudition si je t'expliquais en détail ce qu'on peut ressentir quand on est emporté par une avalanche. Malheureusement, cela m'est impossible dans la mesure où je ne garde aucun souvenir de cette expérience. Je pense qu'il existe des moments au cours desquels le corps et l'esprit endurent un tel déferlement de douleur et de sensations que la mémoire refuse de les enregistrer.

Je me souviens d'avoir couru, d'être passé à côté du cadavre ensanglanté et agité de spasmes de Flécheur et de m'être précipité vers Coupe-choux en brandissant mon épée. Je me souviens du rugissement de la montagne dans mes oreilles et de la vague glacée qui me frappa le visage. Je me souviens d'avoir vu Coupe-choux, debout, le visage levé vers le ciel pour pousser un cri qu'on ne pouvait plus entendre, disparaître dans un brouillard parsemé de flocons de neige. Et je me souviens d'avoir été emporté tandis que le monde sombrait dans une blancheur immaculée. J'eus l'impression d'être écrasé, mais je ne ressentis aucune douleur. Jusqu'à mon réveil, du moins. Dans l'intervalle, je reçus une nouvelle visite d'Erchel et, franchement, je crois que j'aurais préféré rester conscient tandis que le torrent de neige et de glace m'emportait comme un fétu de paille.

— Tu as toujours été un pauvre naïf, Alwyn, me dit-il en guise de bonjour.

Sa voix montait des profondeurs d'un pré plongé dans le brouillard. Apparemment, il avait quitté le donjon d'Effroi pour un décor plus sinistre encore. Le sol était jonché de cadavres que les langues de brume transformaient en masses indistinctes. J'approchai et découvris qu'ils avaient été mutilés au cours d'une bataille. Leurs yeux sans vie contemplaient le ciel. Leurs visages livides étaient maculés de sang et de boue. Les morts et le pré étaient criblés de flèches et de carreaux. À la différence de la grande majorité des rêves, j'avais conservé mon odorat et je pouvais sentir les relents âcres de la terre, du sang et de la merde propres aux champs de bataille.

—Tu n'étais pas là, dis-je à Erchel. Ayin t'a tué des semaines avant le Champ des Traîtres.

Il était perché sur le cadavre d'un destrier caparaçonné qui avait écrasé son cavalier au cours de sa chute. Il entreprit d'ôter le gantelet du malheureux chevalier et poussa un grognement de satisfaction en découvrant plusieurs bagues à ses doigts.

—C'est vrai, dit-il en haussant les épaules. (Il se pencha et ramassa une dague abandonnée par terre.) Mais qu'est-ce qui te fait croire qu'on est sur le Champ des Traîtres?

Malgré le brouillard, je regardai autour de moi et remarquai plusieurs différences entre cet endroit et celui où la horde du Prétendant avait été vaincue. La bataille à laquelle j'avais participé s'était déroulée le long d'un fleuve, dans un pâturage niché entre deux collines basses. Ici, le sol était plat et il n'y avait pas le moindre cours d'eau en vue.

Erchel fronça les sourcils tandis qu'il glissait la lame de la dague entre les doigts du chevalier.

—Qu'est-ce que tu crois? Que le royaume a connu sa dernière guerre?

—C'est un nouvel avertissement? demandai-je.

Je posai cette question à contrecœur. Erchel n'était peut-être qu'un fantôme, mais l'idée de lui devoir quelque chose m'était insupportable.

—Une promesse, plutôt. (Erchel grimaça tandis qu'il coupait la chair des doigts pour attaquer les os.) Et pas la peine de me remercier de l'avertissement précédent, au fait.

—Je me serais peut-être réveillé tout seul. (Je haussai les épaules, refusant de concéder quoi que ce soit à ce salaud.) Comment savoir si ce que tu me dis a une véritable influence sur mon destin?

—Tu ne peux pas. (Il me lança un regard entendu qui m'horripila au plus haut point, puis poussa un grognement satisfait lorsque le doigt du chevalier se détacha enfin, lui permettant ainsi de récupérer un anneau en or.) Je suis une sorte de poteau indicateur, ou de flèche sur une carte. Je peux te montrer le chemin, mais le choix final te revient. Ce carnage, en revanche… (Il plissa les paupières et fit un geste désinvolte en direction des corps qui l'entouraient.) Rien ne pourra l'empêcher. Quel que soit le choix que tu feras.

—Quand? demandai-je entre mes dents serrées. Et où?

—Dans pas longtemps. Et le lieu est sans intérêt. Ça arrivera forcément, alors à quoi bon demander des détails?

—Dans ce cas, pourquoi est-ce que tu me le montres?

Le visage d'Erchel s'assombrit et il baissa les yeux pour contempler l'anneau en or au creux de sa paume.

—Qu'est-ce que tu crois? marmonna-t-il d'un air renfrogné. Que je suis là par plaisir? Je n'ai pas plus le choix que toi dans cette histoire.

Je m'approchai et posai une main sur la poignée de mon épée. Dans ce rêve, j'avais gardé la tenue que je portais dans la montagne, mais aussi mes armes et l'envie de tuer Coupe-choux. Le bandit avait disparu, mais cette pulsion meurtrière me harcelait encore.

—Si tu n'es rien d'autre qu'un esclave, dis-je, c'est donc que tu as un maître.

—Bien sûr que j'ai un maître. (Un sourire fleurit sur les lèvres d'Erchel tandis qu'il levait la tête pour me regarder avec mépris et malice.) Un maître qu'on partage. Car, si je suis un esclave, qu'est-ce que tu crois être, connard?

Ce fut ce sourire qui me fit exploser, ce sourire qui ne manquait jamais de me mettre en colère quand nous étions enfants. La lame jaillit du fourreau en sifflant et je frappai avec une rapidité et une précision qui devaient beaucoup aux leçons de Wilhum et à l'expérience acquise au cours de mes combats. Erchel tressaillit à peine lorsque l'acier lui fendit l'épaule, se fraya un chemin à travers son torse et s'arrêta à hauteur du sternum. Une gerbe de sang dessina une courbe répugnante tandis qu'il basculait sur la carcasse de destrier et glissait dans la boue sans un bruit.

—T'y prenais pas tant de plaisir avant.

Je pivotai en sursautant. Erchel se tenait quelques pas devant moi avec son maudit sourire aux lèvres. Je jetai un rapide coup d'œil en direction de l'Erchel que je venais de frapper et m'aperçus qu'il avait disparu.

—Je parle de tuer, poursuivit Erchel. Il trouvait toujours ça pénible, Alwyn. C'était une corvée que Deckin te refilait pour te punir. On dirait que le temps t'a rendu plus méchant, mon vieux copain.

317

— Je ne me lasserai jamais de te tuer, dis-je en me préparant à frapper de nouveau.

Erchel me regarda avancer sans trahir la moindre inquiétude. Son visage n'exprimait rien d'autre que de l'ennui.

— Tu ne peux pas tuer ce qui est déjà mort. Je ne sentirai rien du tout.

J'hésitai, partagé entre le désir de le frapper de nouveau – même si c'était inutile – et la découverte qu'il disait la vérité sur un point : j'avais éprouvé de la joie en le tuant. Et je savais que j'aurais éprouvé la même joie en tuant Coupe-choux s'il avait été là.

Je baissai mon épée et toisai Erchel avec sévérité, colère et impatience.

— Qu'est-ce que tu veux ?

— Te montrer le chemin, je te l'ai dit. (Il me lança l'anneau en or.) Et le voici, le chemin.

J'attrapai le bijou et le fis tourner entre mes doigts. Je m'aperçus alors qu'il était orné d'un blason que je connaissais bien. Je levai la tête vers le destrier mort et un vague malaise monta en moi.

— Tu savais qu'elle était un agent du changement, Alwyn. (La moquerie d'Erchel résonna à mes oreilles tandis que je me dirigeais vers le cheval et contournais sa grosse tête ensanglantée pour regarder le visage du chevalier.) Tu savais ce qu'elle apportait, mais tu l'as suivie quand même.

La cause de la mort du cavalier était claire : sa tête formait un angle impossible avec le reste de son corps. Sa nuque s'était brisée lorsque le destrier l'avait entraîné dans sa chute. La visière de son heaume avait été arrachée par le choc et son visage était visible. Le roi Tomas Algathinet, premier du nom, avait connu une noble fin. Il tenait toujours son épée à la main et son armure était couverte de bosses et de rayures, mais ni son courage, ni l'ingéniosité de sa sœur n'avaient pu lui épargner cette funeste chute de cheval.

— Ce n'était pas un grand roi, il faut bien le reconnaître, dit Erchel. Mais c'était loin d'être le pire. Tu aurais dû voir son arrière-arrière-grand-père. (Il ricana et secoua la tête d'un air triste et écœuré.) Et dire que tu me prenais pour un monstre.

Je m'aperçus que j'étais incapable de détourner les yeux du visage de Tomas tandis que mon esprit enfiévré s'efforçait d'évaluer les implications de sa mort.

Un royaume sans roi. Qui va le remplacer ? Et combien de gens vont mourir pour le décider ?

—C'est Evadine qui va faire ça? demandai-je en m'arrachant enfin à la contemplation du cadavre.

Erchel appuya sur la joue d'un soldat du bout du pied et sourit en voyant la bouche s'ouvrir et se fermer.

—Le petit Alwyn a la pétoche. (Il parlait d'une voix enfantine en actionnant la mâchoire du cadavre au rythme de ses paroles.) Parce que le petit Alwyn est un pauvre naïf qui croit dur comme fer que sa soi-disant Martyre finira par imposer le testament de Sihlda comme loi universelle dans le royaume.

Ma colère se réveilla d'un coup et je me dirigeai vers lui avec la ferme intention de faire sauter sa putain de tête. Qu'il le sente ou non. Je n'eus pas le temps d'arriver jusqu'à lui. Un blizzard glacé souffla sur le champ et m'obligea à m'arrêter.

—Il faut que tu saches que c'est là que tout va vraiment commencer, dit Erchel sur un ton grave.

Je sentis une pointe de réticence dans sa voix, comme s'il n'était qu'un esclave obligé d'accomplir une tâche qu'il n'avait aucune envie d'accomplir.

—Où quoi commence? demandai-je.

Il éclata d'un rire teinté de pitié et de mépris.

—La folle que tu as changée en Martyre ne se trompe pas sur toute la ligne, Alwyn. Le Second Fléau est proche. (Il hocha le menton en direction du royal cadavre de Tomas.) Et c'est ici qu'il va apparaître.

Le blizzard redoubla et le laminage implacable de la glace m'obligea à me baisser et à rentrer la tête dans les épaules. Des rafales de neige denses m'enveloppèrent et transformèrent Erchel en silhouette indistincte.

—Ses visions sont réelles, Alwyn! cria-t-il pour couvrir le hurlement du vent. Mais elle voit la vérité là où elle devrait voir des mensonges! Elle est désormais convaincue que ces mensonges sont la vérité! Il est trop tard pour elle! Il faudra que tu finisses par l'accepter! Mais…

Une rafale me fit tomber à genoux et une vague glacée me traversa de part en part. Je frissonnai et sentis le rêve se dissiper, mais je tendis l'oreille pour entendre les derniers mots d'Erchel.

—… il n'est pas trop tard pour toi…

—*Zeiteth dien uhl?*

Des voix. Des mots. Vagues et lointains. Résonnant dans un monde traversé de nuages ouatés.

—Eila Tierith.

Les voix gagnèrent en intensité. Étranges, chantantes, aiguës. J'aurais voulu qu'elles se taisent. J'aurais voulu me rendormir, me perdre dans les nuages moelleux et épais. Ils étaient chauds. Ils m'enveloppaient comme la couverture qu'une catin m'avait donnée par une nuit glacée, des années plus tôt…

—Ai, Ishlichen! (Quelque chose me picotait le dos, encore et encore.) *Lihl zeiteth?*

Les picotements reprirent, presque douloureux. Ils déchirèrent ma merveilleuse couverture et invoquèrent un souffle glacé qui se referma sur moi comme le poing d'un géant sadique. Un cri s'échappa de ma gorge alors qu'une série de secousses et de spasmes me propulsaient dans la réalité. Un paquet de neige tomba de ma tête et mes paupières battirent sur mes yeux confus tandis que je contemplais les deux taches verticales qui se dressaient devant moi. Des clignements énergiques transformèrent les taches en petites silhouettes couvertes de fourrures qui m'observaient d'un air effrayé. Je me contractai sous l'assaut d'un nouveau spasme glacé et une silhouette lâcha le bâton avec lequel elle m'avait picoté le dos.

—Attendez…, croassai-je en les voyant échanger un regard affolé.

Je frissonnai de fatigue en libérant un bras du manteau blanc qui le couvrait, puis l'agitai vers elles. Elles se tournèrent aussitôt et s'enfuirent. Je poussai un gémissement et m'effondrai sous le coup du désespoir tandis que les crissements de leurs petits pas sur la neige s'évanouissaient.

Je passai un certain temps allongé sur le ventre, grognant en réponse aux diverses douleurs qui venaient poliment se présenter au fur et à mesure que je reprenais le contrôle de mon corps. Des tiraillements lancinants sur mon front et mon menton m'apprirent que de nouvelles marques s'étaient ajoutées à la collection qui ornait déjà mon visage couturé. La douleur qui irradiait mes côtes indiquaient que ma poitrine avait reçu des coups répétés et qu'elle avait été soumise à une pression considérable. Cependant, c'étaient mes jambes qui m'inquiétaient le plus, car je ne les sentais plus.

Après avoir obligé mes yeux vitreux à regarder autour de moi—en poussant un concert de cris de douleur—, je découvris que j'étais enfoncé jusqu'à la taille dans une gangue de neige et de glace. Plusieurs arbres avaient été déracinés par l'avalanche et, lorsque je réussis à tourner la tête, j'aperçus une forêt un peu plus loin. Des pins avec des branches blanches se dressaient au-dessus des sombres sous-bois vers lesquels les deux enfants effrayés s'étaient précipités quelques instants plus tôt. Leurs cris résonnaient encore entre les troncs, des cris qui ne manqueraient pas d'alerter des adultes. Je ne comprenais pas leur langue, mais elle avait quelque chose de familier. De toute évidence, l'avalanche déclenchée par cet enfoiré de Coupe-choux m'avait entraîné de l'autre côté de la frontière qu'aucun être sain d'esprit ne souhaitait traverser.

Je serrai les dents, enfonçai mes doigts dans la neige et essayai de m'arracher à ma prison glacée, mais, sans l'aide de mes jambes et perclus de douleurs, je ne réussis qu'à me traîner sur quelques centimètres avant de m'effondrer. L'association du froid et de l'épuisement produit de curieux effets : elle crée une sensation intense et très désagréable de chaleur. Je restai allongé un long moment, transpirant pendant que cette fièvre étrange me dévorait les entrailles. Lorsqu'elle s'apaisa enfin, mon esprit retourna s'envelopper dans la couverture que la catin m'avait offerte des années plus tôt. Une couverture si douce que je sombrai dans un sommeil d'une profondeur dont je ne soupçonnais même pas l'existence…

Des crissements réguliers sur la neige me réveillèrent d'un coup. Je levai la tête et vis une paire de bottes en fourrure qui approchaient d'un pas déterminé. Je rassemblai le peu de force qu'il me restait dans les bras et je poussai avec l'énergie du désespoir pour me libérer, mais la gangue de neige résista à mes trémoussements et à mes jurons. Mes jambes s'étaient transformées en blocs de glace.

—Fini ?

La voix s'exprimait avec un lourd accent et le ton bourru indiquait qu'elle appartenait à un homme adulte qui n'était pas de très bonne humeur. Je vis que les bottes en fourrure s'étaient arrêtées à quelques centimètres de mon visage et je compris que leur propriétaire devait observer mes vaines gesticulations depuis un moment.

Je ne dis rien. Je m'efforçai de rassembler chaque information et chaque rumeur que j'avais lue ou entendue à propos des Caerith, mais la panique se prête mal à ce genre d'exercice intellectuel, et je fus incapable de me rappeler quoi que ce soit. J'esquissai une moue méfiante et agacée tandis que l'homme aux bottes en fourrure s'accroupissait devant moi. Il avait une large mâchoire recouverte d'une barbe noire et un teint hâlé. Son visage arborait les marques rouges qui caractérisaient son peuple. Elles striaient le front et descendaient jusqu'aux yeux d'un vert étincelant. Des yeux que j'aurais trouvés ravissants si je n'y avais pas lu une sombre colère accentuée par des sourcils froncés. Il était clair que cet individu n'aimait pas beaucoup les visiteurs – une information corroborée par le couteau qu'il tenait à la main. Un couteau de chasse qui avait servi récemment. La lame courbe était propre, mais la garde et la poignée étaient poissées de sang.

Ce fut la vue de ce sang qui débloqua quelque chose dans ma tête, un mot griffonné par un autre idiot qui s'était retrouvé dans une situation semblable.

— *Espetha!* lançai-je d'une voix que la peur avait transformée en cri. (Pour bien montrer que je comprenais le sens de ce mot, je levai les deux mains en écartant les doigts.) Mains ouvertes, ajoutai-je avec un sourire plein d'espoir.

Le regard du Caerith s'adoucit un peu, mais pas autant que je l'aurais voulu. Il esquissa un sombre sourire et je me demandai ce qui l'amusait le plus : ma prononciation ou l'idée saugrenue qu'il pourrait respecter cette tradition prétendument sacrée. Peut-être se contrefichait-il des traditions – sacrées ou pas. Ou peut-être qu'Ulfin avait raconté n'importe quoi à propos de la culture caerith.

— Mains *ishlichen* jamais s'ouvrir, dit-il dans un albermainish haché. (Il me saisit par les cheveux et les tira pour exposer ma gorge.) Pourquoi ouvrir mes mains à moi ?

Un autre mot jaillit de mes lèvres au moment où la lame se posa sur ma peau. Un mot qui eut l'effet désiré, celui-là.

— *Doenlisch!*

Le fil de la lame frémit tandis qu'il hésitait. Une goutte de sang roula sur mon cou en me procurant une sensation de chaleur bien trop brève. La main qui me tenait par les cheveux trembla.

— *Doenlisch*, répétai-je. (Je parlai plus bas pour éviter que la lame m'entaille un peu plus la gorge.) Je suis… un de ses amis. Elle m'a… béni.

Ce n'était pas tout à fait vrai, mais ce n'était pas tout à fait faux non plus. De toute manière, cet individu peu aimable ignorait tout de mes relations avec la Sorcière au Sac. Il ne savait qu'une chose : j'avais prononcé le nom de quelqu'un de très puissant.

Il me tint par les cheveux deux ou trois secondes de plus, par hésitation ou par cruauté, puis me lâcha en poussant un soupir exaspéré.

— *Ishlichen* ami de *Doenlisch*, gronda-t-il en se redressant.

Il avait parlé avec mépris et méfiance, comme s'il pensait à haute voix. Il m'observa tandis que j'essuyais le sang qui coulait sur ma gorge, puis s'accroupit de nouveau, me saisit sans ménagement par les bras et tira. C'était un homme doué d'une force considérable, mais il lui fallut plusieurs tentatives avant de parvenir à m'extraire de ma prison glacée. Une fois que ce fut chose faite, il me lâcha et agita son couteau d'un air impatient.

—Debout!

J'essayai, mais mes jambes refusaient toujours de m'obéir. Je réussis à me mettre à quatre pattes, mais cette manœuvre envoya des ondes de douleur insupportables dans mes muscles froissés et je m'effondrai. Le Caerith salua mes efforts avec ce qui devait être une insulte bien sentie dans sa langue, puis se mit à faire les cent pas d'un air sombre. Il ne fallait pas être extralucide pour deviner qu'il envisageait de m'abandonner là.

—La *Doenlisch*, dis-je en me tordant sur le sol pour le regarder. Elle te maudira si tu ne m'aides pas.

L'homme fronça les sourcils et esquissa un curieux rictus, comme si les mots que je venais de prononcer étaient aussi absurdes qu'inquiétants. Il me regarda pendant de longues secondes, puis soupira et se pencha. Il me saisit par les chevilles, me fit tourner sur le dos et se mit en marche en me traînant derrière lui. Il ne se soucia guère des obstacles au cours du voyage et de multiples chocs avec des pierres, des branches et des troncs d'arbre marbrèrent mon corps d'une impressionnante collection d'hématomes. Par chance, une nouvelle vague d'épuisement s'abattit sur moi et je sombrai dans un néant ouaté tandis que le Caerith criait quelque chose dans sa langue.

J'ignorais ce que ces mots signifiaient, bien sûr, mais pour une raison étrange ils restèrent gravés dans ma mémoire et je peux désormais les traduire.

—Ouvrez les portes de l'étable! Je rapporte du fumier!

Chapitre 24

La vache était d'une race que je ne connaissais pas. Elle tourna la tête et me regarda avec des yeux mornes et douloureux en partie cachés par une frange de poils bruns aussi épaisse qu'une queue de renard. Elle poussa un meuglement interrogatif et, voyant que je ne répondais pas, glissa sa langue dans un de ses naseaux, renâcla et se concentra sur une tâche de la plus haute importance : ruminer. Trois de ses sœurs étaient attachées à côté – des créatures poilues et cornues qui baissaient et levaient la tête de la pile de foin en me mitraillant de pets méphitiques. C'était l'odeur de ces flatuosités qui m'avait réveillé, mais la douleur qui irradiait mes jambes parcourues de spasmes m'avait vite fait oublier cette puanteur. Je me tordais sur le sol tandis que l'engourdissement reculait sous l'assaut des brûlures qui envahissaient mes muscles et mes tendons ankylosés. Malgré cette torture, j'éprouvais un certain réconfort à les voir bouger de leur propre chef, car cela signifiait que les os n'étaient pas brisés. Lorsque mes membres rebelles se calmèrent et se contentèrent de trembler, je levai la tête et observai l'étable.

Je me rappelai vaguement avoir été jeté là par le Caerith, car, à ce moment, j'étais épuisé et à peine conscient. Je me rappelai qu'il faisait jour, comme maintenant, mais mon estomac vide et ma langue parcheminée me firent vite comprendre que ce n'était pas le même jour. À ma grande surprise, je vis que les portes de l'étable étaient fermées par un loquet, mais qu'il n'y avait pas de chaîne ou de corde. Mon sauveur réticent espérait-il me voir filer, le débarrassant ainsi d'un fardeau qui lui compliquait la vie ? Si tel était le cas, il allait être déçu, car, si je sentais désormais mes jambes, je savais que je ne pourrais pas marcher avant un bon moment. Et même si j'avais eu la force de m'arracher au sol de glaise froide et parsemée de paille je n'aurais pas survécu longtemps sans aide et sans nourriture dans ces terres sauvages.

Au bout d'un moment, la raideur de mes jambes se transforma en élancements sourds et je décidai d'en reprendre le contrôle. Au départ, j'arrivais à peine à les bouger et mes pieds décrivaient des cercles qui m'auraient sans doute amusé si cela n'avait pas été si douloureux. Après une heure d'efforts, je réussis à les ramener contre ma poitrine et à les déplier sans tremblements excessifs. Ce n'était pas extraordinaire, mais cela me permit de confirmer que je ne souffrais pas d'une infirmité permanente.

La porte s'ouvrit enfin et l'angle des rayons de soleil m'apprit qu'il était aux alentours de midi. Le Caerith aux yeux verts entra, aussitôt suivi par un homme plus âgé et moins costaud, puis par une vieillarde minuscule qui marchait en s'appuyant sur une canne, le dos plus voûté que les arches d'une crypte. C'était la personne la moins imposante des trois, mais, à en juger par la déférence que lui témoignaient ses deux compagnons, c'était la plus importante. Ses longs cheveux blancs se balancèrent tandis qu'elle approchait d'un pas mal assuré. Sa canne frappait le sol en produisant un bruit régulier et étonnamment puissant. Elle s'arrêta et se pencha vers moi. Son visage était une mosaïque de crevasses et de taches de vieillesse encadrée par deux tresses blanches qui ondulaient avec lenteur. Ses yeux étaient verts, comme ceux de mon sauveur, mais beaucoup plus brillants. Ils ressemblaient à deux émeraudes posées sur un masque de cuir.

Je la regardai en face, car je sentis que ce serait une erreur de détourner la tête. J'envisageai de mentionner la *Doenlisch* une fois de plus, mais estimai plus prudent de m'en abstenir. Une lueur de perspicacité rare et intense brillait dans les yeux de cette femme et je décidai de parler le moins possible. Elle plissa les paupières et leva une main qui tremblait plus à cause de l'âge que de l'appréhension. Ses doigts effleurèrent ma blessure au front pendant une fraction de seconde, puis se retirèrent brusquement.

Son visage se rida sous le coup d'un mélange de colère et de crainte, puis elle se calma et prit la parole dans un albermainish presque sans accent.

—Ainsi donc, tu ne mentais pas.

Elle parlait d'une voix pensive et je compris que ces mots ne s'adressaient pas directement à moi. Une moue moqueuse écrasa ses lèvres gercées, puis elle se tourna vers ses compagnons et marmonna une courte phrase en caerith. Les deux hommes sortirent aussitôt.

—Est-ce que c'est elle qui t'envoie? demanda la vieillarde.

Elle laissa échapper un grognement tandis qu'elle s'accroupissait devant moi. Je savais de qui elle parlait, bien entendu, mais je n'étais pas sûr que ce soit une bonne idée de dévoiler la nature de mes relations avec la Sorcière au Sac. Il était clair que c'était une personne très importante aux yeux de ces gens, car la simple mention de son nom avait suffi à me sauver, mais cela ne voulait pas dire qu'ils la respectaient ou l'estimaient. Cette femme écumait peut-être le désert des Caerith comme j'avais jadis écumé les Marches shavines.

—Vous la connaissez? demandai-je.

Répondre à une question par une autre question était un bon truc, mais la vieillarde était trop intelligente pour tomber dans le piège.

—On ne joue pas! aboya-t-elle. (Elle leva sa canne et me donna un coup sur le crâne.) Et ne t'avise pas de me mentir, mon garçon. Je ne suis pas très patiente et la hache de mon petit-fils est bien aiguisée.

Je me frottai la tête et lui adressai un froncement de sourcils réprobateur qui ne lui arracha pas le moindre élan de compassion ou de sympathie. Bien au contraire. Elle me foudroya du regard et se redressa en brandissant sa canne.

—Non, elle ne m'a pas envoyé, dis-je en levant les mains devant moi. Mais nous sommes amis. Comme vous semblez l'avoir découvert.

—Amis. (Une moue méprisante lui tordit les lèvres.) C'est un mot idiot. Un des nombreux mots idiots qu'emploie ton peuple idiot. Elle n'est pas ton *amie*, mon garçon.

Elle se remit en position accroupie, les mains serrées sur sa canne tandis qu'elle me dévisageait avec une consternation affligée. Je restai silencieux et observai les colifichets accrochés au bracelet de corde passé à son poignet. La plupart étaient des bouts de métal de forme abstraite, mais l'un d'eux représentait un crâne de corbeau. Un crâne de corbeau qui ressemblait étrangement à celui qui était accroché au bracelet de Raith, jadis.

—Tu en as déjà vu un comme ça? demanda la vieille femme en suivant mon regard.

—Une... connaissance avait un truc de ce genre, dis-je en décidant que je n'avais aucune raison de mentir. Il était caerith lui aussi. Il était envoûteur. Enfin, c'est ce qu'il racontait, du moins.

En entendant ces mots, la vieille femme éclata d'un rire qui me prit au dépourvu. Un rire empreint de mépris.

—Un envoûteur, répéta-t-elle en secouant la tête. Et qu'est-ce qui lui est arrivé, à cette connaissance caerith ?

—Il a été assassiné. Par un autre Caerith. (Je regardai la vieille femme dans les yeux pour jauger sa réaction.) Un homme qui avait été maudit et qui avait le pouvoir d'entendre la voix des morts. Peut-être que vous le connaissez.

J'avais espéré la voir frémir de peur, mais son visage n'exprima rien d'autre qu'un air sombre et entendu.

—Je le connais. Je suppose qu'il est mort, lui aussi ?

—Oui.

—Tu l'as tué ?

—J'aurais bien voulu, mais une autre connaissance s'en est chargée. Pour rembourser une dette qu'elle avait envers moi.

La vieille femme renifla et marmonna quelque chose dans sa langue, une autre phrase qui resta gravée dans ma mémoire et que je peux aujourd'hui traduire.

—Ainsi donc, la fin a été longue à venir. Mais elle a dû te convenir puisqu'elle est venue de la main de ceux que tu voulais imiter.

Elle resta silencieuse pendant un long moment et je m'aventurai à prendre la parole.

—Je me suis toujours demandé d'où venait sa malédiction. Et comment il en était arrivé à sillonner les routes de mon pays comme chaînier.

—Chaînier ? répéta-t-elle en plissant les yeux. (Sa voix trahissait une pointe de doute, mais pas parce qu'elle ne comprenait pas le sens de ce mot.) C'est ainsi qu'il vivait ?

—Oui. Il était très bon dans son métier. Sa… malédiction lui apportait une aide précieuse. Ce n'est pas facile de crocheter ses fers quand les spectres des types qui vous en veulent se dépêchent d'aller avertir votre geôlier.

Une lueur de dédain – discrète, mais visible – passa dans les yeux lumineux de la vieille femme. Son expression ressemblait à celle de Sihlda quand mes paroles allaient plus vite que mes pensées.

—Tu n'es qu'un enfant, marmonna-t-elle d'une voix plus songeuse que méprisante. Un enfant perdu dans un monde rempli de mystères que tu comprends à peine. Je devrais te plaindre, mais je ne le ferai pas.

Elle poussa un grognement sec et s'appuya sur sa canne pour se lever. Sa tête dépassait la mienne de quelques centimètres seulement, mais mon instinct affûté me souffla qu'elle était bien plus dangereuse que son apparence le laissait deviner. Si telle était sa volonté, je mourrais dans cette étable. Je n'avais aucun doute sur ce point.

—La *Doenlisch* a laissé sa marque sur toi, dit-elle. Et je ne suis plus qu'un vieux sac d'os fatigués. Ses petits jeux ne m'intéressent plus, mais je ne peux cependant pas prendre cette affaire à la légère. Tu seras nourri et soigné. Le moment venu, l'*Eithlisch* viendra te voir et nous saurons alors quoi faire de toi.

—L'*Eithlisch* ? répétai-je.

La vieille femme se dirigea vers la porte dans les claquements de sa canne. Elle estimait que notre conversation était terminée.

—Qu'est-ce que ça veut dire ?

—Ça veut dire que mon petit-fils n'aura sans doute pas besoin de salir sa hache, lâcha-t-elle. (Elle sortit et j'entendis à peine les derniers mots qu'elle marmonna.) Tu pourrais également ficher le camp et crever dans la neige. Ça nous épargnerait bien des soucis.

Comme l'avait dit la vieille femme, on m'apporta de la nourriture, un baume – pestilentiel, mais très efficace – pour mes diverses plaies et un verre d'alcool amer qui anesthésia la douleur. Le lendemain, je me sentais déjà mieux et je réussis à me lever en gémissant comme un damné. Deux jours plus tard, je parvins à marcher jusqu'à la porte non verrouillée de ma prison. Je la poussai et découvris l'orée d'une forêt gelée qui se dressait à une quinzaine de mètres de l'étable. Je la scrutai avec attention et aperçus des constructions entre les arbres. Elles étaient presque cachées par la neige, mais les murs bas et les larges toits inclinés témoignaient d'une architecture qui ne m'était pas familière. Les quelques personnes qui circulaient entre les bâtiments ne m'accordèrent qu'un coup d'œil curieux. L'absence de gardes autour de l'étable démontrait que la vieille femme n'avait pas menti en marmonnant que je pouvais m'en aller.

Plusieurs jours s'écoulèrent. Je m'ennuyai ferme et mes hôtes me traitaient avec une indifférence qui n'améliorait pas mon humeur. Le seul Caerith que je voyais régulièrement était l'homme qui m'avait traîné jusqu'au village. Je crus comprendre que le fait de m'avoir sauvé lui conférait la tâche peu enviable de m'apporter à manger, tâche dont il s'acquittait trois fois par jour en ne prononçant qu'une poignée de mots malgré mes efforts répétés pour entamer la conversation.

—C'est ta grand-mère, hein ? lui demandai-je un jour qu'il entrait dans l'étable avec un sac plein d'oignons et de pain. (Il me toisa d'un air soupçonneux.) La vieille femme avec la canne ? Je le vois bien. Même nez, même mâchoire. Je suppose qu'elle a un nom ? Et toi aussi, d'ailleurs. Moi, c'est Alwyn, au fait.

—Mange, déclara mon visiteur en laissant tomber le sac à mes pieds. Et chie… (Il chercha ses mots, puis désigna le bois.) Le plus loin possible. Tu pues pire que les vaches.

—Alors ça, mon ami, c'est impossible.

Je souris. Pas lui. Il se tourna et sortit à grands pas. Sans ajouter un mot.

Comme cela arrive parfois en période de rétablissement, mon état s'améliora brusquement le lendemain. Je cessai de haleter au moindre effort et mes douleurs s'apaisèrent, voire disparurent. Malheureusement, ma bonne humeur s'assombrit lorsque la migraine se réveilla. J'avais cru que les élancements avaient disparu, mais ce n'était pas le cas. Trop de choses m'avaient empêché d'y prêter attention, mais maintenant… Encore un sujet d'inquiétude. Sans compter que je n'avais plus la moindre goutte d'élixir pour lutter contre la douleur, qui, je le savais, allait vite franchir les limites du simple agacement.

Je chassai mes craintes et décidai d'aller explorer les environs dans l'espoir de me changer les idées. Il était encore tôt et je ne croisai qu'une poignée de personnes dans ce qui se révéla être un bourg plutôt qu'un village. Les Caerith n'avaient pas éprouvé le besoin d'éclaircir la forêt à proximité de leurs habitations. Les maisons – de plain-pied, avec leurs toits inclinés – se dressaient entre les arbres. Ou autour, comme les bâtisses les plus importantes qui entouraient les troncs massifs de chênes ou d'ifs vénérables. Je comptai trente maisons avant que les élancements de la migraine m'incitent à trouver une occupation demandant moins d'efforts intellectuels. Ma vue s'assombrit et mon cœur se mit à marteler ma poitrine. La douleur devint si forte que je m'arrêtai et m'appuyai contre un pin à l'orée de la forêt.

La migraine reflua après une série de profondes inspirations et de grimaces. Ma vue s'éclaircit et je découvris ce qui se trouvait à l'extrémité orientale du village. Une paroi presque verticale se dressait sur une étendue chaotique parsemée d'énormes pierres, le flanc d'une montagne aussi haute que le Sermont. Alors que mon regard glissait sur les blocs rocheux couverts de neige, je remarquai qu'ils étaient disposés de manière trop régulière pour être l'œuvre de mère Nature.

Je laissai la forêt derrière moi et constatai que les arêtes tranchantes et les coins carrés avaient été taillés de main d'homme. Il ne s'agissait pas de rochers, mais de ruines.

Je poursuivis mon exploration et découvris des chemins entre les amas rocailleux. À en juger par les silhouettes désordonnées, crénelées et enneigées disposées autour du pied de la montagne, il s'agissait d'une ancienne ville, voire d'une cité. Je remontai un vestige de rue et arrivai à une intersection d'où une large artère partait en direction de la paroi rocheuse. Je décidai de l'emprunter, mais l'énergie que j'avais retrouvée depuis peu commença à s'épuiser et je dus m'arrêter à plusieurs reprises. Mes jambes flageolaient et les élancements migraineux me tourmentaient de nouveau. Je refusai cependant de déposer les armes et continuai mon chemin, impatient de découvrir la destination de cette ancienne avenue. Pourquoi diable conduisait-elle vers la base d'une paroi à pic?

Mes efforts furent récompensés lorsque j'aperçus une ouverture quelques centaines de mètres devant moi. Cela ressemblait à l'entrée étroite et déchiquetée d'une grotte et, tandis que j'approchais, je vis qu'elle était d'une taille impressionnante. Je constatai avec étonnement que la route ne conduisait pas seulement à la caverne, mais qu'elle plongeait dans les sombres entrailles de la montagne.

L'instinct que j'avais acquis sur les champs de bataille avait été émoussé par mes récentes aventures, mais pas assez pour m'empêcher d'entendre le grincement d'un arc qu'on bande. Je me jetai sur le côté et une flèche passa en sifflant à moins de trente centimètres de ma tête. Le trait ricocha sur un ancien pan de mur avec un bruit métallique aigu tandis que je m'abritais derrière un bloc rocheux. J'avais marché longtemps et j'étais épuisé. Je titubai et glissai contre le rocher en poussant un soupir de soulagement et de désespoir.

— *Kulihr zeiten oethir ohgael!*

La voix était stridente et impérieuse. Les mots étaient incompréhensibles, mais le message clair. Je clignai rapidement des paupières pour chasser le brouillard de fatigue qui m'enveloppait et me penchai avec prudence pour regarder en direction de l'endroit où devait se trouver l'archer. Une jeune femme émergea d'un amas de ruines de l'autre côté de la rue et se dirigea vers moi. Elle portait un pantalon et un justaucorps en daim. Une courte cape en fourrure de castor couvrait ses épaules et elle tenait un petit arc droit à moitié bandé. Deux lapins aux poils maculés de sang se balançaient à sa ceinture. Elle avait la peau mate et des marques rouges entouraient ses yeux. La grand-mère de mon sauveur ne s'était jamais montrée très amicale envers moi, mais cette femme semblait mourir d'envie de m'écorcher vif.

—*Ihsa uthir lihl!* aboya-t-elle. (Elle pointa sa flèche vers moi avant de l'agiter dans la direction par laquelle j'étais arrivé.) *Kulihr zeiten, Ishlichen!*

—*Ishlichen*, répétai-je. J'entends ce mot sans cesse. Qu'est-ce qu'il veut dire?

La jeune femme ne semblait pas avoir très envie de poursuivre cette conversation. Elle leva son arc avec une expression déterminée et les branches grincèrent tandis qu'elle le bandait un peu plus. Je remarquai alors qu'elle s'était placée entre moi et l'entrée de la grotte.

—Il y a quelque chose que je ne suis pas censé voir là-dedans? demandai-je.

Ma question ne fit qu'attiser sa colère.

—*Zeit!* cracha-t-elle.

La corde de son arc effleurait désormais ses lèvres et son air déterminé indiquait clairement qu'elle était prête à tuer. C'était une expression que j'avais vue à de nombreuses reprises et je savais qu'elle ne jouait pas la comédie.

Je fis un geste apaisant et essayai de me lever.

—D'accord, d'accord. Accorde-moi juste un instant.

Mais la patience ne devait pas faire partie de ses qualités, car elle esquissa un rictus mauvais qui dévoila ses dents et approcha. Un peu trop. Ce n'est jamais une bonne idée d'approcher une proie avant de s'être assuré qu'elle est morte. Je rassemblai le peu de force qu'il me restait, me tournai et exécutai un balayage. La chasseuse s'effondra et la corde de son arc vrombit tandis que le trait filait vers le ciel. Elle dégaina aussitôt le couteau passé à sa ceinture et pivota vers moi. Elle était rapide, mais il était clair que ce n'était pas une guerrière. Une guerrière se serait dépêchée de reculer et je n'aurais donc pas pu lui sauter dessus. Je lui saisis le poignet avant qu'elle ait le temps de frapper, puis le tordis de manière à pincer les nerfs et l'obliger à ouvrir la main. Je récupérai son arme avant qu'elle touche le sol et je pressai la pointe contre sa gorge. Elle fut assez sage pour cesser de se débattre.

—Tuer un homme, c'est plus compliqué que tuer un lapin, lui dis-je.

Ses narines se dilatèrent et ses yeux étincelèrent tandis que je gardais la lame contre son cou. L'excitation de l'affrontement m'avait fait oublier les élancements de la migraine, mais le flot libérateur du soulagement se tarit lorsqu'une image traversa soudain mon esprit : un homme couché sur une jeune femme et pressant un couteau contre sa gorge.

Erchel aurait été fier de moi, songeai-je.

Je grimaçai de honte avant de me redresser. Puis j'abattis le couteau pour couper la cordelette à laquelle étaient attachées les pattes d'un lapin.

—J'en ai assez des oignons. (Je grimaçai de nouveau en me levant, le lapin à la main.) Excuse-moi si je t'ai offensée.

Je jetai le couteau par terre, pivotai sur les talons et pris le chemin par lequel j'étais arrivé.

Je m'attendais à être puni d'une manière ou d'une autre, mais la nuit et la plus grande partie du lendemain matin se déroulèrent sans incident. Je n'avais pas de marmite pour cuisiner, alors j'écorchai le fruit de mon larcin et l'embrochai sur un bout de bois en me servant d'un fragment de lame de faucille que j'avais trouvé sous une pile de foin dans un sombre recoin de l'étable. À midi, l'animal était cuit et je salivai d'impatience à l'idée de le manger. Ce fut donc avec un agacement considérable que j'entendis un curieux brouhaha monter du village, bientôt suivi de pas précipités. Le petit-fils de la vieille femme apparut dans l'encadrement de la porte alors que je m'apprêtais à plonger mon couteau de fortune dans la chair croustillante du lapin. Son visage était écarlate et il tenait un épais bâton à la main. Je compris tout de suite ce qu'il avait l'intention de faire.

—Tu ne pouvais pas venir me coller une raclée hier soir ? demandai-je.

Il me regarda d'un air étonné, puis pointa son bâton en direction du village.

—Tu viens, dit-il. Maintenant !

J'espère qu'ils ne connaissent pas le pilori, songeai-je.

Je découpai un morceau de viande et le fourrai dans ma bouche avant de me lever. C'était étonnant que la chasseresse ait attendu une journée pour rapporter notre altercation, mais j'étais expert en matière de rancune et je savais que les âmes vengeresses ont tendance à laisser leur ressentiment mijoter un certain temps avant de passer à l'action.

Je n'avais pas imaginé qu'il y avait tant d'habitants dans ce village. Plus d'une centaine de personnes étaient rassemblées dans la clairière centrale qui jouxtait le bâtiment le plus important. Je n'avais jamais vu autant de Caerith en même temps et je fus frappé par leurs différences. Certains avaient une peau aussi blanche que le marbre, d'autres le teint sombre ou hâlé des natifs des terres s'étendant au-delà de la mer méridionale. Les cheveux étaient de couleurs tout aussi variées, allant du roux flamboyant au noir d'encre en passant par le gris argenté. Plus curieux encore : des colosses de plus d'un mètre quatre-vingts côtoyaient des gringalets ne dépassant pas un mètre cinquante et des personnes à l'allure féline. L'unique point commun qui sautait aux yeux, c'étaient les marques faciales rouges qui parsemaient leurs visages, leurs mains et leurs avant-bras. Leur nombre et leurs formes différaient chez chacun, mais je ne vis pas un seul Caerith – ni à ce moment, ni plus tard – qui en soit dépourvu.

La tension était palpable, mais personne ne criait. L'air semblait bourdonner de colère et de peur. La foule était rassemblée en un cercle dense et tous les yeux étaient tournés vers son point central. Alors que nous approchions, mon sauveur aboya quelque chose en caerith. Les gens s'écartèrent devant nous et je découvris l'objet de leur attention.

La vieille femme était là, toujours aussi voûtée, le visage sombre et déterminé. Elle regardait deux hommes ligotés et agenouillés devant elle. Je les reconnus tout de suite malgré leur barbe épaisse, leurs contusions et leurs yeux hagards.

— Mes seigneurs ! m'exclamai-je. (Je traversai la foule et m'inclinai très bas.) Permettez-moi de vous souhaiter la bienvenue.

Le seigneur Roulgarth était à bout de forces et semblait prêt à s'effondrer. Il lâcha un grognement sourd et esquissa un hochement de tête si faible qu'il fit à peine bouger la corde qui enserrait ses bras et sa poitrine. Ses yeux, en revanche, n'avaient rien perdu de leur énergie. Ils étincelaient de rage. À côté de lui, Merick Albrisend semblait en moins mauvais état et fit preuve d'une sagesse à laquelle je ne m'attendais pas de sa part en gardant le silence.

— C'est ma petite-nièce qui les a trouvés. Ils se cachaient dans une caverne à quelques kilomètres d'ici, au nord.

La vieille femme fit un geste et une personne s'avança. La jeune chasseresse que j'avais rencontrée la veille me toisa avec plus de méfiance que de colère. Si elle avait raconté notre bagarre à sa grand-tante, celle-ci n'en laissa rien paraître.

— Je vois que tu connais ces hommes, dit la vieille femme. Est-ce que ce sont des ennemis ?

Je remarquai alors que cinq Caerith se trouvaient derrière les deux prisonniers. Deux femmes et trois hommes aux traits durs. Tous tenaient une hache avec une assurance qui dénotait une longue expérience. Ils portaient des vêtements identiques à ceux de la jeune chasseresse, mais avec des brassards et des épaulières en cuir épais. Ils avaient des teints aussi variés que les autres habitants du village, mais leurs visages étaient zébrés de cicatrices. La chasseresse était une piètre guerrière, mais ce n'était pas le cas de ces cinq-là. Je ne sentis aucune agressivité de leur part, mais leurs mains ne tremblaient pas et ils observaient la vieille femme avec une fascination mêlée d'impatience.

Je ne vous dois rien, seigneur, songeai-je en soutenant le regard haineux de Roulgarth.

Si le château de Walvern était tombé, cet homme n'aurait montré aucune pitié. Ni envers moi, ni envers mes subordonnés. Mais, en dépit d'une inclination marquée pour la hargne vindicative, je m'aperçus que je n'éprouvai aucun ressentiment à l'égard de l'Alundien. Et de son neveu. Les Loups gris avaient versé le sang d'innocents, il n'y avait aucun doute là-dessus. Des conducteurs de chariot et des bergers avaient été massacrés parce qu'ils ravitaillaient l'armée de la Couronne, mais à la guerre peut-on vraiment faire la différence entre tuer et assassiner? Et mes mains n'étaient-elles pas couvertes de sang, elles aussi?

—Est-ce que ce sont des ennemis? répéta la vieille femme sur un ton sévère et impatient.

Pourquoi se sent-elle obligée de me poser une telle question? me demandai-je. (Mes yeux abandonnèrent les seigneurs prisonniers et glissèrent vers la vieillarde.) *Pourquoi ne se contente-t-elle pas de tuer ces deux étrangers et de les oublier?*

Et puis je compris quelque chose. Quelque chose que j'aurais probablement compris au cours de notre première rencontre si je n'avais pas été dans un état si pitoyable.

Je me tournai vers elle.

—Je viens de me rendre compte que je ne connais pas votre nom. Que je ne connais pas le nom d'une seule personne dans ce village. Comment vous appelez-vous?

Ses iris — déjà éclatants — s'enflammèrent tandis qu'elle me regardait en plissant les yeux.

—On ne t'a pas appelé pour faire la conversation, *Ishlichen*.

—Là, dis-je en pointant le doigt vers elle. Vous m'avez donné un nom. Je suppose que c'est ainsi que vous appelez tous les gens de mon peuple. Et je suis prêt à parier qu'il n'est pas particulièrement affectueux.

— Et tu gagnerais ton pari, lâcha la vieille femme sur un ton grinçant. C'est un mot qui désigne quelque chose qui n'a pas, ou peu de valeur. Un déchet bon à jeter.

— Mais vous ne m'avez pas jeté, moi. (Je m'approchai d'elle, et les cinq guerriers armés de haches se raidirent jusqu'à ce que la vieille femme lève la main pour les calmer.) Vous m'avez gardé. (Je m'arrêtai à un pas d'elle et baissai la tête pour plonger mon regard dans ses yeux durs et plissés.) Je crois que je sais pourquoi. (Je me penchai vers elle afin qu'elle soit la seule à entendre la suite.) Vous essayez de me faire croire que vous vous fichez de la *Doenlisch*, mais en vérité elle vous terrifie. Et, par conséquent, *je* vous terrifie. (Je jetai un coup d'œil aux deux Alundiens.) Si ce n'était pas le cas, pourquoi me demanderiez-vous la permission de tuer ces deux hommes ?

Je la regardai de nouveau. Elle ne cilla pas, mais sa bouche se contracta et un spasme agita un coin de ses lèvres.

— Ces hommes jouent un rôle très important dans les plans de la *Doenlisch*, lui dis-je. Ces plans dont vous affirmez ne pas vous soucier. Vous allez les épargner. Et vous allez me dire votre nom. Si je me trompe, vous n'avez qu'à ordonner à vos guerriers de me tuer ici même.

En dehors de ses paupières plissées et d'un infime tremblement de ses lèvres, son visage ne trahit aucune réaction particulière. J'étais pourtant certain qu'elle réfléchissait. Il lui suffisait de prononcer un mot pour se débarrasser de ces trois étrangers, mais on n'atteignait pas un âge si avancé sans avoir appris une règle aussi agaçante qu'implacable : tout acte a des conséquences. Des conséquences plus ou moins graves.

— Uhlla, lâcha-t-elle d'une voix plus aride que le désert. Je m'appelle Uhlla.

— Alwyn Scribe. (Je m'inclinai devant elle.) À votre service. (Je me redressai et montrai les prisonniers.) Puis-je vous présenter les seigneurs Merick Albrisend et Roulgarth Cohlsair, anciens résidents du duché d'Alundia ? Ces nobles personnages se sont malheureusement retrouvés à la porte de chez eux et je suis sûr qu'ils vous seraient infiniment reconnaissants si vous pouviez leur accorder l'hospitalité. (Mon sourire s'évanouit, mon regard s'assombrit et ma voix se fit glaciale.) Et je vous prierais de nous trouver une maison. Je commence à en avoir ras le cul de ces putains de vaches !

Chapitre 25

D'après ce que j'avais pu apprendre, la glorieuse maison dans laquelle on nous installa avait appartenu à un vieil homme récemment décédé. Penchée et couverte de mousse, elle s'appuyait contre le tronc tordu d'un vénérable if qui était plus large que haut. L'arbre et la maison se trouvaient – comme il fallait s'y attendre – à une certaine distance du village, mais, par chance, tout près d'un cours d'eau rapide. Lorsque je parvins à ouvrir la porte dégondée et à moitié pourrie, je fus assailli par une odeur de moisi, une impressionnante collection de toiles d'araignées et – à en juger par le concert de couinements affolés – un nombre non négligeable de petits indésirables.

— C'est toujours mieux que l'étable, dis-je au seigneur Merick tandis que nous portions son oncle à peine conscient à l'intérieur.

Je repérai les vestiges d'un lit au centre de la pièce obscure et nous manœuvrâmes de manière à y coucher le noble amorphe sur le matelas de fourrure et de sacs en toile. Un épais nuage de poussière se répandit dans l'air et le seigneur Roulgarth protesta, mais ses paroles étaient si faibles qu'elles étaient incompréhensibles. À l'exception d'une seule qui éveilla une succession d'images que je n'avais aucune envie de voir.

— Celynne…

Je posai une main sur son front.

— Il a de la fièvre, lâchai-je sur un ton bourru. Ça fait longtemps qu'il est dans cet état ?

Le seigneur Merick ne répondit pas tout de suite. Il me regarda avec des yeux vides, trop épuisé pour manifester plus qu'un vague signe d'étonnement.

— Pourquoi est-ce que vous nous avez sauvés ? demanda-t-il d'une voix aussi terne que son expression.

— Parce que j'ai pensé que vous pouviez vous révéler utiles.

C'était un mensonge, car j'étais convaincu que ces deux-là ne m'apporteraient rien d'autre que des ennuis. Ce jeune noble à moitié mort de faim aurait cependant pensé que je cherchais à le manipuler si je lui avais dit la vérité.

— Depuis combien de temps ? insistai-je.

— Plusieurs jours maintenant. (Merick cligna des yeux et regarda son oncle d'un air sombre.) Après l'avalanche, nous avons décidé de nous éloigner le plus possible, mais il est vite tombé malade. Dans la forêt, j'ai découvert une réserve de noisettes qui m'a permis de tenir pendant un moment, mais je ne suis jamais arrivé à lui en faire avaler plus de trois ou quatre. J'ai cherché autre chose à manger, en vain. Ce sont sans doute mes traces de pas qui ont conduit cette catin caerith à la caverne où nous avions trouvé refuge.

— Dans ce cas, cette catin caerith vous a sauvé la vie.

Je jetai un coup d'œil vers l'entrée et vis que le petit-fils d'Uhlla était toujours là. Au cours de notre bref voyage vers la maison, j'étais parvenu à découvrir son nom : Kuhlin. Il me l'avait donné sans rechigner malgré la méfiance et la peur qui se lisaient sur son visage. Le spectacle de sa grand-mère cédant à mes exigences l'avait visiblement impressionné.

— Nous avons besoin d'un guérisseur, lui dis-je en le toisant avec autorité. (Il ne bougea pas.) Tu connais ce mot ?

Kuhlin fronça les sourcils, puis hocha la tête et sortit sans préciser s'il comptait satisfaire ma requête.

— Dépêche-toi, lui lançai-je.

— Pourquoi est-ce qu'ils vous obéissent ? demanda Merick avec une expression méfiante qui n'était pas sans rappeler celle du colosse caerith.

— La bénédiction de la Dame Consacrée touche le cœur des pires hérétiques. (Je tendis la main vers les jambes du seigneur Roulgarth.) Aidez-moi à lui ôter ses bottes.

Il ne s'écoula qu'une poignée de minutes avant que Kuhlin revienne en compagnie du guérisseur. Celui-ci faisait partie des costauds du village. Il examina brièvement le noble qui délirait, puis ôta sa cape et releva les manches de sa chemise en laine sur des bras musclés aussi larges que mes cuisses. Il passa une main sur le visage de Roulgarth, renifla ses doigts maculés de sueur et marmonna quelques mots.

— De l'eau, traduisit Kuhlin. Beaucoup d'eau. Chaude.

Merick était trop faible pour se rendre utile. Avisant une marmite en bronze au milieu du capharnaüm de la maison, je m'en emparai et allai la remplir au torrent. Kuhlin eut l'amabilité d'allumer un feu près de l'entrée et d'installer un tripode en fer pour accrocher le récipient au-dessus des flammes. J'étais à peu près certain que le guérisseur avait juste cherché à nous éloigner. Ces gens n'aiment pas travailler sous le regard inquiet des proches et des amis des personnes qu'ils soignent – il ignorait bien sûr que je n'étais ni l'un, ni l'autre. Merick fut chassé à son tour lorsqu'il commença à s'agiter en voyant l'homme de l'art étaler une pâte pestilentielle sur le corps nu de son oncle.

Nous restâmes assis près du feu, entourés de nuages des vapeurs qui montaient de la marmite d'eau inutile qui refroidissait au-dessus des braises presque mortes.

— Vous n'auriez pas croisé la route de Coupe-choux au cours de vos pérégrinations, par hasard ? demandai-je. Je suis très impatient de le revoir.

— Je suis sûr que vous n'aurez pas à attendre très longtemps, répondit le jeune noble. (La chaleur et un bol de gruau l'avaient requinqué – suffisamment pour glisser une pointe un soupçon de fiel dans ses paroles, du moins.) Nous l'avons trouvé contre un arbre, une pointe de glace plantée dans la gorge. Je suis sûr qu'il vous attend devant les Portails divins en compagnie de tous les pécheurs qui n'ont pas reçu l'autorisation de les franchir.

Je grimaçai d'un air attristé avant de le regarder avec une certaine admiration.

— Je vois que votre bras est guéri, dis-je. Je suppose néanmoins qu'il est encore très douloureux quand il fait froid.

— En effet. (Il me toisa sans ciller.) Une autre histoire qu'il nous faudra régler, Scribe. Et n'ayez aucune crainte à ce sujet : quand le temps viendra, je veillerai à ce que nous les réglions jusqu'à la dernière.

J'esquissai une mimique impatiente et haussai un sourcil en regardant Kuhlin qui nous observait avec perplexité.

— Il est furieux parce que je lui ai cassé le bras, lui expliquai-je.

— Vous avez fait bien pire que cela. (La voix de Merick n'était plus qu'un murmure vibrant de colère.) Ma tante et mon cousin sont morts à cause de vous et de votre maudite catin malécite.

Ma bonne humeur s'évanouit tandis que les images de la macabre découverte que j'avais faite dans le donjon ducal défilaient dans ma tête. Des images d'une netteté dérangeante. Et puis la mention d'Evadine – même en des termes insultants – avait ravivé une angoisse qui couvait depuis mon réveil dans l'étable. Je n'étais pas certain qu'elle avait survécu à l'avalanche, mais je m'inquiétais des répercussions que ma supposée mort pouvait avoir sur son comportement. Il n'était pas impossible qu'elle décide de retrouver mon corps… et cela n'annonçait rien de bon pour elle et les Caerith qui auraient la malchance de croiser son chemin. Mais il y avait plus grave encore : en perdant son principal confident, n'allait-elle pas céder à la colère contre laquelle elle luttait depuis si longtemps ? Curieusement, cette colère m'inquiétait bien plus que les dangers qu'elle était prête à affronter pour moi.

— Nous avons proposé une reddition honorable à votre tante, dis-je à Merick d'une voix que mes sombres réflexions avaient rendue plus dure. Elle a préféré mourir de sa main. Après avoir assassiné ses enfants. En ce qui me concerne, c'est elle la salope et la folle de l'histoire, alors épargnez-moi votre indignation de pacotille !

Le visage de Merick vira au cramoisi et ses lèvres s'entrouvrirent pour laisser échapper un feulement furieux. Nous aurions peut-être fini par nous battre si le guérisseur ne nous avait pas interrompus.

Il sortit de la maison, se lava les mains dans la marmite remplie d'eau désormais tiède et échangea quelques mots avec Kuhlin.

— Il dit la fièvre est… (Le Caerith s'interrompit pour chercher les mots susceptibles de traduire les paroles rauques du guérisseur.) Profonde. Il dit il a la maladie à cause du froid et du manger pas bon. Il donne quelque chose pour il dort. (Le guérisseur alla chercher la sacoche en cuir qu'il avait laissée près de la porte et en tira un petit flacon en argile cuite.) Une goulée le matin si la fièvre tombe, ajouta Kuhlin tandis que le guérisseur me tendait la fiole.

— Et si elle ne tombe pas ? demandai-je.

Le guérisseur haussa les épaules avec affabilité lorsque Kuhlin traduisit ma question, puis prononça un des rares mots caerith que je comprenais.

— *Zeiteth.*

« Mort ».

Cher lecteur, je serais le plus infâme des menteurs si je ne disais pas que je passai la plus grande partie de la nuit suivante à espérer que le seigneur Roulgarth casserait sa pipe avant le lever du soleil. Je m'occupai en nettoyant la maison tandis que Merick veillait son oncle. Le noble était inconscient, mais il remuait parfois en marmonnant des paroles incompréhensibles ou en agitant les mains dans une parodie presque risible de combat à l'épée. Roulgarth continuait à se battre dans ses rêves, des rêves qui ne devaient pas être très agréables.

L'ancien propriétaire de la maison avait été une de ces personnes qui accumulent des choses qui ne servent pour ainsi dire à rien. Il avait eu une affection particulière pour les pierres de formes étranges, les crânes d'animaux et — pour une raison que je ne suis jamais parvenu à découvrir — pour les pommes de pin. Elles occupaient un coin entier de l'unique pièce, rassemblées en une pile impeccable qui montait jusqu'au plafond. Sachant qu'il s'agissait d'un excellent combustible, je décidai de les garder après m'être débarrassé du reste. Tandis que je jetais les crânes dans les buissons qui poussaient à côté de la maison, la chasseresse apparut.

Elle émergea de derrière le tronc d'un large saule dont une partie des branches ployées et couvertes de givre plongeaient dans le cours d'eau qui coulait quelques mètres plus loin. J'étais impressionné — et un peu inquiet — à l'idée qu'elle ait pu approcher si près sans que je la remarque. Mes craintes s'apaisèrent un peu lorsque je vis qu'elle portait son arc dans le dos et que sa dague était dans son fourreau. Elle approcha avec une expression méfiante, mais déterminée. Elle n'était visiblement pas venue pour me tuer et je m'interrogeai quant au but de sa visite. Ne trouvant aucune réponse plausible à ma question, je décidai de garder le silence lorsqu'elle s'arrêta à quelques pas de moi.

— *Lilat*, dit-elle après un échange de regards embarrassés.

Elle pointa le doigt vers le crâne de renard que je tenais entre les mains. Les renards de la région étaient plus petits que leurs cousins septentrionaux, mais ils avaient de plus grandes oreilles.

— Renard, dis-je en levant le macabre trophée. Tu le veux ?

Elle fronça les sourcils d'un air consterné, puis pointa de nouveau le doigt vers le crâne.

— *Lilat*. (Elle plaqua la main contre sa poitrine.) *Lilat*.

— Ah ! je comprends. C'est comme ça que tu t'appelles. Tu portes le nom de cet animal. (Je tournai le crâne entre mes mains, puis levai les yeux vers la jeune femme.) Je trouve qu'il te va comme un gant.

Elle mâchonna ses lèvres d'un air indécis pendant de longues secondes, puis saisit le manche de la dague accrochée à sa ceinture. Je me raidis aussitôt, puis reculai d'un pas prudent et levai les bras en signe de paix. Elle dégaina, se prit le poignet avec sa main libre puis le secoua

341

et enfin lâcha son couteau. Après un instant de confusion, je compris qu'elle rejouait le moment où je l'avais désarmée.

Elle s'accroupit, récupéra sa dague et recommença. Puis elle se redressa et me tendit l'arme.

— *Eilicha*, dit-elle.

— Tu veux que je te montre comment j'ai fait, hein ?

Elle fronça les sourcils sans dire un mot, puis agita l'arme qu'elle me tendait.

— *Eilicha*, insista-t-elle d'une voix plus dure.

— Je veux être payé en nature, ma chère, dis-je sans prendre la dague. (Je jetai le crâne de renard dans les buissons et portai les mains à ma poitrine.) Lapin.

Je me mis à sautiller sur place. Un sourire amusé passa sur les lèvres de la jeune femme, mais son visage se referma aussitôt. Je pointai le doigt vers son arc et fis semblant de décocher une flèche.

— Tu apportes lapin, je montre à toi. (Je me saisis le poignet et le secouai.) Tu apportes lapin et je *eilicha*.

Son nom lui allait comme un gant, en effet, car elle me lança un regard de prédateur contrarié avant de pivoter sur les talons et de s'en aller. Je ne m'attendais pas à la revoir, mais, le lendemain matin, elle revint en traînant la carcasse d'un daim fraîchement tué. À partir de ce jour, je ne connus plus la faim pendant mon séjour chez les Caerith. Un séjour que le vieil homme que je suis devenu trouve bien trop court.

Je montrai à Lilat comment porter une clé de poignet et découvris qu'elle était plus douée qu'Eamond et tous mes anciens élèves. Sa force et son agilité naturelles étaient aiguisées par un instinct développé au cours d'une vie consacrée à la chasse. Il ne lui fallut que quelques minutes pour maîtriser la technique de la clé et elle assimila le reste avec une facilité déconcertante. Je m'aperçus que, comme son cousin Kuhlin, elle possédait quelques rudiments d'albermainish. Elle ne s'exprimait pas aussi bien que lui, mais elle réussit cependant à me faire comprendre qu'elle voulait apprendre toutes les techniques de combat que j'étais prêt à lui enseigner.

— Tu batailler… beaucoup ? demanda-t-elle après être parvenue à me faire lâcher mon couteau. Tu… tuer beaucoup ? Tu *taolisch*… guerrier ?

Cette question me fit froncer les sourcils. J'étais devenu un soldat le jour où je n'avais pas eu d'autre choix que de m'engager dans la

Compagnie de l'Alliance, mais je considérais que cette activité n'était qu'un extra. Dans ma tête, j'étais scribe, et mon seul but consistait à répandre les enseignements du testament de l'Ascendante Sihlda. On avait pourtant fini par me nommer capitaine et j'avais participé à de nombreuses batailles en laissant des monceaux de cadavres derrière moi, mais quand même… j'avais l'impression que le titre de «guerrier» était trop auguste pour un ancien bandit qui n'avait pas une goutte de sang noble dans les veines.

—D'une certaine manière, dis-je. (Elle me regarda en écarquillant les yeux et je décidai de lui fournir une réponse plus claire.) Oui.

—Tu *eilicha*… apprends à moi. (Elle hocha la tête en direction de la carcasse de daim accrochée à une branche un peu plus loin.) Tu apprends, j'apporte.

J'aurais voulu savoir pourquoi elle tenait tant à apprendre à se battre, mais notre niveau de communication ne permettait pas d'aborder des sujets complexes.

—Tu apprends aussi, dis-je en ramassant mon poignard par terre. Ça, c'est un couteau.

J'agitai l'arme tandis qu'elle me regardait d'un air interrogateur.

Mais elle avait l'esprit vif et, une fois encore, elle ne fut pas longue à comprendre.

—*Tuhska*, dit-elle.

—*Tuhska*, répétai-je. (Je pointai le doigt vers la carcasse de daim.) Daim.

—*Pehlith.* (Un sourire fleurit sur ses lèvres, mais son visage se ferma dès qu'elle aperçut Kuhlin qui approchait avec sa ration quotidienne d'oignons.) Je viens… demain, marmonna-t-elle avant de me gratifier de son numéro préféré : disparaître sans un bruit dans les sous-bois.

Je rentrai et découvris que Roulgarth avait repris connaissance. Sa fièvre était tombée, mais il était encore si faible qu'il dut se contenter de m'abreuver d'insultes au lieu de m'embrocher comme il rêvait de le faire.

—Pourriture de hors-la-loi, cracha-t-il d'une voix rauque.

Les muscles de son cou—affaiblis par la faim, mais toujours impressionnants—se contractèrent tandis qu'il essayait de s'extraire du lit. Par chance, il était incapable de tenir debout et il s'affala par terre.

—Et bien le bonjour également, mon bon seigneur! lui lançai-je.

—Calmez-vous, mon oncle, dit Merick en l'aidant à se lever et à s'allonger sur le matelas de fourrure et de sacs en toile.

—Vous feriez mieux de me tuer, Scribe! haleta Roulgarth. (Il tremblait et ses yeux étincelaient.) Tant que vous le pouvez encore.

Je l'ignorai. Je jetai des pommes de pin dans le feu qui brûlait au centre de la pièce, puis entrepris de construire une broche assez solide pour supporter le poids du daim. Roulgarth continua à m'agonir d'insultes – parfois fort originales – qui n'éveillèrent rien d'autre qu'une vague pitié en moi. J'étais la cible de sa haine, mais la faim et la maladie empêchaient Roulgarth de dissimuler ses émotions et il suffisait de jeter un coup d'œil à son visage grisâtre pour se rendre compte que cet homme était rongé par un terrible sentiment de culpabilité.

—Ce soir, c'est gibier, dis-je quand une quinte de toux interrompit sa litanie d'insultes. La viande des rois et des seigneurs. Vous devez aimer ça, hein?

Des postillons jaillirent de sa bouche dès qu'il eut rassemblé assez de forces pour me répondre.

—Je ne veux rien de vous! Je ne veux que votre mort!

—Eh bien! dans ce cas, vous feriez bien de manger. Comment aurez-vous la force de me tuer sinon?

Aujourd'hui, je considère cette période comme un îlot de calme dans une vie parsemée de tempêtes, mais à l'époque j'avais l'impression d'être enfermé dans une prison aussi confortable qu'ennuyeuse. La santé de Roulgarth s'améliora et il perdit l'habitude de m'abreuver d'insultes au fur et à mesure qu'il retrouvait des forces. Il ne se montra pas plus aimable pour autant, bien au contraire. Son regard était de plus en plus dur et chargé de sombres promesses. Il pleurait pendant son sommeil, au milieu de la nuit en général, et gémissait assez fort pour nous réveiller, Merick et moi. Il prononçait le même nom d'une voix si triste et si coupable que j'en avais le cœur serré.

Une nuit, il se redressa sur sa couche et s'adressa à un coin obscur de la pièce.

—Celynne… pourquoi? Pourquoi est-ce que je ne vous l'ai jamais dit? Pourquoi est-ce que je ne le lui ai jamais dit?

D'habitude, je supportais ces lamentations dans un silence stoïque, mais, cette nuit-là, elles m'avaient arraché à un sommeil délicieusement exempt de rêves.

—Tu vas fermer ta putain de gueule de noble trou-du-cul? aboyai-je.

Merick se redressa sur son lit et me foudroya du regard avant de se lever et de se rendre au chevet de son oncle. Il le prit par les épaules et l'aida à se rallonger sur les fourrures.

—Reposez-vous, mon oncle, murmura-t-il. Tout va bien.

—Mon oncle, hein? marmonnai-je.

J'étais furieux d'avoir été réveillé et je savais que je ne me rendormirais pas avant un bon moment. Je me levai et me dirigeai vers le tonneau faisant office de pot de chambre en soulevant ma chemise.

—Est-ce que cela fait de vous un héritier potentiel du duché d'Alundia, seigneur? (Je poussai un soupir de soulagement avant de lâcher un tir de barrage.) Ou bien n'êtes-vous qu'un pauvre bâtard, comme moi? Un rejeton né du mauvais côté de la chambre à coucher, mais qu'on a reconnu et gratifié d'un titre de noblesse pour lui faire plaisir? J'ai entendu dire que c'était courant dans votre milieu.

—Surveillez votre langue, misérable! siffla Merick. Je suis le fils de dame Ehlissa Albrisend, sœur de dame Verissa, feu l'épouse de l'homme brave et honorable allongé ici. Un homme dont vous n'êtes pas digne de baiser les pieds.

—Ainsi donc, le seigneur Roulgarth était marié. (Une fois ma vessie vidée, je secouai les dernières gouttes, remballai mon ustensile et allai m'asseoir sur mon lit.) Il n'a pas d'enfants naturels?

Le visage de Merick se contracta sous le coup de la consternation et de la colère. La simple idée d'aborder un sujet si intime avec un manant devait l'horrifier, et je fus donc surpris de l'entendre répondre. Sans doute éprouvait-il le besoin d'exprimer quelque chose qu'il n'avait jamais confié à personne.

—Dame Verissa est morte en couches, dit-il dans un murmure à peine audible, comme s'il craignait que son oncle l'entende. Et sa fille est morte avec elle. Le seigneur Roulgarth m'a accepté dans sa maison alors que j'étais enfant. Mon père avait été tué au cours d'une bataille et ma mère avait sombré dans la folie du chagrin. (Il tendit une main vers Roulgarth, mais n'osa pas le toucher.) Mais cet homme a toujours été mon père. Et j'ai toujours été son fils.

J'eus envie de me moquer de lui, de le faire enrager, mais mes piques acerbes s'étiolèrent avant d'atteindre mes lèvres. Il est dans la nature de la guerre de détruire les familles, de les déchirer et de les éparpiller. Ces deux-là pouvaient au moins compter l'un sur l'autre. Cette idée éveilla une pointe de jalousie dans mon cœur. Et une immense tristesse. Quand le seigneur d'un roturier est banni ou tué, celui-ci hérite d'un nouveau maître ou part en quête d'un endroit où il trouvera du travail. Mais que peut faire un noble qui a été dépouillé de ses titres et de ses terres?

Je poussai un soupir, m'allongeai sur mon lit de fortune et me détournai, abandonnant Merick à sa veille silencieuse.

Quand Roulgarth retrouva assez de forces pour marcher, je passais la plus grande partie de mes journées en compagnie de Lilat. Nos explorations des forêts environnantes me dispensaient d'affronter l'hostilité de l'Alundien et la conviction de plus en plus pressante qu'il me faudrait bientôt le tuer. J'avais fait des progrès en caerith et j'étais désormais capable de faire des phrases—même si ma prononciation maladroite arrachait souvent des éclats de rire à ma camarade. De son côté, Lilat avait fait des progrès en albermainish et elle pouvait répondre à des questions plus complexes.

—Uhlla apprend à moi, m'expliqua-t-elle lorsque je lui demandai comment elle avait appris les bases de la langue des *Ishlichen*. Elle apprend avec... (Son front se plissa tandis qu'elle cherchait ses mots.) Sa grand-mère.

—La grand-mère d'Uhlla a voyagé dans les terres des *Ishlichen*?

Le visage de Lilat se referma comme si je venais d'aborder un sujet très personnel.

—Les Caerith... voyagent dans tes terres, parfois.

Elle prononça ces derniers mots en détournant la tête et sur un ton évasif. Puis elle pointa le doigt vers les montagnes qu'on apercevait au-dessus de la cime des arbres à l'est.

—Ils partent. Et ils reviennent très plus tard.

—Pourquoi?

Son visage se fit plus méfiant encore.

—Ils sont envoyés... pour apprendre. (Elle se pencha et prit son arc.) Nous chasser maintenant. Après tu apprends à moi.

—Qui les envoie? demandai-je.

Mon insistance me valut un regard sombre et un mutisme qui dura une bonne heure—le temps de traquer et de tuer un lapin à fourrure blanche. Tandis qu'elle arrachait sa flèche du petit corps frémissant, Lilat répondit enfin à ma question d'une voix revêche.

—*Eithlisch*, dit-elle. Il envoie eux.

—L'*Eithlisch*?

Je me rappelai qu'Uhlla avait prononcé ce mot au cours de notre première rencontre, et qu'elle avait refusé de m'expliquer ce qu'il signifiait. À en juger par la nervosité de Lilat, ce devait être un personnage très important. Et très craint.

—Qui est-ce?

Lilat détourna les yeux, ramassa une poignée de neige et nettoya sa flèche avant de la ranger dans son carquois.

—Il vient bientôt.

—C'est une mauvaise nouvelle? demandai-je.

Lilat hésita, puis se tourna vers moi. Son visage était un masque de compassion coloré par le doute.

—Je ne sais pas. Viens. (Elle se redressa avec le lapin.) Tu apprends couteau maintenant.

—Je crois que tu maîtrises la plupart des techniques que je pouvais t'apprendre. (Je regardai autour de moi et aperçus deux branches rectilignes sur le tapis de neige parsemé de feuilles.) Dis-moi, dis-je en allant les récupérer. (Je les soupesai et arrivai à la conclusion qu'on pouvait en tirer deux solides bâtons.) Est-ce que les Caerith savent se battre à l'épée?

—Mais qu'est-ce que c'est que ça!

La voix de Merick était empreinte du mépris de l'expert envers l'amateur et, à ma grande surprise, son attitude hautaine me piqua au vif.

—Qui vous a enseigné l'escrime, Scribe? Un professeur de danse?

Je baissai ma branche – écorcée et vaguement taillée en forme d'épée – et adoptai la garde droite que Wilhum m'avait apprise. Je venais de faire une démonstration des techniques de base à Lilat, parant ses coups d'estoc maladroits avec d'amples moulinets qu'il m'avait fallu une éternité pour maîtriser, quand Merick avait fait son apparition. Je le toisai d'un œil mauvais.

—Il se trouve, seigneur, que mon professeur est un chevalier d'excellente réputation qui a été l'élève d'un des plus redoutables épéistes de son temps.

—Vous parlez de l'ancien seigneur Dornmahl, je suppose, répliqua Merick. Si ma mémoire est bonne, sa réputation se résume à avoir perdu à peu près tous les tournois auxquels il a participé et à avoir renié son serment de fidélité au roi pour servir le Prétendant. Il aurait été exécuté après la bataille du Champ des Traîtres si votre catin malécite n'avait pas décidé d'en faire son animal familier.

—Un tournoi n'est pas une bataille! aboyai-je en sentant la colère monter en moi. Et je vous saurais gré de surveiller vos paroles!

Le visage de Merick s'empourpra. Comment un ancien bandit, un roturier osait-il s'adresser à lui de la sorte? et lui donner des ordres?

—Voulez-vous que je vous fasse une démonstration? demanda-t-il en s'arrachant à l'encadrement de la porte d'où il avait observé la leçon en distillant son mépris. Avec votre permission, ma dame?

Il s'inclina devant Lilat et tendit la main vers son épée de bois. La chasseresse sembla amusée et intriguée par son geste, mais elle attendit que je lui adresse un hochement de tête avant de lui donner le bâton.

—Nous nous sommes déjà battus, remarquai-je tandis que Merick se tournait vers moi. Vous avez perdu et vous en avez payé le prix.

—Il se passe bien des choses dans le chaos de la bataille.

Il m'adressa un mince sourire impatient et adopta une garde différente de la mienne. Elle était moins rigide que celle que Wilhum s'était efforcé de m'enseigner. Ses genoux étaient à peine pliés et il tenait son épée à l'horizontale à hauteur des hanches. Il avança d'un pas… et se figea en entendant la voix de son oncle.

—Merick!

Le seigneur Roulgarth se tenait dans l'encadrement de la porte, le dos voûté et une main appuyée contre un montant. Son visage semblait moins gris que d'habitude. Malgré le froid, il ne portait qu'une chemise et un pantalon. Ses yeux, qui avaient retrouvé leur clarté, étaient posés sur son neveu.

—Mon oncle, je…

Merick se tut en voyant son oncle secouer la tête.

—Vous voulez une leçon, Scribe? demanda Roulgarth en sortant de la maison.

Il s'arrêta près de son neveu et, lorsqu'il tendit la main, le jeune homme lui donna son bâton en frêne après un instant d'hésitation. Roulgarth le fit siffler dans l'air, puis le leva et le baissa en une parodie de salut chevaleresque.

—Je serais ravi de vous la donner.

Un ricanement teinté de mépris et de pitié s'échappa de mes lèvres.

—Je ne pense pas que ce soit très équilibré, seigneur. Compte tenu de votre état.

—En effet. (Un infime sourire passa sur ses lèvres.) Je devrais attacher quelques pierres autour de mon cou pour vous laisser une petite chance.

Il me regarda, leva son bâton et attendit que je lui rende son salut en soupirant. La suite se déroula trop vite pour que mes yeux l'enregistrent. Son épée en bois se baissa de quelques millimètres tandis qu'il avançait d'un demi-pas, puis il se fondit dans le brouillard. J'entendis un sifflement de mauvais augure et mon bâton fut arraché de ma main. Une douleur terrible explosa au creux de mon ventre et je me retrouvai sur les fesses, vomissant et hoquetant en quête d'air. Ce fut seulement à ce moment que ma traîtresse de mémoire daigna me rappeler ce qu'Evadine m'avait dit après notre première rencontre avec le seigneur Roulgarth.

« Vous avez fait des progrès, c'est certain, mais il est d'une tout autre trempe que vous. »

Mais je n'étais pas immunisé contre les dangereuses conséquences d'une fierté blessée et, lorsque la douleur au ventre s'apaisa et qu'un souffle d'air remplit mes poumons, je me redressai, récupérai mon bâton et entrepris de décrire un cercle autour de Roulgarth. Celui-ci changea à peine de position. Son visage était impassible à l'exception d'un froncement de sourcils las, mais impatient. S'il s'était moqué de moi, ma colère se serait peut-être apaisée, mais son apparente indifférence la décupla. Je me précipitai sur lui en brandissant mon bâton à deux mains et visai le sommet de son crâne. Il bougea à peine, se contentant de se pencher de manière que mon arme frappe le sol au terme de sa course en arc de cercle. Puis il pivota vers mon flanc exposé.

Une nouvelle vague de douleur me traversa, à hauteur des côtes cette fois-ci. Au cours des insupportables minutes qui suivirent, je fus envahi par une humiliation que j'avais crue appartenir à une époque révolue de ma vie, celle de mon enfance au bordel ou dans une forêt infestée de brigands. J'essayai chaque botte que m'avait enseignée Wilhum et chaque technique que j'avais découverte sur le champ de bataille. Cela ne me valut qu'une nouvelle volée de coups visant différentes parties de mon corps. J'avais cru qu'Althus Levalle était le plus redoutable guerrier que je croiserais au cours de ma vie, mais je m'étais trompé. Ce n'était qu'une brute maladroite en comparaison du seigneur Roulgarth.

Alors que je reculais en titubant après un nouveau coup, j'eus la terrible certitude que cet homme jouait avec moi. Cette idée m'enragea et me fit oublier toute prudence. J'arrivai au stade où un homme ne sent plus la douleur, le stade où, avec un peu de chance, il peut transformer en duel en vulgaire bagarre de rue. Je ne cherchai même pas à éviter le coup qui s'abattit sur mon bras droit. Je bondis en avant et frappai du poing en visant le nez de mon adversaire. Si je parvenais à le sonner, je l'agripperais et serrerais de toutes mes forces à la manière des lutteurs de foire. Ce genre de tactique avait assez bien fonctionné contre Sir Althus, mais elle s'avéra inefficace contre Roulgarth.

Il fit un pas de côté pour éviter mon coup, abattit son bâton sur mon nez qui explosa dans un geyser de sang et enchaîna avec une frappe au genou. Ce fut le seul moment où je réussis à le toucher. Alors que j'agitais mon bâton avec la frénésie aveugle du désespoir, une extrémité le frappa à la hanche par le plus grand des hasards.

Cette modeste victoire rendit Roulgarth furieux et sa colère se manifesta sous la forme d'un puissant coup de pied au ventre, puis d'un coup de bâton au poignet qui me força une fois de plus à lâcher mon épée de bois.

—Sachez une chose, Scribe, gronda Roulgarth dans un souffle rauque et haché. (Il me frappa de nouveau au ventre.) Un véritable chevalier consacre chaque moment libre à travailler ses techniques. Un véritable chevalier connaît le sens du mot «honneur». (La pointe de son bâton se pressa contre ma tempe alors que j'essayai de me relever et un voile rouge de plus en plus dense envahit mon champ de vision.) Un véritable chevalier n'est pas un scribouilleur imbu de sa personne et convaincu qu'il a le droit de s'adresser à des gens de plus haute naissance que lui…

—*Ascha!*

La pression contre ma tempe s'interrompit, puis disparut tandis que Roulgarth ramenait son bâton en arrière. Je clignai des paupières et aperçus Lilat qui se tenait à quelques mètres de distance. Elle bandait son arc et sa flèche était pointée droit sur la gorge du seigneur alundien. Son visage dur et concentré indiquait clairement qu'elle était prête à tirer et Roulgarth le sentit sur-le-champ.

Il recula en poussant un grognement fatigué.

—Ainsi donc, dit-il, si je vous tue, ces barbares nous tuent. Rien ne me sera épargné au cours de cette vie.

Il se dirigea d'un pas raide vers l'endroit où était tombé mon bâton et se pencha pour le ramasser.

—Mon neveu est en droit de le garder, ma bonne dame, déclara-t-il.

Lilat le regardait avec méfiance, et elle avait à peine baissé son arc. Roulgarth éclata d'un rire creux avant de jeter un bâton à ses pieds et un autre aux pieds de Merick.

—Je vous suggère de vous adresser à lui si vous voulez apprendre à manier l'épée. (Il hocha la tête dans ma direction.) Ce misérable ne sait que trancher les gorges et voler les bourses.

Il s'esclaffa et rentra dans la maison. Son rire fut étonnamment long et bruyant pour un homme encore affaibli par la maladie.

Il avait été un temps où la raclée que j'avais reçue m'aurait conduit à ruminer de sombres vengeances. Mais cette nuit-là, alors que j'étais allongé avec mes hématomes – qui étaient bien moins douloureux que mon orgueil blessé –, ma rancœur naturelle ne se manifesta pas. De sombres projets de représailles me traversèrent la tête, bien sûr, mais tous se dissipèrent rapidement. J'étais maussade et amer, mais je m'aperçus avec étonnement que la principale émotion que j'éprouvais pour Sir Roulgarth restait la pitié. Peut-être avais-je enfin appris à ignorer les charmes trompeurs de la vengeance. En ce qui concernait les nobles, du moins.

Je roulai hors de la pile de fourrures qui me servait de couche et me dirigeai vers le lit de Roulgarth dans la pénombre. Il ne dormait pas. Ses yeux étaient vitreux et son visage impassible à l'exception d'un écho de la lassitude impatiente qu'il avait manifestée un peu plus tôt.

—Pas de couteau? demanda-t-il en regardant mes mains, sourcils haussés.

Pourquoi était-il étonné que je vienne sans arme? Était-il possible qu'il m'ait humilié dans le dessein de me pousser dans les bras de la vengeance? Avait-il espéré qu'ainsi j'accomplirais la funeste tâche qu'il n'avait pas le courage d'accomplir lui-même?

—Pas de couteau, dis-je. (J'attrapai un tabouret et posai mes fesses dessus en grimaçant de douleur.) Désolé de vous décevoir, seigneur.

Je le regardai en silence jusqu'à ce qu'il se décide à parler.

—Dans ce cas, qu'est-ce que vous voulez, Scribe? demanda-t-il dans un soupir.

—Une nouvelle leçon, répondis-je. Plusieurs leçons, en fait. Je veux apprendre toutes les techniques que vous pouvez m'apprendre.

Roulgarth leva un avant-bras et le posa sur son front.

—Pourquoi?

—Vous avez raison. Je ne suis pas un chevalier et je n'en serai jamais un. Je me bats assez bien pour vaincre un soldat ou un noble maladroit, mais pas un adversaire de votre trempe. Et je sais que, quand je regagnerai le royaume d'Albermaine, celui-ci ne sera pas en paix.

—Voilà au moins quelque chose de vrai. Ce n'est qu'une question de temps avant que votre Martyre malécite et le roi s'écharpent. Vous êtes impatient de verser le sang en son nom, hein?

—Elle mérite mon dévouement, et ma protection.

—Peut-être, mais pas les miens. C'est hors de question, Scribe. Par le nom des Martyrs, des Séraphiles et de tous les dieux de ce monde! Pourquoi diable vous enseignerais-je ne serait-ce qu'une fraction de ce qu'il m'a fallu une vie pour acquérir?

—Bien. Pour commencer, vous n'avez rien d'autre à faire en ce moment.

Un grognement agacé monta de son visage en partie caché par son avant-bras.

—Autre chose?

—Cela vous fournirait l'occasion de me coller une raclée tous les jours.

Roulgarth resta silencieux pendant un moment, mais je vis que sa respiration avait accéléré et que ses mâchoires s'étaient contractées comme s'il rassemblait ses forces. Craignant qu'il se redresse et se jette sur moi, je reculai mes fesses sur le tabouret et me préparai à bondir sur le côté. Il baissa son avant-bras et me regarda avec sévérité et détermination.

—Si j'accepte, je veux être payé d'avance.

—Payé? (Je fronçai les sourcils.) Vous voulez de l'argent?

—Mais non, imbécile! (Roulgarth grimaça, se redressa en position assise et se pencha vers moi.) Je veux des réponses à certaines questions. Des réponses sincères, Scribe.

Je me détendis un peu, mais le désir farouche qui brillait dans ses yeux me poussa à rester sur mes gardes. J'ignorais ce qu'il voulait me demander, mais j'étais convaincu qu'il n'aimerait pas ce qu'il allait entendre.

—Je vous écoute, dis-je.

—Après la chute de Haudesahl… (Ses yeux me fixaient sans ciller.) Toutes sortes de rumeurs ont couru dans le duché. L'une d'elles raconte que vous avez conduit votre bande d'égorgeurs hérétiques dans la chambre ducale et que vous… (Il s'interrompit, la gorge serrée, puis se força à poursuivre.) Et que la duchesse, pour préserver son honneur, a bu du poison plutôt que de se soumettre à vos viles turpitudes.

— On raconte ça ?

— C'est une rumeur. Il y en a bien d'autres.

— Si vous pensiez que c'est la vérité, je suis sûr que vous m'auriez tué tout à l'heure. Quelles que dussent être les conséquences.

Ses traits frémirent et son corps trembla tandis qu'il s'efforçait de rester droit.

— Mais vous y étiez ? Vous êtes entré dans la forteresse… à la fin ? Qu'est-ce que vous avez vu ?

J'envisageai de lui mentir, d'imaginer une belle histoire qui l'apaiserait. Mais j'avais un sixième sens pour déceler les mensonges et un autre pour déceler ceux qui ne les supportaient pas. Et puis Roulgarth n'était pas en quête d'apaisement. La haine qu'il éprouvait envers moi n'était rien en comparaison de celle qu'il éprouvait envers lui, et la haine peut se révéler une drogue aussi puissante que le lait de pavot.

— Tout le monde était mort quand nous sommes entrés dans la forteresse. Les soldats, les serviteurs, les nobles. Tous s'étaient donné la mort. Je crois qu'ils ont bu du poison quand ils ont appris que les murailles étaient tombées.

— Et la duchesse ? Et les enfants ?

— Ils ont fait de même. Seule dame Ducinda a survécu. Sa mère lui a donné un verre, mais elle n'en a bu qu'une gorgée. Nous avons réussi à la conduire auprès de notre guérisseur à temps. Je suppose que vous savez que la princesse Leannor l'a envoyée à Couravel. Elle a l'intention de la fiancer avec le jeune seigneur Alfric.

Les lèvres de Roulgarth se tordirent et ses tremblements se firent plus violents.

— Ce mariage n'aura pas lieu tant qu'il me restera une goutte de sang dans les veines.

Il se convulsa et se plia en deux, secoué par une quinte de toux qui tira malheureusement Merick de son sommeil.

— Qu'est-ce que vous êtes en train de faire ? demanda-t-il en se levant brusquement de son lit de fortune.

Il approcha à grands pas et s'interposa entre son oncle et moi. Je vis alors qu'il tenait un petit couteau à la main. Il l'avait sans doute trouvé au milieu du bazar qui encombrait la maison à notre arrivée.

— Arrière, misérable !

—Ça va, intervint Roulgarth d'une voix rauque.

Il toussait toujours. Il s'effondra sur sa couche et ferma les yeux.

—Demain, Scribe, marmonna-t-il. Trouvez des bâtons d'un meilleur bois. Ma dignité m'interdit de m'entraîner avec des branches si tordues.

Chapitre 26

Ma deuxième leçon fut plus longue, mais à peine moins douloureuse que la première. Roulgarth m'administra une correction avec une des épées que j'avais passé la matinée à tailler. Pendant près d'une heure, il m'ordonna de l'attaquer tandis qu'il se tenait au centre de l'espace plat et plus ou moins circulaire qui s'étendait devant notre maison décrépite. J'utilisai un ensemble de techniques mélangeant celles de Wilhum et les miennes et je frappai avec autant de force que s'il s'agissait d'un véritable duel. En vain. Je récoltai une nouvelle moisson d'hématomes, mais j'eus la satisfaction d'obliger Roulgarth à faire quelques pas.

Il esquiva une attaque portée de bas en haut et frappa mon bras tendu.

—Ça suffira pour aujourd'hui, dit-il.

Je poussai un grognement et serrai les dents pour résister à la douleur qui m'envahit lorsque je me penchai pour ramasser mon épée.

—Je me dois de vous signaler que je n'ai pas encore entendu un seul conseil de votre part, seigneur, dis-je en le voyant se diriger vers la maison.

Je crus qu'il allait ignorer ma remarque, mais il s'arrêta dans l'encadrement de la porte et me regarda par-dessus son épaule.

—Comme mon professeur me l'a dit un jour, Scribe, le combat est une activité physique et les mots ont moins de prise que les actes sur le corps. C'est en se battant qu'on apprend à se battre. (Il esquissa un sourire sans joie avant de se tourner et de rentrer dans la maison.) Maintenant, apportez-moi mon repas.

Ma routine quotidienne était gravée dans le marbre : le matin, j'accomplissais diverses corvées ou allais chasser avec Lilat, l'après-midi, je recevais une correction. Les journées de Merick et de Lilat se déroulaient de manière à peu près identique, mais étaient beaucoup moins douloureuses. J'avais convaincu la jeune femme d'accepter la proposition de Roulgarth et elle s'entraînait désormais sous la tutelle de Merick – qui était un professeur bien moins dur que son oncle. Au fil des jours, je remarquai que le jeune noble employait de plus en plus de mots caerith et que la chasseresse faisait des progrès fulgurants en albermainish qu'elle parlait presque couramment. Elle s'exprimait en utilisant un curieux mélange d'intonations aristocratiques et phonèmes hachés typiques des roturiers, mais c'était moi qui lui avais appris la plus grande partie de son vocabulaire impressionnant.

Merick la fit tomber en lui portant un coup de pied aux chevilles.

— Ça manque d'élégance, déclara-t-elle avec une moue réprobatrice.

— Peut-être, mais c'est efficace, dit-il en lui tendant la main. Un *pehlith* avec les cornes de travers n'en reste pas moins comestible.

Au cours des jours suivants, je découvris que Roulgarth ne s'était pas trompé : mes techniques s'amélioraient de manière notable. Je commençais à discerner un schéma dans ses mouvements, l'angle de sa lame lorsqu'il parait mes coups d'estoc maladroits et le pivotement de ses hanches quand il ripostait. Cela me permit de parer une attaque pour la première fois et nos épées en bois claquèrent alors que je déviais une frappe qui m'aurait sans doute laissé une belle estafilade sur le front. Je crus apercevoir un infime changement dans l'expression Roulgarth tandis qu'il reculait, un plissement des yeux qui trahissait peut-être une pointe de satisfaction. Il ne me fit pas de cadeaux pour autant, bien au contraire. Dès que je commençais à comprendre une de ses techniques, il en utilisait une nouvelle. Je faisais des progrès, et j'en eus la confirmation lorsque mon professeur cessa de rester au centre de notre terrain d'entraînement. Il lui arrivait désormais de se déplacer avec mesure. C'était en partie parce qu'il allait mieux, mais en partie seulement. Au cours de la troisième semaine, je faillis le toucher et j'eus le plaisir de le voir haleter à la fin de la séance.

Au fil du temps, nos gesticulations finirent par attirer des spectateurs. Des villageois trouvaient une excuse pour passer près de chez nous et s'arrêtaient pour nous regarder avec perplexité ou amusement – et souvent les deux. Les plus assidus étaient les *taolisch*, les cinq guerriers

356

en armure de cuir qui semblaient habiter le village. Contrairement aux autres Caerith, ils ne souriaient jamais. Ils nous observaient en plissant les yeux et hochaient la tête en connaisseurs. Leur présence et leur silence quotidiens finirent par m'agacer, en grande partie parce que je n'aimais pas beaucoup qu'on assiste à mes échecs répétés.

Un jour que j'étais de fort mauvaise humeur – Roulgarth avait utilisé une nouvelle feinte qui m'avait envoyé sur les fesses –, je les vis échanger des commentaires à voix basse. Leurs propos ne semblaient pas méprisants, mais je doutais fort qu'ils soient élogieux.

—Si vous ne voulez pas participer, foutez-moi le camp! leur lançai-je en me levant.

Les guerriers tournèrent la tête vers Lilat et la regardèrent d'un air perplexe. La jeune femme traduisit mes paroles avec une satisfaction et une fierté évidentes. J'avais remarqué qu'elle ne parlait pas souvent aux *taolisch*, et que ceux-ci ne lui parlaient pas davantage. La chasseresse avait la mine sombre quand ils étaient dans les environs.

Une *taolisch*, une femme un peu plus âgée que ses camarades, toisa Lilat pendant quelques instants, le visage impassible, puis se leva du tronc sur lequel elle était assise et se dirigea vers moi en tirant son arme – que Lilat appelait un *tahlik*. Le terme se traduisait par «lance», mais la ressemblance n'était pas évidente. Le *tahlik* se composait d'une hampe en chêne à double cambrure d'un mètre cinquante avec une longue lame en forme de faux à une extrémité.

La femme approcha, me regarda et s'arrêta à quelques mètres de Roulgarth.

—*Elthtao*, déclara-t-elle en portant son arme à sa poitrine.

—Ça signifie «combattre», seigneur, dis-je au noble. Elle semble penser que vous êtes l'adversaire le plus digne d'elle.

Pour la première fois depuis qu'il avait retrouvé ses forces, les traits du chevalier exprimèrent un certain amusement. Ce n'était qu'un mince sourire qui souleva les coins de ses lèvres, mais cela signifiait qu'il éprouvait des émotions que je n'aurais pas cru revoir sur son visage.

—Voilà un point sur lequel je ne la contredirai pas, dit-il. (Il recula et leva son épée en bois pour saluer la guerrière.) Si tel est votre souhait, ma bonne dame. Mais sachez que l'expérience n'est pas sans risques…

La *taolisch* frappa avant que le dernier mot franchisse ses lèvres. Son arme tourbillonna et décrivit un arc de cercle censé s'achever contre la gorge de l'Alundien. Roulgarth l'évita de justesse en se baissant, puis frappa à la poitrine en restant accroupi, mais la guerrière repartait déjà à l'attaque. Elle bondit en brandissant son arme au-dessus de sa tête et l'abattit avant que ses pieds touchent le sol, obligeant Roulgarth à rouler en arrière pour esquiver le coup.

Ils tournèrent l'un autour de l'autre pendant un moment, le visage crispé par la concentration. L'Alundien avait tout de suite compris qu'il avait affaire à une adversaire bien plus redoutable que moi. Il se montra prudent et prit son temps avant d'attaquer. Il feinta au visage, puis enchaîna avec un coup de taille destiné à faucher la guerrière. La *taolisch* bondit de nouveau et tourbillonna dans les airs avant de frapper à son tour. La lame siffla et passa à un cheveu du nez du chevalier. C'était un coup impressionnant, mais je compris que Roulgarth avait attiré la *taolisch* dans un piège afin de porter sa véritable attaque.

Il se baissa et se jeta sur la guerrière qui venait d'atterrir et qui n'avait pas encore repris son équilibre. Au lieu de frapper avec son épée, il lui assena un coup d'épaule qui l'envoya à terre. La *taolisch* se redressa, roula en arrière et s'accroupit, mais le chevalier ne lui laissa aucun répit. Il abattit son épée pour plaquer le *tahlik* contre le sol et frappa la guerrière au visage d'un revers de main. Le coup était assez puissant pour l'étourdir et la faire saigner, mais elle contre-attaqua en une fraction de seconde. Son corps se contorsionna et se contracta comme celui d'un serpent, puis sa jambe se détendit et son pied s'écrasa sur la nuque du chevalier. Sonné, Roulgarth recula en titubant, le menton contre la poitrine et l'épée baissée.

—Mon oncle! s'écria Merick.

Il avança d'un pas tandis que la *taolisch* se levait d'un bond et faisait tournoyer son *tahlik* pour porter le coup de grâce. Lilat s'interposa aussitôt entre la guerrière et lui.

—Non, dit-elle, la voix et le visage sévères.

L'intervention d'une tierce personne devait être contraire aux coutumes. Merick protesta et voulut contourner la chasseresse, mais celle-ci le poussa en arrière. La situation aurait sans doute dégénéré si je ne m'étais pas avancé et penché à l'oreille du jeune homme.

—Si vous intervenez, ils nous tueront, soufflai-je en hochant le menton en direction des *taolisch* qui se tenaient un peu plus loin.

Ils s'étaient redressés et leurs mains expérimentées s'étaient refermées sur le manche de leurs haches et la hampe de leurs *tahliks*. Ils regardaient Merick avec colère et désapprobation.

— Ce n'est pas qu'un simple entraînement. Et puis… (J'inclinai la tête en direction de Roulgarth.) Vous devriez avoir un peu plus confiance en votre oncle.

Roulgarth avait reçu un sacré coup, mais j'avais appris à le connaître au cours des semaines précédentes et je savais qu'il n'était pas aussi sonné qu'il semblait l'être. Il attendit que le *tahlik* siffle dans l'air avant de poser un genou à terre pour éviter la lame qui passa juste au-dessus de sa tête. Puis il renversa sa prise sur la poignée de son épée et se redressa en frappant au visage. La pointe en bois s'écrasa contre la mâchoire de la guerrière. Sa tête partit en arrière et une gerbe écarlate jaillit de son nez abîmé par le premier coup. Roulgarth pivota avant qu'elle ait le temps de réagir et frappa à la tempe avec le plat de sa lame. Le coup avait été porté avec une maîtrise stupéfiante – pas assez fort pour tuer, mais bien assez pour assommer. Je regardai la guerrière s'effondrer en comprenant que, malgré sa brutalité implacable, Roulgarth m'avait épargné le pire au cours de nos entraînements. Pourquoi avait-il fait cela ?

Je jetai un coup d'œil aux *taolisch* en me demandant comment ils allaient réagir à la défaite de leur camarade. Je fus soulagé de voir qu'ils étaient déçus, mais nullement furieux. Quand ils avancèrent pour soulever la guerrière sans connaissance, je lus même une sombre satisfaction dans leurs yeux, comme s'ils venaient d'avoir confirmation de quelque chose qu'ils soupçonnaient depuis un certain temps. Ils emportèrent leur camarade inconsciente après avoir lancé quelques mots à Lilat.

— Ils disent qu'ils reviendront demain, dit-elle d'une voix sombre et maussade. Ils veulent apprendre l'épée eux aussi.

Et ce fut ainsi que le seigneur Roulgarth Cohlsair, célèbre chevalier d'Albermaine et ancien protecteur d'Alundia, entama sa carrière de professeur et enseigna aux Caerith les techniques martiales des *Ishlichen*. Comme les plus érudits d'entre vous le savent déjà, il deviendrait plus qu'un simple professeur aux yeux de ces gens, mais c'est une histoire que nous aborderons plus tard.

À mon éternel regret, je négligeai de compter les jours pendant mon séjour en terre caerith. J'avais cependant remarqué que les semaines se transformaient en mois et que les neiges de l'hiver laissaient place au dégel et à la gadoue annonçant le printemps. Mon caerith me permettait désormais de tenir une conversation simple et je rendis visite au guérisseur pour lui expliquer que j'avais besoin d'un remède contre la migraine. Pour une raison étrange, les élancements s'étaient calmés depuis mon installation dans la maison décrépite et le début des leçons d'escrime de Roulgarth, au point que j'avais même fini par me demander si mon crâne fêlé n'était pas en voie de guérison. Malheureusement, le changement de saison réveilla la bête et j'eus de nouveau l'impression qu'un étau invisible me broyait la tête. Le répit n'avait été que temporaire.

—Hmm, lâcha le guérisseur tandis que ses doigts boudinés, mais sensibles exploraient la surface bossuée de mon crâne avec curiosité.

Il la palpa un long moment avant de délivrer un verdict lapidaire que je n'eus aucun mal à traduire.

—Tu devrais être mort.

—Mon bon seigneur, je n'ai jamais entendu vérité plus vraie, déclarai-je en albermainish. (Il me regarda en plissant le front et je me dépêchai d'ajouter en caerith :) Mal. (Je montrai ma tête.) Tu fais partir le mal, d'accord ?

Son front demeura plissé, mais l'entrelacs de sillons se transforma lorsqu'il opina avec une pointe de tristesse.

—Pendant un moment.

Il tendit la main, attrapa un des nombreux pots en terre posés sur une étagère toute proche et l'ouvrit. Le récipient contenait une pâte granuleuse et grisâtre. Puis le guérisseur reprit la parole, mais il parla trop vite et en utilisant des mots que je ne connaissais pas.

Je fronçai les sourcils et il fit semblant de tremper ses doigts dans la pâte et de l'étaler au sommet de son front.

—Tu la mets ici. Matin et soir, dit-il en articulant avec soin.

—Merci.

J'hésitai, embarrassé, ne sachant pas trop quel genre de paiement il attendait. Mes leçons avec Lilat n'avaient pas encore abordé les relations commerciales et je songeai alors que je n'avais pas vu la moindre pièce changer de main depuis mon arrivée au village.

—J'ai… (Je cherchai la phrase correcte et m'aperçus que je ne la connaissais pas.) Je dois quelque chose à vous.

Le guérisseur me regarda tandis qu'un nouvel ensemble de rides plissait son front.

—Tu donnes quelque chose à moi ?

—Vous donnez. (Je tendis le pot pour le lui montrer.) Alors je donne.

—Je suis un guérisseur, dit l'homme comme si cette explication suffisait.

Il me fit sortir de sa maison en me disant quelque chose dont la plus grande partie m'échappa. Je crus comprendre qu'il avait beaucoup de choses à faire et qu'il avait assez perdu de temps à s'occuper d'un connard d'*Ishlichen* comme moi.

La pâte dégageait une forte odeur de bouse de vache et sa texture me fit hésiter quand, le soir venu, je me préparais à l'étaler sur mon front. Un élancement me fendit alors le crâne et broya mes réticences. Le produit fit effet à l'instant où il entra en contact avec ma peau. Il provoqua un frisson glacé – mais pas désagréable – qui s'intensifia au fur et à mesure que j'enduisais mon front. La migraine reflua aussitôt et je poussai un long soupir de soulagement. Mes compagnons de chambrée, eux, ne partagèrent que modérément ma joie.

—Par les couilles des Martyrs, ça pue pire que dans une étable! s'exclama Merick. Vous pourriez au moins ouvrir les fenêtres!

Le lendemain, j'émergeai d'un profond sommeil que je n'avais pas eu l'occasion de savourer depuis des semaines. La migraine essaya aussitôt de reprendre possession de mon crâne, mais je la repoussai en appliquant une couche de pâte malodorante. Un remède aussi efficace se serait vendu une petite fortune en Albermaine et j'avais du mal à croire que le guérisseur n'avait rien exigé en échange.

Au cours de notre partie de chasse matinale, je demandai des explications à Lilat.

—Payer? répéta la jeune femme tandis que nous gravissions une pente boisée. Qu'est-ce que c'est «payer»?

Elle marchait devant moi en direction d'une crête qui dominait la vallée. Elle avait sans doute décidé d'explorer un nouveau terrain de chasse, car, au cours des derniers jours, nous avions tué beaucoup de gibier dans les collines proches du village. La pente était raide et le sol rendu traître par le dégel récent, mais la jeune femme avançait d'un pas sûr et alerte. J'avais déjà fait de longues marches sur des terrains difficiles, mais j'avais du mal à la suivre et je haletais.

—Ton peuple n'utilise pas de pièces de monnaie? demandai-je lorsque nous fîmes une pause.

—Des pièces de monnaie?

—Oui.

Je plongeai la main dans ma botte et en tirai une des rares qui n'avaient pas été emportées par l'avalanche, un modeste shek.

—Ça, c'est une pièce.

Lilat la prit et l'examina en la faisant tourner entre ses doigts. Une lueur curieuse passa dans ses yeux tandis qu'elle observait la tête du roi Tomas frappée sur l'avers, mais il était clair qu'elle ne savait pas à quoi elle servait.

—À quoi ça sert?

—À acheter des choses.

—Acheter?

Ce fut à ce moment que je pris conscience du gouffre culturel qui séparait les Caerith des peuples vivant au-delà de leurs frontières. L'interminable et insatiable cycle de travail, consommation et vénalité qui caractérisait une grande partie du monde extérieur n'avait pas cours ici. Et il faudrait bien plus longtemps qu'une courte pause au cours d'une expédition de chasse pour l'expliquer à une personne qui ignorait jusqu'à la notion d'argent.

—Tihlun, dis-je en essayant une nouvelle approche. Le guérisseur. Il m'a donné quelque chose, mais il ne veut rien en retour.

—C'est un guérisseur, se contenta de dire la jeune femme avant de se remettre en marche.

—Il ne demande rien en échange de son travail? insistai-je en m'efforçant de suivre son allure fluide et régulière.

—Les guérisseurs aiment guérir. Comme les chasseurs aiment chasser. (Elle jeta un rapide coup d'œil par-dessus son épaule et me gratifia d'un large sourire.) Et les guerriers aiment se battre.

—Je ne suis pas un véritable guerrier…

Je me tus en constatant qu'elle avait disparu dans le sous-bois touffu. Cela arrivait souvent au cours de nos expéditions. En général, elle réapparaissait quelques secondes plus tard, mais parfois elle restait absente pendant des heures et je regagnais le village tout seul. J'attendis un petit moment et arrivai à la conclusion qu'elle avait décidé de traquer sa proie sans s'encombrer d'un boulet tel que moi.

—Je suis un scribe, marmonnai-je en me préparant à faire demi-tour sur la piste forestière.

—Qu'est-ce que c'est, un scribe? demanda Lilat en surgissant du côté opposé où elle avait disparu.

Ce n'était pas la première fois qu'elle accomplissait ce tour de force inexplicable. Il devait s'agir d'une sorte de blague, mais elle n'en tirait aucune fierté et aucune satisfaction particulière.

—C'est une personne qui écrit.

Une fois de plus, elle me regarda sans comprendre. Je poussai un soupir, lui fis signe de reprendre l'ascension et m'efforçai de la suivre.

—L'écriture, expliquai-je, c'est l'art de dessiner des mots…

Au cours de l'heure qui suivit, je découvris que, si Lilat avait du mal à appréhender le concept d'argent, celui d'écriture la plongeait dans des abîmes de perplexité.

—Comment peut-on capturer des mots? demanda-t-elle lorsque nous atteignîmes enfin la crête. Uniquement avec cette… encre et ce… papier?

Je haletai quelques instants, puis me perchai sur un rocher et regardai autour de moi en quête d'un bâton avec lequel tracer des lettres sur le sol pour lui faire une démonstration. Je me figeai en apercevant alors ce qui semblait être un arbre de taille et de forme inhabituelles, mais qui était en fait une structure bâtie de main d'homme. Une tour couverte d'un treillis de lianes et de branches.

—Qu'est-ce que c'est? demandai-je.

Je me tournai et vis que Lilat me regardait avec un petit sourire espiègle.

—Quelque chose que je voulais te montrer, répondit-elle en se remettant en marche.

Alors que nous approchions de la base de la structure, je constatai qu'elle était plus grande que je l'avais cru et mesurait une quinzaine de mètres de haut. La maçonnerie – qu'on apercevait à travers le treillis végétal – était ancienne et craquelée, mais sa régularité impeccable était identique à celle des ruines de la vallée en contrebas. Je distinguai les sombres formes de fenêtres dans la partie supérieure, mais ne vis rien qui ressemblait à une porte derrière l'entrelacs de buissons et de racines qui étreignait la base.

—Je l'ai découverte quand j'étais petite, déclara Lilat. Quand je l'ai dit à Uhlla, elle m'a dit que je ne devais pas m'en approcher et j'y suis donc retournée plein de fois. Je voulais entrer. C'était comme un… besoin. J'ai passé trois hivers à gratter chaque centimètre carré de sol avant de trouver.

Elle se tourna, me fit signe de la suivre et se dirigea vers une petite dépression sur le versant nord de la crête. Comme partout ailleurs, le sol était couvert d'une végétation dense formant une barrière qui semblait infranchissable, mais qui n'arrêta pas Lilat.

—Les vieux bâtiments, c'est comme les vieilles charognes, déclara-t-elle. (Nous remontions à quatre pattes un étroit passage que je n'aurais jamais remarqué si j'avais été seul.) La chair glisse sur les os et laisse des trous. Il m'a fallu longtemps pour en trouver un assez large pour m'y faufiler.

—Tu es entrée dans cette tour?

Elle hocha la tête.

—Je viens aux changements de saison.

—Pourquoi?

—Tu vas voir.

La terre humide laissa place aux grosses pierres des fondations et Lilat se glissa dans un interstice séparant deux blocs de granit. Le passage était plongé dans les ténèbres à l'exception de quelques rares traits de lumière.

—Là! s'exclama la jeune femme.

Je tâtonnai autour de moi et elle me prit par la main avant de me guider à l'intérieur de la tour. Nous nous approchâmes du mur incurvé et entreprîmes l'ascension de l'escalier, qui était intact. Je n'étais pas très rassuré, mais tandis que nous montions l'obscurité se dissipa et mon pas se fit plus assuré—malgré l'allure un peu trop rapide à mon goût de ma camarade. Compte tenu de l'âge du bâtiment, je m'attendais à tout moment à sentir mon pied s'enfoncer dans un trou et à faire une chute qui ne manquerait pas de briser tous les os de mon corps. Par miracle, cela n'arriva pas et nous pénétrâmes dans une grande pièce circulaire. Une large fenêtre qui n'était pas complètement obstruée par la végétation laissait entrer assez de lumière pour que je fasse quelques pas presque assurés sur le sol couvert de poussière.

—Je ne vois pas grand-chose d'intéressant, dis-je.

Lilat me donna un petit coup de coude et pointa le doigt vers le haut.

—Attends, c'est presque l'heure.

Je passai un long moment à contempler le néant, puis l'ennui me gagna et mes yeux glissèrent vers la fenêtre. J'avais grimpé au sommet de plusieurs collines proches du village au cours de nos parties de chasse quotidiennes, mais je n'étais jamais monté si haut et je n'avais jamais eu une vue si impressionnante des terres que mon peuple appelle le désert des Caerith.

Le printemps avait à peine commencé, mais les couleurs pâles des coteaux, des vallées profondes et des forêts ondulantes se mêlaient en un tapis de fertilité verdoyant. Des montagnes se dressaient au sud-ouest, mais elles n'étaient pas aussi hautes que celles que j'avais traversées pour arriver dans ce pays. Dans ses *Voyages*, Ulfin n'évoquait rien de tel. Sa description des terres caerith se résumait à diverses remarques à propos du mauvais temps et des chemins de montagne traîtres. L'ancien érudit n'avait-il pas un peu exagéré à propos de sa connaissance de ce pays et du peuple qui y vivait ? C'était fort possible. Ou bien il avait été un piètre écrivain, car un scribe digne de ce nom n'aurait pas manqué de décrire ce spectacle. J'avais grandi au contact de la nature, alors pourquoi ce pays éveillait-il des sensations si étranges en moi ?

Parce qu'il est sauvage, décidai-je après quelques instants de réflexion. (Mes yeux glissèrent sur le tableau de beauté primaire vierge de haies, de murs et de routes.) *Vraiment sauvage.*

—Tout ça… (J'englobai le panorama qui s'étendait au-delà de la fenêtre d'un geste.) C'est le pays des Caerith ?

—De tous les Caerith, confirma Lilat, les yeux toujours levés vers le plafond obscur.

—Combien y en a-t-il ? Combien de Caerith ?

Elle dut trouver ma question idiote ou sans intérêt, car elle haussa les épaules.

—Beaucoup. (Elle se redressa soudain et me saisit l'avant-bras.) Ça commence. Regarde !

Je levai la tête une fois de plus et sursautai en voyant une lueur aveuglante s'épanouir dans les ténèbres. Je crachai un juron, clignai des paupières pour chasser l'humidité de mes yeux et reculai en titubant. Ma vue se clarifia et j'aperçus une colonne de lumière parfaitement verticale au centre de la pièce. Elle était trop brillante pour être un simple rayon de soleil s'infiltrant à travers une crevasse. J'approchai et découvris qu'elle dégageait une chaleur pas très intense. Je glissai une main à l'intérieur et me rendis cependant compte que ma peau se mettrait vite à cloquer si je l'y laissais trop longtemps.

—Qu'est-ce que c'est ? demandai-je en levant la tête une fois de plus.

—Je n'ai jamais réussi à grimper assez haut pour le découvrir, dit Lilat. Il doit y avoir une sorte de verre. Mais ce n'est pas ça le plus intéressant.

Elle s'accroupit et écarta la poussière qui couvrait le sol pour dévoiler une image presque effacée sur les dalles. J'en conclus qu'il s'agissait d'une peinture et pas d'une gravure, mais les couleurs étaient encore assez vives pour que j'en identifie le motif : un soleil entouré de flammes.

—Au début du printemps, la lumière pointe toujours dans cette direction, dit Lilat. À la fin de l'hiver, dans celle-là.

Elle se déplaça et épousseta le sol sur sa droite. Cette fois-ci, les flammes avaient disparu et le soleil était voilé par le brouillard.

—Un cadran solaire qui indique les saisons plutôt que les heures, marmonnai-je.

Je m'accroupis et passai ma main sur les dalles. D'autres images apparurent. Des montagnes et des animaux disposés en cercle autour des deux peintures symbolisant l'hiver et le printemps. Je les examinai de plus près et découvris des caractères familiers entre les pictogrammes.

—Ça, dis-je en pointant le doigt. Ça, c'est de l'écriture.

Le front de Lilat se plissa tandis qu'elle se penchait en avant.

—Tu sais ce que ça veut dire ?

—Non. Ce langage n'est pas le mien.

Comme je regrettai de ne plus avoir le livre et le guide de traduction du caerith que m'avait donné une bibliothécaire sur le point de connaître le drame de sa vie. Je n'avais pas eu d'autre choix que de les remettre à la femme que ces gens appelaient la *Doenlisch*. Ils étaient restés en ma possession pendant des semaines, mais je n'étais pas parvenu à percer le moindre de leurs secrets. Et désormais, il était peu probable que je les découvre un jour.

—J'ai besoin de papier, dis-je en me tournant pour examiner les images l'une après l'autre, le regard affamé. Et d'encre. Il faut faire une copie de tout ça.

Lilat me regarda d'un air réticent et contrarié.

—Je ne crois pas que ça plairait à Uhlla.

Je m'en contrefous que ça lui plaise ou non.

Je gardai sagement cette remarque pour moi et esquissai un sourire patient.

—C'est important. (Je fis un geste en direction des caractères et des symboles qui se détachaient sur le sol poussiéreux.) C'est de l'histoire. Votre histoire. Un jour, cette tour s'écroulera et tout sera perdu. Tu ne crois pas que ce serait une bonne chose de garder une trace de ces représentations ?

La jeune femme n'en était manifestement pas convaincue. Pire encore : sa réticence se transforma en méfiance tandis qu'elle se levait.

—Les ruines qui sont sous la montagne, ce qui se cache à l'intérieur de la montagne, ceci. (Elle montra le sol.) Uhlla dit que ce sont des avertissements, pas des trésors. Et… (L'inquiétude voila soudain ses yeux.) L'*Eithlisch* dit la même chose.

—Pourquoi ? Des avertissements à propos de quoi ?

Elle répondit en deux mots, deux mots que j'avais déjà entendu de la bouche de la Sorcière au Sac.

—La Chute. (Elle pivota sur les talons et se dirigea vers l'escalier.) Nous ferions mieux de partir.

J'étais sur le point de la supplier de rester, mais elle descendit les marches à toute allure. De toute évidence, elle n'avait aucune envie d'écouter mes arguments. Je me rappelai alors que je dépendais entièrement d'elle pour sortir de la tour et je décidai de remettre la satisfaction de ma curiosité d'érudit à plus tard. Avec un peu de chance, je parviendrais à la convaincre de me ramener ici et, ce jour-là, je viendrais avec de quoi écrire. Aussi sûr que je m'appelais Alwyn Scribe.

Nous sortîmes de la tour et Lilat garda le silence pendant la plus grande partie du voyage de retour. À la manière dont elle évitait mon regard, je compris qu'elle était plus en colère contre elle que contre moi. J'estimai plus sage de respecter son mutisme et ce fut seulement au terme de notre marche que son instinct de chasseresse l'arracha à sa maussaderie. Elle s'accroupit et examina ce qui, à mes yeux, n'était rien d'autre que de vagues formes dans la terre.

—Un lapin ? avançai-je.

La jeune femme tourna la tête vers moi et me toisa avec un mélange d'amusement et de consternation.

—Un sanglier. (Elle se redressa et laissa échapper un soupir déçu.) Il court, maintenant. Il a dû nous sentir.

—Il ? Comment sais-tu que c'est un mâle ?

—Les traces sont profondes et espacées. Il est gros et vieux, assez sage pour s'enfuir quand son nez le lui conseille.

—Tu m'impressionnes. Je me demande pourquoi les *taolisch* ne t'ont pas acceptée parmi eux.

Un masque dur et méfiant glissa sur son visage, puis elle se détourna. J'insistai de crainte qu'elle retombe dans son mutisme.

—Tu veux apprendre à te battre, alors pourquoi ne pas leur demander de te donner des leçons ?

—C'est interdit, dit-elle d'une voix douce et amère. (Elle soupira et se tourna de nouveau vers moi.) Pour devenir *taolisch*, il faut être…

(Elle s'interrompit et fronça les sourcils tandis qu'elle cherchait un mot en albermainish.) *Ohlat.*

Par chance, je connaissais plus ou moins la signification de ce terme.

—Jugée? demandai-je. (Son front se plissa, indiquant que je n'étais pas tombé très loin.) Mise à l'épreuve?

—Mise à l'épreuve, oui.

—Et tu… n'as pas réussi l'épreuve?

—Les épreuves, rectifia-t-elle. Elles sont nombreuses. (Une lueur de tristesse passa dans son regard.) Mais pas pour moi.

—Tu n'as même pas eu l'autorisation d'essayer?

Elle hocha la tête et désigna la chaîne de montagnes qui se dressait au-dessus de l'horizon occidental.

—Il y a des années, je suis allée au *Taowild*, la demeure des *taolisch*. Tous les ans, des jeunes personnes s'y rendent pour l'*Ohlat*. L'*Ohlisch*, celui qui s'occupe du *Taowild*, m'a rencontrée au pied de la montagne. Je ne l'avais jamais vu, mais lui me connaissait. Il m'a dit : «Tu es *veilisch*–chasseuse–, mais pas *taolisch*.» Mais j'ai toujours voulu devenir *taolisch*. J'ai grandi en écoutant leurs histoires. (Le chagrin s'étendit de ses yeux au reste du visage.) Ils m'aimaient bien, alors quand je suis rentrée au village je leur ai demandé de m'apprendre. Ils ont dit «non» et ensuite ils ne m'ont plus jamais parlé. J'ai demandé pourquoi à Uhlla. Elle a dit que l'*Ohlisch* le leur avait interdit. Elle a dit que je devais écouter son jugement, parce que c'est un être sage. J'ai répondu que c'était un vieil idiot. (La jeune femme haussa les épaules avec tristesse.) Uhlla ne m'avait jamais frappée avant. C'est à ce moment que j'ai compris que c'était elle qui avait demandé à l'*Ohlisch* de me renvoyer. Elle ne voulait pas que je devienne *taolisch*. Je suis restée en colère très longtemps, et puis tu es arrivé. Tu portes la marque de la *Doenlisch* et tu n'es pas obligé de respecter les règles caerith. Uhlla ne peut pas t'empêcher de m'apprendre.

—La guerre, dis-je. *Tao*. Je peux t'assurer que ça n'a rien de plaisant. J'espère que tu ne la connaîtras jamais, Lilat. Uhlla voulait juste te protéger.

—Je sais. Mais elle sait que mon… (Elle posa une main sur sa poitrine.) Mon *miehla* est *taolisch*. Aller à l'encontre du *miehla* d'une personne, ce n'est pas bien.

Miehla était un mot que je connaissais, mais dont j'avais le plus grand mal à cerner le sens. Il pouvait faire référence au cœur et à l'âme, mais aussi à la détermination et au destin. Apparemment, les Caerith considéraient que le but de leur vie était indissociable de leur nature. Un individu était défini par ses actes et, à en croire Lilat, empêcher une personne de suivre son destin était une sorte de blasphème.

Je songeai à ce qui s'était passé sur les flancs du Sermont. J'avais ordonné à Flécheur de tirer sur Roulgarth dès qu'une occasion se présenterait alors que j'avais défié l'Alundien en combat singulier. Je me rappelai également avoir pensé que la colère d'Evadine serait terrible et qu'elle ne me pardonnerait peut-être jamais cette bassesse. À ses yeux, la noblesse était bien plus qu'un mot. Pour moi, cela n'avait jamais été qu'un artifice commode, un masque permettant à des individus tels qu'Althus Levalle et le père détesté de Deckin de faire ce que bon leur semblait. En ce sens, le *miehla* d'Evadine ressemblait à celui de Roulgarth. Et était très différent du mien.

—Les gens font parfois des erreurs en voulant protéger ceux qu'ils aiment. Ne juge pas ta tante trop durement.

Lilat esquissa un petit sourire crispé qui m'apprit qu'elle comprenait, mais qu'elle n'était pas d'accord pour autant. Son sourire disparut lorsqu'un souffle froid venant du sud balaya la crête. La jeune femme se raidit et son expression concentrée me fit comprendre qu'elle avait senti quelque chose.

—Le sanglier? demandai-je.

—De la fumée, dit-elle en secouant la tête.

Je scrutai les vastes étendues en contrebas, mais n'aperçus aucun feu.

—Des ennuis?

—Un feu de camp. L'homme qui l'a allumé est encore loin, mais il sera là demain.

—L'homme?

Lilat se tourna vers moi avec un mélange de regret et de sombre pressentiment.

—L'*Eithlisch*. Il vient pour toi.

Chapitre 27

Malgré la prédiction de Lilat, l'*Eithlisch* n'arriva que deux jours plus tard. Et de la manière la plus inattendue.

Le lendemain de notre retour au village, je passai la journée en proie à une tension impatiente et j'eus le plus grand mal à me concentrer sur la leçon de Roulgarth. Depuis quelque temps, l'Alundien consentait à me prodiguer quelques conseils en plus des corrections habituelles. Il aboyait des instructions d'une voix impénétrable et les accompagnait de coups d'épée particulièrement douloureux en guise d'exemples.

—Soyez toujours prêt à vous déplacer, dit-il tandis que la pointe de son arme en bois s'enfonçait dans mon épaule. Ne restez pas planté là comme un triste puceau pendant sa nuit de noces.

Je lui adressai un vague hochement de tête et laissai mon regard dériver vers le village. Je n'avais pas entendu parler de l'*Eithlisch* depuis mon retour, mais j'avais remarqué que les Caerith réagissaient à ma nervosité. À mon approche, les conversations s'interrompaient et les visages se fermaient. Les villageois retournaient vaquer à leurs occupations avec une fébrilité méfiante et silencieuse. Les *taolisch* n'avaient pas échappé à la règle. Pendant la leçon de Roulgarth, ils s'étaient montrés nerveux et irritables malgré leur nature taciturne. D'habitude, ils faisaient preuve d'une agressivité contrôlée qui se dissipait dès la fin des exercices, mais ce jour-là ils s'étaient affrontés sans aucune retenue et les duels d'entraînement s'étaient transformés en combats féroces ponctués de gerbes de sang. Plusieurs d'entre eux avaient été blessés et avaient souffert de gros hématomes avant que Roulgarth interrompe la leçon et les renvoie à leurs tâches habituelles.

—On se réveille, Scribe !

Agacé par mon manque de concentration, le chevalier abattit le plat de sa lame sur le sommet de mon crâne. Le coup n'était pas très puissant selon ses critères et, en d'autres circonstances, je me serais contenté de hausser les épaules, mais cette fois-là son sadisme désinvolte me fit sortir de mes gonds et je réagis avant d'avoir pu reprendre le contrôle de mes émotions. Ce fut la deuxième et dernière fois que je réussis à toucher l'honorable Roulgarth Cohlsair. Le coup à la jambe assené lors de notre premier affrontement avait attisé sa colère. Celui que je lui portai aux côtes eut un tout autre effet.

Au lieu de pousser un grondement furieux, l'Alundien plissa les yeux d'un air satisfait et un grognement approbateur s'échappa de ses lèvres. Puis il contre-attaqua sans avertissement. Son épée se leva et s'abattit en un arc de cercle indistinct, m'obligeant à reculer précipitamment. Nos lames claquèrent tandis que je m'efforçais de parer ses coups. Il attaquait sans relâche et avec une férocité immuable, sans me laisser le temps et la place d'esquiver et de riposter convenablement. Je ne pouvais que parer en catastrophe, sachant fort bien que, tôt ou tard, il trouverait une ouverture et assouvirait sa terrible vengeance. Mais l'affrontement s'éternisa et je m'aperçus que je tenais tête à ce chevalier sans égal. Les coups d'estoc et de taille qui m'auraient jadis sonné ou envoyé sur les fesses, je les parais ou les détournais aussi vite qu'il les assenait. Ses innombrables ruses ne parvenaient pas à me faire baisser ma garde ou à me pousser à la faute—et je peux vous assurer qu'il les essaya à peu près toutes.

Merick et Lilat estimèrent sans doute que ce combat manquait d'élégance et d'intérêt, mais dans ma mémoire cela reste un moment de fierté, de satisfaction et d'accomplissement comparable à ceux que m'ont procurés tous les livres que j'ai écrits. Car, tandis que je résistais aux plus implacables attaques que Roulgarth m'avait jamais lancées, je compris que j'avais enfin assimilé ses leçons. Grâce à la puissance et aux réflexes acquis au prix d'interminables répétitions, j'étais enfin devenu un véritable épéiste.

Ce fut l'épuisement qui mit un terme à ce combat mémorable. Roulgarth était presque guéri de sa maladie, mais sa grande carcasse finissait par se fatiguer quand les efforts duraient trop longtemps. Sans compter qu'il avait quinze ans de plus que moi—même si je n'aurais jamais osé le lui faire remarquer. Je compris qu'il atteignait ses limites lorsqu'il esquissa un mouvement de recul à peine perceptible. Un spectateur ignorant aurait sûrement pensé qu'il se replaçait afin de lancer un nouvel assaut, mais moi je savais que ce n'était pas le cas. Je savais également qu'il continuerait à se battre jusqu'à ce qu'il s'effondre sous le coup de l'épuisement. Je baissai donc mon arme de quelques centimètres et laissai passer le coup d'estoc porté à hauteur des côtes. La pointe de son épée me frappa juste sous le sternum.

Mes poumons se vidèrent d'un coup et je tombai à genoux, la tête baissée et le souffle court. Lilat se précipita vers moi et m'aida à me lever tandis que Merick s'inclinait devant son oncle. Le jeune homme le couvrit de louanges, mais Roulgarth l'interrompit d'un geste agacé. Je n'avais pas réussi à le mettre en colère pendant le combat, mais maintenant…

—Ne refaites jamais ça, Scribe! gronda-t-il en pointant son arme vers moi.

De toute évidence, il s'était rendu compte que je l'avais laissé gagner. Et, le moins qu'on puisse dire, c'est que cela ne lui avait pas plu.

—Je ne suis pas un infirme sénile et je n'ai que faire de votre pitié!

Son ressentiment me piqua au vif et une réplique acide me traversa l'esprit.

Vous n'êtes pas un infirme sénile, non. Vous êtes juste un pauvre type qui a été dépossédé de ses terres et qui fait désormais pitié.

Je gardai cette réflexion pour moi tandis que je contemplai son visage rouge de colère. Après tout, que lui restait-il en dehors de la fierté?

—Je vous présente mes excuses, seigneur, dis-je en m'exprimant et en m'inclinant avec un respect dépourvu d'obséquiosité.

Roulgarth s'empourpra un peu plus, ne sachant trop quoi faire, puis tourna la tête vers Lilat.

—Dites à vos camarades que, s'ils veulent que je continue à leur donner des leçons, il leur faudra respecter un certain nombre de règles. Je veux bien m'abaisser à devenir le maître d'armes d'une bande d'hérétiques, mais je ne tolérerai pas la violence aveugle.

Le visage de Lilat se contracta et s'assombrit. Elle ouvrit la bouche pour répondre, mais s'interrompit et baissa la tête lorsque je la pris par le bras.

—Je vais le leur dire, lâcha-t-elle dans un murmure maussade.

—N'oubliez pas. (Roulgarth renifla, se raidit et nous fit signe de nous aligner.) Maintenant, montrez-moi les enchaînements que je vous ai appris hier. Oui Merick, toi aussi. Ce n'est pas parce qu'on connaît un mouvement qu'il faut cesser de le pratiquer à l'entraînement.

Ce fut la voix qui me réveilla. Elle n'était pas très forte pourtant, bien au contraire. Douce, posée et empreinte d'un étrange écho autoritaire, elle traversa les vieux murs de la maison pour s'infiltrer dans mon esprit endormi.

—… l'homme qui se déteste est le pire des prisonniers, car c'est lui qui a fabriqué ses chaînes…

Je levai la tête de mon oreiller en fourrure de lapin. La pièce était sombre et rien ne bougeait. Merick dormait sur sa couche, mais le lit de Roulgarth était vide. La porte était entrouverte et un rectangle de lumière de lune étroit et irrégulier se dessinait sur le sol. Si le noble alundien avait été présent, j'aurais sans doute pensé que la voix était un produit de mon esprit endormi et me serais dépêché de replonger dans un doux sommeil. Je me redressai dans l'obscurité et clignai des paupières en me demandant ce qui se passait. La voix résonna de nouveau.

—Vous exigez des certitudes dans un monde de chaos, mais je ne peux rien vous offrir d'autre que la vérité. Et ma vérité n'est peut-être pas la vôtre.

Je me levai, pris l'épée en bois posée au pied de mon lit et me dirigeai vers la porte à pas de loup. Je jetai un coup d'œil à travers l'interstice et aperçus Roulgarth, tête baissée, assis sur la haute souche qui nous servait de siège entre deux entraînements. Je savais que la voix que j'avais entendue ne sortait pas de la bouche de l'Alundien. Les voyelles fermées n'étaient pas prononcées de la même manière. Le chevalier se redressa et sa gorge se serra tandis qu'il prenait la parole d'une voix empreinte d'un curieux mélange de calme et de peur.

—Et vous en êtes absolument certain ?

—Je le suis, *Vahlisch*, répondit son interlocuteur invisible. Ses sentiments étaient les miroirs des vôtres. Mais, comme vous, ses pas ont avant tout été guidés par le devoir. Je sais que cela n'a pas dû être facile. Voir la femme que vous aimiez épouser votre frère et taire pendant des années les mots que clamait votre cœur.

Roulgarth fut secoué par un frisson et j'étouffai un hoquet de surprise quand je vis qu'il tenait une épée. Pas un bâton taillé en forme d'épée, non. Une épée à deux mains identique à celles dont se servaient la plupart des chevaliers. La lame était glissée dans un fourreau que l'Alundien tenait d'une main curieusement hésitante. Il inspira un grand coup pour contenir son chagrin, puis regarda l'arme. Ses yeux glissèrent sur la poignée et s'attardèrent sur le pommeau en cuivre brillant.

—Pourquoi me donnez-vous cela?

La voix répondit aussitôt. Avec une pointe d'amusement.

—Un *Vahlisch* est-il toujours un *Vahlisch* s'il n'a pas d'épée?

—Un *Vahlisch*?

—Dans votre langue, le terme se traduirait par «maître des lames». C'est un maître d'armes, pour simplifier. Il y a longtemps que ce mot n'a pas été utilisé, mais je pense qu'il vous convient.

Un bref silence s'installa. Roulgarth continua à regarder l'épée et son mystérieux interlocuteur finit par reprendre la parole.

—Joignez-vous donc à nous, maître Scribe. À moins que vous préfériez nous espionner un peu plus longtemps?

Roulgarth se raidit et tourna aussitôt la tête vers l'entrée de la maison. Je poussai la porte et il plissa les yeux en me regardant avec suspicion et reproche. La clairière était marbrée de flaques de lumière de lune et de taches plus ou moins sombres. Mon œil expérimenté identifia rapidement un assemblage clair-obscur comme une silhouette voûtée assise sur le tronc du chêne qui servait de banc aux *taolisch* pendant les entraînements. Il s'agissait de toute évidence d'un homme imposant. Ses traits étaient dissimulés par les plis de la capuche de la robe qui le couvrait de la tête aux pieds.

—Je suppose que vous êtes l'*Eithlisch*? demandai-je.

—Vous supposez bien.

Un grognement douloureux monta des profondeurs de la capuche tandis qu'il se levait. Il se tourna vers moi et approcha, toujours voûté. Sa robe lui conférait une étrange silhouette. Elle faisait songer à un sac rempli de rochers de tailles et de formes diverses. Des rochers qui semblèrent rouler et s'entrechoquer lorsque l'inconnu s'arrêta. Il était encore trop loin pour que je distingue ses traits sous sa capuche, mais je sentis son regard se poser sur moi. Un regard un peu trop pesant à mon goût. Le moment s'éternisa et je compris qu'il me jaugeait avec autre chose que ses yeux.

—Oui, dis-je au bout d'un moment. La *Doenlisch* a posé sa marque sur moi. Nous pourrions peut-être nous passer des formalités, maintenant?

Un nouveau ricanement monta des profondeurs de la capuche.

—Les formalités sont une des rares coutumes de ton peuple dont je garde un bon souvenir. Les rituels, l'étiquette, les différentes manières de s'adresser à quelqu'un. Une interminable liste de règles inutiles qui changent au gré des caprices des riches et des puissants. Je trouve qu'une étrange beauté émane de toute cette vacuité. Les Caerith n'ont rien qui puisse rivaliser avec ces petits plaisirs futiles.

À cet instant, j'eus l'impression qu'il grandissait. Il ne se rapprocha pas, mais sa robe frémit, puis s'étira tandis que son contenu se dilatait. Le Caerith devint rapidement aussi grand que Roulgarth et bien plus large d'épaules que nous deux. Je dus faire un effort pour ne pas reculer en levant mon épée de bois. Puis il reprit la parole d'une voix plus tranchante et plus assurée.

—Pourtant, nous connaissons nous aussi les vertus de la politesse, surtout quand on s'adresse à un vénérable représentant d'un peuple qui aurait pu laisser votre misérable et ingrate carcasse mourir de froid.

Un souffle de vent souleva un bord de sa capuche et, pendant un instant, la lune effleura une masse de chair veinée et déformée. Puis le rideau de ténèbres s'abattit de nouveau. Depuis ma plus tendre enfance, je possédais un sixième sens m'avertissant du danger et je me rendis tout de suite compte que cette créature déformée pouvait se révéler un adversaire redoutable. Pourtant, ma détestation innée de l'autorité m'empêcha d'accomplir l'acte de contrition que cet homme attendait visiblement de moi.

—Si je suis en vie, c'est seulement parce qu'elle le veut, déclarai-je en plongeant mon regard dans les profondeurs de la capuche de l'*Eithlisch*. Je ne vois donc aucune raison d'exprimer quelque gratitude que ce soit.

Un son à mi-chemin entre le soupir et le grognement monta de la gorge du Caerith, un son rauque qui n'avait rien de naturel et qui m'amena à me demander si l'être qui se tenait devant moi était vraiment humain. Mon manque de servilité dut le satisfaire plutôt que l'enrager, car il se… dégonfla et reprit sa forme voûtée.

—Je vous souhaite un plaisant sommeil et d'agréables rêves, *Vahlisch*, dit-il à Roulgarth. (Celui-ci avait observé notre entretien d'un air distrait, sans prononcer un mot.) Demain, je me mettrai en route vers l'est et je serais honoré que vous daigniez m'accompagner. (Sa voix retrouva son tranchant tandis que la capuche se tournait vers moi.) Toi! (Une grosse main blême et sillonnée de veines sombres émergea de la robe et se pointa vers moi.) Suis-moi. (Il pivota sur les talons et s'éloigna.) Nous avons beaucoup de choses à nous dire.

Malgré sa déclaration, l'*Eithlisch* resta silencieux quand, après avoir regagné la maison pour enfiler mes habits et mes bottes à la hâte, je lui emboîtai le pas. Nous quittâmes la périphérie du village et nous dirigeâmes vers les ruines qui se dressaient sur le petit plateau au pied de la montagne. La neige avait fondu et il était désormais évident qu'il s'agissait des vestiges d'une ville. Malgré les ravages du temps, la maçonnerie avait conservé un aplomb qui en disait long sur l'habileté des artisans qui avaient construit ces bâtiments. Mon esprit fébrile ne put s'empêcher d'imaginer les imposantes demeures qui avaient jadis bordé ces rues, les colonnes des grandes places qui avaient peut-être supporté des statues figurant les personnages les plus illustres de la cité.

—Est-ce qu'elle avait un nom ? demandai-je à l'*Eithlisch*. La ville qui se trouvait ici.

Le Caerith continua à marcher d'un pas régulier et tranquille, mais il daigna répondre à voix basse.

—Tier Uthir Oleith.

Je n'avais jamais entendu le dernier mot, mais je connaissais les deux premiers. « *Tier Uthir* » faisait référence à une porte ou à un portail. Le nom de la ville signifiait donc : la porte vers quelque part. Il ne fallait pas être un génie pour comprendre que quelque chose de très important se trouvait au fond de la grotte au pied de la montagne. L'entrée était bien plus grande que dans mes souvenirs et je me rappelai que Lilat n'avait pas ménagé ses efforts pour m'empêcher d'en approcher.

—Tu as raison d'avoir peur, dit l'*Eithlisch*. Ce n'est pas par simple superstition que mon peuple évite cet endroit.

—Dans ce cas, que faisons-nous là ?

Il y eut un long moment de silence, comme si le Caerith se demandait si j'étais digne d'une réponse. Je m'arrêtai et esquissai un geste agacé.

—Et que se passera-t-il si je refuse de vous suivre ?

L'*Eithlisch* répondit sans s'arrêter et sans tourner la tête.

—Je te tuerai.

—*Elle* n'aimerait pas ça du tout, dis-je aussitôt.

Je retins une grimace en entendant que ma voix était montée dans les aigus.

—Non, marmonna l'*Eithlisch* sur un ton songeur. Elle n'aimerait pas ça du tout.

Je le regardai un instant avant de consentir à me remettre en marche, réprimant tant bien que mal mon envie de presser le pas.

—On vous a appelé au village avant que Lilat trouve Roulgarth et son neveu, dis-je.

J'avais besoin de me changer les idées et je n'étais pas très pressé d'atteindre notre destination. La curiosité est un de mes pires défauts, mais elle a toujours été tempérée par une perception aiguë du danger.

—Comment pouviez-vous savoir qu'il lui fallait une épée ?

—Cesse de jouer les naïfs, grogna l'*Eithlisch*. La *Doenlisch* ne peut pas avoir apposé une marque si profonde sur un homme si stupide.

Il s'arrêta brusquement. L'entrée de la caverne se dressait devant nous. L'intérieur était plongé dans les ténèbres.

—Je vois que tu as l'habitude de poser beaucoup de questions. Fais attention à toi, Alwyn Scribe. Fais attention aux questions que tu poseras dans cette obscurité. Je te conduis ici pour te faire comprendre, rien de plus. Si tu es sage—et je sais que tu ne l'es pas—, tu te contenteras de ce que je t'offrirai et tu partiras. Tout ce que tu apprendras d'autre une fois à l'intérieur de la caverne ne dépendra que de toi et je refuse d'en assumer la responsabilité.

Avant de pénétrer dans la grotte, l'*Eithlisch* grandit de nouveau, mais pas autant que la fois précédente. Il inspira comme pour se donner du courage, puis se remit en marche et disparut dans les ténèbres. J'hésitai. « Je te tuerai », avait-il déclaré. C'était une promesse que j'avais entendue assez souvent pour savoir qu'il ne l'avait pas lancée à la légère, mais… j'étais de plus en plus certain que ce qui m'attendait dans le ventre de cette montagne était pire que la mort.

—Je suis le capitaine Alwyn Scribe de la Compagnie de l'Alliance, soufflai-je. J'ai participé aux plus terribles batailles et j'ai affronté les plus redoutables adversaires.

Il me fallut cependant rassembler tout mon courage pour faire le premier pas dans les ténèbres. Et à peine moins pour faire le suivant.

Chapitre 28

L'obscurité m'enveloppa et, tandis que je faisais quelques pas hésitants dans les entrailles de la montagne, je compris en frissonnant que ces ténèbres n'avaient rien de naturel. Les années que j'avais passées dans les mines de l'Enfer m'avaient habitué aux lieux sombres et souterrains, mais je savais que l'entrée de la grotte était toute proche et que les rayons du soleil auraient dû parvenir jusqu'à moi. Ce n'était pas le cas. L'obscurité était impénétrable et j'étais complètement perdu. Je n'entendais même pas le bruit de mes pas sur le sol rocheux. Je résistai à l'envie pressante de faire demi-tour et de m'enfuir loin de ce piège surnaturel. Je regagnerais la maison, je rassemblerais autant de vivres que possible et je tenterais ma chance dans les montagnes. Je savais que, malgré l'arrivée du printemps, de nombreux cols étaient encore bloqués, mais grâce à Lilat je savais également qu'il existait un chemin menant vers le sud qui devait être praticable. La jeune femme avait bien précisé qu'il était traître et qu'une personne aussi inexpérimentée que moi n'avait que très peu de chances d'arriver au bout, mais cela m'effrayait moins que d'avancer à tâtons dans cette mer d'encre.

J'étais sur le point de m'arrêter quand j'aperçus enfin une tache claire. Ce n'était qu'une infime variation des ténèbres qui m'enveloppaient, mais, tandis que je poursuivais mon chemin d'un pas hésitant, elle gagna en intensité et je compris qu'il s'agissait de la lueur dansante d'une torche. J'approchai et une autre torche s'enflamma sur ma gauche. J'aperçus la silhouette massive de l'*Eithlisch* qui se découpait dans la lumière avant de disparaître de nouveau dans l'obscurité. J'entendis le raclement du métal sur le silex et une troisième torche s'alluma.

Un vague cercle luminescent se dessina sur le sol et je vis que la roche était trop inégale et craquelée pour avoir été taillée de main d'homme. Je jetai un coup d'œil au porte-flambeau en fer dans lequel était glissée la torche la plus proche. Il était vieux et rouillé. Ses trois pieds étaient écaillés et de petits fragments de peinture rouge s'étaient accumulés en dessous. Les ténèbres qui enveloppaient le cercle de lumière étaient absolues, un néant dans lequel un homme ne devait pas s'aventurer sous peine de ne jamais revenir. Puis je distinguai de vagues taches brillantes sur la toile impénétrable : les reflets des flammes sur une surface irrégulière.

Mais quel est donc cet endroit ?

J'avalai ces mots avant qu'ils aient le temps de franchir mes lèvres. Je n'avais pas oublié l'avertissement de l'*Eithlisch* à propos des questions que je poserais dans le ventre de la montagne. Je me remémorai alors tout ce que je savais sur les légendes caerith dans l'espoir de trouver une explication à ma présence dans cet endroit anonyme et souterrain. Je tirais la plus grande partie de mes connaissances de l'ouvrage fantaisiste de cette crapule d'Ulfin et de quelques remarques à caractère religieux de Lilat. Bien sûr, j'avais jadis été en possession d'un livre qui, j'en étais persuadé, aurait pu m'apprendre tout ce que je voulais savoir à propos de cette caverne… mais je ne le possédais plus. J'avais imaginé mille trésors mystérieux et mille dangers imminents tapis sous la montagne et en découvrant qu'elle était vide j'éprouvais un mélange de déception et de soulagement — avec un net avantage pour la déception, car j'étais de nature curieuse.

— Mieux tu ordonneras tes pensées et plus l'expérience te semblera facile, déclara l'*Eithlisch* en rangeant son silex et sa pierre à feu sous les plis de sa robe.

Sans autre préambule, il fit glisser le vêtement à ses pieds d'un haussement d'épaules. En dessous, il portait un justaucorps ample et sans manches taillé dans un tissu fin et moulant. Le spectacle était grotesque et magnifique. Ce que j'avais pris pour des difformités était en fait des masses de muscles hypertrophiés qui faisaient onduler sa peau pâle et veinée le long de ses bras. La tête était ridiculement petite en comparaison du corps. Son crâne chauve ressemblait à une boule de marbre et était posé sur un cou de taureau. Il sembla grandir d'au moins trente centimètres entre le moment où sa robe commença à glisser et celui où elle toucha le sol. L'être déformé avait disparu pour laisser place à un hercule.

—Viens, Alwyn Scribe, dit-il en tendant la main vers la torche glissée sur le porte-flambeau le plus proche. Il est temps pour toi de choisir.

De choisir quoi ?

Je serrai les dents pour empêcher cette question de franchir mes lèvres. « Fais attention aux questions que tu poseras dans cette obscurité. » J'avais l'impression que cette mise en garde énigmatique cachait quelque chose. Annonçait-elle une épreuve ? Ou n'était-elle que l'expression du mépris de cet homme envers moi ? Quoi qu'il en soit, je le suivis lorsqu'il s'enfonça dans les ténèbres qui nous entouraient. Et sa torche dévoila ce qui se cachait dans l'obscurité.

Je crus d'abord que – pour une raison que j'étais bien incapable de deviner – les anciens Caerith avaient décidé de remplir le ventre de la montagne de vieux bouts de bois. Je me rendis compte que c'était une idée ridicule lorsque la flamme éclaira le dôme craquelé, mais en un seul morceau, d'un crâne noirci par le temps.

—Des os, dis-je à voix haute.

Mes yeux glissèrent le long de la pile qui devait s'étendre jusqu'aux confins invisibles de l'immense caverne. Des côtes, des humérus, des radius et des colonnes vertébrales étaient rassemblés dans un fouillis hétéroclite et obscène. Tous n'étaient pas humains. Il y avait là des crânes d'ours, d'oiseau et de loups. Des dents de toutes tailles et de toutes formes jonchaient le sol à proximité.

—Vous m'avez amené dans une tombe, lâchai-je.

L'*Eithlisch* laissa échapper un soupir méprisant.

—Ton monde et tes coutumes, dit-il. Ici, tu ne vois que la mort parce que tes œillères t'empêchent de voir quoi que ce soit d'autre.

Il s'accroupit et leva la torche pour éclairer un squelette humain qui était resté intact au sein de l'entrelacs macabre. Peut-être par hasard, peut-être à dessein. Il était allongé et semblait presque détendu.

—C'était jadis une vie très puissante, déclara l'*Eithlisch*.

Il tendit sa main libre et posa la paume sur le crâne avec une douceur surprenante pour un homme si musclé. Puis il ferma les yeux et poursuivit d'une voix empreinte de tendresse.

—Et peut-être très sage, qui sait ? Elle a vécu longtemps. Elle a survécu aux jours sombres et s'est épanouie sous le soleil. Elle a prêté sa force aux *taolisch* pour repousser une grande attaque de pillards sur les côtes méridionales et elle a combattu avec une telle rage que les brigands ont évité la région pendant des années. (Il soupira, puis retira sa main et se redressa.) Choisis.

Il fit un geste en direction des os. À la brusquerie de son ton et à la lueur sévère qui brillait dans ses yeux, je compris que je n'aurais pas droit à la moindre explication.

Mal remis de ma surprise et vaguement inquiet, je tournai la tête vers les os et les scrutai en essayant de deviner ce qu'on attendait de moi. En vain. Je me préparais à renoncer et à expliquer au colosse que j'en avais assez de ses énigmes quand mon regard glissa vers le bord de la pile et se posa sur quelque chose qui attira mon attention : un crâne de corbeau.

Un souvenir me traversa alors l'esprit. Un souvenir de mon voyage vers les mines de l'Enfer dans le chariot-prison du chaînier. Le pire jour que j'avais passé dans les griffes de ce monstre. Le jour où il avait assassiné Raith.

« *Caihr teasla ?* » avait-il demandé après avoir agité le collier d'amulettes de mon camarade pour se moquer de lui, juste avant de lui broyer le crâne entre ses terribles mains.

Une fois son forfait accompli, il avait observé une des amulettes comme si elle possédait un pouvoir secret, puis l'avait jetée près du cadavre. À ce moment, il m'avait semblé qu'elle représentait un crâne de vache, mais je m'en souvenais maintenant : il s'agissait d'un crâne de corbeau.

— « *Caihr teasla* », répétai-je en me penchant pour le prendre.

Tesla voulait dire « ici » ou « présent », mais pouvait aussi faire référence au contenu d'un réceptacle. Je n'avais aucune idée de ce que signifiait *caihr*.

Le crâne de corbeau ressemblait à n'importe quel vieil os dans le creux de ma main : une petite chose légère, fragile et sans valeur. Ses orbites vides me regardaient avec indifférence. Et puis il se mit à crier. À crier contre moi. Le cri envahit ma tête, mais pas mes oreilles — un croassement furieux exprimant un profond dégoût. Je sursautai, lâchai le crâne et reculai en frottant ma main contre ma tunique.

— On dirait qu'il ne t'aime pas, remarqua l'*Eithlisch*. N'en prends pas ombrage. La plupart des personnes qui viennent ici sont traitées de la même manière. Nous sommes très peu à recevoir la bénédiction de l'*Oleith*.

La manière dont il insista sur le dernier mot me fit comprendre qu'il s'agissait d'un nouveau piège. Il essayait de me pousser à poser une question que je ne devais pas poser.

—*Caihr*, répétai-je lorsque la peur qui me comprimait la poitrine se dissipa suffisamment pour que je puisse parler. Ça signifie... «pouvoir». Ces os abritent un pouvoir ésotérique.

—Ésotérique? (L'*Eithlisch* laissa échapper un gloussement amusé.) Ton peuple aime bien les grands mots. Mais je dois reconnaître que tu fais preuve d'une certaine perspicacité. *Caihr* est le pouvoir qui réside dans les vestiges des créatures qui ont vécu et qui reposent ici. *Vaerith* est le pouvoir qui coulait en eux quand ils étaient en vie. Chez certains d'entre nous, ce flot est puissant. Lorsque nous sommes en vie, nous venons ici pour recevoir leur bénédiction. Lorsque nous ne le sommes plus, nous venons nous joindre à eux. (Il écarta les bras pour englober l'intégralité de la caverne.) L'*Oleith*, la grande assemblée de ceux dont le *caihr* survit à la mort pour nous guider. Enfin, quand ils en ont envie.

—Chez certains d'entre nous, répétai-je tandis qu'une pensée me traversait la tête. La *Doenlisch*. Le *Vaerith* est puissant en elle. Elle est certainement venue ici, elle aussi. Est-ce qu'elle a reçu la bénédiction?

Les traits de l'*Eithlisch* étaient éclairés par la torche qu'il tenait. C'était une étrange caricature de beauté, un visage taillé par un sculpteur incapable d'apprécier les proportions. Ses lèvres, pleines et élégantes, se rassemblèrent en une moue boudeuse.

—Force m'est de reconnaître qu'elle a au moins choisi quelqu'un d'intelligent, lâcha-t-il d'une voix songeuse. (Puis il enchaîna sur ton plus strident.) Comment se débrouille-t-elle dans ta contrée?

—C'est une question, remarquai-je.

La moue de l'*Eithlisch* se transforma en sourire.

—En effet. Toutes ne sont pas dangereuses ici. Il suffit de savoir lesquelles on peut poser. (Ses yeux se plissèrent et sa voix se fit plus dure.) La *Doenlisch*, je veux que tu me dises comment elle se débrouille.

Je haussai les épaules.

—Plutôt bien, la dernière fois que je l'ai vue. À part qu'elle est convaincue qu'elle ne peut pas voyager sans un sac sur la tête.

—Elle a raison. Tes compatriotes sont des bêtes, des sauvages qui ne connaissent que la cupidité et le vice.

Il parlait d'une voix neutre, mais ses paroles cachaient mal son amertume. Je sentis qu'il s'attendait à une réplique outrée de ma part et je me fis donc un plaisir de la garder pour moi. Son sourire s'évanouit.

— Il y a longtemps que je me demande si on ne devrait pas laisser ton peuple dégénérer. L'abandonner à ses guerres et à ses incessantes famines. Mais la *Doenlisch*…

Il ne termina pas sa phrase et les veines de son front formèrent un entrelacs saillant tandis qu'il fronçait les sourcils. Il poursuivit d'une voix qui mêlait mépris et perplexité.

— Il y a un certain temps, elle est venue ici et a posé une question à l'*Oleith*. Je ne sais pas exactement ce que l'*Oleith* lui a répondu, mais elle a décidé que ton peuple méritait d'être sauvé. Et elle t'a choisi pour être l'instrument de son grand dessein. Je suppose qu'elle n'avait pas d'autre candidat sous la main.

— Elle ne m'a pas exactement choisi, répliquai-je sans céder à la provocation — et avec le plaisir méprisant d'en savoir plus que lui à ce sujet. Vous voyez, ma vie a été prophétisée. Dans un livre caerith écrit il y a une éternité.

Les traits de l'*Eithlisch* se figèrent tandis que la lumière dansait sur son étrange parodie de visage.

— Un livre ? répéta-t-il.

Sa voix était devenue rauque et n'exprimait plus aucune trace d'amusement. Son regard dur et mauvais m'amena à me demander si lui et ses muscles monstrueux n'étaient pas le seul et unique danger qui me menaçait dans cette caverne. Je savais qu'il était bien plus fort que moi et que je n'avais pas d'autre arme que mon intelligence. Et, même dans ce domaine, je n'étais pas sûr de pouvoir le vaincre.

— Tu l'as ? demanda-t-il tandis que la masse noueuse de son cou se contractait.

Je compris qu'il faisait des efforts considérables pour ne pas obtenir les informations qu'il désirait de manière plus… physique. Je me rappelai le visage du chaînier juste avant que Lorine le tue. La mention du livre avait provoqué un choc identique chez lui. De toute évidence, cet ouvrage était bien plus important que je l'avais imaginé.

— Je l'avais, répondis-je. Je l'ai gardé un certain temps. C'est elle qui me l'avait donné. Ça faisait partie d'un marché que nous avions passé. Je ne pouvais pas le lire, bien sûr, mais j'ai fini par trouver quelqu'un qui avait un moyen de le traduire. Il raconte ma vie, en caerith, alors qu'il a été écrit il y a des siècles. Malheureusement, je n'ai pas pu l'utiliser… de manière constructive. J'ai dû le rendre à la *Doenlisch*, car cela faisait partie des termes du marché. Pour autant que je sache, c'est elle qui l'a, maintenant. (Je fis une pause avant de lui révéler la suite, car c'était sans doute l'information la plus importante de toutes.) Elle a aussi un guide lui permettant de traduire d'autres ouvrages. Je le lui ai donné avec le livre.

J'avais à deux reprises privé l'*Eithlisch* de la réaction qu'il espérait et, malheureusement pour moi, il me rendit la monnaie de ma pièce. Il refusa d'afficher la colère ou la crainte auxquelles je m'attendais, se contentant de me regarder sans ciller. Ses yeux fixes m'apprirent qu'il mobilisait toute sa volonté pour contenir ses émotions chaotiques. Puis il cligna des paupières et détourna la tête.

—Comme tu l'as certainement compris maintenant, tous les Caerith ne passent pas leur vie sur les terres de leurs ancêtres. Certains sont exilés, chassés parce qu'ils sont mauvais. Nous n'avons pas de lois comme vous autres et nous ne tuons pas les nôtres, mais il y a des choses que nous ne pouvons pas tolérer. D'autres, ceux dont le *Vaerith* est particulièrement fort, partent de leur plein gré pour apprendre de nouvelles langues et découvrir de nouvelles cultures. Nous savons depuis longtemps que notre survie dépend de l'habileté de nos *taolisch*, mais aussi de notre savoir. Pour neutraliser un danger, nous devons d'abord le comprendre.

—C'est pour ça que vous connaissez si bien l'Albermaine, dis-je. Vous l'avez visité.

—En effet. Il y a bien longtemps. D'abord, on m'a ignoré et méprisé. J'ai été chassé des granges et des villages par des gens qui pensaient qu'un être difforme attirait la destruction ou la maladie. Et puis j'ai rencontré un homme plus éclairé qui m'a nourri et qui a soigné les blessures que m'avaient infligées les manants que j'avais terrorisés à mon insu. Il m'a pris pour un simple d'esprit, un colosse avec un cerveau d'enfant, un être docile. Un matin, je me suis réveillé avec un collier et une chaîne autour du cou. J'aurais pu me libérer sans mal, car l'homme n'était pas très fort, mais j'étais curieux. J'ai décidé de continuer à jouer les idiots paisibles et de faire l'expérience de la captivité. Il a attaché une cape sur mes épaules et m'a conduit de village en village avec une compagnie de forains. Les gens se rassemblaient et donnaient un shek pour regarder le monstre avec des yeux exorbités. S'ils étaient prêts à payer un peu plus cher, ils avaient droit à un bâton avec lequel ils pouvaient me donner des petits coups pour me faire réagir. Pour dix sheks, ils recevaient un gourdin pour me battre. Avec la promesse d'un remboursement intégral s'ils parvenaient à me mettre à terre. Personne n'a jamais réussi. J'ai supporté cette vie pendant quatre saisons, quatre saisons au cours desquelles j'ai appris votre langue et vos coutumes. Je dois reconnaître que je n'ai pas vu que de la cruauté et de la cupidité, mais rares ont été les témoignages de bonté. J'ai commencé à comprendre que les gens qui payaient pour me tourmenter n'étaient pas motivés par la haine, mais par la méchanceté qui naît de la peur et de l'impuissance. Ces loqueteux affamés ne possédaient rien et vivaient au gré des caprices des nobles en beaux habits qu'il m'arrivait d'apercevoir en de rares occasions. Et, un jour, l'un d'eux décida de m'acheter. Mon geôlier demanda un prix exorbitant, mais le seigneur le convainquit de se contenter d'un seul shek en envoyant ses sbires le rosser pour son insolence. On me conduisit dans une étrange bâtisse en pierre – qui, je l'appris plus tard, s'appelait «château» – et on m'enferma dans un cachot. Mon unique compagnon était un homme un peu trop maigre qui s'exprimait dans un style flamboyant. C'est grâce à lui que je parle si bien l'albermainish. J'appris qu'il avait été le précepteur d'une fille du seigneur, une demoiselle avenante à laquelle il n'avait pu résister. Il savait beaucoup de choses à propos de l'histoire de votre pays et – encore plus intéressant à mes yeux – sur les curieuses croyances qui régissent votre vie. (L'*Eithlisch* s'interrompit et secoua la tête avec une sombre fascination.) Les Martyrs. Les Séraphiles. Les Malécites. L'Alliance. Un envoûtant mélange de fables et de mythes au sein duquel on parvient à trouver, je dois bien le reconnaître, une ou deux pépites de sagesse.

Je sentis une pointe de morgue dans sa voix. Malgré mes fonctions au sein de la Compagnie de l'Alliance, je n'avais jamais été très pieux, mais sa condescendance m'agaça.

— D'après ce que j'ai pu voir, votre peuple n'est pas croyant. À moins qu'il s'agisse d'une foi trop insignifiante pour mériter cette appellation.

— Une foi? (L'*Eithlisch* haussa ses sourcils inexistants d'un air moqueur.) Parce que tu penses avoir la foi, Alwyn Scribe? As-tu mis le bloc d'égoïsme cynique que tu appelles un cœur au service des Séraphiles? (Il soutint mon regard pendant un instant.) Je ne le pense pas. Quant à la foi… (Il soupira et détourna les yeux.) Les Caerith n'ont nul besoin des errances de la religion. Nous sommes prompts à l'introspection, certes, mais pour nous la croyance doit trouver son origine dans ce qui peut être observé ou expérimenté. Votre Alliance, elle, établit une curieuse distinction. Elle affirme que la foi reflète en partie la réalité… Mais nous y reviendrons plus tard. (Il fronça de nouveau les sourcils.) Où en étais-je?

—Au cachot, répondis-je en regrettant qu'il n'y soit pas resté.

—Ah, oui ! Malheureusement, ma cohabitation avec le précepteur fut de courte durée, mais il m'enseigna bien des choses avant que le seigneur le fasse extraire de notre cellule. Les conversations des gardes m'apprirent ce qui lui était arrivé. Le seigneur l'avait lâché dans une forêt voisine et l'avait traqué avec une meute de chiens affamés. Je me demandai s'il me réservait le même sort, mais l'avenir m'apprit qu'il avait conçu quelque chose de beaucoup plus élaboré à mon intention. Au cours d'une fête qui avait lieu au milieu de l'hiver, on me fit sortir de ma cellule et on me conduisit devant le seigneur qui dînait dans la cour du château avec ses nobles amis. Ils se gavaient de viande rôtie. À l'exception de la fille, bien sûr. Elle ne mangeait pas. La malheureuse semblait porter tout le chagrin du monde sur ses épaules et, en vérité, elle faisait peine à voir. On me déshabilla et on me débarrassa de mes chaînes, puis on amena un autre prisonnier. (L'*Eithlisch* s'interrompit de nouveau et le vague amusement que lui procuraient ces souvenirs céda la place à une profonde tristesse.) Ce fut terrible de voir un être si magnifique réduit à l'état de loque. Les ours bruns peuvent atteindre une taille considérable, mais celui-là était exceptionnel. Il était deux fois plus grand que moi quand il se dressait sur les pattes arrière, mais les tourments qu'il avait endurés l'avaient transformé en monstre. Sa fourrure était pelée et emmêlée. Son museau était zébré de cicatrices laissées par le fouet. Je sentis qu'il n'aspirait à rien d'autre qu'à la mort et je décidai de la lui offrir. Mais pas la sienne. (Il ricana doucement.) Il faut être le dernier des idiots pour rassembler des êtres hors du commun sans connaître leur véritable nature. Dans l'ours, mon noble geôlier ne voyait qu'une bête terrifiée qu'on pouvait enrager pour savourer un spectacle sanglant. En moi, il ne voyait qu'une créature à peine humaine qui, avec un peu de chance, le divertirait un peu plus longtemps que les brigands ou les manants habituels. La violence et la destruction ne m'apportent généralement aucun plaisir, mais je dois avouer que, ce jour-là, je me fis une joie de montrer à ce seigneur à quel point il s'était trompé.

L'*Eithlisch* avança et s'arrêta à quelques pas de moi, les poings serrés. Puis son corps – déjà impressionnant – se mit à grandir. Ses muscles et ses veines saillirent au point que je me demandai s'ils n'allaient pas exploser et fendre la peau qui les couvrait.

—Le *Vaerith* porte bien son nom, dit le Caerith d'une voix plus grave et plus autoritaire. Car ce mot est un écho de celui qui désigne une rivière. Et, à l'image des rivières, il coule différemment en chacun de nous. Elles cherchent leur chemin et rien ne peut les arrêter. Ni l'acier, ni les flèches, ni le feu.

Ses os et ses muscles produisaient un horrible bruit tandis qu'il grandissait encore et, quand le phénomène s'arrêta, je me tenais face à un véritable géant. Un sourire qui ressemblait à un rictus féroce effleura ses lèvres.

—Pas plus que les supplications des seigneurs cruels qui se pissent dessus et demandent pitié en sanglotant comme des lâches quand la mort s'invite dans leurs châteaux.

Je regardais cet homme avec fascination et effarement, pétrifié et silencieux, essayant vainement d'accepter la réalité de ce que je voyais. J'avais été témoin de choses étranges dans le Nord et les mystérieux pouvoirs de la Sorcière au Sac m'avaient contraint à admettre l'existence de forces occultes, mais je n'aurais jamais imaginé que j'en aurais un jour une démonstration si éclatante.

—Le *Vaerith* coule à travers la matière de ce monde, déclara l'*Eithlisch*. Comme le sang coule dans les veines du corps. Quand on y a accès, on peut le libérer et le contrôler. (Son sourire se fit cruel tandis qu'il approchait et se dressait devant moi comme un monolithe de chair, une créature d'une force incommensurable.) Est-ce que tu aimerais y goûter, Alwyn Scribe? L'ours l'a savouré avec délice ce jour-là. Lorsque j'ai brisé ses chaînes, il s'est frayé un chemin à travers les invités du seigneur avec enthousiasme.

—Non.

Le mot avait jailli entre mes lèvres figées par la terreur dans un bégaiement haché. J'étais pétrifié et j'eus le plus grand mal à convaincre mes jambes de reculer tandis que l'*Eithlisch* avançait d'un autre pas.

—Ne… N'approchez pas! bafouillai-je en me recroquevillant comme un enfant tremblant devant un de ses parents furieux.

—Ne bouge pas, imbécile! marmonna l'*Eithlisch* d'un air agacé.

Il tendit les bras avec une rapidité surnaturelle et me saisit la tête à deux mains. Je fus aussitôt traversé par un écho vibrant et terriblement douloureux de ce que j'avais ressenti lorsque la Sorcière au Sac avait guéri Evadine. Puis je sentis des forces s'agiter en moi et l'énergie passer d'un corps à l'autre, mais dans l'autre sens cette fois-ci. Un flot de lumière m'aveugla. Une chaleur intense et palpitante m'envahit. Les mains de l'*Eithlisch* brûlaient mes tempes qu'il serrait comme les mâchoires d'une pince tout droit sortie d'une forge. Je me débattis et le frappai avec frénésie sur les bras, les épaules et la tête. C'était comme vouloir briser un rocher à coups de poing.

—Assez! grogna l'*Eithlisch* avec impatience. (Il me secoua avec tant de force que mes bras retombèrent mollement le long de mon corps.) Tu ne sais donc pas que tu es en train de mourir, petit homme stupide? La fêlure de ton crâne s'est mal refermée et l'infâme mixture que tu as bue pour apaiser la douleur te pourrit de l'intérieur. Si elle ne te tue pas, les os se souderont en formant une excroissance qui s'en chargera avant quatre saisons. Et, comme tu le dis si bien, elle n'aimerait pas ça du tout.

La brûlure se transforma en brasier infernal qui envahit ma tête et chassa toute pensée cohérente. À travers ma peur et mon affolement, j'entendis les grincements de mon crâne et les raclements sourds et fibreux des os qu'on remodelait. La migraine se réveilla, juste un instant, et une éruption de douleur insoutenable me convainquit que j'étais sur le point de quitter ce bas monde. Lorsqu'elle se dissipa, j'étais à quatre pattes. Je sanglotais et hoquetais tandis qu'un épais filet de bave coulait de ma bouche.

—L'ours n'a pas tué tout le monde, dit l'*Eithlisch* comme s'il racontait une histoire à un ami. (Mes yeux fatigués distinguèrent sa silhouette qui s'éloignait de moi.) Il a épargné la plupart des domestiques, ainsi que la ravissante fille du seigneur. J'ai vécu de nombreuses années, mais je n'ai jamais revu un enfant assister à la mort de son père avec une telle joie. Ce jour-là, elle et l'ours devinrent les meilleurs amis du monde et, lorsque je lui proposai de me suivre dans mon pays, elle accepta. Elle s'est épanouie ici. Elle a trouvé un bonheur qu'elle n'aurait sans doute jamais connu si elle était restée dans ton horrible royaume. Il m'arrive de distinguer un reflet de son visage sur les traits d'Uhlla. C'était son arrière-arrière-grand-mère, tu comprends. Le savoir albermainish est une sorte de tradition dans la famille.

Les tremblements s'espacèrent tandis qu'il parlait. La brûlure de ses mains se dissipa et une étrange sensation de bien-être m'envahit. La migraine avait complètement disparu.

—Vous…, hoquetai-je. (Je levai la tête pour le regarder.) Vous m'avez guéri.

Sa réponse arriva sous la forme d'un grognement amer et résigné.

—Oui. Il te reste de nombreuses années à vivre, Alwyn Scribe. Enfin, à condition que tu fasses les bons choix au cours des sombres jours qui s'annoncent. Seul le temps nous le dira…

Il tourna les yeux vers l'autre extrémité de la caverne, contempla les ténèbres pendant plusieurs secondes et poussa un long soupir sifflant. J'aurais été incapable de dire s'il était déçu ou surpris.

—Il semblerait que tu aies reçu le droit de poser une question, en fin de compte.

Je tournai la tête et suivis son regard. Je ne vis que le faible reflet d'une torche sur des os, mais je sentis quelque chose. Quelque chose qui n'était pas sans rappeler le croassement du crâne de corbeau furieux, mais en beaucoup plus chaleureux. C'était comme un appel venant de très loin.

Je me levai à grand-peine et fis quelques pas maladroits sous le regard terne des crânes entassés devant moi. J'étais incapable de distinguer la gauche de la droite, mais l'appel résonna de nouveau dans ma tête et je peux vous jurer que j'entendis une voix prononcer mon nom.

—*Alwyn… Vieux fantôme. Vous êtes donc revenu.*

Le crâne était perdu au centre de la salle et je dus naviguer entre les piles macabres pour le trouver. Il me regardait de ses orbites vides, coincé entre les vestiges d'une cage thoracique en partie brisée. Le son qui résonnait dans ma tête s'interrompit lorsque je me penchai pour le prendre.

—Ta question, dit l'*Eithlisch* sur un ton sévère et insistant. Pose-la maintenant. Je ne pense pas que tu auras une nouvelle occasion de le faire.

Je contemplai les orbites sombres du crâne et les mots se présentèrent naturellement à mes lèvres, comme s'ils étaient les seuls dignes d'être prononcés.

—Qui a écrit le livre?

Chapitre 29

J e restai aveugle pendant un moment. Je frissonnai lorsque le crâne explosa dans un torrent de lumière qui inonda mes yeux avant de me remplir entièrement. Le froid de la caverne s'évanouit et j'eus alors l'impression de dériver sur une mer blanche et infinie. Une peur indicible me poussa à chercher quelque chose à quoi me raccrocher, mais je ne trouvai rien. Je suis convaincu que cette privation de sensations m'aurait conduit à la folie si elle avait duré un peu trop longtemps, car la découverte de sa quasi-insignifiance est une torture singulière, mais terrible.

Je recouvrai l'usage de la vue avec une telle soudaineté que je chancelai en me demandant ce qui se passait. Une avalanche d'images déferla sur moi. Un ciel clair et lumineux. De hauts bâtiments qui se dressaient au pied d'une lointaine montagne… Le tout accompagné de bourrasques sèches et mordantes qui tempéraient à peine la chaude caresse du soleil à son zénith. Le vent apportait une odeur palpable de fumée et je crus entendre un concert de cris de détresse au-delà de son souffle. Les rafales étaient si puissantes que j'avançai en titubant et, brusquement, je sentis ma hanche heurter quelque chose de dur.

—Ainsi donc, vous êtes revenu, vieux fantôme, dit une voix derrière moi.

Elle avait un accent curieux et je ne la reconnus pas. Je pivotai sur les talons et aperçus une silhouette dans l'ombre d'une arche. Un rapide coup d'œil me permit de confirmer que j'étais sur un balcon, un examen plus approfondi que ledit balcon était presque au sommet d'une tour.

— Vous êtes bien plus jeune aujourd'hui, dit la silhouette en émergeant de l'ombre.

Je clignai des paupières et mes yeux confus découvrirent un homme grand avec une peau mate, un front dégarni et une solide mâchoire recouverte par une barbe gris acier taillée avec soin. Il portait une belle robe en soie bleu pâle et en velours pourpre avec des broderies au fil d'or traçant d'élégantes lignes abstraites.

— Est-ce que vous êtes le roi de ce pays? demandai-je.

Il ne portait pas de couronne, mais j'avais du mal à imaginer que ce personnage – qui était visiblement riche et qui habitait dans une tour – puisse occuper un rang inférieur à celui de prince.

L'inconnu fronça les sourcils en examinant mon visage, puis une lueur éclaira son regard.

— Le moment est enfin venu, dit-il sur un ton songeur.

Un sourire passa sur ses lèvres et je remarquai que son visage était ridé, marqué par le chagrin qui avait creusé de profonds sillons autour de ses yeux vides. C'était le visage d'un homme qui n'avait pas connu la joie depuis une éternité.

Je secouai la tête en essayant de mettre de l'ordre dans mes pensées. J'étais encore ébranlé par la guérison de l'*Eithlisch* et voilà que je me retrouvais dans un endroit improbable en compagnie d'un homme dont les paroles ne faisaient qu'alimenter ma confusion.

— De quel moment parlez-vous? demandai-je.

Je tournai la tête pour regarder le monde qui s'étendait autour de la tour. Celle-ci se trouvait au sommet d'une colline plantée au milieu d'un paysage à la fois étrange et familier. La montagne était la même, mais il n'y avait pas de grotte à sa base. Une ville l'entourait en formant un anneau large de plusieurs kilomètres. Je n'en avais jamais vu de si grande et de si jolie – et j'étais convaincu que je n'en verrais jamais plus. Des tours encore plus hautes que celle sur laquelle je me trouvais se dressaient un peu partout et projetaient leur ombre sur les halls majestueux et les places qui s'étendaient en contrebas. L'agencement urbain était chaotique: dans certains quartiers les rues étaient parfaitement rectilignes alors que dans d'autres – parfois voisins – elles dessinaient des labyrinthes ondulants. Ce détail n'apaisa pas mon angoisse teintée d'admiration, bien au contraire, car cela signifiait que la cité était très ancienne. Qu'elle s'était développée et avait prospéré pendant des siècles. Le spectacle aurait été encore plus époustouflant s'il n'y avait eu ces colonnes de fumée qui montaient de toutes parts et ces gens de plus de plus nombreux qui envahissaient les rues et les places. Leurs voix se rassemblaient en un chœur discordant pour pousser une sorte de hurlement collectif. J'étais arrivé au beau milieu d'une catastrophe.

Malgré les différences, l'impression de déjà-vu était forte et je compris soudain pourquoi. Mon regard glissa vers la paroi de la tour et j'aperçus la pierre qui n'était pas recouverte de végétation. Aucun doute n'était possible : c'était bien le vénérable bâtiment dans lequel Lilat m'avait fait entrer quelques jours plus tôt.

—Notre première et dernière rencontre, dit l'homme à la barbe. (Je tournai la tête vers lui et un mince sourire colora ses lèvres avant qu'il pivote sur les talons.) Suivez-moi. (Il s'éloigna et s'enfonça dans l'ombre de l'arche qui permettait d'entrer dans la tour.) Le temps presse.

Rongé par l'hésitation, je jetai un nouveau regard confus vers la cité. Une explosion retentit au loin. Je tournai la tête et vis un énorme panache de fumée monter d'un incendie qui ravageait une élégante demeure. Les flammes dévoraient la pierre comme elles auraient dévoré le bois et le bâtiment s'effondra en quelques secondes. Sa destruction souleva un chœur de lamentations qui, paradoxalement, semblait exprimer un mélange de joie et d'enthousiasme plutôt que de panique et de détresse.

—Vite, vieux fantôme !

La voix pressante de l'inconnu m'arracha à ma fascination morbide et je franchis l'arche. La salle était plongée dans l'obscurité et il s'écoula un moment avant que mes yeux s'y habituent. Lorsque ce fut chose faite, je reconnus aussitôt l'endroit. Le sol n'était plus couvert de poussière et les pictogrammes symbolisant le printemps et l'hiver étaient visibles. Il devait s'agir d'un scriptorium, car des livres étaient rangés le long du mur circulaire et il y avait trois lutrins sur lesquels étaient disposés des parchemins en partie écrits. Je ne pus m'empêcher de jeter un coup d'œil au plus proche dans l'espoir d'apprendre quelque chose d'intéressant. Un sifflement frustré s'échappa de mes lèvres quand je découvris que les caractères m'étaient inconnus.

—Un Caerith, dis-je en passant d'un lutrin à un autre. Vous êtes un scribe caerith.

—Non, dit le barbu d'une voix plate et impatiente. (Il fouillait dans une pile de parchemins posée sur un bureau en bois de rose au centre de la pièce.) Je suis un historien, je vous l'ai déjà dit… (Il se figea et un rire sans joie monta de ses lèvres.) Mais vous ne vous en souvenez pas, bien entendu.

J'approchai et observai son visage en plissant les yeux. Contrairement aux autres membres de son peuple, il n'y avait aucune marque rouge sur sa peau sombre et ridée.

— Vous n'avez pas de marques, remarquai-je.

Ses yeux se tournèrent vers moi et étincelèrent tandis qu'il répondait dans un souffle qui cachait bien mal sa peur.

— En effet. Mais je suppose que cela ne durera pas. Maintenant… (Il rangea à la hâte les documents qui couvraient le bureau et tendit la main vers un parchemin vierge.) Je suis à peu près certain que tout est en ordre. Lors de notre dernière conversation, vous avez terminé le récit de votre capture au château de Duhbos. Deckin était mort et vous aviez échappé de peu à la pendaison.

— Un instant! m'exclamai-je en levant une main.

La confusion me frappa comme une gifle et je dus m'appuyer contre le bureau pour ne pas m'effondrer. Une pensée me traversa l'esprit tandis que je m'agrippais au bord du plateau en bois dur et poli.

— Si je suis un fantôme, comment se fait-il que je puisse toucher les choses?

— Nous avons déjà parlé de tout cela… (La voix de l'historien se transforma en soupir, puis il ferma les yeux d'un air coupable et reprit la parole en s'efforçant de garder son calme.) Vous ne touchez pas vraiment les choses. C'est juste votre esprit qui vous le fait croire. Votre conscience est là, mais pas votre corps.

L'étrangeté de la situation avait exacerbé mon irritabilité et son ton condescendant me fit exploser. Je levai la main et l'abattis dans l'intention d'éparpiller les documents empilés sur le bureau. Je sentis la trame grossière des parchemins, douce, puis rugueuse, tandis que mes doigts les traversaient sans les faire bouger d'un cheveu.

— Vous voyez? dit l'inconnu en prenant une plume et en la plongeant dans un encrier. (Il s'assit, lissa le parchemin vierge de la main et me regarda avec une impatience mêlée de curiosité.) Deckin est mort et vous avez été capturé. J'ai tout ce qui s'est passé après, mais pas ce qui vous a amené là-bas.

J'observai une infime goutte d'encre qui s'écrasait sur le parchemin, délogée de la pointe de la plume par les tremblements de sa main.

— Comment est-ce que vous pouvez savoir tout cela? demandai-je.

Une nouvelle goutte tomba.

— Vous me l'avez raconté, répondit l'historien d'une voix grinçante. Comment aurais-je pu l'apprendre autrement?

— C'est la première fois que je vous vois. C'est la première fois que je viens ici… (Ma voix mourut tandis qu'une idée aussi folle que logique me traversait l'esprit.) Vous savez ce qui va m'arriver. Vous savez ce qui va m'arriver quand…

— Nous n'avons pas le temps, vieux fantôme! (Son regard se tourna vers le balcon tandis qu'une nouvelle explosion secouait la cité.) Racontez-moi le début de votre histoire afin que je puisse partir au plus vite. Tant de choses en dépendent!

Je le regardai dans les yeux. Ceux-ci étaient éclairés par une lueur que je connaissais bien: l'étincelle désespérée et fiévreuse de l'homme qui ne sait pas s'il verra le soleil se coucher. Mais, malgré sa peur, il restait là, attendant de transcrire les paroles d'un fantôme sur un parchemin.

— Si vous voulez que je vous raconte ma vie, il va falloir commencer par me donner quelques explications.

Les narines de l'historien se dilatèrent et les fossettes surplombant ses pommettes se creusèrent tandis qu'il serrait les dents.

— Vous m'aviez bien dit que votre jeune moi se montrerait sans doute désagréable, marmonna-t-il. Posez vos questions. Et dépêchez-vous!

Je hochai la tête en direction du balcon.

— Que se passe-t-il, dehors?

— Il se passe ce que vous m'avez dit qu'il se passerait. Il se passe ce que je suis incapable d'empêcher.

— Je ne suis pas vraiment amateur de charades. Soyez plus clair.

Il poussa un long soupir, puis grimaça tandis qu'une nouvelle explosion faisait trembler le sol.

— La Chute, dit-il. Ce que votre peuple l'appelle le Fléau. Ça a commencé, enfin. La première fois que vous m'êtes apparu, il y a des années, vous m'avez dit… vous m'avez prévenu que cela arriverait. Je ne l'ai pas cru… (Il se tut, puis ferma les yeux et secoua la tête.) C'est le destin inévitable de ceux qui se croient assez sages pour affronter les preuves irréfutables de leur folie.

Je l'écoutai à peine, car ma tête bourdonnait des paroles qu'il avait prononcées quelques secondes plus tôt. Presque malgré moi, je retournai sur le balcon pour contempler les scènes de chaos qui se déroulaient au loin. Plusieurs bâtiments n'étaient plus que des amas de ruines en flammes. Des incendies ravageaient les avenues bordées d'arbres. Le chœur de voix plaintives avait gagné en intensité sous le coup de la panique ou de la folie. Depuis le balcon, la foule qui envahissait les rues n'était rien d'autre qu'une masse fébrile et indistincte, mais je savais qu'elle était responsable de ce chaos, car le feu et la destruction la suivaient de près.

« Tout ne sera plus que feu ! »

Je me rappelai les paroles prononcées des années plus tôt par un homme que je prenais pour un idiot et un illuminé.

« Tout ne sera plus que douleur ! Tout redeviendra comme avant quand la grâce des Séraphiles nous sera refusée de nouveau… »

—C'est vraiment arrivé, soufflai-je en songeant soudain à toutes les conversations que j'avais eues avec Sihlda dans les mines de l'Enfer. L'Ascendante avait toujours pensé que le Fléau n'était qu'une métaphore bien utile.

« Il ne s'agissait sans doute pas d'un événement unique, m'avait-elle dit un jour. Je pense que ce que les anciens parchemins appellent le Fléau était en fait un ensemble de catastrophes qui ont eu lieu il y a très longtemps. Une succession de guerres, de famines, d'inondations et d'épidémies qui ont ravagé des royaumes oubliés pendant des dizaines d'années, voire des siècles. Sa véritable nature n'a guère d'importance. Ce qui importe, c'est sa signification. »

—Vous vous êtes trompée, chère professeure, marmonnai-je.

La cité était plongée dans l'obscurité, maintenant. L'air était tellement chargé de fumée que j'avais l'impression de contempler une scène de cauchemar, un enfer de flammes indistinctes dans lequel résonnaient les cris des âmes damnées.

—Vous vous êtes complètement trompée.

—Je vous en prie.

Je me tournai et vis que l'historien m'avait rejoint sur le balcon. Il me regardait d'un air suppliant.

—Votre testament. Nous en avons besoin. Vous découvrirez pourquoi quand le moment viendra, mais en attendant vous devez terminer de me raconter votre histoire.

Je le regardai d'un air hébété avant de jeter un nouveau coup d'œil en direction du carnage.

—Qui a écrit le livre ? demandai-je.

Un gloussement strident s'échappa de ma gorge, un gloussement qui se transforma en un rire puissant et joyeux qui retentit pendant un long moment.

—C'est vous qui avez écrit le livre, Sir Alwyn ! (L'historien me toisait désormais avec colère et il aurait sans doute été capable de me frapper si l'envie l'en avait pris.) Je n'ai fait qu'écrire ce que vous me dictiez. Et nous devons désormais le terminer, car une histoire ne peut avoir de sens si elle n'a pas de commencement.

Ma gaieté disparut dans un grognement méprisant.

—Pourquoi ? (Je fis un geste en direction du terrible spectacle qui se déroulait en contrebas de la colline.) Est-ce que ça permettra d'arrêter tout cela ?

—Non, mais ce sera la graine qui permettra un jour à mon peuple de retrouver ce qu'il a perdu. Et ce sera la clé qui permettra d'empêcher qu'une telle catastrophe se reproduise. C'est le marché que j'ai passé avec un fantôme il y a bien longtemps. Je sais que vous n'en avez aucun souvenir. Je sais que vous avez oublié la promesse que vous m'avez faite, mais j'exige cependant que vous la teniez.

Je baissai la tête en entendant une nouvelle clameur couvrir le tumulte. Une foule grouillante envahissait la périphérie de la cité. Son hurlement collectif était plus fort, maintenant, assez fort pour blesser mes oreilles malgré la distance. Il exprimait une férocité et une faim dévorantes qui m'arrachèrent à mon état de stupeur. Je n'étais peut-être qu'un fantôme perché sur le balcon d'une tour d'un autre âge, mais tout cela était bien réel. Mon hôte avait raison : le temps pressait.

—Je dois savoir ce qui a provoqué cette catastrophe, dis-je. Mon peuple a… une religion… une foi…

—L'Alliance. (L'historien hocha la tête.) Vous m'avez raconté. C'est une religion stupide et méprisable sous bien des aspects, mais elle contient une part de vérité. Les êtres que vous appelez les Séraphiles et les Malécites. C'est la guerre sans fin qu'ils se livrent qui est responsable de cette catastrophe. Ça, ce n'est pas un mensonge.

—Les Séraphiles et les Malécites ? Ils existent vraiment ?

—Ils sont bien différents des descriptions qu'en fait votre Alliance, mais oui, ils existent. Malheureusement. Je ne peux pas vous en dire davantage. (L'historien leva une main pour interrompre le torrent des questions que je m'apprêtais à poser.) Je peux juste vous dire que le monde que vous voyez n'est qu'une facette de quelque chose de plus… compliqué. Quant à la succession d'événements qui a conduit à ceci… (Il jeta un coup d'œil douloureux à la cité qui agonisait en contrebas de la montagne.) Je ne peux pas en dire plus, sinon que la discorde et la souffrance sont la nourriture des Malécites. Si j'en avais le temps, je vous expliquerais ce qui conduira les gens de votre époque à connaître le même sort, mais je ne l'ai pas.

Une pensée me traversa l'esprit et mon ventre se noua.

—Le Second Fléau… Je vous ai parlé du Second Fléau. Evadine avait raison…

—Evadine…

Les yeux de l'historien s'embrasèrent, mais ce qu'il s'apprêtait à me dire s'évanouit dans une explosion plus retentissante que toutes les précédentes. Je tournai la tête et vis les dernières hautes tours s'effondrer dans les rues transformées en torrents de feu. Cela me convainquit que j'avais assez vu du passé.

—Comment est-ce que je peux partir d'ici ? demandai-je.

L'historien me regarda avec un mélange de stupéfaction et de chagrin.

—Vous apparaissez, dit-il. Vous me racontez une partie de votre vie – dans un ordre chronologique des plus discutables, soit dit en passant. Puis vous disparaissez. (Il leva ses mains tremblantes et haussa les épaules d'un air impuissant.) Je n'en sais pas davantage.

—Dans ce cas, dépêchons-nous de faire comme d'habitude.

Je franchis l'arche en lui faisant signe de me suivre. Je le regardai se diriger vers son bureau et tendre une main fébrile vers la plume, l'encrier et le parchemin. C'était sans doute la première fois qu'il affrontait une situation si dangereuse.

—Vous allez survivre, dis-je dans l'espoir d'apaiser son angoisse.

—Comment pourriez-vous le savoir ?

—Le livre. (Je pointai le doigt vers la pile de parchemins.) Mon… testament. Je l'ai eu entre les mains. Vous allez survivre, sinon il n'existerait pas à mon époque.

Il hocha la tête, inspira un grand coup et se hissa sur son tabouret avec prudence. Il lissa le parchemin avec la manche de sa magnifique robe désormais tachée, plongea sa plume dans l'encrier et me regarda avec une impatience empreinte de nervosité.

—Je suppose que les sordides détails de mon enfance au bordel ne vous intéressent pas plus que ça ?

—Je me contenterai d'y faire une rapide allusion, lâcha-t-il en s'efforçant de contenir son agacement.

—Très bien. Nous pouvons commencer par le jour où nous avons tendu une embuscade au messager de la Couronne. Deckin voulait la lettre qu'il transportait dans sa sacoche. Et il l'a obtenue. Il a fallu que je tue un homme. Le spectacle des arbres me calme toujours…

Chapitre 30

— **M**enteur!

Je regagnai mon monde dans un cri et un nuage de buée s'échappa de ma bouche tandis qu'un air glacé envahissait mes poumons. Je m'étais attendu à voir le visage de l'*Eithlisch* penché sur moi, aussi fus-je assez surpris de découvrir celui de Lilat qui m'observait avec un froncement de sourcils inquiet.

—Tu es... revenu? demanda-t-elle sur un ton hésitant.

—Où est...? commençai-je.

Je m'interrompis alors que mes paroles se transformaient encore en panaches de buée. Pourquoi faisait-il si froid? Je tournai la tête et découvris un panorama de montagnes qui s'étendait de chaque côté de moi. Étant donné que je contemplais leurs sommets, j'arrivai à la conclusion que je me trouvais à une altitude très élevée.

Je les observai en plissant les yeux, encore sous le coup des dernières paroles que j'avais échangées avec l'historien caerith. Des paroles qui m'avaient révélé sa duplicité et qui m'avaient plongé dans une noire colère. Je ne le connaissais que depuis une heure, mais j'avais vite compris que mon moi plus âgé le considérait comme un ami. C'était pour cette raison que j'avais pris ses mensonges comme une trahison à la fin de mon récit. Une trahison d'autant plus grave qu'il les avait proférés avec assurance, comme s'il me racontait quelque chose que je savais déjà. J'avais le pouvoir de déceler les mensonges, mais celui-ci était ardu, surtout quand j'avais affaire à un menteur aussi accompli que ce gribouilleur mort depuis une éternité.

Lilat me tapota la poitrine du bout du doigt et je m'arrachai à mes sombres pensées.

—Comment suis-je arrivé ici? lui demandai-je.

—Tu as marché.

Son froncement de sourcils inquiet disparut. Elle se tourna vers un petit feu qui brûlait à l'abri d'un large rocher et jeta une poignée d'herbes dans une marmite en fer. Un délicieux fumet s'échappait du récipient et se répandait dans l'air raréfié de la montagne.

—Il a dit que tu ne te rappellerais rien, dit-elle.

—L'*Eithlisch*? Il a dit ça?

—Oui.

La jeune femme plongea une cuillère en bois dans la marmite avant de la porter à sa bouche pour en goûter le contenu. Elle fit claquer sa langue et esquissa une moue satisfaite.

—Nous allons manger, maintenant.

—Combien de temps? demandai-je en me servant un bol de ragoût de lapin.

—Trois jours. (Elle avala une cuillérée et hocha la tête vers mon bol.) Tu dois avoir faim. Tu n'as pas mangé pendant ces trois jours. Ni parlé, d'ailleurs.

Les questions qui se bousculaient dans ma tête s'évanouirent lorsque l'appétissante odeur effleura mes narines. Un grondement impérieux monta de mon ventre et je dévorai ma part avec une frénésie qui manquait cruellement d'élégance avant de me resservir.

—Et Roulgarth? demandai-je après avoir raclé les parois du bol. Et Merick?

—Ils sont partis avec l'*Eithlisch*. Je vais avec toi.

—Et nous allons où?

La bouche de Lilat esquissa un rictus amusé et elle hocha le menton en direction de ce qui se trouvait derrière moi.

—Où veux-tu que nous allions?

Je tournai la tête vers l'endroit qu'elle indiquait et ne vis pas grand-chose d'autre que des pics enneigés, mais je compris qu'il devait s'agir de l'Est.

—Chez moi. Il t'a demandé de me raccompagner dans mon pays.

—Entre autres, dit-elle d'une voix ferme.

Tandis que son regard s'attardait sur les pics orientaux, une ombre inquiète et déterminée glissa sur son visage. Comme si on lui avait confié une mission de la plus haute importance.

—Il t'envoie dans mon pays pour que tu y trouves quelque chose, dis-je. Ou quelqu'un. Tu peux m'en dire davantage?

Lilat sourit et entreprit de nettoyer la marmite.

—Le soleil va se coucher, dit-elle quand elle eut terminé de ranger les ustensiles de cuisine dans son sac. Nous allons grimper. Il faut traverser la montagne avant la nuit ou… (Elle haussa les épaules avant de commencer à descendre la pente d'un pas vif.) Nous mourrons de froid.

—Je crois qu'il n'y a qu'une seule personne que l'*Eithlisch* t'enverrait chercher, dis-je.

J'avançai avec prudence le long de la crête étroite et faisais de mon mieux pour ne pas regarder les abysses insondables qui la longeaient.

Lilat resta silencieuse, concentrée sur le chemin périlleux qu'elle arpentait pourtant d'un pas assuré. Nous avions levé le camp au petit matin et entamé la traversée de la crête peu après. C'était le passage dont elle m'avait parlé lorsque j'avais envisagé de fuir le village caerith. Une lame dentelée de granit et de glace qui s'étendait entre deux montagnes. Un regard à ses flancs abrupts et aux gouffres envahis de nuages qui l'encadraient m'avait fait comprendre que j'avais eu raison de ne pas écouter la petite voix qui me conseillait de filer. Jamais je ne serais parvenu à la franchir en plein hiver, même si j'avais trouvé un guide.

—La *Doenlisch* ne se traque pas comme un daim, poursuivis-je. (Ma voix résonna sur les pentes escarpées.) Tu ne la trouveras pas avant qu'elle le veuille.

—Tu la connais bien? demanda Lilat en franchissant une anfractuosité d'un bond. Vous êtes… amis?

Sa question me troubla. Je ne m'étais jamais interrogé à ce sujet. Quelle était la nature de la relation qui m'unissait à la Sorcière au Sac? Que représentait-elle pour moi? Nos rencontres avaient eu une influence cruciale sur ma vie, mais elles avaient été rares et brèves. Je ne pouvais pourtant pas me défaire de l'idée que quelque chose de fondamental nous unissait, un savoir instinctif que j'avais senti dès le début, mais que j'avais été incapable de définir jusqu'à cet instant.

Nos destins sont liés.

—Je suppose, oui, répondis-je.

401

Je m'arrêtai devant la modeste anfractuosité par-dessus laquelle la jeune femme avait sauté. Elle mesurait moins d'un mètre de large et s'il s'était agi d'un trou sur un chemin de terre, je l'aurais franchi sans même y penser. Mais je me trouvais en pleine montagne et je préférai descendre au fond avant de remonter tant bien que mal de l'autre côté. Je me hissai hors de la brèche et découvris que Lilat m'attendait, supportant ma veule lenteur avec patience et lassitude.

— Tous les Caerith connaissent la *Doenlisch*, dit-elle en se remettant en marche. Mais je ne l'ai jamais vue. Uhlla l'a rencontrée une fois, il y a bien des printemps. Elle n'était qu'une petite fille. Elle n'en parle pas souvent.

Je fronçai les sourcils en mesurant les implications de ce que je venais d'entendre. *Il y a bien des printemps…*

— Quel âge a Uhlla ?

Mes leçons avaient permis à Lilat de faire des progrès stupéfiants en albermainish, mais malgré mes efforts je n'étais pas parvenu à lui enseigner les bases de l'arithmétique.

— Beaucoup, répondit la jeune femme. (Elle prit un air songeur, ralentit, puis s'arrêta et se tourna vers moi en levant les mains, doigts écartés.) J'ai ça. (Elle plia et ouvrit les doigts à trois reprises avant de n'en garder que trois tendus.) Uhlla a beaucoup plus.

Je la regardai bouche bée.

— Quoi ? Tu as quarante-trois ans ?

— Un an, c'est bien quatre saisons ? (Je hochai la tête.) Alors oui, quarante-trois.

J'avais toujours pensé qu'elle était un peu plus jeune que moi et voilà que je découvrais qu'elle était mon aînée de plus de dix ans.

Ils ne vieillissent pas comme nous, songeai-je tandis que mon esprit faisait défiler les images des Caerith que j'avais rencontrés au cours de ma vie.

Uhlla était une femme âgée, mais elle l'était bien plus que je l'avais imaginé. Et elle n'était qu'une enfant quand elle avait rencontré la *Doenlisch*. Celle-ci ne m'avait pourtant pas paru plus âgée que moi quand je l'avais vue sans son sac.

— Combien de printemps a la *Doenlisch* ? demandai-je.

— Qui peut savoir ? Le temps est différent pour elle. Et pour l'*Eithlisch*. À cause du *Vaerith*.

Le *Vaerith*, le pouvoir qui habitait la trame du monde. Le pouvoir qui avait arraché mon esprit à mon corps et qui l'avait projeté dans

402

le passé. Il coulait dans le sang des Caerith et leur conférait de nombreux avantages. Il leur permettait de vivre plus longtemps, mais certains en profitaient plus que d'autres.

Depuis combien de siècles la Doenlisch *arpente-t-elle le royaume?* me demandai-je. *Est-ce moi qu'elle a cherché depuis tout ce temps?*

—L'*Eithlisch*, qu'est-ce qu'il t'a demandé de faire une fois que tu auras trouvé la *Doenlisch*?

Je toisai Lilat avec sévérité pour lui faire comprendre que j'étais déterminé à obtenir une réponse, même si on lui avait interdit de m'en fournir une. Elle se laissa fléchir et me révéla une partie de sa mission avec réticence.

—Je dois lui donner un message, dit-elle en se remettant en marche d'un pas souple.

—Quel message? demandai-je en la regardant s'éloigner.

Elle ne daigna pas m'attendre cette fois-ci et nous parcourûmes le reste de la crête dans un silence qui dura jusqu'au lendemain matin.

Après deux jours supplémentaires d'escalades périlleuses et de cheminement prudent sur des sentiers trop étroits à mon goût, ce fut avec un soulagement immense que j'aperçus les paysages du sud-ouest d'Alundia. Le printemps ajoutait une touche plaisante aux champs vallonnés – rares et en jachère à proximité des collines, mais s'étendant à perte de vue autour des fermes et des vignobles qui parsemaient les coteaux.

—Qu'est-il arrivé à ce pays? demanda Lilat.

Nous nous trouvions sur une éminence rocheuse escarpée et dominée par un des pics les moins élevés. Au nord, on apercevait l'implacable majesté du Sermont dont le sommet creusait un sillon dans le flot des nuages. Cela me permit de calculer que nous nous trouvions à plusieurs kilomètres de l'endroit où l'avalanche déclenchée par le vil Coupe-choux m'avait emporté de l'autre côté de la frontière.

—Des gens s'y sont installés, répondis-je en me mettant en marche.

La pente descendait jusqu'aux contreforts en formant un arc de cercle, mais le chemin était long et je voulais atteindre la vallée avant la tombée de la nuit.

—Est-ce qu'on va bientôt les rencontrer? demanda Lilat en m'emboîtant le pas.

De toute évidence, la perspective de pratiquer son albermainish avec quelqu'un d'autre que moi la ravissait.

—À supposer qu'il reste des habitants, répondis-je en observant la vallée qui s'étendait devant moi d'un œil circonspect. Si nous croisons quelqu'un, ne dis rien et tiens-toi prête à te servir de ton arc.

—Les gens qui vivent ici sont tes ennemis?

—Certains. Il y a eu une guerre. Et il n'est pas impossible qu'elle dure encore.

—Pourquoi est-ce qu'il y a eu une guerre?

—Pour des histoires de religion, de terres… de cupidité. Comme toujours.

—Alors, des gens méchants sont venus ici et tu t'es battu contre eux? Est-ce que tu as gagné?

Je m'arrêtai et la regardai par-dessus mon épaule avec – supposai-je – une réticence comparable à la sienne quand je l'avais interrogée à propos de sa mission. J'aurais dû être flatté qu'elle m'attribue le rôle du héros, mais sa question avait fait naître un ressentiment irrationnel. Même quand je volais et assassinais à tour de bras, je n'aimais pas qu'on m'affuble du manteau du méchant.

—Mes camarades… Ma compagnie est venue pour se battre contre les habitants de cette région. Et oui, nous avons gagné.

Lorsque la nuit tomba, nous campâmes sur une éminence boisée à plusieurs kilomètres du pied des montagnes. Nous n'avions pas croisé âme qui vive au cours de la journée et le seul bâtiment que nous avions aperçu était un abri délabré rempli de navets pourris. Il semblait abandonné depuis un certain temps, mais les légumes avaient été récoltés récemment… et personne ne les avait mangés. Une sourde angoisse m'avait noué le ventre lorsque nous avions commencé à descendre le flanc de la montagne et elle avait empiré tout au long de la journée. Elle me raidissait les épaules et me faisait imaginer toutes sortes de dangers, ce qui n'était pas très agréable, mais elle était étrangement familière et m'apportait un curieux sentiment de bien-être. Je me rendis alors compte que j'avais vécu avec elle pendant la plus grande partie de ma vie, soit en tant que bandit, soit en tant que soldat. Elle s'était dissipée au cours de mon séjour dans le désert des Caerith, mais j'étais incapable d'expliquer pourquoi.

Parce que ces terres sont paisibles, me rappelai-je alors que Lilat dormait. (J'avais pris le premier tour de garde et je surveillais les environs en sursautant au moindre bruit.) *Contrairement à celles-ci.*

Le lendemain, nous découvrîmes un pendu au bord de la route que nous avions suivie pendant une bonne partie de la journée.

Il avait les mains et les pieds attachés. Il se balançait sous une grosse branche de pin en décrivant des cercles paresseux. La corde qui lui serrait le cou grinçait interminablement. À en juger par son visage boursouflé et par son teint livide, il devait être là depuis trois jours. Il était difficile d'imaginer la personne qu'il avait été, car la mort tend à priver ses victimes de leur identité. D'après ses vêtements simples, mais solides, il devait s'agir d'un paysan alundien. Un panneau en bois était accroché à son cou. On y avait écrit un message avec une pointe incandescente.

Je passai un long moment à contempler le pendu et la plaque de bois.

—Que veulent dire ces mots? finit par demander Lilat.

—Ils disent qu'il a refusé de reconnaître la résurrection de la Dame Consacrée.

—La Dame Consacrée? Est-ce que c'est… la reine de ce pays?

J'avais bien essayé de l'initier aux subtilités de la société alber-mainish, mais mes efforts n'avaient pas eu le succès escompté dans la mesure où elle s'était révélée incapable de comprendre les notions d'aristocratie et de roture. Elle avait eu beaucoup moins de mal avec les concepts de roi et de reine, car d'anciennes légendes caerith y faisaient référence.

—Non, répondis-je. C'est la femme que je sers. (Je jetai un coup d'œil autour de moi et aperçus un tronc couché un peu plus loin.) Aide-moi.

—C'est la femme que tu sers qui a fait ça? demanda Lilat tandis que nous tirions le tronc sous le corps.

—Jamais elle ne ferait une chose pareille. (Je sautai sur le tronc, immobilisai le pendu qui empestait la charogne et dégainai mon couteau pour couper la corde à hauteur du cou.) Mais je pense que quelqu'un a cru que cela lui plairait.

Nous enterrâmes le malheureux du mieux possible et empilâmes des rochers sur sa tombe—à la grande perplexité de Lilat.

—Les Caerith n'enterrent pas leurs morts? demandai-je en me rappelant soudain que je n'avais pas vu les moindres funérailles au cours de l'hiver.

—Les morts sont des cadeaux que nous offrons à la forêt, répondit-elle en secouant la tête. La forêt nous donne du gibier, du bois et bien d'autres choses. Nous lui donnons nos morts en retour, pour la remercier. C'est triste et joyeux à la fois.

Je me remémorai les traits gris et boursouflés du pendu et les rides profondes autour de ses yeux. Un vieil homme, donc. Seul et incapable de se défendre lorsque les jeunes avaient été massacrés ou s'étaient enfuis.

—Puisses-tu franchir les Portails divins, grand-père, déclarai-je.

Je soupirai et raclai le sol du pied pour pousser un peu de terre sur la tombe.

J'espérai que cette désagréable rencontre serait la dernière, mais ce ne fut pas le cas, bien entendu. Avant que le soleil arrive à son zénith, nous trouvâmes quatre autres pendus. Trois hommes et une femme au cou desquels étaient accrochés des panneaux en bois indiquant qu'ils avaient blasphémé contre la Dame Consacrée. Nous les détachâmes et nous contentâmes de les allonger entre les arbres selon la tradition caerith. Puis les nouvelles victimes commencèrent à se succéder toutes les quinze minutes et je dis à Lilat de les laisser accrochées à leurs branches. À l'exception de la dernière que nous trouvâmes juste avant la tombée de la nuit.

Ses assassins l'avaient pendue très haut entre les branches d'un vieux chêne et son petit corps se balançait dans l'ombre du feuillage. Je ne l'avais pas vu, mais il n'échappa pas aux yeux acérés de Lilat. Elle me lança son arc et escalada le large tronc avec rapidité et souplesse pour trancher la corde. Le corps tomba et je l'attrapai pour qu'il ne s'écrase pas par terre. Sa mort était récente, mais son petit visage était déjà gonflé, ses yeux exorbités et sa peau livide sillonnée de veines noires. Ses bourreaux avaient dû utiliser tous leurs panneaux en bois, car le mot « hérétique » avait été gravé sur son front. La quantité de sang indiquait clairement que cela avait été fait alors qu'il était encore vivant. Il ne devait pas avoir plus de dix ans.

—Cherche des traces, dis-je d'une voix rauque tandis que Lilat descendait de l'arbre.

Elle se mit au travail sans que j'aie besoin d'insister et ses yeux de chasseresse trouvèrent la piste de nos proies quelques instants plus tard.

—Commençons par l'enterrer, dis-je en m'enfonçant entre les arbres, le petit corps dans les bras.

—Tu as déjà tué un homme ou une femme ?

Pendant la traque, le visage de Lilat n'avait rien exprimé d'autre que la concentration de la chasseresse, mais je n'avais jamais vu une telle colère briller dans ses yeux. Nous étions désormais accroupis dans des buissons à la périphérie d'un village et elle semblait s'être un peu calmée. Nous nous étions entraînés à maintes reprises et je connaissais son courage, mais elle allait livrer son premier véritable combat.

Des voix fortes montaient dans l'obscurité. Les silhouettes de cinq ou six personnes se déplaçaient autour d'un grand feu qui brûlait au centre du village qui rassemblait une poignée de chaumières. Six adversaires, c'était beaucoup, mais je fus rassuré en identifiant cette intonation rauque si particulière.

Les ivrognes ne sont jamais très difficiles à tuer.

Les flammes dansaient et un reflet éclaira le visage ovale de Lilat tandis qu'elle secouait la tête.

—Ce n'est pas comme avec un daim. Ou un ours. Ou n'importe quel animal que tu as pu chasser, expliquai-je dans mon caerith imparfait. (Il était important qu'elle comprenne.) Si nous décidons de le faire, je dois être sûr que tu ne flancheras pas. (En guise de réponse, elle se détourna, redressa son arc et fit glisser ses doigts le long de la flèche qu'elle avait déjà encochée.) Reste là. (Je me levai et sortis du buisson.) Tu sauras quand tu devras intervenir.

J'envisageai de lui lancer une petite pique, de la prier de ne pas me planter une flèche dans les fesses par mégarde, mais je n'étais pas d'humeur à plaisanter. Et je savais qu'elle ne ratait jamais sa cible.

Cher lecteur, tu dois imaginer que j'ai fait preuve d'un grand courage en entrant dans un village rempli d'assassins avec un poignard de chasse comme seule arme, mais sache qu'un bandit apprend vite à analyser une situation. Les quelques avantages qu'il en tire sont insignifiants aux yeux d'un non-initié, mais leur somme permet souvent de remporter des combats qui semblaient perdus d'avance. Pour commencer, ces hommes étaient ivres. Ensuite, ils devaient se croire invincibles après avoir massacré des innocents sans défense pendant des jours — ils n'avaient d'ailleurs même pas pris la peine de poster une sentinelle. Enfin, ils allaient sûrement penser que j'étais un de leurs camarades.

—Salut tout le monde! lançai-je en approchant par le sud.

Les six hommes se turent et j'entendis les bouteilles s'écraser par terre tandis qu'ils se dépêchaient de dégainer leurs armes. Je jetai un coup d'œil aux habitations et vis des portes défoncées et des pièces jonchées d'objets divers. Deux jambes immobiles émergeaient d'une entrée. Des jambes de femme, nues et ensanglantées à hauteur des cuisses. Alors que je me dirigeais vers le feu et les hommes qui l'entouraient, je vis avec soulagement qu'aucun d'entre eux ne tenait d'arbalète, mais je tressaillis en découvrant que j'avais mal compté. Ils n'étaient pas six, mais huit. Par chance, tous semblaient dans un état d'ébriété avancé. De nombreuses bouteilles de vin vides étaient posées autour du feu alimenté par des meubles brisés. Les hommes les plus proches avaient formé une ligne chancelante et observaient l'inconnu qui marchait vers eux d'un œil torve, méfiant, mais pas particulièrement inquiet.

—T'es assez près, lâcha l'un d'eux d'une voix pâteuse.

Sa tête était couronnée d'une impressionnante crinière hirsute. Il avait une vague posture militaire et tenait une petite hache dans une main. Son large torse était couvert par une brigandine sale et mal entretenue. Il brandit son arme tandis que j'émergeais de l'obscurité.

—T'es qui, bordel? demanda-t-il.

—Capitaine Alwyn Scribe de la Compagnie de l'Alliance, répondis-je en continuant à avancer d'un pas tranquille. Et toi, t'es qui, bordel?

—Le capitaine Alwyn Scribe est mort, déclara un solide gaillard.

Il était plus petit que le premier, avec un visage en lame de couteau et une cicatrice récente entre le front et le menton. Il était armé d'une serpe dont la hampe était plus grande que lui. Le soldat qui était en moi grimaça de dégoût en constatant qu'il n'avait pas pris la peine de nettoyer le sang qui souillait la lame.

—Il a été tué au cours d'un glorieux combat contre l'hérétique Roulgarth Cohlsair, ajouta-t-il. C'est la Dame Consacrée qui l'a annoncé dans un de ses sermons. Nous l'avons entendue de nos propres oreilles. Même qu'elle pleurait.

Ses camarades acquiescèrent en marmonnant. Les reflets des flammes faisaient briller les lames des épées et des haches que ces tristes individus avaient de plus en plus envie d'utiliser.

—Non, c'est bien lui. Je le reconnais, dit un homme en avançant.

Je crus d'abord qu'il portait un masque tant son visage était déformé. Son nez était tellement écrasé qu'il semblait avoir fondu et sa lèvre supérieure n'était qu'un amas de tissu cicatriciel—résultat probable d'une grave blessure mal suturée. Quand il ouvrait la bouche, on apercevait des dents pointues qui faisaient songer à celles d'un poisson carnassier. Ses paroles jaillissaient dans un souffle rauque et nasal accompagné d'une pluie de postillons.

—J'ai eu l'honneur de servir sous ses ordres à Haudesahl, poursuivit-il en tordant ses lèvres mutilées en une parodie de sourire. Est-ce que vous avez oublié, capitaine?

Je reconnus alors le mutin imprudent qui avait torturé un Alundien blessé avec Eamond. Comme l'homme à la hachette, il portait une brigandine matelassée qui était couverte de taches de vin et de sang. De toute évidence, un gantelet dans la figure n'avait pas suffi à calmer ses élans vicieux. Il était beaucoup moins alcoolisé que ses camarades et je fis un pas vers lui.

— Je me souviens, dis-je en jetant un rapide coup d'œil aux autres. Et je me souviens aussi de t'avoir chassé de la Compagnie de l'Alliance. Ce qui m'amène à la question suivante : qui sers-tu maintenant ?

— La Dame Consacrée, bien sûr. (Nez-Écrasé esquissa un large sourire qui dévoila ses dents en pointes, puis serra le poing et se tourna vers ses camarades.) Pas vrai, les amis ?

Tous répondirent avec un empressement et une ferveur auxquels l'alcool n'était pas tout à fait étranger.

— Nous nous battons pour la dame ! s'écrièrent-ils d'une voix stridente. Nous vivons pour la dame ! Nous mourons pour la dame !

— Je ne vois pourtant aucune bannière, remarquai-je en m'arrêtant à une distance soigneusement calculée de Nez-Écrasé.

— Ceux qui marchent au nom de la dame n'ont pas besoin de bannières, répliqua-t-il. (Son sourire grotesque s'évanouit et une lueur méfiante passa dans ses yeux.) C'est elle-même qui l'a dit. Je l'ai entendue. Vous m'avez peut-être chassé de la compagnie, mais elle, elle ne l'a pas fait. Tout le monde peut assister à ses sermons et personne ne peut se détourner de la vérité de sa mission.

— Sa mission ? (Je tournai la tête et regardai les chaumières pillées les unes après les autres.) C'est elle qui vous a demandé de faire ça, alors ?

— Bien sûr ! s'exclama Nez-Écrasé. (La férocité de sa voix me fit comprendre qu'il n'avait pas pillé et assassiné dans le seul dessein de satisfaire ses vils instincts.) Par sa vérité ! Par sa parole !

— Par sa vérité ! Par sa parole ! répétèrent les autres dans un chœur discordant, mais enthousiaste.

C'était la première fois que j'assistais à une démonstration de ferveur si inquiétante, mais un sombre pressentiment m'avertit que ce ne serait pas la dernière. Les exhortations dogmatiques ressemblent aux épidémies : elles se répandent vite et sont difficiles à endiguer.

— Où étiez-vous quand vous avez assisté à son dernier sermon ? demandai-je en observant Nez-Écrasé aussi discrètement que possible.

Deux armes étaient accrochées à sa ceinture : une dague sur la droite, une épée rangée dans un fourreau sur la gauche. Le pommeau de l'arme brillait. Nez-Écrasé l'avait sans doute récupérée sur la dépouille d'un chevalier à Haudesahl.

—La Dame Consacrée sillonne le pays de long en large, répondit le voleur.

Il parlait d'une voix plus calme, mais dans ses yeux la lueur méfiante s'était transformée en franche suspicion. Les personnes cruelles ont un sixième sens pour sentir le danger.

—Nous portons la bonne parole aux hérétiques dans l'espoir qu'ils s'ouvriront à la vérité. Certains le font, mais la plupart ne veulent rien entendre. (Il désigna les chaumières pillées qui étaient probablement pleines de cadavres.) Ceux qui refusent d'écouter ses enseignements ne doivent pas espérer meilleur sort, car leur entêtement sert les Malécites et précipite l'avènement du Second Fléau.

—Comme tous les crimes qui sont commis, lâchai-je en jetant un dernier coup d'œil aux soldats.

Je notai la position de chacun avant de me reconcentrer sur Nez-Écrasé. J'envisageai de lui demander son nom, mais décidai que je n'avais aucune envie de m'en souvenir.

Je hochai la tête en direction de l'épée et poursuivis sur un ton plus autoritaire.

—C'est une belle lame que tu as là. Comme tu peux le voir, j'ai égaré la mienne, alors tu vas me la donner.

Si Nez-Écrasé avait été un bandit, il aurait compris que c'était le moment de passer à l'action. Une demande de soumission si brutale et directe exigeait une réaction violente et instantanée. Mais, malgré les pillages et les assassinats qu'il avait commis au cours des derniers jours, cet homme n'était pas encore un véritable hors-la-loi et il réagit donc comme je m'y attendais : il leva la main gauche et saisit le pommeau de l'épée pour me faire comprendre qu'il refusait de s'en séparer au lieu de dégainer et de frapper. Les bandits discutent seulement avant de faire siffler leurs lames, dans l'espoir de prendre l'avantage. Et en me laissant combler l'espace qui nous séparait Nez-Écrasé avait commis une terrible erreur.

Il ouvrit la bouche pour dire quelque chose, mais ses dernières paroles n'eurent pas le temps de passer à la postérité. Je pratiquais l'art d'approcher les hommes que je m'apprêtais à tuer depuis ma plus tendre enfance et les implacables heures d'entraînement dispensées par

Roulgarth m'avaient rendu plus rapide que jamais. Je n'entendis donc pas la litanie de jurons que Nez-Écrasé se préparait vraisemblablement à proférer. Ses yeux s'écarquillèrent de surprise, mais il réussit à serrer la poignée de son arme avant que mon poignard lui tranche la gorge à hauteur de la pomme d'Adam. Je l'attrapai par une épaule pour l'empêcher de tomber, écartai ses mains tremblantes et dégainai l'épée accrochée à sa ceinture. Tandis que je pivotais vers le reste du groupe, j'entendis deux flèches siffler.

Lilat avait choisi ses cibles avec soin. Le premier trait frappa un homme de grande taille qui se tenait de l'autre côté du feu et qui s'effondra sur-le-champ. Le second se planta dans l'œil du colosse à la hachette, mais celui-ci resta debout. Un filet de bave coula de ses lèvres tandis qu'il essayait d'articuler des mots silencieux avant de faire quelques pas en titubant sous les yeux stupéfaits de ses camarades. Ils étaient tellement fascinés par l'horreur et l'incongruité du spectacle qu'ils en oublièrent de tirer leurs armes pour se protéger du capitaine assassin qui venait de s'approprier une épée.

Je tuai l'homme au visage déformé et à la grande serpe d'un coup. Il ne portait pas d'armure et ma lame s'enfonça dans son épaule avant de poursuivre son chemin jusqu'au cœur. Lorsque je fus certain qu'il était mort, je libérai mon arme d'un geste sec et repoussai le corps d'un coup de pied. Ses camarades se décidèrent enfin à réagir. L'alcool les encouragea à se battre plutôt qu'à s'enfuir dans la nuit, ce qui aurait pourtant été une solution plus sensée.

Un solide gaillard avec un visage rubicond assombri par la rage se précipita vers moi en brandissant son fauchon. Je fis un pas de côté, parai le coup d'estoc et frappai aux jambes. L'homme s'effondra en agitant les bras tandis qu'un de ses compagnons se jetait sur moi avec un couteau dans chaque main. J'évitai ses attaques frénétiques et me glissai sur la gauche. Mon adversaire m'imita en grondant et en frappant dans le vide. Sa silhouette se découpa dans la lumière du feu et Lilat ne le manqua pas. Ses gesticulations s'interrompirent net lorsque le trait s'enfonça dans sa fesse gauche. Il s'arrêta et lâcha ses couteaux pour saisir le fût de la flèche – un geste bien inutile puisqu'une autre se planta aussitôt dans sa bouche. Sa tête partit en arrière et il tomba dans le feu en projetant une gerbe de flammèches vers le ciel nocturne.

Deux hommes se tenaient près du colosse qui vacillait toujours, les plus jeunes de la bande à en juger par leurs visages imberbes et terrifiés. J'aurais peut-être eu pitié d'eux si je n'avais pas été convaincu qu'ils s'étaient montrés aussi implacables que les autres au cours de l'attaque du hameau. L'un d'eux – le moins idiot des deux – pivota sur les talons et s'enfuit en courant. Il ne parcourut pas dix mètres avant qu'une flèche de Lilat se plante dans son dos. L'autre lâcha son arme – une hache de bûcheron rouillée et ébréchée –, tomba à genoux et me regarda d'un air implorant.

— Lâche…, bafouilla une voix rauque. Pauvre connard ! (L'homme au visage rubicond se redressa et essaya de se lever sur ses jambes blessées et maculées de sang.) Ce fils de pute va te tuer quoi que tu fasses ! (Il tendit un bras et réussit à saisir la poignée du fauchon qu'il avait lâché au cours de sa chute.) Autant se battre jusqu'au…

Je posai un pied entre ses omoplates et l'achevai en enfonçant la pointe de ma lame dans sa nuque. J'entendis une sorte de sifflement et je me tournai aussitôt. Le colosse approchait en titubant, la flèche de Lilat plantée dans l'œil.

— Les Poorrrtails…, articula-t-il d'une voix traînante. (Un filet de bave mêlée de sang coulait de sa bouche et maculait son menton.) La dame… Elle a proommmiiiii…

— Je n'en doute pas une seule seconde, lui dis-je.

J'avançai pour porter le coup de grâce et abréger ses souffrances, mais je n'en eus pas le temps. Il bascula en avant et, lorsqu'il heurta le sol, la flèche s'enfonça et la pointe s'écrasa contre la paroi postérieure du crâne. Il eut alors la bonne idée de se taire et de mourir.

— Pitié, capitaine, bafouilla le jeune homme agenouillé, les yeux remplis de larmes. (Il leva les mains au-dessus de sa tête tandis qu'il sanglotait et suppliait.) Je n'ai rien fait. J'ai répondu à l'appel de la dame. Comme tout le monde. Quand la guerre s'est terminée, au nord, nous l'avons tous suivie, mais elle a dit qu'elle n'avait pas besoin de nouveaux soldats…

— Ferme ta putain de gueule ! aboyai-je.

Il obéit, mais continua à me regarder d'un air implorant puis poussa un gémissement craintif en voyant Lilat approcher. La Caerith émergea des ténèbres de l'autre côté du feu et inspecta les corps les uns après les autres. Si j'avais eu le moindre doute à propos de ses qualités de guerrière, il se serait dissipé quand je la vis plonger son poignard dans la poitrine de chaque soudard pour s'assurer qu'il était bien mort. Des coups précis portés sans hésitation.

—La Dame Consacrée, dis-je en tournant la tête vers le jeune homme. Où est-elle maintenant?

—La dernière fois que je l'ai vue, elle faisait route vers le nord, capitaine. Elle retournait à son château d'après ce que j'ai cru comprendre.

—Tu parles du château de Walvern?

Il hocha la tête avec énergie.

—On l'appelle le Bras de la Martyre maintenant. Le roi le lui a accordé en guise de récompense. Avec les terres environnantes.

J'opinai. Ces informations étaient crédibles et je n'avais pas l'impression que cet homme me mentait.

—Est-ce qu'elle vous a vraiment ordonné de faire ça? demandai-je.

Un frisson secoua le jeune homme et il se serait sans doute enfui en courant si Lilat ne s'était pas glissée derrière lui, son couteau ensanglanté à la main.

—Elle n'a pas donné d'ordres. Enfin, pas à nous en tout cas. Pas vraiment, bafouilla-t-il. Mais ses sermons… Ils sont pleins de colère, maintenant. Vous les avez entendus. Vous savez comment ils enflamment ceux qui les écoutent. Et puis, ce qu'elle a fait aux autres rebelles…

—De quels rebelles parles-tu?

—Il y avait une ville au sud, près de la côte. Mersvel, je crois qu'elle s'appelait. Quand la dame s'est présentée devant ses portes avec la compagnie, les habitants ont refusé de la laisser entrer et ils ont planté la tête des véritables croyants sur les murailles. La dame a rasé la ville, à ce qu'on raconte. Personne n'a été épargné.

J'avançai d'un pas et plongeai mon regard dans les yeux larmoyants du jeune homme.

—Tu étais présent?

Il secoua la tête et répondit dans un murmure.

—Non… Mais j'ai vu les cendres. Il ne restait plus rien. C'est pour ça, vous comprenez? C'est pour ça que les autres ont cru qu'ils avaient le droit de…

—Les autres, mais pas toi, hein? On a trouvé un gamin d'une dizaine d'années pendu à un arbre pas très loin d'ici. Je suppose que c'était les autres, ça aussi?

Sa tête se mit à trembler avec frénésie.

—J'ai rien à voir avec ça! Je vous le jure! Je le jure sur la tête de ma putain de mère!

Cette fois-ci, j'entendis le mensonge, un mensonge en partie compensé par une solide dose de culpabilité et de désespoir. Il avait participé aux horribles crimes que le groupe avait perpétrés dans la vallée, mais j'étais convaincu que ses camarades n'auraient pas hésité à le tuer s'il avait refusé de les imiter. J'observai ses yeux écarquillés par la peur et me rappelai ma dévotion envers Deckin quand j'étais enfant, une relation née d'un mélange de terreur et de respect ou de gratitude. S'il m'avait ordonné d'aller massacrer des manants, je me serais sûrement empressé de le faire. D'un autre côté, il ne m'aurait jamais ordonné de faire une telle chose. On ne peut plus réellement voler quelqu'un une fois qu'il est mort.

—Fous le camp, dis-je. (Je reculai et hochai la tête en direction des ténèbres qui s'étendaient au-delà des chaumières.) Et n'oublie pas de raconter ce qui s'est passé ici à toutes les ordures que tu rencontreras. (Je le saisis par l'épaule et le serrai avec force pour interrompre le flot de remerciements larmoyants qui s'échappait de sa bouche.) Une dernière chose, mon garçon : à ta place, je m'arrangerais pour ne jamais recroiser mon chemin.

Lilat le regarda s'enfuir dans la nuit avec une expression intriguée.

—Pourquoi eux et pas lui ? demanda-t-elle en donnant un coup de pied dans les côtes du colosse à la hachette.

—Les serviteurs de la Dame Consacrée connaissent les vertus de la miséricorde.

Ces mots semblaient bien creux, y compris à mes oreilles. Un homme marmonnant une vieille plaisanterie qui ne l'amusait plus depuis une éternité. Je m'éloignai en poussant les bouteilles vides du pied.

—J'ai besoin d'un remontant. Ces fils de pute n'ont pas tout bu, quand même.

Chapitre 31

Le vin, j'en suis sûr, était un grand cru. Si grand que ses propriétaires massacrés de fraîche date avaient éprouvé le besoin de le cacher sous une trappe installée dans leur remise à bois. Je lui trouvai pourtant un goût de vinaigre lorsque je le bus en contemplant les cadavres des salauds qui brûlaient dans le feu qu'ils avaient eux-mêmes allumé. Je n'avais pas bu d'alcool depuis des mois et la tentation était grande d'y chercher l'oubli, mais les premières gorgées ne me procurèrent pas la torpeur escomptée et je tendis la bouteille à Lilat.

—Les fruits du duché d'Alundia, déclarai-je en la regardant renifler le goulot avec suspicion. Savoure.

Elle fronça les sourcils et avala une première gorgée – qui ne dut pas lui déplaire dans la mesure où elle garda le goulot dans la bouche. Elle ne semblait pas vraiment perturbée par ce que nous venions de faire, mais elle sursauta lorsqu'un gros morceau de bois se brisa avec un bruit sec au sein du brasier.

—Tu avais raison, dit-elle en contemplant les corps léchés par les flammes. Ce n'est pas comme un daim.

—Tu t'en es bien tirée. (J'esquissai un sourire crispé.) Comme une vraie *taolisch*.

Le compliment n'effaça pas les rides qui barraient son front et son regard resta braqué sur les corps qui se consumaient.

—La guerre, c'est toujours comme ça?

—Plus ou moins. Ce n'est pas très joli, hein?

Elle secoua la tête et but une nouvelle gorgée de vin. Une pensée me traversa alors l'esprit.

— Les Caerith doivent bien faire la guerre, sinon ils n'auraient pas de guerriers.

— Il y a… (Elle s'interrompit, chercha en vain le bon mot et opta pour une périphrase maladroite.) Des mauvais gens sur des bateaux. Ils viennent dans le Sud, là où les terres caerith touchent la mer. Les *taolisch* se battent contre eux et ils ne reviennent pas pendant beaucoup de saisons. Mais ils finissent toujours par revenir quand on commence à les oublier.

— Ainsi donc, vous vous battez contre des pillards, mais pas entre vous ?

Elle écarquilla les yeux en entendant ma question. De toute évidence, elle était incapable d'imaginer des Caerith se battant entre eux.

— Non, se contenta-t-elle de répondre après un long silence confus. (Elle porta la bouteille à sa bouche et esquissa un sourire béat.) Les fruits sont bons par ici.

— Bon nombre de mes compatriotes partagent ton avis.

Je m'abîmai une fois de plus dans le silence, contemplant le feu et son macabre combustible. Les flammes dévoraient les vêtements et l'air était vicié par une odeur familière de viande grillée qui me poussa à me couvrir le nez avec un pan de ma cape. Mes yeux glissèrent vers l'ouest où l'imposante silhouette sombre du Sermont se découpait sur le ciel parsemé d'étoiles. Je n'avais fait que goûter la terre qui s'étendait au-delà, comme Lilat n'avait fait que goûter un peu de vin, mais, comme elle, je devais bien reconnaître que cela m'avait plu et que j'en voulais encore.

— Tout ça, c'était censé s'arrêter, tu sais, dis-je en faisant un geste vers le hameau désert. Nous avions terminé une guerre. Nous avions remporté une victoire qui devait assurer la paix pour des décennies. Et au lieu de ça on nous a envoyés au nord pour en commencer une nouvelle. (Je laissai échapper un ricanement sans joie.) Celle-là, on l'a perdue et, quand on est rentrés, ils nous ont envoyés en livrer une autre. La Dame Consacrée prêche la paix, mais la guerre la suit comme son ombre, où qu'elle aille.

— Tu peux retourner dans notre village. (Je levai la tête et vis que Lilat me regardait avec sincérité et compassion.) Les Caerith te connaissent, maintenant. Ils ne te tueront pas.

— Peut-être, mais je doute qu'Uhlla et l'*Eithlisch* verraient mon retour d'un bon œil. Et puis… (Je pris ma nouvelle épée et me levai, car l'odeur provenant du feu me donnait la nausée.) J'ai un livre à écrire. Viens, nous allons nous installer un peu plus loin.

Tandis que nous grimpions la crête au sud du château de Walvern, je reconnus à peine l'ancienne forteresse. Les murs et le donjon étaient enveloppés d'un réseau d'échafaudages sur lesquels une armée de maçons et de charpentiers travaillait dans une cacophonie ininterrompue. Le site était entouré par une haute palissade qui devait mesurer près de cinq cents mètres de long. Des chariots arrivaient et repartaient sur une piste qui avait été transformée en véritable route au cours de mon absence.

—Le Bras de la Martyre, soufflai-je.

Mes yeux glissèrent des artisans affairés aux collines environnantes sur lesquelles d'autres hommes travaillaient. Une haute tour débarrassée de ses échafaudages avait été construite sur la crête orientale et trois autres étaient en chantier au sud, à l'ouest et au nord. La personne chargée de renforcer les défenses de la citadelle trop vulnérable n'avait pas l'intention de laisser un futur ennemi approcher sans qu'on le remarque.

—Est-ce que c'est un château ? demanda Lilat qui contemplait la scène le front plissé.

Les Caerith ne possédaient rien qui ressemble à une forteresse et nous n'en avions pas vu beaucoup au cours de notre voyage vers le nord. J'avais fait de mon mieux pour rester à l'écart des endroits trop peuplés. Les zones frontalières n'étaient pas sûres, témoin les villages pillés et les nombreux cadavres que nous avions aperçus—dont celui du jeune homme que j'avais épargné. Trois jours après notre rencontre, nous l'avions trouvé crucifié sur les dalles d'un temple en ruine dédié à un Martyr, le ventre ouvert du sternum à l'entrejambe. Il avait sans doute été tué par des Alundiens ivres de vengeance ou d'autres brigands dévoués à la cause de la Dame Consacrée. J'avais résisté à l'envie de demander à Lilat de se mettre sur les traces de ses assassins, car je savais que nous ne quitterions jamais ces terres si nous décidions d'y dispenser un semblant de justice.

Les traces de violence s'étaient atténuées au fil de notre voyage, mais nous avions continué à éviter les routes, comptant sur les talents de chasseresse de Lilat pour nous nourrir. Nous étions même passés à proximité de plusieurs temples des Martyrs en reconstruction. Chacun était protégé par un détachement militaire non négligeable qui devait se composer de soldats de la Compagnie de l'Alliance, mais j'avais résisté à l'envie de me faire reconnaître. Quand je reverrais Evadine, je ne voulais pas qu'elle soit prévenue de mon arrivée. J'avais des questions à lui poser et il était plus difficile de mentir quand on était surpris.

—C'est un endroit ancien, dis-je à Lilat. Mais maintenant, il est… ressuscité.

Des cris d'alarme montèrent de la tour en construction la plus proche et je vis une poignée de soldats dégainer leurs armes et se diriger vers nous au pas de course. Le sous-officier trapu qui était à leur tête s'arrêta quand il vit mon visage. Seuls deux de ses hommes étaient des vétérans et leurs traits exprimèrent la même stupéfaction lorsqu'ils me reconnurent. Leurs camarades, eux, les regardèrent d'un air perplexe et indécis, puis l'un d'eux se tourna vers moi en levant sa hallebarde.

—Vous vous trouvez sur un domaine privé! gronda-t-il. Dites-nous ce que vous faites ici et…

Le sous-officier le fit taire d'une puissante claque sur le crâne.

—Surveille tes paroles, abruti! (Il se tourna vers moi et s'inclina en guise d'excuses.) Capitaine… je… nous pensions que…

—Sergent gouverneur Estrik, le coupai-je pour mettre un terme à ses balbutiements. Je suis ravi de vous revoir. (Je hochai le menton en direction du château.) Vous n'avez pas chômé, on dirait.

Estrik leva la tête et esquissa un sourire soulagé, car nous abordions un de ses sujets de conversation préférés.

—La dame m'a donné carte blanche pour les travaux, expliqua-t-il. On ne reconnaîtra plus le château de Walvern lorsque le Bras de la Martyre sera achevé. Avec tout l'argent que le roi a donné, je pense que nous pourrons terminer la plus grande partie des travaux avant l'hiver. Je suis profondément honoré de pouvoir construire une place forte imprenable au nom de la dame.

—Je n'en doute pas un seul instant. La dame est-elle ici?

—Oui. (Estrik se tourna et observa Lilat avec curiosité, mais, toujours prudent, il s'abstint de poser la moindre question.) Nous allons vous escorter…

—Inutile. (Je commençai à descendre le terrain en pente et adressai un signe de tête à la Caerith.) Je suis sûr que vous avez beaucoup de travail. Je suis impatient de vous entendre m'expliquer vos plans dans les moindres détails.

Les soldats marmonnèrent alors que je descendais la crête.

—Il était censé être mort… La dame a dit qu'elle veillerait à ce qu'il obtienne le titre de Martyr… Est-ce qu'il a ressuscité, lui aussi ?

Ces paroles assombrirent mon humeur tandis que nous traversions la plaine en direction de la haute palissade. Apparemment, mon supposé trépas avait donné naissance à d'improbables histoires. Cela n'avait rien de très étonnant, mais être élevé au rang de Martyr ? C'était plutôt inattendu. Et inquiétant.

—Tu te rappelles ce que je t'ai dit à propos des mensonges ? demandai-je à Lilat alors que nous approchions des portes de la palissade.

—Ton peuple en dit tout le temps, répondit-elle.

La duplicité existait chez les Caerith, mais elle était considérée comme un péché capital.

—Oui, dis-je. Et je suis sur le point d'en raconter tout un tas. Et ce serait bien que toi, tu ne dises rien. Dans notre intérêt à tous les deux.

—Rien ?

—C'est ça. Rien du tout. Cela ne devrait surprendre personne, car on ne sait pas que tu parles notre langue. Cela t'épargnera des ennuis.

Je ne lui dis pas que cela pouvait également se révéler très utile, car il arrive que les gens racontent des choses très intéressantes quand ils pensent que personne ne les comprend.

Par chance, la porte de la palissade était surveillée par une majorité de vétérans et on nous laissa entrer sans autres contrariétés que quelques remarques sidérées à propos de mon retour inattendu.

—Les Séraphiles ont vraiment béni notre compagnie, capitaine ! me lança une jeune femme qui avait participé à la prise de la brèche à Haudesahl. Ils vous rendent à nous afin que vous puissiez livrer de nouvelles batailles !

La réception à l'entrée du château fut aussi émouvante qu'agaçante et je regrettai de ne pas avoir trouvé le moyen d'approcher plus discrètement. Les soldats posèrent leurs outils et interrompirent leurs rondes pour observer le capitaine ressuscité qui pénétrait dans la cour —en compagnie d'une Caerith par-dessus le marché ! Des acclamations chaleureuses fusèrent de toutes parts et bon nombre d'entre eux me saluèrent ou s'inclinèrent devant moi. Certains oublièrent même l'étiquette militaire et m'assenèrent des claques dans le dos.

—J'espérais…

Eamond fut un des premiers à se frayer un chemin jusqu'à moi. Il secouait la tête et avait la gorge tellement nouée qu'il avait du mal à parler.

—J'espérais, mais ils ont dit qu'il n'y avait plus d'espoir. C'est un miracle…

—Non, dis-je en posant une main ferme sur sa nuque. C'est juste de la chance. (Je tournai la tête et regardai Lilat qui observait la scène avec une certaine nervosité.) De la chance et beaucoup de générosité.

Un hoquet s'échappa de ma gorge lorsque j'aperçus une mince silhouette en train de se faufiler à travers la foule et se jeter sur moi pour me serrer avec force. Ayin enfouit sa tête dans ma poitrine pendant un long moment, les yeux clos et contractés, puis recula et me donna un coup de poing sur l'épaule.

—T'as pas intérêt à mourir encore une fois! m'ordonna-t-elle en frappant de nouveau – un coup plus puissant qui, j'en étais sûr, me laisserait un bel hématome. Je n'aime pas ça!

—Je te signale que ça n'a pas été une partie de plaisir pour moi non plus, lui dis-je.

Je la serrai contre moi et la lâchai en entendant une voix stridente que je connaissais bien.

—Écartez-vous un peu! Laissez le capitaine respirer!

La foule desserra son étau et un homme en armure émergea de ses rangs. À ma grande surprise, Wilhum me gratifia d'un sourire chaleureux tandis qu'il observait mes guenilles. Ses yeux s'attardèrent sur mon épée.

—Elle est nouvelle. Vous avez perdu l'ancienne?

—Ce n'est pas facile de garder son arme quand on est emporté par une avalanche, lui fis-je remarquer.

Il éclata de rire, puis reprit la parole sur un ton plus grave, posant la question à laquelle je m'attendais.

—Et Roulgarth? Vous l'avez tué?

Je secouai la tête.

—Quelques tonnes de neige et de glace s'en sont chargées à ma place. J'ai vu son corps. Enfin, le peu qu'il en restait.

—Bien. J'espère que cela mettra un terme aux rumeurs que les Alundiens propagent à propos du retour de la Lame de Justice. J'en doute, cependant.

—La Lame de Justice?

—C'est ainsi qu'ils l'appellent, maintenant. À en croire certaines histoires, on jurerait que c'est lui qui a gagné la guerre et qu'il a ensuite décidé de partir en voyage. Les Alundiens répètent qu'il reviendra un jour et qu'il massacrera les hérétiques que nous sommes.

— Non. Il ne le fera pas.

Ce n'était pas vraiment un mensonge cette fois-ci. Je n'avais pas eu l'occasion de faire mes adieux à Roulgarth, mais la dernière image que j'avais de lui m'avait fait forte impression. Il contemplait l'épée que lui avait donnée l'*Eithlisch*. Mon intuition me soufflait que le guerrier assoiffé de vengeance que j'avais laissé de l'autre côté des montagnes n'existait plus. Ou qu'il avait changé, du moins. L'*Eithlisch* avait déclaré qu'il était un *Vahlisch*, un maître des lames. J'étais convaincu que ce titre lui avait fait découvrir un nouveau chemin et que ce chemin ne le ramènerait pas en Alundia avant longtemps.

— Vous n'avez pas l'intention de me présenter votre curieux compagnon ? demanda Wilhum en s'inclinant avec emphase devant Lilat.

— Elle s'appelle Lilat. Inutile que je lui donne votre nom, car elle ne parle pas un mot de langue civilisée. (Je m'interrompis, puis repris la parole d'une voix assez forte pour que les soldats rassemblés autour de moi l'entendent.) Je ne tolérerai pas qu'on insulte ou maltraite cette femme. C'est grâce à elle que je suis en vie. C'est elle qui m'a trouvé après l'avalanche. (Je me tournai vers Wilhum et poursuivis plus bas.) J'étais cassé de partout et je pissais le sang au pied du Sermont. Elle m'a caché dans une grotte et m'a nourri pendant des mois. Quand j'ai été en état de retourner en Alundia, elle a décidé de me suivre. (J'approchai du noble et me penchai à son oreille.) J'ai l'impression qu'elle est un peu amoureuse de moi. Je pense qu'elle nous croit mariés à cause de je ne sais quelle coutume caerith.

Lilat avait l'ouïe fine et elle endura ce flot de mensonges avec stoïcisme, regardant autour d'elle d'un air éberlué.

— La malheureuse, soupira Wilhum. Victime d'une mauvaise vue et d'un goût déplorable en matière d'hommes.

Il secoua la tête de manière à bien me faire comprendre qu'il ne croyait pas un mot de mon histoire — ou pas grand-chose du moins —, mais je lui fus reconnaissant de jouer le jeu.

— Compagnie ! En rang et garde à vous !

L'autorité rauque de cette nouvelle voix amena un sourire sur mes lèvres et je me tournai afin de m'incliner respectueusement devant Legueux. Son visage resta figé et il se contenta d'un bref hochement de tête en guise de salut. Autour de nous, les soldats s'étaient alignés et regardaient droit devant eux. Y compris Wilhum qui, à ma grande surprise, ne semblait pas bénéficier d'un traitement de faveur. Puis j'entendis des pas sur les pavés et un couloir se forma pour laisser passer la Dame Consacrée.

Elle ne portait pas d'armure, mais sa tenue préférée : un pantalon et une chemise en coton sombre ainsi qu'une cape légère. Son implacable aura d'autorité avait gagné en intensité pendant mon absence. Les soldats l'avaient toujours traitée avec le plus grand respect, mais je les avais rarement vus si immobiles et si silencieux en sa présence. Le visage de quelques-uns se contracta tandis qu'ils attendaient ses ordres et des yeux clignèrent autant par peur que par révérence.

Evadine semblait plus sereine, au point qu'elle ressemblait presque aux représentations que les artistes feraient d'elle plus tard. Elle me regarda sans ciller. Un regard que j'aurais pu considérer comme hostile de la part de quelqu'un d'autre.

— Ma dame, dis-je en posant un genou à terre et en baissant la tête. Je vous implore de bien vouloir pardonner ma longue absence…

Je me tus en sentant sa main, douce et fraîche, se poser sur mon front et glisser jusqu'à mon menton.

— Levez-vous, dit-elle dans un murmure.

Lorsque j'obéis, elle me regarda droit dans les yeux, cligna des paupières pour refouler ses larmes et jeta les bras autour de mon cou avant de m'écraser contre elle. Et, dans cette cour pleine de soldats pétrifiés qui s'efforçaient de ne rien voir, la Martyre Ressuscitée Evadine Courlain pleura.

— Comment avez-vous pu me croire capable d'une telle chose ?

La colère qui brillait dans les yeux d'Evadine n'avait rien à envier aux flammes qui brûlaient dans l'âtre de ses appartements. Elle était la seule occupante du donjon désormais, à l'exception du petit groupe des soldats qui montaient la garde au sommet – et ils devaient rejoindre leur poste en empruntant des échelles appuyées contre le mur extérieur. La Dame Consacrée ne tolérait plus la moindre intrusion dans sa vie privée. À l'exception de celle de votre humble serviteur, apparemment.

— Vous pensez que je suis devenue un monstre avide de sang, Alwyn ? demanda-t-elle. (Sa voix était calme, mais empreinte d'une colère presque palpable.) Vous me pensez capable de massacrer des innocents ?

— Je ne pense rien du tout, répondis-je sur un ton qui n'était ni accusateur, ni servile. Je me contente de vous raconter ce que j'ai entendu et de vous demander si cela contient une part de vérité.

Après nos curieuses retrouvailles dans la cour du château, elle avait reculé et m'avait ordonné de la suivre avant de tourner les talons et de s'éloigner à grands pas. Sans ajouter un mot de plus. Les soldats étaient restés au garde-à-vous jusqu'à ce que Legueux les renvoie vaquer à leurs occupations d'une voix sèche. J'avais pris le temps de demander à Ayin de me trouver un logement convenable, puis Wilhum m'avait arrêté en posant une main sur mon bras.

—Faites bien attention à ce que vous allez raconter, avait-il murmuré en regardant Evadine qui s'éloignait. Elle n'est plus… comme avant.

Il était parti sans me laisser le temps de demander ce qu'il voulait dire. Dans le donjon, la pièce principale n'avait guère changé à l'exception des bannières qui couvraient désormais les murs. Je ne connaissais pas la plupart des blasons qui les ornaient et j'en conclus qu'il s'agissait de trophées ayant appartenu à de nobles maisons alundiennes. Cela signifiait que la compagnie avait poursuivi sa campagne dans le duché et je m'étais alors rappelé ce que le jeune homme que j'avais épargné avait dit à propos de Mersvel. Je n'avais jamais entendu le nom de cette ville avant qu'il soit prononcé par le malheureux gamin, mais elle avait hanté mes pensées tout au long de mon voyage vers le nord.

—Qui vous a raconté cette histoire? demanda Evadine avec sécheresse. Je n'ai donc pas le droit de connaître le nom de mon accusateur?

—C'était un mécréant et un renégat qui a été tué peu après notre rencontre. Mais je ne crois pas qu'il m'ait menti. Lui et sa bande de salopards étaient convaincus que ce qui est arrivé à Mersvel leur donnait le droit de commettre les pires atrocités à l'encontre des habitants de ce duché.

—Je ne peux pas être tenue pour responsable des crimes des fous et des dévoyés. (Ses yeux furieux me toisèrent pendant un instant de plus, puis se détournèrent tandis qu'elle posait la main sur le manteau de la cheminée et baissait la tête.) Il s'est passé des choses à Mersvel. Des choses terribles, mais ce n'est pas moi qui les ai commises. Je suis venue pour m'emparer d'une ville au nom du roi et libérer les vrais croyants de l'Alliance qui étaient retenus en otages par des hérétiques forcenés. Et il est vrai que ces hérétiques sont morts, et qu'ils ont emporté leurs familles et leurs maisons avec eux. Mais ce n'est pas moi qui ai ordonné qu'on allume le feu qui a rasé la ville et j'ai porté secours aux survivants. (Elle poussa un long soupir saccadé.) Il n'y en a pas eu beaucoup, malheureusement. Si vous aviez été là, nous aurions peut-être pu trouver un moyen, une ruse pour nous emparer de la ville avant que ces fanatiques y mettent le feu. Vous savez que je ne suis pas très douée dans ce domaine et vous êtes le seul à avoir ce genre de talent au sein de la compagnie. (Je supportai ce reproche implicite en silence et cela sembla attiser sa colère.) Est-ce que mes explications vous satisfont, Alwyn ? (Elle me foudroya du regard.) Est-ce que je peux m'estimer lavée de mes péchés ?

Je ne savais pas si elle m'avait raconté toute la vérité à propos de Mersvel, mais je n'avais rien vu ou entendu qui me laisse penser qu'elle avait menti. Il était clair qu'elle regrettait la destruction de la ville, mais j'avais senti qu'elle ne s'en jugeait aucunement responsable. Je me rappelai les dernières paroles de l'historien avant notre séparation. Le mensonge qu'il m'avait raconté était encore plus brutal et absurde maintenant que je contemplais le visage d'Evadine. Elle avait enduré bien des souffrances au nom de sa foi, et elle était prête à en endurer bien d'autres.

—J'ai longtemps espéré, dit-elle en détournant les yeux une fois de plus. La nuit, seule dans l'obscurité, harcelée par le tourment du doute et de la culpabilité, j'ai espéré que les Séraphiles avaient eu la bonté de vous épargner. Ils ne m'ont envoyé aucune vision, aucun songe à propos de vous, de l'endroit où vous auriez pu vous trouver, mais une petite partie de moi était convaincue que vous aviez survécu et que vous feriez tout pour me revenir. Et aujourd'hui que vous êtes là, vous me traitez en criminelle plutôt qu'en amie.

Ne sachant que répondre, j'approchai de l'âtre et la regardai en silence. Son profil irréprochable était coloré de rouge par les flammes et on aurait pu croire qu'elle était calme si ses yeux n'avaient pas été en mouvement constant. Ils scrutaient le feu comme s'ils y cherchaient une signification à tout ce chaos.

—En chemin, j'ai vu quantité d'horreurs, dis-je. Vous et moi sommes en grande partie responsables de ce qui se passe dans ce duché, alors si vous êtes une criminelle, je suis assurément votre complice. Et je le resterai tant que je croirai que notre but justifie le sang versé.

—Vous avez des doutes à ce sujet ? (Sa colère avait presque disparu de sa voix, mais pas son amertume.) Ou votre séjour parmi les sauvages païens a-t-il éloigné votre cœur de l'Alliance ? Certaines légendes affirment qu'ils peuvent se montrer... très séducteurs et convaincants.

J'envisageai de répéter mon histoire à propos de ma convalescence dans une grotte, mais un sixième sens m'avertit que je ne parviendrais pas à la tromper. À sa manière, elle était aussi douée que moi pour déceler les mensonges. Surtout quand ils sortaient de ma bouche.

—Ce sont peut-être des hérétiques, mais ce ne sont pas des sauvages. Ils auraient pu me tuer, mais ils ne l'ont pas fait. Ils n'ont pas davantage cherché à me convertir à des pratiques païennes – dont je n'ai pas vu la moindre trace, soit dit en passant. Ils se sont contentés de me soigner et ils m'ont laissé partir.

J'estimai que cette histoire contenait une part de vérité suffisante pour la calmer, mais l'ombre de la suspicion assombrissait toujours son regard.

—Cette fille vous a pourtant suivi jusqu'ici, dit-elle avec une pointe de jalousie qu'il était difficile d'ignorer. Qu'est-elle venue faire dans ce royaume exactement ?

—Ce n'est pas une fille, loin de là, répliquai-je d'une voix rendue dure par le besoin urgent de me justifier – et de me protéger, peut-être. (C'était la première fois que je voyais Evadine en proie à la jalousie et ce sentiment transformait ses traits élégants en masque disgracieux.) Et elle est venue pour des raisons qui ne regardent qu'elle. Et je ne tolérerai pas qu'on s'en prenne à elle. De quelque manière que ce soit.

—Comment se fait-il qu'ils vous fascinent à ce point ? Il y a d'abord eu cette *sorcière* après la bataille du Champ des Traîtres, et maintenant celle-là.

Cette sorcière vous a sauvé la vie.

Se laisser emporter par la colère au point de vider son sac peut avoir de regrettables conséquences et j'étais convaincu que ce serait le cas ce jour-là. Je serrai donc les dents et repris la parole d'une voix aussi calme que possible.

—L'Ascendante Sihlda m'a appris à accepter tous ceux qui croisent mon chemin, tant que leurs actions ne les rendent pas indignes de cette tolérance. Je ne mépriserai pas un peuple sous prétexte que ces gens ne sont pas nés sous l'autorité de l'Alliance.

Evadine ne réagit pas et je jetai un rapide coup d'œil dans sa direction. Elle contemplait de nouveau le feu, mais ses yeux n'y cherchaient plus une quelconque vérité. Je poussai un petit soupir empreint de regret et décidai de changer de sujet.

— Je me rappelle ce que vous m'avez dit dans la Forêt shavine, déclarai-je d'une voix douce. À propos des visions qui vous tourmentaient quand vous étiez enfant, à propos de l'envoûteur caerith…

— Je ne veux plus rien entendre à ce sujet ! À ces sujets ! aboya-t-elle aussitôt.

Elle s'éloigna, les bras croisés sur la poitrine, et me tourna le dos. Elle reprit la parole après un long silence et plusieurs inspirations lentes et profondes.

— J'ai promu Ofihla au rang de capitaine de la Seconde Compagnie. Elle fait un excellent travail et je n'ai guère envie de la remplacer. Wilhum est désormais à la tête de près de quatre cents cavaliers lourds qui seront plus utiles sur un champ de bataille qu'en mission de reconnaissance. Vous allez donc occuper un nouveau poste. Je vous nomme capitaine des éclaireurs. Vous êtes libre de recruter au sein de nos compagnies. Dans la limite du raisonnable, car Wilhum sera furieux si vous le privez de ses meilleurs cavaliers. Vous pouvez également choisir quelques hommes qui ne sont pas particulièrement doués pour l'équitation et le pistage. Des hommes avec de bons yeux et de bonnes oreilles capables de se fondre dans une foule. Cette campagne m'a appris une chose : une information cruciale vaut plus que mille soldats.

Ainsi donc, vous avez enfin compris que la ruse est une arme redoutable.

— Si je dois devenir votre maître espion, ce serait une bonne chose qu'on me fasse un résumé de la situation au sein du royaume.

Evadine se dirigea vers sa chaise et posa la main sur le haut dossier – qui avait été matelassé et recouvert de cuir pendant mon absence.

— La princesse Leannor a passé l'hiver à Haudesahl, mais elle est partie pour Couravel il y a un mois. Il semblerait qu'elle tienne beaucoup à superviser la cérémonie de fiançailles de son fils et de dame Ducinda. Le seigneur Elfons Raphine a été nommé Protecteur royal d'Alundia et exerce l'autorité de la Couronne sur le duché. Avant son départ, la princesse a eu l'amabilité de nous informer que son frère m'offrait ce château ainsi que les terres environnantes. Le Conseil des Luminants m'a également élevée au rang d'Ascendante.

— C'est bien le moins, ma dame.

Elle haussa les épaules d'un air agacé.

— Les titres et les terres n'ont plus aucune espèce d'importance maintenant. Je suppose que le roi et le conseil me les ont donnés dans l'espoir que je me tiendrais tranquille dans ce coin perdu du royaume et qu'ils pourraient ainsi continuer leurs incessantes manigances.

—À ce propos, que fait le duc d'Althiene ? J'avais cru comprendre qu'après avoir appris la mort de sa fille il avait entrepris de rassembler ses troupes.

—Nous n'avons pas beaucoup d'informations à ce sujet, mais son armée n'a pas quitté son duché. Le fait que le dernier enfant de sa fille soit entre les mains des Algathinet a sans doute calmé ses ardeurs guerrières. Pour le moment, du moins. (Elle consentit enfin à croiser mon regard et poursuivit en pesant chacun de ses mots.) Nous serions dans une position beaucoup plus confortable si nous avions une idée plus claire de la situation dans le Nord. Surtout en ce qui concerne les actions du conseil. Des rumeurs laissent entendre que les Luminants financent la création d'une nouvelle Compagnie de l'Alliance.

—Une compagnie qui ne marchera pas sous la bannière de la Dame Consacrée, je suppose ? (Evadine haussa de nouveau les épaules et un petit rire rauque s'échappa de mes lèvres.) Je suis prêt à parier qu'ils n'ont recruté que des libres épées, des mendiants et des bandits. Les véritables défenseurs de l'Alliance ne se battront que sous une seule bannière.

—Quoi qu'il en soit, j'aimerais en savoir davantage à ce sujet.

Je hochai la tête, car cette décision était pleine de bon sens. Evadine venait de remporter une éclatante victoire et son titre de Martyre Ressuscitée avait été reconnu, mais son ascension agaçait les Luminants. Ses exploits et ses discours soulignaient un peu trop clairement leur inutilité.

—Je m'attellerai personnellement à cette tâche dès que j'aurai choisi les futurs membres de la Compagnie des Éclaireurs…

—Non ! (Ses yeux s'enflammèrent de nouveau, mais sous le coup de la peur cette fois-ci.) Non. Votre place est à mes côtés désormais. Je l'ai vu. Je le sais.

Elle se tordit les doigts avant de serrer les poings, puis alla s'asseoir sur sa chaise. Elle reprit la parole d'une voix plus mesurée.

—Je regrette de vous avoir parlé si durement, Alwyn. Sachez que cela ne reflète rien d'autre que mon angoisse. J'ai clairement vu que je ne peux pas faire ce qu'on attend de moi sans votre… soutien. Sans vos talents. Vous essayez de le cacher, mais je sais que vous avez des doutes. Sihlda était un excellent professeur, j'en suis sûre, mais pendant votre… absence, le chagrin m'a poussée à lire son testament. Il est pétri de sagesse, et de compassion, mais, en ce qui concerne le Fléau, son jugement est…

—Elle s'est trompée, la coupai-je. (Je fermai les yeux et revis la grande cité du passé, la marée humaine frappée de folie.) Je le sais. Le Fléau a existé. Il a bel et bien existé. Je peux vous assurer que je n'ai plus le moindre doute quant à la justesse de notre cause.

Evadine inclina légèrement la tête, plissa les yeux et me regarda avec une telle intensité que je me dandinai, mal à l'aise.

—Que s'est-il passé de l'autre côté de ces montagnes, Alwyn? demanda-t-elle. Qu'avez-vous vu?

Je savais qu'Evadine éprouvait une forte antipathie envers les Caerith et leurs coutumes païennes, aussi estimai-je plus prudent de ne pas lui raconter tout ce qui m'était arrivé. Je concoctai une histoire mêlant mensonge et vérité.

—Les Caerith n'ont pas de système d'écriture, mais ils ont des mythes, des légendes anciennes qui font référence à quelque chose qu'ils appellent la Chute. Il s'agit d'un événement au cours duquel la folie s'est emparée de tout le monde et a causé la destruction de grandes cités. J'ai visité les ruines d'une ville d'un empire jadis très puissant. Seule une terrible calamité a pu provoquer la chute de cette civilisation.

Evadine se laissa aller contre le dossier de sa chaise. Sa colère avait laissé place à une prudente acceptation.

—Dans ce cas, nous pensons enfin la même chose. Je suis heureuse que cela arrive maintenant, car je crois que nous sommes sur le point d'affronter notre plus terrible épreuve.

Ses paroles avaient une intensité particulière, une intensité que je connaissais assez bien pour comprendre ce qu'elle signifiait.

—Vous avez eu une nouvelle vision.

—En effet. La nuit dernière, en fait. Et je refuse de croire qu'il s'agit d'une simple coïncidence.

—Qu'avez-vous vu?

Un profond soupir s'échappa de ses lèvres, puis elle regarda le feu et ses yeux y cherchèrent quelque chose de nouveau.

—Une opportunité terrible et inespérée, dit-elle sur un ton qui me fit comprendre qu'elle n'avait aucune envie d'en dire davantage.

Elle s'inclina un peu plus contre le dossier de sa chaise et ramena les jambes contre sa poitrine avant de glisser ses bras autour. Soudain, je ne me tenais plus devant la Dame Consacrée, mais devant une jeune femme confrontée à de terribles responsabilités.

428

—Vous ne voudriez pas vous asseoir un peu, Alwyn? me demanda-t-elle d'une voix faible. (Ses lèvres se contractèrent et elle cligna rapidement des paupières en contemplant les flammes.) Nous pourrions parler du testament de l'Ascendante Sihlda si vous le souhaitez. Je pense qu'il est grand temps que le conseil lui attribue officiellement le titre de Martyre.

Les appartements ne contenaient pas d'autres chaises qu'un tabouret rangé dans un coin sombre.

—J'en serais ravi, ma dame, dis-je en allant chercher le siège et en m'installant devant elle. De quel passage souhaitez-vous que nous parlions?

Je vis les coins de ses lèvres se relever.

—Je vous laisse ce choix, capitaine.

Elle ne détourna pas les yeux du feu tandis que je commençais à réciter un court extrait des commentaires de Sihlda sur l'importance de la charité. Aujourd'hui encore, je me demande ce qu'elle pouvait bien voir dans les flammes dansantes.

TROISIÈME PARTIE

Les érudits aiment instiller une pointe de poésie dans les terreurs et les déprédations de la guerre, mais, ce faisant, ils refusent d'affronter une terrible vérité : la guerre est aussi attrayante et séduisante que destructrice et horrible. La véritable paix ne peut émerger qu'au moment où nous fermons notre cœur à ses promesses, car celles-ci ne sont que de vils mensonges.

Extrait du *Testament de l'Ascendante Sihlda Doisselle*, tel qu'il fut transcrit par Sir Alwyn Scribe

Chapitre 32

Deckin m'avait dit un jour : « Si je ne devais travailler qu'avec des voleurs que j'aime bien, je changerais de métier. » Jamais cette sage remarque ne m'avait paru aussi pertinente que lorsque je posai les yeux sur le rebutant Paveur. Je n'éprouvais pas seulement de l'animosité à l'encontre de ce corniaud maigre au visage pincé, non : je le détestais du fond du cœur. Cette aversion avait commencé le jour où je l'avais empêché de dépouiller le cadavre de Sir Eldurm qu'on venait de tirer du fleuve après la bataille du Champ des Traîtres. Et nos rencontres ultérieures – fort rares, que les Martyrs en soient loués – n'avaient fait qu'empirer cette antipathie initiale. J'avais découvert au terme de chaque bataille que Paveur n'aimait rien plus que de dépouiller les morts, ou les presque morts dont il se faisait une joie d'abréger les râles d'agonie quand il apercevait l'éclat d'une dent en or dans leur bouche tordue par la douleur.

Mais si vil et détestable qu'il soit, un homme peut toujours se révéler utile, et je devais bien reconnaître que Paveur n'était pas dépourvu de talents. Il avait intégré la compagnie depuis plusieurs mois et personne ne l'avait jamais traité de lâche, ce qui signifiait qu'il savait se battre – ou, du moins, tenir sa position au sein d'une formation sans se pisser dessus. Mais en ce qui me concernait, je m'intéressais surtout aux compétences de voleur qui l'avaient conduit à Callintor. Je dois bien l'avouer : je n'avais jamais rencontré meilleur vide-gousset de ma vie. Même la ravissante Gerthe aux doigts légers ne lui serait pas arrivée à la cheville dans l'art de transférer les objets précieux de la poche d'un quidam à la sienne. Ce talent incomparable m'amena bien entendu à me demander pourquoi cet homme avait échoué à Callintor.

—À cause d'une trahison dégueulasse, capitaine, cracha-t-il tandis que son masque maussade se fissurait légèrement.

Il était parvenu à s'adresser à moi sur un ton respectueux, mais il était clair que cela lui avait demandé un gros effort. Après tout, c'est dans la nature de ceux qui sont détestés de haïr ceux qui les détestent.

—Gagnez une partie de cartes contre un homme un peu trop fier et il trouvera un moyen de vous le faire payer. C'est ce qui s'est passé dans mon cas. Un matin, je me suis réveillé dans une chambre de bordel et les bâtards du shérif étaient penchés sur moi, une corde à la main. Il a fallu que je leur refile tout ce que j'avais pour convaincre ces fils de pute de regarder ailleurs le temps que je file à Callintor. C'était avant que j'entende le sermon de la dame, bien sûr. Ces vilenies sont derrière moi maintenant, et mon âme est guidée par la lumière des Séraphiles…

—Ouais, ouais, ferme un peu ta grande gueule, lâchai-je avec lassitude.

Un éclair mauvais passa dans son regard sombre. Comme la plupart des anciens hors-la-loi qui servaient au sein de la compagnie, Paveur était capable d'accomplir un curieux tour de force mental en associant une dévotion sincère à la Dame Consacrée et des habitudes criminelles largement inchangées.

—On m'a raconté que tu savais lire, dis-je en lui tendant un bout de parchemin. Qu'est-ce qu'il y a de marqué là-dessus ?

Paveur examina le texte avec attention avant de réciter l'ouverture du parchemin du Martyr Lemeshill avec maladresse, mais sans faute.

—« Et grands… furent le… chagrin et la… culpabilité du pu… du puissant Lemeshill. Aban… Abandonnant son palais et ses… femmes, il partit… dans le désert que… le saint Stevanos avait jadis… arpenté… »

—Ça suffit.

Je récupérai le parchemin avant de le toiser longuement et intensément.

Il supporta mon examen dans un silence embarrassé, mais sage. J'avais choisi d'installer ma nouvelle compagnie dans la tour de guet qui avait été construite sur la crête sud, car je préférais entraîner mes hommes à l'abri des oreilles et des yeux indiscrets. Au cours des semaines qui avaient suivi mon retour, j'avais sélectionné cinquante-trois recrues en plus d'Ayin, Eamond et la Veuve. En grande partie parce que je les connaissais. La plupart étaient les meilleurs cavaliers que Wilhum avait accepté de me céder. Ils n'avaient pas la force physique ou l'agressivité nécessaires pour servir dans une unité de cavalerie, mais ils étaient capables de parcourir de longues distances à cheval. Il n'y avait pas de chasseurs ou de traqueurs parmi eux, ce qui rendait l'absence de Flécheur d'autant plus douloureuse, mais par chance Lilat était en mesure de remplir ces rôles. Seules cinq recrues possédaient les talents requis pour accomplir les missions discrètes qui relevaient désormais de ma juridiction… et quatre étaient d'anciens bandits. Cela n'avait rien de très surprenant : les gens honnêtes font rarement de bons espions.

— Tu as l'accent shavin, remarquai-je enfin. De la côte plutôt que de la forêt, je me trompe ?

— En partie, capitaine. M'man faisait de la contrebande à partir des ports septentrionaux. P'pa était voleur et il faisait partie d'une ancienne bande de la forêt. Une de ces bandes dont la plupart des membres se sont retrouvés avec la gorge tranchée quand Deckin Scarl s'est proclamé roi bandit.

La fixité de son regard me fit comprendre qu'il savait que j'avais fait partie de la bande de Deckin, mais c'était de notoriété publique et Deckin était mort depuis longtemps.

— Oui, dis-je. On m'a raconté que ça arrivait souvent. Tu as déjà entendu parler de Shilva Sahken ?

Ses épais sourcils se froncèrent de manière presque comique.

— Sûr. Tous les tire-laine qui opéraient le long des côtes devaient lui verser une taxe, et comme tout le monde sait que les tavernes des ports sont pleines de marins à l'escarcelle rebondie… M'man avait un lien de sang avec elle. C'est pas une femme très chaleureuse, mais bon, la famille, c'est la famille.

— Tu pourrais la trouver si je te demandais de le faire ?

— Je suppose. Il doit bien rester quelques vauriens qui se souviennent du Paveur dans les ports. (Son visage se fit méfiant.) Si c'est ce que la dame veut.

Il y avait une pointe de doute dans sa voix et je le toisai sans ciller.

— C'est ce qu'elle veut, soufflai-je. (Je soutins son regard jusqu'à ce qu'il baisse la tête.) Tu vas lire et mémoriser ça. (Je lui tendis un nouveau parchemin.) Quand je serai sûr que tu le sais par cœur, tu gagneras les Marches shavines au nord. Tu trouveras Shilva Sahken et tu lui répéteras mot pour mot ce qu'il y a écrit là-dessus. Elle te donnera alors sa réponse et tu te dépêcheras de me la rapporter.

Paveur déroula le document et le lut en plissant les yeux.

—D'après ce que j'ai entendu dire, son caractère s'est pas arrangé avec l'âge. Et s'il lui prenait l'envie de me tuer ?

—Je considérerais ça comme une réponse.

Un ricanement dépourvu de joie monta de la gorge de Paveur, mais il ne protesta pas.

—J'vais avoir besoin d'argent pour le voyage.

—Tu en auras. Et tu auras aussi de la compagnie, pour veiller à ce qu'il ne t'arrive rien. (J'adressai un hochement de tête à un homme trapu qui se tenait à l'abri du vent près de la tour.) Maître Liahm t'accompagnera.

Le bandit et le bûcheron s'observèrent et éprouvèrent aussitôt une profonde aversion l'un pour l'autre. Paveur était dévoué à la cause, certes, mais il n'en demeurait pas moins une canaille. J'avais choisi Liahm parce qu'il était intelligent et qu'il passait à peu près inaperçu malgré ses larges épaules. En outre, il savait se montrer d'une obséquiosité mielleuse et les nobles les plus méfiants avaient tendance à négliger les manants qui s'inclinaient bien bas.

—Va voir Ayin, dis-je à Paveur. Elle t'expliquera les mots que tu ne connais pas. (Il se tourna et se dirigea vers la tour.) Et tiens-toi à carreau quand tu seras avec elle. On ne l'appelle pas Coupe-couilles sans raison.

Ce fut avec une certaine satisfaction que je vis le visage du bûcheron s'assombrir un peu plus tandis qu'il regardait Paveur s'éloigner. Je préférais qu'ils ne s'entendent pas.

—Il est rusé et menteur par nature, dis-je. Mais il est sincèrement dévoué à la dame. Cela dit, mieux vaut se montrer prudent. Qui sait s'il résistera à la tentation quand il retrouvera ses anciens acolytes ? Si tu penses qu'il risque de nous trahir, n'hésite pas. (Liahm opina pour indiquer qu'il avait compris, mais je sentis une certaine réticence dans sa posture.) Cette mission te pose un problème, maître Labûche ?

—C'est juste que…

Il se redressa et esquissa une grimace embarrassée. Je me rappelai alors qu'on ne lui avait sans doute jamais demandé son avis sur quoi que ce soit, à l'exception du temps ou du séchage du bois peut-être.

—Dis ce que tu as dans la tête.

Un espion qui obéit sans discuter ne sert pas à grand-chose.

Il posa sa question avec beaucoup de soin, ce qui me confirma dans l'idée que j'avais choisi l'homme adéquat.

—Me tromperais-je en pensant que vous nous envoyez trouver cette Sahken dans la perspective de former une sorte d'alliance avec elle?

—Tu te tromperais. Je vous envoie négocier un accord commercial. À savoir: des informations contre de l'or.

—Pardonnez-moi, capitaine. (Il toussa et traîna les pieds par terre, mal à l'aise.) Mais êtes-vous sûr que ce soit une bonne chose de salir la réputation de notre dame en nous acoquinant avec… comment dire? la lie de ce royaume?

—La lie de ce royaume? répétai-je en le regardant se tortiller avec le plus grand plaisir. Et qu'est-ce que je suis, alors? Moi et une bonne moitié des soldats de cette compagnie? La dame n'a jamais rejeté un hors-la-loi, alors pourquoi le ferais-je?

Je le regardai chercher une réponse avec l'énergie du désespoir pendant un moment avant de mettre fin à son tourment. Liahm Labûche n'avait reçu aucune éducation, mais ce n'était pas un imbécile et je compris que son esprit pragmatique réagirait mieux à la vérité qu'au mensonge.

—Il y a trois pouvoirs dans ce royaume, expliquai-je. La Couronne, l'Alliance et la Dame Consacrée. L'équilibre des forces est précaire entre eux et ce n'est qu'une question de temps avant qu'il bascule en faveur de la dame, mais je ne dispose d'aucun éclaireur digne de ce nom pour le moment. La princesse Leannor a des espions dans chaque coin du royaume. Le Conseil des Luminants peut compter sur les yeux et les oreilles des clercs des temples des différents duchés. Shilva Sahken est à la tête d'un vaste réseau de contrebandiers et de prostituées. Et crois-en l'ancien bandit que je suis: il n'y a pas meilleure source d'information que ces gens-là. Lie du royaume ou pas.

Je haussai les sourcils et esquissai un sourire crispé jusqu'à ce qu'il incline la tête de nouveau.

—Nous vivons pour la dame…

—En effet! le coupai-je. (Je lui assenai une claque sur l'épaule et l'entraînai vers la tour de garde.) Viens. Allons voir si maître Eamond a réussi à préparer un repas convenable, pour une fois. Ce serait quand même dommage que tu partes en mission avec le ventre vide, non?

Paveur et Liahm partirent pour leurs aventures septentrionales et le messager royal arriva au Bras de la Martyre un peu moins d'un mois plus tard. Je me rappelle cette époque comme une période agréable, car aujourd'hui je sais ce qui nous attendait. Je nommai Eamond au grade de sergent et lui confiai le commandement des éclaireurs à cheval qui menaient de longues patrouilles à travers la région. Il n'y avait plus beaucoup de monde dans les environs. La plus grande partie des villages qui parsemaient les vallons n'étaient plus que des amas de ruines noircies par les flammes et ils ne présentaient plus de danger. Je leur adjoignis Lilat pour faire office de traqueuse. Elle avait très envie d'apprendre à monter à cheval bien que l'équitation ne soit pas une activité pratiquée dans sa région d'origine. J'avais veillé à ce que tout le monde me voie lui donner de prétendues leçons d'albermainish et, bien entendu, elle avait appris la langue en quelques semaines seulement – un exploit qui avait consolidé ma réputation auprès de mes subordonnés qui, pour la plupart, étaient relativement jeunes. La Veuve, elle, ne s'était pas laissé berner. Il ne lui avait fallu qu'une poignée de jours pour deviner la supercherie.

—J'ai l'impression qu'elle connaît des mots que la plupart d'entre nous ignorent, capitaine, déclara maîtresse Juhlina, un jour. Des mots que je ne me souviens pas de vous avoir entendu prononcer en sa présence.

—Les païens ont un don exceptionnel pour les langues, répliquai-je sur un ton acerbe.

L'intuition de cette femme avait tendance à froisser ma fierté, mais elle pourrait être utile à la compagnie si elle apprenait à contrôler ses instincts meurtriers.

J'avais commencé à enseigner les subtilités de l'art du brigandage à mon petit groupe de futurs espions et Juhlina s'était vite révélée la plus douée de mes élèves. Malheureusement, la rapidité avec laquelle elle acquérait de nouveaux talents était contrebalancée par la nature explosive de son caractère. Une leçon à propos de la meilleure manière de remporter une partie de sept tourna au pugilat quand un autre étudiant réussit à remplacer un dé normal par un dé pipé sans qu'elle s'en aperçoive.

—Bien sûr qu'il a triché, dis-je en entraînant Juhlina à l'écart du pauvre homme qui avait le nez en sang. C'est ce qu'il est censé faire.

En guise de punition, je lui laissai le temps de se calmer en lui assignant un double tour de garde au cours de la nuit suivante et, quand le ciel s'assombrit, je quittai la tour avec une bouteille d'eau-de-vie à la main. Juhlina était perchée sur un escarpement rocheux qui se détachait de la crête et formait un poste de guet remarquable. Immobile et morose, elle contemplait le panorama qui s'étendait en contrebas. Elle réagit seulement lorsqu'elle m'entendit approcher.

—Tenez, dis-je en lui tendant la bouteille. Ça devrait vous calmer un peu.

—C'est une nuit tranquille, dit-elle.

Elle prit la bouteille, la déboucha et la porta à sa bouche. Elle avala une bonne gorgée, puis toussa en clignant des paupières.

—C'est du costaud, capitaine.

—Vous n'avez pas l'habitude de boire, hein ? dis-je en remarquant que son visage s'était chiffonné.

—J'avais à peine bu une goutte d'alcool avant de m'engager dans la compagnie. (Elle sourit, porta de nouveau la bouteille à sa bouche et avala une gorgée encore plus longue.) À dire vrai, je ne suis pas sûre d'aimer ça.

Elle se lécha les lèvres avant de boire de nouveau. Je la regardai vider la moitié de la bouteille, puis sentis sa tension se dissoudre dans l'ivresse.

—C'était pas bien vu, lâcha-t-elle d'une voix pâteuse. Au sein des Élus.

—Les Élus ?

—C'est comme ça qu'on s'appelait. Les Élus.

Elle commença à chanceler et je lui fis signe de s'asseoir. Nous nous installâmes au bord de l'escarpement.

—Les Élus des Séraphiles, qu'on était. C'est ce que père et mère nous racontaient en tout cas, à mes sœurs et à moi. (Elle se pencha vers moi et fronça les sourcils avec des airs de conspiratrice.) J'suis pas censée raconter ça à des putains de non-Élus de votre espèce, mais pourquoi pas ? (Elle laissa échapper un petit rot, puis soupira avec amertume.) Bordel de merde, pourquoi pas, hein ?

—Vous n'êtes pas censée raconter quoi ? demandai-je.

Son soupir se transforma en ricanement.

—Quoi ? Mais l'indéniable vérité, bien sûr ! Que vous et les autres non-Élus ne franchirez pas les Portails divins après votre mort. Les pêcheurs ignorants ne connaîtront pas l'éternité bienheureuse. Elle nous est réservée. À nous seuls. Parce que les Élus sont les seuls qui se cassent le saint cul à arpenter tous les putains de chemins de pèlerinage de ce putain de royaume de merde.

Je grimaçai. J'entendais des grossièretés depuis ma plus tendre enfance, mais elles avaient une sonorité étrange dans la bouche de cette femme. C'était comme entendre un gamin prononcer un gros mot pour la première fois.

—C'est la clé, vous comprenez? (Elle me regarda en clignant des paupières à toute vitesse.) C'est comme ça qu'on peut franchir les Portails. Faut faire plein d'autres trucs, bien sûr. Pas boire d'alcool… (Elle baissa les yeux vers la bouteille qu'elle tenait à la main et sourit.) Pas baiser, sauf avec son mari – que les anciens choisissent pour vous. J'connaissais à peine ce connard la nuit où il m'a culbutée. C'est marrant, non?

Je ne trouvais pas cela marrant du tout. Je trouvais même cela affligeant.

—Ils ont peut-être raison en fait, dis-je enfin. Peut-être que cette dévotion leur garantit la vie éternelle qu'ils désirent tant.

Juhlina éclata d'un rire dur.

—Mon cul, ouais! La dévotion ne lave pas les péchés! Quel que soit le nombre de kilomètres que vous marchez! Quel que soit le nombre de reliques devant lesquelles vous vous agenouillez! Et ce n'est pas les pécheurs qui manquaient parmi les Élus. Notre dévot en chef, on l'appelait le Premier des Élus. Ça l'a pas empêché de baiser la moitié de la congrégation. Et personne ne disait rien. Tout le monde savait, mais personne ne disait rien. Et y avait pas que ça. Je peux vous dire que c'était une sacrée bande de salopards, capitaine. Chaque jour apportait son lot de vilaines rumeurs et de nouvelles jalousies. Tout le monde voulait se faire bien voir du Premier des Élus. (Elle se tut et avala une gorgée raisonnable d'eau-de-vie tandis que de lointains souvenirs assombrissaient ses yeux.) J'vais pas vous raconter que j'étais la meilleure d'entre eux, parce que c'est toujours comme ça quand on fait partie d'un groupe qu'on croit plus important que soi. On se fond dans la masse, on en devient partie intégrante. Une connasse amère et avide de racontars parmi toutes les autres. Et puis un jour…

Elle se tut de nouveau. Je laissai le silence s'éterniser, car je sentis que ce serait une erreur de la questionner.

—Et puis j'ai eu une petite fille, reprit-elle enfin. Lyssotte, je l'ai appelée. Les Élus ne restaient jamais très longtemps au même endroit. La vie était une succession de marches interminables entre les temples, alors je l'ai portée jusqu'à ce qu'elle soit assez grande pour marcher toute seule. Une enfant née au sein d'une communauté de pèlerins. Cette vie aurait dû la rendre triste, mais ce ne fut pas le cas. Elle était tellement… joyeuse. Tout le temps. Elle ne pleurait presque jamais.

Elle ne se mettait presque jamais en colère. Aveuglée par ma dévotion, je pensais que c'était une récompense, un présent des Séraphiles pour ces interminables marches en compagnie de gens que je méprisais de plus en plus. Elle m'a sauvée. Enfin, elle a sauvé mon âme, du moins. Bien avant que vous veniez me sauver – un acte dont je ne vous ai jamais remercié, soit dit en passant.

Je haussai les épaules.

—Vous l'avez fait par vos actes.

—Non. (Elle secoua la tête.) Je n'ai fait que tuer plein de gens, et ce n'était pas par gratitude. Je les ai tués parce que j'étais en colère. Je le suis toujours. Lyssotte avait quatre ans quand je les ai vus lui trancher la gorge. Je ne suis pas sûre que la colère que je ressens s'apaisera un jour.

—Elle le fera peut-être, si vous cessez de l'entretenir. Vous n'avez plus à faire ça. Vous pouvez partir. Je ne vous en empêcherai pas.

—Et où irais-je? Que pourrais-je faire d'autre? (Elle leva la bouteille, puis se figea.) Sauf votre respect, capitaine... (Elle lança la bouteille au loin.) Je crois que je n'aime pas beaucoup l'alcool.

Je suivis la bouteille des yeux jusqu'à ce qu'elle disparaisse dans les ténèbres, puis j'entendis un faible bruit de verre brisé monter des rochers en contrebas de la crête.

—Vous me devez dix sheks, dis-je en poussant un soupir misérable. C'était une eau-de-vie de premier choix et...

Je me tus. Je venais d'apercevoir quelque chose sur la plaine sombre.

—Un cavalier? demanda Juhlina en observant le panache de poussière clair.

—Un seul, confirmai-je. Je ne sais pas qui c'est, mais il ne ménage pas sa monture.

Je regardai la petite silhouette se diriger vers l'étroite dépression séparant les collines qui entouraient le Bras de la Martyre. Je me dépêchai de gagner l'autre côté de la crête et je vis le cavalier arrêter son cheval au pied de la palissade. Il s'agissait de toute évidence d'une personne d'importance, car les gardes s'écartèrent quelques instants plus tard pour la laisser passer.

—Allez-vous plonger la tête dans l'abreuvoir à chevaux, dis-je à Juhlina en m'engageant sur le chemin qui menait au pied de la colline occidentale. Ça devrait vous dessoûler. Ensuite, allez réveiller les autres. J'ai l'impression que nous allons bientôt nous mettre en marche ou nous battre.

Le messager devait être un ancien homme d'armes, car il avait la solide carrure et le visage épais et couturé des vétérans. Sa voix de ménestrel, chantante et colorée par un agréable accent dulsien, jurait avec son apparence, mais ne tempérait en rien son expression dure et sombre.

—Le duc Guhlton d'Althiene a fait cause commune avec le Prétendant Magnis Lochlain, déclara-t-il devant Evadine et ses capitaines. (Nous nous étions rassemblés dans le donjon sans attendre la convocation de la Dame Consacrée, car nous étions tous capables de sentir les présages annonçant les changements importants.) Le duc Guhlton a rédigé une proclamation qui met en doute les nobles origines du roi Tomas et affirme que le Prétendant est le véritable monarque d'Albermaine. Il y a trois semaines, ils ont franchi la frontière et pénétré dans les régions nord d'Alberis à la tête d'une armée rassemblant trois mille cavaliers et vingt mille fantassins. Animé par le courage indomptable qui a fait sa réputation, le roi Tomas a mobilisé ses troupes et est parti écraser la rébellion. Victime de mensonges et de trahisons, il a été attaqué par surprise alors qu'il faisait route vers le nord et son armée a été mise en déroute. (L'homme hésita sans se départir de la mine sévère qu'on attendait d'un messager, puis se permit de toussoter avant de reprendre la parole.) Nous ignorons ce qu'il est advenu du roi après la bataille. La princesse Leannor était en route vers le nord quand elle a appris la nouvelle. Elle a aussitôt appelé les loyaux serviteurs du royaume à se rendre à Couravel au plus vite. Avec autant de liges et de paysans en armes que possible. Vous, ma dame, êtes également convoquée.

« C'est là que tout va commencer, Alwyn. »

Je réprimai un frisson tandis que la voix du spectre qui hantait mes rêves résonnait dans ma tête. La voix d'Erchel. Je me rappelai alors le visage sans vie du roi Tomas. Je m'étais pourtant efforcé de chasser cette vision, de l'effacer avec le faible espoir qu'il s'agissait d'un cauchemar imaginé par mon esprit traumatisé par le choc que j'avais reçu à la tête. Mais ce jour-là, j'acquis la certitude que, si le fantôme d'Erchel ressemblait trait pour trait à l'infâme bâtard qu'il avait été de son vivant, il ne mentait pas.

Mon cœur accéléra. Le messager s'inclina et tira une lettre de sa besace. Le sceau royal avait été appliqué à la hâte et il était entouré de projections de cire. Evadine prit la lettre sans un mot et adressa un sourire aimable au messager.

—J'ai reçu la convocation et je m'y rendrai, mon bon. Votre empressement à remplir votre mission fait honneur à la Couronne. Allez donc vous rafraîchir et vous reposer, maintenant.

—Je ne peux m'attarder, dit le cavalier. Je dois porter une autre convocation au seigneur Elfons à Haudesahl. Auriez-vous l'obligeance de me fournir un cheval frais?

—Bien sûr. Dites au maître des écuries de vous donner le plus rapide dont il dispose, sur mon ordre.

Evadine brisa le sceau tandis que le messager sortait à grands pas. Elle y jeta un rapide coup d'œil et lança une série d'ordres.

—Capitaine Legueux, capitaine Dornmahl, rassemblez vos compagnies et soyez prêts à vous mettre en route dès le lever du soleil. Capitaine Ofihla, je vous confie le commandement du Bras en mon absence.

—Si je peux me permettre, ma dame, intervins-je d'une voix si forte et si intense qu'elle interrompit aussitôt la litanie d'ordres.

Tout le monde sursauta et me regarda d'un air stupéfait. Evadine me toisa en plissant les yeux et je me dépêchai d'ajouter:

—Je souhaiterais m'entretenir avec vous en privé. Il me semble important de discuter certains points.

Evadine termina de donner ses instructions en vue de notre départ imminent, puis me demanda de la suivre au sommet du donjon d'une voix sèche. Les sentinelles reçurent l'ordre de regagner leurs compagnies respectives et nous nous retrouvâmes seuls. Un silence bref, mais pesant s'installa avant qu'elle daigne s'adresser à moi.

—Je sais ce que vous allez me dire. Et je préférerais que vous vous en absteniez.

—Je vais tout de même vous le dire.

Elle aurait pu m'ordonner de me taire et d'aller rassembler ma compagnie, bien sûr, mais elle ne le fit pas. Elle me tourna le dos, posa les mains sur le rebord en pierre et regarda vers le nord. À l'est, l'aube projetait son habituelle nuance de rouge sur les nuages qui annonçaient plusieurs jours de pluie à venir.

—Les monarques montent sur le trône et en sont chassés, dis-je en m'adressant au dos de la jeune femme. Vous avez servi un roi, pourquoi ne pas en servir un autre?

—Parce que j'ai juré fidélité à un roi et pas à un autre, répondit-elle sans tourner la tête.

—Les mots ne sont que des mots. Ils ont du pouvoir, mais c'est un pouvoir qu'il n'est pas difficile de modeler. Une promesse solennelle peut aisément se transformer en expédient inévitable dans certains contextes.

—Et qui mieux que l'habile Alwyn Scribe peut apprécier ces contextes, hein ? Avez-vous l'intention de faire de moi une menteuse ?

Je réprimai une soudaine envie de lui raconter mon rêve. De lui raconter qu'un homme mort était venu hanter mon sommeil et me présenter des visions prophétiques, mais je ne savais pas comment m'y prendre et, à dire vrai, l'idée ne m'enthousiasmait que très modérément. Je savais pourtant que le roi Tomas avait sans doute été tué et qu'Evadine avait tout intérêt à se tenir à l'écart du chaos qui n'allait pas manquer de s'ensuivre.

« *Le Second Fléau est proche. Et c'est ici qu'il va apparaître.* »

—J'ai l'intention de faire de vous ce que vous avez besoin d'être, dis-je. Que devez-vous aux Algathinet ? Si leurs plans s'étaient déroulés comme prévu, vous seriez morte, vous et tous les soldats qui vous accompagnaient. Si Tomas est mort ou prisonnier, le Prétendant pourra s'emparer du trône par la force, mais il ne pourra pas le conserver sans la bénédiction de l'Alliance ou de la Dame Consacrée. Et je pense qu'il préférerait votre soutien à celui des Luminants dans la mesure où ceux-ci n'ont jamais manqué de fustiger ses affirmations. Il peut s'asseoir sur le trône s'il le souhaite, il peut s'affubler de tous les titres imaginables, mais les rênes du pouvoir se trouvent entre vos mains. Vous avez parlé d'une opportunité terrible et inespérée. Elle se trouve devant nous.

Evadine resta silencieuse pendant un moment, absorbée dans la contemplation des terres qui s'étendaient au nord de la Corbeaudine.

—L'opportunité dont je vous ai parlé m'est apparue par la grâce des Séraphiles, déclara-t-elle d'une voix songeuse. Et elle ne se concrétisera pas par l'entremise de la trahison. Je le sais. La Dame Consacrée ne peut pas devenir la catin du Prétendant, car nul doute que c'est ainsi qu'on me qualifierait. (Elle se tourna et me regarda avec une expression qui n'était pas dure, mais qui ne manquait pas de détermination.) La Compagnie de l'Alliance se rendra à Couravel et se joindra aux troupes de la princesse Leannor. Puis nous affronterons la nouvelle horde du Prétendant et nous le vaincrons une bonne fois pour toutes. (Elle se dirigea vers moi et prit mes mains dans les siennes.) J'ai une confiance absolue en vos conseils, Alwyn, vous le savez. Mais le cap est mis et nous ne pouvons plus le changer.

Ses yeux plongèrent dans les miens, avides de compréhension... et de quelque chose d'autre. Quelque chose que j'avais déjà vu, surtout le jour où elle s'était réveillée après avoir été guérie par la Sorcière au Sac. Et aujourd'hui ce quelque chose brillait plus intensément que jamais. Evadine Courlain, Martyre Ressuscitée, ne voyait pas qu'un confident et un conseiller en moi. On éprouve un sentiment aussi troublant qu'enivrant quand on se sent désiré par une femme telle qu'Evadine, un sentiment puissant dont on a du mal à se passer. Je ne vous mentirai pas : je n'y ai pas résisté, mais je suis convaincu que cela m'a damné plus sûrement que tout ce que j'ai pu faire au cours d'une vie riche en vols, en mensonges et en meurtres.

Des bruits montèrent de la cour où Legueux rassemblait ses troupes. Des cris aboyés par les sergents, des claquements de bottes. Cela suffit à briser la magie du moment et à rappeler à Evadine qui j'étais et qui elle était. Elle baissa la tête avec une timidité de jeune fille qui faillit m'arracher un hoquet de surprise.

—J'aurai plus que jamais besoin de vos conseils au cours des prochains jours, capitaine Scribe. (Elle se racla la gorge et se dirigea vers l'escalier.) Prenez la tête de votre compagnie et faites route vers le nord en rassemblant des informations aussi vite que possible.

« C'est là que tout va commencer, Alwyn. »

La voix d'Erchel résonna dans ma tête tandis qu'Evadine descendait les marches, mais j'étais tellement subjugué par ma nouvelle obsession que je l'entendis à peine. Cette femme venait de m'adresser son premier témoignage d'affection, et j'en voulais davantage.

Chapitre 33

— **J**e leur ai dit d'aller se faire foutre, grogna la Veuve en jetant un coup d'œil mauvais au groupe de manants qui marchait derrière son cheval. Je suis partie au galop et je les ai lâchés plusieurs fois, mais ils arrivent toujours à nous rattraper.

La Compagnie des Éclaireurs avait établi son camp à proximité d'un carrefour, à une trentaine de kilomètres au nord de la Corbeaudine, avec une demi-journée d'avance sur le reste des troupes qu'on appelait désormais les troupes de l'Alliance. En mon absence, le nombre de soldats avait explosé et nos effectifs dépassaient largement ceux d'une simple compagnie. Nous étions devenus une petite armée. Et ce n'était pas fini, songeai-je en regardant les manants qui suivaient la Veuve maussade.

—On est venus pour s'battre pour la dame, seigneur, déclara celui qui semblait être leur chef lorsque je l'interrogeai.

C'était un homme solidement bâti et ses larges épaules laissaient entendre qu'il avait passé des années à manier la faux et à pousser les charrues. Comme la quinzaine de personnes qui le suivait, il portait une épaisse couche de loques sombres. Ils étaient plutôt maigres. Plusieurs avaient même les joues creuses et les yeux enfoncés dans leurs orbites, signe qu'ils n'avaient pas mangé à leur faim depuis plusieurs jours.

—L'hiver a été rude, hein ? demandai-je.

L'homme cligna des paupières sous le coup de la surprise. Il s'attendait sans doute à ce que je lui demande de réciter les saintes écritures pour prouver sa dévotion, pas que je l'interroge sur la vie dans son village.

—Les fermiers généraux de la Couronne ont pris plus que d'habitude, seigneur, répondit-il en opinant. Et il a fait très froid.

—Les Séraphiles nous ont privés de leur grâce, déclara la femme qui marchait à côté de lui. (Une lueur de folie intense brillait dans son regard et sa voix tremblotait malgré son apparente conviction.) Le roi a envoyé la Dame Consacrée loin de nous et nous a ainsi privés de sa bénédiction.

Ses compagnons l'approuvèrent dans un grognement teinté de colère. Ces gens étaient furieux. Et ils avaient de bonnes raisons de l'être. En des temps moins troublés, je leur aurais sans doute demandé s'ils savaient que la dame qu'ils espéraient servir allait combattre au nom du roi qu'ils jugeaient responsable de leurs malheurs. Je ne le fis pas. Les gens furieux étaient une denrée précieuse en de telles circonstances.

—Et les habitants de votre région, ils pensent comme vous ?

J'eus le plaisir de voir plusieurs têtes opiner.

—Des centaines, seigneur, répondit la femme aux yeux fous. Tout le monde, même. À l'exception de ces lâches de Gallsbreck. Ils ont la vie facile, là-bas. Ils restent sur le cul toute la journée et ils sirotent leurs bières au lieu d'aller s'battre pour la dame. (Ses yeux écarquillés comme des soucoupes se plissèrent comme si elle réfléchissait.) À mon avis, vous d'vriez vous arrêter là-bas et raser la ville, seigneur.

—Je suis capitaine, pas seigneur, la corrigeai-je en haussant la voix pour couvrir les murmures des manants qui approuvaient la funeste proposition. Et la dame ne laisse pas ses soldats détruire des objectifs dépourvus d'intérêt militaire. (Je pointai le doigt vers les bords du carrefour.) Installez-vous ici et attendez l'armée de l'Alliance. Elle arrivera avant la tombée de la nuit. Présentez-vous ensuite au capitaine Legueux.

Je demandai à Ayin et Eamond de leur distribuer un peu de pain, puis de noter leurs noms et de récolter autant d'informations que possible à propos des villages et des hameaux situés à moins d'une journée à cheval. Nous levâmes le camp au crépuscule et je rassemblai les éclaireurs par binômes. Je leur donnai une liste d'endroits où se rendre pour annoncer que la Dame Consacrée marchait vers le nord.

—Certains vous écouteront, d'autres pas, dis-je avant de les laisser partir. N'essayez pas de les convaincre, contentez-vous de faire passer le message. Dites à ceux qui sont prêts à combattre au nom de la dame de se rendre à Gildtren.

Je jetai un coup d'œil aux manants qui mangeait leur pain autour du carrefour. Rares étaient ceux qui avaient emporté une hache ou une serpe.

— Et dites-leur de prendre autant d'armes et de nourriture que possible.

Huit jours plus tard, je tirai sur les rênes de Sombresabot et m'arrêtai au sommet d'une colline à quelques kilomètres de la ville de Gildtren. Un destrier n'était pas une monture idéale pour des opérations de reconnaissance, car il était avant tout dressé pour charger et conserver son calme au cœur de la bataille. Lorsque j'avais regagné le Bras de la Martyre, Sombresabot m'avait accueilli avec un mélange de surprise et d'excitation. Il avait même agité la tête et consenti à se laisser gratter le museau. Mais après des jours passés sur les chemins rendus boueux par les pluies intermittentes il avait retrouvé sa morgue, et il renâcla avec mépris lorsque je caressai son encolure.

— On dirait qu'on lui a rassemblé une armée, à la dame, remarqua Juhlina.

Gildtren était une ville de taille respectable composée de moulins à eau, de chaumières et d'entrepôts s'étalant le long de la Mergild. De l'endroit où je me trouvais, on avait l'impression qu'il s'agissait d'une entité vivante affectée par une étrange maladie qui aurait provoqué un développement anarchique de ses tissus. Un ensemble chaotique de tentes et d'abris de fortune s'étendait autour des faubourgs et le long des berges du fleuve. Les routes et les champs étaient noirs de monde. Mon expérience de soldat m'avait appris qu'il était inutile de vouloir évaluer la taille d'un rassemblement si important, mais j'essayai quand même et j'estimai qu'il ne devait pas y avoir loin de huit mille personnes.

Au cours de notre voyage à travers les marches méridionales d'Alberis, nous avions été accueillis avec enthousiasme. La plupart des gens étaient aussi affamés et furieux que le groupe de manants qui avait suivi Juhlina jusqu'au carrefour et leurs visages s'illuminaient quand ils apprenaient que la Dame Consacrée marchait vers le nord. Le point d'orgue de chaque discours était le moment où le messager posait la fameuse question: «Qui aura le courage et la foi de combattre pour la dame?» Une vague de mains fébriles se levait aussitôt, mais jamais je n'aurais cru que tant de volontaires se rassembleraient autour de Gildtren. Un bon discours peut enflammer une foule bien disposée, mais la faveur est prompte à se dissiper quand on s'imagine au milieu d'une bataille. La promesse de la bénédiction de la dame avait cependant convaincu les plus hésitants.

—Ça ne va pas être facile de nourrir tant de monde, grinçai-je.

—C'était votre idée, remarqua la Veuve avec un ricanement satisfait.

Je la toisai avec sévérité et elle sourit – ce qui lui arrivait de plus en plus souvent ces derniers temps. La vie suivait son cours et la détournait parfois de la rage insondable qui l'habitait.

—Rejoignez notre armée, ordonnai-je en serrant mes rênes et en éperonnant Sombresabot. Et racontez à dame Evadine ce qu'elle trouvera en arrivant ici. Pendant ce temps, je vais m'efforcer de mettre un peu d'ordre dans ce pandémonium.

La nature des groupes nouvellement formés les pousse à choisir des chefs. Certains le sont en raison de leur expérience ou de leur bonne réputation. D'autres, comme le colosse barbu en habits de pèlerin qui émergea de la foule et se mit en travers de mon chemin, parce qu'ils sont capables d'influencer les gens crédules. Tous les bandits ne gagnent pas leur vie en recourant au vol ou à la violence. Certains – ceux que Deckin appelait les couillonneurs – avaient l'incroyable pouvoir de se remplir les poches en n'employant rien d'autre que des mots. Lorine en était un excellent exemple. Elle pouvait obtenir ce qu'elle voulait en utilisant un savant mélange de mensonges et de comédie. Et, à mon humble avis, elle était autrement plus douée et plus subtile que cette fripouille barbue.

—Qui vient nous parler au nom de la dame ? demanda-t-il avec une intensité qui montrait clairement qu'il avait l'habitude de prendre la parole en public.

Il brandit un bâton au-dessus de sa tête et, à en juger par le brouhaha fébrile qui s'éleva derrière lui, je devinai qu'il avait prononcé plusieurs sermons au cours des jours précédents. Des sermons qu'il avait dû travailler avec soin.

—Nous, qui nous sommes rassemblés pour combattre au nom de l'Alliance, n'entendrons pas d'autre voix que la sienne !

Je compris tout de suite que j'avais affaire à un couillonneur. Il avait les yeux brillants, fixes et fervents du fanatique, mais il jetait de discrets coups d'œil par-dessus son épaule pour s'assurer que les gens réagissaient comme il le voulait. Les vrais croyants vivent dans un monde qui ne connaît pas le doute et ils se fichent de savoir si leurs prêches sont convaincants ou pas. Je me contentai d'incliner la tête sur le côté et je vis le masque de l'homme se fendiller pendant un instant. Un bandit digne de ce nom sait quand il est temps de prendre ses jambes à son cou. Celui qui était devant moi choisit de faire étalage de sa bêtise en insistant et en se préparant à une inévitable confrontation, sans doute rassuré par la foule massée derrière lui.

— Des visions me sont venues! proclama-t-il en tenant son bâton à deux mains. (Il ferma les yeux, se mit à trembler pour faire croire qu'il était sous le coup d'une inspiration divine et reprit la parole d'une voix plus forte.) Du Second Fléau qui sera! De la dame qui nous guidera à travers les ténèbres et le désespoir pour nous mener au salut. C'est seulement devant elle que nous nous inclinerons! Si tu es vraiment son messager, soldat, va et porte-lui mes paroles! (Il ouvrit les yeux, écarta les bras et poursuivit d'une voix vibrante de pieuse détermination.) Dis-lui que nous autres, fidèles, attendons sa sainte parole!

« Le truc, c'est de ne pas jouer le rôle qu'on veut que tu joues, m'avait dit Lorine alors que nous étions assis devant un feu de camp, des années plus tôt. C'est comme ça qu'on évite de tomber dans un piège tendu par un couillonneur. »

Ainsi donc, au lieu de proclamer avec emphase mon nom et mon grade, je restai assis sur ma selle et toisai la canaille avec une animosité non dissimulée. La foule avait salué sa déclaration d'une ovation enthousiaste, mais les voix se turent les unes après les autres tandis que le silence s'éternisait. Mes soupçons se confirmèrent lorsque le soi-disant visionnaire fronça les sourcils d'un air confus. Si je ne faisais pas état de mon pouvoir à grands cris, comment ce porte-parole dévoué et autoproclamé de la Dame Consacrée pourrait-il m'ordonner de me taire? Comment pourrait-il étouffer mes protestations en attisant l'indignation de la foule? Comment pourrait-il exacerber la colère de ces gens au point de m'obliger à battre en retraite, lui laissant ainsi deux ou trois jours de plus pour les plumer?

Je le regardai ajuster son masque d'acteur après s'être léché les lèvres d'un air inquiet. J'éprouvai soudain l'envie de tirer sur les rênes de Sombresabot pour qu'il se cabre et fracasse le crâne de ce bâtard.

Contente-toi de l'écraser et passons à autre chose.

Je résistai à la tentation, car je savais qu'elle était le fruit de ma mauvaise humeur. Après ce qui s'était passé au sommet du donjon, je ne pouvais pas m'empêcher de penser à Evadine et j'étais prompt à la colère quand je me retrouvais face à quelqu'un ou à quelque chose susceptible de lui faire du mal. Je savais qu'un sermon de la Dame Consacrée suffirait à envoûter l'âme et le cœur de ces personnes, mais il ne fallait pas que des individus tels que ce couillonneur continuent à exercer une influence néfaste sur sa nouvelle armée. Cela dit, je ne pouvais pas le tuer non plus sous peine de donner une mauvaise image de notre armée à ces gens investis d'une pieuse mission.

Je souris, mis pied à terre et me dirigeai vers le faux pèlerin en écartant les bras.

—Je vous en prie, laissez-moi vous étreindre! (À ma grande joie, je le vis cligner des paupières à toute vitesse.) Car je sais reconnaître un frère de l'Alliance lorsque j'en vois un.

Je l'enlaçai avant qu'il ait le temps de reculer, le serrai avec force et le fis pivoter de manière que personne ne me voie murmurer à son oreille.

—Tu n'as pas plus la foi qu'une merde au milieu d'une flaque d'eau, mon ami.

Il tressaillit et voulut se libérer, mais je resserrai mon étreinte et il se figea. C'était un homme impressionnant, mais qui n'avait pas l'habitude de la violence. C'est souvent le cas chez les gens qui parlent pour gagner leur croûte.

—Quand je te lâcherai, tu proclameras que je suis le héraut de l'armée de la dame, ordonnai-je d'une voix sifflante. Puis tu disparaîtras gentiment. Si je te revois dans ce camp demain, je te coupe la bite et je te la fais bouffer.

Je lui broyai les côtes une dernière fois avant de le lâcher. C'était peut-être un voleur et un menteur, mais il n'était pas tout à fait idiot. Il se dépêcha de brandir son bâton et prit la parole d'une voix tonnante.

—Mes amis! Contemplez le héraut béni de la Dame Consacrée!

—Neuf mille trois cent quatre-vingt-deux annonça Ayin en articulant à la perfection. Je parle de ceux qui ont signé et qui ont prêté serment.

Elle était ridiculement petite devant l'énorme registre de la compagnie. On aurait dit une enfant ayant volé un livre dans la bibliothèque d'un géant. Mais personne ne se moqua d'elle. Nous étions rassemblés dans la tente d'Evadine qui avait été accueillie dans une liesse indescriptible à son arrivée, le lendemain. Je n'avais pas revu le faux prédicateur, et je n'avais pourtant pas ménagé mes efforts pour le trouver.

—Combien ont déjà marché sous une bannière? demanda Legueux.

C'était une question qu'on posait à toutes les recrues et la réponse d'Ayin entraîna un soupir de consternation presque général.

— Huit cent neuf.

— Je m'attendais à davantage, dit Wilhum. Avec toutes les guerres qu'il y a eu ces derniers temps.

— Ceux qui s'engagent et qui vont à la guerre en reviennent rarement, remarquai-je. Ces gens sont enthousiastes. Mieux encore : ils sont furieux et… (Je laissai mon regard glisser vers Evadine.) L'amour qu'ils portent à la Dame Consacrée est sincère. Neuf mille guerriers volontaires, ce n'est pas rien. Même s'ils manquent d'expérience.

— L'effectif ne suffit pas à faire une armée, lâcha Legueux. Et nous n'avons pas le temps de les entraîner. (Il se redressa et s'adressa directement à Evadine.) Ma dame, je dois vous informer que la présence de cette foule incapable d'obéir convenablement à des ordres risque de se révéler contre-productive. Leur apprendre les rudiments de la vie militaire et les nourrir jusqu'à Couravel est une tâche quasi impossible. Nous avons à peine de quoi nourrir nos propres soldats. Et les entrepôts de cette ville sont presque vides. Je propose de ne garder que les vétérans et de nous remettre en marche dès demain.

Evadine était silencieuse et préoccupée depuis le début de la réunion. Elle avait les traits tirés et semblait pensive. Elle avait à peine prêté attention aux chiffres qu'avait donnés Ayin, mais elle se redressa soudain et foudroya Legueux du regard.

— Vous parlez comme s'il s'agissait d'une campagne comme les autres, mon bon capitaine, déclara-t-elle. Ce n'est pas le cas. Aucun de nous ne devrait avoir de doutes quant à l'importance de ce que nous sommes en train de faire. Le Prétendant a toujours pu compter sur le soutien massif des habitants d'Althiene et du nord d'Alberis. Maintenant qu'il a remporté une victoire, les gens du peuple vont de nouveau se rassembler sous sa bannière. En plus grand nombre que la fois précédente peut-être. Pour le vaincre, nous aurons besoin de rassembler tous ceux qui affirment être de vrais fidèles de l'Alliance. Beaucoup ont cru que notre mission à Alundia était une croisade, mais ils se trompaient. C'est aujourd'hui que la croisade commence et je n'interdirai pas aux habitants du royaume d'y participer. Qu'ils soient désorganisés, mal entraînés et affamés ou pas, j'accepterai tous ceux qui souhaitent me suivre pour garantir leur avenir. Voilà ce que je vais leur dire tout à l'heure. Voilà ce que je répéterai jusqu'au jour où nous affronterons la horde du Prétendant.

Mon cœur s'emballa lorsque son regard se posa sur moi, avide du moindre moment d'attention qu'elle daignait m'accorder. Je suis sûr, cher lecteur, que tu sais ce qui arriva par la suite et je ne nierai pas les crimes qu'on nous attribue. J'étais son prisonnier, oui, tout comme l'avait été ce pauvre fou de Sir Eldurm lorsque j'écrivais des lettres maladroites et douloureuses sous sa dictée. Il me faisait pitié alors, mais, maintenant que je contemple mon passé en me tenant au bord du précipice de l'âge, j'éprouve la même pitié pour l'homme que j'étais. Gulatte avait été un soupirant malheureux dans la mesure où Evadine ne l'avait jamais aimé davantage qu'un jeune chien, alors que le destin de la jeune femme et le mien étaient indissociables. Ses besoins correspondaient aux miens et cela—je le comprends aujourd'hui avec une terrifiante clarté—ne fit qu'empirer la suite des événements. Nos crimes furent nombreux, et ils commencèrent le jour que les chroniqueurs baptisèrent la Marche sacrificielle.

L'esprit a l'étrange pouvoir de s'habituer aux pires horreurs. Un spectacle capable de traumatiser un homme finit par ne plus susciter qu'une vague grimace quand il se répète trop souvent. Ce fut ce qui arriva dès le premier jour de la Marche sacrificielle. Cela commença par les vieux et les infirmes, ceux qui n'auraient jamais entrepris un voyage si épuisant s'ils n'avaient pas été guidés par la lumière de la Dame Consacrée.

Ce matin-là, son sermon avait été moins long, moins fluide et moins subtil que d'habitude. Son pouvoir de charmer le cœur des foules ne reposait pas seulement sur la délicate alchimie des mots qu'elle employait. Il reposait avant tout sur elle, sur son apparence. Elle était grande, belle, vêtue d'une armure en émail noir qui scintillait aux premiers rayons du soleil. Elle était l'incarnation de tout ce que ces gens aveuglés par la dévotion voulaient qu'elle soit. Et sa voix...

—Je me présente devant vous en tant que pénitente.

Ce matin-là, sa voix résonna au-dessus de la foule rassemblée avec une clarté et une sincérité plus intenses que jamais, sans doute à cause de la note crispée de culpabilité qui imprégnait chacun de ses mots. Elle parlait du haut d'un tuyau à grain qui saillait du toit du plus haut moulin de Gildtren. La foule extatique se massait dans les rues et les enclos environnants.

—Je ne me présente pas devant vous pour demander votre loyauté, mais votre pardon, car mon devoir me commande de reconnaître que, si vous êtes ici, c'est parce que j'ai échoué. (Des cris de protestation montèrent, mais elle les étouffa en levant les mains.) Nul ne doit s'affranchir du fardeau de l'échec, car c'est en le portant que nous affrontons la vérité. Il y a bien longtemps que je m'efforce de repousser le Second Fléau, mais je ne l'ai pas fait avec l'énergie et le courage nécessaires. Et j'ai donc échoué. J'ai laissé mon cœur s'affaiblir alors qu'il aurait dû être plus dur que l'acier. J'ai retenu ma main alors qu'elle aurait dû frapper. Ma faiblesse, mon échec, ma vérité. Voilà le fardeau que je porte aujourd'hui et je suis triste à l'idée que vous deviez le partager.

De nouveaux cris spontanés retentirent, lancés par des personnes en larmes.

— Nous partagerons votre fardeau, ma dame ! Vous n'avez qu'un mot à dire !

Cette fois-ci, elle laissa les acclamations gagner en intensité et se répandre, puis elle pointa un doigt inflexible vers le nord.

— Aujourd'hui, je pars affronter les Rejetons du Fléau ! Le duc corrompu d'Althiene et l'infâme individu qui se fait appeler le Prétendant. Tous deux sont des agents des Malécites ! Les Séraphiles me l'ont montré !

Les acclamations de la foule résonnèrent encore plus fort, bientôt rejointes par de féroces grondements de rage. Ils ne couvrirent pourtant pas la voix d'Evadine. Celle-ci flottait sur le tumulte comme une bouée sur les vagues. Ses mots étaient portés par le flot de plus en plus impérieux de l'adulation.

— Marchons ! lança-t-elle en dégainant son épée et en la pointant vers l'horizon septentrional. Marchons au nom des Martyrs !

Je compris plus tard qu'elle avait pensé faire de ces mots le cri de guerre de sa croisade, un mantra à scander sans fin au cours des dures journées qui s'annonçaient. Mais la foule se choisit sa propre devise, une devise qu'elle emprunta aux soldats de l'Alliance qui se trouvaient en son sein.

— Nous vivons pour la dame ! (Le cri fut d'abord discordant, mais les voix s'harmonisèrent tandis qu'il se répandait.) Nous nous battons pour la dame ! Nous mourons pour la dame !

Evadine garda la pose, l'épée tendue vers le nord, pendant quelques instants, puis rengaina son arme et entra dans le moulin où je l'attendais. Son sourire de tolérance bienveillante se transforma en froncement de sourcils dubitatif lorsqu'elle croisa mon regard.

—Je ne devrais pas faire cela, souffla-t-elle dans un murmure. Vous le savez, n'est-ce pas ?

Ses moments de doute étaient rares et, par conséquent, particulièrement dérangeants.

—Je sais, répondis-je. (Je saisis sa main gantée de fer pendant un bref instant – je ne voulais pas que quelqu'un nous voie.) Mais nous ne devons pas mépriser les mots qui leur permettront de supporter le voyage, car il sera long.

Et nous nous mîmes en marche, une interminable colonne de paysans et de citadins qui serpentait vers le nord avec lenteur et sans aucune discipline militaire. Les croisés portaient des sacs contenant les maigres provisions qu'ils avaient pu trouver. Leurs armes formaient une forêt de fourches et de lances de fortune. Il y en avait de tous âges, mais pas d'enfants. Quelques mères avaient essayé de venir avec leur marmaille hurlante, mais Evadine était intervenue et leur avait ordonné de rentrer chez elles. En dehors de cela, tous ceux qui souhaitaient marcher sous la bannière de la Dame Consacrée étaient les bienvenus. À condition qu'ils puissent se débrouiller tout seuls. Ils ne pouvaient compter que sur eux-mêmes, car l'armée de l'Alliance n'avait pas assez de rations pour les nourrir. Cela aurait dû dissuader même les plus hardis de s'embarquer dans cette aventure, mais ce ne fut pas le cas.

Je passai une bonne partie de la première journée à observer la mort d'un vieillard. Il était maigre comme un clou, mais il m'avait raconté qu'il avait été un solide maître de forges alors qu'il s'appuyait contre une borne pour reprendre son souffle. J'en avais vu cinq comme lui au cours de la matinée. Cinq malheureux qui avaient quitté la colonne, s'étaient assis au bord de la route et ne s'étaient jamais relevés. Mais, pour une raison que je suis bien incapable d'expliquer, je m'arrêtai pour parler à celui-là alors que je ne l'avais pas fait pour les autres.

—Tiens, grand-père, dis-je en portant ma gourde à ses lèvres.

Il but une gorgée d'eau, puis toussa et s'étrangla tandis que les muscles de son cou de moineau frémissaient.

—Toujours… un peu trop aimé… fumer la pipe, souffla-t-il sur un rythme saccadé. Ça vous… ruine les éponges. (Il agita un doigt fébrile en signe d'avertissement.) Vous… feriez bien… de vous en souvenir… jeune seigneur.

—Je ne suis pas sei…

Je renonçai. Je m'assis à côté de lui et récupérai la gourde qu'il me tendit tant bien que mal. Il respira à grand-peine pendant quelques instants, puis tourna la tête et regarda les gens qui passaient devant lui.

—Il y en a tant, murmura-t-il en esquissant une sorte de petit sourire. Et ils marchent tous… pour une bonne cause… pour une fois.

—C'est pour ça que vous êtes venu? demandai-je.

Il acquiesça avec lenteur.

—Les autres guerres… (Il secoua la tête avec peine.) Ce n'étaient pas les nôtres… C'étaient des nobles qui se battaient pour des terres… des terres qui n'étaient pas à nous… qui n'ont jamais été à nous…

Sachant qu'il n'y avait pas grand-chose à faire, je restai assis à côté de lui et observai les croisés qui défilaient devant moi tandis que le soleil commençait à pâlir. D'une voix de plus en plus faible et hachée, le vieillard me parla de sa vie à la forge, de la première femme qu'il avait aimée et enterrée, de la seconde qu'il avait détestée et supportée. Il raconta qu'il avait honte de lui, car son fils avait quitté la maison pour échapper à son mauvais caractère, s'était engagé sous les bannières et n'était jamais rentré. Il avoua qu'il avait assassiné un homme qui l'avait escroqué, un crime qui était resté impuni, car la victime était haïe dans toute la région et le shérif n'avait pas daigné enquêter sur les circonstances de sa mort.

—P't-être bien qu'il m'attend…, dit-il lorsque les premières étoiles parsemèrent le ciel crépusculaire.

Sa voix n'était plus qu'un vague murmure. Je compris qu'il ne voyait plus les malheureux retardataires épuisés qui s'efforçaient encore de suivre la Dame Consacrée dans sa marche vers le nord.

—Devant les Portails… P't-être bien qu'il m'attend… pour raconter aux Séraphiles… ce que j'ai fait…

Sa tête roula vers moi et ses yeux, jusque-là ternes et sans vie, s'éclairèrent sous le coup d'un désespoir intense. Il rassembla ses dernières forces pour contraindre les mots à sortir de sa bouche.

—Tout ça… ça me sauvera… pas vrai, seigneur? J'ai… J'ai marché avec la Dame… Consacrée… Ils me laisseront… passer… Ils me pardonneront… pas vrai?

—Les Séraphiles jugent tout le monde avec une infinie compassion, lui dis-je. La Dame Consacrée me l'a assuré.

—Loués soient les Martyrs…

Sa tête glissa contre la borne et ses yeux se fermèrent pour la dernière fois. Sa poitrine se souleva, se vida puis se figea. Je le laissai là, car nous n'avions pas le temps d'enterrer les morts et de leur administrer les derniers sacrements. J'enfourchai Sombresabot et, alors qu'il s'éloignait au petit trot, je me morigénai en songeant que je n'avais même pas demandé le nom de l'ancien maître de forges. Plus tard, je tirerais un peu de réconfort à l'idée qu'il était mort en paix. Ce ne serait malheureusement pas le cas de toutes les victimes de la Marche sacrificielle.

—Aujourd'hui, quatre-vingt-douze. (Le front d'Ayin se rida tandis qu'elle écrivait dans le registre de la compagnie avec application.) C'est mieux qu'hier où on était à deux cents.

—Tu es vraiment obligée de faire ça? demanda la Veuve en contemplant les chiffres qui couvraient une page.

Ayin tenait les comptes avec soin et, depuis notre départ de Gildtren huit jours plus tôt, elle traçait chaque soir un tableau des pertes quotidiennes.

—La Dame veut que tout soit enregistré, répliqua-t-elle.

Elle toisa Juhlina d'un air mauvais avant de se reconcentrer sur sa tâche.

La Compagnie des Éclaireurs s'était installée sur une colline qui dominait le camp principal. Les soldats de l'Alliance avaient parcouru la distance quotidienne de trente-cinq kilomètres bien avant le coucher du soleil. Comme d'habitude, le reste de la croisade arriverait petit à petit et établirait des campements de fortune jusque tard dans la nuit. Comme d'habitude, les routes que nous avions empruntées seraient jonchées de cadavres et de croisés épuisés. Après le premier jour de marche, j'avais envoyé des éclaireurs en avant pour trouver à manger. J'avais fait de mon mieux pour convaincre Evadine—et moi-même—qu'il s'agissait d'une opération charitable dans la mesure où la moindre quantité de nourriture pouvait faire baisser le nombre de morts quotidien. Je n'étais pourtant motivé que par une sombre lâcheté. Je n'avais aucune envie d'assister à la mort d'un nouveau vieillard ou d'un estropié au bord du chemin. Ayin devait avoir le cœur mieux accroché que moi, car, du matin au soir, elle remontait et descendait la colonne sur son poney en comptant les cadavres avec gaieté et application.

Sa tâche aurait sans doute été moins difficile si mes éclaireurs étaient parvenus à trouver plus de nourriture. Malheureusement, la région n'en contenait guère. Les marchands et les paysans avisés ne connaissaient que trop bien les vilaines habitudes des armées en marche et ils s'étaient dépêchés de charger leurs récoltes sur des chariots et d'emmener leurs troupeaux paître dans de lointains pâturages. Ceux avec lesquels j'avais fait affaire quand la compagnie s'était rendue dans le sud du pays s'étaient volatilisés. Leurs enclos et leurs magasins étaient vides, à l'exception du peu qu'ils n'avaient pas pu emporter.

Nous étions toujours reçus avec enthousiasme dans les villes et les villages que nous traversions. La Dame Consacrée n'avait rien perdu de sa réputation et les gens venaient écouter ses sermons. Des dizaines, des centaines d'entre eux se rangeaient ensuite sous sa bannière, gonflant notre effectif et augmentant le nombre des sacrifices quotidiens. Mais la marche continuait. Les plus sages – ou les moins dévots – désertaient quand leurs rêves de gloire se heurtaient à la terrible épreuve de la fatigue et de la faim, mais la plupart des volontaires nous suivirent jusqu'à la fin. Il est curieux – et déprimant – de noter qu'à la veille de la bataille le dernier recensement d'Ayin nous apprit que les gueux de la croisade étaient plus nombreux qu'à notre départ de Gildtren.

Le roulement rapide de sabots sur l'herbe humide me fit lever la tête et j'aperçus Eamond qui arrivait du nord au triple galop. Il était devenu un bon cavalier et un de mes meilleurs éclaireurs, car il avait l'œil aussi vif que l'esprit – même si sa foi monolithique entravait parfois sa capacité de réflexion.

— Une compagnie de cavalerie ! Huit kilomètres devant nous, capitaine ! me lança-t-il. (Il tira sur les rênes de son cheval de chasse à longues jambes pour l'arrêter.) Une centaine d'hommes. Des chevaliers et des soldats. Tous en armes et en armure.

— Des bannières ?

— J'en ai aperçu une, mais j'étais trop loin pour voir ce qu'elle représentait et j'ai estimé préférable de ne pas m'attarder. Ils avancent en bon ordre. Pas de gardes sur les flancs ni d'éclaireurs.

— Que tout le monde se prépare ! ordonnai-je.

Je sellai Sombresabot sans perdre un instant. Je trouvais curieux que le Prétendant ait poussé si loin au sud de Couravel, mais c'était un homme qui avait la réputation d'être dynamique et mieux valait se montrer prudent. J'enfourchai ma monture et ordonnai qu'on envoie des éclaireurs à l'ouest et à l'est avant de m'élancer au galop vers le camp principal. Evadine serait ravie d'apprendre que nous avions des visiteurs.

Chapitre 34

— P ère.

Evadine avait prononcé ce salut d'une voix plate et ne se sentit pas obligée de s'incliner. Sir Altheric Courlain, lui, se montra un peu plus courtois et daigna adresser un sourire crispé à sa fille.

—Evadine, dit-il.

Il dévisagea Evadine, mais sans la réprobation mesurée dont il avait fait preuve dans la forêt shavine.

J'observai son armure et remarquai que la rose en émail noir et blanc—le blason de la famille Courlain—ornant sa cuirasse était rayée, maculée de boue séchée et piquetée de petites taches brunes de sang frais. Le casque qu'il tenait contre sa hanche était dans le même état et bossué en divers endroits. Je me tournai vers ses soldats et découvris que plusieurs d'entre eux avaient la tête bandée et le visage tuméfié ou balafré. Un noble aussi important que Sir Altheric ne se déplaçait jamais sans une escorte d'au moins cent hommes, mais je n'en comptai que cinquante.

Une bataille difficile, et peut-être perdue, conclus-je en me reconcentrant sur le visage scrutateur du chevalier. *Un homme qui vient de frôler la mort se pose souvent des questions sur les erreurs qu'il a pu commettre.*

—J'ai l'impression que vous avez récemment croisé la route de la horde du Prétendant, seigneur, dis-je en estimant que ce n'était pas le moment de se montrer prudent.

Il répondit sur-le-champ. Et avec un calme surprenant.

—Une vilaine bataille contre la garde personnelle du duc d'Althiene, maître Scribe. On les appelle les Lances d'argent, j'ai cru comprendre. Nous les avons rencontrées par hasard il y a deux jours, alors qu'il pleuvait à verse. Je suis arrivé à quelques mètres du duc, mais ce maudit bâtard m'a glissé entre les doigts et a réussi à s'enfuir.

—C'est fort dommage, dit Evadine. Si le duc avait été tué ou capturé, cette affaire aurait pu se régler en évitant un bain de sang.

—Je doute qu'elle se réglera ainsi, dit Sir Altheric. La horde du Prétendant a doublé depuis qu'il a franchi la frontière et les troupes du duc ne représentent que le quart de ses effectifs. Apparemment, de nombreux manants en colère attendaient avec impatience le retour de ce porc d'usurpateur.

—Les promesses d'espoir tentent les désespérés, déclara Evadine. Même quand il s'agit de mensonges qui crèvent les yeux. Plus de dix mille véritables fidèles de l'Alliance marchent derrière moi, père. Dites-moi où est le Prétendant et nous nous chargerons de lui sans tarder.

Le front du chevalier se rida quand il entendit sa fille parler avec tant de ferveur et je me rappelai qu'ils ne se voyaient plus depuis des années. Sir Altheric mourait peut-être d'envie de se réconcilier avec Evadine, mais il ne la connaissait pas vraiment. À ses yeux, ce n'était qu'une enfant un peu folle qu'il avait jadis punie et ignorée parce qu'elle lui faisait honte. Et j'étais convaincu que cette honte ne ferait qu'empirer quand il découvrirait la véritable nature de la Martyre Ressuscitée qu'elle était devenue.

—La princesse Leannor m'a fait l'honneur de m'élever au rang de maréchal-chevalier de l'armée de la Couronne, dit Sir Altheric sur un ton prudent. Nos patrouilles nous ont rapporté que le Prétendant s'est arrêté à Couravel il y a deux jours. Il a établi son camp à moins de deux kilomètres de la cité pendant que la princesse Leannor rassemblait huit mille fantassins et mille cavaliers à l'ouest. Les contingents loyalistes de Cordonnie et des Marches shavines se sont aussitôt mis en route pour la rejoindre, mais ils n'arriveront pas avant plusieurs jours. Et puis… (Il s'interrompit et s'agita sur sa selle en examinant le visage d'Evadine.) Il n'y a pas que les armées en marche. Nous avons un autre problème.

—Le roi, dis-je.

Le chevalier inclina la tête.

—En effet, maître Scribe.

—Capitaine Scribe, rectifia Evadine avec douceur, mais fermeté. Je vous prie de bien vouloir vous adresser à mon plus fidèle compagnon en employant son titre, père.

Altheric plissa les yeux tandis que son regard passait de moi à sa fille et de sa fille à moi. Puis il comprit et un sombre malaise se lut sur son visage.

—Mes félicitations, capitaine, me dit-il.

Il avait parlé d'une voix plate, mais une étincelle de colère avait embrasé ses yeux jusque-là bienveillants.

J'acceptai son compliment réticent avec un hochement de tête avant de recentrer la conversation sur un sujet plus important.

—Le roi a été capturé?

—Il semblerait. Hier, un héraut s'est présenté au campement de la Couronne avec un drapeau blanc. Il apportait une invitation à participer à des pourparlers. La princesse Leannor tient absolument à ce que vous y assistiez, capitaine. J'ai reçu pour mission de vous conduire à elle aussi rapidement que possible. (Il se tourna vers Evadine.) Vous, ma dame, avez ordre de rassembler l'intégralité de vos troupes sous la bannière de la Couronne. Un de mes hommes vous guidera jusqu'au camp.

Evadine et moi échangeâmes un bref regard et notre aptitude à communiquer en silence se réveilla.

« Suivez-le, m'ordonnèrent ses yeux. Puis revenez et dites-moi ce que vous aurez appris. »

Nous nous tournâmes vers Sir Altheric de conserve et Evadine prit la parole d'une voix grave.

—Nous ferons ce que la princesse demande, seigneur.

—Elle a eu une nouvelle vision, n'est-ce pas?

Sir Altheric avait conservé un silence glacé pendant le voyage vers le camp de la Couronne. Ce fut seulement lorsque nous eûmes franchi le piquet de sentinelles et pénétré dans le gigantesque village de tentes, de chariots et d'enclos qu'il daigna m'adresser de nouveau la parole. Il n'était pas content, mais je sentis quelque chose de plus profond sous son noble mépris. Une sourde angoisse.

—Au cours de la période où j'ai eu l'honneur de la servir, la Dame Consacrée a eu plusieurs visions, seigneur, répondis-je.

—Mais cela n'a pas empêché tout ça. (Il hocha la tête en direction des soldats qui nous entouraient et laissa échapper un ricanement sans joie.) Il en a toujours été ainsi avec ses… révélations. Lorsqu'elle raconte ce qu'elle a vu, il est déjà trop tard.

— Ce sont les Séraphiles qui décident quand il convient de les lui montrer.

— Vraiment? (Il avait posé la question avec une curieuse intensité qui se conjuguait à merveille avec le regard insistant qu'il m'adressa lorsqu'il tira sur les rênes de son destrier, m'obligeant ainsi à faire de même.) C'est ce que vous croyez?

— Je crois qu'elle est une servante consacrée de l'Alliance des Martyrs et qu'elle est revenue d'entre les morts par la grâce des Séraphiles pour sauver le monde des ravages du Second Fléau, déclarai-je avec une ferveur qui me surprit.

J'étais incapable de contenir la colère absurde qui montait en moi. Qui était cet homme qui se permettait de douter de la fille qu'il avait pour ainsi dire abandonnée? Qui était cet homme qui n'avait pas cru à ses divines révélations et qui lui avait fait endurer des années de tourment?

— Si tel est le cas, vous n'êtes qu'un idiot, déclara-t-il. (Ma colère monta d'un cran quand j'entendis sa voix plus empreinte de pitié que de moquerie.) La prochaine fois que vous la rencontrerez, demandez-lui donc de vous parler de sa première vision. Demandez-lui comment sa mère est morte…

— Maître Scribe!

La tension et l'angoisse déformaient la voix et ce fut seulement après m'être tourné et avoir vu Sir Ehlbert se diriger vers nous que je compris que c'était lui qui m'avait appelé. Il était méconnaissable. Il était pâle et mal rasé. Ses cheveux, habituellement coupés court, formaient désormais une crinière hirsute. Ses yeux, creusés et entourés de cernes sombres, me troublèrent.

— Vous êtes arrivé. C'est bien. Venez, nous avons besoin de vous.

En découvrant le héraut qui se tenait dans la tente de la princesse Leannor, je soupçonnai sur-le-champ le Prétendant de l'avoir choisi parce qu'il était le parfait opposé d'Evadine. C'était une jeune femme avec des cheveux blonds qui lui couvraient à peine la nuque, encadrant un visage ovale indubitablement ravissant, mais renfrogné et hostile, comme si tout ce qu'elle voyait lui déplaisait. Son armure polie avait des reflets argentés. Sa cuirasse et ses spalières étaient incrustées de volutes en émail bleu ciel. Elle avait une main posée sur la poignée gravée de sa longue épée et son gantelet se crispa lorsque Sir Ehlbert, Sir Altheric et moi entrâmes dans la tente.

Elle regarda le seigneur Courlain pendant un moment, puis tourna les yeux vers moi. À cet instant, une partie de son hostilité s'évanouit et un sourire carnassier dévoila ses dents blanches.

—Le Scribe, mais pas la Martyre, hein?

Sa voix était suave et empreinte d'une telle sophistication que celle de Sir Ehlbert faisait songer au timbre d'un roturier en comparaison.

—Est-ce que je vous connais, ma dame? demandai-je.

Son sourire s'élargit.

—Pas encore, mais cela viendra, répondit-elle en inclinant la tête.

Pendant un bref moment.

—Cette personne… (La princesse Leannor se leva derrière le bureau qu'elle emportait partout avec elle.) Cette personne n'est pas une dame, capitaine, mais une traîtresse qui a été dépossédée de ses biens et de ses titres. Sa famille la méprise autant que la Couronne.

—Le Vrai Roi m'a nommée comtesse, comtesse Desmena Lehville, déclara le héraut sans lui prêter aucune attention. (Elle s'inclina devant moi avec un respect étonnant.) C'est le seul titre que j'accepterai jamais, car il m'a été conféré par le seul monarque digne de diriger ce royaume…

—Assez! aboya Sir Ehlbert.

Sa voix avait retrouvé une partie de son autorité, mais il semblait presque pensif quand il se rangea aux côtés de la princesse, les poings serrés. Leannor essaya de le calmer en lui touchant affectueusement l'avant-bras, mais il ne sembla pas le remarquer.

—Votre message, poursuivit-il en me désignant d'un hochement de menton. Répétez-le pour le capitaine Scribe.

—Je vous ai déjà expliqué les termes du Vrai Roi, répliqua la comtesse avec un reniflement hautain. (Elle leva la tête et l'inclina sur le côté pour le toiser avec un mépris évident.) Sachez que je ne supporte votre compagnie que dans l'attente d'une réponse…

—Répétez-le! gronda Sir Ehlbert. (Ses dents serrées et son articulation posée montraient qu'il avait le plus grand mal à contenir sa colère.) Votre. Message.

Heureusement pour elle, l'arrogante comtesse avait un soupçon de bon sens. Son visage prit une teinte rosée tandis que ses mâchoires se contractaient et que son regard se posait de nouveau sur moi. Elle me répéta son message d'une voix hachée qui ne révélait pas grand-chose de ses sentiments, mais dans laquelle perçait une pointe de colère. Apparemment, j'avais été convoqué ici pour écouter cette femme et évaluer la véracité de ses propos. Je tendis donc l'oreille. La comtesse ne devait pas se douter que, si j'arrivais à la conclusion qu'elle mentait, elle ne quitterait pas cette tente en vie.

— « Que l'on sache que le dénommé Tomas Algathinet, faux roi d'Albermaine, se trouve désormais sous la protection du Vrai Roi Magnis Lochlain après avoir été capturé au cours d'une bataille, commença la comtesse Desmena. Les crimes commis par le faux roi sont innombrables, mais le roi Magnis est un homme sage et miséricordieux. Il estime que ce royaume a déjà trop souffert à cause des querelles sans fin et de la cupidité qui ont marqué la pathétique administration de la dynastie des Algathinet. Il est donc prêt à épargner à son prisonnier un procès et une exécution inéluctable. En échange, dame Leannor doit dissoudre sa présente armée et libérer ses vassaux de leurs serments. Ces vassaux devront rendre hommage et payer tribut au roi Magnis à l'endroit et au moment qu'il choisira. Le roi Tomas sera libéré à la condition que lui et sa sœur acceptent de quitter le royaume d'Albermaine et de promettre solennellement de ne jamais y revenir. »

Elle se tut et je sentis la question inévitable monter dans la gorge de Sir Ehlbert, mais il la refoula lorsque Leannor lui serra la main.

— Nous avons entendu votre message, dit-elle à la comtesse. Les gardes qui se trouvent à l'extérieur vont vous conduire dans un endroit où vous pourrez attendre notre réponse.

Je levai la main alors que le héraut se préparait à partir.

— Puis-je me permettre une question, ma dame? demandai-je sur un ton presque désinvolte. (Je scrutai sa réaction sans en avoir l'air.) Avez-vous vu le roi? De vos propres yeux, je veux dire?

— J'ai vu le faux roi savourant la confortable hospitalité de mon seigneur, déclara-t-elle.

Un homme sans expérience n'aurait sans doute pas remarqué la légère contraction aux coins des lèvres qui indiquait qu'elle mentait. Le Prétendant n'avait pas choisi sa messagère au hasard et elle serait peut-être parvenue à me tromper si elle n'avait pas éprouvé une telle haine et une telle colère à l'encontre des personnes qui se trouvaient dans la tente. Les émotions puissantes peuvent révéler les pensées des meilleurs comédiens. Il n'est pas donné à tout le monde de le remarquer, mais je ne suis pas tout le monde.

—Vous pouvez donc nous assurer qu'il est en bonne santé? insistai-je.

Elle renifla d'un air hautain.

—Le Vrai Roi n'apprécie guère les tromperies. (Elle se tourna vers Leannor et lui adressa un petit sourire.) Il laisse ces bassesses à ses ennemis.

—Le roi a été capturé au cours d'une bataille, remarquai-je. A-t-il été blessé?

—Il n'a reçu que quelques estafilades, dit la comtesse sur un ton fielleux. Il faut dire qu'il n'a pas fait montre d'une grande ardeur au combat.

—Silence, misérable traîtresse! siffla Leannor.

La princesse avança d'un pas, une lueur assassine dans les yeux, et cette fois-ci ce fut Sir Ehlbert qui la retint en lui serrant la main.

—Je vous remercie, ma dame, dis-je en ouvrant le pan de toile et en m'inclinant avec respect tandis que la comtesse sortait.

—Sachez que votre courtoisie est appréciée, maître Scribe, me dit-elle avec un sourire éclatant. Et que je regrette beaucoup votre trépas imminent.

Je ris et la regardai s'éloigner. Deux gardes de la Couronne lui emboîtèrent le pas pour l'accompagner et j'attendis qu'ils soient hors de portée d'oreille pour lâcher le pan de toile.

—Alors? demanda Sir Ehlbert sans chercher à étouffer une note de désespoir sifflante dans sa voix.

—Je ne peux pas affirmer que l'offre du Prétendant est sincère, seigneur, déclarai-je. Et je ne pense pas que cette femme ait vu le roi, en bonne santé ou pas. Cela ne signifie pas qu'il soit mort, ou qu'il ne soit pas entre les mains du Prétendant. Juste que, pour une raison que j'ignore, son Vrai Roi n'a pas estimé utile de le lui montrer.

—Il est donc possible que mon frère soit blessé, dit Leannor.

—Mais pourquoi le cacher? demanda Sir Altheric. Tant que le roi est en vie, ils ont un avantage certain. Même s'il est blessé.

—Le Prétendant sait qu'un roi blessé est moins précieux qu'un roi en bonne santé, répondit la princesse en serrant de nouveau la main de Sir Ehlbert. Il croit sans doute que nous refuserons de traiter avec lui si nous estimons que Tomas risque de succomber à ses blessures. C'est une erreur, bien entendu, mais les comploteurs pensent souvent le pire des gens qu'ils cherchent à tromper.

—Votre Majesté, seigneur champion. (Sir Altheric avança vers eux et s'inclina avec gravité et assurance.) Confiez-moi tous les chevaliers de ce camp et je fondrai sur le repaire de ces maudits traîtres pour sauver le roi de leurs griffes. Je vous en donne solennellement ma parole.

Ehlbert se raidit et je compris qu'il mourait lui aussi d'envie d'enfourcher son destrier et d'attaquer le camp ennemi. Il se contint, car à cet instant il n'était plus un chevalier, mais un père prêt à tout pour garantir la sécurité et le retour de son fils.

Il soupira et ses épaules se voûtèrent.

—Ils lui trancheront la gorge à l'instant où les premières sentinelles vous repéreront, souffla-t-il.

—Si nous frappons à la tombée de la nuit, nous avons une chance, insista Sir Altheric. Je diviserai nos forces et attaquerai à deux endroits différents pour semer la confusion.

—Nous ne savons même pas dans quelle partie du camp se trouve Tomas, remarqua Leannor avec une crispation qui me fit comprendre qu'elle avait déjà entendu ces arguments avant mon arrivée.

Cela ne découragea pas Sir Altheric qui continua à développer un plan d'attaque en y ajoutant une compagnie d'arbalétriers.

La discussion se poursuivit et, tandis que je réfléchissais, la funeste prédiction d'Erchel me revint en mémoire. Je revis le corps de Tomas Algathinet coincé sous son cheval, la nuque brisée comme une brindille.

« C'est là que tout va commencer, Alwyn... »

La comtesse Desmena avait menti, j'en étais certain, mais il aurait été folie de prendre pour argent comptant ce que j'avais vu au cours de cet horrible songe… Sauf que je savais qu'il ne s'agissait pas d'un songe. Si Sir Altheric et ses chevaliers parvenaient à atteindre le cœur du camp du Prétendant, ils n'y découvriraient rien d'autre que le cadavre de Tomas. J'estimai cependant que la confirmation de la mort du roi pouvait attendre un peu, car un plan prenait forme dans mon esprit en ébullition. Un plan qui mettrait à profit ma déconcertante habileté à tromper les gens.

—Ces discussions ne nous mèneront nulle part, déclarai-je en interrompant le vif échange entre la princesse et le maréchal-chevalier.

—Restez à votre place, Scribe, aboya Sir Altheric en me foudroyant du regard.

Je grimaçai d'un air contrit et m'inclinai avec déférence en reculant vers la sortie.

—Je vous demande humblement pardon, mes seigneurs, Votre Majesté. Je vais vous laisser à vos…

—Un instant! ordonna Leannor. Pourquoi avez-vous dit cela?

Je m'arrêtai, me redressai et mimai un moment d'hésitation avant de poursuivre d'une voix réticente.

—Votre Majesté, je pense que le Prétendant n'a aucunement l'intention de libérer le roi, quoi que vous décidiez. Et qu'il n'a pas davantage l'intention de vous laisser partir en exil. S'il veut s'emparer de ce royaume et le diriger, il doit se débarrasser des Algathinet une bonne fois pour toutes. (J'hésitai, puis poursuivis avec une prudente emphase.) De *tous* les Algathinet. Sans exception.

Leannor cligna rapidement des yeux. Elle avait compris le message. Elle était sans doute déjà parvenue à la même conclusion. Si elle voulait que son fils vive, elle devait vaincre le Prétendant.

—Dans ce cas, pourquoi proposer de nous rendre le roi Tomas? demanda Sir Altheric. Pourquoi ne pas le tuer – à supposer qu'il soit encore en vie – et nous attaquer? Le Prétendant a plus de soldats que nous, après tout.

—J'ai participé à assez de guerres pour savoir que la taille d'une armée ne suffit pas à garantir la victoire, répondis-je. L'expérience des hommes est un facteur important, lui aussi. Je pense que les seuls véritables soldats de la horde sont les conscrits du duc Guhlton et les mercenaires qu'ils ont pu engager. Le reste est constitué de manants sans entraînement et mal armés, comme ceux que nous avons affrontés sur le Champ des Traîtres. Et nous savons tous comment cela s'est terminé. Et je pense que Lochlain n'est pas le genre d'homme à commettre deux fois la même erreur.

—Il cherche à gagner du temps, dit Leannor. Il compte rassembler d'autres combattants sous sa bannière pendant que nous tergiverserons et nous interrogerons sur son prétendu marché.

—Nous avons des renforts qui arrivent chaque jour, intervint Sir Altheric. Les conscrits ducaux des Marches shavines devraient être là demain. Les Cordonniens un ou deux jours plus tard…

—Cela ne suffira pas, dit Leannor en secouant la tête. Et nos soldats risquent de perdre courage s'ils apprennent que le roi Tomas est prisonnier. Ou pire encore: qu'il est…

Elle s'interrompit, se tourna et regarda Sir Ehlbert d'un air accablé.

Le champion du roi baissa la tête et ses doigts tremblèrent quand il les passa sur son large front.

— Si j'avais été à ses côtés…, murmura-t-il. (Il se redressa, regarda Leannor avec une détermination implacable et poursuivit sur un ton grinçant.) Que le marché soit un leurre ou pas, nous devons savoir. *Je* dois savoir.

Je n'ai nul besoin de pause pour me rappeler la suite, car tout se déroulait comme je l'avais prévu. Les risques étaient grands, mais c'est toujours ainsi quand il y a une guerre. Aujourd'hui encore, mon vieux cœur se serre de douleur quand je pense à la rapidité avec laquelle je tissais mon piège. Nombreux sont les crimes dont je partage la responsabilité avec Evadine, mais je suis l'unique coupable de celui-ci.

— Si je pouvais entendre ces paroles de la bouche du Prétendant, je saurais s'il ment ou pas, déclarai-je. Il ne nous montrera pas le roi avant que nous ayons accepté son marché, mais nous pourrions charger la comtesse de lui présenter une contre-proposition, un message stipulant que son offre ne sera prise en compte qu'à la seule condition qu'il vous la soumette de vive voix, princesse. Vous pourriez expliquer que vous voulez obtenir sa parole et venir avec un clerc pour qu'il garantisse les termes du marché devant l'Alliance.

— Il va penser que c'est un piège, déclara Sir Altheric. C'est un homme méfiant et vous savez qu'il est parvenu à se tirer de nombreuses situations périlleuses.

— Dans ce cas, dites-lui de venir avec son armée, dis-je en m'adressant à la princesse Leannor et à Sir Ehlbert. (Je savais que c'était eux qui prendraient la décision finale.) Et venez avec la vôtre. Demandez que les pourparlers aient lieu à quelques kilomètres au sud de ce camp. Le seigneur Altheric choisira l'endroit qui lui convient le mieux. Cela permettra à dame Evadine d'arriver avec la Croisade de l'Alliance et d'assister à la rencontre. La plus célèbre clerc du royaume écoutant le Prétendant afin de savoir s'il dit la vérité. Si Magnis refuse, tout le monde pensera que c'est un menteur. Dans le pire des cas, cela nous permettra de gagner du temps. Et sachez que la Croisade de l'Alliance est tout à fait capable de rivaliser avec l'armée du Prétendant. En ferveur, au moins.

J'avais déjà vu Leannor mal à l'aise, car malgré son esprit rusé elle avait du mal à cacher ses émotions. L'étendue de sa détresse était tellement évidente qu'elle me fit presque pitié. Presque, car ce n'était pas une femme très sympathique.

— Seigneur Altheric, dit-elle d'une voix un peu tremblante. (Elle se tourna vers lui.) Qu'en pensez-vous ?

Le maréchal-chevalier porta la main à sa barbe et m'observa pendant un moment. C'était une personne beaucoup plus difficile à lire que Leannor, mais je sentis qu'il réfléchissait avec soin.

—Je pense que ce n'est pas un plan totalement idiot, dit-il enfin. Mais nous devons d'abord nous mettre d'accord sur la suite des événements.

—La suite des événements? répéta Leannor.

—Quand le capitaine aura déterminé si le Prétendant ment ou dit la vérité, que fera-t-on? S'il dit la vérité, comment saurons-nous si on peut lui faire confiance? S'il ment, devrons-nous engager le combat tout de suite?

—Il a dit la vérité, déclara Ehlbert, les yeux perdus dans le vague. Je le sens. Si mon... si le roi était mort, je le saurais. Quand nous aurons obtenu confirmation qu'il est en vie, nous devrons envisager un nouveau marché. Je proposerai de prendre la place du roi, et de verser tout l'argent que je pourrai rassembler. J'ai acquis une certaine fortune au cours de ces dernières années. Le Prétendant a toujours été avide d'or, n'est-ce pas?

Il est surtout avide de pouvoir.

Ces mots moururent dans ma gorge lorsque Leannor me toisa d'un air sévère. Un coup d'œil me confirma que Sir Ehlbert errait aux frontières de la raison. Je dois reconnaître que ce spectacle m'apporta une certaine satisfaction – ce qui ne fait qu'attiser la honte que je ressens aujourd'hui. Je me remémorai les images de Moulin des Mousses et des cadavres du château de Walvern pour renforcer ma détermination, puis je concentrai la colère et le ressentiment que je contenais depuis une éternité pour arriver à une amère conclusion: *Je ne dois rien à ces enfoirés de nobles.*

—Il faut payer les libres épées, en effet, dis-je comme si j'étais plutôt d'accord avec lui. Et le Prétendant se comporte sans doute en marchand rusé: sa première offre cache quelque chose.

—Dame Ducinda, dit Ehlbert sur le ton d'un homme tombé d'un bateau et qui s'accroche à une corde. Le duc Guhlton veut son retour plus que tout au monde. Elle sera notre monnaie d'échange.

—Nous allons y réfléchir, seigneur, dit Leannor en posant les mains sur le poing serré de Sir Ehlbert. (Elle se tourna vers moi, se redressa et prit la parole d'une voix péremptoire.) Quoi qu'il en soit, le champion de mon frère a raison: nous devons savoir ce qu'il est arrivé au roi. Quand ce sera chose faite, nous pourrons nous investir dans cette guerre. Capitaine, vous allez porter notre contre-proposition à cette horrible femme. Je l'ai assez vue pour la journée. Et puis je crois qu'elle vous aime bien.

Chapitre 35

— Ça parle, ça parle et ça parle, grommela la comtesse Desmena en tendant la main vers son épée. C'était la même chose quand le Vrai Roi a conclu une alliance avec le duc Guhlton.

— Mieux vaut parler que se battre, répliquai-je.

La comtesse me regarda et laissa échapper un ricanement méprisant.

— Si vous pensez cela, vous n'êtes qu'un lâche, maître Scribe. (Elle saisit les rênes de son superbe destrier.) Tout ce que j'ai entendu à votre sujet suggérait pourtant le contraire. Je suis déçue.

— « Lâche » est une accusation qu'on dépose souvent devant la porte de ceux qui préfèrent la raison à la violence. Je vais vous donner un exemple : je comprends fort bien que l'homme que vous appelez « le Vrai Roi » ait quitté précipitamment le Champ des Traîtres après avoir échangé un ou deux coups d'épée avec la Dame Consacrée, mais les mauvaises langues vous diront qu'il s'est comporté comme un lâche.

Je m'attendais à une réaction de colère, mais la comtesse se contenta de me regarder avec un sourire amusé.

— Je vous aime bien, dit-elle. (Elle soupira et glissa un pied dans un étrier.) Quel dommage. Dites-moi… (Elle se hissa en selle en poussant un grognement.) Est-ce que Wilhum Dornmahl accompagne toujours votre fausse martyre ?

Je ne relevai pas l'insulte lancée à Evadine et répondis avec désinvolture.

—Bien sûr. Et la Dame Consacrée apprécie grandement son soutien. Ce sont des amis d'enfance, vous savez.

Elle baissa la tête et me toisa d'un air dur.

—Je sais, lâcha-t-elle avec un ressentiment palpable. Dites à ce traître que je le chercherai sur le champ de bataille. Il s'est montré indigne de l'amour que lui portait un homme mille fois meilleur que lui et ce sera avec le plus grand plaisir que je le lui ferai payer. Avec son sang.

—Il parle toujours du Prétendant avec respect, vous savez. Mais il a compris à quel point il s'était fourvoyé en s'alliant avec lui, bien sûr.

—Je ne parle pas du Vrai Roi, mais d'Aldric Rougemaine.

Son regard me vrilla impitoyablement. J'avais cru qu'il s'agissait d'une femme cynique, mais je sentis à quel point elle pouvait être dangereuse quand elle reprit la parole.

—C'était mon frère.

Sur ces mots, elle éperonna son destrier et partit dans une gerbe de mottes d'herbe. Elle traversa le camp au triple galop et de nombreux soldats bondirent sur le côté pour ne pas être piétinés. Je sentis une goutte d'eau et levai la tête. Le soleil était désormais caché par des nuages en mouvement et le ciel avait pris la teinte d'un vilain hématome. Un roulement de tonnerre résonna dans le lointain et je choisis de décider qu'il ne s'agissait pas d'un mauvais présage.

—Ainsi donc, Desmena est toujours en vie. (L'expression de Wilhum avait oscillé entre désappointement et sombre joie lorsque je lui avais appris la nouvelle qu'il redoutait, mais à laquelle il semblait s'attendre.) Cela ne me surprend guère. S'il existe une personne capable de survivre quoi qu'il arrive, c'est bien elle.

—Son nom de famille est Lehville, dis-je, mais elle affirme qu'Aldric Rougemaine était son frère.

Nous étions assis, seuls, près d'un feu situé à bonne distance du campement où les soldats de nos unités se mêlaient dans l'attente fébrile de la bataille. L'avant-garde de l'armée de l'Alliance était à une quinzaine de kilomètres de l'endroit où les troupes de la Couronne s'étaient repositionnées. Sir Altheric avait choisi d'attendre la réponse du Prétendant dans une région de basses collines. La réputation de stratège de cet homme n'était pas usurpée : depuis les pentes, on pouvait observer les alentours sans donner l'impression d'occuper une position particulièrement avantageuse. Une vague tache brune attira mon attention sur l'horizon et Wilhum m'expliqua qu'il s'agissait de la fumée crachée par les cheminées de Couravel. Nous étions à moins d'une journée de marche de la capitale et son sort se déciderait au cours de la rencontre qui allait avoir lieu. À la tombée de la nuit, mes éclaireurs revinrent et rapportèrent que de nombreux habitants fuyaient la cité avec tout ce qu'ils pouvaient emporter, signe qu'ils ne faisaient pas confiance à leurs dirigeants actuels.

Evadine et Legueux se trouvaient avec les croisés, s'efforçant de garder en vie ceux qui avaient survécu à la terrible marche. Ne serait-ce qu'un jour de plus. Leur absence ne me dérangeait pas, bien au contraire, car, pour mener mon plan à bien, j'aurais besoin de personnes enclines à une certaine compromission morale. Des personnes comme Wilhum, par exemple.

— Je vous ai parlé d'Aldric Rougemaine, n'est-ce pas ? me dit-il en attisant le feu de camp avec un bâton.

— Vous m'avez raconté que son père vous avait enseigné les arts de la chevalerie, dis-je. (Je fis une courte pause.) C'était un homme plutôt dur, j'ai cru comprendre.

Wilhum laissa échapper un petit rire sans joie, les yeux perdus dans les flammes.

— En effet. C'était un homme fier, misérable et égoïste, mais, pour des raisons que l'esprit féminin est le seul à comprendre, il attirait les femmes de tous rangs comme un aimant attire la limaille de fer. Aldric plaisantait souvent à propos de la flopée de bâtards qu'il avait engendrée dans ses châteaux éparpillés à travers tout le royaume. Mais, si nombreux qu'ils aient été, il n'y avait que Desmena qu'il considérait comme une sœur.

— Ils avaient été élevés ensemble ?

— À supposer qu'« élever » soit le mot qui convienne. Que ce soit par disposition naturelle ou à cause de l'influence de son père, Desmena s'intéressait plus aux choses de la guerre qu'aux robes et aux poupées. Rougemaine était un maître particulièrement sévère, sauf avec elle d'après Aldric. Si son fils trébuchait au cours d'un exercice d'escrime, il recevait une volée de coups, mais si Desmena faisait la même erreur Rougemaine éclatait de rire et lui expliquait comment faire avec quelques mots tendres. Pour résumer, c'était une petite salope pourrie à qui tout était dû. Et elle n'a pas changé en grandissant, mais Aldric l'a toujours aimée parce qu'il était sincère et généreux. Ce qui n'est pas mon cas. Elle et moi, nous nous sommes détestés à l'instant où nous nous sommes rencontrés. J'avais espéré que nous serions tranquilles quand

Aldric et moi nous sommes enfuis pour rejoindre l'armée du Prétendant, mais elle nous a suivis. Desmena voulait du sang pour venger la mort de son père, du sang pour venger le déshonneur de sa mère et du sang pour laver les insultes et les humiliations qu'elle avait endurées en tant que bâtarde. En ce qui me concerne, je crois surtout qu'elle aime le voir couler et qu'elle avait compris qu'avec Magnis Lochlain elle pourrait en verser autant qu'elle le souhaitait.

Il se tut et son visage se plissa tandis qu'il regardait les flammes danser, la tête sans doute pleine de souvenirs. Je lui laissai un bref répit avant de poser une question à voix basse.

—Ainsi donc, vous n'aurez aucun scrupule à la tuer si le besoin s'en fait sentir ?

Les yeux de Wilhum se tournèrent vers moi et son front se rida sous le coup d'une suspicion familière.

—Est-ce que je me trompe ou un plan retors est en train de germer dans votre petit cerveau, Alwyn ?

—Cette guerre peut finir demain, dis-je. Avec quelques centaines de morts. Plus ou moins. Ou elle peut continuer pendant des années et coûter des milliers de vies. Et si les choses se passent ainsi, nous ne pourrons pas hisser Evadine jusqu'à une position assez solide pour qu'elle instaure une paix durable dans ce royaume. Vous le savez aussi bien que moi.

Un sourire amer glissa sur les lèvres de Wilhum.

—J'ai beaucoup réfléchi à la question, mais je crains fort de ne pas pouvoir vous égaler dans le domaine de la fourberie.

—Appelez ça de la fourberie ou du bon sens. Appelez ça de la trahison si ça vous chante. Je m'en contrefous royalement. Nous avons déjà agi pour lui sauver la vie. Au prix de la damnation de notre âme peut-être. Et aujourd'hui, nous devons agir de nouveau. Mais pour cela, j'ai besoin de savoir si vous êtes prêt à lever votre épée contre l'homme que vous aviez choisi comme roi et la femme que votre amant appelait sa sœur.

Toute trace d'amusement disparut du visage de Wilhum et il hocha la tête avec le sombre assentiment du soldat déterminé à faire son devoir. Il avala un soupir, puis reprit la parole.

—Que comptez-vous faire ?

Après avoir quitté Wilhum, je cherchai Lilat et la trouvai près des chevaux. Elle avait développé un véritable amour pour ces animaux et avait assimilé les bases de l'équitation avec une facilité déconcertante. Elle avait baptisé l'étalon noir aux longues jambes qu'elle chevauchait Kaelihr, un mot caerith qui signifiait « bourrasque » ou « tempête » selon la manière dont il était accentué. La bête laissa échapper un grognement satisfait tandis qu'elle l'étrillait avec une brosse à poil court, passant du haut de la tête au museau avec tendresse. Je dois reconnaître que j'éprouvai une pointe de jalousie en assistant à cette scène. Lorsque j'accomplissais cette tâche, Sombresabot se contentait de frapper le sol du sabot en frissonnant d'impatience.

— Ils sont nerveux, dit Lilat en levant les yeux vers moi. Je crois qu'ils sentent les autres gens. Qu'ils sentent ce qui se prépare.

Malgré mes tentatives d'explications, Lilat avait renoncé à comprendre les multiples causes du conflit dans lequel elle avait été entraînée. Elle savait qu'elle voyageait avec une armée qui allait bientôt en affronter une autre, mais les « qui ? » et les « pourquoi ? » lui échappaient complètement, et c'était sans doute aussi bien ainsi. Elle appelait la horde du Prétendant « les autres gens » et les troupes de l'Alliance étaient « mes camarades puisqu'ils sont tes camarades ».

Craignant – à juste titre – des représailles de ma part, les membres de la Compagnie des Éclaireurs la traitaient avec déférence et l'observaient avec une curiosité silencieuse. À l'exception d'Ayin, bien sûr, qui la bombardait constamment de questions et qui écrivait les réponses sur des parchemins qui s'en allaient rejoindre la collection qui remplissait ses sacoches de selle.

— Où est-ce que tu as trouvé ça ? demandai-je à Lilat.

Je hochai la tête en direction d'un fauchon appuyé contre un tonneau d'eau.

— C'est Eamond.

Cela ne me surprit en rien. Eamond faisait partie de ceux qui s'intéressaient le plus à Lilat, dans la catégorie des amoureux transis qui ne pouvaient pas la regarder sans rougir et lui adresser la parole sans bafouiller.

— Il a dit que j'en aurais besoin demain. Il m'a aussi demandé de mettre ça. (Elle posa la brosse et attrapa une brigandine cloutée.) C'est lourd. (Elle esquissa une grimace de dégoût.) Je ne suis pas obligée de la porter, hein ?

— Non, dis-je en prenant l'armure. Tu n'en auras pas besoin. Pas plus que du fauchon.

Je posai la brigandine, pris une selle et la glissai sur le dos de Kaelihr.

—C'est l'heure.

—L'heure? répéta Lilat en me regardant avec des yeux plissés.

—L'heure de remplir la tâche qu'on t'a confiée. (Je me penchai pour attraper la sangle de la selle.) L'heure de traquer la *Doenlisch*.

—Mais la bataille…

—Cette bataille n'est pas la tienne. (Je serrai la sangle et me redressai pour regarder Lilat.) Ce n'est pas ta guerre. Tu dois partir maintenant. Et je ne veux pas entendre de protestations.

—L'*Eithlisch* m'a demandé de te protéger…

—Et c'est ce que tu as fait. Dans les montagnes. C'était ton monde. Aujourd'hui, nous sommes dans le mien et je ne peux pas assurer ta sécurité. Ni demain, ni au cours des jours qui suivront. Les choses sont différentes ici, tu t'en es rendu compte. Tu as vu ce que nous faisions. Les enfants assassinés, les villages rasés. Tu as vu les gens mourir de faim parce qu'ils voulaient avoir une chance de périr pour une cause qu'ils ne comprennent pas mieux que toi. Tu as vu qui est mon peuple, et je ne fais pas exception à la règle.

Je me tus en remarquant que ma voix devenait un peu trop stridente et hachée. Quand je levai la tête vers Lilat, je ne lus que de la douleur et de la réticence dans ses yeux sincères. Je toussotai, saisis le fauchon qu'Eamond lui avait donné et l'attachai à l'arrière de la selle en évitant le regard de la Caerith.

—Un jour, repris-je, j'ai obligé une amie à me suivre au combat. Elle ne me l'a jamais pardonné. Voilà ce que font les batailles. Elles te changent, elles te transforment. Et rarement en bien. La prochaine fois que je te verrai, je ne voudrais pas lire de haine sur ton visage. Trouver la *Doenlisch* est une tâche importante. Et puis Uhlla avait raison. Je le sais, même si toi tu ne te rends pas compte. Tu n'étais pas faite pour devenir *taolisch*. Tu es une *veilisch*, une chasseuse. Et c'est bien mieux ainsi.

Elle continua à protester et le ton monta jusqu'à ce que je menace de la ligoter, de la jeter dans un chariot et de la conduire à trente kilomètres du camp avant de la libérer. Ce n'étaient pas des paroles en l'air. Je ne voulais pas qu'elle voie ce qui se passerait le lendemain, et pas seulement pour lui épargner le terrible spectacle d'une bataille rangée. Non, j'étais plus vil et plus égoïste que cela. Je ne voulais pas qu'elle voie mon crime. Elle n'en comprendrait sans doute jamais la nature, mais je ne voulais pas me damner devant elle.

Elle consentit enfin à monter en selle.

—Où? demanda-t-elle en marmonnant. Où est-ce que je dois chercher? Ce pays est grand.

—Tu es une chasseuse, lui rappelai-je. (Je lui offris un sourire qu'elle ne me rendit pas.) Et puis j'ai l'impression que la *Doenlisch* te trouvera quand le moment sera venu. (Je reculai sans me départir de mon sourire et poursuivis en m'efforçant de chasser la boule qui me nouait la gorge.) Méfie-toi des gens que tu croiseras sur la route. Ne fais confiance à personne et pars du principe que tout ce qu'on te raconte est faux.

Lilat détourna la tête. Je crus qu'elle allait s'enfoncer dans les ténèbres sans un adieu, mais ses doigts se contractèrent sur les rênes. Quand elle me regarda de nouveau, ses yeux étaient toujours chargés de reproche, mais ils s'étaient adoucis.

—L'*Eithlisch* a dit la même chose que toi.

Je me forçai à rire.

—Je ne le porte pas trop dans mon cœur, mais ni toi ni moi ne pouvons douter de sa sagesse.

Elle hocha la tête et se redressa tandis que les derniers fragments de sa colère s'évanouissaient.

—Ne meurs pas, demain! lança-t-elle avant d'éperonner son cheval.

Kaelihr partit au petit galop. Le ciel nocturne était couvert de nuages et je ne pus la suivre que quelques instants avant qu'elle disparaisse dans l'obscurité avec sa monture.

Chapitre 36

L e Prétendant avait disposé sa horde avec soin. Les troupes aguerries du duc Guhlton formaient le flanc droit tandis que les libres épées et le reste de ses fidèles se trouvaient au centre. L'alignement jusque-là irréprochable se transformait cependant en longue masse désordonnée sur le flanc gauche qui rassemblait les manants. Malgré leur manque de cohésion, les volontaires qui s'étaient rangés sous la bannière du Prétendant faisaient forte impression. Ayin – qui était très douée pour les estimations – évalua leur nombre à plus de dix mille, soit la moitié des troupes rebelles. L'armée de la princesse rassemblait entre quinze et dix-huit mille hommes – un chiffre en constante évolution dans la mesure où des renforts continuaient à affluer alors que les trompettes appelaient les soldats à former les rangs. Evadine était arrivée juste avant le lever du soleil avec près de six mille croisés dans son sillage. Le reste était disséminé le long de la route d'Alberis, formant un cordon segmenté qui continua à alimenter l'armée royale en manants épuisés, mais déterminés tout au long de la matinée.

Au cours des heures précédant le début des pourparlers, Legueux et moi nous efforçâmes de rassembler les croisés en une vague formation militaire – avec les moins mal nourris et les mieux armés au premier rang. Ils avaient pu se reposer quelques heures et manger un peu, mais la fatigue et les souffrances de la Marche sacrificielle se lisaient sur leurs visages. Les expressions et les regards lointains indiquaient clairement que ces gens avaient enduré de terribles épreuves.

Ils pleurent les parents et les amis qu'ils ont perdus en chemin, compris-je.

J'éprouvai cependant une coupable satisfaction en voyant qu'il n'y avait pas la moindre trace de doute sur ces visages ravagés par le chagrin et la fatigue. Leur foi en la Dame Consacrée était plus fervente que jamais. Jour après jour, elle avait été attisée par les sermons d'Evadine qui, je l'avais découvert petit à petit, étaient tout aussi redoutables et mystérieux que les pouvoirs de la Sorcière au Sac et de l'*Eithlisch*.

Si mon plan fonctionnait, il n'y aurait pas de sermon aujourd'hui, pas de discours de dernière minute de la Martyre Ressuscitée pour inspirer ces malheureux et leur donner le courage d'affronter la horde malécite. J'étais convaincu que c'étaient les paroles qu'elle avait prononcées avant la bataille du Champ des Traîtres qui nous avaient permis de remporter la victoire. Ou, du moins, de survivre. Mais aujourd'hui il me fallait espérer que la ferveur des croisés les pousserait rapidement à passer à l'action quand le moment viendrait.

Je décidai cependant que quelques mots d'exhortation ne seraient pas de trop et j'enfourchai Sombresabot pour me promener le long des rangs approximatifs des croisés. Lorsque je sentis que j'avais attiré leur attention, je tirai sur les rênes de mon destrier et me redressai.

—Pour qui nous battons-nous? lançai-je d'une voix aussi forte que possible.

La réponse fut instantanée, tonnante et générale.

—Pour la dame!

—Pour qui vivons-nous?

—Pour la dame!

—Pour qui mourons-nous?

—POUR LA DAME!

Comme un seul homme, ils se mirent à frapper le sol avec le pied et l'extrémité de la hampe de leurs armes pour rythmer leur mantra.

—Nous nous battons pour la dame! Nous vivons pour la dame! Nous mourons pour la DAME!

Je m'attendais à ce que ce déchaînement de ferveur reste cantonné aux croisés, mais il ne tarda pas à gagner les rangs des soldats de l'Alliance alignés devant eux, puis ceux des conscrits ducaux sur notre gauche et notre droite — les troupes de l'Alliance étaient placées au centre de la formation. Bientôt, l'armée de la Couronne tout entière scanda ces mots qui résonnèrent au-dessus de l'étroite vallée dans laquelle était rassemblée la horde du Prétendant.

—LA DAME! LA DAME! LA DAME!

Evadine montait Ulstan en première ligne, à la périphérie du groupe de princes et de nobles qui se tenait sous la bannière royale. Je vis Leannor s'agiter en entendant les deux mots que ses soldats répétaient encore et encore, mais j'étais trop loin pour distinguer son expression. Je me demandai si l'inquiétude qu'elle éprouvait pour son frère laissait un peu de place à la jalousie, puis arrivai à la conclusion que son cœur était sans doute capable de faire cohabiter les deux. Evadine, elle, ne réagit pas. Elle resta stoïque sur sa selle, les yeux rivés sur l'armée ennemie. Et, bien entendu, cette apparente indifférence ne fit que renforcer son image de détermination, de droiture et d'abnégation.

—Il vaudrait mieux poster ces types le plus en arrière possible, dis-je à Legueux. (Comme il était à pied – c'était ainsi qu'il préférait se battre – je dus me pencher sur l'encolure de ma monture et crier de toutes mes forces pour couvrir le tumulte qui ne faiblissait pas.) Les sergents pourront relayer les ordres rapidement si besoin.

Legueux me regarda en fronçant les sourcils, un reflet de sa méfiance innée qui se manifestait sur son visage.

—Vous pensez que les négociations vont échouer?

C'était le soldat le plus expérimenté des troupes de la Dame Consacrée et il savait que les pourparlers précédant une bataille étaient toujours incertains. Il arrivait qu'ils débouchent sur un accord quand les convictions d'un belligérant – voire des deux – étaient confrontées à la perspective d'une mort violente et douloureuse. Les leçons de Sihlda m'avaient appris que plusieurs guerres s'étaient terminées ainsi, mais j'avais préféré ne pas dire à Legueux que ce ne serait pas le cas de celle-ci.

—Le Prétendant peut bien raconter qu'il a du sang royal dans les veines, dis-je en me baissant un peu plus et en parlant plus bas. Au fond, ce n'est rien d'autre qu'un voleur, et on ne peut pas lui faire confiance. Je sais de quoi je parle, vous ne croyez pas? Gardez l'œil ouvert pendant qu'ils discutent et soyez prêt à intervenir sur-le-champ, capitaine.

Je sentis sa méfiance monter d'un cran tandis que je me redressais et faisais pivoter mon cheval vers la bannière royale. Il consentit cependant à me gratifier d'un hochement de tête grave avant que Sombresabot s'éloigne au petit galop. J'avais à peine parcouru une vingtaine de mètres qu'une voix familière m'interpella. Une voix que je n'aurais jamais cru entendre de nouveau.

—J'ignorais que tu avais un tel talent pour les discours.

Lorine Blousset, duchesse des Marches shavines, me regardait du haut de sa grande jument blanche, flanquée par des soldats en armure

483

portant la livrée ducale. La dernière image que je gardais d'elle, c'était son visage à moitié éclairé par un feu de camp et éclaboussé par les gouttes de sang qui avaient jailli quand elle avait tiré sa dague de la nuque du chaînier. Elle avait fait de nets progrès dans le domaine de la noble autorité et, loin d'assombrir sa beauté, le passage des ans n'avait fait que l'exalter. Sa cape en soie bleue bordée d'hermine lui allait à ravir et complétait l'image d'une femme de haute naissance – ce qui était un mensonge, comme à peu près tout ce qui la concernait. Elle souriait, mais je sentis une méfiance scrutatrice derrière cette aimable façade. Cette femme est sans nul doute une des personnes les plus intelligentes que j'ai rencontrées au cours de ma vie et je savais qu'elle avait longuement réfléchi à la situation politique du royaume.

— Duchesse, dis-je en m'inclinant sur ma selle. Vous me pardonnerez de ne pas mettre pied à terre, mais la princesse m'attend.

Un petit rire franchit ses lèvres.

— Tu es monté bien haut, je vois. Plus haut que moi, peut-être.

— C'est impossible, ma dame. (Je jetai un coup d'œil et vis qu'il y avait des gardes, mais pas de duc.) Votre époux n'est pas là ?

— Tu ne sais donc pas ? (Le sourire de Lorine se transforma sans effort en masque larmoyant de veuve affligée.) Le duc Rouphon, mon cher époux, a quitté ce bas monde il y a quelques semaines. Une maladie du ventre que les médecins et les prières aux Martyrs ne sont pas parvenus à guérir.

— Quelle terrible perte, lâchai-je sans me donner la peine de feindre la tristesse.

Le peu que j'avais vu du duc Rouphon m'avait donné l'impression d'un homme insignifiant qui s'efforçait de jouer un rôle qu'il était incapable de tenir. Contrairement à sa femme.

— Et… votre enfant ? demandai-je.

— Il se porte à ravir. Il se trouve au château d'Ambris. Je l'ai confié à des serviteurs en qui j'ai toute confiance, mais je souffre d'être séparée de lui. Il s'appelle Bouldin.

Nous échangeâmes un sourire complice. Bouldin avait été le prénom du grand-père maternel de Deckin. Le jeune héritier n'avait aucun lien de sang avec le roi bandit exécuté en place publique, mais Lorine avait veillé à ce que Deckin devienne son père symbolique. Je savais que la duchesse Lorine Blousset ne se remarierait pas, qu'elle n'avait aimé qu'un seul homme au cours de sa vie et qu'elle n'en aimerait pas d'autre. Cette pensée réveilla des souvenirs de notre ancienne bande de gredins et de notre vie dans la forêt. Des souvenirs qui, l'espace d'un instant, me firent oublier que j'avais un crime à orchestrer.

—Vous feriez bien de vous assurer que vos troupes sont en formation, ma dame, dis-je en croisant son regard pour m'assurer qu'elle comprenait le message.

Elle jeta un rapide coup d'œil en direction du groupe qui entourait la princesse, puis fit approcher sa jument et s'adressa à moi à voix basse, le visage impassible.

—Est-ce que le Prétendant a vraiment capturé le roi, Alwyn ? Ou s'agit-il d'une farce ?

Je sentis sa curiosité malgré son ton monocorde.

Elle se demande si c'est le moment de changer de camp.

Je me mordis les lèvres pour contenir un éclat de rire, puis songeai que je ne pouvais pas reprocher à Lorine d'envisager de retourner sa veste. On ne vilipende pas une louve parce qu'elle mord ceux qui approchent un trop de ses louveteaux.

—Veille à ce que tes troupes soient en formation, répétai-je. Surtout sur le flanc gauche. Si c'est le cas, tout se passera bien.

Elle fronça les sourcils et me regarda d'un air perplexe.

—Mes capitaines m'ont dit que les meilleurs soldats de Lochlain se trouvent au centre.

—Le flanc gauche, répétai-je. (Je saisis les rênes de Sombresabot et le fis pivoter vers la bannière des Algathinet.) Fais-moi confiance. (J'hésitai un instant, puis me tournai vers elle.) Je suis content de t'avoir revue.

Son froncement de sourcils s'accentua, mais elle inclina la tête avec une grâce ducale tandis que j'éperonnais mon destrier pour le lancer au trot. Les trois rangs de soldats de la Couronne s'écartèrent pour me permettre d'approcher la princesse et j'ordonnai à Sombresabot de ralentir au pas afin d'observer l'extrême droite de nos lignes. À ma grande satisfaction, je vis que Wilhum avait posté les éclaireurs à cheval et les cavaliers de l'Alliance légèrement en avant des fantassins. Cela leur permettrait de charger plus vite le moment venu.

Je dois reconnaître que j'éprouvai un certain malaise tandis que j'approchais des nobles rassemblés autour de la bannière des Algathinet. J'étais convaincu d'avoir pris la bonne décision, mais un tel plan ne s'accomplissait pas à la légère. Et puis je ne savais pas si tout se déroulerait comme prévu, car jamais personne n'avait tendu un tel piège. Aujourd'hui encore, je n'ai jamais entendu parler de quelque chose de semblable, mais il faut dire que ma ruse n'avait jamais été dévoilée avant que je prenne ma plume pour en parler dans ces pages. Le pire de mes crimes a été mon mensonge le plus long et, si je te le révèle enfin, cher lecteur, c'est parce que je sais que ton jugement sera équitable.

—Le bâtard est en retard, grogna Sir Altheric tandis que je tirais sur les rênes de Sombresabot pour m'arrêter.

Le maréchal-chevalier scruta l'armée ennemie avec une intensité de prédateur qui se transforma en grimace désapprobatrice lorsqu'il tourna la tête vers moi.

—Et il semblerait que vous le soyez également, capitaine.

—Je vérifiais que les troupes avaient adopté les formations voulues, seigneur, dis-je en essayant de refouler le malaise qui me nouait le ventre.

Je n'y parvins pas tout à fait, mais par chance mon armure m'y aidait. Contrairement à celle des autres personnes présentes, elle était constituée d'un ramassis hétéroclite de pièces de couleurs et d'âges variés que j'avais récupérées sur les champs de bataille. Mais ce jour-là mon manque d'élégance de chevalier était au moins égalé par Sir Ehlbert. Le champion du roi était assis sur son puissant destrier dans une armure ornée de superbes gravures, mais dont l'acier n'avait pas été poli. Il était mal rasé et ses yeux se déplaçaient sans cesse tandis qu'il cherchait quelque chose au sein de la horde du Prétendant. Une fois de plus, je fus tenté de le plaindre, car la déchéance d'un tel homme aurait ému le cœur le plus endurci. Une fois de plus, je repoussai impitoyablement cet élan.

Je ne dois rien à ces enfoirés de nobles.

La princesse Leannor se tourna vers moi et prit la parole d'une voix grave et autoritaire.

—Quand le Prétendant arrivera, les pourparlers se dérouleront selon l'usage. Vous vous contenterez de l'écouter. Rien ne sera décidé tout de suite. Nos choix à venir dépendront de ce que vous pourrez nous apprendre après l'avoir entendu. (Son expression s'assombrit comme si elle lançait un avertissement–ou une menace.) Est-ce que vous m'avez bien comprise, capitaine Scribe?

Je m'inclinai avec déférence, puis pliai un doigt gainé de fer et le portai à mon front–l'image du manant craintif qu'elle s'attendait à voir.

—Oui, Votre Majesté.

De lointains coups de trompette arrivèrent jusqu'à nous et tous les yeux se tournèrent vers l'armée ennemie. Au centre, les rangs impeccables ondulèrent et s'ouvrirent pour laisser passer une haute bannière. Un cavalier portant une superbe armure aux reflets mordorés apparut et des acclamations retentirent. C'était au tour des soldats rebelles d'ovationner leur chef. Je remarquai que les cris les plus fervents venaient des manants massés sur la gauche plutôt que des troupes du duc d'Althiene. Les soldats et les libres épées étaient enthousiastes, certes, mais ils le montraient avec moins de passion et d'énergie. Une fois qu'il eut franchi la première ligne, le cavalier brandit sa bannière et son destrier se cabra. L'image était impressionnante et les ovations des manants en liesse redoublèrent.

La monture se cabra une seconde fois, puis se dirigea vers nous à un galop régulier, la bannière de soie flottant dans son sillage. Pendant un moment, je crus que le Prétendant avait l'intention d'assister seul aux pourparlers – ce qui m'aurait bien arrangé –, puis je vis un groupe de cavaliers se détacher des lignes ennemies. Le duc Guhlton chevauchait sous sa propre bannière, suivi par une escorte de douze chevaliers. Il s'agissait sûrement de ces Lances d'argent dont Sir Altheric avait parlé. Les fers de leurs lances reflétèrent la lumière du soleil pendant un instant, puis un banc de nuages plongea le vallon dans l'ombre.

Magnis Lochlain, prétendant au trône d'Albermaine, arrêta sa monture à une dizaine de mètres de la suite royale. Il ne portait pas de casque et je vis son visage pour la première fois. Je fus frappé par l'absence de ressemblance avec le roi Tomas et la princesse Leannor. C'était un bel homme, assurément, avec une forte mâchoire, un nez étroit et de longs cheveux noirs, mais il ne présentait aucun des traits caractéristiques des Algathinet, ce qui me conforta dans l'idée que c'était un fieffé menteur. Ses affirmations n'étaient pas plus vraies que tous les mensonges que j'avais racontés au cours de ma vie, mais malheureusement ils avaient un tout autre impact. Ses traits exprimaient un mélange de ruse et d'intelligence, mais je sentis aussi son ambition démesurée tandis qu'il observait les nobles rassemblés devant lui. À ma grande surprise, ses yeux glissèrent de la suite royale à Evadine. Il donna un petit coup de talons dans les flancs de son destrier et avança vers elle.

— Dame Evadine Courlain, dit-il en s'inclinant avec respect.

Sa voix me prit au dépourvu, elle aussi, car elle était dénuée de tout accent aristocratique. Elle était posée et habituée à prononcer des discours, mais également rugueuse. La voix d'un roturier ou d'un citadin cultivé.

—Nous nous sommes déjà rencontrés, bien sûr, mais nous n'avons pas eu l'occasion de nous présenter. En vous voyant aujourd'hui, je me rends compte que c'était une regrettable erreur de ma part.

Il semblait sincère et son charme était indéniable. On aurait dit un homme en quête de mariage s'adressant à une fiancée potentielle. Ce ne fut pourtant pas de la jalousie qui envahit ma poitrine, mais un vague amusement. Je connaissais cette femme et il était clair qu'il ne la connaissait pas.

Evadine ne réagit pas, mais son expression parlait pour elle. Elle contemplait Lochlain avec la concentration glacée qu'elle arborait au combat, son visage de tueuse.

Je vis la bouche du Prétendant se tordre en un rictus d'affront amusé tandis qu'Evadine conservait le silence. Il s'inclina sur sa selle et demanda :

—Vous n'avez donc rien à me dire, ma dame ? Une attitude si… peu civile sous la protection de la bannière parlementaire est indigne de votre réputation de dévotion.

Les yeux d'Evadine se plissèrent.

—J'ai quelque chose à vous dire, dit-elle d'une voix rendue hachée par la colère contenue. Terminons-en avec cette farce inutile afin que je puisse me remettre au travail et envoyer votre âme corrompue à ses maîtres malécites.

Toute trace d'amusement disparut du visage de Lochlain. Il avait déjà affronté cette femme et, bien que le combat n'ait duré que quelques minutes, il savait qu'elle était une redoutable épéiste, et son antipathie assassine avait sapé sa bonne humeur.

—Je ne sers pas les Malécites, déclara-t-il sur un ton qui semblait sincèrement peiné. J'ai toujours eu le plus grand respect pour l'Alliance. (Il pointa le doigt vers l'armée qui s'étendait derrière lui.) Il y a des clercs parmi les hommes qui me suivent aujourd'hui.

—« Méfie-toi des paroles du corrompu, répliqua Evadine en citant le parchemin du Martyr Stevanos. Car la langue des Malécites cherchera à tisser une cage de mensonges autour de ton cœur. »

—« Ne laissez pas l'ambition de l'orgueil tenter votre âme », répondit aussitôt Lochlain.

Une phrase de la Martyre Melliah. L'homme connaissait les saintes écritures, mais cette citation suintait l'hypocrisie.

—« Ne t'élève que par l'approbation des honnêtes gens. Tout le reste n'est que vanité. »

L'échange de piques spirituelles aurait pu durer un certain temps si un fracas de sabots n'avait pas annoncé l'arrivée de la délégation du duc Guhlton.

—Lochlain! lança-t-il tandis que son destrier s'arrêtait en projetant une gerbe de terre. Vous avez assez batifolé avec la sainte catin. Nous avons une guerre à gagner.

Le duc était aussi grand que Sir Ehlbert, mais son tour de taille était beaucoup plus large. Son armure n'était pas décorée à l'exception de la cuirasse qui était ornée d'un motif en émail argenté figurant un balbuzard aux ailes déployées, le blason de la famille Pendroke. Contrairement au Prétendant, il portait un casque dont la visière levée laissait entrevoir une barbe fournie ainsi que des rides profondes sur le front et au coin des yeux. Et, contrairement au Prétendant, son regard se concentra sur les personnes les plus importantes de la suite royale.

Guhlton Pendroke contempla Leannor et Ehlbert dans un silence mauvais et ne salua personne pendant que les membres de son escorte se déployaient autour de lui. Le silence persista et s'alourdit tandis que Lochlain s'inclinait devant Evadine et allait ranger sa monture près de celle du duc. L'atmosphère était si tendue que mon ventre se noua et que le doute m'envahit.

Je ne dois rien à ces enfoirés de nobles.

Cette phrase sonnait un peu plus creux chaque fois qu'elle me traversait l'esprit, soulevant une nuée de questions embarrassantes.

Leannor se tourna et adressa un hochement de tête à Altheric qui prit la parole d'une voix forte pour débiter les formalités d'usage.

—Qu'il soit établi que tous ceux qui se rassemblent sous cet étendard acceptent de ne pas verser le sang dans son ombre. Nous nous rassemblerons et nous nous séparerons en paix. Prêtez ce serment maintenant ou préparez-vous à la bataille.

La princesse fut la première à parler. Elle se redressa et leva une main.

—Je le jure, au nom de la Couronne et de la famille Algathinet. Que les Martyrs et les Séraphiles en soient témoins.

Ehlbert jura à son tour, le visage ridé par l'angoisse et les mains tremblantes.

—Je le jure.

Lochlain prêta serment avec grâce et affabilité, mais ses coups d'œil répétés en direction d'Evadine indiquaient qu'il était furieux ou vexé.

— Je le jure au nom de mon peuple et du royaume.

— Je le jure, aboya le duc Guhlton dans un grondement impatient. Dépêchons-nous, Courlain.

Sir Altheric échangea un regard avec Leannor. La princesse hocha la tête et il reprit la parole.

— La proposition reçue par la princesse Leannor des mains du héraut de Magnis Lochlain a été jugée sans intérêt. Il n'y aura pas d'autres discussions sur ces bases, mais l'attachement que la princesse porte à son frère et son fervent désir d'éviter un nouveau bain de sang inutile à ce royaume l'ont convaincue de chercher un terrain d'entente.

Le maréchal-chevalier s'interrompit le temps de reprendre son souffle et le duc Guhlton en profita pour poser ses conditions.

— Ma petite-fille, lâcha-t-il sur un ton aussi bourru qu'implacable. Rendez-la-moi. À supposer que vous ne l'ayez pas déjà tuée.

— Dame Ducinda est en parfaite santé, déclara Leannor. (Ses joues s'empourprèrent.) Elle est en sécurité et bénéficie de toute l'attention de ma famille.

— Afin que vous puissiez l'enchaîner à votre maudit rejeton. (Le grondement de Guhlton était de plus en plus menaçant.) C'est hors de question. Le sang des Guhlton ne sera pas abâtardi par le vôtre. Rendez-moi ma petite-fille et… (Il s'interrompit et grinça des dents.) Nous vous rendrons votre frère.

C'est dans les détails qu'on repère les mensonges. Une hésitation, un coup de langue sur les lèvres ou un clignement d'œil trop rapide. Dans le cas présent, ce fut le mélange de rage et de culpabilité de Guhlton lorsque ses mâchoires se contractèrent. J'étais venu à cette rencontre pour jouer les accusateurs que ma cible ait quelque chose à se reprocher ou pas, mais j'avais désormais un véritable coupable sous la main.

Sir Ehlbert fut le seul à remarquer mon infime sursaut de surprise et ses yeux rougis me contemplèrent avec une impatience frénétique.

— Qu'avez-vous vu ? demanda-t-il d'une voix si basse qu'elle fut couverte par celle de Sir Altheric qui avait repris la parole.

— Un éventuel accord dépendra des garanties données quant à l'état de santé et aux conditions de détention du roi Tomas. Par conséquent, la princesse Leannor exige que vous promettiez que le roi est vivant et en bonne santé.

— Qu'est-ce que vous avez vu, Scribe ?

Cette fois-ci, Sir Ehlbert parla assez fort pour que tout le monde tourne la tête vers lui.

Mon regard passa du champion du roi au duc d'Althiene qui s'agitait sur sa selle. Son destrier renâcla et frappa le sol de ses sabots. Peut-être avait-il senti l'inquiétude de son cavalier. Guhlton me dévisagea avec ce mélange de confusion et de méfiance propre aux personnes qui n'ont pas la conscience tranquille. Puis il tourna la tête et regarda la princesse Leannor.

—Rendez-moi ma petite-fille, lança-t-il. Et nous vous rendrons votre frère.

—Scribe? répéta Ehlbert d'une voix désormais empreinte d'une terrible certitude.

Je dois avouer que j'hésitai pendant quelques instants. J'étais écrasé par le poids de ma tâche et mon ventre se nouait et se dénouait sans cesse. Alors que je contemplais le visage triste et défait de Sir Ehlbert, je compris que j'allais infliger un terrible coup à cet homme, mais je me ressaisis. L'enjeu de cette rencontre allait bien au-delà des sentiments d'un père. Je tournai la tête vers le duc d'Althiene.

—Je crois que le roi Tomas n'est plus de ce monde, déclarai-je d'une voix forte et claire. Je crois qu'il a été tué au combat par le duc Guhlton il y a quelques jours.

Nul doute que Guhlton Pendroke avait fait preuve de courage tout au long de sa vie, qu'il avait participé à plusieurs guerres et que sa détermination égalait celle des meilleurs chevaliers du royaume, mais il se passa quelque chose d'extraordinaire quand Ehlbert se tourna vers lui. Le héros se transforma en lâche.

—J'ai essayé de l'épargner, souffla-t-il dans un murmure à peine audible. (Ses yeux écarquillés étaient rivés sur Ehlbert dont le visage exprimait désormais un calme terrifiant.) C'est... (Guhlton s'étrangla tandis que le champion du roi dégainait son épée sans hâte particulière.) C'était un accident. Son cheval est tombé. Je n'ai jamais voulu...

Ces supplications ne lui auraient sans doute pas épargné la colère d'Ehlbert, mais nous n'en aurons jamais la certitude, car le champion du roi n'était pas la seule personne déterminée à venger la mort du roi Tomas. La princesse Leannor réagit avec une rapidité et une férocité dont je ne l'aurais jamais crue capable. Un horrible cri strident jaillit de ses lèvres retroussées en un rictus sauvage. Elle éperonna sa jument, se hissa sur sa selle et bondit en brandissant sa dague. S'il n'avait pas été si préoccupé par l'aura meurtrière du champion du roi, le duc Guhlton aurait sans doute paré l'attaque, mais, malheureusement pour lui, il eut à peine le temps de lever le bras à hauteur de poitrine avant que la lame lui traverse l'œil droit. Le coup avait été porté avec une force dévastatrice et la dague s'enfonça jusqu'à la garde. Le duc en armure tomba de cheval avec la princesse et ils roulèrent à terre accrochés l'un à l'autre. Les bras de Guhlton s'agitèrent avec frénésie et je compris qu'il s'agissait de spasmes d'agonie.

Il m'est impossible de raconter avec précision ce qui se passa au cours des instants suivants, car mon attention se concentra sur le cadavre du duc et la réaction de son escorte. J'ai cependant rassemblé de nombreux témoignages depuis et je suis donc en mesure d'affirmer que les événements les plus frappants de cette journée se déroulèrent *avant* la bataille décrite et analysée par tant d'historiens.

Pendant une poignée de secondes, les Lances d'argent restèrent figées, les yeux rivés sur le cadavre de leur seigneur et sur la princesse Leannor qui s'agitait en dessous. Elle parvint à se dégager, libéra sa dague et enfourcha le corps avant de le poignarder à d'innombrables reprises à la gorge en proférant des obscénités incompréhensibles. Ce spectacle arracha enfin les gardes à leur stupéfaction. Consternés, ils poussèrent des cris de rage et baissèrent leurs lances tandis que leurs montures survoltées se cabraient. Nul doute que la princesse aurait été piétinée par les destriers si Sir Ehlbert n'avait pas chargé les Althieniens. Sa grande épée fendit l'air de gauche à droite et faucha deux cavaliers avant qu'ils aient le temps de réagir. Leurs camarades voulurent faire pivoter leurs montures pour lui faire face, mais Ehlbert se déplaçait comme un requin au milieu d'un banc de poissons, frappant avec l'efficacité et la précision qui avaient fait sa renommée. À un contre dix, c'était cependant un combat perdu d'avance, même pour un guerrier aussi redoutable que lui, et il n'aurait pas survécu longtemps sans l'intervention de Sir Altheric.

Comme toutes les personnes présentes, le maréchal-chevalier avait été stupéfié par la mort du duc Guhlton, mais son expérience de soldat lui permit de se ressaisir et de passer outre le respect des coutumes chevaleresques.

Il dégaina son épée, baissa la visière de son casque et lança son destrier au galop.

—Soldats de la Couronne, en avant! hurla-t-il en chargeant les Althieniens.

La vingtaine de cavaliers présents l'imita aussitôt et l'affrontement se transforma en mêlée chaotique. Les lances se brisèrent et les massues sifflèrent tandis que les chevaux hennissaient de douleur et que les cavaliers vidaient les étriers. Je regardais la scène avec un curieux détachement qui semblait partagé par les soldats des deux armées qui se faisaient face dans le vallon.

L'aspect le plus étrange de ce qu'on appellerait plus tard «la bataille du Vallon» fut sans doute la passivité des troupes à cet instant crucial. Comme moi, les soldats alignés observaient les nobles en train de s'entretuer avec une frénésie croissante. À une exception près. En accord avec mon plan – perturbé par les récents événements, mais toujours d'actualité –, Wilhum sonna la charge dès que le chaos éclata. Moins de deux cents mètres séparaient l'extrême droite de l'armée de l'Alliance de la suite de la princesse Leannor, une distance que les cavaliers au galop couvrirent en quelques instants. J'eus pourtant l'impression de les attendre pendant une éternité, sans doute parce que Magnis Lochlain se décida à réagir avec retard.

Alors que le Prétendant traversait mon champ de vision au triple galop, mon esprit consentit à compresser le temps pour analyser la frénésie ambiante. Lochlain n'avait pas enfilé son casque et ses longs cheveux noirs flottaient derrière lui tandis qu'il levait son épée au-dessus de sa tête. La scène aurait été grandiose si sa cible n'avait pas été une jeune femme sans défense qui sanglotait assise sur la poitrine de l'homme qu'elle venait de tuer. On raconte que le Prétendant a accompli de nombreux exploits. Certains de ces exploits sont réels, mais la plupart ne sont que des fantasmes issus de l'imagination des naïfs prompts à se noyer dans l'admiration de leurs héros. Je découvrirais plus tard que cet homme n'était pas vraiment mauvais, mais il ne s'illustra pas par sa noblesse le jour où il essaya de tuer la princesse Leannor. Il avait l'occasion de se débarrasser d'un obstacle qui se dressait entre lui et le trône et il ne la laissa pas passer. Je suis sûr qu'il aurait eu la décence d'en éprouver un peu de honte plus tard, mais je lui épargnai cette peine.

J'avais attrapé mon casque au moment où Sir Ehlbert avait entamé sa charge meurtrière contre les Lances d'argent, mais je ne l'avais pas encore enfilé. Je ne pouvais pas intercepter Lochlain avant qu'il atteigne la princesse Leannor, mais j'avais toujours eu un don pour lancer des projectiles. Le casque siffla dans l'air et frappa le Prétendant à la tempe avec assez de force pour l'étourdir. Lochlain resta en selle, mais tira sur les rênes sans le vouloir. Son destrier évita Leannor, mais il s'écarta si brusquement qu'il perdit l'équilibre et tomba dans une flaque de boue.

C'était le moment ou jamais. Je tirai mon épée de son fourreau et éperonnai Sombresabot pour le lancer au galop. Alors que je fondais sur lui, Lochlain réussit à s'écarter du cheval affolé, puis se tourna vers moi et me regarda avec les yeux fixes et vides d'un homme qui sait qu'il n'échappera pas à son funeste destin. Mais, à mon grand regret, son fidèle et maudit destrier se redressa avant que j'aie le temps de le tuer. Le pauvre animal poussa un hennissement douloureux et se jeta contre ma monture avec tant de force qu'elle dévia de sa course. Sombresabot fit de son mieux pour conserver son équilibre, mais le choc avait été trop violent. Il trébucha, puis ses jambes antérieures cédèrent et je fus projeté en avant. Par chance, j'avais une longue expérience dans le domaine des chutes de cheval et je réussis à extraire mes pieds des étriers, puis à rouler sur le côté au moment de l'impact. Je réussis également à ne pas lâcher mon arme, un coup de chance inespéré qui me permit de bloquer l'épée du Prétendant lorsqu'elle s'abattit sur moi.

Les deux lames s'entrechoquèrent et, lorsque je levai les yeux vers l'homme qui se dressait devant moi, je vis que sa stupeur résignée avait laissé place à une rage grimaçante.

—Le scribe, hein? demanda-t-il tandis qu'il poussait sur son arme de toutes ses forces, les dents serrées. Dommage. J'espérais vous garder en vie.

—Vraiment? (Je déportai mon poids sur la gauche, inclinai mon épée et frappai au visage avec le pommeau.) Eh bien! sachez que moi je n'ai jamais eu cette intention.

Il recula en poussant un grognement douloureux, le nez en sang. J'en profitai pour me redresser et reculer à mon tour, mais le répit fut de courte durée. Lochlain se précipita sur moi comme un fauve affamé et enchaîna les coups de taille en visant ma tête non protégée. Les heures d'entraînement sous la férule impitoyable de Roulgarth m'avaient appris une importante leçon: on ne pare pas quand on peut esquiver. Une parade demande autant d'énergie qu'une attaque et, dans un duel à l'épée, le vainqueur est souvent celui qui a su économiser ses forces. Je décidai donc de me pencher et de me baisser pour esquiver les coups du Prétendant, attendant le moment inévitable où il s'interromprait pour reprendre son souffle. Et quand cela arriva, je passai à l'attaque. Je feintai au visage, puis redressai mon arme avant de l'abattre sur son bras droit. Je savais que la lame ne traverserait pas sa solide armure, mais la force de l'impact pouvait briser les os qui se trouvaient à l'intérieur. Lochlain recula d'un pas en évitant le pire, mais je le touchai du poignet. Il recula d'un autre pas et essaya de prendre son épée de la main gauche, mais je ne le laissai pas faire. Je m'élançai en enchaînant une série de frappes aux jambes et au ventre. Il recula de nouveau et grimaça de douleur tandis qu'il parait en tenant son arme de la main droite. Et pendant que je le repoussais une pensée me traversa l'esprit.

Je suis meilleur que lui.

Lochlain savait se servir d'une épée, certes, mais il n'était pas particulièrement doué. C'était un solide guerrier et un chef capable d'exalter ses troupes, mais rien de plus. Je suis certain qu'il ne m'aurait pas résisté longtemps, même si Evadine n'avait pas surgi de la mêlée au triple galop derrière lui, penchée sur sa selle et brandissant son épée maculée par le sang d'un précédent adversaire. Elle ramena son arme en arrière dans la claire intention de le décapiter, mais une fois encore Lochlain bénéficia d'une chance insolente : il entendit le fracas des sabots et se jeta sur le côté. Malheureusement pour lui, la chance avait ses limites et il bondit du mauvais côté. Il évita la lame d'Evadine, mais se plaça sur le chemin de son destrier.

Ulstan le percuta et le projeta en arrière comme une vulgaire poupée. Lochlain lâcha son épée et agita les bras dans l'espoir de maintenir un semblant d'équilibre. Il atterrit quelques mètres plus loin, face contre terre, et traça un long sillon dans la terre humide avant de s'immobiliser à mes pieds.

— Tuez-le, Alwyn ! me cria Evadine en tirant sur ses rênes pour arrêter Ulstan et le faire pivoter. Il faut en finir une fois pour toutes !

Plus tard, j'attribuerais mon incapacité à exécuter cet ordre à une distraction importune, car à cet instant un puissant hurlement de rage collectif monta de la horde du Prétendant qui s'était enfin décidée à avancer. Mais ce ne serait qu'un mensonge de plus. Je baissai les yeux et vis celui qui affirmait être un roi cracher un mélange de sang et de terre sur mes solerets, un ultime défi qui fit naître un soupçon de pitié dans mon cœur. J'avais déjà tué des hommes sans défense, des hommes qui méritaient leur sort, mais, tandis que Lochlain rassemblait ses dernières forces pour lever la tête vers moi, je m'aperçus qu'il n'y avait aucune trace de peur sur son visage. Un tel homme ne méritait pas une fin si sordide.

— Reposez-vous un peu, Votre Majesté, dis-je en posant un pied sur son épaule et en le poussant en arrière. Nous nous occuperons de vous dans un moment.

Je regardai autour de moi pour voir où en était la bataille et ce que je vis ne me rassura guère. Les Lances d'argent du duc Guhlton avaient été massacrées ou s'étaient enfuies et Wilhum s'efforçait de rassembler les cavaliers de l'Alliance. Plus loin, la horde du Prétendant avançait en dessinant une ligne sans fin. Au centre, les troupes d'Althiene maintenaient un semblant de formation, mais leurs rangs se disloquèrent lorsqu'un certain nombre d'entre eux cédèrent à la colère et s'élancèrent au pas de course. L'assassinat de leur duc les avait enragés, bien entendu, mais le courroux est un mauvais général. Sur leur gauche, les manants chargeaient en hurlant et en brandissant leurs armes, masse grouillante prête à tous les sacrifices pour sauver l'homme qu'ils appelaient «le Vrai Roi». Un seul adversaire leur faisait face, un chevalier sur sa monture qui se précipitait à leur rencontre. De toute évidence, Sir Ehlbert n'avait pas eu son content de victimes pour la journée.

—Alwyn! cria Evadine.

Elle tira sur les rênes de son destrier et me regarda d'un air sévère. Puis elle pointa avec impatience son épée vers Lochlain qui gisait à terre.

—Nous avons une bataille à mener, ma dame! dis-je. (Je hochai la tête en direction de la horde qui approchait.) Et puis cet homme s'est rendu. Vous ne voudriez pas que je me déshonore, quand même?

—Enfoiré de menteur! hoqueta Lochlain. (Il poussa un grognement, se redressa en s'accrochant à ma jambe et lança à Evadine:) Je ne me suis pas rendu! Tuez-moi donc si vous en avez le courage, maudite catin vendue aux Malécites!

—Là, là. (J'appuyai mon pied sur sa nuque et le reste de ses mots se perdit dans la boue.) Ça suffit comme ça. Oh, le vilain roi!

Je tournai la tête vers Evadine. La jeune femme se renfrogna sous le coup de la frustration, puis ferma les yeux et inspira un grand coup pour se calmer.

—S'ils approchent assez pour le récupérer, dit-elle en éperonnant Ulstan, n'hésitez pas.

Elle s'éloigna en ordonnant à Wilhum d'assurer la protection de la princesse Leannor. J'assenai un puissant coup sur la nuque de Lochlain—on n'est jamais trop prudent—avant de tirer son corps inanimé vers les positions de l'armée de la Couronne, un endroit qui me semblait sûr. Un coup d'œil inquiet par-dessus mon épaule m'apprit que la horde n'était plus qu'à une centaine de mètres. Elle approchait à toute allure, mais sous une forme qui n'avait plus grand-chose à voir avec une formation militaire. Pendant un instant, j'envisageai d'exécuter l'ordre qu'Evadine m'avait donné, car il me semblait peu probable que je réussirais à traîner Lochlain jusqu'à nos lignes avant d'être rattrapé. Par chance, le capitaine Legueux avait pris mon avertissement au sérieux et les troupes de l'Alliance avançaient au pas de course. Elles passèrent autour de moi et des cavaliers de l'Alliance avant de se déployer sur trois rangs – la formation défensive habituelle. Ne voulant pas être en reste, la Compagnie de la Couronne les imita. Sur le flanc gauche, les conscrits ducaux des Marches shavines avancèrent à leur tour. J'apprendrais plus tard que la duchesse Lorine avait passé outre les objections de ses principaux capitaines et ordonné à ses troupes de se mettre en mouvement. Ses soldats se déplaçaient moins vite que ceux de la Couronne et de l'Alliance. Formant une diagonale, ils rejoignirent l'armée royale au moment où la masse grouillante des manants les atteignait.

Ce déferlement sauvage percuta les rangs des défenseurs dans une explosion de cris de douleur et de rage. Les corps s'écrasèrent contre le métal des armures et les lames tranchèrent les chairs dans un concert de chocs sourds. La légère déclivité me permit de voir la horde du Prétendant se fracasser contre les rangs de l'armée de la Couronne comme des vagues contre une côte rocheuse. Les lignes des conscrits ducaux s'incurvèrent, mais elles ne cédèrent pas. Le point de pression glissa vers la gauche tandis que les manants les plus entreprenants essayaient de contourner nos troupes. Par chance, les compagnies de Cordonniens étaient enfin arrivées et elles réussirent à contenir l'ennemi jusqu'à ce qu'une centaine de chevaliers lancent une attaque sur les flancs.

Au centre de la mêlée, les Althieniens se jetaient contre les soldats de la Couronne et de l'Alliance avec une rage vengeresse, mais sans résultat. Si l'attaque avait été menée avec un minimum de discipline, leur avantage numérique leur aurait permis de percer nos lignes. Mais lorsque l'élan de la charge s'essouffla ils ne purent rien faire d'autre que frapper d'estoc et de taille face à un rempart de piques et de hallebardes. Un gros détachement de rebelles à cheval chargea le flanc droit des troupes royales et se retrouva englué dans un affrontement chaotique contre les croisés de l'Alliance. Les cavaliers frappèrent les adversaires qui les entouraient avec une détermination farouche, mais ils furent submergés et désarçonnés en très peu de temps. Je regardai en contrebas de la pente et eus le plaisir d'apercevoir d'innombrables silhouettes disparaissant au-delà de la crête qui se dressait derrière les soldats d'Althiene. Maintenant que la personne qui les payait était morte, les libres épées n'avaient plus de raison de se battre.

J'étais confiant quant à l'issue de la bataille, mais elle était encore loin d'être terminée. Je poussai un soupir, lâchai la cuirasse de

Lochlain et scrutai les rangs des cavaliers de l'Alliance qui se trouvaient à proximité.

—Eamond! Maîtresse Juhlina! criai-je en apercevant mes deux subordonnés.

Ils étaient toujours en selle et ne semblaient pas blessés.

Ils approchèrent au trot.

—Capitaine? demanda Eamond.

Leurs visages étaient maculés des projections de sang et de boue caractéristiques des batailles. Eamond avait une vilaine plaie qui partait de la joue gauche et remontait jusqu'à la tempe. La partie supérieure de son oreille avait été tranchée, mais cela ne semblait pas le déranger outre mesure.

—Attachez cet homme et emmenez-le à l'arrière, ordonnai-je en assenant un coup de pied dans les côtes du Prétendant. (Un bruit sourd résonna quand mon soleret frappa sa cuirasse.) Gardez-le et… (Je tournai la tête vers Juhlina.) Vous avez intérêt à ce qu'il soit encore en vie quand je reviendrai le chercher.

—Et vous, capitaine? demanda Eamond en mettant pied à terre et en attrapant la corde accrochée à sa selle.

Je regardai autour de moi et repérai Sombresabot qui frappait le sol de ses sabots un peu plus loin.

—J'ai encore du travail, marmonnai-je en regrettant cruellement l'absence de mon heaume.

Je me dirigeai vers ma monture, m'arrêtai et m'accroupis pour récupérer le casque d'une Lance d'argent qui avait été tuée. Il n'était pas vraiment à ma taille, mais lorsque le soleil se coucha j'étais heureux de l'avoir trouvé. La horde du Prétendant fut longue à mourir, mais elle mourut tout de même.

Chapitre 37

Sir Ehlbert était assis sur le cadavre de son destrier, entouré par un tapis de roturiers morts. Je crus d'abord que c'était lui qui les avait tués, puis je m'aperçus que la majorité d'entre eux étaient criblés de carreaux. Sir Altheric avait appelé les arbalétriers à la rescousse quand il s'était rendu compte que l'affrontement allait durer et les volées de traits qu'ils avaient décochées par-dessus les épaules de nos fantassins avaient enfin fait comprendre à l'ennemi que la défaite était imminente. Comme souvent, ce n'était pas au cours de la bataille, mais de la retraite, que le carnage avait été le plus terrible. Les chevaliers et les cavaliers de la Couronne avaient massacré des centaines de soldats et de manants. Certains s'étaient rassemblés pour se protéger, devenant ainsi des cibles de choix pour les archers. J'avais entendu des arbalétriers faire des paris quant au nombre d'ennemis qu'ils tueraient avant le coucher du soleil.

La pluie finit par mettre un terme à cette boucherie, un véritable déluge qui s'abattit des nuages gris sombre qui planaient au-dessus de nos têtes depuis le début de la matinée. Le froid et l'humidité calmèrent les ardeurs assassines qui s'emparent généralement des vainqueurs après la bataille. Les scènes de cruauté sauvage s'espacèrent et les corps devinrent la proie de ceux qui étaient assez cupides pour affronter le déluge.

Sir Ehlbert inclina la tête en arrière et une bourrasque chargée de pluie l'enveloppa en lavant le sang qui le couvrait. Puis ses yeux se tournèrent vers moi et, à ma grande surprise, je vis que son visage n'exprimait pas la folie que je m'attendais à y lire. Il était comme mort, dépourvu d'émotions. Il y avait une certitude qui brillait dans son regard. Il m'observa pendant un moment, puis prit la parole d'une voix plate.

—Vous saviez, n'est-ce pas, Scribe? Vous saviez qu'ils avaient tué mon fils.

—Disons que je m'en doutais, répondis-je.

Ce n'était pas vraiment un mensonge. Après tout, j'avais conçu mon plan à partir d'une vision qui m'avait été offerte par un fantôme maléfique au cours d'un songe.

—Je savais que, si c'était le cas, nous le découvririons au cours des pourparlers. Je ne vous dirai pas que je regrette la manière dont tout cela s'est déroulé, seigneur. Cette guerre devait prendre fin aujourd'hui ou ce royaume aurait baigné dans le sang pendant dix ans.

Je m'interrompis pour déglutir. Après avoir combattu pendant plus d'une heure, je n'aurais pas dû ressentir la peur, mais la fatigue et les terribles images qui tournaient dans ma tête ne parvenaient pas à étouffer la crainte que m'inspirait cet homme.

—Et je ne chercherai pas à échapper aux conséquences de mes actes si vous avez l'intention de me demander des comptes, ajoutai-je.

—C'est courageux de votre part.

Je n'aurais jamais cru qu'un homme aussi droit que Sir Ehlbert soit capable d'un tel cynisme. Cette réplique aurait dû me glacer d'effroi, mais je me rendis compte qu'il était trop fatigué et trop triste pour avoir recours à la violence.

—Tomas n'était pas censé devenir roi, dit-il, le regard perdu dans le vague. Je suppose que vous le savez. Si Mathis avait régné un peu plus longtemps et si ce triste pochard d'Arthin ne s'était pas brisé le cou…

Ehlbert laissa échapper un petit rire sans joie, puis secoua la tête avant de la baisser sous la pluie. Je crus qu'il en avait terminé et qu'il se préparait à se lever. Je crus qu'il allait s'en aller noyer son chagrin et qu'il ne s'en remettrait peut-être jamais, mais je me trompais. Il avait une histoire à me raconter.

—Deux princes, tous les deux victimes d'un même coup du sort, dit-il en levant la tête et en lâchant un soupir amer. Je serais enclin à croire qu'il s'agit d'une malédiction si je n'avais pas un esprit si pragmatique. Je me rappelle le jour où on nous apporta la nouvelle. La reine Laudine, Leannor, Tomas et moi étions dans les jardins privés du palais où les enfants jouaient presque tous les jours. C'était un beau matin de printemps. Le soleil brillait et le parfum des roses était puissant. La mère de Tomas adorait les roses, voyez-vous. C'était elle qui les avait plantées. Laudine adorait voir les choses se développer et j'ai toujours regretté qu'elle n'ait pas eu le temps de voir notre fils atteindre l'âge adulte, car je pense que c'était un homme respectable. Mais quand le messager est venu nous apprendre la mort d'Arthin, son visage… Vous n'imaginez pas ce qu'on peut ressentir quand on voit le cœur de la femme qu'on aime se briser en un instant. Nous avons tout de suite compris ce que cela signifiait pour Tomas. Mathis allait le faire mander et le modeler pour en faire le prince qu'il voulait qu'il devienne, un tyran froid et impitoyable à son image. Cette idée a brisé Laudine, tant physiquement que mentalement. Elle mourut deux ans plus tard, rongée par le chagrin. Mais, avant de mourir, elle trouva la force de me faire prêter un serment. Au nom de l'amour que nous avions partagé, elle me demanda de jurer de protéger Tomas. Et c'est ce que je me suis efforcé de faire pendant toutes ces années. Tout ce sang que j'ai versé, tous ces crimes que j'ai commis au nom de la Couronne… Tout ça à cause d'une promesse à une morte. (Ses yeux se durcirent comme s'il jaugeait ma réaction et me mettait en garde.) Un amour tel que le nôtre peut se révéler très dangereux, Scribe. Je vois bien la manière dont vous regardez votre Dame Consacrée. Je vois bien que ce n'est pas une pieuse adoration que vous éprouvez pour elle. Et je vois bien comment elle vous regarde. Vous êtes victime d'une double malédiction, comme la mère de Tomas et moi l'avons été. (Il leva ses gantelets maculés d'écarlate que la pluie n'était pas parvenue à laver, puis écarta les bras pour montrer le carnage qui nous entourait.) Voyez où elle m'a mené et demandez-vous où vous mènera la vôtre.

Je le regardai en silence, insensible aux gouttes qui crépitaient sur mon crâne. La peur qu'il m'inspirait avait cédé la place à la colère qui vous saisit quand une personne vous assène des vérités qu'on n'a aucune envie d'entendre. Le vieux ressentiment que j'éprouvais à son égard avait disparu, lui aussi, car je savais qu'il avait raison. Si cet homme était un assassin, qu'étais-je donc ? Le massacre qui avait eu lieu un peu plus tôt était le fruit de mes machinations, pas des siennes, ni de celles de quelqu'un d'autre.

— La princesse Leannor est en vie, dis-je. Elle est en route pour Couravel afin de couronner son fils roi d'Albermaine. Je suis sûr que votre présence la réconforterait grandement, seigneur.

Je m'inclinai avec respect, puis me tournai et m'éloignai en pataugeant dans la boue. Je me dirigeai vers Sombresabot qui était fort occupé à frotter son museau contre la jambe d'un cadavre avec une lance brisée plantée dans le dos.

—J'aurais dû le savoir, Scribe! me lança Sir Ehlbert.

Il n'y avait aucune trace de moquerie dans sa voix, mais je refusai de me tourner vers lui. J'étais impatient de partir. Je ne supportais plus son horripilante sincérité.

—Sihlda m'avait mis en garde dans son temple perdu dans les marais, il y a bien des années. « La meilleure solution serait que vous quittiez ce royaume avec votre enfant et la femme que vous aimez, m'avait-elle dit. Vous ne connaîtrez que le chagrin et la douleur si vous restez ici. » Pourquoi ne l'ai-je pas écoutée? (J'enfourchai Sombresabot et le lançai au trot, mais il dut ralentir à cause de la pluie et j'entendis donc le champion du roi répéter sa question d'une voix désespérée.) Pourquoi ne l'ai-je pas écoutée?

—Qu'on sache qu'en ce jour nous proclamons Arthin Algathinet, cinquième du nom, roi et seigneur de tous les duchés, terres et domaines du royaume d'Albermaine!

Le plafond voûté de la cathédrale de Couravel était si haut qu'il donnait le vertige et ajoutait un écho aux paroles du Luminant Durehl Vearist. Je me rappelle que l'air était lourd d'encens, un artifice qui permettait de masquer les odeurs de transpiration d'une foule si nombreuse. La tempête qui s'était abattue après la bataille du Vallon avait été suivie par deux jours de pluie, puis le ciel s'était éclairci et un soleil plus chaud que de saison était apparu. Cela ne faisait que rendre plus insupportables les longues heures au cours desquelles il nous fallut nous agenouiller, nous lever et nous agenouiller de nouveau au gré des nombreux rituels de la cérémonie. J'avais fait quelques recherches à propos du sacre et je me rendis compte que la plupart des gestes et des paroles de Durehl n'étaient pas mentionnés dans les textes officiels. La plupart des personnes présentes devaient penser que ces prières et ces invocations étaient d'anciennes formules censées attirer les bonnes grâces des Séraphiles et des Martyrs, mais elles avaient été rédigées pour cette seule occasion. La foi peut être réelle, mais les rituels n'ont jamais été qu'une farce.

Le trône se dressait sur une estrade devant le reliquaire qui formait un rempart de châsses en or contenant des os et des objets ayant appartenu aux Martyrs. Ce reliquaire était le principal lieu de recueillement de ce monumental exemple de l'architecture de l'Alliance. Le roi Arthin, cinquième du nom, était minuscule sur l'immense siège doré et couvert de soie rouge, mais il trouva la force de rester immobile quand Durehl tendit la couronne au-dessus de sa tête. Leannor avait sans doute décidé de faire sacrer son fils sous un autre nom parce que Arthin avait des consonances plus royales qu'Alfric. Cela était arrivé à plusieurs reprises depuis que les Algathinet avaient pris le pouvoir, des décennies plus tôt. Le diplomatique effacement du nom paternel, Keville, était un autre moyen d'imprimer le sceau de la dynastie sur ce couronnement. Les Arthin avaient plutôt bonne réputation auprès des érudits – à quelques regrettables exceptions près. Leurs règnes étaient généralement paisibles, surtout en comparaison de ceux des Mathis et des Jardin qui avaient tendance à se conduire en despotes. Je vis le garçon au visage pâle jeter un coup d'œil à sa mère et j'eus du mal à imaginer qu'il pût un jour devenir un tyran ou un va-t-en-guerre, mais je n'étais pas devin.

—Que tout le monde s'agenouille, lança Durehl qui tenait toujours la couronne au-dessus de la tête de l'enfant. Et jure fidélité au roi Arthin. (Le Luminant fit une pause et je le vis déglutir avant de reprendre la parole.) Devant le Conseil des Luminants et la Martyre Ressuscitée Evadine Courlain.

Evadine se tenait près de Leannor, à droite du trône. Les Luminants se trouvaient à gauche. C'était une manière peu subtile de montrer que le rapport des forces avait changé et que le clergé avait perdu une partie de son influence. J'avais proposé quelque chose de plus discret, mais Evadine n'était pas d'humeur très conciliante depuis la bataille du Vallon.

—Le temps des intrigues et des basses manœuvres est terminé, Alwyn, m'avait-elle dit. Pour remplir ma mission, je dois rassembler autant de pouvoir que possible.

—Je le jure, déclarai-je en posant un genou à terre et en baissant la tête.

Ces mots furent répétés avec déférence par la foule rassemblée dans la cathédrale et ils résonnèrent dans un bourdonnement sourd sous le haut plafond. Il y avait là tous les nobles qui avaient pu être convoqués dans de si brefs délais. Lorine ; le duc Ayerik Tahlsier de Cordonnie – un homme de grande taille avec un teint cadavéreux et des yeux toujours soupçonneux ; les ambassadeurs de Dulsian et de Rhianvel qui étaient venus jurer fidélité au nouveau roi au nom de leurs ducs. De nombreux marchands réfugiés du Fjord Geld avaient également fait le déplacement malgré la mort récente des Reines Sœurs d'Ascarlia. Et puis il y avait les nobles alundiens et la dernière représentante de la famille ducale d'Althiene, dame Ducinda. À la différence de son promis, la fillette ne se gêna pas pour se tortiller et s'agiter pendant la cérémonie. Elle tenait la main de Sir Ehlbert sans protester, mais elle levait sans cesse les yeux au plafond et ses joues se gonflaient pour pousser des soupirs exaspérés. Son manque de dignité m'arracha un sourire.

—Ainsi donc, continua Durehl sur un ton annonçant la conclusion que tout le monde attendait avec impatience, ce jour marque le début d'un règne long et glorieux. Vive le roi Arthin !

—Vive le roi Arthin !

L'ovation mourut et Leannor avança tandis que le Luminant Durehl reculait. La simplicité de la tenue de la princesse était déconcertante. Sa robe était entièrement noire à l'exception de quelques broderies dorées, elle ne portait qu'une fine couche de poudre en guise de maquillage et son expression était un peu inquiétante. Elle toisait les notables avec des yeux sombres et des sourcils froncés. C'était un regard chargé de reproches et de colère sourde, un regard qui dut provoquer des sueurs froides au sein de la noble assistance. Elle prit la parole d'une voix monocorde, mais empreinte d'une certaine sécheresse autoritaire.

—Par la loi et mes devoirs de mère, le fardeau de la régence m'incombe. En attendant que mon fils atteigne sa majorité, j'assurerai donc la gouvernance du royaume. Soyez sûrs que je resterai fidèle aux principes de compassion et de justice si chers à mon frère. Les vils architectes de la rébellion sont morts ou emprisonnés dans nos cachots dans l'attente de leur procès. La paix et la prospérité sont à portée de main et il ne nous reste qu'à les saisir. Oublions les anciennes rancœurs, les mots blessants et les sentiments déplacés. Voilà mon message, à moi, princesse régente Leannor Algathinet, au nom du roi. (Elle s'interrompit et son regard glissa sur le premier rang où étaient assis les officiers supérieurs de l'armée de la Couronne et les nobles courtisans.) Nous allons maintenant récompenser le courage, l'abnégation et les exploits de nos soldats. Capitaines Legueux, Dornmahl et Scribe, veuillez avancer, je vous prie.

Les traits de la princesse tressaillirent légèrement et elle lança un bref regard à Evadine en prononçant ces mots. Je compris alors qui était à l'origine de cette cérémonie imprévue. Legueux, Wilhum et moi échangeâmes un regard intrigué tandis que nous nous levions et nous dirigions vers le pied de l'estrade. La princesse nous accueillit avec un sourire qui n'avait rien de naturel.

504

—Agenouillez-vous, mes bons seigneurs, dit-elle. Et recevez la récompense de votre roi.

Arthin souleva tant bien que mal l'épée que sa mère lui donna et descendit avec prudence les marches de l'estrade. Par chance, c'était une arme de cérémonie et la lame émoussée ne fit que m'écorcher l'oreille avant de se poser lourdement sur mon épaule.

—Je vous nomme Sir Alwyn Scribe, déclara-t-il sur le ton précis et bien articulé des enfants qui récitent un texte appris par cœur.

Il accomplit tant bien que mal ce rituel avec Legueux, mais eut un petit problème avec Wilhum pour qui il fallait prononcer un discours un peu plus long.

—Votre honneur est… (L'enfant roi s'arrêta en fronçant les sourcils et sa mère lui souffla la suite.) Désormais restauré. Sachez que je suis un… monarque prêt à pardonner tous les crimes quand… le coupable fait acte de contrition et de repentance.

Visiblement très fier de lui, l'enfant rebaptisé Arthin se laissa gagner par l'exaltation et esquissa une série de grands gestes qui frôlaient le ridicule.

—Levez-vous, mes bons chevaliers! s'exclama-t-il en brandissant l'épée au-dessus de sa tête. Et écrasez mes ennemis! Que les gens ici présents sachent que le roi Arthin châtiera tous les rebelles comme le Prétendant et le duc renégat!

—Bien dit, Votre Majesté, déclara Leannor en se dépêchant de récupérer l'épée.

Elle adressa un signe à un courtisan qui raccompagna le petit monarque jusqu'au gigantesque trône, puis se tourna vers les trois nouveaux nobles qui se tenaient au pied de l'estrade.

—Au cours de ce genre de cérémonie, il est de coutume d'accorder des terres et une somme d'argent, dit-elle. Mais je suis convaincue que les trois gentilshommes que vous êtes ne désirent rien d'autre que servir l'Alliance et la Dame Consacrée.

—En effet, Votre Majesté, dit Legueux en s'inclinant avec raideur.

Wilhum et moi nous sentîmes obligés de l'imiter et cela me mit de mauvaise humeur. Compte tenu des circonstances, je n'aurais pas craché sur un ou deux coffres remplis de souverains d'or pour renflouer les caisses de la compagnie.

—Mais il est bien difficile de contenir la générosité de mon fils, poursuivit la princesse en levant une main.

Trois courtisans émergèrent du renfoncement obscur qui se trouvait derrière le reliquaire et approchèrent avec une solennité raide et pesante. Chacun portait une épée.

—Utilisez ces lames à bon escient, mes bons seigneurs, déclara Leannor tandis que les trois hommes s'agenouillaient et nous tendaient les armes. Au nom du roi et pour la plus grande gloire de l'Alliance.

Je pris celle qui m'était destinée sans attendre. Wilhum et Legueux hésitèrent quelques instants, sans doute parce qu'ils étaient impressionnés par ces armes trop précieuses pour être utilisées sur un champ de bataille. Je regardai la mienne et découvris que la chape et la bouterolle du fourreau étaient en argent estampé. Le motif représentait une épée encadrée par deux plumes. Le même symbole était gravé sur la garde et le pommeau qui était également orné d'un gros grenat rutilant.

Je levai les yeux et vis que Leannor me regardait avec un sourcil haussé et un vague sourire – le premier signe de gaieté qu'elle manifestait depuis la bataille du Vallon.

—C'est magnifique, Votre Majesté, dis-je en m'inclinant très bas. Je remercie le roi du fond du cœur de cet inestimable cadeau.

—Merci, Sir Alwyn. (Son sourire disparut et une pointe dure perça dans sa voix.) N'oubliez jamais que le cadeau d'un roi exige la loyauté d'un chevalier.

Elle retroussa légèrement sa robe pour gravir l'escalier de l'estrade et prit un rouleau de parchemin que lui tendait un courtisan qui s'inclinait avec déférence. Puis elle se tourna vers la foule et reprit la parole d'une voix qui remplit la cathédrale.

—Maintenant, nous devons rendre la justice. Les personnes que je vais nommer sont des traîtres qui seront arrêtés sur-le-champ. Les titres et les droits de ces pathétiques judas leur seront retirés. Leurs terres et leurs domaines seront confisqués par la Couronne.

Elle commença à lire les noms écrits sur le parchemin. La liste était longue, mais par chance aucun des mis en cause n'était présent et nous n'eûmes pas à assister au triste spectacle de nobles affolés se précipitant vers les portes de la cathédrale pour s'enfuir.

Je plissai les yeux et regardai à travers le judas de la porte de la cellule. Le cachot était plongé dans l'obscurité. La flamme d'une chandelle ondulait au gré des courants d'air et projetait une lueur tremblante sur le large dos d'un homme assis à une table. Une pile de parchemins était posée sur sa gauche, un encrier sur sa droite. L'homme écrivait, penché en avant. Le crissement de sa plume était lent et douloureux à mes oreilles de scribe.

Je me tournai vers le responsable des geôles.

—Il a vraiment demandé à me voir ?

—Vous et personne d'autre, seigneur. Plusieurs clercs sont venus au cours des dernières semaines, et même un Ascendant ou deux. Il leur a dit d'aller se faire foutre dès qu'il les a vus. Et il a dit la même chose au chambellan du roi. Il a dit : « Allez me chercher le scribe ou foutez-moi la paix. » Il n'a pas dit grand-chose d'autre d'intéressant, en vérité. Il se contente d'écrire toute la journée. Et on ne peut pas dire qu'il soit très doué pour ça.

Je sais d'expérience que les personnes chargées de surveiller les prisonniers sont souvent pires que leurs hôtes. Il faut une nature méchante et une vigilance proche de la paranoïa pour exercer ce genre de métier. Celui qui se tenait à côté de moi devait être l'exception qui confirmait la règle, mais le gourdin hérissé de clous en bronze qui se balançait à sa ceinture n'était pas un simple accessoire de mode.

J'avais été appelé à la prison du palais par un messager royal, un homme aux airs supérieurs et au regard méprisant qui ne ressemblait en rien au solide héraut qui s'était présenté au Bras de la Martyre. Les soldats de l'Alliance avaient été logés dans une rangée d'entrepôts qui bordaient le fleuve – ils étaient vides à cause des pénuries liées à la guerre et à la frénésie d'achats de vivres qu'elle avait induite. Au cours des cinq jours qui avaient suivi le sacre du roi Arthin, les effectifs avaient augmenté de manière considérable. Les pertes subies pendant la bataille du Vallon avaient été plus que compensées par les volontaires des croisés de l'Alliance. Contre toute attente, beaucoup de ces pauvres gens hagards et émaciés avaient survécu aux combats et, si curieux que cela paraisse, l'expérience ne semblait pas les avoir rebutés plus que cela. Les soldats marchant sous la bannière de la Dame Consacrée étaient désormais si nombreux qu'ils n'avaient pas pu être logés au palais ou dans les bâtiments de l'Alliance.

J'avais passé des jours et des jours à me débarrasser des recrues inaptes au métier des armes, mais cela ne m'avait pas empêché d'envoyer discrètement mes éclaireurs en ville pour se renseigner sur l'état d'esprit de la population. Je considérai donc cette visite à la prison comme une perte de temps, mais je ne pouvais pas me permettre d'ignorer un ordre royal. Le message était écrit de la main de Leannor et le ton était sévère.

« Rendez-vous à la prison royale et rédigez le testament du Prétendant. Il semblerait qu'il refuse de parler à qui que ce soit d'autre. Princesse régente Leannor Algathinet. »

Je me demandai pourquoi elle tenait tant à enregistrer les dernières paroles de ce rebelle. Par convenance, sans doute. Tous les condamnés avaient la possibilité de rédiger leur testament et refuser ce droit au Prétendant aurait terni l'image de justice équitable qu'elle voulait donner. Peut-être espérait-elle également que Lochlain révélerait les noms de quelques traîtres supplémentaires en racontant son histoire. Les coffres royaux avaient été remplis par la récente vague de confiscations, mais Leannor avait toujours besoin de plus d'argent. De nombreuses rumeurs affirmaient que la Couronne avait d'énormes dettes.

— Très bien, dis-je. Ouvrez la porte.

Magnis Lochlain m'accorda un rapide coup d'œil lorsque les gonds grincèrent.

— Vous êtes donc venu, remarqua-t-il avec une pointe d'étonnement dans la voix.

Puis il se reconcentra sur ses travaux d'écriture. Le geôlier avait eu la prévenance de me donner une chaise et je la traînai de l'autre côté de la table. La porte se ferma avec ce claquement sonore qui fait le charme des prisons et je me retrouvai en la seule compagnie du Prétendant qui écrivait toujours. Le silence nous enveloppa, à peine troublé par les crissements de la plume sur le parchemin. Je regardai la lourde chaîne s'étendant entre l'anneau en fer incrusté dans le mur et la menotte qui enserrait le poignet de Lochlain, puis examinai la pile de documents qui se dressait sur la table. Le geôlier n'avait pas menti à propos des talents littéraires du Prétendant. Les mots étaient maladroits, mal orthographiés et souvent agrémentés de taches d'encre ou de multiples ratures.

— C'est ma mère qui m'a appris, dit Lochlain. (Je m'aperçus qu'il avait cessé d'écrire et qu'il m'observait.) Elle avait appris d'une servante qui travaillait au château et qui avait elle-même appris d'un jeune serviteur que le fils du seigneur enfilait de temps en temps. Il a voulu m'enfiler moi aussi, quand j'ai été assez grand pour attirer son attention. Quand ses putains de mains se sont posées sur moi, je lui ai brisé les doigts et je me suis enfui la nuit même. J'aime me rappeler ses cris de douleur. Le premier noble à qui j'aie donné une leçon. Ça me tient chaud pendant les longues nuits glacées.

—C'est ça que vous avez écrit? demandai-je. (Je hochai la tête en direction de la pile de parchemins.) Une liste de tous les nobles à qui vous avez donné une leçon?

—En partie. Je dois faire un effort pour ne pas trop entrer dans les détails. Ce serait de la gourmandise.

Il posa sa plume et se laissa aller contre le dossier de sa chaise. Le bois grinça sous son poids, me rappelant ainsi qu'il s'agissait d'un homme grand et puissant. Lochlain poussa un grognement et inclina sa tête d'une épaule à l'autre en se massant la nuque.

—C'est pire que l'entraînement à l'épée. Je ne sais pas comment vous pouvez faire ça toute la journée, vous autres, scribes.

—De l'huile de lin dans laquelle on fait macérer des clous de girofle. C'est souverain contre ce genre de douleurs. Ça et ne pas oublier d'aller pisser régulièrement.

Il ricana, puis m'observa.

—Merci d'être venu, maître Scribe.

Il se tut comme s'il s'attendait à ce que je le corrige avec colère — il avait sans doute appris que j'avais été anobli —, mais je me contentai de le regarder en silence et il rit de nouveau.

—Vous n'attachez pas une grande importance aux titres, on dirait. Moi non plus, mais j'en ai distribué à foison. Un lâche peut se transformer en héros quand on ajoute « seigneur » devant son nom. Je suppose que vous le savez.

—Je ne vois pas de différence notable entre un lâche et un héros, déclarai-je. Tout dépend des circonstances. Un homme qui s'enfuit d'une taverne parce qu'il a peur de recevoir un coup de poing peut se battre jusqu'à la mort pour défendre sa famille. Un chevalier qui s'est illustré sur le champ de bataille peut s'incliner en sanglotant pour regagner les faveurs de son seigneur. Un excès de courage a souvent des conséquences funestes.

Il accepta ma pique en haussant les sourcils d'un air triste, puis tendit la main vers la bouteille en terre posée à côté de l'encrier.

—Ce n'est que de l'eau, malheureusement, dit-il en remplissant une tasse. J'ai proposé au geôlier la carte d'un trésor enterré en échange d'une bouteille de vin convenable, mais en vain.

—Je suppose qu'on la lui a déjà faite.

—Alors? (Il s'interrompit pour boire une gorgée.) Comment trouvez-vous Couravel?

—Les habitants sont si nombreux que ça pue comme dans une porcherie. Les maisons sont entassées les unes sur les autres. Même par une belle journée, on voit à peine le ciel tellement il y a de fumée.

—Oui. (Le Prétendant soupira.) J'avais de grands projets pour la cité, vous savez? Des places, des statues, des ponts et tout le reste. Si on m'avait laissé faire, ce ramassis de taudis insalubres serait devenu une capitale digne d'Albermaine. Dites-moi, Scribe, avez-vous visité les cités des royaumes orientaux? Avez-vous vu les hautes flèches d'Ishtakar avec leurs magnifiques murs en marbre blanc et les minarets en bronze poli à leurs sommets? les rues bordées de fleurs de cerisier afin qu'un agréable parfum flotte toujours dans l'air? Voilà une capitale digne de ce nom.

—N'est-ce pas là qu'a eu lieu le pire massacre de l'histoire contemporaine? demandai-je en me rappelant une leçon de Sihlda.

—Vous voulez parler de la fameuse purge du saluhtan Alkad? Oui, une vilaine affaire. Par chance, j'avais quitté la ville quelque temps auparavant.

—Vous êtes allé là-bas?

—Oui. Dans ma jeunesse, j'ai beaucoup voyagé. On m'a enseigné les arts de la guerre dès mon plus jeune âge et je pouvais facilement me faire engager comme libre épée. J'ai fini par échouer à Ishtakar où je suis resté plusieurs années. Une tradition veut que la garde personnelle du saluhtan soit composée de mercenaires étrangers. Ils sont moins susceptibles de lui planter un poignard dans le dos pour satisfaire de vieilles rancunes, voyez-vous. Ce sont ces mercenaires qui ont tranché le plus de gorges lorsque la purge a commencé et je ne voulais pas participer à ça. Tout est là-dedans. (Il posa une main sur la pile de parchemins et me regarda avec un curieux mélange d'espoir et de gravité.) Il vous suffit d'y jeter un coup d'œil si le cœur vous en dit.

—Si vous avez déjà tout écrit, pourquoi m'avez-vous fait appeler?
—Lisez et vous le découvrirez.

Je poussai un soupir, tendis la main vers le parchemin qui se trouvait au sommet de la pile et entrepris de déchiffrer les gribouillis. Ma lecture fut brève, mais elle m'apprit beaucoup à propos des talents d'écrivain de Lochlain.

—C'est mauvais, n'est-ce pas? dit-il en observant ma réaction. Voilà pourquoi j'ai besoin de vous, mon bon seigneur Scribe.

Les meilleurs scribes sont aussi des érudits, car il faut comprendre un texte pour le transcrire comme il faut. À ce moment, je ne pus renier l'intensité de ma curiosité intellectuelle. Quoi que cet homme ait à dire, ses propos avaient une valeur historique inestimable, même s'ils étaient entachés de fabulations et de vantardises. Malgré ma réticence initiale, mon cœur de scribe était incapable de résister à une telle tentation.

— Je ne mentirai pas pour vous, l'avertis-je. Et comme vous avez pu vous en rendre compte par vous-même, j'ai l'oreille très sensible aux mensonges.

— Je n'ai aucune intention de vous mentir, Scribe. (L'expression de Lochlain devint plus intense et s'assombrit tandis qu'un masque inquiétant glissait sur son visage.) Les mensonges ne serviront pas mon but. Celui-ci ne pourra être atteint que si je raconte mon histoire avec sincérité, sans chercher à dissimuler mes crimes et mes cicatrices. Même si cela est douloureux. Je veux qu'on sache comment j'ai vécu afin qu'on comprenne pourquoi je suis mort.

Je me rendis alors compte qu'il était plus vieux que je l'avais imaginé. C'était un homme qui arrivait au terme d'une vie qui avait été riche en épreuves, mais qui avait indubitablement marqué l'histoire.

Je tendis la main vers le sac que j'avais emporté, en tirai mon nécessaire d'écriture et le posai sur la table.

— Si tel est le cas, dis-je, il y a une question à laquelle je veux que vous répondiez avant que nous commencions.

— Laquelle ?

— Êtes-vous vraiment un bâtard de sang royal ?

Il éclata de rire, un rire plus puissant que les précédents. Lorsqu'il se calma, je m'attendis à une défilade, un trait d'esprit ou une allusion à propos de la malléabilité de la vérité, mais il répondit de manière succincte. Et j'ai le triste devoir de rapporter que je ne décelai pas la moindre trace de mensonge dans sa voix. Pas plus que dans le reste de la longue histoire qui suivit. Magnis Lochlain avait d'innombrables facettes, certaines bonnes – voire admirables –, d'autres assez immondes pour le condamner à la damnation éternelle, mais une chose était sûre : ce n'était pas un menteur.

Chapitre 38

A vant l'exécution du Prétendant, je bus jusqu'à ce que l'ivresse m'emporte – et « ivresse » est un terme bien faible pour décrire l'état dans lequel je sombrai. Je n'avais pas dormi depuis notre dernière rencontre et je ne voulais rien d'autre que me fondre dans le néant. J'aurais voulu ne jamais vivre le jour de son exécution, ou, au moins, l'assimiler à un vague cauchemar qu'on préférerait oublier. Mais on n'échappe pas à la réalité. Lochlain mourut et j'assistai à sa mort. Puis je retournai boire. Ce qui n'arrangea pas vraiment les choses.

— Tu pues pire qu'une poubelle, me dit Ayin en plissant le nez lorsque je pris place au premier rang de l'armée de l'Alliance.

Sur la grand-place pavée qui séparait le palais royal de la cathédrale, un tiers des troupes de la Dame Consacrée défilèrent entre deux rangées de soldats de la Couronne encore plus nombreux. Au centre de la place, on avait érigé un pavillon sous lequel était assise la princesse Leannor encadrée par les plus imposants de ses gardes. Malgré mon état de confusion, je compris que l'absence du roi et de Sir Ehlbert était loin d'être anecdotique.

— On les dispense d'assister au spectacle, mais pas nous, grommelai-je en regrettant d'avoir quitté le bar à vin. Putains de chanceux !

À côté de moi, Ayin porta une main à sa bouche pour étouffer un gloussement. Son rire attira l'attention d'Evadine qui toisa la jeune fille d'un air réprobateur du haut de son destrier. Puis elle tourna la tête vers moi et me regarda avec une sévérité qui oscillait entre l'ordre et l'avertissement. Le lien qui nous unissait me permit de comprendre le message avec la facilité habituelle : *Si vous êtes venu pour me faire honte, je vous prie de partir.*

Les Martyrs savent bien que je n'ai pas la moindre intention de vous faire honte, ma dame, répliquai-je aussitôt. *Et il n'y aurait assurément pas de pire crime à commettre en ce lieu et en ce jour.*

Une solide dose de défi dut se lire sur mon visage, car elle esquissa une grimace agacée avant de se reconcentrer sur l'estrade.

La conduite de la procédure judiciaire avait été confiée à un seigneur connétable aux membres maigres, un homme que je reconnus à mon grand désarroi. Sa voix n'avait pas changé depuis le procès de Deckin. Elle était toujours incroyablement puissante pour un homme si chétif et incroyablement stridente dans ses accusations.

—Qui est prêt à prendre les armes pour défendre ce traître ?

La coutume voulait qu'on adresse cette question rituelle à la foule, sauf qu'aujourd'hui la foule était entièrement composée de soldats de la Couronne, de soldats de l'Alliance et de courtisans. Les habitants de la ville qui avaient commencé à se rassembler dès les premières heures de la journée avaient été chassés sans délai et des gardes postés aux principales intersections veillaient à ce que seuls les invités puissent assister à l'exécution du Prétendant. Je ne pouvais pas reprocher à Leannor d'avoir pris ces précautions. Offrir à Lochlain un auditoire devant lequel prononcer ses dernières paroles, c'était le meilleur moyen de se retrouver avec une émeute sur les bras. Beaucoup de ses partisans avaient été massacrés au Vallon, mais il en restait encore. De nombreux fanatiques –parmi lesquels dame Desmena–étaient parvenus à s'enfuir vers le nord en profitant de la tempête. Mes espions m'avaient rapporté des rumeurs affirmant que des rebelles cherchaient à s'infiltrer en ville dans l'espoir de délivrer leur précieux Vrai Roi. Une enquête approfondie n'avait cependant pas permis de découvrir les preuves d'une telle opération et j'en avais conclu que ces propos étaient sans doute colportés par des manants animés par un mécontentement séditieux–une affection qu'on pouvait aisément guérir grâce à une cure de coups de bâton administrée dans une ruelle sombre.

Ce fut peut-être l'absence de public qui poussa Lochlain à ne pas prononcer de discours. Lorsque le Luminant Durehl s'avança pour écouter son testament, le Prétendant se contenta de secouer la tête. Ses propos furent étouffés par la distance, mais je les entendis.

—J'ai déjà fait mon testament, Votre Luminance, déclara-t-il d'une voix ferme et claire. Mais je vous remercie de votre considération.

Des menottes enserraient ses chevilles et ses poignets, mais cela ne l'empêcha pas de lever les mains en direction du pavillon et de l'estrade sur laquelle Leannor était assise.

—Vous ne voulez pas m'embrasser, cousine? lança-t-il. Les membres d'une même famille ne doivent-ils pas s'entraider dans les moments difficiles?

Son ton n'était pas moqueur et on aurait pu croire que sa demande – l'ultime demande d'un condamné – était sincère. Mais, sincère ou pas, Leannor ne daigna pas y répondre. Son visage était caché par l'ombre du pavillon, mais j'étais prêt à parier qu'une sombre satisfaction se lisait sur ses traits. Je la connaissais désormais assez bien pour savoir qu'elle ne se délecterait pas de l'horrible spectacle qui allait se dérouler devant elle, mais qu'elle ne s'en détournerait pas non plus. Il fallait que les rebelles paient pour la mort de son frère et, malgré le massacre du Vallon, elle estimait qu'ils n'avaient pas assez payé.

Je tournai les yeux vers l'échafaud et plissai les paupières pour essayer de voir les mâchoires de Lochlain se contracter et sa joue se gonfler tandis qu'il délogeait la petite capsule enveloppée de cire que je lui avais donnée la veille.

—Mordez fort et répandez le contenu sur votre langue, lui avais-je dit. On m'a certifié que les… effets étaient très rapides.

—Vous voulez que je me présente devant les Séraphiles comme un lâche? avait-il demandé en observant la capsule avec une moue méprisante.

—Vous voulez que je vous dresse la liste des tortures qu'on inflige au chef d'une rébellion avant son exécution? avais-je répliqué. Vous méritez la mort et je ne vous l'épargnerai donc pas. Mais le reste…

—Si je mérite la mort, est-ce que vous ne la méritez pas aussi? Car, sauf erreur de ma part, nos crimes s'équilibreraient si on les pesait sur une balance. N'oubliez pas que je connais votre histoire, Alwyn Scribe.

—Vous en avez perpétré pendant au moins dix ans de plus que moi.

—Un roi peut-il être qualifié de pécheur s'il ne fait que servir son peuple? Si la réponse est «oui», ne pensez-vous pas que votre Dame Consacrée est aussi coupable que moi?

Je m'étais détourné de lui et avais serré les dents pour ne pas crier aux gardes de venir ouvrir la porte de la cellule. Il n'était pas rare que

515

cet homme me fasse sortir de mes gonds au cours de nos discussions. C'était sans doute sa seule forme de distraction.

—Prenez-la ou laissez-la, avais-je dit en me dirigeant vers la porte. J'ai fait tout ce que je pouvais faire pour vous.

—Pas tout à fait. (Ma main s'était figée alors que je venais de la lever pour frapper contre le battant et appeler les gardes.) Vous pouvez être là. Demain. Je voudrais que vous assistiez à l'exécution et que vous écriviez ce que vous verrez, l'épilogue du testament sur lequel nous avons tous les deux tant travaillé. Je ne demande rien de plus, seigneur.

J'étais donc venu. Soûl comme un cochon, furieux et regrettant de ne pas être à l'autre bout du monde, mais j'étais venu parce qu'il m'avait demandé de venir. Dès la première entaille pratiquée par le bourreau, je compris qu'il n'avait pas avalé le contenu de la capsule. La manière dont son corps se tordait sous les baisers de la lame, ses dents serrées, sa détermination stoïque à ne pas crier. Cet homme ressentait chaque parcelle de douleur qu'on lui infligeait. La liste des tourments qu'on fit subir au Prétendant est célèbre pour le nombre et l'inventivité des techniques employées, depuis l'écorchement qui dévoila ses côtes au fer rougeoyant qu'on pressa contre ses cuisses. Je suis sûr, cher lecteur, que tu me seras reconnaissant de ne pas te décrire la scène en détail. Je vais cependant m'attarder sur la crevaison des yeux, car ce fut le seul moment où il hurla. Un mot unique qui jaillit de sa bouche béante comme un cri de guerre tandis que les clous s'enfonçaient dans ses orbites.

—MÈRE!

Ce mot résonna longtemps et il résonnait encore quand Lochlain s'effondra dans une flaque où se mêlaient son sang et ses excréments, quand le bourreau approcha pour glisser le nœud coulant autour de son cou. Au cours des années suivantes, de nombreuses personnes étudieraient ce mot et chercheraient à résoudre le supposé mystère qu'il représentait. Pourquoi celui-là plutôt que quelque chose de plus libérateur? S'agissait-il d'une déclaration destinée à la postérité? d'une référence à un texte sacré ou une exhortation à poursuivre la rébellion? Moi, j'avais transcrit son testament et je connaissais la vérité, bien sûr. Cet homme avait affirmé à maintes reprises que rien n'avait plus d'importance que le peuple à ses yeux, mais en fait il n'avait aimé qu'une seule personne au cours de sa vie. Et je suis intimement persuadé qu'il est allé à la mort dans l'espoir fou que cette personne l'attendait de l'autre côté des Portails divins.

J'espère que tu ne me jugeras pas trop sévèrement pour cet ultime acte de lâcheté, cher lecteur, car je pris congé avant d'assister aux derniers soubresauts du Prétendant au bout de sa corde. Lorsque le nœud coulant se serra autour de son cou, je pivotai sur les talons et me frayai un chemin à travers les rangs des soldats de l'Alliance avant d'aller chercher l'oubli dont j'avais tant besoin. Je ne le trouvai pas, bien entendu, car on ne trouve jamais rien qu'une surface en verre au fond d'une bouteille. Et si elle est polie, vous pouvez même avoir la malchance d'y découvrir le reflet de votre visage d'ivrogne qui vous contemple, comme cela m'arriva dans un bouge minable et puant à une heure indue de la nuit.

J'envoyai la bouteille et l'horrible image se briser contre un mur noir de suie.

—À boire! beuglai-je au serveur. De l'eau-de-vie pour le roi des menteurs! Et t'as pas intérêt à ce qu'elle soit coupée, pauvre connard! J'suis un seigneur, moi!

Dans mon rêve, la voix de Lochlain était identique à celle qu'il avait eue de son vivant: posée, régulière et dépourvue de peur.

—Le clerc m'a dit que c'était le plus grand des paris, dit-il. (Il avait prononcé les mêmes mots un jour avant son exécution.) Il m'a dit que les chances de réussite n'étaient qu'un éclat de lumière dans un océan de ténèbres. Mais il m'a aussi parlé des enjeux, alors quel autre choix avais-je?

Dans l'ensemble, je préférais encore les visites nocturnes d'Erchel aux visites de ce Prétendant douloureusement lucide. Elles n'avaient rien d'étrange. On ne passait pas d'un endroit à un autre sans explications et on n'y rencontrait pas des camarades morts depuis longtemps. La cellule, la table, le parchemin et les plumes étaient aussi tangibles que dans le monde réel.

—Le clerc? répétai-je avec une intensité qui trahissait ma curiosité.

—Un Suppliant de passage. Il venait de Cordonnie, m'a-t-il dit. Il parlait pourtant sans accent notable. Il n'est resté qu'une nuit dans le temple personnel du seigneur, un pèlerin prenant un peu de repos sur le chemin des Martyrs. On m'avait chargé de lui apporter son dîner ce soir-là. Ce fut notre seule rencontre. Avec le recul, je me demande comment cette brève conversation a pu avoir tant d'influence sur ma vie, mais c'est ainsi. Il m'a dit des choses… Si je n'avais pas été qu'un pauvre gamin ignorant, j'aurais compris que nul homme ne pouvait ou ne devait connaître ces choses, mais il les connaissait.

—Vous pouvez me le décrire?

À ce moment du rêve, l'apparente normalité volait en éclats et la cellule disparaissait, pulvérisée par une puissante vague d'eau blanche. La vague engloutissait le visage imperturbable de Lochlain avant de m'envelopper dans une étreinte glacée, de s'infiltrer dans ma bouche et mes poumons…

Je me réveillai et me redressai en crachant. J'avais le goût herbeux de l'eau sur ma langue et je grimaçai en sentant les palpitations de la migraine pour la première fois depuis des mois. La douleur gagna en intensité, aiguisée par le bruit du seau qu'on posait sur les dalles. Ma vue trouble s'éclaircit et je distinguai le visage souriant d'Ayin.

—T'étais vraiment obligée de faire ça? demandai-je en grognant.

Je m'effondrai sur ma couche.

—Tu ne voulais pas te réveiller, répondit-elle en haussant les épaules. (Elle enfonça un doigt insistant dans mon bras tandis que je m'autorisais le luxe de refermer les yeux.) Oi! c'est l'heure de se lever, votre répugnante seigneurie. Paveur et Labûche sont de retour et ils sont impatients de te parler.

Je marmonnai un chapelet de grossièretés et me redressai brusquement en sentant mon estomac s'agiter.

—Tu ferais bien de laisser ça là, dis-je en voyant Ayin prendre le seau.

Elle esquissa une grimace dégoûtée, lâcha l'ustensile à mes pieds et fila en courant.

Dès qu'ils entrèrent dans la pièce qui me servait de bureau – une ancienne étude de clerc –, je compris que Paveur et Labûche n'étaient pas parvenus à tisser des liens amicaux au cours de leur mission. Ils se tenaient à bonne distance l'un de l'autre et leurs visages figés exprimaient un mépris réciproque. Ils étaient cependant rentrés, ce qui montrait qu'ils étaient assez professionnels pour se supporter quand c'était nécessaire. Voilà qui était de bon augure.

—Shilva Sahken accepte, capitaine, dit Paveur. Mais à un certain nombre de conditions. Avant tout, elle veut de l'argent, mais cela n'a rien de très surprenant. (Il se tapota la tempe.) J'ai tout noté là-dedans, bien sûr. J'ai pensé qu'il valait mieux ne rien écrire.

Je poussai un parchemin et une plume de l'autre côté de mon bureau.

—Eh bien! écris-le maintenant. Et profites-en pour ajouter tout ce qui te semble important. Surtout en ce qui concerne l'endroit où elle se trouve et les effectifs de sa bande.

—Bien. (Paveur hésita, puis échangea un rapide coup d'œil avec Labûche.) On a autre chose à vous dire, capitaine. Un truc qu'elle nous a raconté avant de nous laisser partir.

J'étouffai un soupir agacé et tendis la main vers la carafe d'eau en regrettant d'avoir épuisé la réserve de baume antalgique que m'avait donnée Tihlun.

—Quel autre truc?

—Un truc qu'elle a dit. «Dites au scribe que ça ne serait pas une mauvaise idée qu'il aille faire un tour du côté du donjon d'Effroi un de ces jours.»

Je m'interrompis alors que je remplissais mon verre d'eau et un flot de souvenirs d'adolescent se fraya un chemin à travers mon esprit embrumé.

—Elle a ajouté quoi que ce soit? demandai-je.

—Non, elle n'a rien ajouté, répondit Labûche. Mais j'ai eu l'impression qu'elle nous offrait quelque chose de très important. Un gage de bonne volonté, en quelque sorte.

—J'ai entendu parler du donjon d'Effroi, intervint Paveur. Si je me souviens bien, on le mentionne dans des vieilles histoires de fantômes, des trucs comme ça. C'est à l'extrémité orientale de la Forêt shavine, pas très loin de la côte. Je crois que je pourrais trouver le chemin si vous voulez.

—Je connais le chemin, dis-je. (Je hochai la tête en direction de la porte.) Allez rédiger votre rapport et ensuite, allez vous reposer un peu. J'aurai bientôt une autre mission à vous confier.

—Non.

La voix d'Evadine claqua comme un coup de fouet et son regard n'était pas plus tendre.

—Ça ne prendrait pas longtemps, insistai-je. Un mois tout au plus.

—Et pendant ce mois, je serais privée de mon meilleur conseiller alors que notre régente manigance je ne sais quoi dans son palais. La semaine dernière, elle a ordonné à mon père de reprendre le Fjord Geld. Avec les troupes de l'Alliance en guise d'avant-garde, j'en suis convaincue. (Elle secoua la tête.) Le moment est mal choisi pour s'aventurer dans les bois sans autre motif que quelques mots prononcés par une hors-la-loi.

—Je ne serai pas seul. Et vous savez que je ne suis pas du genre imprudent.

—Vraiment ? C'est sûrement à cause de votre prudence légendaire que je vous ai vu rouler jusqu'au pied d'une montagne. Une chute à laquelle vous n'avez survécu que par miracle.

Elle inspira un grand coup, puis posa les mains sur le pommeau de la selle d'Ulstan. Je montais Sombresabot et nous regardions les troupes de l'Alliance accomplir leurs exercices quotidiens. Les champs plats qui bordaient l'amont de l'Albert étaient devenus notre terrain d'entraînement et, chaque matin, les soldats quittaient la ville pour s'y rendre. Après la bataille du Vallon, des croisés avaient été recrutés pour combler les pertes des unités de vétérans. À mon œil expérimenté, les manœuvres étaient moins fluides que celles exécutées par les troupes royales et ducales, mais les progrès étaient nets et rapides — en grande partie grâce aux efforts acharnés de Legueux. À en croire les dernières estimations d'Ayin, nous disposions désormais de plus de neuf mille hommes. Il fallait beaucoup d'argent pour équiper et entretenir une telle armée, mais le fardeau financier avait été en partie allégé par la bourse que nous avait offerte la Couronne. Le fait que le Conseil des Luminants ne nous ait pas versé un sou en disait long sur leurs intentions. Ils avaient pourtant promis à maintes reprises qu'ils nous soutiendraient pécuniairement, mais j'avais reçu de nombreux rapports à propos d'une seconde armée de l'Alliance qu'on s'efforçait de rassembler dans la région d'Athiltor. Mon travail d'espion était loin d'être terminé, mais l'idée de me rendre au donjon d'Effroi me harcelait.

—Vous m'avez confié cette mission, dis-je à Evadine. Et Shilva Sahken n'aurait pas attiré mon attention sur cet endroit sans raison.

—Vous faites confiance à cette reine des contrebandiers ?

—Deckin lui faisait confiance et elle lui faisait confiance. Et puis elle sait qu'il m'aimait bien. Je doute qu'elle ait l'intention de me faire du mal.

—Voilà qui fait d'elle une personne d'exception dans ce royaume.

Je ne pouvais pas dire le contraire. Au cours des dernières semaines, j'avais remarqué que de plus en plus de gens me regardaient d'un air mauvais. Des gens de toutes sortes et de toutes conditions. Les clercs proches des Luminants me toisaient avec un ressentiment évident. Les aristocrates et les courtisans fronçaient les sourcils en apercevant cet ancien hors-la-loi élevé au rang de noble. Plus inquiétant encore : certains partisans de la Dame Consacrée me regardaient avec des yeux fixes et brillants. C'était en majorité des hommes. Les hommes qui observaient Evadine plus longtemps que les autres quand elle prononçait un sermon et criaient à pleins poumons quand elle enflammait leur dévotion. Les hommes qui s'étaient rangés sous sa bannière poussés par un mélange de foi et de pulsions sexuelles – ils proclamaient la première haut et fort, mais auraient préféré mourir plutôt que d'avouer les dernières. Tous jalousaient l'intimité que je partageais avec elle. Je vous l'avoue : si j'avais tellement envie de me rendre au donjon d'Effroi et d'en apprendre davantage à propos de l'étrange message de Shilva, c'était en partie pour échapper à cette haine qu'on ne se donnait même pas la peine de dissimuler.

—Et qu'est-ce que c'est, d'ailleurs ? Ce donjon de l'Effroi ? demanda Evadine avec une réticence résignée.

—Une ruine, répondis-je. Jadis, c'était un grand château, mais il est abandonné depuis des dizaines d'années. Le seigneur qui y résidait s'est brouillé avec le duc des Marches shavines. Le duc, furieux, a décidé de se venger et a fait détruire le château. L'endroit a la réputation d'être hanté, comme la plupart des vieilles ruines. On raconte que le seigneur et ses hommes injustement massacrés rôdent entre les éboulis en quête de vivants à dévorer, ce genre de choses.

—Je n'ai pas l'impression que ce soit un endroit très agréable à visiter.

—C'est pour cette raison qu'il est très utile à ceux qui ont besoin de cacher quelque chose. Ceux qui veulent nuire à notre cause, par exemple.

Evadine resta silencieuse pendant un moment et son visage se plissa tandis qu'elle réfléchissait. Comme d'habitude, je n'eus aucun mal à entendre ses pensées.

—On a besoin de vous ici, déclarai-je, refusant son offre silencieuse avec une fermeté qui n'avait rien à envier à la sienne.

Ses mâchoires se contractèrent alors qu'elle ravalait une tirade agacée.

—Vous partirez avec l'intégralité de la Compagnie des Éclaireurs, dit-elle. Et je veux qu'une escorte vous accompagne à tout moment. Je ne transigerai pas sur ce point.

—Très bien, ma dame.

Son visage se détendit un peu et elle lut dans mes pensées à son tour.

—Vous avez une idée de ce que vous allez trouver, n'est-ce pas ?

—Notre régente complote, ainsi que vous l'avez dit. Et le conseil fait de même. S'il se passe quelque chose d'intéressant au donjon d'Effroi, il y a de grandes chances que l'une ou l'autre y soit mêlé. (Je m'interrompis, ne sachant pas trop comment formuler la suite.) Ce qui amène à cette question cruciale : que fera-t-on si ce quelque chose est une menace pour nous ?

Evadine répondit d'une voix douce, mais ferme.

—Écrasez-la. Sans la moindre pitié. Et rapportez-moi des preuves de ces vilenies. Des preuves que personne ne pourra réfuter. Je peux accepter que la Couronne soit un allié incertain. Ou le Conseil des Luminants. Mais pas les deux en même temps. Si nous voulons que notre cause triomphe, nous ne pouvons pas rester sur des positions si… instables. (Elle esquissa un sourire crispé et triste.) Prenez bien soin de vous, Sir Alwyn, car nos ennemis savent désormais que je ne suis rien sans vous.

Chapitre 39

Les sens aiguisés de Flécheur me manquèrent dans la forêt. Ceux de Lilat également. Le labyrinthe végétal parsemé de ravines était encore plus dense que dans mes souvenirs et sa traversée suscita plus d'inquiétude que de nostalgie. J'aurais pourtant dû avoir l'impression de rentrer chez moi. Le spectacle, les odeurs, le chœur des oiseaux et le craquement des branches auraient dû résonner comme un chant de bienvenue à mes oreilles, mais ce n'était pas le cas. Alors que Sombresabot avançait sous une épaisse canopée, je me rendis compte que ce vague malaise était en moi depuis toujours. C'était le sixième sens qui me mettait en garde contre un danger caché, mais omniprésent.

Comme Evadine me l'avait demandé, j'étais parti à la tête de la Compagnie des Éclaireurs, mais j'étais parvenu à me débarrasser de la plus grande partie de ses membres au cours des jours qui avaient suivi notre entrée dans la forêt. Je les avais conduits à Val Leffold, plus par curiosité que par nécessité d'établir un camp de base. Les bandits avaient déserté ces bois après la mort de Deckin, mais il était logique de penser que des bandes qui s'étaient formées plus tard s'y réfugiaient de temps en temps. Je ne trouvai pourtant aucune trace entre les vieilles pierres du val. Personne ne semblait avoir allumé de feu depuis une éternité dans les ruines de l'amphithéâtre tapissées de mousse. Les caches de nourriture et de matériel étaient presque vides et le peu qu'il restait était inutilisable, pourri ou couvert de toiles d'araignées. Val Leffold avait jadis été un forum où les hors-la-loi se retrouvaient pendant les trêves et c'était déprimant de voir que ce n'était plus qu'un amas de ruines attendant que la forêt les avale. Mes camarades, eux, trouvèrent l'endroit fascinant.

Surtout Ayin qui courait dans tous les sens et explorait chaque recoin pour y chercher de quoi alimenter son inépuisable besoin d'écrire pour ses chansons. Comme d'habitude, elle commençait par fredonner, mais le refrain s'enrichissait vite de mots qui s'organisaient en strophes et allaient s'ajouter à son répertoire.

— « Dans les temps anciens, ils arrivèrent... »

Elle continua à fredonner en grattant les cordes d'une mandoline qu'elle avait achetée quelque part sur la route qui nous ramenait d'Alundia. Nous nous étions installés au centre de l'amphithéâtre et la fumée des feux de camp montait vers le ciel.

— « Pour s'amuser et voir le sang couler à l'abri des arbres verts... »

— Cet endroit n'était pas destiné à ça, l'interrompis-je.

En revoyant Val Leffold après tant d'années, une association fulgurante s'était faite dans ma tête. J'avais vu davantage qu'un simple écho de cet amphithéâtre dans les ruines caerith qui s'étendaient sous la montagne, près du village de Lilat. *Tier Uthir Oleith*, les avait appelées l'*Eithlisch*. Une cité qui était aussi un portail et qui était tombée des siècles plus tôt, tout comme cet endroit. Aujourd'hui, j'étais convaincu que le peuple qui avait construit la ville souterraine avait eu un lien avec celui qui avait érigé l'ovale de pierre. Et j'étais convaincu qu'ils avaient tous deux été victimes d'une même calamité : le Fléau.

— Il était destiné à quoi, alors ? demanda Ayin sans cesser de gratter les cordes de son instrument avec ses doigts fins.

— Oh ! beaucoup de choses, je suppose. (Je regardai les ruines et songeai aux lettres anciennes gravées sous la couverture de plantes rampantes.) Je crois que les gens ont construit cet endroit pour y parler, comme le faisaient les bandits il n'y a pas si longtemps. Et pour jouer leurs chansons, comme tu le fais. Pour voir des acteurs jouer la comédie et faire des cabrioles, peut-être. Mais je suis à peu près sûr qu'ils ne venaient pas pour voir le sang couler.

— Rien à signaler à deux kilomètres à la ronde, capitaine, déclara Eamond.

Je lui avais demandé – à lui et à tous les éclaireurs – de ne pas m'appeler seigneur. Je m'étais rendu compte que je n'aimais pas cela. De leur part, du moins. L'exécution du Prétendant était récente et j'avais l'impression qu'il s'agissait d'un mensonge, voire d'une moquerie.

— Poste des sentinelles au sommet des murs et va manger quelque chose, lui dis-je. Demain matin, je me rendrai au donjon avec la Veuve, Paveur et Labûche. Tu resteras ici avec le reste de la compagnie.

Organise des patrouilles pour vérifier s'il y a des soldats dans les environs. Si tu en trouves, je veux savoir d'où ils viennent et où ils vont. Ne révèle notre présence qu'en cas d'extrême nécessité. Même chose s'il s'agit de clercs. Je ne sais pas trop à qui nous pouvons faire confiance en ce moment.

— Excusez-moi, capitaine, intervint Paveur. Mais qu'est-ce qu'on fait si on rencontre un problème au donjon ? Un problème qu'on ne peut pas régler à nous quatre, je veux dire.

J'aurais pu lui dire de se mêler de ses affaires, mais j'avais appris à écouter les questions pertinentes quand elles sortaient de la vilaine bouche de Paveur. Un capitaine qui ignorait les inquiétudes de ses soldats ne méritait pas d'occuper ce poste.

— Je n'ai pas l'intention de me faire repérer si quelqu'un se trouve là-bas, répondis-je. Si nous arrivons en force, nous risquons d'attirer l'attention. Si nous trouvons quelque chose d'intéressant, nous y retournerons avec la compagnie tout entière. Il n'est pas impossible que nous devions demander des renforts. Nous le saurons une fois que nous aurons exploré l'endroit.

Au premier regard, le donjon d'Effroi était identique à l'image que j'en avais gardée : une tour haute d'une dizaine de mètres et à moitié effondrée qui avait formé le coin d'un château aujourd'hui disparu. Il était tard lorsque nous mîmes pied à terre et approchâmes aussi discrètement que possible à travers le sous-bois. Labûche resta avec les chevaux à un peu moins d'un kilomètre du donjon. Il connaissait bien les bois, mais il marchait en faisant beaucoup plus de bruit que Paveur et Juhlina. La silhouette de la tour émergeait de la masse ondulante de la canopée quelques centaines de pas devant nous. Je savais qu'une rivière coulait à proximité et que le bruit de l'eau couvrirait notre approche.

— Je vois que dalle, souffla Paveur dans un murmure à peine audible. Et si on avait allumé un feu, on le verrait à cette distance.

— Et on sentirait la fumée, renchérit Juhlina. Peut-être bien qu'on a fait tout ce chemin pour des prunes.

— On va quand même vérifier, dis-je en détachant ma ceinture.

Je glissai le fourreau de ma longue épée dans mon dos pour éviter qu'il me gêne et m'accroupis entre les buissons.

Je laissai Paveur prendre la tête de notre petit groupe. L'ancien voleur maigre comme un clou était plus doué que moi pour se déplacer sans bruit. Juhlina était la moins discrète de nous trois, mais sa souplesse naturelle compensait son inexpérience dans ce domaine. Nous approchâmes donc sans faire trop de bruit et la silhouette du donjon se fit de plus en plus imposante au-dessus des arbres. Je ne sentis pas de fumée et ne vis aucune lueur dansante entre les murs. Je reniflai plusieurs fois dans l'espoir de déceler une odeur trahissant une présence humaine, sans résultat. Nous traversâmes alors la rivière.

Paveur et moi nous accroupîmes sur la rive en attendant Juhlina qui s'efforçait d'avancer à travers les flots bouillonnants. Ce fut à ce moment que je le sentis : un infime relent de cuir imprégné de sueur. Le premier projectile siffla alors que je me tournai vers Paveur pour le mettre en garde. La pierre, rapide et invisible dans l'obscurité, le frappa à la tempe et il s'effondra sur-le-champ. Je me jetai à terre tandis que d'autres passaient au-dessus de ma tête. Et puis j'entendis des bruits de pas sur le sol de la forêt. Nos assaillants quittaient leur cachette et s'élançaient vers nous.

—Filez ! criai-je à Juhlina.

Je découvris alors qu'elle était allongée au milieu de la rivière, le visage dans l'eau. Elle agitait les bras tant bien que mal pour résister au courant. J'aurais mieux fait de suivre mon propre conseil, mais mon instinct de soldat avait supplanté celui de bandit depuis belle lurette et je me précipitai vers ma camarade. Je l'attrapai par son justaucorps et la traînai sur la berge. Elle roula sur le dos en poussant un gémissement de douleur. Du sang maculait ses cheveux à l'endroit où la pierre l'avait frappée.

Des frondes, mais pas d'arcs, songeai-je. (Je dégainai mon épée.) *Ils veulent nous capturer vivants.*

Je m'accroupis et écoutai les pas qui approchaient rapidement. Je tenais la poignée de mon arme à deux mains, mais pas trop serrée, comme Roulgarth m'avait appris à le faire.

Imbéciles.

J'aperçus les jambes du premier assaillant. Je le laissai faire un pas de plus avant de me redresser et de frapper dans un même mouvement. Ce fut le premier homme que je tuai cette nuit-là. Il avait le visage noirci par un masque de suie et je ne vis rien d'autre que ses yeux lorsque ma lame s'enfonça dans sa poitrine. Il s'arrêta net, recula en titubant et cracha une gerbe de sang tandis que son lourd gourdin glissait entre ses doigts agités de spasmes.

J'entendis des pas sur ma droite. Je reculai et levai mon épée à hauteur de poitrine avant de la planter dans la gorge de l'homme qui se précipitait vers moi en brandissant une massue. D'autres assaillants approchèrent et des gourdins sifflèrent pendant que je repoussai ma victime. Je reçus des coups aux épaules et dans le dos, mais réussis à me dégager en faisant tournoyer mon épée sur la gauche et la droite. Des hurlements retentirent, ponctués d'exclamations obscènes. Des voix dures et un registre ordurier que je ne connaissais que trop bien. Ces hommes étaient des bandits, pas des soldats.

Je me baissai pour éviter un coup à la tête et ripostai en entaillant les fesses de mon assaillant. Je reculai et levai mon épée pour parer une attaque destinée à me broyer l'épaule. La lame fendit le gourdin en frêne avant de trancher le visage de son propriétaire. Puis il y eut un répit. Les bandits avaient formé un cercle autour de moi. Ils étaient une dizaine et leurs postures basses n'avaient rien d'amical. Leurs yeux brillaient d'un éclat assassin sur leurs visages crispés et noirs de suie.

« Les mots ne servent à rien pendant un combat, avait coutume de dire Roulgarth. Sinon à distraire l'adversaire. »

J'inspirai un grand coup et éclatai d'un rire méprisant.

— Alors, bande de connards, vous avez l'intention de rester plantés là toute la nu… ?

Je frappai avant d'avoir articulé le dernier mot. J'enfonçai ma lame dans le ventre de l'homme le plus proche, puis me tournai de côté afin de me faufiler entre lui et son voisin. Je pivotai vers le reste de la bande qui se précipitait vers moi. Je tuai un autre assaillant, ouvrant ainsi un passage à travers lequel je pouvais m'enfuir.

Paveur, pensai-je, en proie à un doute amer.

Un doute qui se transforma aussitôt en culpabilité mordante.

Juhlina.

Ce moment d'hésitation fut assez long pour qu'un adversaire invisible fasse tournoyer sa fronde. La pierre fendit l'air et frappa l'os derrière mon oreille. Une constellation d'étoiles envahit mon champ de vision. Malgré le choc, je parvins à conserver mon équilibre et à faire tournoyer mon épée, mais les bandits n'eurent aucun mal à éviter mes coups maladroits et à me coller une raclée. Ils me frappèrent avec un enthousiasme digne d'éloges, mais par chance mes sens anesthésiés n'enregistrèrent qu'une partie de la douleur. Nul doute que ma carrière se serait achevée là si une voix rauque et irritée n'avait pas retenti.

— Ça suffit, misérables corniauds! Rappelez-vous les ordres!

Je roulai sur le dos et, malgré mes yeux qui se voilaient à intervalles plus ou moins réguliers, j'eus le plaisir d'apercevoir la voûte nocturne piquetée d'étoiles entre les sombres veines des branches.

Je me sens toujours plus calme quand je vois des arbres, songeai-je.

Cette pensée me surprit et un petit rire s'échappa de mes lèvres. Il s'évanouit lorsqu'une silhouette massive me cacha le superbe tableau et se pencha vers moi. Des yeux qui brillaient d'une lueur terne me toisèrent.

— Un voleur, mais pas un bagarreur, dit la voix rauque avec une pointe d'admiration amusée. C'est comme ça que Deckin t'a décrit, un jour. On dirait qu'il se trompait, pas vrai, mon garçon ?

— Il se trompait... sur plein... de choses, marmonnai-je tandis que mon esprit sombrait enfin dans le néant. Et moi... aussi.

Chapitre 40

J'oscillai entre conscience et inconscience pendant un certain temps, porté et secoué par des mains brutales. Je distinguai des lueurs de torches et de feux à travers mes yeux embrumés. J'entendis les grondements et grognements typiques d'un campement animé. Entre les crises de stupeur au cours desquelles ma tête roulait sur ma poitrine, j'aperçus de nombreuses tentes entre les murs déchiquetés et les piliers du donjon d'Effroi. Malgré ma confusion, la honte d'être tombé dans un piège me harcelait et blessait ma fierté. Les gens qui m'entouraient ne prononçaient pas un mot, ce qui laissait entendre que c'était une unité militaire plutôt qu'un ramassis de bandits. Les quelques silhouettes que j'aperçus au cours de la traversée du camp me confirmèrent qu'il s'agissait de soldats avec des armes et des armures. Bon nombre d'entre eux étaient sales et avachis. Et l'uniforme qu'ils portaient n'augurait rien de bon quant à mon avenir.

—Laissez-nous ces bâtards d'hérétiques, capitaine! lança une voix dure. On aura vite fait de les faire chanter comme des canaris!

Les éclats de rire et les acclamations qui montèrent s'évanouirent tandis qu'une vague de fatigue me balayait et m'emportait sans rien me laisser d'autre que l'impression de tomber dans la gueule glacée des ténèbres.

Ce fut les échos des gouttes qui me réveillèrent. Des échos lointains qui montaient des profondeurs avec une clarté surprenante. Par chance, aucun rêve n'était venu troubler mon sommeil – à supposer que ce terme convienne. J'avais sombré dans un néant dépourvu de pensées et de sensations, un néant que j'aspirai à rejoindre dès que la douleur se rappela à mon bon souvenir. Une terrible brûlure irradia mes épaules et mes bras avant de se propager à ma poitrine. Je hoquetai et un vague instinct de conservation me poussa à bouger. Je voulus rouler sur le côté et mes pieds — glacés, parce que privés de leurs bottes — se détendirent sans rien rencontrer d'autre que le vide. Je me débattis quelques instants avant de comprendre que j'étais attaché et suspendu par les poignets. Je tendis le cou, levai la tête et découvris que la corde qui me retenait prisonnier avait été nouée par un expert. Il aurait fallu des heures d'efforts pour me libérer. Et les frottements m'auraient brûlé la peau.

— Enfin réveillé, dit une voix rugueuse et hachée.

La voix que j'avais entendue avant de sombrer dans l'inconscience. Je m'agitai de nouveau et mes yeux embrumés s'efforcèrent de percer les ténèbres.

— Va l'avertir, ajouta l'inconnu.

— C'est obligé?

La question avait été posée dans un gémissement plaintif et beaucoup moins impressionnant. Un gémissement qui exprimait de la peur plutôt que de la paresse. L'homme à la voix rauque ne répondit pas et, après un bref silence, j'entendis des pas s'éloigner.

— Il serait préférable que vous restiez éveillé, maître Scribe, conseilla la voix rauque.

Une silhouette se dessina dans le brouillard, celle d'un homme solidement bâti qui devait être aussi grand que moi. Son visage était voilé par la brume de la douleur.

— Vous feriez bien de vous secouer un peu, maître Scribe. Il ne va pas tarder à arriver.

— C'est… «seigneur Scribe…», pour vous, articulai-je avec difficulté.

Je battis des paupières pour chasser le brouillard… et le regrettai dès que j'aperçus le visage de mon interlocuteur. Je crus d'abord qu'il s'agissait d'un masque, car il était couvert de cicatrices et de difformités qui s'entrecroisaient et se chevauchaient. Il m'est impossible d'en faire une description précise et je me contenterai donc de dire que ce visage semblait avoir été arraché et recousu à la va-vite. Les lèvres étaient la partie la moins endommagée et l'inconnu s'exprimait d'une voix étrange, mais compréhensible.

— Vous ne me reconnaissez pas? demanda-t-il d'un air faussement vexé. (Il inclina la tête sur le côté et son front couturé se fronça tandis qu'il haussait les sourcils en une mimique interrogatrice.) Non ? Rien du tout ? Je n'en suis pas surpris. Nous ne nous sommes rencontrés qu'une fois, après tout. Et il faut bien reconnaître que j'ai changé depuis.

— Je suppose que tout cela n'a rien à voir avec l'assouvissement d'une basse vengeance ou le règlement d'une dette oubliée depuis long-temps, grognai-je.

J'observai les alentours en quête d'informations, puis mon regard glissa au-delà de l'homme au visage mutilé. Un soupçon de lumière se reflétait sur les murs en pierre humide et les dalles fendues par le temps. Je ne vis personne, ce qui signifiait que Paveur et Juhlina étaient gardés ailleurs. À supposer qu'ils soient encore en vie. Puis je distinguai une ouverture circulaire dans le sol et un flot de souvenirs me submergea. Je ne connaissais pas l'identité de mon geôlier, mais je savais au moins où je me trouvais. Les entrailles du donjon d'Effroi, l'endroit qu'Erchel avait choisi pour sa première visite onirique. C'était étrange, mais tristement logique.

— Une dette ? répéta le balafré. Non, seigneur, vous ne me devez pas le moindre shek. La vengeance, en revanche, n'est pas loin de la vérité, même si elle ne vous concerne pas. Pas personnellement, du moins. Mais ne vous leurrez pas. Cela ne change rien à l'affaire.

— Ainsi donc… (Je me reconcentrai sur mon interlocuteur et me forçai à esquisser un sourire qui, j'en suis certain, devait ressembler à un rictus de hyène.) La sincère promesse de vous verser assez d'or pour vivre comme un roi jusqu'à la fin de vos jours ne servirait à rien.

— À rien, en effet. Pas plus que celle d'un pardon royal ou autre traitement de faveur. Par pitié, ne m'insultez pas en vous donnant cette peine.

Il parlait sur un ton désinvolte – enfin, dans la mesure du possible compte tenu de sa voix rocailleuse –, mais l'avertissement que je lus dans ses yeux était clair. Cet homme n'était pas du genre à lancer des menaces en l'air.

— Loin de moi cette idée, dis-je. Mais j'estime être en droit de vous demander votre nom dans la mesure où, vous, vous semblez connaître le mien.

L'homme recula d'un pas et se redressa pour prendre une posture militaire.

— Danick Thessil, seigneur. Et laissez-moi vous dire que c'est un honneur de rencontrer une personne aussi célèbre que vous. Triste-ment célèbre, certes, mais tout de même. Je crois pouvoir affirmer sans le moindre doute que Deckin Scarl aurait été fier de voir ce que vous êtes devenu.

—Danick Thessil, répétai-je en contemplant le visage détruit d'un air dubitatif.

Le terrible destin des frères Thessil était une histoire qui avait beaucoup circulé après la bataille de Moulin des Mousses.

—Je vous trouve plutôt en forme pour un homme qui a été pendu par ses tripes aux ailes d'un moulin il y a des années de cela.

Il secoua la tête et son regard se perdit dans le vague tandis que ses cicatrices se réassemblaient pour exprimer ce qui ressemblait à de la nostalgie réticente.

—On m'a confondu avec un autre type. C'est un pauvre couillon avec le visage brûlé et mutilé qu'on a tiré de la pile de cadavres cette nuit-là. Il arrive que le destin d'un homme bascule à cause de choses bien curieuses, vous ne trouvez pas? Un jet de dé peut vous rendre riche ou vous ruiner. Rencontrer la bonne femme vous assurera une vie heureuse, et la mauvaise une vie de malheur. En ce qui me concerne, ce fut le fait qu'on m'avait jeté à côté d'un bandit qui présentait les mêmes blessures que moi. C'est lui qu'on a attrapé et forcé à regarder la profanation du corps de mon frère. C'est lui qu'on a égorgé et pendu aux ailes d'un moulin afin de parier sur le temps qu'il survivrait. Et pendant ce temps, moi, j'étais allongé au milieu des cadavres et des mourants en me mordant les lèvres pour ne pas hurler. Lorsque le soleil s'est levé, j'ai étranglé le garde qu'on avait posté là et je me suis enfui. Un peu comme vous, non?

Pas tout à fait, songeai-je. *Moi, j'ai assassiné mes camarades pour pouvoir filer.*

—Vous avez parlé de vengeance, lui rappelai-je.

—En effet. Il se trouve que passer des heures sur un tas de cadavres en souffrant le martyre est une expérience qui vous change un homme.

Sa raideur militaire s'évanouit. Il se dirigea vers le puits et s'assit sur la marche qui l'entourait en poussant un grognement.

—Je m'en voudrais de salir la mémoire de votre mentor, seigneur, mais mon frère et moi, on n'a jamais été très emballés par son idée de s'emparer du duché. C'était l'or et les armes qui nous intéressaient, le butin qu'on récolterait après la prise du château de Duhbos. Avec assez d'argent et de matériel, on aurait pu aller vers l'est et fonder notre compagnie de libres épées sans craindre les représailles des rois et des ducs d'Albermaine. On n'aurait plus eu à s'abaisser à voler et à fréquenter la lie des Marches shavines. Cette vie était indigne de nous. Elle nous avait été imposée par la malchance et l'injustice des nobles. Nous voulions redevenir soldats, vous comprenez. C'était le seul métier pour lequel nous étions doués. Au-delà des frontières orientales, il y a tout le temps des guerres, et bon nombre de princes et de chefs de tribu sont prêts à engager des étrangers pour combattre de leur côté. (Danick s'interrompit et laissa échapper un soupir amer.) J'ai honte quand j'y repense aujourd'hui, Scribe. Cette avidité, ce mépris pour la souffrance qu'engendre la guerre. Pendant que je gisais au milieu de cette chair fraîchement tailladée, je compris quelque chose : Deckin n'avait jamais eu la moindre chance de s'emparer du duché. Comment un homme si fruste aurait-il pu s'élever si haut ? Cela n'aurait été possible que s'il n'y avait eu personne à surpasser. Ce fut à ce moment que je décidai qu'il me restait une dernière guerre à livrer, une dernière rancune à assouvir. (Il parlait désormais avec ferveur et exaltation, à la manière d'un homme professant sa foi.) Je vengerais mon frère et détruirais l'infâme fléau de la corruption qui a transformé le royaume en ce qu'il est aujourd'hui. L'Alliance, la Couronne, les ducs vénaux et les petits nobles flagorneurs. Je les détruirais tous.

J'avais une certaine expérience dans le domaine du fanatisme et je compris que j'avais tout intérêt à ne rien dire. Je me détendis, laissai la corde me soutenir et profitai de la lente rotation de celle-ci pour observer l'endroit où je me trouvais. Mes yeux avaient eu le temps de s'habituer à l'obscurité et je distinguai des tonneaux le long des murs. J'aperçus également le faible reflet de la lumière sur l'incroyable stock d'armes entreposé là. Des hallebardes et des serpes. Tout droit sorties de la forge à en juger par l'éclat du métal.

— Je vois que vous avez trouvé vos armes, dis-je. (Je grimaçai tandis qu'un frisson de douleur partait de mes poignets liés et descendait jusqu'à mes pieds qui se balançaient au-dessus du sol.) Ça a dû coûter un paquet. On dirait que ça paie, la rébellion.

— Vous avez toujours l'œil aussi vif, on dirait, lâcha Danick sans répondre à ma question. Deckin disait que vous étiez son meilleur espion.

— Dites-moi, est-ce que vous avez payé Shilva Sahken pour qu'elle m'envoie ici ?

— Elle ne sait même pas que je suis vivant. Il a suffi de quelques murmures glissés dans les bonnes oreilles pour vous attirer dans mon piège. On m'a raconté que vous fonceriez tête baissée s'il s'agissait d'écraser les ennemis de votre chère Dame Consacrée. (C'était difficile d'en être sûr, mais j'eus l'impression de voir une moue critique sur son visage déformé.) Deckin aurait été fier de votre force, mais pas de vos camarades. Les nobles et l'Alliance sont les branches pourries d'un même arbre infecté par une immonde maladie.

J'envisageai de le contredire et d'énumérer les nombreuses différences entre Evadine et les partisans de l'Alliance et de la Couronne, mais j'avais pris la mesure de cet homme, maintenant. Il était inutile de discuter avec lui. Sa haine et son fanatisme s'étaient incrustés dans ses os le jour de la mort de son frère.

— Je suis étonné qu'on n'ait pas trouvé votre cadavre après la bataille du Vallon, me contentai-je de dire. Compte tenu de vos idéaux, je veux dire. Le Prétendant aurait eu grand besoin d'un homme tel que vous.

Danick renifla d'un air méprisant.

— Ce freluquet bouffi d'orgueil n'a jamais eu la moindre chance de monter sur le trône. Je reconnais que j'ai marché à ses côtés pendant un temps, mais ce n'est pas facile d'obéir à un homme qui vous est inférieur. Après le Champ des Traîtres, j'ai compris que je devais suivre mon propre chemin et rassembler ma propre armée. (Il baissa la voix et poursuivit dans un murmure tandis que des bruits de pas résonnaient dans l'escalier plongé dans l'obscurité.) Ou persuader quelqu'un que j'en rassemblais une pour son compte.

Je ne fus pas surpris en voyant l'homme soigné émerger des ténèbres et je saluai son arrivée d'un ricanement rauque. L'Ascendant Arnabus portait son éternelle cape grise d'humble Suppliant. La capuche était tirée en arrière et je vis que son visage ne ressemblait plus du tout à celui de l'homme aimable et enclin au sarcasme que j'avais rencontré à la bibliothèque de l'Alliance à Athiltor. Il était crispé, inquiet et inquisiteur. Des tressaillements agitaient les coins de ses yeux et de ses lèvres, comme s'il était terrifié. Il soutint mon regard – en clignant des paupières avec frénésie –, mais ne me salua pas. Notre échange, aussi silencieux qu'hostile, fut interrompu par l'arrivée d'une autre personne. Elle portait également une cape de clerc, mais elle garda la capuche sur sa tête et alla se placer dans le recoin le plus sombre de la pièce pour n'en plus bouger.

Je voulus lancer un trait d'esprit acide pour rompre le silence qui s'éternisait, mais Arnabus m'était tellement antipathique que je refusai de lui accorder le moindre échantillon de mon humour. Je finis par lâcher un soupir impatient.

—Qu'est-ce que vous voulez? demandai-je d'une voix grondante.

Le visage d'Arnabus s'empourpra et se renfrogna. Puis il pivota vers Danick et prit la parole d'une voix sèche.

—Est-ce qu'il a dit quelque chose?

—Nous avons seulement échangé quelques souvenirs du bon vieux temps, répondit Danick en haussant les épaules.

Arnabus se tourna vers moi et observa mon corps suspendu avec attention. Il examina les nœuds au niveau de mes poignets, puis esquissa une moue satisfaite et approcha en veillant à rester le plus loin possible de l'orifice noir du puits. Il s'arrêta et plongea ses yeux dans les miens avec une intensité presque désespérée.

—Est-ce qu'elle est dans les environs? demanda-t-il.

Il avait parlé dans un souffle, mais n'était pas parvenu à dissimuler le tremblement de sa voix.

Je ne répondis pas. Je me contentai de le regarder en clignant des paupières avec lenteur. Puis je tournai la tête et observai son compagnon dissimulé dans l'ombre.

—Pourquoi est-ce que vous ne nous rejoignez pas, Votre Luminance? (Ma question résonna dans les profondeurs du puits avant de nous revenir.) Je ne suis pas très à cheval sur l'étiquette, mais refuser de saluer un chevalier du royaume n'est pas très poli, vous ne trouvez pas?

Le Luminant Durehl Vearist hésita pendant une fraction de seconde, puis émergea de l'ombre, et ses bras puissants jaillirent des manches de sa robe pour tirer la capuche en arrière. Contrairement à celui d'Arnabus, son visage était calme, et ses sourcils froncés exprimaient plus de détermination que de colère. Je sentis qu'il s'agissait d'un masque. Pourquoi un homme si sûr de lui aurait-il pris la peine de dissimuler son visage?

—Seigneur Scribe, dit-il. Je tiens à ce que vous sachiez que je regrette profondément ce… désagrément nécessaire.

—Non? (J'éclatai de rire.) Allez donc vous faire foutre, vieil hypocrite.

J'entendis Danick Thessil étouffer un gloussement et je tournai la tête vers lui.

—Je sais qui a payé pour vos armes flambant neuves maintenant. Je suppose que je m'adresse au maréchal de l'Armée du Conseil, n'est-ce pas?

Danick inclina la tête et ses cicatrices se tordirent pour former quelque chose qui ressemblait à un sourire.

—Que puis-je vous dire ? À part que la foi m'est venue sur le tard ?

—Les chiens qui ne me mordent pas sont mes alliés, hein ?

C'était un vieil adage de bandit et le sourire de Danick se fit un peu moins éclatant.

—Je vous l'ai dit, mon garçon, déclara-t-il dans une voix qui ne trahissait ni la peur d'Arnabus, ni l'hypocrisie de Durehl. Tout sera détruit. Et je me fiche de savoir comment.

—Ça suffit, lâcha Arnabus. (Il toisa Danick d'un air sévère avant de hausser le menton vers l'escalier plongé dans les ténèbres.) Regagnez votre compagnie, capitaine.

Danick observa le clerc avec une expression impénétrable, mais, à en juger par la manière dont il avait plissé un œil, je compris qu'il aimait Arnabus autant que moi. Il se leva sans un mot et disparut dans l'obscurité. Quelques instants plus tard, le bruit de ses pas lourds résonna sur les marches.

—Sa Luminance a des questions à vous poser, me dit Arnabus. Je vous conseille d'y répondre avec promptitude et honnêteté.

Il fit un pas de côté et Durehl avança, les traits figés dans un mélange de rectitude et de tolérance, le visage d'un homme qui a un sale boulot à faire et qui n'a pas l'intention de se défiler.

—L'Aspirante Viera a eu l'amabilité de me montrer les comptes-rendus que vous avez offerts à la bibliothèque de l'Alliance d'Athiltor. Un travail exceptionnel, jeune homme. Une œuvre qui force l'admiration, qui que soit la personne qui l'a accomplie.

—Votre admiration me fait autant d'effet qu'une merde grouillant d'asticots, vieille baderne, grognai-je.

J'étais convaincu que ma situation allait empirer sous peu et j'avais la ferme intention de balancer autant de grossièretés que possible dans le peu de temps qui m'était imparti.

Je fus déçu par la réaction du Luminant Durehl qui accueillit l'insulte avec un petit sourire.

—Comme vous pouvez l'imaginer, poursuivit-il de la même voix posée, j'ai lu avec beaucoup d'intérêt le récit de la résurrection de la Martyre Evadine à Farinsahl. Je ne crois pas avoir déjà lu un ramassis de mensonges narré avec tant de poésie et structuré avec une telle rigueur.

J'esquissai un sourire mécanique.

—Je suis pourtant certain que vous en avez rédigé à foison.

J'avais si mal aux bras qu'à mon grand agacement je répliquai dans un grognement chargé de postillons.

536

—Vous reconnaissez donc qu'il s'agit de mensonges ? (Durehl approcha, leva la tête et me dévisagea avec intensité.) Vous reconnaissez avoir rédigé un faux ?

Je grimaçai et parlai entre mes dents serrées.

—La Martyre Evadine est revenue d'entre les morts par la divine intervention des Séraphiles. Je chéris ce souvenir et m'estime béni pour l'éternité d'en avoir été le témoin.

Le regret froissa les traits de Durehl et il secoua la tête.

—Tant de talent, dit-il sur un ton pensif. Quel dommage de le gaspiller pour un motif si méprisable. Sait-elle qu'il s'agit d'une farce ou est-elle assez folle pour croire qu'elle est une véritable Ressuscitée ?

—La Martyre Evadine est la vraie voix des Séraphiles. (La corde grinça tandis que j'essayais de cracher ces mots au visage de Durehl.) La championne de la foi. Grâce à elle, l'Alliance deviendra ce qu'elle est censée être. Et pas un ramassis de bâtards qui ne pensent qu'à amasser de l'argent et du pouvoir.

Je vis la colère se mêler à la détermination sur le visage de Durehl.

—Pendant des siècles, c'est le conseil qui s'est tenu entre le royaume et le chaos, déclara-t-il. Les rois sont couronnés et déposés, mais le conseil et l'Alliance résistent afin que ce monde puisse résister. C'est le conseil qui apporte la nécessaire stabilité à ce pays, qui offre de l'espoir aux gens et qui lutte contre l'injustice.

—Le chaos, hein ? (Mon ricanement caustique se transforma en grondement féroce.) Vous vous êtes réveillé au cours de la dernière décennie, vieil homme ? Ce pays est l'incarnation même du chaos et votre précieux conseil a fait que dalle pour l'empêcher de s'installer. Et si vous voulez parler d'injustice, expliquez-moi pourquoi une innocente Ascendante de votre Église a échoué dans les mines de l'Enfer alors que son seul crime était d'avoir appris la vérité ?

—Il arrive que les nécessités du moment imposent leurs lois à toutes autres considérations. L'Ascendante Sihlda l'avait bien compris, même si ce n'est pas votre cas. Et, malheureusement, vos actions nous imposent un autre de ces moments. (Durehl baissa les yeux et inspira d'une manière qui indiquait qu'il se préparait à quelque chose.) Je vous offre une dernière chance de vous confesser de votre plein gré, Scribe. (Il me regarda et poursuivit sur un ton presque attentionné.) S'il faut vous arracher des aveux, nous vous les arracherons, mais je vous en supplie : ne m'obligez pas à faire cela. Confessez les mensonges que vous avez racontés. Dites avec vos propres mots qu'Evadine Courlain est une fausse martyre. (Il s'interrompit et je le vis déglutir tandis qu'il échangeait un coup d'œil avec Arnabus.) Avouez que vous avez conduit une sorcière caerith au chevet de dame Evadine et que c'est sa répugnante magie qui a ressuscité la fausse martyre.

Je tournai la tête vers Arnabus en comprenant enfin ce qui s'était passé. C'était lui qui avait divulgué la présence de la Sorcière au Sac à Farinsahl. Il connaissait l'existence de la *Doenlisch*. Il maîtrisait la langue caerith et il s'était servi du réseau d'espions de Leannor pour rassembler toutes les rumeurs et tous les racontars qui pouvaient se révéler utiles. J'étais prêt à parier qu'il allait esquisser un sourire mauvais et triomphant, mais je ne vis qu'un homme englué dans une peur qu'il contrôlait à peine. Durehl et lui jouaient des rôles qu'ils n'avaient aucune envie de jouer, mais, contrairement au Luminant, Arnabus mesurait la portée de ses actes et j'étais convaincu qu'il comprenait cette histoire mieux que moi. Je ne baissai pas les bras pour autant. Je ne me faisais guère d'illusions à propos de la manière dont tout cela allait se terminer, mais un homme qui se prépare à affronter la douleur et la mort est prêt à tout pour retarder la morsure du fouet ou de la lame.

Je me convulsai, le corps tremblant sous le coup d'un mélange de peur et de tension.

—Ces mystères et ces absurdités me rappellent une conversation que j'ai eue il n'y a pas très longtemps, dis-je. Vous n'avez pas oublié que c'est moi qui ai rédigé le testament du Prétendant, Votre Luminance. (Je m'adressais à Durehl, mais mes yeux étaient rivés sur Arnabus.) Vous n'imaginez pas tout ce qu'il a pu me dire…

—Silence! aboya Arnabus dont le visage fut soudain agité de tics.

Je l'ignorai et me balançai vers Durehl.

—Dites-moi un peu, Votre Luminance, que savez-vous exactement à propos de cet homme? Le genre d'individu qu'il est, je veux dire. Rappelez-vous la première fois que vous l'avez rencontré. Quel âge semblait-il avoir?

—La ferme! siffla Arnabus.

Il approcha d'un pas précipité et se figea lorsque je m'adressai à lui en caerith.

—*Le* Vaerith *coule dans vos veines.* (Je grimaçai un sourire en contemplant son visage frémissant.) *Est-ce que vous êtes né avec ou est-ce que vous êtes parvenu à le voler à quelqu'un?*

—Que dit-il ? demanda Durehl.

Arnabus ne sembla pas l'entendre. Aveuglé par la rage, il se rua vers moi et me frappa en faisant tourner ses bras comme les ailes d'un moulin. Le spectacle m'aurait sans doute amusé si je n'avais pas été la cible de sa colère. Il frappait avec maladresse et au hasard, mais les coups étaient nombreux et puissants. Cette attaque ridicule finirait par porter ses fruits si elle s'éternisait et le Luminant—qui continuait à poser des questions d'un air ébahi—ne semblait pas décidé à intervenir pour mettre fin à mon supplice.

—Où est-elle ? hurla Arnabus en m'assenant des volées de coups. Est-ce qu'elle est dans la région ? Parlez, misérable bâtard !

Je sentis mon nez se briser dans un craquement que je ne connaissais que trop bien. Un flot de sang envahit ma gorge et m'empêcha de respirer. Je sombrai dans le néant au son des cris stridents d'Arnabus.

—Pourquoi a-t-elle disparu ? Où est-elle allée ? Où est cette putain de *Doenlisch* ?

Chapitre 41

Une fois de plus, je fus arraché au néant par les échos d'un bruit d'eau. On venait de jeter quelque chose dans le puits. Cette fois-ci, je me réveillai en sentant le froid des dalles sous mes pieds, mais pas les tiraillements lancinants des cordes sur mes bras et mes épaules. Mes muscles étaient encore douloureux et un grognement s'échappa de mes lèvres tandis que je me redressai avec lenteur. La nuit était tombée pendant que j'étais sans connaissance et il n'y avait plus de reflets de lumière sur les murs grossièrement taillés. En revanche, la douce lueur d'une lanterne éclairait une mince silhouette portant une robe de clerc.

Arnabus était assis par terre, le dos contre la marche formée par la dépression circulaire entourant le puits qui nous séparait, un coude posé sur un genou redressé. Ses yeux étincelèrent dans la pénombre lorsqu'il me vit m'agiter, puis il fit un geste sec et un caillou décrivit une parabole avant de disparaître dans le puits. Je l'entendis frapper la surface et eus l'impression que le bruit résonnait sans fin.

— Qu'est-ce que vous a raconté Lochlain? demanda Arnabus.

Je sentis que la plus grande partie de sa peur et de sa colère s'était dissipée. Je compris qu'il avait attendu qu'il se passe quelque chose et que ce quelque chose ne s'était pas passé. Voilà pourquoi il semblait triste.

— Bien des choses, répondis-je.

Je grimaçai en me redressant en position assise. Une corde épaisse et rugueuse m'entravait les poignets et les chevilles. On l'avait enduite de poix qui, en refroidissant, avait rendu les liens aussi solides qu'une chaîne. Un bref regard me fit comprendre qu'il était impossible de les faire glisser et que je me casserais les dents si j'essayais de les ronger. Dans ces conditions, il était inutile d'envisager de me précipiter sur Arnabus. À moins de le faire en sautant à pieds joints, mais ce ne serait pas très rapide et je risquais fort de mourir de ridicule. Je constatai avec surprise que, malgré les coups qu'il m'avait portés, je n'éprouvais aucune animosité à l'encontre de cet homme. J'eus même l'impression que c'était lui qui était à plaindre. J'avais la ferme intention de le tuer dès que l'occasion s'en présenterait, bien sûr, mais je réglerais le problème aussi vite que possible.

— Qu'est-ce que vous comptiez faire ? demandai-je.

Je m'adossai contre la marche et levai mes mains liées pour tâter les parties les plus douloureuses de mon visage. Il m'avait frappé comme un amateur, mais avec une ardeur digne d'éloges.

— Cessez de jouer à ces petits jeux, lâcha Arnabus d'une voix lasse. C'est épuisant. Et inutile maintenant.

Je scrutai le mur de ténèbres qui se dressait autour de la zone éclairée par la lanterne.

— Sa Luminance ne nous fait pas l'honneur de sa présence ? demandai-je.

— Je l'ai convaincu qu'un entretien privé me permettrait d'obtenir les précieux aveux qu'il espère.

— Des aveux dont vous n'avez strictement rien à faire, je suppose ?

Sa robe de clerc se froissa tandis qu'il haussait les épaules.

— Les réponses à des mystères résolus ne m'intéressent pas. Contrairement à certaines choses que vous avez récemment apprises. Et ces choses, je veux les connaître.

Je haussai les sourcils et esquissai une moue moqueuse.

— Les informations de cette importance valent cher et je n'ai pas encore entendu d'offre de votre part.

— Un petit sursis avant la séance de torture ne vous suffit pas ?

— Pas vraiment. Surtout s'il s'agit d'un *petit* sursis. J'attends mieux de votre part.

La lumière de la lanterne dansa sur les traits étroits et sombres d'Arnabus. Puis l'Ascendant se pencha, ramassa un caillou sur les dalles et le lança dans le puits.

— Vous êtes déjà venu ici, dit-il tandis que l'écho du « plouf ! » montait vers nous. Quand vous étiez enfant. Vous et ce maudit castré. Vous avez eu le courage d'affronter la colère des fantômes pour satisfaire votre fierté puérile.

J'eus l'impression que la douleur de mes hématomes devenait plus sourde.

—Comment avez-vous appris ça ?

—Vous voulez passer un marché, eh bien ! le voici. Dites-moi ce que Lochlain vous a raconté et je vous dirai comment j'ai appris vos exploits de loqueteux. (Ce fut son tour de se moquer de moi, une prouesse qu'il accomplit avec un petit haussement de sourcils.) Et un peu plus même, car je pense que cela m'amusera.

En fin de compte, je le tuerai en prenant mon temps, décidai-je.

Je cachai mon agacement en reniflant et un éclair de douleur me rappela que mon nez avait été cassé une fois de plus.

—Lochlain m'a raconté qu'un clerc avait fait halte au château où il vivait. Ce clerc lui a parlé de ses origines. Il lui a parlé d'une domestique qui avait été violée par un prince de passage qui avait trop bu. Un viol qui avait eu des témoins, mais dont personne ne parla jamais. Le clerc connaissait pourtant les détails les plus sordides de l'affaire. Avant même d'aller voir sa mère pour lui demander sa version des événements, Lochlain avait compris qu'il ne s'agissait pas d'une fable. Il n'avait nul besoin de contempler la peur dans le regard de la pauvre femme et d'entendre l'horrible histoire entrecoupée de sanglots. Il avait grandi en étant convaincu qu'il était le rejeton d'un ménestrel avec un sourire charmeur et un joli répertoire de chansons. Le genre d'homme dont une jeune fille en fleur tombe facilement amoureuse quand la bière coule à flots. Il avait voulu croire que son père se trouvait quelque part au-delà des murs du château, poursuivant sa joyeuse errance et vivant de son talent. Lorsqu'il apprit qu'il s'agissait en fait du prince Arthin, l'héritier du trône d'Albermaine, il fut très déçu, bien sûr. Aucun homme respectable ne souhaite découvrir qu'il est le fruit d'un acte si vil. Il ne revit jamais le clerc, mais il se le rappelait très bien. Pas seulement son visage. Sa voix également. Il se le rappelait si bien qu'au fil de son histoire je compris très vite qu'il s'agissait de vous, Ascendant Arnabus. Au fait, c'est votre véritable nom ?

Les lèvres d'Arnabus se contractèrent en une moue indifférente.

—Au bout d'un certain temps, les noms finissent par perdre toute signification. Les noms sont pour les rois et les reines. Ou les Martyrs. Pas pour les gens tels que nous. C'est là que vous avez commis votre plus grave erreur, Sir Alwyn Scribe. En devenant un personnage célèbre, vous vous êtes affaibli et vous êtes devenu la cible de Sa Luminance. Entre autres. Vous auriez mieux fait de rester dans l'ombre, comme moi.

—Notre marché, me dépêchai-je de dire. (Je n'avais aucune envie d'admettre que je m'étais trompé et qu'il avait raison.) Vous saviez que je connaissais cet endroit et, par conséquent, j'ai du mal à croire que ma présence ici relève du hasard.

Il me regarda pendant quelques instants dans un silence figé, puis inclina la tête sur le côté et prit un air méchant que je reconnus sur-le-champ. La voix qui sortit de sa gorge n'était plus la sienne, mais je l'avais entendue à d'innombrables reprises au cours de vie.

—T'es venu voir, hein, Alwyn?

Mes multiples hématomes auraient dû étouffer toute réaction, mais un souffle glacé me traversa du sommet du crâne jusqu'à la pointe de mes orteils.

Erchel! Arnabus parlait avec la voix d'Erchel.

—T'es venu voir ce que t'as fait, hein? demanda Arnabus avec la voix de mon camarade mort.

Son air mauvais se transforma en caricature tandis qu'il se penchait vers moi, exactement comme Erchel l'avait fait dans le rêve qui s'était déroulé ici même.

Je restai silencieux, incapable de faire quoi que ce soit, regardant la personne qui se trouvait devant moi avec un mélange de choc et d'horreur. Arnabus reprit son aspect habituel et s'inclina de nouveau.

—« *Vaerith* » est un terme qui englobe bien des choses, dit-il. Différents pouvoirs, puissants ou insignifiants. Certaines personnes sont capables de les utiliser, d'autres pas. La majorité, dont je fais partie, doit se contenter des miettes qu'on daigne lui jeter.

—J'ai… rêvé…, bafouillai-je en retrouvant enfin le contrôle de mes cordes vocales.

—Oui, dit Arnabus avec un sourire figé. Vous avez rêvé le rêve que j'avais tissé pour vous. C'est ainsi que les Caerith me surnommaient quand je vivais avec eux. *Oleith Ethaleha*, le Tisseur de Rêves. Ce ne fut pas facile de trouver le bon personnage pour jouer les oiseaux de mauvais augure, mais après la raclée que Sir Althus vous avait infligée, j'ai eu le temps de fouiller dans votre mémoire pendant que vous étiez inconscient.

—Erchel m'a mis en garde, dis-je. Sur la route vers le sud. Les assassins…

—Un incident nécessaire pour vous convaincre que vos rêves étaient prémonitoires. Ce ne fut pas très difficile de persuader le Luminant de me verser quelques souverains pour louer les services d'assassins d'élite. À Athiltor, le comportement de votre chère Dame Consacrée a affolé les membres du conseil. J'étais à peu près sûr que l'opération échouerait, bien sûr, mais Durehl et ses pairs ne connaissent pas grand-chose à ce genre d'affaire. Vous n'avez tout de même pas cru qu'il s'agissait d'un complot ourdi par Leannor ? (Il fronça les sourcils d'un air pensif.) Non. Vous n'êtes pas assez idiot pour cela.

—Erchel savait certaines choses, insistai-je. (J'éprouvais une réticence perverse à accepter l'idée que ces visites oniriques n'avaient été qu'une étrange manipulation.) Il m'a montré des choses avant qu'elles arrivent. La mort du roi Tomas…

—Parce qu'on me les avait montrées à moi. (Toute trace d'humour complice disparut du visage du clerc qui retrouva son expression sombre et inquiétante.) La *Doenlisch* me les avait montrées. Mais elle n'est pas venue. Malgré tous les efforts que j'ai faits pour l'attirer ici.

J'avais le plus grand mal à me contenir. L'idée d'une association entre cet homme et la Sorcière au Sac était tellement absurde qu'elle me mettait hors de moi.

—Elle n'accepterait jamais de travailler avec un individu comme vous.

—Pourquoi ? Elle s'est bien abaissée à traiter avec la lie de ce royaume. Mais peut-être vous estimez-vous meilleur que moi, Alwyn Scribe ? Vous dansez au son de sa flûte depuis quelques mois alors que je la connais depuis une éternité.

—Elle est du côté du bien. Elle guérit. Elle apporte la vie…

—Et que croyez-vous que je fasse ! cria Arnabus en bondissant vers moi, les lèvres retroussées dans un rictus animal. Que croyez-vous que j'aie fait depuis je ne sais combien de siècles, sinistre crétin ? Tout ce que j'ai fait, je l'ai fait pour elle.

J'affrontai sa colère avec la mienne, plongeant mon regard dans ses yeux bouillonnants de rage.

—Vous n'êtes qu'un manipulateur, dis-je. Un intrigant. Un menteur. Un homme qui cherche à faire exécuter une femme qui n'a rien à se reprocher…

—Oh ! cessez un peu de me parler de votre Martyre, Scribe. (Arnabus ricana d'un air dégoûté.) J'en ai vu des dizaines, des Evadine Courlain. Le visage et le sexe peuvent changer, mais l'histoire reste la même. Un héros qui atteint le sommet à la seule force de sa compassion. Un sauveur des pauvres et des opprimés effleuré par la grâce divine. C'est un ramassis de conneries et ça se termine toujours dans un bain de sang! (Il esquissa un sourire sans joie.) J'ai essayé de vous mettre en garde, vous vous souvenez? Erchel vous a montré ce qu'elle allait faire.

—la *Doenlisch* l'a *sauvée*, dis-je. Elle ne l'aurait sûrement pas fait sans raisons.

Arnabus sembla se dégonfler et ses épaules se voûtèrent tandis qu'il répétait un mot avec accablement et désespoir.

—Des raisons… (Un défilé d'émotions passa sur ses traits, de l'autoapitoiement, de la tristesse, de la colère, puis une perplexité songeuse.) J'ai renoncé à lui demander ses raisons il y a… oh! plus d'un siècle. Je me contentais de savoir qu'elle avait besoin de moi. C'était suffisant. Cela me permettait de rester à ses côtés. Elle m'a sauvé, vous savez? Il y a très longtemps. Quand une foule est venue pendre le méchant orphelin que tout le monde détestait sans savoir pourquoi. Je le savais, moi. Je leur faisais peur. Au fond d'eux, ils sentaient que c'était moi qui mettais ces terribles choses dans leur tête quand ils dormaient. La peur peut vous pousser aux pires crimes, y compris le meurtre d'un enfant. Mais, s'ils avaient peur de moi, ils avaient encore plus peur de la Sorcière au Sac. «Viens avec moi, petit frère», m'a-t-elle dit en me prenant par la main et en m'entraînant. «J'ai beaucoup de choses à te montrer.» (Une partie de sa tristesse s'effaça tandis que des souvenirs défilaient dans sa tête et que ses yeux se perdaient dans le vague.) Et elle m'a montré. En un sens, elle est devenue ma mère pendant un temps. Je l'ai suivie dans tous les coins du royaume, et au-delà quand le besoin s'en faisait sentir, car la tâche de la *Doenlisch* ne se limite pas aux duchés d'Albermaine. J'ai appris tandis qu'elle soignait les malades. J'ai écouté ses chansons caerith. Quand j'ai atteint l'âge adulte, elle m'a guidé à travers les montagnes pour que je vive parmi son peuple. Ce fut la première fois qu'elle me quitta. Je n'aimais pas les Caerith, et les Caerith ne m'aimaient pas, mais ils toléraient ma présence parce que c'était sa volonté. Plus tard, je suis retourné en Albermaine où elle m'attendait. «Cette nouvelle religion, petit frère, cette Alliance est devenue plus forte. J'aimerais en apprendre un peu plus à son sujet», m'a-t-elle dit. Alors l'Alliance est devenue ma tâche. Pendant des années, je l'ai observée qui se transformait en monolithe décadent à l'image de ces grands animaux malades qui ne savent pas que chaque pas les rapproche de la mort. Je ne nierai pas l'avoir aidée de temps en temps. Parce que c'était ce qu'elle voulait, une fois de plus. Mais, en vérité, le destin de l'Alliance était inéluctable. Votre Martyre Ressuscitée n'est que le couteau de boucher qui met fin aux souffrances d'une bête trop âgée. (Il fut secoué par un rire sans joie.) Et quand les charognards se rassembleront pour dévorer la carcasse, ce sera un sacré spectacle. Peut-être que la *Doenlisch* voudra y assister dans la mesure où elle semble se contreficher de votre sort. (Il soupira, se leva et prit la lanterne.) Demain sera une journée difficile. Je vous conseille d'abréger votre calvaire et de faire ce que Durehl veut que vous fassiez. Cette brute de Thessil a capturé trois de vos camarades et son cher bourreau les fouettera sous vos yeux avant de vous infliger le même sort. Confessez votre perfidie. Rédigez vos aveux dans votre style si raffiné. Cela ferait plaisir au Luminant, je pense. De toute manière, cela n'a aucune espèce d'importance.

— Vous avez dit qu'elle vous avait quitté, dis-je. (Il se figea.) Qu'est-ce que cela signifie ?

Il était de dos et la lumière de la lanterne n'éclaira qu'une partie de son visage quand il tourna la tête pour me regarder une dernière fois.

— Cela signifie que, pendant des années, elle n'a pas pensé une seule fois à moi. Que je n'ai jamais senti son… regard comme je le sentais auparavant. J'étais dans le camp de l'armée royale la veille de la bataille du Champ des Traîtres, à quelques centaines de mètres de l'endroit où elle s'était installée, mais elle aurait tout aussi bien pu se trouver à l'autre bout du monde. Elle ne m'a pas laissé approcher, alors que *vous*… (Son visage se déforma sous la conjugaison de la jalousie et de la révulsion.) Vous, elle vous a accueilli. Vingt ans. Cela fait vingt ans que je me faufile à travers l'histoire de ce royaume dans l'espoir de suivre son chemin et de faire ce qu'elle attend de moi. Sans jamais en être sûr. J'ai cherché à l'attirer en organisant l'exécution de votre Martyre, car j'avais appris ce qu'elle avait fait à Farinsahl. Elle avait sauvé cette catin de Courlain, alors elle viendrait peut-être la sauver de nouveau. Mais, une fois de plus, c'est *vous* qui êtes venu. Un scribe hors la loi portant une armure de fortune. Et quand vous avez émergé de la foule, j'ai senti son aura sur vous. (Il hésita et serra la poignée de la lanterne si fort que le métal grinça.) J'ai cru que vous étiez une sorte de message, le signal qu'elle s'intéressait de nouveau à moi. Ou que je l'amusais un peu, au moins. Aujourd'hui, je sais qu'elle nous a abandonnés tous les deux. J'avais espéré qu'elle daignerait quand même venir et m'expliquer pourquoi.

La lanterne se balança tandis qu'il s'éloignait. Je ne voyais plus son visage, mais il m'offrit un ultime message en guise d'adieu.

— Au fait, les rumeurs disent vrai. Ce donjon est bien hanté par des fantômes, mais ils sont de nature maussade et se montrent rarement.

Cela dit, il n'est pas impossible qu'ils viennent vous tenir compagnie pendant vos dernières heures. Dormez bien, Alwyn Scribe.

Comme tu t'en doutes sûrement, cher lecteur, le sommeil ne vint pas facilement cette nuit-là. Le prisonnier tend à méditer sur la nature de son destin et le fléau de l'imagination transforme ces réflexions en supplice. Mais même les personnes terrifiées finissent par céder à l'implacable fardeau de l'épuisement et, si incroyable que cela puisse paraître, je m'endormis. Compte tenu des circonstances, je ne pouvais pas espérer échapper aux rêves les plus sombres et, comme je m'y attendais, ils se jetèrent sur moi à l'instant où mes paupières consentirent à se fermer.

Je me suis souvent demandé si ces songes terrifiants n'avaient pas été tissés par Arnabus et son pouvoir de manipulation mentale, mais j'estime désormais qu'ils étaient trop étranges et trop créatifs pour être son œuvre. Malgré son âge et son indéniable sagacité, c'était un homme très limité sous bien des aspects. Le roi Tomas fut le premier à se présenter sur la scène de mes cauchemars. Il arriva en titubant sur une plaine noire, vêtu de son armure et la tête inclinée à un angle impossible. La scène aurait pu être comique si son visage n'avait pas exprimé un désespoir et une douleur infinis. Il s'adressa à moi, mais ses paroles n'avaient aucun sens. Les marmonnements sifflants qui s'échappaient de ses lèvres maculées de bave avaient l'intonation d'une question, mais je fus incapable de les comprendre.

— Je suis désolé, Votre Majesté, lui dis-je.

Je n'étais en rien responsable de sa mort, mais en le voyant ainsi je ne pus m'empêcher d'éprouver un sentiment de culpabilité. Je ne l'avais pas tué, mais je m'étais servi de sa mort pour orchestrer la chute du Prétendant. Cette pensée invoqua Lochlain sur la plaine noire, bien entendu. Il était torse nu et sa chair portait les stigmates des tourments qu'on lui avait infligés sur l'échafaud. Il me parla et, à la différence de Tomas, je compris ses paroles.

— Un bâtard et un incapable, hein ? remarqua-t-il en hochant la tête en direction du roi vacillant à la nuque brisée. Reconnaissez que j'aurais fait un bien meilleur monarque, Scribe. Ne serait-ce que parce que j'avais un peu de sang Algathinet dans les veines, contrairement à cet étron bouffi de suffisance.

Il lâcha un grognement furieux et poussa Tomas. Le roi recula en titubant et s'effondra dans un nuage de poussière noire avant de s'agiter sur le sol comme un crabe difforme dans la marmite d'un pêcheur.

—Regardez-le, se moqua Lochlain. (Ses muscles exposés et sanguinolents se contractèrent tandis qu'il pointait le doigt et poursuivait d'une voix qui n'était qu'une triste parodie de celle de l'homme avec qui j'avais passé tant d'heures.) Regardez le roi Nuque-Brisée, merdique monarque d'Albermaine !

—Laissez-le tranquille ! aboyai-je.

Je fis un pas vers Lochlain, mais ses blessures étaient si horribles que je ne trouvai pas le courage de le repousser.

—Sinon quoi ? demanda le Prétendant dans un grondement sourd. (Il se tourna vers moi.) Vous allez écrire un autre faux testament en mon nom ?

—Je n'ai écrit que la vérité !

—Il n'y a pas de vérité, misérable connard. Vous avez écrit ce que je vous demandais d'écrire, un point c'est tout. Et je suis le pire des menteurs qui aient jamais arpenté cette Terre. (Il éclata de rire, un rire strident et désespéré qui se transforma en sanglot balbutiant.) Pourquoi avez-vous fait ça, Scribe ? (Son visage était un masque de détresse et de reproche.) Pourquoi m'avez-vous empêché de prendre ce qui était à moi ? Pourquoi vous êtes-vous battu pour ces bons à rien de seigneurs ? Si vous n'aviez pas eu un soupçon de chance, il y a longtemps que vous seriez mort dans un caniveau boueux. Qu'est-ce que la Couronne vous a offert en dehors de l'injustice et de la faim ?

—Je ne me suis pas battu pour des seigneurs ou pour la Couronne, protestai-je. Je me suis battu pour quelque chose de meilleur.

Ces mots sortirent de ma bouche avec mollesse, sans force et sans conviction. Y compris à mes oreilles.

—Non, déclara Lochlain. Vous vous êtes battu parce que vous le vouliez, voilà pourquoi. Vous vouliez dégager le chemin pour cette illuminée et ses folles visions. Vous avez cru qu'elle vous laisserait la baiser en guise de récompense ? C'est ça ?

Sa voix gagnait en volume à chacune de ses paroles. Sa poitrine lacérée et ensanglantée était tellement gonflée de rage et de fierté délirante qu'elle semblait prête à exploser.

—J'étais le Vrai Roi ! (Sa chair écorchée produisit un horrible bruit de succion lorsqu'il se frappa le torse du poing.) Et mon règne aurait été un âge d'or. Pour moi, il n'y a pas de roturiers, pas de seigneurs et pas de clercs vénaux. Il n'y a que les gens qui sont respectables et les gens qui ne le sont pas. Et les gens respectables auraient eu droit à une place de choix dans mon royaume. Vous seriez devenu mon chambellan,

Scribe. Wilhum serait devenu le commandant de ma garde et Legueux mon maréchal-chevalier. J'aurais même trouvé un poste pour la petite châtreuse que vous aimez tant. Et, à cause de vous, ils seront tous morts dans moins d'un an.

—C'est un rêve. (Je fermai les yeux et m'efforçai de me calmer.) Un rêve tissé à partir de mes peurs. Vous savez seulement ce que je sais. Et je ne connais pas l'avenir.

—Peut-être pas, dit Lochlain en éclatant d'un rire cruel. Mais vous connaissez le passé. Ouvrez donc les yeux et regardez attentivement.

Comme c'est souvent le cas dans les songes, je n'avais aucun contrôle sur mes actes et je contemplai les horreurs qui jonchaient le sol cendreux autour de nous. Certaines avançaient en titubant tandis que des flots de sang s'échappaient de leurs plaies béantes. D'autres rampaient. Celles qui n'avaient plus de membres se tortillaient comme des vers. J'en découvris des centaines, puis des milliers lorsque je levai les yeux et regardai au loin. Une armée de zombies et de larves. Leurs visages morts étaient récents et purulents ou anciens et momifiés.

—Vous n'avez pas chômé, remarqua Lochlain. Deckin était un amateur à côté de vous.

—J'ai tué, marmonnai-je tandis que mes yeux passaient d'un cadavre à un autre. Mais pas autant...

—Mon armée a été décimée à cause de vous, me coupa Lochlain. L'armée alundienne également. La chute de Haudesahl, la Marche sacrificielle, tous les affrontements qui ont eu lieu entre les deux. La route a été longue, Scribe. Quand viendra l'heure de rédiger votre testament, n'oubliez pas de l'écrire en rouge.

—Je n'ai pas commencé ces guerres! m'exclamai-je.

L'affolement m'envahit alors que la horde des morts approchait. Ils ne faisaient aucun bruit à l'exception du frottement de leurs pieds sur la cendre, mais le poids de leurs accusations était comme un cri jaillissant de mille gorges.

—Je n'ai pas voulu ces batailles!

Le désespoir faisait trembler ma voix et la panique se transforma en terreur abjecte lorsque je compris que je n'avais aucun moyen d'échapper à la vengeance de mes victimes. Mes paupières se contractèrent tandis que les spectres approchaient, les bras tendus, suintant le pus, ouvrant et fermant leurs doigts avides et putréfiés.

—Je suis désolé... (La supplication jaillit de mes lèvres sous la forme d'un gémissement et se transforma en hoquet quand je sentis le contact de la première main glacée.) Pourquoi est-ce que vous faites ça ?

La froide caresse s'interrompit lorsque la nouvelle voix résonna. Une voix calme, mais dans laquelle perçait une note de reproche amère. Une voix avec un léger accent caerith qui ne m'était pas étranger.

J'ouvris les yeux et vis que les morts avaient disparu. Lochlain et le roi à la nuque brisée également. La plaine noire était déserte à l'exception d'une jeune femme dont les cheveux flottaient au vent. Une marque de naissance rouge ornait son front plissé et elle me regardait d'un air accusateur.

—Pourquoi vous tourmentez-vous de la sorte ? demanda la Sorcière au Sac, la *Doenlisch*.

Son ton était agacé et critique. De toute évidence, elle était surprise et furieuse de me trouver dans un tel état. Je compris sur-le-champ qu'il ne s'agissait pas d'un produit de mon imagination. Ses pouvoirs étranges lui avaient permis de s'introduire dans mon rêve – sans y être invitée, mais j'étais ravi de la voir.

—Je ne choisis pas la nature de mes songes, lui dis-je.

—Vraiment ?

Une expression de sincère surprise passa sur son visage, puis elle hocha la tête d'un air agacé.

—Ah, oui. Il m'arrive d'oublier que vous êtes si jeune.

Sa désinvolture attisa ma colère. Elle avait surgi alors qu'on s'apprêtait à me torturer et elle me parlait comme si nous venions de nous rencontrer sur un marché.

—En fait, c'est Arnabus qui se charge d'écrire mes rêves, ces derniers temps. Et ils ne sont pas particulièrement agréables.

—J'en suis convaincue. Mon petit frère a toujours eu un faible pour les cauchemars.

—Vous auriez dû me dire que vous le connaissiez.

—Pour quelle raison ? Est-ce que cela aurait changé l'opinion que vous avez de lui ?

—Peut-être. Le fait de savoir qu'il s'efforce de vous faire plaisir m'y aurait sans doute aidé.

—Voilà un moment qu'il a cessé de faire cela, quoi qu'il en dise. (Son beau visage s'assombrit et ses lèvres se contractèrent en une fine ligne.) Ce n'est pas facile d'affronter ses échecs, Alwyn. Et je n'ai pas toujours envie d'intervenir pour les prévenir. L'homme troublé et prompt à la cruauté qu'il est devenu n'a plus grand-chose à voir avec le garçon traumatisé, malicieux, mais gentil que j'ai élevé. Quand je me suis rendu compte de mon échec, j'ai mélangé des herbes nuit après nuit dans l'intention de le plonger dans un sommeil dont il ne se sortirait jamais, mais je n'ai jamais trouvé le courage de lui administrer ces infusions.

—Il a fait des choses horribles juste pour attirer votre attention. Et je suis certain qu'il va continuer.

—Dans ce cas, je ferai ce que je n'ai pas pu faire auparavant.

Elle m'adressa un sourire crispé, approcha et tendit la main pour me caresser la joue. Je reculai d'un bond et elle grimaça.

—Je comprends votre colère, dit-elle. Mais rien de ce que j'ai fait n'était destiné à vous faire du mal.

—Je vais être fouetté à mort demain. Vous pouvez sûrement faire quelque chose pour empêcher cela. Vous savez où je me trouve, n'est-ce pas ?

—Je le sais. (Elle haussa un sourcil d'un air amusé.) Et vous, savez-vous où je me trouve ?

Brusquement, la plaine de cendre noire disparut dans un tourbillon de poussière qui nous enveloppa. Le tourbillon vira au gris, puis au bleu, puis au blanc avant de se figer et de se transformer en chaîne de montagnes. J'avais pensé que je ne verrais jamais de paysage plus impressionnant que les pics qui bordaient les terres des Caerith, mais ce n'étaient que des taupinières en comparaison de ceux que je contemplais maintenant. Des parois de granit rose piquetées de neige se dressaient vers le ciel et la plupart des sommets disparaissaient dans les nuages. D'épaisses forêts vert sombre couvraient les pentes et remplissaient les vallées étroites parfois sillonnées par les courbes sinueuses et bleutées d'une rivière.

—Ma tâche exige que je parte loin, déclara la Sorcière au Sac. Ces montagnes se dressent dans des contrées que peu de vos compatriotes ont visitées. J'ai traversé des déserts brûlés par le soleil et des mers ravagées par les tempêtes. J'ai vu des îles de feu et de glace. J'ai connu la bénédiction de la joie et la malédiction du danger. Tout cela pour remplir ma tâche, tout comme vous, Alwyn.

—Que je le veuille ou non ?

—Pourquoi partez-vous du principe que nous avons le choix ? C'est vous qui avez écrit le livre, ne l'oubliez pas.

—Ainsi, vous savez que j'ai rencontré l'*Eithlisch*.

—Bien sûr. L'historien a rédigé un compte-rendu de cette rencontre il y a plusieurs siècles. Parce que vous lui avez demandé de le faire.

—Vous savez donc que l'*Eithlisch* désire ardemment que vous regagniez les terres caerith. Il a envoyé une *veilisch* vous traquer.

—Oui. Elle est charmante, n'est-ce pas ? Mais je pense que ses talents seraient mieux utilisés si elle se trouvait à vos côtés, car il vous reste bien des choses à accomplir.

—Et elles sont toutes dans le livre, je suppose ?

Elle inclina la tête et un sourire contrit se dessina sur ses lèvres. Un soupir amer s'échappa des miennes, mais une lueur d'espoir réchauffa ma poitrine.

—J'ai encore beaucoup de choses à accomplir, dis-je. Et tout est écrit dans le livre. J'en conclus que je vais survivre à cette épreuve.

—Hmm… (Le sourire de la *Doenlisch* se transforma en grimace silencieuse.) C'est là que les événements deviennent… confus.

—Confus ? Comment ça, confus ?

—À première vue, le temps apparaît comme un cercle – surtout dans votre cas. Si vous avez laissé un résumé si détaillé de votre vie, c'est que vous avez vécu assez longtemps pour la raconter à l'historien. Mais plus j'en apprends à propos du temps et plus je trouve qu'il ressemble à une rivière plutôt qu'à une roue. Il coule toujours vers l'avant, change souvent de chemin et revient parfois en arrière. Il arrive même qu'il se scinde brusquement en une multitude de branches qui partent dans différentes directions. Elles finissent toujours par se rassembler, mais certaines disparaissent, quelles que soient les visions ou les prophéties.

—Vous voulez dire que je peux très bien mourir demain ?

—Vous pouvez très bien mourir n'importe quel jour, Alwyn. Pourquoi demain serait-il plus important qu'un autre ?

Je serrai les dents.

—L'imminence de la torture et de la mort, sans doute.

—Vous ne m'avez donc pas écoutée ? Rien n'est imminent. Rien n'est inévitable. Mais je pense qu'il vous reste de nombreux jours à vivre. À moins que je me laisse influencer par l'espoir, car votre mort me peinerait beaucoup. La rivière changera de chemin demain, mais je pense qu'elle continuera de vous propulser vers l'avant. D'autres, en revanche, se noieront peut-être dans le courant. (Son regard se fit aussi dur que l'acier.) *Elle* se noiera peut-être.

Je n'eus pas besoin de la questionner pour savoir de qui elle parlait. L'emphase avec laquelle elle avait prononcé ce « elle » ne laissait aucun doute quant à son identité.

—Evadine ? Elle ne sait même pas ce qui se passe.

—Pour la guérir, j'ai dû prendre quelque chose en vous. Dans les entrailles de votre être. Vous êtes unis, rattachés par un lien qu'on ne pourra jamais briser. Elle a senti que vous étiez en danger peu après votre départ – elle est sans doute persuadée qu'il s'agit d'une nouvelle vision. Soyez sûr qu'elle vient à votre secours, et il n'est pas impossible que son arrivée coïncidera avec sa mort, car l'amour vous prive souvent de toute prudence.

Mon cœur se mit à marteler ma poitrine. Je fis un pas vers la *Doenlisch* et demandai d'une voix plate et impérative :

—Comment puis-je empêcher cela ? Comment puis-je échapper à cela ?

Je tendis les mains vers elle, l'agrippai par les épaules et lui hurlai mes exigences au visage. Elle ne manifesta rien d'autre qu'un air vaguement soucieux.

—Vous le savez ! C'est dans le livre ! Dites-moi !

—Vous avez écrit beaucoup de choses dans ce livre, Alwyn, dit-elle d'une voix empreinte de tristesse. Une poignée d'entre elles seulement se réaliseront. Cette vie, la vie qui vous a conduit dans cet endroit à cet instant, n'y est pas mentionnée. La rivière tourne, et vous tournez avec elle. Tout ce que je sais, je vous l'ai déjà dit. (Sa main effleura de nouveau ma joue et j'aperçus les reflets de larmes dans ses yeux.) S'il vous plaît, survivez à cette épreuve et sauvez-la si vous le pouvez. Des choses très importantes en dépendent. Maintenant… (Elle renifla et retira sa main.) Il est temps pour vous de vous réveiller.

Son poing s'écrasa contre ma mâchoire avec la force d'un marteau de forgeron et le rêve vola en éclats. Les montagnes se brisèrent et les morceaux tourbillonnèrent avant de disparaître dans le néant. Mon corps tressauta sous l'assaut de la douleur qui montait de mes hématomes. Des raclements doux et réguliers envahirent mes oreilles avec une insistance agaçante.

Je me réveillai en frissonnant et sentis la pierre rugueuse et humide sous mon visage. Mon sommeil n'avait pas été très paisible et mes gesticulations m'avaient conduit au bord du puits. Haletant et les sens en alerte, je m'aperçus que les raclements montaient du trou obscur.

Des rats, me rassurai-je avant de songer que je n'avais pas vu la queue d'un rongeur depuis mon arrivée dans cette pièce. Je me rappelai alors la remarque qu'Arnabus avait faite avant de prendre congé et une autre pensée – beaucoup plus inquiétante – me traversa l'esprit. *Les fantômes du donjon d'Effroi. Ils existent vraiment.*

Avec mes membres entravés, je me tortillai tant bien que mal pour m'éloigner du puits… avant de découvrir que j'étais incapable de franchir le rebord de la dépression qui l'entourait. Je renonçai à lutter et restai immobile, tremblant de peur jusqu'à ce que les raclements se transforment en bruits sourds et qu'une lourde pierre se détache de la paroi du puits. De longues secondes s'écoulèrent avant qu'elle frappe la surface de l'eau et les échos des éclaboussements résonnèrent avec tant de force que je crus qu'ils allaient ameuter les gardes. J'avais si peur que j'aurais sans doute accueilli leur arrivée avec joie, mais personne ne vint. Des grognements et des raclements étouffés m'apprirent que quelqu'un escaladait la paroi du puits.

Les histoires à propos du donjon d'Effroi et de ses habitants d'outre-tombe remontèrent à la surface de ma mémoire tandis que je contemplais la margelle, d'horribles récits de seigneurs assassinés venant réclamer vengeance à la tête de macabres cohortes de chevaliers.

Ils vous entraînent toujours plus profond dans les sombres entrailles de la terre. Ils vous transforment en un des leurs et vous devenez une âme maudite condamnée à l'errance éternelle, à jamais incapable de franchir les Portails…

J'estime donc naturel de pardonner le gémissement qui s'échappa de ma gorge quand, en proie à une peur panique, je vis la griffe noire et squelettique d'un cadavre revenu d'entre les morts surgir et agripper la margelle avec une force incroyable. De nouveaux grognements inhumains résonnèrent lorsque le propriétaire de ladite griffe entreprit de se hisser hors du puits. Et son visage apparut, incarnation parfaite de tout ce que mon esprit terrifié avait imaginé : une masse de chairs noires et putréfiées, un regard éclairé par la flamme surnaturelle d'une haine ayant survécu à des siècles de non-mort.

Les yeux exorbités par l'épouvante, je le vis tourner la tête vers moi et ouvrir la bouche.

—Tu es seul ?

Ces quelques mots me firent passer de la terreur la plus abjecte à la stupeur la plus profonde, car le spectre n'avait pas seulement parlé à voix basse. Il avait parlé en caerith. Ses sourcils sombres se plissèrent d'un air agacé tandis qu'il achevait de s'extirper du puits. Je découvris alors une silhouette élancée et bien vivante sous une épaisse couche de crasse. Je ne la reconnus pas avant qu'elle approche, s'accroupisse et examine mes liens en poussant un sifflement contrarié.

—Ça va prendre un moment, marmonna Lilat.

Puis elle dégaina son couteau et entreprit de cisailler la corde couverte de poix séchée qui entravait mes chevilles.

Chapitre 42

—Les vieux bâtiments, c'est comme les vieilles charognes, dit Lilat en s'accroupissant avec souplesse près de l'épaisse porte en chêne de la prison souterraine. La chair glisse sur les os et laisse des trous. Il m'a fallu longtemps pour en trouver un assez large et m'y faufiler.

J'étouffai un gémissement tandis que je massais mes chevilles, pliais mes orteils et luttais contre la douleur provoquée par le sang dilatant les veines et les muscles contractés.

—Il me semble que je t'avais envoyée accomplir ta mission, dis-je.

—Et tu es bien content que je ne t'aie pas écouté.

Son visage était caché par les ténèbres, mais je devinai son sourire au ton de sa voix.

—Tu me suis depuis le début ?

—Ce n'était pas très difficile. Et de toute manière, je n'ai pas trouvé la moindre trace de la *Doenlisch*.

—Ça ne m'étonne pas. (Je me levai et grimaçai sous l'assaut de mille douleurs.) Et je suis convaincu que tu n'en trouveras pas tant qu'elle ne voudra pas que tu en trouves.

Lilat s'éloigna de la porte, se dirigea vers le puits et souleva la corde qu'elle avait apportée.

—Je vais l'attacher à ça... (Elle hocha la tête en direction d'un pilier.) Tu passeras en premier...

—Je ne peux pas partir, la coupai-je. Ils ont capturé mes camarades et...

Je me tus tandis que l'avertissement de la Sorcière au Sac résonnait dans ma tête.

« *Elle se noiera peut-être.* »

—La compagnie, repris-je. Celle de la femme que je sers. Est-ce que tu l'as vue dans les environs ?

Lilat secoua la tête et haussa les épaules.

—Il m'a fallu une journée entière pour me frayer un chemin à travers les canalisations et atteindre le puits. Elle est peut-être venue, mais je ne l'ai pas vue.

—Elle est là, décrétai-je en me dirigeant vers les armes rangées le long du mur.

Je choisis une hachette et un poignard simples, mais forgés avec soin et bien aiguisés.

—Nous sommes deux et ils sont nombreux, remarqua Lilat tandis que je me penchais pour inspecter la serrure de la porte.

—Je n'ai pas l'intention de les tuer tous.

Je laissai échapper un grognement mécontent en constatant que la serrure était lourde et de bonne qualité. Toria l'aurait sans doute crochetée en quelques instants, mais je ne possédais pas son habileté et Lilat ignorait jusqu'au fonctionnement de ce dispositif.

—Cache-toi, dis-je. Et je te conseille de te boucher les oreilles.

J'attendis qu'elle se tapisse dans un recoin sombre, puis je remplis mes poumons et martelai la porte à coups de tête en hurlant.

—Par les culs des Martyrs ! marmonna l'homme qui ouvrit la porte pour voir ce qui se passait. Tu vas fermer ta putain de gueule, 'spèce d'enculé ! Les soldats du conseil ont besoin de dormir au cas où tu l'saurais pas !

Il m'avait fallu près de trente minutes de hurlements à m'écorcher la gorge pour l'attirer là, de cris désespérés entrecoupés de déclarations tonitruantes selon lesquelles j'allais me fracasser le crâne contre la porte. Le garde était un homme imposant, mais par chance son intellect était moins développé que ses muscles. Sinon, il ne serait pas venu seul.

Il entra, marqua un temps d'arrêt alors que sa lanterne cliquetante éclairait la pièce et sursauta en constatant que votre serviteur saucissonné avait disparu. Puis il ouvrit la bouche et s'arqua en arrière tandis que je surgissais de derrière la porte et plantais mon poignard entre ses reins. Puis je lui tranchai la gorge d'une oreille à l'autre pour l'empêcher de crier pendant qu'il s'effondrait. Il y a des choses qu'on n'oublie pas.

Je me dépêchai de le soulager de ses bottes et découvris qu'elles étaient à peu près à ma taille. Je récupérai également une maigre bourse et un autre poignard avant de traîner le corps dans un recoin sombre.

Derrière la porte se trouvait un escalier en colimaçon étroit avec des marches en pierre. Il était plongé dans l'obscurité, mais j'aperçus la lueur d'une chandelle au sommet. Je m'accroupis, tendis l'oreille et entendis des voix étouffées. Au bout de quelques secondes, mon ouïe et mon expérience me permirent de déterminer qu'il ne devait y avoir que deux hommes en haut. J'eus d'abord l'impression qu'ils s'ennuyaient ferme, puis je distinguai une pointe d'inquiétude dans la voix du second. Ils n'allaient pas tarder à venir voir ce que faisait leur camarade. Lilat et moi pouvions regagner la crypte pour leur tendre une embuscade, mais le temps pressait et il était impossible de dire quand ils se décideraient à descendre.

— Nous devons faire vite, soufflai-je.

Je m'engageai dans l'escalier, la hachette dans une main, un poignard dans l'autre. Je m'arrêtai un bref instant avant d'atteindre le palier et observai les deux hommes solidement bâtis qui se trouvaient dans le corps de garde. Le premier avait une pipe dans la bouche et le second levait une chope pour la vider. Je commençai par tuer le second, car dès qu'il me vit il posa sa chope et tendit la main pour attraper son fauchon. Ma hachette se planta dans son front avant qu'il ait le temps de dégainer. Je clignai des paupières pour chasser les projections écarlates qui avaient éclaboussé mes yeux et dégageai mon arme d'un geste sec. Ma victime glissa le long du mur tandis qu'un flot rouge et gris jaillissait de son crâne fendu. Je me tournai vers le fumeur et découvris qu'il n'avait pas bougé. Il était en proie à cette immobilité qui frappe parfois les gens confrontés à un déchaînement inattendu de violence. Il se tenait devant moi, le visage figé dans une expression de choc, les dents serrées sur le tuyau de sa pipe. De minces tourbillons s'échappaient du foyer où se consumaient des feuilles à l'odeur douce.

Je fis un geste pour arrêter Lilat qui se tenait derrière lui, couteau levé.

— Je n'ai pas l'impression que tu sois un soldat de métier, dis-je à l'homme.

— Je… Je… Je…, bafouilla-t-il avec un accent d'Althiene. (Sa pipe s'échappa de ses lèvres et tomba par terre.) Je suis… vacher… seigneur. J'ai perdu mon troupeau… pendant la guerre…

Il se tut en me voyant approcher. J'agrippai la ceinture à laquelle se balançait une épée et la tranchai avec mon poignard.

—Mes camarades, dis-je. Où sont-ils?

Il eut la bonne idée de répondre sans attendre.

—Dans les vieux cachots au pied de la tour, seigneur.

—Combien de soldats sous les ordres de Thessil?

Il cligna des yeux, affolé.

—Thessil, seigneur?

—Votre capitaine, expliquai-je en songeant que Danick ne devait plus utiliser son véritable nom depuis des années. Danick Thessil. C'était un bandit célèbre dans la région, autrefois. Tu l'ignorais?

À en juger par ses mouvements de tête frénétiques et son visage couvert de sueur, ce type ne savait rien du passé de son capitaine. Et il s'en contrefichait.

—Nous sommes soixante-dix, dit-il sans attendre que je répète la question. (Une autre bonne idée.) Tous ceux qui savent monter à cheval. Le reste de l'armée du conseil attend à Athiltor. (C'était décidément un homme intelligent, car il devança la question suivante.) J'ai entendu le capitaine dire au Luminant qu'elle rassemblait près de cinq mille soldats.

—Ce ne sera pas assez, dis-je en pointant le doigt vers l'escalier. Descends et attends que tout soit terminé. Puis rentre chez toi et redeviens vacher. Cette vie n'est pas pour toi.

L'homme acquiesça en hochant la tête avec ferveur et recula.

—Merci mille fois, seigneur, dit-il avant de disparaître.

Il descendit les marches si vite qu'il perdit l'équilibre. Il m'arrive encore de me demander s'il ne s'est pas brisé la nuque avant d'arriver en bas.

L'épée du vacher était une relique et la lame ne payait pas de mine, mais elle semblait avoir été forgée par un artisan compétent. Je récupérai la ceinture du garde mort, la bouclai autour de mes hanches et remplaçai le fauchon par l'épée. Puis je glissai la hachette de l'autre côté et le poignard du cadavre dans ma botte pour faire bonne mesure.

—C'est le dernier qu'on épargne, dis-je à Lilat. À partir de maintenant, on tue vite et sans bruit.

La pièce était éclairée par un moignon de chandelle qui crachotait dans une alcôve. Je le soufflai, me dirigeai vers la porte branlante qui permettait de sortir de l'étroit corps de garde et l'entrouvris. Elle donnait sur un couloir sans toit et aux murs criblés de trous à travers lesquels j'aperçus le camp des soldats du conseil. Tout était calme. Je jetai un regard prudent de chaque côté et, ne voyant personne, je poussai le battant. Je me glissai dehors et m'accroupis aussi bas que possible. La tour se dressait une vingtaine de mètres sur ma gauche. Sa base était plongée dans l'obscurité, mais la lumière d'un feu de camp se reflétait sur les lames de deux hallebardes.

Lilat et moi avançâmes avec prudence, veillant à rester dans les parties les plus sombres du couloir. Nous atteignîmes la bande de terre herbeuse qui séparait notre position des ruines de la tour. Par chance, l'herbe était haute et la vague silhouette des gardes indiquait qu'ils étaient appuyés contre le mur. Ils échangeaient des propos sans intérêt d'une voix lasse. Je me dirigeais vers eux en m'interrogeant sur les critères de recrutement hasardeux de Danick. D'anciens vachers privés de courage et des hommes incapables de rester concentrés plus de quelques heures ? Ce n'était pas avec de tels individus qu'on formait une redoutable armée.

Les deux soldats étaient mieux équipés que ceux du corps de garde. Ils étaient armés de solides hallebardes et portaient une cotte de mailles et un casque. Normalement, il aurait été presque impossible de les tuer sans donner l'alerte, mais leur inattention leur fut fatale. Lilat et moi pûmes approcher à moins de trois mètres sans être remarqués et, quand nous nous élançâmes en brandissant nos poignards, les deux hommes ne songèrent même pas à crier. Celui que j'avais choisi essaya bien de baisser son arme pour se mettre en garde, mais il était si lent que Legueux lui aurait infligé les pires punitions s'il l'avait eu comme recrue. Mon couteau évita la hampe de sa hallebarde et fila vers le sommet de sa poitrine. Il n'avait pas attaché les lacets permettant de serrer l'encolure de sa cotte de mailles et ma lame s'enfonça dans sa gorge tandis que je pressais une main contre sa bouche pour l'empêcher de crier. Sur ma droite, Lilat libéra le poignard qu'elle avait planté dans l'œil de l'autre garde et plaqua l'homme contre le mur pour éviter que son armure cliquette au cours de sa chute.

La porte n'était pas verrouillée et un flot de lumière brillante s'échappa de la tour quand je l'entrouvris. Heureusement, personne ne remarqua rien et nous poursuivîmes notre route sans incident. Le premier adversaire que je dus affronter fut une odeur pestilentielle, sucrée et écœurante qui me saisit à la gorge. Je n'eus pas le temps de tousser, car le second se présenta sous la forme d'un homme mince et torse nu qui brandissait un tisonnier chauffé à blanc.

J'avais eu l'excellente idée de dégainer l'épée que j'avais récupérée un peu plus tôt avant d'entrer dans la tour et cela me permit de bloquer la tige de métal incandescent qui s'abattit sur moi. La lame et le tisonnier se télescopèrent dans un claquement sonore et une pluie d'étincelles. L'homme torse nu proféra un chapelet d'obscénités que je compris à peine, recula de quelques pas et leva la tête dans l'intention évidente de pousser un cri d'alarme. Je me dépêchai de frapper, mais Lilat fut plus rapide que moi. Son poignard passa en tournoyant au-dessus de ma tête et se planta dans la gorge du garde.

L'homme réussit à produire un semblant de cri tandis qu'il reculait en titubant. Il porta une main au couteau planté dans son cou et une série de braillements gutturaux se mêla aux bouillonnements du sang qui jaillissait de son nez et de sa bouche. Je l'achevai en frappant juste en dessous du sternum et enfonçai ma lame assez profond pour lui sectionner la colonne vertébrale. Il s'effondra sur les dalles, frissonna et quitta ce monde avec une rapidité que je regretterais en découvrant son œuvre.

L'intérieur de la tour était un assemblage d'escaliers en ruine et de piles de débris. Au centre, il y avait un brasero rempli de charbons ardents et un cercle de pierre dans lequel brûlait un feu ardent. Les flammes avides léchaient le fond d'une marmite de poix fumante suspendue à un tripode en fer. Labûche, Paveur et Juhlina étaient étendus autour du feu. Comme moi, on leur avait attaché les poignets et les chevilles, mais on les avait également bâillonnés. Et ils étaient nus. La Veuve semblait avoir été épargnée, mais Paveur et Labûche n'avaient pas eu cette chance. Alors que j'approchais, je vis que leurs corps étaient parsemés d'une bonne dizaine de marques noires au sommet des bras et sur le visage. Une puissante odeur de chair brûlée se mêlait aux relents de leur sueur. J'associai tout de suite l'image du tisonnier incandescent aux tortures qu'ils avaient subies. Chaque brûlure avait été recouverte de poix noire. J'avais entendu parler de ce supplice. La poix exacerbait la douleur tout en scellant la plaie, empêchant ainsi les déchirures cutanées et les saignements.

—Rien..., hoqueta Labûche lorsque j'ôtai la corde qui maintenait la boule en bois dans sa bouche. Rien dit à cet enculé, capitaine. (Il frissonna tandis que je tranchais ses liens.) Aucun de nous... n'a rien dit.

—Je sais.

Je le libérai et me dirigeai vers Paveur pendant que Lilat s'occupait de Juhlina. Je m'attendais à ce que la Veuve laisse libre cours à sa colère dès qu'elle pourrait ouvrir la bouche, mais ce fut Paveur qui explosa.

—Enfoiré de bouffeur de merde de fils de pute de bâtard! s'écria-t-il en ramassant le tisonnier et se jetant sur le corps du bourreau.

Je me préparai à lui conseiller de parler moins fort, mais ce fut inutile. Il se mit à frapper le cadavre avec une rage silencieuse et j'estimai préférable de ne pas intervenir.

Je fouillai les piles de gravats et découvris des vêtements en partie déchirés ainsi que des bottes que je distribuai à Labûche et Juhlina. Labûche tremblait de douleur et Paveur écumait de rage, mais c'était la Veuve qui m'inquiétait le plus, car elle semblait indifférente à ce qui se passait autour d'elle.

—Il a dit qu'il me gardait pour demain, me dit-elle en remarquant que j'observais sa peau intacte. Il a dit que ça vous impressionnerait davantage. (Elle enfila un justaucorps et un pantalon avant de tendre le doigt vers la hachette accrochée à ma ceinture.) Vous permettez?

—Je vous en prie.

Je lui donnai l'arme et jetai un coup d'œil autour de moi. À ma grande contrariété, je constatai que la salle n'avait qu'une seule issue.

—La carcasse a quelques os assez lâches pour qu'on puisse filer? demandai-je à Lilat en haussant un sourcil.

Elle secoua la tête d'un air désolé en guise de réponse.

—On pourrait essayer de grimper, proposa-t-elle en levant les yeux et en observant les hauteurs obscures de la tour. Et redescendre de l'autre côté.

—Excusez-moi, capitaine, dit Labûche. (Les muscles de son visage et de son cou étaient contractés par la douleur.) Je ne crois pas que je pourrais grimper dans l'état où je suis.

—De toute manière, le soleil va bientôt se lever, remarquai-je. (Je me dirigeai vers la porte.) On a tout juste le temps d'essayer de filer aussi discrètement que possible. (Je me tournai vers Paveur qui frappait toujours le cadavre du bourreau.) Tu as fini?

Il se redressa, leva la main et abattit le tisonnier d'un geste sec pour faire tomber les morceaux d'os et de cerveau qui y étaient accrochés.

—Pour le moment, répondit-il en reniflant.

Il se tourna vers moi et me regarda avec des yeux étincelants surmontés par des sourcils brûlés. Il n'avait jamais été un homme particulièrement séduisant, mais même moi j'étais un adonis comparé à lui.

—Mais je veux me faire Thessil, dit-il. Et quand j'en aurai terminé avec lui, il regrettera d'être revenu d'entre les morts.

—Tu te le feras si l'occasion se présente, dis-je. Enfile des vêtements et foutons le camp.

Si notre groupe s'était limité à Lilat, Paveur et moi, nous serions sans doute parvenus à quitter le donjon d'Effroi sans incident cette nuit-là. Malheureusement, Juhlina et Labûche ne savaient pas se déplacer en silence et ne possédaient pas l'instinct de survie des bandits indispensable à ce genre d'exercice. Nous ne nous en tirâmes cependant pas trop mal. Nous quittâmes la tour et traversâmes la zone herbeuse en ne faisant qu'une courte pause pour que Labûche récupère la hallebarde d'un garde mort. Je regrette encore de ne pas lui avoir dit de la laisser, car ce fut à cause de cette arme que tout partit à vau-l'eau. Son ancien propriétaire n'avait pas été très vigilant, mais il l'avait entretenue avec une diligence maniaque, ainsi que nous le découvrîmes au moment de franchir un muret de pierre pour nous enfoncer dans les ténèbres protectrices de la forêt qui s'étendait au sud du donjon. L'aube était imminente et un des premiers rayons de soleil glissa au-dessus des arbres pour venir se refléter sur la lame. La sentinelle la plus proche se révéla plus vigilante que ses camarades et elle donna aussitôt l'alerte en criant à pleins poumons.

Pressés par nos instincts de hors-la-loi, Paveur et moi sautâmes par-dessus le muret et nous élançâmes à travers le champ qui nous séparait de la forêt. Lilat nous imita un instant plus tard. Contrairement à Labûche et Juhlina. Le cri de la sentinelle s'interrompit net. Je m'arrêtai, tournai la tête et aperçus Labûche qui la poignardait avec frénésie. Une dizaine de soldats approchaient au pas de course et mon ventre se noua lorsque je vis Juhlina brandir sa hachette et se précipiter à leur rencontre. « Je ne suis pas sûre que la colère que je ressens s'apaisera un jour », m'avait-elle dit au cours d'une nuit de garde sur une crête. Elle s'était montrée trop calme quand je l'avais libérée, mais la rage qui l'habitait n'attendait qu'une occasion pour exploser. Et l'occasion venait de se présenter.

—Continue sans moi, lançai-je à Paveur en m'élançant vers le donjon.

J'avais à peine fait cinq mètres que j'entendis le bruit de ses pas derrière moi. Il ne fuyait pas. Il me suivait.

—Et merde ! marmonna-t-il.

Les paroles qu'avait prononcées un pauvre type que j'avais tué alors qu'il cherchait à prendre pied sur le chemin de ronde du château de Walvern. Mais cette nuit-là, cet absurde manque de poésie face à la mort me fit sourire. Jusqu'à ce que je rejoigne Juhlina et me jette dans la mêlée.

Chapitre 43

J'obtins la preuve flagrante de l'incompétence des troupes du conseil au moment où je fis ma première victime : mes camarades et moi étions encore tous en vie. Lorsque je rejoignis Juhlina, elle était à cheval sur un soldat à terre et sa hachette s'abattait sans relâche sur son visage en bouillie. Un jeune hallebardier voulut la frapper, mais sa garde maladroite—les bras trop tendus et les pieds trop écartés—me permit de lui trancher la gorge sans difficulté.

La Veuve n'en avait pas terminé, bien entendu. Elle se leva, fit un pas de côté pour esquiver un coup d'épée et se pencha pour pulvériser le genou de son assaillant avec sa hachette. Poussé par une détermination farouche, son adversaire redressa son arme pour lui planter la lame dans le dos… et s'effondra lorsque Lilat bondit derrière lui et l'égorgea avec son couteau. Je tournai la tête en entendant un grognement et un claquement métallique sur ma droite. Paveur était à genoux sur la poitrine d'un soldat du conseil. Il avait glissé l'extrémité du tisonnier dans sa bouche et appuyait dessus de tout son poids.

—On voit qu'ils n'ont pas été entraînés par le capitaine Legueux, remarqua-t-il en récupérant la hache de sa victime.

Un puissant hurlement me fit tourner la tête vers Labûche qui agitait sa hallebarde dans tous les sens dans l'espoir de repousser un groupe de plus en plus dense d'assaillants. Des cris dissonants de peur et de colère faisaient vibrer l'air tandis que des voix cherchaient à imposer un peu d'ordre dans ce pandémonium.

—Contournez-les, tristes connards ! beugla Thessil.

Je l'aperçus derrière la vague ennemie. Il était à cheval et aboyait des ordres. Son monstrueux visage était un masque de rage sombre et marbré.

J'entendis également un cri dont je n'identifiai pas le point d'origine, mais dont je reconnus les accents stridents et travaillés. La voix du Luminant Durehl.

— Le scribe ! Ne tuez pas le scribe !

Pendant un bref interlude de combats acharnés, le monde se résuma à un enchaînement désormais familier d'actions et de réactions. Mon estimation du temps et de la douleur s'estompa et sombra dans un brouillard écarlate. Mon champ de vision se rétrécit aux visages des hommes que je tuais et mutilais pendant une période qui dura entre quelques minutes et une heure. Quand la brume commença à se dissiper, les soldats du conseil nous encerclaient et le sol était jonché de cadavres et de blessés agonisants. Mes camarades et moi étions dos à dos, le souffle court. Je ne me sentais pourtant pas fatigué. Et je ne semblais pas blessé à l'exception d'une estafilade sur l'avant-bras. Labûche avait été moins chanceux que moi. Son corps massif frissonna lorsqu'il se redressa en prenant appui sur sa hallebarde. Des filets de sang coulaient de plusieurs plaies sur ses jambes et dans son dos. Je compris qu'il ne tiendrait plus très longtemps.

— Vous n'avez aucune chance de vous en sortir, Scribe ! me lança Thessil. (Il enfonça les talons dans les flancs de sa monture qui avança entre les soldats.) Rendez-vous, et j'épargnerai vos camarades !

— Allez vous faire mettre ! répliquai-je, agacé par ce mensonge éhonté et en proie à une curieuse impatience. Votre ramassis de couilles molles ne vaut pas tripette, et vous le savez ! (Je le toisai d'un air dur et parlai assez fort pour que tous ses hommes m'entendent.) Qu'est-ce que vous diriez de régler cette affaire en tête à tête, juste vous et moi ? À moins que vous préfériez vous pisser dessus et filer la queue entre les jambes, comme vous l'avez fait à Moulin des Mousses ?

C'était une insulte calculée, cruelle et imméritée, mais elle atteignit son objectif. Danick esquissa un rictus féroce et détacha la hache à large lame accrochée à sa selle. Puis il se redressa et éperonna son destrier. J'avais prévu de frapper le cheval aux jambes et d'échapper ainsi à la mort peu enviable qui m'attendait, mais nous ne saurons jamais si j'y serais parvenu. Danick tira brusquement sur les rênes de sa monture.

J'entendis des claquements familiers, bientôt suivis par un crépitement évoquant la chute d'énormes grêlons. Je me baissai aussitôt en tendant les bras pour obliger Lilat et Paveur à faire comme moi. Autour de nous, une dizaine de soldats s'effondrèrent, des carreaux d'arbalète plantés dans le visage et le casque. Puis vint le grondement des sabots de chevaux, le choc des cavaliers contre des hommes serrés les uns contre les autres et les claquements des armes. Un puissant hennissement me fit lever la tête et je vis un grand destrier noir bondir au-dessus d'un mur en ruine. Comme d'habitude, Evadine ne portait pas de casque. La lumière de l'aube se reflétait sur ses cheveux qui flottaient au vent et sur l'épée qu'elle brandissait. Ulstan et elle semblèrent s'immobiliser dans l'air pendant une fraction de seconde, puis ils s'abattirent sur les rangs désorganisés des troupes du conseil.

Des hurlements retentirent tandis qu'Evadine se frayait un chemin à coups d'épée au sein de la masse convulsionnée des soldats. La terreur se répandit comme la pire des fièvres lorsqu'ils virent la Dame Consacrée laisser libre cours à sa rage. Son épée se levait et s'abattait comme une faux indistincte et sa longue lame récoltait une moisson de sang à chaque coup. L'agitation et la confusion des soldats du conseil se transformèrent en panique lorsque des cavaliers en armure chargèrent en arrivant de différentes directions, semant le chaos et la mort avec leurs épées et leurs massues. Je vis Wilhum traverser les troupes ennemies affolées, faire pivoter son destrier et charger de nouveau. Sa lame était couverte de sang de la pointe à la garde.

Plusieurs soldats terrifiés décidèrent de s'enfuir en traversant notre petit groupe, mais ils se heurtèrent à une résistance acharnée de la part de Juhlina et de Labûche. Celui-ci était blessé, mais il était doté d'une force peu commune et il faucha deux hommes avant qu'un troisième parvienne à lui planter son fauchon dans la poitrine. Pour la première fois depuis le lever du soleil, j'éprouvai un véritable sentiment de rage en voyant l'ancien bûcheron s'effondrer et rester immobile. Je me ruai vers son assaillant qui fit preuve d'un courage inattendu en s'attardant assez longtemps pour croiser le fer avec moi. Mais le courage ne lui suffit pas. Je déviai son attaque, frappai au visage avec le pommeau de mon épée et exécutai un balayage avant de poser une botte sur sa cuirasse. Je le laissai savourer un moment de pure terreur tandis que je ramenais le bras en arrière et plongeais mon regard dans ses yeux écarquillés par le désespoir, puis j'abattis mon arme. C'était du bon acier et la lame lui perça le front avant de s'enfoncer d'une quinzaine de centimètres.

Je jetai un coup d'œil à Labûche qui était toujours immobile. Paveur, Lilat et Juhlina étaient accroupis autour de lui et ma colère se dissipa. Ils étaient tous blessés. Lilat avait une vilaine estafilade en travers du front et Paveur en avait récolté une dizaine d'autres sur les bras et le visage. Il était plus difficile d'estimer l'état de santé de la Veuve, car elle était littéralement couverte de sang. J'apprendrais plus tard qu'elle n'avait que quelques hématomes, mais les blessures ne sont pas forcément physiques et le regard fixe de cette femme m'amena à me demander si elle n'avait pas basculé dans le précipice de la folie.

Un chœur de supplications attira mon attention et je tournai la tête vers les ruines où les soldats du conseil s'étaient rassemblés. Ceux qui n'étaient pas morts ou qui ne s'étaient pas enfuis, du moins. Ils étaient à genoux. Ils avaient jeté leurs armes et avaient joint les mains comme pour prier. Wilhum ordonna qu'on les encercle et Eamond fit partie des hommes qui mirent pied à terre pour s'en charger. J'entendis du bruit à l'extrémité orientale des ruines et vis une poignée de cavaliers filer vers la forêt. La silhouette imposante de Danick chevauchait en tête et il était suivi par un homme portant une robe de clerc.

Arnabus ? Durehl, peut-être ?

Avant qu'ils disparaissent dans la sombre forêt, je vis qu'un cavalier les prenait en chasse. Evadine avait lancé Ulstan au triple galop.

Je libérai mon épée du cadavre qui gisait à mes pieds et me précipitai vers Eamond. J'ignorai son salut et enfourchai sa monture.

— Dis au capitaine Dornmahl de rassembler les cavaliers et de me suivre ! aboyai-je avant de faire pivoter le cheval et m'élancer vers la forêt. (Je tournai la tête et criai par-dessus mon épaule.) Et ratissez-moi le donjon ! Il doit y avoir un clerc quelque part ! Si ce bâtard cherche à s'enfuir, tuez-le !

Il faisait très sombre entre les arbres, mais je ne ralentis pas pour autant. Je poussai ma monture à fond de train malgré les ombres traîtresses et complexes qui tapissaient le sol. Je me guidai surtout aux bruits de combat—des cris et, parfois, un claquement d'épée. Je croisai trois chevaux sans cavalier en l'espace de quelques instants. Evadine n'avait pas l'intention de laisser ses proies lui échapper. Malheureusement, la mélodie guerrière se propageait de manière trompeuse entre les arbres et je n'arrivais pas à rattraper son point d'origine. Elle se fit même de plus en plus distante et je finis par m'arrêter. Je tendis l'oreille et entendis des voix lointaines sur ma droite. J'éperonnai ma monture et arrivai dans une clairière où m'attendait un spectacle qui me fit chaud au cœur. Danick avait mis pied à terre et s'efforçait de dégager un clerc coincé sous un cheval blessé et affolé.

L'animal avait dû se casser une jambe – sans doute à cause d'une maladresse de son cavalier. Il hennissait et s'agitait, fou d'angoisse, tandis que Danick essayait de tirer le clerc à l'écart en crachant des jurons. Il s'interrompit dès qu'il entendit mon cheval et, malgré ses prétentions guerrières, je ne vis qu'un bandit dans le bref regard qu'il m'adressa avant de pivoter sur les talons et de se précipiter vers sa monture. Il l'enfourcha et fila à bride abattue. Je ne me lançai pas à sa poursuite. Je m'occuperais de lui plus tard.

Je fis avancer mon cheval, mis pied à terre et dégainai mon épée. Tandis que j'approchai, le clerc poussa une série de grognements énergiques et réussit enfin à se libérer. Il se leva et fit quelques pas en boitant. À en juger par sa démarche, il devait avoir subi le même sort que sa monture.

Mon intention devait se lire sur mon visage, car il se redressa et me toisa avec gravité et réprobation.

— Seriez-vous prêt à assassiner au nom de votre fausse martyre, Scribe ? demanda-t-il d'une voix sévère.

Une voix qui, contrairement à mes attentes, ne tremblait pas. C'était curieux de la part d'un homme sur le point de mourir.

— J'ai fait pire, Votre Luminance.

Je saisis Durehl par le col de sa robe et le traînai à l'écart du cheval blessé. Il n'essaya même pas de me supplier de l'épargner lorsque je le plaquai contre le tronc épais d'un arbre.

— Je suis désolé, dis-je. (Je levai mon épée à hauteur de poitrine dans l'intention de la planter entre ses cotes.) Je n'ai pas le temps d'entendre votre testament. Mais je vais vous laisser prononcer quelques mots, si vous le souhaitez.

— Vous servez une femme guidée par le mal, déclara-t-il en me toisant d'un air de défi. Voilà mes derniers mots. Si le sort de votre âme vous tient tant soit peu à cœur, vous les entendrez.

— Vous devriez vous soucier de votre âme plutôt que de la mienne, dis-je en ramenant le bras en arrière.

— Alwyn !

La voix d'Evadine me pétrifia, ordre implacable qui effaça ma rage en un instant. Et, avec une soudaineté qui m'ébranla, je découvris la scène comme à travers les yeux d'un autre : un roturier anobli sur le point d'assassiner le premier Luminant du Conseil des Martyrs.

J'avais été élevé au rang de chevalier, j'avais obtenu les faveurs de la Couronne et j'étais désormais connu dans tout le royaume, mais rien de tout cela ne m'aurait sauvé d'un tel péché.

Je me tournai. Elle était descendue de cheval et tenait une épée ruisselante de sang. Elle approcha en me regardant avec des yeux humides et inquiets, puis elle tendit le bras et effleura les hématomes qui constellaient mon visage.

— Je l'ai vu, dit-elle. Les Séraphiles ont jugé bon de me laisser vous sauver.

— Vous n'avez rien vu d'autre que les délires de votre esprit malade, femme ! cracha Durehl. (Evadine se tourna vers lui avec lenteur.) Vous ne voyez donc pas ? Vous ne comprenez donc pas que vous n'êtes qu'une pauvre folle qui conduisez le royaume et l'Alliance à leur perte ?

— Je vous pardonne votre égarement, Luminant Durehl, répondit Evadine avec calme. Car je sais qu'il n'est pas facile pour une âme cupide et avide de reconnaître ses méfaits.

La voix de Durehl se transforma en grondement.

— Tout ce que j'ai fait, je l'ai fait pour l'Alliance. Et le peuple de ce royaume. Je suis le seul serviteur des Séraphiles ici présent.

— Les Séraphiles vous ont ordonné d'engager des assassins ? demandai-je. (Evadine me regarda avec perplexité et je lui expliquai.) Ces types avec les poches pleines de souverains quand nous nous rendions au château de Walvern. (Je foudroyai le Luminant des yeux.) Arnabus a eu la bonté de me raconter toute l'histoire. Vous devriez mieux choisir vos complices, Votre Luminance.

— Je ne prétends pas être une âme pure, me rétorqua Durehl. Mais si je l'ai souillée, c'est pour le bien de tous.

— Non, dit Evadine en secouant la tête.

Elle ôta la main de mon visage et la posa sur le crâne du Luminant. Durehl tressaillit comme si ce contact le brûlait.

— Non, mon frère, ce n'est pas vrai, dit Evadine d'une voix qui exprimait plus de regret que de reproche. Mais je vous remercie cependant de votre péché, car il me permet de voir mon chemin plus clairement que jamais. Je sais désormais que ce royaume ne connaîtra pas la paix tant que la Couronne et l'Alliance ne seront pas réunies en une entité unique. Malheureusement, elles sont corrompues à un point tel qu'il n'est plus possible de les sauver, et cette union doit donc être forgée par d'autres moyens. Par moi. Telle est désormais ma mission, le but vers lequel j'ai été guidée : je dois devenir la Reine Ascendante.

Elle caressa le front de Durehl, puis recula et lui trancha la gorge d'un coup d'épée. Le Luminant s'effondra dans un geyser de sang qui nous éclaboussa tous les deux. J'aurais dû être choqué, voire terrifié par la gravité de ce crime, mais à cet instant tout cela me parut normal. C'était un impératif inévitable, pas un meurtre. Evadine jeta un coup d'œil au corps secoué par les spasmes de la mort, puis approcha de moi et passa les bras autour de mon cou pour m'attirer contre elle. Je ne prétendrai pas que je lui rendis son baiser à contrecœur. Je ne pouvais pas plus lui résister que j'avais résisté à l'avalanche qui m'avait emporté au pied de la montagne. Malgré ce qu'elle avait fait, malgré le goût du sang quand nos bouches s'unirent. Je lui appartenais corps et âme. Mais, lorsque nous nous éloignâmes de notre victime, lorsqu'elle ôta son armure et moi mes vêtements déchirés, lorsque nous nous allongeâmes et nous nous enlaçâmes dans le sang et la sueur, je compris que ma mémoire me trahissait.

«Menteur», avais-je craché à l'historien dans sa tour.

Je n'avais pourtant décelé aucun mensonge dans ses paroles.

Je savais que je le reverrais pour lui raconter d'autres épisodes de mon testament, mais je m'adresserais alors à un homme plus jeune. Pour lui, cette rencontre avait été la dernière et j'avais senti son besoin de me transmettre une ultime vérité. Une vérité que j'avais refusé de croire. Une vérité que je refusais toujours de croire alors que ses paroles tournaient sans fin dans ma tête.

« Evadine est une servante des Malécites. »

Remerciements

Merci à tous ceux qui ont aidé à mener à son terme la deuxième partie de l'histoire d'Alwyn, en particulier à mes éditeurs, James Long et Bradley Englert; à mon agent, Paul Lucas; et enfin à ma seconde paire d'yeux à l'éternelle vigilance, Paul Field.

Aubin
IMPRIMEUR

Achevé d'imprimer en avril 2023
par Aubin Imprimeur à Ligugé
N° d'impression 2301.0264
Dépôt légal, mai 2023
Imprimé en France
2811388-1